그 여름의 끝에
네가 죽으면
완벽했기 때문에

샤센도 유키 장편소설
전성은 옮김

그 여름의 끝에
네가 죽으면
완벽했기 때문에

그 여름의 끝에
네가 죽으면
완벽했기 때문에

야코 씨와 보낸 시간에는 한 푼의 가치도 없었는데, 그녀의 시체에는 3억 엔 이상의 가치가 있다.

　소중한 것들은 눈에 보이지 않는 경우가 많고, 그래서 인간은 감정이나 관계를 형상화하려고 노력한다. 그 전형적인 예가 결혼반지 아닐까.

　나는 할 수만 있다면 야코 씨를 향한 내 마음을 하나의 큰 결정結晶으로 만들고 싶었다. 그럴 수 있었다면 이렇게 되지는 않았을 텐데.

　내가 밀고 있는 휠체어에는 3억 엔이 앉아 있다. 야코 씨는 더이상 나에게 웃어주지도 않고 함께 체커를 두지도 않지만, 그럼에도 그때보다 지금의 야코 씨가 훨씬 더 가치 있는 존재로 여겨지고 있다.

나는 그 사실이 어쩔 수 없을 만큼 슬펐다.

홀로 밤길을 걸으며 지금까지의 일들을 생각해보았다.

지금 여기 있는 것이 실수인지, 아니면 정답인지를 말이다. 야코 씨를 만난 이후 많은 실수를 저지른 나지만, 그래도 가끔은 정답을 골랐던 적도 있었을 것이다.

나와 야코 씨가 여름을 바쳤던 체커라는 게임은 한 수한 수가 큰 의미를 가지고 있는데, 한 번의 실수가 판의 흐름을 좌우하기도 하고, 이후에 둔 열 몇 번의 좋은 수가 그 실수를 만회해주기도 한다.

나와 야코 씨가 보낸 시간도 이런 체커와 닮아 있었으므로 무엇이 정답이었고 무엇이 실수였는지는 알 수 없었다.

나는 야코 씨와의 추억을 회상하면서도 결코 발걸음을 멈추는 일 없이 계속해서 길을 걸어 나갔다.

내가 저지른 첫 번째 실수는 '스바루다이 요양원' 옆길을 지나간 것이었다. 스바루다이 분교에서 우리 집까지

가는 길은 여러 개여서 다른 길로 갈 수도 있었는데, 그날은 하필 그 길에 발을 들이고 말았다.

내가 지금 살고 있는 '스바루다이'는 주변이 산으로 둘러싸인 작은 마을로, 인구가 천 명 정도밖에 없는, 도시에 비하면 너무나도 조촐한 곳이었다.

요양원 옆에 있는 그 오솔길은 그런 스바루다이에서도 유난히 인적이 드문 곳이었다. 특히 요양원에 입원 환자가 머무르는 동안에는 이용하는 사람들이 더더욱 없었다.

그것은 스바루다이 사람들이 요양원과 거리를 두고 있다는 것의 방증일지도 몰랐다. 아니면 요양원을 둘러싼 담벼락의 모습에 어쩐지 주눅이 들었기 때문인지도 모르겠다. 이유야 어찌 됐든 인적이 드물기로는 스바루다이에서 여기만한 곳이 없었다.

스바루다이 요양원을 둘러싼 담벼락은 예전에는 그저 하얀 담일 뿐이었지만 지금은 그래피티 아트들이 가득했다. 이것은 스바루다이 주민들의 부지런한 예술 활동 결과였는데, 덕분에 요양원 안과 밖을 나누는 것은 요란한 그래피티 아트이거나 데포르메*로 그려진 개, 혹은 거대

* 대상의 특정 부분을 강조하거나 변형해 표현하는 미술 기법.

한 고래였다. 나는 담벼락에 그려진 고래를 물끄러미 노려보며 작게 숨을 내쉬었다.

　요양원의 동쪽 담벼락을 헤엄치는 이 고래는 주변 환경에 녹아들지 못할 만큼 혼자 커다랗게 그려져 낙서의 바다를 유유히 헤엄치고 있었다. 거대하고 까뭇한 형체는 멀리서 봐도 눈에 잘 띄었다.

　이 고래는 예전에 잠깐 화제가 된 적이 있었는데, 스바루다이를 찾은 기자가 고래 사진을 찍어 이 요양원에 대해 '괴질 말기의료 병동의 치유'라는 제목으로 기사를 냈기 때문이었다.

　그 기사 속에서 고래는 '2월의 고래'라는 이름으로 불리며 서정적인 이야기로 포장되었지만, 기사에 등장하는 '괴질'이나 '말기의료'라는 표현으로 인해 결국에는 비난의 대상으로 전락하고 말았다.

　그 병을 괴질이라는 두 글자로 단정 짓는 것은 너무나도 배려 없는 행동이었는데, 당시 이 요양원 안에는 기자가 괴질이라 칭한 그 병을 앓는 환자들이 입원해 있었기 때문이다.

　설사 완치 가능성이 없는 병이라 할지라도 말기의료라는 죽음을 단정 짓는 듯한 표현을 사용해서는 안 되었던 것이다.

아무튼 그 잡지가 2월에 발매되었다는 이유로 '2월의 고래'라 불리게 된 이 고래는 바깥 사정 따위 전혀 모른다는 얼굴을 한 채 오늘도 높다란 담벼락 속을 유유히 헤엄치고 있었다.

이 고래의 코끝에는 '금괴병 환자 수용 결사반대' '요양원 건설 반대! 아름다운 스바루다이를 돌려 달라!' 라는 커다란 전단지가 붙어 있었는데, 그것뿐만 아니라 그 전단지 주변에는 요양원을 비방하는 내용의 자잘한 전단지들도 덕지덕지했다.

나는 그 전단지들을 몇 초 정도 가만히 바라보다 천천히 손을 뻗었다.

그 순간 훅, 강한 바람이 불었다. 내가 뜯으려던 전단지한 장이 저절로 떨어져 숲 쪽으로 날아갔고… 전단지를 뜯고자 뻗었던 내 손은 다른 것을 잡고 있었다.

빨간색 목도리였다.

"…목도리?"

지금은 4월 초. 햇빛도 점점 따뜻해지고 있었고 조금만 더 지나면 겉옷도 필요 없어질 시기였다. 게다가 오늘은 산책하기에 더없이 좋은 날씨였으니, 이런 날에는 목도리가 필요할 리 없었다. 근데… 대체 이 목도리는 어디서 나온 거지?

"거기 너."

목도리의 출처를 찾기도 전에 경쾌한 목소리가 나의 주의를 끌었다.

"나이스 캐치! 주워줘서 고마워. 혹시 돌려줄 수 있을까?"

목소리가 들린 쪽으로 시선을 돌렸다.

"맞아, 이쪽이야. 드디어 찾아냈네."

담벼락 위에는 머리가 긴 여자가 앉아 있었다. 환자복 위로 드러난, 시원해 보일 정도로 하얀 목덜미를 보니 과연 빨간 목도리가 어울릴 것 같다는 생각이 들었다. 손에는 봄 날씨에 어울리지 않는 검은색 장갑을 끼고 있었다.

이런 말은 좀 조심스럽지만… 예쁜 사람이었다. 알록달록 칠해진 담벼락을 의자로 삼은 모습까지 더해지니 황홀할 만큼 환상적이었다.

"…요양원 사람이에요?"

그 분위기에 매료되어 어처구니없는 질문을 하고 말았다.

"맞아. 난 안쪽 인간이야."

그 사람은 장난기 어린 미소를 짓고 있었다. 여성스러운 외모와는 달리 눈을 가늘게 뜨고 웃는 모습은 마냥 어린아이 같았고, 나는 그제야 손에 닿은 목도리의 감촉을 떠올렸다.

"아 맞다, 이거……."

나는 빨간 목도리를 든 손을 최대한 쭉 뻗었다. 그런데 그 사람은 목도리를 받으려는 노력을 하지 않았다. 당황한 나를 보자 눈을 더 가늘게 뜨고 웃었다.

"돌려주고 싶으면 내 병실로 와. 간단히 들어올 수 있게 해줄게."

"…저는 그곳에 들어갈 자격이 없어요."

"내 병은 통행증이 아니야."

그렇게 말하고는 즐겁다는 듯이 다시 한번 웃어 보였다.

나는 방금 그 말을 듣고서 눈앞의 여자가 괴질 환자라는 걸 짐작할 수 있었다. 그리고 스바루다이에 떠도는 소문이 맞다면, 이 여자는 지금 요양원에 입원해 있는 유일한 환자일 것이다.

"아픈 사람처럼 보이지 않네요."

"어머? 환자여도 담벼락 정도는 올라갈 수 있어. 기왕 말이 나온 김에 말하자면, 그 목도리 말이야, 꽤 비싼 거니까 던지거나 그러지는 말아줬으면 좋겠어."

그렇게 말하며 그녀는 순식간에 담벼락에서 모습을 감추었고, 잠시 후 고래 담벼락 건너편에서 다시 목소리가 들려왔다.

"난 츠무라 야코라고 해! 편하게 그냥 야코 씨라고 불러줘! 접수창구에서 내 이름을 말하면 들여보내줄 거야!"

"…목도리 던질게요! 받으세요!"

"아니, 너는 다른 사람의 물건을 그렇게 거칠게 다룰 타입이 아니야. 그럼 다음에 또 봐!"

야코 씨의 목소리가 점점 멀어져갔다. 여기에서는 목도리를 던져봤자 닿지 않을 것 같기도 했고 딱 봐도 비싸 보여서 차마 그럴 수도 없었다.

'어떻게 그런…' 야코 씨의 말을 듣고 가장 먼저 떠오른 생각이었다.

잠깐 사이에 내 성격을 꿰뚫어보기라도 한 것일까? 어찌 된 일인지 야코 씨는 내게 가장 효과적인 방법으로 부담을 주었다. '비싼 거'라는 말 한마디에 목도리를 흙투성이로 만들 수 없게 되어버리는 내 자신이 안타까울 지경이었다.

어떻게 해야 할지 잠깐 망설이다 목도리를 가방 안에

쑤셔 넣었다. 돌려주어야 한다는 사실을 잊지 않기 위해, 요양원 반대 전단지도 떼어 주머니에 넣었다.

집으로 돌아오니 아무도 없었다. 귀에 거슬리는 소리가 사람 하나 없는 집 안에서 울리고 있었다.

낡은 프린터는 인쇄를 할 때마다 비명 같은 소리를 내지르며 삐걱거렸다. 프린터가 그대로 망가지길 바랐지만, 그런 일은 일어나지 않았다. 정신이 아득해질 정도로 긴 시간 끝에 프린터기가 전단지 한 장을 힘겹게 토해냈다. 전단지에는 선명한 명조체로 '금괴병 환자 신규 수용 결사반대!' 라는 문구가 적혀 있었다.

나는 주머니에 동그랗게 말려 있던 전단지를 꺼내 슬그머니 휴지통에 던져 넣었다.

새로 취임한 스바루다이의 면장, 이치카고 토쿠미츠는 자신의 임기 동안 스바루다이의 재정을 늘리겠다고 단언했고, 실제로 그것을 해낸 사람이다. 그가 이 마을을 구하기 위해 꺼낸 키는 바로, 국내 세 번째로 들어선 '금괴병 환자 전용 요양원'이었다.

스바루다이의 아름다운 자연환경과 남아도는 토지는

새하얀 상자를 짓기에 안성맞춤일 정도로 적합했는데, 그런 연유로 이곳을 효과적으로 사용하고자 시도한 사람들은 이치카고 토쿠미츠 이외에도 많았다.

그럼에도 불구하고 스바루다이를 제대로 활용한 사람은 오직 그뿐이었다. 그는 시대의 흐름을 읽을 줄 알았고 대중의 수요를 파악하는 능력도 탁월했다. 스바루다이에 필요한 것은 대규모 라이브 공연장도, 떠오르는 신예 예술가가 만든 조각품도 아닌, 정부 보조금이 두둑이 주어지는 특수 병원이라는 사실을 제대로 이해하고 있었던 것이다.

그 당시 금괴병이라 불리던 특수한 병을 앓고 있던 환자는 국내에 7명 정도 존재했으며, 정부는 이 병을 극히 희귀한 난치병으로 지정하고 전용 수용시설을 짓겠다고 선언했다.

선견지명이 있는 이치카고 토쿠미츠는 후보지로 가장 먼저 스바루다이를 내세웠고, 스바루다이 요양원 건립은 순조롭게 진행되었다. 가장 보수적인 마을에 세워진 가장 새로운 시설이었다.

그렇게 7명의 금괴병 환자들 중 2명이 스바루다이 요양원에 입원하게 되었다. 금괴병을 연구하고 치료하기 위한 전용 시설인 저 하얀 건물로 보내진 것이다. 바로 여기까지가 내가 분교 4학년을 마칠 때까지 일어난 이야기다. 스바루다이 요양원은 그 이후로도 계속해서 환자를 받았고, 덕분에 지역 경제에는 활기가 돌았다.

그러나 그 무렵의 요양원 담벼락에는 아직 그래피티가 그려져 있지 않았고, 대신 '요양원 반대' '즉시 폐쇄·아이들의 미래를 위하여' 라는 전단지가 새하얀 그 자리를 덕지덕지 뒤덮고 있었다.

그러니까 어머니는 이래저래 4년이 넘는 시간 동안 스바루다이 요양원 반대 운동을 하고 있는 셈이었다.

저녁 7시가 넘어 어머니가 돌아오자 갑자기 긴장이 되기 시작했다. 목도리는 옷장 깊숙이 숨겨두었기 때문에 들킬 일은 없었지만 그래도 조심해서 나쁠 건 없었기에 어머니가 2층으로 올라올 일이 없도록 내가 먼저 1층으로 내려갔다.

나를 본 어머니가 불쾌하다는 듯이 노려보았다. 그러고는 내뱉듯이 말했다.

"키타가미 씨는?"

'키타가미 씨'는 나의 의붓아버지였다.

"아직 안 오신… 것 같아요."

내가 이렇게 대답하자 어머니는 불만스러운 양 콧방귀를 뀌며 식탁 앞에 앉았다. 나는 곧바로 부엌으로 들어가 어머니를 위한 우동을 삶기 시작했다. 키타가미 씨가 있으면 키타가미 씨가 해주겠지만 지금은 어쩔 수 없었다.

우동을 삶는 동안 내가 먹을 빵을 해동하고 있는데 때맞춰 키타가미 씨가 조용히 부엌으로 들어왔다. 키타가미 씨는 아직 사십대였으나 그보다 훨씬 더 나이가 들어 보였다.

깡마른 몸에 눈만 끔뻑거리는 꼴이 무슨 궁지에 몰린 짐승 같았다. 분명 나도 다를 것 없는 모습이겠지. 우리 둘이 함께 있으니 부엌은 마치 작은 사육장 같았다.

"…아, 히나타. 이거."

키타가미 씨는 손에 든 종이봉투를 들어 올리며 작게 웃어 보였다.

"하시카와 씨네 밭일을 도와주고 대신 쌀과 채소를 받아왔어."

"감사합니다."

"에이 뭘, 별거 아니야……."

그는 인사하며 상처 나고 찌그러진 야채들을 냉장고 안으로 옮겼다.

키타가미 씨는 어머니의 재혼 상대로, 원래부터 이곳 스바루다이에서 살지는 않았다. 처음 소개받았을 때 그는 지금처럼 짐승 같은 모습이 아니라 이지적인 인상을 주는 말끔한 사람이었다. 철이 들기 전에 아버지를 여의었던 나는, 나에게도 아버지가 생긴다는 사실에 기대하지 않을 수 없었다. 지금 집에 있는 책들은 대부분 키타가미 씨가 가져온 것인데, 처음 나에게 책을 선물하며 기쁘게 웃던 그의 모습이 지금도 눈에 선하다.

키타가미 씨는 스바루다이의 침체된 경제 상황에 대해 진심으로 걱정하고 있었던 듯했고, 어머니와 내가 사는 이곳을 어떻게든 활기찬 곳으로 만들려고 필사적으로 노력했다. 그는 자신이 다니던 대기업도 그만두고 스바루다이 지역을 거점으로 한 다양한 사업들을 시작했다.

나도 어머니도 키타가미 씨를 응원했다.

그가 하려던 일들이 잘되면 좋았을 텐데.

결론부터 말하자면, 키타가미 씨가 시도한 사업은 어느 것 하나 성공한 것이 없었다. 스바루다이만의 특별한 민속주를 만든다든가, 스바루다이에서만 나는 농작물을 홍보한다든가 하는, 말하자면 뻔한 사업이었다. 그렇지만 키타가미 씨가 스바루다이에 활기를 불어넣고 싶어 한 그 마음만은 진심이었다.

키타가미 씨가 만들려고 한 '스바루다이 브랜드'는 제대로 뿌리내리지 못했고, 오히려 스바루다이는 산 너머에 있는 미도리다이 지역으로 흡수될 처지에 놓였다. 그러나 스바루다이 사람들은 그러한 변화를 받아들이는 분위기였고, 초조해하는 사람은 키타가미 씨뿐이었다.

결과적으로 스바루다이를 살린 것은 요양원 건설이었다.

그 무렵 키타가미 씨는 자신이 벌인 일을 대부분 접을 수밖에 없었고 저축해둔 돈도 바닥났지만 키타가미 씨의 의지는 꺾이지 않았다. 국내에서 세 번째가 될 대형 요양원 건설지가 스바루다이로 결정될 때까지도 키타가미 씨는 스바루다이를 포기하지 않았다.

그리고 스바루다이 요양원 건립 설명회 당일, 그는 뚝 부러지고 말았다.

"더는 안 될 것 같군."

그 말과 함께 키타가미 씨는 하던 일을 모두 그만두고 방에서 나오지 않았다. 그날부터 우리의 가계를 지탱하는 것은 생활보조금과 NPO에서 지급되는 냉동 빵으로 바뀌었다. 그러나 그렇게 지급받은 얼마 안 되는 보조금마저도 어머니가 몸담고 있는 단체의 '활동비' 명목으로 사라지기 일쑤였다.

"히나타도 빵만 먹지 말고 제대로 먹는 게 좋아."

나는 키타가미 씨의 말에 정신이 번쩍 들었다. 우동은 완전히 불어 터진 상태였다. 나는 황급히 냄비의 내용물을 그릇으로 옮겼다.

"아니에요, 오늘은 그렇게 배가 고프지 않아서……."

"그렇군."

그렇게만 말하고 그도 자기 몫의 빵을 꺼내 들었다.

"미안하구나, 이런 생활을 하게 만들어서."

그는 문득 생각났다는 듯이 중얼거렸다.

그러나 그에게 다시 일할 마음은 생기지 않는 듯했다. 가끔 이렇게 다른 집의 밭일을 도와주기는 했지만 뭔가를 새롭게 시작할 마음은 들지 않는 모양이었다. 나는 이럴 때 무슨 말을 해줘야 할지 몰라 그저 "괜찮아요"라고만 대답했다.

부러져버린 인간에게 건넬 수 있는 말은 거의 없다.

그때 거실에 있는 TV에서 날카로운 웃음소리가 들려왔다.

우리가 이렇게 대화하고 있을 때면 어머니는 말없이

TV 음량을 올리곤 했다. 그러면 나와 키타가미 씨는 서로 짜기라도 한 듯 대화를 멈췄다.

불어버린 우동과 케첩을 뿌린 빵을 식탁으로 옮기자 불편한 식사가 시작됐다.

말없이 빵을 먹는 나를 노려보던 어머니가 크게 한숨을 내쉬었다.

"그래서, 오늘은 어디 갔었어?"

키타가미 씨에게 묻는 말이었다. 키타가미 씨가 아까와 같은 설명을 하자 어머니는 작게 혀를 찼다.

"하시카와 네는 제일 먼저 요양원에 굴복한 비렁뱅이 잖아."

불쾌한 기색이 역력한 어머니의 목소리에 키타가미 씨는 한층 더 작아졌다.

"…그래도 하시카와 씨네 집에서 쌀을 받아왔으니 당분간은 그걸로 버틸 수 있을 거야."

"모르겠어? 그 쌀은 오염됐을 수도 있어. 그쪽에서 보면 우리는 적이라고."

말은 그렇게 해도 어머니는 하시카와 씨에게 받은 쌀을 먹을 거라고, 나는 속으로 생각했다.

"내 말이 맞다니까, 이 나라는 중요한 사실을 숨기고

있어. 저기에 수용된 건 환자가 아니라 국가가 보유하고 있는 생물학 병기라고. 저걸 철거하지 않으면 스바루다이는 끔찍한 실험장이 되고 말 거야."

어머니가 터무니없는 음모론을 제기하자 키타가미 씨는 슬그머니 시선을 피했다. 어머니가 이렇게 나올 때면 키타가미 씨는 껍데기에 틀어박혀 폭풍이 지나가기만을 조용히 기다리곤 했다.

그럼 그때 나는 어땠냐 하면, 오늘 만난 야코 씨를 떠올리고 있었다.

도무지 생물학 병기나 환자로 보이지 않는, 따뜻한 봄날에 장갑과 목도리를 걸친 그녀를.

요양원 건설이 결정됐을 무렵에는 금괴병의 정식 명칭인 '다발성 금화 근섬유이형성증'이 감염성 괴질이라는 루머가 돌았다. 건립 설명회가 열리던 당시에는 요양원 건설을 반대하는 사람도 많았다고 했다.

그러나 전염병이 아니라는 사실이 확인되자 반대의 목소리는 서서히 사그라들었고, 담벼락에 그림이 넘쳐나게 될 때쯤이 되어서야 스바루다이는 요양원을 받아들였다. 결과적으로 요양원은 쓰러져가던 스바루다이의 전환점이 되었다.

지금 여전히 반대파로 활동하고 있는 사람은 우리 어머니를 필두로 한 마을 주민 몇십 명뿐이었다. 스바루다이라는 좁은 공동체에서, 어머니는 매일 사람들과 만나 방금 말한 것과 같은 음모론을 주고받았다.

어머니가 이렇게 된 것은 키타가미 씨가 방에서 두문불출하게 된 이후의 일이었는데, 그 상관관계가 불쾌할 만큼 현실적이어서 어쩐지 섬뜩할 정도였다.

나는 빵을 허겁지겁 먹어치운 뒤 얼른 자리에서 일어났다. 등 뒤에서 어머니의 혀 차는 소리가 들려온 것도 잠시, 이어서 키타가미 씨를 상대로 한 어머니의 음모론이 계속되었다.

내가 2층으로 올라가 제일 먼저 한 일은 옷장 안을 확인하는 것이었다. 옷장을 열자 빨간 목도리가 보였다. 오늘 있었던 일은 꿈이 아니었구나.

일이 이렇게 된 건 내가 그 길을 지나갔기 때문이었고, 심지어는 요양원 반대 전단지를 떼야겠다는 생각까지 했기 때문이다.

어머니가 새 전단지를 만드는 것은 이미 알고 있는 사실이었다. 낡은 프린터로 겨우겨우 인쇄를 한다는 것도. 희희낙락거리며 전단지를 붙이러 가는 어머니의 모습이 떠오르는 듯했다.

어차피 아무도 보지 않는 전단지였다. 게다가 고작 그런 걸로 요양원이 망할 리도 없었다. 하지만 멍청한 나는 그것을 굳이 떼러 갔던 것이다.

그곳에서 야코 씨와 마주치게 될 줄은 꿈에도 모른 채.

빨간 목도리를 잠시 바라보다 옷장 문을 닫았다. 스바루다이 요양원이라니. 자격이 없다는 말은 이런 상황을 두고 하는 말이리라. 아무리 생각해봐도 요양원 반대 전단지를 붙이고 다니는 여자의 아들이 들어가서는 안 되는 곳이었다.

그러나 예쁘게 짜인 통행증은 내 방에 있었다.

▼ 143일 전

결국 비싼 목도리에 지고 말았다. 하굣길에 또 다시 같은 길을 지났지만, 오늘은 기이한 그 여자가 담벼락 위에서 말을 거는 일은 없었다.

요양원 담벼락을 빙 돌아가면 성문 같은 입구가 나오는데, 성과 다른 점이라면 위병이 아닌 보안카메라가 그곳을 지키고 있다는 점이었다. 나는 가만히 이쪽을 비추고 있는 카메라를 노려보며 격자문을 열었다.

한 발짝 들어서자 유리벽과 기둥으로 이루어진 거대한 건물이 보였다. 낙서로 뒤덮인 담벼락과 달리 내부 건물은 아직도 새하얀 외관을 유지하고 있었고, 왠지 그 모습을 보자 집으로 돌아가고 싶어졌다.

"…츠무라 야코 씨의 병문안을 왔는데요."

접수창구에 말하자 성실해 보이는 직원이 "6층입니다"라고 짧게 대답해주었다. 그 표정으로 짐작컨대 누군가가 병문안을 오리라고는 예상하지 못한 것 같았다.

넓은 엘리베이터를 타고 6층으로 향했다. 6층에 병실은 하나밖에 없었다. 다른 문에는 모두 '생화학검사실', '생리기능검사실' 등의 이름이 붙어 있었다.

말하자면 6층 전체가 츠무라 야코를 위한 것이었다.

아마도 가장 전망이 좋을 안쪽 병실에 '츠무라'라는 이름표가 걸려 있는 것이 보였다. 나는 작게 노크하고 나서 슬라이드식 문을 열었다.

생각대로 그곳에는 어제의 그녀, 야코 씨가 있었다.

야코 씨는 널따란 병실의 돌출된 창가에 앉아 긴 머리를 늘어뜨리고 있었다. 다행히 병실 안에서까지 목도리나 장갑을 끼고 있지는 않았다. 원피스처럼 생긴 환자복 차림에서 언뜻 보이는 팔과 목이 유난히 가느다랬다.

내가 목도리를 들어 보이자 야코 씨는 빙긋이 웃었다.

"고생했어."

그 분위기에 압도되는 것을 느끼며 병실 안으로 들어갔다. 그리고 야코 씨의 손에 목도리를 꽉 쥐어주었다.

"이것으로 제 역할은 다했어요."

"사실, 네가 올 거라고 생각해서 아침부터 계속 창가에 앉아 있었어. 꽤나 그림 같았지? 그런데 넌 이름이 뭐야?"

"…에토 히나타라고 해요. 중학교 3학년이에요."

"다시 소개하자면, 난 츠무라 야코라고 해. 학년으로 따지자면 대학교 3학년이야. 대학에서는 사학을 연구하고 있었는데, 한동안 가지 않아서 다 잊어버렸어. 금괴병이 발병한 반년 전부터는 쭉 입원해 있거든. 여기 입원해 있는 유일한 환자야."

야코 씨는 그렇게 말하고 웃어 보였다.

요양원이 지어지고 얼마 지나지 않았을 무렵에는 입원한 환자의 수가 조금씩 늘어 7명이 되기도 했고, 그 뒤로도 1명인가 2명 정도 더 입원을 했던 모양이었다. 눈앞의 여성이 이곳에 나타난 건 반년 전부터였다. 그리고 말했다시피 이제 이곳엔 그녀 혼자 남아 있다.

그것이 무엇을 의미하는지는 원치 않아도 알 수 있었다.

"…금괴병이 아니라 다발성 금화 근섬유이형성증이죠."

무슨 말을 해야 할지 몰라서 우선 그렇게 말했다. 그 말을 들은 야코 씨는 빙긋 웃었다.

"그러고 보니 너… 생각보다 자세히 알고 있구나?"

흔히 금괴병이라고 불리는 다발성 금화 근섬유이형성증은, 국가가 연구를 강행하며 급하게 이 시설을 지을 만큼 희귀한 난치병에 속했다.

이 병의 가장 큰 특징은 환자가 죽은 후 몸이 말 그대로 '금'으로 변한다는 것이다.

이 병에 걸리면 발병 이후부터 근육이 조금씩 경화되어 뼈에 침식되는데, 이때 침식된 뼈는 극히 금에 가까운 물질로 변해간다. 그래서 진짜 금과 금괴병 환자의 몸에서 나온 금을 나란히 놓으면 어느 것이 진짜 금인지, 현대 과학기술로도 구분할 수 없다고 한다.

"…스바루다이에 사는 사람이라면 이 정도는 알 거예요. 스바루다이는 이 요양원 덕에 존재하는 것과 마찬가지니까요."

내가 금괴병에 대해 아는 건 고작 스바루다이 집회 장소에 비치된 팸플릿에 실린 내용 정도가 전부였다. 그 팸플릿은 어머니 같은 사람들에게 금괴병의 특징과 희귀성, 그리고 이것이 전염되지 않는다는 사실을 알려주기 위해 만들어진 것이었다.

"실제로 금괴병 환자를 본 적은 없지?"

야코 씨는 나의 그런 생각을 알아채기라도 한 것처럼 웃어 보였다. 그러고는 창틀에서 훌쩍 뛰어내려와 자연스럽게 침대로 이동했다. 삐거덕대는 침대 소리와 함께 야코 씨가 다시 말을 이어나갔다.

"이 지구상에 존재하는 금은 수명을 다한 별의 잔해가 지구에 충돌하면서 생긴 거라고 전해지고 있어. 그러니까, 지금 유통되고 있는 금은 그 별의 유물 정도에 지나지 않는 거지."

"아……."

"이건 금의 가치가 크게 폭락하지 않는 이유이기도 하고."

정신을 차리고 보니 야코 씨와 나의 거리가 꽤 가까워져 있었다.

"하지만 다발성 금화 근섬유이형성증에 침범당한 내 몸은 별개의 문제야. 내 몸은 그런 거 없이도 알아서 금을 만들어내고, 적은 양이지만 이 지구에 있는 금의 총량을 늘리고 있거든.”

야코 씨는 말하면서 그녀의 가느다란 오른팔을 검지로 쓱 훑었다.

“이게 바로 네가 말한 다발성 금화 근섬유이형성증이야. 어때?”

“어때? 라고 물어보셔도…….”

“실제로 환자를 직접 만나보니 생각했던 것과는 많이 다르지?”

야코 씨는 그렇게 말했지만 잘 모르겠다는 게 내 솔직한 심정이었다. 그녀의 가느다란 팔에는 얇은 혈관이 비쳐 보였고, 보이는 곳에 도금이 되어 있는 것도 아니었다.

인간의 몸이 금으로 변한다니, 도저히 믿기지 않는 이야기였다. 나는 중세에 유행했다는 연금술을 떠올렸다. 그렇게 많은 사람들이 금을 만들기 위해 안간힘을 써도 안 됐는데, 이제는 눈앞의 사람이 저절로 금으로 변한다니… 그런 모습은 상상하기 어려웠다.

“난 머지않아 죽어.”

그 말에 갑자기 정신이 번쩍 들었다.

‘죽음’이라는 건 민감한 화제일 텐데, 야코 씨의 표정은 그것이 마치 깜짝 선물이라도 되는 것처럼 보였다. 내가 무슨 말을 꺼내기도 전에 야코 씨가 먼저 입을 열었다.

"단도직입적으로 말할게. 에토, 나를 상속받지 않을래?"

"상속이요?"

"그래. 금괴병이라는 건 말 그대로 금이 되는 거니까, 팔 수도 있는 거야. 하지만 내가 죽어 팔린다 한들 그 대금을 받을 상속자가 없어. 다른 환자들은 가족이나 연인을 지정하지만, 나는 아무도 없거든. 그래서 너를 상속자로 지명하고 싶어."

무슨 말을 하는 건지 잘 이해가 가지 않았다.

상속. 대금. 금으로 변한다…….

그러나 눈앞의 야코 씨는 여전히 흥미로워 보이는 미소를 띠고 있었다.

"…장난치는 거죠?"

"이런 건 팸플릿에 안 적혀 있지? 꽤 사적인 내용이니까. 그런데 정말이야, 나중에 알아보면 알겠지만, 내 시체는 정말 3억 엔에 팔려."

내 기분이 어떻든 야코 씨는 계속 말을 이어 나갔다.

"잠깐만요, 3억 엔이라니……."

"진짜야."

"갑자기 그런 말을 하시면……."

"단, 나에게도 조건이 있어."

야코 씨는 검지를 세우면서 말했다.

"…조건이요?"

"그래. 3억 엔을 너에게 상속하는 조건."

그렇게 말한 뒤 야코 씨는 옆에 있던 서랍에서 체스판을 꺼내 침대 옆 협탁에 올려놓았다. 희고 검은 체크무늬 표면에 자잘한 흠이 많은 걸 보니 꽤 많이 사용한 듯했다.

"체커라는 게임 알아?"

"…몰라요."

"몰라도 상관없어. 아주 간단한 게임이니까."

"이건 체스판 아닌가요?"

"지금부터 이걸 체커판으로 만들 거야."

야코 씨는 그렇게 말하면서 빨간색과 검은색의 납작한 말 더미를 체스판 위에 수북이 올려놓은 뒤 체스판의 검은 부분에 말들을 배치했다.

"내가 좋아하는 게임 중에 핵전쟁 이후의 황폐한 세계를 여행하는 게임이 있는데, 그 세계에서는 콜라병 뚜껑을 이용해서도 체커를 해. 룰이 단순하기 때문에 세상이 끝나더라도 체커는 끝나지 않아. 필요한 것은 이 두 가지 색깔의 납작한 말뿐이야."

그러는 동안 내 앞쪽 세 줄의 검은 칸 위로 12개의 검은 말이 배치되었다. 야코 씨 쪽에도 똑같이 빨간 말이 배치되어 있었다.

"말은 12개가 있고, 기본적으로 대각선 앞으로만 이동할 수 있어. 이동 방향에 적의 말이 있으면 이렇게 뛰어넘어 잡을 수 있지. 체스는 해본 적 있어?"

"…규칙은 알고 있어요."

"그렇다면 말을 잡을 때 뛰어넘는, 카쿠*로 이루어진 체스라고 생각하면 돼."

"카쿠는 쇼기잖아요."

"그래서 만약 체커의 말이 상대방의 마지막 열에 도착하면 그 말은 왕으로 승격하는 거야. 왕이 되면 대각선 뒤로도 이동할 수 있어."

야코 씨는 내 말을 무시하며 검은 말 위에 빨간 말을 올려놓았다. 마치 검은 말이 붉은 왕관을 쓰고 있는 것 같았다.

"왕이 된 말은 이렇게 알기 쉽도록 구별해. 마지막 열에 도착해서 말을 업으면 왕이야. 상대편 말을 다 잡거나

---

*일본식 장기인 '쇼기'의 말 중 하나.

체스처럼 체크메이트*를 해서 상대편을 움직일 수 없게 만들면 승리하는 거지. 체스보다 훨씬 심플하지? 자세한 건 게임을 하면서 알려줄게. 자, 일단 해보자."

그러더니 다짜고짜 야코 씨가 게임을 시작했다. 3억 엔에 대한 얘기도 제대로 이해하지 못했는데, 체커의 규칙을 이해했을 리 없었다.

나는 일단 가장자리 끝에 있던 검은 말을 대각선 앞으로 이동시켰다. 반면 야코 씨는 왼쪽에서 세 번째에 자리한 빨간 말을 이동시켰다. 다음 차례에도 야코 씨의 재촉에 못 이겨 똑같이 가운데 쪽으로 말을 옮겼다. 같은 일을 반복하는 사이, 야코 씨의 말이 내 말을 뛰어넘었다. 나도 질세라 야코 씨의 말을 잡았더니, 이번에는 뒤에서 기다리고 있던 야코 씨의 말에게 잡아먹히고 말았다. 그런 상황을 몇 번 되풀이했더니 야코 씨의 말이 마지막 열에 도착해 왕이 되었다. 내 말들은 눈 깜짝할 사이에 전멸하고 말았다.

확실히 심플한 게임이었다. 그렇기 때문에 내가 무엇을 잘못했는지 더욱 알 수가 없었다.

* 체스에서 공격받은 왕이 빠져나오지 못하는 상태.

"와… 깜짝 놀랄 만큼 약한데?"

"어쩔 수 없잖아요. 해본 적이 없으니……."

"하긴 그건 그렇지. 그럼 다시 한번 해볼까?"

"실력이 이 모양인데 다시 하자고요?"

"당연하지."

야코 씨는 그렇게 말하고는 방금 전과 똑같이 말들을 배열하기 시작했다.

하지만 결과는 역시나 나의 완패였다. 규칙을 이해하지 못한 건 아니었는데, 나의 말들은 우스울 정도로 야코 씨에게 농락당하고 말았다.

"두세 수 앞을 생각하지 않아서 잡히는 거야."

"그럴지도 모르지만… 솔직히 이런 거 잘 모르겠어요."

"말을 잡을 때, 어느 정도는 앞으로 어떻게 움직일지 생각해두는 게 좋아. 어떤 것을 미끼로 쓰고 어떤 것을 왕으로 할지도."

설명을 들으면서도 나는 여전히 혼란스러웠다. 해본 적도 없는 게임을 전수받는 상황도, 스바루다이를 간접적으로 구하고 있는 이 금괴병 환자도, 만난 지 얼마 안 된 사람에게 3억 엔을 상속하겠다는 것도, 전혀 현실성이 없었다.

이 순간만큼은 침대에 앉아 있는 야코 씨가 인간의 영혼을 가지고 노는 악마처럼 보였다. 동그랗고 까만 눈동자가 값을 매기듯 나를 바라보고 있었다. 그때 병실 문이 열리며 간호사가 들어왔다.

"어머, 벌써 검사할 시간이구나. 잊고 있었어."

"저도 슬슬 가야겠어요."

애초에 목도리를 전해주러 왔을 뿐이었다. 이제 더이상 이곳에 올 이유는 없었다.

야코 씨는 병실을 나가기 전에 내쪽을 휙 돌아보았다. 그러고는 빙긋 웃었다.

"한 번이라도 이기면 3억 엔이야. 열심히 해봐, 에토. 그럼 다음에 또 봐."

그렇게 야코 씨는 홀연히 병실을 빠져나갔다. 병실 안에는 형편없는 형세의 체커판과 어안이 벙벙해진 나만 남아 있을 뿐이었다. 이대로 계속 병실에 있을 수는 없었기에 나도 요양원을 나왔다. 노을을 받아 빛나는 그 건물은 역시 스바루다이와는 어울리지 않는 괴이한 모습의 성 같았고, 이곳을 방문한 내 모습은… 잘 상상이 되지 않았다.

하지만 야코 씨는 내가 다시 올 거라고 믿어 의심치 않는 듯했다.

나를 놀리고 있는 것일지도 몰랐다. 하지만 알고 보니 야코 씨가 어느 자산가의 외동딸이며, 융통할 수 있는 돈이 3억 엔이나 있을 가능성도 없지는 않았다. 워낙 유별나서 체커로 자신을 꺾은 상대에게 유산을 물려줄 가능성도 전혀 없는 것은 아니었다.

그럴 일은 희박하지만, 나에게 3억 엔이 들어올 가능성이 제로는 아니라는 뜻이었다.

3억 엔. 그 정도의 거액이 있다면 나는 뭘 할 수 있을까?

아니, 그만큼의 거액으로도 못 하는 일이 있을까?

집으로 돌아오니 어머니는 이미 식탁 앞에 앉아 계셨다. 어디서 사왔는지 모를 과자를 먹으며 멍하니 TV를 보고 있었다. 키타가미 씨와 실랑이라도 벌인 걸까. 어머니는 평소보다 훨씬 더 기분이 언짢아 보였다.

"빨리 왔네? 성가시게."

얼마 전 같은 시간에 돌아왔을 때는 늦었다고 한소리 했었다.

나는 조용히 2층 방으로 향했다. 운이 좋은 날에는 내가 방에 들어가면 상황이 정리되고는 했는데, 오늘은 그렇지 않았다. 어머니가 나를 따라 계단을 올라왔고, 내가 걸어가는 쪽으로 그림자가 드리워졌다.

"나 무시하니? 불만이 있으면 나가면 되잖아. 너 같은 짐덩이만 없었어도 우리가 이런 인체 실험장 같은 동네에서 살지는 않았어."

여기서 뒤를 돌아본 건 잘못된 선택이었다. 어머니는 빈틈을 발견한 사람처럼 쏘아붙였다.

"왜? 건방지게 상처 받은 얼굴로 비난이라도 하게? 나 참, 부모의 고생 같은 건 아무것도 모르지! 애초에 널 낳는 게 아니었는데."

문고리를 잡은 손이 움직이지 않았다. 타이밍이 어긋나면 상대가 무너질 때까지 공격한다는 사실을 알고 있었기 때문이다. 쏟아내고 싶은 만큼 쏟아내도록 놔두지 않으면 심지까지 다 태워버리고 말 것이었다.

"너도 마찬가지라는 거 잊지 마. 같은 구덩이 신세라고. 내가 널 여기서 내보낼 것 같아? 어림도 없지. 스바루다이에서 평생, 죽을 때까지 견뎌봐."

어머니가 내뱉듯이 말하며 계단을 내려가는 소리가 들렸고, 나는 그 타이밍에 맞춰 방으로 들어갔다. 그제서야 내가 숨을 죽이고 있었다는 걸 깨달았다.

3억 엔만 있으면 뭐든지 가능할 거라고… 되뇌었다. 3억 엔만 있으면 내 인생도 바꿀 수 있을 거라고, 그때는 나도 스바루다이를 떠날 수 있을 거라고…….

▼ 140일 전

"에토, 물어보고 싶은 게 있는데."

그날은 등교를 하니 같은 반 친구인 츠키노가 내 자리에 앉아 있었다. 햇볕에 그을린 피부에 활발해 보이는 포니테일 머리를 한 츠키노는 우리 반의 분위기 메이커였다. 다만 우리 분교의 중학교 3학년생은 나를 포함하여 6명이 전부였기 때문에, 그 안에서 분위기 메이커라는 역할은 작은 것일지도 모르겠다.

"뭔데?"

태연한 척 그렇게 대답했지만 속으로는 뜨끔했다. 혹시라도 내가 요양원을 드나드는 모습을 본 건 아닐까, 하는 생각이 들었던 것이다. 딱히 죄를 지은 건 아니었지만 이상하게 불편했다.

하지만 그런 나의 걱정은 뒤로한 채 츠키노는 웃는 얼굴로 말했다.

"졸업여행 말인데."

"아… 졸업여행 얘기구나. 응."

스바루다이 분교 졸업생들은 '졸업여행'이라는 이름으로 매년 스바루다이 산 너머에 있는 바닷가로 놀러가곤 했다. 이전 선배들도, 그 이전의 선배들도 다녀왔을 것이다.

"에토는 일정을 봐야지 알 수 있을 것 같다고 했지?"

"응. 그 시기엔 아마도 바쁘지 않을까 싶어."

나는 아무렇지도 않다는 표정을 지으며 대답했다. 같은 학년인 6명 중에서 졸업 후 스바루다이를 떠나지 않는 것도, 고등학교에 진학을 하지 않는 것도 나 혼자였기에, 반 친구들에게는 졸업여행을 갈 수 있을지 없을지 모르겠다는 말을 꽤 오래전부터 해두었다.

다정한 친구들은 나의 거짓말을 캐묻지 않고 넘어가주었다.

일정이 맞지 않는다는 건 거짓말이었다. 만약 취직을 한다고 해도 졸업여행을 위한 이틀의 휴가를 내지 못할 리 없었다.

1박 2일의 졸업여행에 필요한 비용은 대략 3만 엔 정도로, 숙박비와 교통비, 식비, 기타 등등을 포함하면 그 정도가 되었다.

그런 부담을 짊어지는 것보단 일정 때문에 못 갈 것 같다고 해두는 게 편했다. 그나마 내가 할 수 있는 일은, 다른 친구들에게 찬물을 끼얹지 않기 위해 아무것도 아니라는 듯한 표정을 짓는 것뿐이었다.

뼛속까지 스며든 비참함이 잘 감춰지기를 바랐다.

그런데 츠키노의 입에서 의외의 말이 튀어나왔다.

"올해는 하루밍도 졸업여행을 못 갈 것 같대."

"어?"

"하루밍은 진학할 고등학교가 정해져 있잖아, 시험일이 가까워지면 스바루다이를 떠나야 한대."

아쉽다는 듯이 이야기하는 츠키노의 말에 나는 교실 한쪽을 쳐다보고 말았다.

그곳에서는 '하루밍'이라 불리는 이치카고 하루미츠가 미야지와 이야기를 나누고 있었다. 시선을 느꼈는지 하루미츠가 이쪽으로 천천히 걸어왔다.

"왜 그래? 무슨 얘기 하고 있어?"

"아니, 졸업여행 말이야. 너도 못 간다고 그러길래……."

"아 맞아. 아무래도 스케줄상 힘들 것 같아서."

하루미츠는 그렇게 말하며 태연하게 웃어 보였다.

"어차피 에토도 안 갈 거잖아?"

"…그렇긴 하지만."

"그래! 그래서 말인데, 우리만 아무것도 못 하는 건 아쉬우니까, 대신 여름축제 때 뭔가 튀는 걸 해보고 싶다는 이야기가 나온 참이거든. 다들 어떤가 싶어서 지금 물어보고 다니는 중이었어."

츠키노는 들뜬 모습으로 상황을 설명해주었다.

"난 전혀 상관없지만……."

"오, 그럼 에토도 찬성이네. 미야지와 카가도 괜찮다고 했고, 마지막으로 모리미만 오케이 하면 완전 끝이겠어."

하루미츠가 말을 이었다.

"여행 대신 축제라니, 뭘 할 건데?"

"음, 글쎄, 불꽃놀이 같은 걸 하자는데… 원래 3년 전까지만 해도 했었잖아? 불꽃놀이 말이야."

눈앞에 오고가는 즐거운 대화를 들으며 나는 비로소 이야기의 골자를 이해했다. 아무래도 하루미츠와 내가 여행을 가지 않는 만큼 학교 축제에서 분위기를 띄워보자는 얘기인 듯했다. 상관없어 보이는 두 가지의 일이 '추억 만들기'라는 실타래로 이어졌다.

문제는, 하루미츠가 왜 그런 말을 꺼내느냐 하는 것이었다.

"…하루미츠, 스바루다이를 떠나는 거야?"

"아마 그렇게 될 것 같아. 그럼 나도 이제 타지에서 살 준비를 해야 하니까. 내 개인적인 사정 때문에 모두의 여행을 방해할 수는 없잖아?"

"결국 방해한 꼴이 됐네?"

"뭐… 어차피 가봤자 에토도 없는걸."

그렇게 말하는 하루미츠의 목소리에는 아무런 의욕도 느껴지지 않았다. 속으로 하루미츠의 의도를 읽어보려 했지만 잘되지 않았다.

이치카고 하루미츠. 스바루다이 요양원을 세워 다 쓰러져가던 스바루다이에 빛을 밝힌 이치카고 토쿠미츠의 외아들. 분교를 졸업한 후에는 스바루다이를 떠나기로 되어 있었다.

나와 하루미츠가 졸업여행을 가지 못하는 이유는 같았다. 스케줄이 맞지 않는다는 것. 어쩐지 가슴이 두근거려 그다음을 생각하는 것을 그만두었다.

그리고 나는, 사흘 만에 야코 씨의 병실을 다시 방문하기로 결심했다.

정문을 지날 때까지 서너 번 발길을 되돌리면서도 나

는 사흘 전과 같은 방법으로 접수를 마쳤다. 츠무라 야코 씨의 병문안을 왔다고 하자, 직원이 "잠시만 기다려 주세요"라고 말했다. 지난번과는 다른 응대였다.

시키는 대로 기다리고 있으니 백의를 입은 중년 남성이 나타났다. 서 있는 모습이 버들가지처럼 가늘었다. 그는 나를 보고서 작게 손짓했다.

"잠깐 이리로 좀 와줄래?"

그를 따라 '주임 의사 과장실'이라고 적힌 방 안으로 들어갔다. 안은 일반적인 진료실처럼 보였다. 담당 의사와 환자용 책걸상이 각각 놓여 있었고, 그 옆에는 깨끗해 보이는 흰 침대도 있었다.

한 가지 특이한 점은 이 방의 벽에 걸린 모든 것에 야코 씨의 이름이 적혀 있다는 점이었다. 야코 씨의 사진을 포함한 치료 경과서와 검사 결과지, CT 촬영 결과, 엑스레이 사진들도 모두 야코 씨의 것이었다.

이 방은 마치 야코 씨의 전시장 같았다. 사진속의 야코 씨는 조금도 웃지 않는 표정으로 이쪽을 바라보고 있었다.

나는 야코 씨의 사진에서 눈을 돌려 앞에 있는 남자를 보았다.

"나는 츠무라 야코 씨를 담당하고 있는 토에다, 라고

한단다. 네가 츠무라 씨를 찾아온 아이니?"

"…히나타 에토입니다."

"에토라… 분교에 다니고 있니?"

"네, 그런데요…….."

토에다 선생님은 나를 유심히 바라보았다. 왠지 평가를 당하는 것 같아 불편했다.

"야코 씨… 아니, 츠무라 씨의 몸 상태가 좋지 않은 거라면 돌아갈게요."

"그런 건 아니야. 츠무라 씨는 기본적으론 보통 사람들과 다를 바가 없단다. 컨디션도 안정적이고… 당분간은 괜찮아. 이런 이야기를 하고 싶어서 부른 게 아니라… 단도직입적으로 물어보마. 에토, 츠무라 씨한테 무슨 말을 들었니?"

토에다 선생님은 부드러운 미소를 머금은 채, 그러나 분명하게 물었다.

"그게… 자신이 죽으면 상속받지 않겠느냐고…….."

"그렇구나. 츠무라 씨다운 말이네."

토에다 선생님은 작게 웃으며 그렇게 말했다.

"정말인가요?"

"뭐가? 츠무라 씨가 병에 걸렸다는 사실 말이니?"

"그게… 그 사람이… 아니, 츠무라 씨가 죽으면 3억 엔의 가치가 생긴다는…….”

어쩌면 웃어넘길지도 모른다. 인간의 시체가 3억 엔에 팔린다니, 지나치게 짓궂은 농담이었다.

하지만 토에다 선생님은 진지한 얼굴로 고개를 끄덕였다.

"팸플릿에는 실려 있지 않을 테니 믿지 못하는 것도 무리는 아니지.”

"…정말이에요?”

"처음엔… 아니, 지금도 그렇지만. 오류 같은 것이었단다.”

토에다 선생님은 곁눈질로 엑스레이 사진을 보며 그렇게 말했다.

"이 병에 걸린 사람들은 신체 조직이 이상 변형을 일으켜. 말하자면, 금과 거의 동일한 물질로 변하는 거지. 국가는 이를 유례없는 질병으로 보고 시신 기증을 요구하고 있어. 뭐, 여기까지는 그럴 수 있겠다 싶겠지… 그런데 버그가 일어난 거야.”

"버그요?”

"금과 거의 동일한 물질을, 그것도 인간의 몸 만큼의

질량이 되는 것을, 무료로 나라에 인도하는 문제를 두고 논란이 생긴 거지. 대체… 누가 그런 말을 꺼냈을까. 인간이 변한 것이니 여전히 인간으로 봐야 할지, 아니면 금과 성분이 같으니 결국엔 금으로 봐야 할지. 시신인지 원소인지, 우리 사회는 아직 이런 문제에 대해 논의를 한 적이 없어."

나는 함께 체커를 하던 야코 씨를 떠올렸다. 그때의 야코 씨는 어떻게 보아도 인간이었다. 물질인지 아닌지 따위를 논할 여지조차 없을 만큼.

그런 야코 씨가 죽으면 차가운 덩어리가 되어버린다. 그 순간 그녀의 몸은 논의의 대상이 되고, 츠무라 야코는 인간과 물질 사이에 던져진 채 그 사이를 부유하게 될 것이다.

"의사와 과학자, 정치인, 철학자들까지 이 병에 대해 논의했단다. 신학자들까지 거들고 나섰지. 영혼이 사라진 후의 몸이 너무나 가치 있는 물질일 때, 값을 매기는 것과 매기지 않는 것 중 어느 쪽이 더 모독일까?"

"그런 건 모르겠어요."

"결국 금과 같은 성분의 물질로 변한다면 그에 마땅한 금액을 지불해야 하는 것이 아닌가… 그렇게 결론이 난 거지. 뭐, 물론 유족들도 받을 수 있다면 받고 싶을 테고, 애초에 입원하는 것도 무료는 아니었으니까. 그래서 금괴병 환자의 시신을 기증할 때는 그에 상응하는 금액을 지급하도록 결정됐어."

"…이상하지 않은가요? 그래도 인간인데."

"어쩌면 인간이기 때문에 그럴지도 모르지."

토에다 선생님은 확신에 찬 어조로 말했다.

"존중하는 마음이란 건 눈에 보이지 않으니까. 돈으로 보여줄 수 있다면 나는 그것도 그것대로 괜찮다고 생각해. 우리 인간이란 게 이슬만 먹고 살 수는 없으니 말이다. 그런 건 받는 사람이 정하면 되는 거야."

"야코 씨에게 상속자가 없다는 말도 사실인가요?"

야코 씨의 죽음으로 큰돈이 나오는 것이 사실이라면 다음으로 궁금한 것은 그 부분이었다.

"그래."

토에다 선생님은 담백하게 대답했다.

"그럼… 정말로 제가 3억 엔을 받게 될 수도 있나요?"

"츠무라 씨가 죽는다면 말이지. 하지만 우리도 그렇게 되지 않도록 신경을 쓰고 있단다."

"…죄송합니다. 그런 의도는 아니었는데……."

"아니다, 궁금하겠지. 인생이 관련된 일이니. 우리는 츠무라 씨의 의사를 존중하고 싶으니 츠무라 씨가 그러길 바란다면 그렇게 될 거야."

그 말을 듣자 갑자기 덜컥 겁이 났다. 농담같이 주고받았던 그때의 대화가 생각났다. 나에게 상속한다는 건 차치하더라도 야코 씨가 금으로 변한다는 것은 사실이었다.

생면부지인 나에게 건넬 수 있는 3억 엔을… 야코 씨는 정말로 가지고 있었던 것이다.

"당황스럽겠지만, 츠무라 씨도 아무 생각 없이 너를 지명한 것은 아닐 거야. 그러니……."

"음… 정확히 말하자면, 아직 상속이 결정된 건 아니고… 츠무라 씨는… 제가 체커라는 게임에서 이기면 상속해 주겠다고 했어요."

3억 엔에 관한 이야기가 사실이라면, 내기를 한다는 것이 어쩐지 미친 짓처럼 느껴졌다. 그렇게 큰 금액의 상속자가 게임 한 판의 결과로 결정되어서 좋을 리 없기 때문이다.

하지만 토에다 선생님은 재미있다는 듯 웃음을 터뜨렸다. 선생님은 무릎을 치며 "그렇구나!"라고 말했다.

"그거 힘들겠는데? 츠무라 씨는 체커에 엄청 강하거든.

진짜 큰일이네.”

“엇, 혹시 츠무라 씨… 체커로 유명한 사람인가요? "

“아니, 그런 것은 아니지만… 음, 한 가지 팁을 주자면 체커라는 건 말이다, 실수만 하지 않으면 되는 게임이야.”

“네? 그게 무슨…….”

당황하는 나를 앞에 두고 토에다 선생님이 웃었다.

“운이 통하지 않는 게임이라는 거야.”

나는 야코 씨와 했던 체커를 떠올렸다. 확실히 그 게임에는 주사위도 룰렛도 필요하지 않았다.

“츠무라 씨와의 게임에서 필요한 것은, 그저 최선을 선택하는 것뿐이야.”

토에다 선생님은 진지한 얼굴로 그렇게 말했지만, 그건 게임을 하는 이상 당연한 일이라 생각했다. 누가 실패하기 위해 싸운단 말인가? 도대체 무슨 말인지 이해할 수 없었으나 이야기는 계속되었다.

“츠무라 씨가 금으로 변하는 것은 사실이지만, 지금은 그런 것들을 신경 쓰지 말고 아무렇지 않게 츠무라 씨를 대해줄 수 있겠니? 혼자서 심심해하고 있거든.”

“신경 쓰지 말라고 하셔도… 어차피 저는 츠무라 씨와는 정말 아무런 사이도 아닌데…….”

"뭐, 그냥 편하게 있어주면 돼. 자, 그럼 다녀오렴."

토에다 선생님은 일방적으로 말을 끝맺더니 나를 내보냈다.

그리고 오직 지지 않는 것만을 의식하며 체커에 임한 나는, 물 흐르듯 말을 빼앗기며 자연스럽게 지고 말았다.

애초에 무엇이 실수였고 무엇을 잘한 건지 판단할 수도 없었다. 토에다 선생님의 조언은 그다지 도움이 되지 않았다.

"…뭐죠, 이건?"

"응? 오늘은 무슨 일이야? 공부를 한 거야?"

야코 씨는 나의 사소한 저항의 낌새를 알아차렸는지 그렇게 말하며 고개를 갸우뚱했다.

"…토에다 선생님이 그러셨어요. 체커는 실수만 하지 않으면 된다고."

"맞는 말이야, 역시 잘 알고 있네."

말들을 다시 배치하며 야코 씨가 연신 고개를 끄덕였다.

"그건 그렇고, 토에다 선생님과 만난 모양이구나. 뭔가 깨달음은 얻었니?"

나는 조금 망설이다가 입을 열었다.

"…야코 씨가 세상을 떠나면 3억 엔이 나온다고 했던 말이 사실이라고 들었어요."

"말했잖아. 혹시 의심한 거야?"

"하지만 그건 버그 탓이라고 했어요. 법이나 사회나, 그런 것들이 금괴병을 따라잡지 못했기 때문에 결국에는 돈으로 해결하게 되어버린 것이라고요."

"그래 맞아. 내 존재는 버그 덩어리야. 몸의 버그, 법의 버그, 그리고 마음의 버그."

야코 씨는 가슴 언저리에 말을 가져다 대며 혼잣말하 듯 말했다.

"…그런 버그로 생긴 돈은 받을 수 없어요. 역시 말도 안 돼요, 이런 게임으로…"

"지난번과는 다르게 안 넘어오네."

"그땐 설마 진심일 줄 몰랐어요… 이건 저에게 말도 안 되게 유리한 것 같기도 하고… 역시 받아들일 수 없어요."

"왜? 공정하지가 않아서?"

"그럼요! 이래선 균형이 맞지 않기도 하고……."

"그러면 에토, 넌 팔이라도 걸래?"

야코 씨는 표정 하나 바꾸지 않고 아무렇지 않게 말했 다.

"…네?"

"손가락이라도 괜찮아. 마지막에 남은 내 말의 개수만큼 손가락을 잘라줄 수 있을까?"

야코 씨는 자신의 손가락을 슥 만지며 그렇게 말했다. 농담처럼 보이진 않았다.

"내가 건 3억 엔은 그런 거야."

야코 씨는 낮은 목소리로 말했다.

"공정하지 않다는 생각은 하지 않았으면 좋겠어. 어차피 우리는 같은 것을 걸 수 없으니까. 나는 나를 걸고 있는 거야. 여기에 맞추려면 너도 너 자신을 걸어야 해. 하지만 그런 건 내가 원하지 않아."

"아무리 그래도 손가락이라니."

"나 같은 사람은 손가락만으로도 그런대로 값이 붙거든. 알았으면 이제 그 이야기는 그만해줄래?"

야코 씨는 그렇게 말하고 서둘러 체커판으로 시선을 돌렸다. 그러고는 첫 번째 수를 가리켰다. 뒤늦게 나도 말을 움직였다.

결국 이번 대국은 야코 씨가 5개의 말을 남긴 채 승리했다.

이번 대국으로 한쪽 손의 손가락을 통째로 빼앗기는

셈이 됐을 거라 생각하니, 어설프게 덤비지 않은 게 다행이다 싶었다.

"손가락 5개를 가져갈 수 있는 기회였는데."

"…말 걸지 말아주세요. 가뜩이나 잘 못하는데 집중이 안 되잖아요."

"반성했으면 두 번 다시는 그런 말은 하지 않기야. 난 네가 찾아오는 것만으로도 좋아. 에토가 오지 않으면 외로울 거야."

야코 씨의 말투는 상냥했지만, 뭐라고 달리 토를 달 수 없게 만드는 무언가가 있었다. 왜 그렇게 고집을 부리는 걸까. 야코 씨는 내가 이곳을 찾아와 그냥 체커만 두는 것을 용납하지 않았다.

"하지만 전 애초에 그런 거액은……."

"필요 없다고?"

"…그래요. 그런 게 없어도 저는……."

그때, 야코 씨가 작게 웃었다.

"아니, 너는 갖고 싶을 거야. 그 3억 엔만 있으면 너는 어머니와 의붓아버지가 사는 집에서 나와 스바루다이를 떠날 수 있을 테니까."

야코 씨는 그 어떤 잘난 체도, 악의도 없이 직설적으로 말했다.

내 표정이 순식간에 굳어지는 것을 느꼈다. 그에 비해 야코 씨는 아무렇지도 않아 보이는 얼굴에 옅은 미소까지 짓고 있었다. 목구멍 안쪽이 저려서 말이 제대로 나오지 않았다. 그럼에도 겨우겨우 말을 꺼냈다.

"…무슨 말이에요, 그게?"

"생각지도 못한 말을 해서 놀랐어? 이 요양원에 있으면 스바루다이에 대한 건 대충 다 알게 되거든. 여기 직원들이 남 말 하는 걸 좋아하기도 하고. 하지만 너무 걱정 마, 나는 너뿐만 아니라 요양원과 관계가 깊은 이치카고 하루미츠에 대해서도 알고 있으니까. 이 병실 선반에는 스바루다이 지도도 있을 정도야. 난 대충 그런 존재라고 생각해주면 돼."

야코 씨는 모두 알고 있었던 것이다. 내 상황도, 앞으로의 일들도. 그렇게 생각하니 얼굴이 뜨거워졌다. 지금 내 앞에 있는 야코 씨는 전보다도 한층 더 인간을 현혹하는 악마처럼 보였다. 나는 한참 동안 말을 고른 뒤에야 가까스로 대답할 수 있었다.

"…그렇다면 제가 여기 오는 게 불편하다는 것도 알겠네요. 남의 눈도 신경 쓰이고, 저희 어머니는 아시다시피 요양원 반대파예요. 또…….”

“그런 사소한 것들은 큰돈 앞에서는 아무런 의미도 없는 거야. 어머니가 어떻든 에토와는 상관없어.”

야코 씨는 분명하게 말했다.

“그 돈만 있으면 너는 인생을 바꿀 수도 있어. 괜찮아, 내가 어떤 참견도 하지 못하게 할 거니까. 사실은 너도 알고 있지 않니? 돈은 곧 힘이라는 걸. 거인의 어깨 위에 올라서는 널, 그 누가 손댈 수 있겠어.”

그 말이 맞을지도 몰랐다. 고작 열다섯살짜리가 3억 엔을 제대로 쓸 수 있을 리 없다든가, 그런 돈을 받아도 어떻게 해야 할지 모르겠다든가, 그런 걱정들은 아주 사소한 것일지도 모른다. 말문이 막힌 나를 상대로 야코 씨는 계속 말을 이어 나갔다.

“그게 아니면 의붓아버지가 신경 쓰이는 거야? 스바루다이 브랜드를 만들 계획이었다거나 백화점에 민속주를 출품할 예정이었다는 것도 나는 전부 알고 있어. 오히려 네가 요양원에 오는 것을 불편해하는 이유는 키타가미 노부마사를 염려하고 있기 때문 아니야?”

“키타가미 씨에 대한 것까지도 알고 있는 건가요?”

“물론이지. 지금의 그는 재정적으로 짐 덩어리일 뿐이

라는 것도, 그가 에토 널 지원할 마음이 조금도 없다는 것
도 알아. 몇 년 전에는 꽤 열심이었던 것 같지만."

방 안에 틀어박혀서 그저 하루하루를 흘려보내고 있을
뿐인 키타가미 씨를 떠올렸다. 야코 씨 입장에선 단순한
정보에 지나지 않을 키타가미 씨에 대한 것들을… 나는
제대로 알고 있었다.

"그러니까 내가 하고 싶은 말은, 너는 3억 엔을 받을
만한 이유가 있고, 나는 그걸 줄 힘이 있다는 거야. 복잡
하게 생각하지 말아줬으면 좋겠어. 지금 네 상황은 돈만
있으면 해결할 수 있으니까."

마지막으로 야코 씨는 이렇게 덧붙였다.

"그럼에도 내가 원하는 건 체커 상대뿐이야. 어때, 에
토. 좋은 제안이라고 생각하지 않아?"

그러니 내가 거절할 리 없다는 말투였다.

확실히 나의 상황을 고려한다면 거절할 이유는 전혀
없었다. 돈이 필요한 건 사실이었으니까.

냉정하게 판단할 수 있는 사람이라면 야코 씨의 말대
로 했을 것이다. 하지만 나는 바보였다. 그것도 자존심이
강한, 어쩔 수 없는 바보였다.

"…필요 없어요, 그런 거."

"거짓말. 난 다 알고 있어."

야코 씨는 마치 투정부리는 아이를 보는 것처럼 옅은 미소를 짓고 있었다.

나는 의자에서 일어나 야코 씨를 노려보았다.

"일부러 제 어설픈 자존심을 건드려 3억 엔을 포기하지 않게끔 하려 하셨겠지만, 역효과예요."

"뭐?"

"저는 야코 씨가 생각하는 것보다 훨씬 더 바보라서요. 오늘은 이만 돌아갈게요. 지금 상태로라면 냉정하게 얘기할 수 있을 것 같지가 않아요."

"그러니까 내가 하고 싶은 말은, 네가 신경 쓸 건 없다는 뜻이라니까……."

야코 씨가 침대 위에서 나를 향해 손을 뻗었다.

"내가 여기 온 게 돈 때문이라고 생각했어요? 내 가정 형편을 알고 있으니 제가 돈을 노리고 다가가도 눈감아주겠단 말인가요?"

"그게 아니야, 에토. 토에다 선생님을 만났으면 알 거 아니야. 왜냐면……."

"아뇨, 전혀 모르겠어요! 이만 나가볼게요."

나는 그 말만 내뱉고 곧바로 병실을 나왔다. 야코 씨가 쫓아올까 싶어 병실 문을 닫고 나왔지만 야코 씨는 그러지 않았다.

난 진심으로 야코 씨가 제정신이 아니라고 생각했다.

내가 가난하고 가정환경이 변변치 않으니 거액이 들어오면 좋아할 거라고 쉽게 생각한 걸까? 굶주린 아이에게 장난삼아 케이크를 던져주는 것처럼 말이다. 그뿐만 아니라 야코 씨는 케이크를 흥정의 도구로 사용하고 있었다.

저런 말은 자신과 잘 지내면 거액을 받을 수 있을 거라고 노골적으로 말하는 것과 다를 바 없었다. 너무 자학적인 말이었다. 야코 씨가 투병 생활을 하느라 일반적인 감각을 잃은 건가, 하는 생각마저 들었다. 그래서 해도 되는 말과 안 되는 말을 구별하지 못하는 것이다.

그런데 한편으로는 이런 생각도 들었다.

야코 씨가 그런 말을 한 이유가 따로 있다면? 3억 엔이라는 카드를 과시하는 다른 이유가 있다면? 하지만 그런 것들을 헤아리기에는 아무래도 근거가 부족했다.

또다시 화가 치밀어 올랐다. 키타가미 씨와 어머니에 대한 것과 나의 어두운 염원까지 모조리 다 간파당했기 때문이다.

이렇게 생각하면서도, 사실은 야코 씨가 병실에서 나와

나를 쫓아와주길 기대하는 자신에게 또다시 화가 났다.

▼ 137일 전

그날 수업은 자습이었다.

분교에는 4명의 선생님이 있었는데, 그 중 2명이 중학생을 담당했기 때문에 1명이라도 쉬게 되면 수업이 돌아가지 않았다.

등교를 하고 보니 교실에는 '하교를 해도 좋고 책을 읽어도 좋아요' 라는 두리뭉실한 지시가 적혀 있었다. 교실 안에는 츠키노만 남아 있을 뿐이었다.

"아, 에토 왔구나. 집에 갈 거야? 아니면 자습?"

"음, 공부할 마음은 안 드는데…….'

"미야랑 카가도 똑같이 말했어. 딱히 대단한 학교를 지망하는 것도 아니니 괜찮다나 뭐라나. 공부라는 건 그런 게 아닌데…….'

"츠키노 말고는 자습할 사람이 없다는 게 모두의 의견 같은데."

말은 그렇게 했지만 집으로 돌아가고 싶지는 않았다. 진학반이 아닌 터라 공부할 필요는 없었지만, 그래도 시간은 때워야 했으니 도서실에 가기로 했다.

딱히 읽고 싶은 책이 없어서 그런지 어쩌다 보니 체커에 관한 책을 찾아보게 됐다. 하지만 내용이 그리 자세하진 않았다. 분교 도서실에 책이 있어봤자 얼마나 있겠는가. 그래도 체스나 장기에 관한 책은 있는데, 체커에 관한 책은 도무지 보이지 않았다.

나는 하는 수 없이 적당히 골라온 사전을 펼치며 자리에 앉았다. 또다시 득달같이 체커 용어를 찾고 있는 스스로를 생각하니 분한 마음이 들었다.

나는 내가 왜 이러는지는 알고 있었다. 야코 씨 때문이다.

사실은 하룻밤이 지나자 후회되기 시작했다. 그런 식으로 나가버린 걸 야코 씨는 어떻게 생각했을까. 야코 씨는 지금 어떻게 지내고 있을까. 체커판을 앞에 두고 홀로 앉아 있을 야코 씨를 생각하니 죄책감이 들었다. 야코 씨를 만나지 못한 게 오늘로 벌써 사흘째였다. 시간이 흐를수록 병실에 가기가 점점 더 두려워졌다. 다음에 면회를 신청하면 거절당할지도 모르겠다고 생각하자 아무것도 손에 잡히지 않았다. 사전을 덮고 책상에 엎드렸다.

"야, 여기서 자지 마."

한참을 엎드려 있는데 누군가가 말을 걸어왔다. 마지

못해 고개를 들자 하루미츠가 앞에 서 있었다.

"축제 용품 사러 갈 건데 심심하면 너도 갈래?"

"축제 용품을 산다고?"

"축제 예산이 나왔는데, 얼른 사용하라고 해서."

하루미츠가 교실에 없었던 이유는 이것이었다.

"…짐 들어줄 사람이 필요한 거지?"

"그게, 츠키노 빼고는 모두 돌아가버렸더라고. 남은 건 너뿐이라는 소리야. 어때, 너도 이런 거 좋아하지?"

순간 야코 씨의 얼굴이 떠올랐다. 하지만 딱히 그녀와 만나기로 약속한 건 아니었으니까.

스바루다이는 작은 마을이었기에 잡화점이라 할 만한 곳은 하나밖에 없었다. 도시에 있는 가게로 비유하자면 편의점 정도겠지만, 스바루다이 마을에 필요한 모든 물건들을 취급한다는 점에서 일반적인 가게들과는 달랐다. 무엇보다 이 가게에는 이름이 없었다. 그래서 단순히 '잡화점'이라거나 점주의 이름을 따 '모리타니 씨의 가게'라고 불리고는 했다.

"모리타니 씨, 올해도 축제 때 쓸 물건들을 사러 왔어요."

하루미츠가 말을 건네자 가게 안쪽에서 사십대 즈음으로 보이는 남자가 느릿느릿 나타났다. 모리타니 씨는 평소와 다름없는 미소로 우리를 반겨주었다.

"오, 분교 꼬마 녀석들이 왔구나. 벌써 축제할 때가 됐나?"

"그러게 말이에요. 우리 없으면 이 가게 망하는 거 아니에요?"

"바보 같은 소리 마라. 이 가게가 망하면 스바루다이도 끝인 거야."

하루미츠의 가벼운 농담에 모리타니 씨가 대답하며 시원스럽게 웃어 보였다.

"넌 히나타구나. 잘 지냈니?"

"네… 오랜만이에요."

조금 어색하게 인사를 했다.

나도 예전에는 모리타니 씨의 가게에 자주 왔었다.

모리타니 씨는 요양원 찬성파였다. 스바루다이 마을에 조금이라도 활력을 불어넣기 위해서는 요양원 건립이 필요하다며 주위 사람들을 설득하던 모리타니 씨가 우리 어머니와 타협이 되었을 리 없었다. 그러다 보니 이 잡화점은 이럴 때가 아니면 올 수 없는 곳이 되어버렸다.

"히나타도 여러모로 힘들겠지만, 힘내거라."

사정을 짐작하고 있는 건지, 모리타니 씨는 그렇게만 말하고 하루미츠와의 대화로 돌아갔다.

한동안 방문하지 않은 사이에 모리타니 씨의 가게는 완전히 달라져 있었다. 예전에는 없던 잡지들이 비치되어 있었고, 내가 모르는 과자와 주스도 입고되어 있었다. 그 옆으로 줄을 서 있는 농기구까지 포함해 모리타니 씨의 가게는 스바루다이와 함께 변화한 모양이었다.

물론 이곳엔 변하지 않은 것들도 있었는데, 가게의 한 모퉁이를 차지하고 있는 수십 개의 페인트 통들이 바로 그것이었다.

요양원이 생긴 지 1년 정도 지났을 무렵, 하얀 담벼락에 전단지가 덕지덕지 붙어 있어서는 잡화점에도 그다지 좋을 게 없다는 사실을 깨달은 모리타니 씨는 며칠 뒤 붓과 페인트를 잡화점에 들여놓았다.

32L 페인트 통은 5천 엔이나 되었지만 그럼에도 불구하고 불티나게 팔렸다. 물론 그 이유는 스바루다이 요양원 담벼락에 그림을 그리기 위해서였다. 누가 시작했는지는 모르지만, 어느 밤에 첫 그림이 그려졌고 그것을 본 아이들이 따라 그리기 시작했으며, 나중에는 오직 저 담벼

락에 그림을 그리기 위해 외지인들까지 찾아오는 지경에 이르렀다.

어떻게 보면 그건 저항이었을지도 모른다.

스바루다이 땅 위에 지어진 낯선 건물에 대한 마을 사람들의 저항. 그림이 완성되면 또 다른 누군가가 그 위에 새로운 그림으로 덮어 나갔다. 그 무렵의 담벼락은 마치 거대한 스크린 같았고, 덜 마른 페인트 냄새가 자욱했다.

시간이 흐르고 더이상 새로운 그림들이 그려지지 않게 되면서 페인트들 역시 저렇게 먼지를 뒤집어쓰게 된 듯했다. 나는 '레드'라고 적힌 통에 살며시 손을 가져다 댔다.

그 시기의 나도 모리타니 씨의 가게를 엿보았고, 이렇게 페인트 통을 만지작거렸다. 그리고…….

"페인트 더 사야 돼?"

그때, 하루미츠가 말을 걸었다. 딱히 나쁜 짓을 한 것도 아닌데 왠지 하루미츠의 눈을 쳐다볼 수가 없었다.

"…아니, 페인트는 분교에 있는 것으로 충분할 거야. 입간판만 칠하면 되지?"

"그래도 제일 중요하잖아. 무슨 색이 없더라?"

"많이 쓴 건 빨간색인데… 색 종류가 엄청 많다. 분교에 없는 색들도 많은데?"

"붐이 끝났는데도 아직 많이 있네."

붐이라는 건 스바루다이의 사람들이 요양원 담벼락에 그림을 그리던 시기를 뜻했다.

"그때, 너희 아버지가 무슨 말 안 하셨어?"

"무슨 말?"

"아니, 요양원이 국가 시설이긴 하지만 그래도 너희 아버지가 세운 것이나 마찬가지잖아. 낙서 때문에 불편하지는 않으셨을까 싶어서."

"다들 그리는데 나도 그려보라고 하시던걸? 그래서 구석에다가 좋아하는 밴드의 로고를 그려봤는데, 아니나 다를까 나중에 보니 다른 그림으로 덮여 있더라."

서글서글하게 웃는 하루미츠를 보니 저 요양원은 하루미츠의 아버지인 이치카고 토쿠미츠가 진심으로 스바루다이를 위해 세운 것 같다는 생각이 들었다. 그러자 어쩐지 차가운 뭔가가 피부 속으로 박히는 느낌이 들었다.

"이제는 그리는 사람도 거의 없지만… 나 그거 좋아했거든."

"다 쓴 페인트 통을 아무데나 막 버려서 문제가 되기도 했으니까, 이제 붐이 끝나서 다행인 것 아니야?"

"아 맞다, 그랬었지? 모리타니 씨한테 굴러다니는 페인트 통들 좀 어떻게 하라고 항의가 들어왔다고 했나. 그래도 나는 그렇게 생각해, 그 덕분에 저 담벼락은 완성된 거야. 고래도 와주었고."

하루미츠는 2월의 고래에 대해 말하고 있었다.

"너도 앞으로 그림을 그릴 생각이라면 뭘 그릴지, 나는 그게 궁금해."

"그런 기회는 이제 없을걸."

나는 그렇게 말하면서도 내심 상상하고 말았다.

만약 나에게 이 가게의 페인트를 원하는 만큼 살 수 있는 돈이 있다면… 그럼 나는 무엇을 그릴까?

만약 야코 씨를 이길 수 있다면… 그때는 이 하나 마나 한 물음에 대한 답이 나올 것이다. 그런 생각을 하니 왠지 가슴이 설렜다.

축제 용품을 하나둘 담자 상당한 양이 되었다. 교실에 장식을 붙일 양면테이프와 입간판 보강에 사용할 박스 테이프, 벽을 덮기 위한 모조지도 3롤 구입했다. 그런데도 돈이 남아서 결국 빨간 페인트도 샀다.

나는 페인트를 들고서 불룩해진 봉투를 끌어안은 하루미츠의 옆을 따라 걸었다.

분교로 돌아오니 시간이 꽤 흘러 있었다. 이래서는 요양원에 가더라도 오래 머무를 순 없겠지.

야코 씨는 내가 오지 않는 병실에서 무엇을 하고 있을까. 나를 매정한 사람이라고 생각할까? "에토가 오지 않으면 외로울 거야"라고 했던 그녀의 말이 떠올랐다.

그제야 정신이 번쩍 들었다. 체커에 대해서 공부하려고 하거나, 병실에 있을 야코 씨를 생각하며 마음이 뒤숭숭해지는 건 이상한 일이었다. 나도 모르는 사이에 나의 생활은 야코 씨를 중심으로 돌기 시작했고, 나는 그것이 어쩐지 두려웠다.

"시간이 너무 늦었네. 미안해."

"괜찮아."

창고 바닥에 봉투와 페인트를 내려놓으며 대답했다. 하루, 겨우 단 하루 동안 요양원에 가지 않은 걸로 야코 씨가 신경 쓸 것 같지는 않았다.

"저기, 뭐 하나 물어봐도 돼?"

하루미츠가 느닷없이 말했다.

"뭔데?"

"너, 요양원에 갔었지? 츠무라 씨를 만나러 갔던 거야?"

'어떻게 알았지?' 하는 마음이 얼굴에 드러났을지도 모른다. 내가 무슨 말을 꺼내기도 전에 하루미츠는 변명하듯 말했다.

"아니, 내가… 요양원 관계자가 아니라고 말할 수 있는 것도 아니고, 이번에 온 츠무라 씨 같은 경우는 뭐랄까… 또래이기도 해서, 소개를 받았거든."

"소개? …어떤 소개?"

"아니, 그냥… 츠무라 씨와 얘기 한번 해봐, 이런 식?"

하루미츠가 모호하게 대답했다. 분명 야코 씨의 입에서도 이치카고 하루미츠의 이름이 나왔고, 요양원 사업 관계자의 아들이니 알고 있어도 이상할 게 없었다. '에토가 오지 않으면…'의 '에토' 부분이 바뀌는 상상을 하니 왠지 몸 상태가 안 좋아지는 것 같았다. 그런 나를 뒤로한 채 하루미츠는 태평하게 말을 이었다.

"츠무라 씨와 너… 어떤 사이야?"

"어떤 사이라고 할 정도는 아니야. 어쩌다 보니 조금 알게 됐달까, 알게 된 것도 최근이고."

하루미츠는 과연 어디까지 알고 있는 걸까. 혹시… 내가 야코 씨가 죽은 이후에 3억 엔을 상속받게 될지도 모른다는 사실과, 그 문제를 두고 우리가 체커를 하고 있다는 사실도 아는 걸까?

이유는 모르겠지만 상속 문제는 고사하고 체커에 대한 것조차 하루미츠에게는 알리고 싶지 않았다.

"다행이야. 그 사람… 정말 친척들도 없는 모양이야. 에토가 그 사람을 찾아가준다면 나도 기쁠 것 같아. 둘이서 무슨 얘기를 할지 상상은 되지 않지만."

내가 속으로 무슨 생각을 하는지는 꿈에도 모른 채 하루미츠는 그렇게 말하며 웃었다.

얘기를 들어보니 하루미츠는 야코 씨와 정말로 안면만 튼 정도인 듯했다. 야코 씨의 체커에 대해서도 모르는 것 같았다.

분명 혼자 입원할 수밖에 없었던 야코 씨를 걱정하는 마음이 전부일 것이다. 단순하고 겉과 속이 같은 선의. 그쪽이 더 하루미츠다웠다.

"그런 거라면, 너도 가면 되잖아. 츠무라 씨도 기뻐할 거야."

"왜?"

그렇게 대답하는 하루미츠는 진심으로 이해할 수 없다는 표정을 짓고 있었다.

내가 그 표정에 위화감을 느낀 것은 한순간이었고, 그 위화감 너머에 자리한 것이 무엇인지 그때는 알아차리지 못했다.

나는 이때의 하루미츠가 무슨 생각을 하고 있었는지… 한참 후에야 알게 되었다.

▼ 136일 전

딱히 하루미츠가 했던 말 때문은 아니었다.

그러나 다음날 내 발걸음은 요양원으로 향하고 있었다.

우리 집 일에 대해 함부로 얘기한 것은 아직 응어리로 남아 있었지만, 그렇다고 영영 만나고 싶지 않은 건 아니었다.

상반된 마음이 부딪히고 있던 탓에 좀처럼 앞으로 나아갈 수가 없었다. 일부러 먼 길을 돌아 시간을 벌고 있는 자신을 발견하자 점점 불쾌한 마음이 들었다.

그때였다. 분교에서 요양원으로 가는 길에 지금은 더이상 사용하지 않는 용수로를 발견했다. 그 용수로는 '일찍이 요양원이 있던 장소에 세워져 있던 무언가'에 물을 끌어오기 위해 사용되었겠지만, 나는 그곳에 무엇이 세워져 있었는지는 기억하지 못했다.

풀로 뒤덮인 용수로를 따라가자 빨갛게 칠해진 철문이

나타났다. 잠겨 있지는 않은 듯했다.

이 길의 끝이 요양원으로 이어져 있다면 야코 씨를 만나자, 그렇게 생각하며 발걸음을 옮겼다.

생각대로 이 용수로의 끝은 요양원 뒤편으로 이어져 있었다. 문은 정문보다 약간 더 작았지만 보안카메라는 제대로 달려 있었다.

야코 씨가 이 보안카메라를 들여다보고 있으면 어떡하지, 그런 생각을 하면서 나는 천천히 격자문을 열었다.

"왜 왔어?"

야코 씨의 첫마디였다. 야코 씨는 협탁 위에 팔꿈치를 올린 채로 지루하다는 듯 창밖을 바라보고 있었다.

"남의 눈이 신경 쓰여서 여기에 못 오는 거 아니었어?"

"······샛길을 찾았어요. 더이상 사용하지 않는 용수로를 따라 요양원 후문 쪽으로 이어지는······."

이런 이야기를 주절주절 설명하고 싶은 건 아니었다. 어떻게 왔는지를 말하기보다 먼저 해야 할 다른 말이 있을 터였다. 야코 씨도 야코 씨대로 "나도 거기가 어딘지 정도는 알고 있어. 잠겨 있었지만", 이라며 다소 엇갈린 대답을 했다. 우리 둘 다 이런 말들을 하고 싶은 건 아닐 텐데.

"에토, 받아."

그때 갑자기 야코 씨가 나를 향해 뭔가를 던졌다. 놓칠 뻔 했지만 아슬아슬하게 캐치했다.

"잠깐, 갑자기 던지면 어떻게……."

"에토, 그걸로 연락해. 아! 인터넷 연결은 안 되니까 알아둬. 나랑 메시지만 주고받을 수 있도록 제한해뒀어."

내 손안에는 신형 스마트폰이 있었다. 드러난 뒷면이 빛을 받아 거칠게 반짝이고 있었다.

"설정은 다 해놨으니 그대로 쓰기만 하면 돼. 메시지를 누르면 '츠무라 야코'라는 이름이 있을 거야."

다시 창밖으로 시선을 돌리며 야코 씨는 빠른 어조로 말했다.

"아니, 잠깐만요. 이게 뭐예요…?"

"…미안했어. 지난번에 너의 가정환경에 대해 함부로 말해서. 역시 좀… 무례했던 것 같아."

야코 씨의 목소리는 어딘지 모르게 긴장하고 있는 듯했다. 무슨 일인지 말투도 조금 더듬거렸다.

"그렇게 말하는 편이 넘어오기 쉬울 거라 생각했거든. 내 마음은 변하지 않으니까. 하지만 에토의 기분은 생각하지 않은 행동이었던 것 같아… 하지만 있지, 나한테는 시간이 없어. 그래서 좀 서두르다보니…….”

거기까지 말하고 나서야 야코 씨는 겨우 이쪽을 바라보았다.

“뭐라고 말 좀 해. 네가 사흘이나 화를 냈던 마음도 이해해. 이해하는데… 반성하고 있다고…….”

“제가 오지 않았던 건 딱히 화가 나서 그랬던 건 아니에요…….”

“그러면 그렇다고 말해줘야지, 안 그러면 나는 알 수 없잖아. 그래서 주는 스마트폰이야. 괜찮으면 다음부터는 연락을 줘.”

“…음, 알겠어요.”

“진짜로, 부탁이야.”

고개를 돌린 야코 씨는 어린아이같이 입술을 삐죽 내밀고 있었다. 빛 때문인지, 어쩐지 울 것처럼 보였다.

“…저도 죄송했어요.”

그 모습을 보니 나도 모르게 그 말이 나와버렸다.

“야코 씨에게… 여러 가지… 생각을 하게 만든 것 같아서…….”

“휴… 나보다 나이도 어린 애한테 억지로 사과하게 만

들다니. 이걸로 알았겠지? 난 이렇게 못되고 어린애 같은 사람이야. 3억 엔을 받을 수 있다는 조건이 없었다면 에 토에게도 버림받을 정도로."

"그럼 살아 있는 동안은 절대로 버릴 수가 없겠네요."

내가 어리다는 사실을 일부러 강조하는 듯한 야코 씨의 말투에 나는 정색을 하며 대답했다. 내뱉고 나서야 또 경솔했다고 생각하며 야코 씨 쪽을 쳐다보았다.

하지만 야코 씨는 화를 내지 않았다. 오히려 묘하게 재밌다는 듯한 얼굴로 나를 보고 있었다.

어떻게 된 일이지? 아까는 야코 씨를 조금이나마 이해했다고 생각했는데, 역시나 이해할 수 없는 사람인 걸까. 그런 나의 당혹감을 알아차렸는지 야코 씨는 획기적인 커뮤니케이션 툴을 협탁 위에 올려놓았다.

체커판이었다.

"그럼 이제 해볼까. 여전히 마음이 불편하다면, 역시 나는 에토가 자신을 걸었으면 좋겠어."

"하지만 손가락이 잘리는 건 싫어요."

"응. 그럼 대신 에토에 대해 알려주면 어때?"

체커 말들을 배치하던 내 손이 한순간 멈칫했고, 그러자 야코 씨는 재빨리 모든 말들을 배치시켰다. 나는 처음

한 수를 먼저 두고 나서 작게 고개를 갸우뚱했다.

"뭐예요, 그게."

"네 이야기도 좀 해줘. 소문이 전부는 아닐 거잖아."

야코 씨가 그렇게 말하고서 중앙의 말을 움직였기 때문에 나는 전혀 관계없는 위치의 말을 움직여봤다.

"…딱히, 그냥 평범해요. 특별할 게 없는 생활이죠. 평범하게 분교에 가서 평범하게 수업을 듣고… 졸기도 하고… 분교는 이 동네에 있는, 얼마 안 되는 아이들을 한데 모아둔 곳이라 나이 차이도 좀 있고… 제 나이에 맞는 수업을 받고는 있지만, 제 성적은 밑에서부터 세는 편이 나을 정도예요."

"좋아하는 건? 싫어하는 것이라든가."

야코 씨가 중앙에 남겨져 있던 내 말을 잡았다. 나는 가장자리의 말을 움직였다.

"좋아하는 것…도 딱히 없어요. 뭐랄까, 뭔가가 좋아진다거나 싫어진다거나 하는 것도 기복이고… 애초에 그럴 만한 것 자체가 스바루다이에는 없어요."

"그렇구나."

야코 씨가 의기양양한 얼굴로 말했다. 뭐가 그렇구나, 인지 모르겠다. 정신을 차리고 보니 나는 야코 씨의 말이 왕이 되는 것을 막을 수 없는 데까지 와 있었다. 야코 씨가 움직이는 병사는 유유히 흐르는 물처럼 체커판 끝에 이르렀다. 야코 씨의 말이 나의 말을 업고서 태평스럽게 왕이 되었다.

"그럼 야코 씨는 있어요? 좋아하는 거나 싫어하는 거."

"많지. 전공으로 선택할 정도로 사학을 좋아하고 보드게임도 대부분 좋아해. 이런 상황이라 그런지 아픈 건 싫어. 병원 자체를 싫어하는 건 아니지만."

견제하기 위해 나는 주위의 말들로 왕의 앞길을 막았다.

"그리고… 에토."

하지만 야코 씨의 왕은 겨우 세 수만에 포위망을 뚫고 내 말을 잡았다.

"…네?"

"거짓말이 아니야. 와줘서 기뻐. 네가 있어줘서… 정말로."

그렇게 말하며 웃어 보이는 야코 씨가 무서울 만큼 외로워 보여서, 지금껏 그런 표정을 짓는 인간을 달리 알지 못했던 나는 숨이 막혀오는 듯했다.

"그런 말을 하지 않아도 저는…….."

내 말이 거기에서 멈췄다. 그런 말을 하지 않아도… 그

다음은 뭐지? 저는 이곳에 올 거예요, 라는 뜻이었나? 무엇 때문에?

"…아니. 아까 야코 씨가 말했잖아요. 3억 엔을 헛되이 할 리 없다고. 전 이길 때까지 올 거예요."

말은 그렇게 했지만 사실은 이게 아닌데… 싶었다. 그러나 어떤 게 진실된 마음인지는, 나 역지 알지 못했다.

"그럼 질 수 없지. 이제 앞으로 계속 지지 않을지도 몰라."

"게임이니까 한 번쯤은 제가 이길 수도 있잖아요."

"다섯 번이야."

"네?"

"마리온 틴슬리라는 체커 챔피언이 40년이 넘는 경력 동안 공식전에서 진 것은 단 다섯 번 뿐이었어."

야코 씨가 나의 마지막 말을 꺾었다. 더이상 움직일 수 없게 되었고, 이걸로 나의 패배가 결정되었다.

"나랑 40년 동안 겨루게 될지도 모르겠네?"

"그때쯤이면 몇 천 패가 되어 있을까요?"

나는 얼른 말들을 다시 배열했다. 수천 번이나 질 예정이라면 빨리 해치우는 편이 낫겠지. 게임은 또다시 시작되었다. 나는 중앙에 있는 말을 이동시켰다.

"그런데 에토, 좋아하는 사람 있어?"

"그런 걸 물어보는 건… 아니, 노코멘트 할게요."

"흐음……."

내 말이 산으로 가기 시작했고 야코 씨는 그 말을 가볍게 잡았다. 결국 오늘도 나는 일승도 잡지 못한 채 돌아가게 되었다.

용수로 길은 아직 열려 있었다. 그곳을 통해 밖으로 나간다면 보안카메라 이외에는 눈에 띄는 일도 거의 없을 것 같았다.

아무렇지 않은 척 집으로 향하는 길을 따라 걷고 있는데 주머니에 넣어둔 스마트폰이 울렸다.

야코 씨가 보낸 메시지였다.

─마지막 대국, 내가 에토의 판세였다면 이겼을 거야. 힌트는 A5.

아주 잠깐이지만 '체커가 그리도 좋을까'라는 생각이 들었다. 하지만 이내 그 속에 감춰져 있을 또 다른 의미에 대해 생각하며 답장을 보냈다.

─다음에 또 해요.

─정진하도록.

그 다섯 글자를 보니 왠지 가슴이 먹먹해졌다.

'혹시 '체커로 이긴다면…'을 조건으로 내세운 이유가,

내가 병실에 오게 할 구실을 만들기 위해서인가요?'

이 문장을 보낼까 말까 고민하다 결국 지웠다.

스마트폰을 진동으로 바꾸고, 절대 들키지 않을 비밀 장소가 어디일지 생각하며 집으로 돌아갔다.

▼

그때, 스마트폰이 울렸다.

이 전화의 상대가 야코 씨일 리 없었기에 긴장하며 화면을 확인했다.

표시된 전화번호를 확인한 뒤에 전원을 껐다. 요양원을 나온 지 두 시간 하고도 조금. 이변을 눈치채기에는 적당한 시간이라고 볼 수 있었다. 이제부터 나를 잡으려는 움직임이 거세질 것이다. 나는 입술을 깨물며 휠체어를 밀었다.

이참에 스마트폰 같은 건 버리는 게 좋을지도 모르겠다. 스마트폰 전원을 꺼도 경찰은 GPS로 위치를 특정할 수 있을까? 하지만… 이 스마트폰은 야코 씨에게 받은 첫 선물이었고, 그렇게 생각하니 도저히 버릴 수가 없었다.

야코 씨는 그때 이것을 건네주며 자신과만 연락을 주

고받을 수 있다고 했다.

그렇다면 이제 이 스마트폰에는 아무런 의미가 없을지도 모른다. 야코 씨가 메시지를 보낼 일은 앞으로 더이상 없기 때문이다.

단순한 물건에 지나지 않게 된 스마트폰을 내가 미련스럽게 지니고 있다는 사실을 안다면, 야코 씨는 웃을까?

아니면 그저 물건일 뿐인 것에도 마음이 있는 것이라고 말해줄까?

▼ 106일 전

"축제? 크… 청춘이네."

침대 위에서 야코 씨는 즐거운 듯이 손뼉을 쳤다.

세 달 앞으로 다가온 축제를 위해 분교 학생들은 본격적인 준비에 들어갔다. 구체적으로 말하자면 일주일에 한 번씩 갖는 방과 후 모임이 시작된 것이다. 당연한 소리겠지만 그날은 요양원에 들릴 수 없었다.

"근데 일주일에 겨우 딱 한 번 못 오는 것 때문에 이렇게 사과까지 해주다니, 의리가 있는걸? 거의 매일 와주고 있는데도 말이야."

"딱히 사과를 하는 건 아니지만, 그냥… 아무 말도 없이 안 오면 걱정할 수도 있잖아요. 게다가 야코 씨가 검사가 많은 날이면 볼 수도 없고요……."

"응응. 난 괜찮아. 기뻐."

야코 씨는 내 말을 듣지 않은 모양인지 만족스럽다는 듯이 고개를 끄덕였다.

"좋겠다… 나도 가보고 싶어. 두 달 후면 어떻게 되어 있을지 모르겠지만."

"대단한 축제도 아니에요. 스바루다이에는 놀 만한 게 없으니 그저 좀 흥이 나는 것뿐이죠."

"또 그런 식으로 이야기 한다…!"

"정말이에요. 애초에 분교생은 초등학생을 포함해도 30명 정도밖에 없거든요."

"30명이라니, 확실히 적긴 하네."

"중학생 반인 우리들이 졸업한 뒤에는 미도리우치에 흡수될 수도 있을 것 같아요."

"으음… 스바루다이는 요양원이 있으니 재정적으로는 그럭저럭 괜찮을 텐데. 인구 감소만큼은 어쩔 수 없는 건가."

"뭐… 스바루다이에는 정말 아무것도 없으니까요. 고

등학교에 진학하고 싶다면 어쩔 수 없죠."

"그렇구나. 만약 에토도 진학을 하게 되면 스바루다이를 떠나야겠네."

야코 씨의 말대로 내가 만약 진학을 하게 된다면 역시 미도리다이까지 나가거나 아니면 더 먼 곳에 있는 고등학교에 다니게 될 것이다. 그렇게 되면 매일같이 요양원에 오는 것은 틀림없이 어려워질 것이다. 여기까지 생각하다 나는 엄청난 착각을 하고 있다는 걸 깨달았다.

내가 고등학교에 다닐 수 있게 될 때면 야코 씨는 더이상 이 요양원에 없을 것이기에.

"지금 무슨 생각을 하고 있는지 맞춰볼까?"

"하지 마세요."

"수험표를 낼 때까지 야코 씨가 죽어주지 않으면 고등학교 진학에 맞출 수 없을 텐데… 맞지?"

"진짜로 집에 갈 거예요."

"기분 나쁜 상상을 천박한 농담으로 덮어주려던 나의 배려였는데… 솔직히 저도 반성하고 있답니다."

장난스럽게 손을 모으는 야코 씨를 보니 마음이 복잡했다. 야코 씨의 이런 점은 여전히 좀처럼 좋아지지 않았다. 내년 봄까지는 아직 시간이 많이 남아 있는데… 모래

시계의 남은 부분을 가리키며 웃는 사람이 야코 씨 본인이라고 하더라도 받아들이기 힘들었다.

"야코 씨는 제가 진학할 때쯤 죽을 예정인가요?"

"예약해둔 건 아니지만… 내 몸이니까 그냥 그 정도는 알 수 있어."

"나을 가능성도… 있나요?"

이런 질문을 하는 것은 야코 씨를 만난 이래로 처음이었다.

"없다고는 할 수 없지. 왜냐하면 아직 밝혀지지 않은 병이니까."

몇 번이고 자문자답했을 것이다. 야코 씨는 아주 평온하게 대답했다.

"그래도 뭐, 치료법이 확립될 가능성은 에토가 이길 확률만큼은 있다고 생각해."

"상당한 확률인데요?"

"그렇지. 어쨌든 거국적인 연구가 이루어지고 있으니까."

협탁 위에는 체커판이 놓여 있었다. 게임을 하다가 이야기에 열중하는 바람에 까맣게 잊고 있었다. 잡힌 말을 슬쩍 돌려놓아도 모르지 않을까… 하는 생각에 몰래 잔꾀를 부리려다 금방 걸리고 말았다.

"이런 난투극을 벌이면 내가 더 야비해질걸? 그러지 않는 게 좋을 거야."

그렇게 말하며 짓궂게 웃던 야코 씨의 모습이 지금도 잊히지 않는다.

내가 유카와를 만난 것은 그다음 날의 일이었다.

"이봐, 거기 꼬마. 꼬마 너 말이야! 무시하지 말라고."

여느 때처럼 분교에서 요양원으로 향하려던 순간 누군가 그렇게 나를 불렀다.

이미 그 시점부터 안 좋은 예감이 들었다. 이 좁은 마을에 낯선 사람이 찾아오는 경우는 거의 없는데, 뒤돌아본 상대가 명백히 스바루다이의 주민답지 않은 모습이어서 더욱 경계하게 되었다. 낡아빠진 점퍼와 빛바랜 청바지는 꺼림칙한 의미에서 도시적이라고 할 수 있었다. 나이는 삼십대 중반 정도일까. 어쨌든 수상쩍은 인물인 건 틀림없었다.

"…왜 그러시죠?"

"그렇게 퉁명스럽게 굴 것 없어. 알고는 있었지만, 여기 사람들은 외부인한테 차갑더라. 이래서 시골이 쇠퇴하는 거야."

"제게 용건이 있으면 용건만 말씀하세요."

"그런 얼굴 하지 말라니까. 나는 『주간현재』의 유카와라는 기자인데 말이야."

『주간현재』. 그 이름을 듣는 순간 떠오르는 게 있었다. 그 잡지의 기사를… 읽은 적이 있었다.

"'2월의 고래' 기사의……."

"아, 너도 그 기사를 알고 있구나. 하긴… 스바루다이 사람들은 다 그렇게 부르지. 그 기사를 쓴 게 나야. 비난이 엄청났지만."

"……."

"그런 얼굴 하지 말라고. 표제라는 건 글자 수가 정해져 있거든. 그 글자 수 안에서 눈길을 끌려면 괴질이라는 두 글자밖에 없었다니까."

아무것도 아니라는 듯한 유카와의 표정에 내 감정은 갑자기 크게 소용돌이치기 시작했다.

금괴병을 괴질 따위의 말로 엮어 퍼트린 자가 눈앞에 있었다. 그리고 이 남자가 붙여준 이름으로 헤엄치는 고래…. 모든 것이 다 불쾌했지만 나의 관심은 다른 쪽을 향하고 있었다.

도대체 이 남자는 무슨 목적으로 스바루다이에 온 걸까?

그를 수상하게 여기는 나를 눈치챘는지 유카와는 직설

적으로 물었다.

"이봐 학생, 자네 츠무라 야코를 상속받을 생각인가? 3억 엔을 손에 쥐는 기분이 어때?"

"무슨 말이에요, 갑자기?"

"아, 요양원에 취재를 신청하고 접수창구에서 끈질기게 군 보람이 있었군, 이거."

그가 단지 나를 떠본 것에 불과했다는 걸 뒤늦게 깨달았다. 마치 뛰어난 거짓말 탐지기가 작동하기라도 한 것처럼 남의 동요를 이용하는 이 남자는, 내가 발끈하는 모습을 보고서 나를 목표물로 정한 것이다.

"…뭘 하려는 거죠?"

"딱히 재미 삼아 기사화하려는 건 아니야. 나는 다발성금화 근섬유이형성증이라는 병에 남다른 관심이 있거든."

"그렇다면 츠무라 씨에게 직접 물어보는 편이 좋을 것 같은데요."

"내가 알고 싶은 건 본인에 대한 게 아니야. 그보다는 오히려 이 병에 말려든 사람들이랄까."

유카와는 실험용 동물 이야기라도 하듯 담담하게 말했다. 야코 씨가 자신의 이야기를 할 때와 같은 차가움이 느껴졌다. 얼어붙은 나를 앞에 두고서 유카와는 이야기를 계속했다.

"끔찍한 병이지. 나는 가치를 먹는 병이라고 부르고 있어."

"가치를 먹는 병이라니……."

"너는 너 자신이 같은 무게의 금괴보다 더 가치 있는 사람이라고 생각하니?"

갑자기 던져진 질문에 나는 다시 얼어붙었다. 내가 마지막으로 몸무게를 쟀을 땐 분명 60kg 정도였다. 60kg의 금이 얼마인지는 모르겠지만, 이것만은 말할 수 있었다.

나는 60kg 금괴보다는 훨씬 가치가 없는 인간이다. 유카와는 아무 말도 하지 않는 나를 보며 비웃듯이 말했다.

"그렇지 않다면 지옥 같은 이야기지. 살아 있는 자신보다 죽는 쪽이 낫다고 확인사살 당하는 거니까. 주변 사람들에게도 끊임없이 증명해야만 하고."

"증명이요?"

"나는 돈 때문에 그 사람 옆에 있는 게 아니라고 말이야."

유카와의 말은 여태껏 깨닫지 못했던 내 상처를 도려내어 불에 지지는 것 같았다.

"너도 그런 것 때문에 괴로워하고 있을 것 같은데. 아, 당사자 앞에서 할 이야기는 아니었나."

"멋대로 넘겨짚지 마세요."

"넘겨짚어? 아, 뭐 그렇게 들릴 수도 있겠지."

실은 넘겨짚는 게 아니었다. 내 몸은 나의 불안을 대신하듯 부들부들 떨리고 있었으니까. 조금이라도 빨리 여기서 도망치고 싶었다. 이런 내 모습이 유카와의 흥미를 끌었는지, 그는 나에게서 시선을 떼지 않았다.

"내가 잘못했어. 그런데 너 말이야, 츠무라 야코에게 왜 가족이 없는지 알고 싶지 않아?"

"…당신이 어떻게 그런 걸 알고 있는 거죠?"

"그게 일이니까?"

그렇게 말한 유카와 씨는 한쪽 볼을 씰룩하며 나를 떠보듯 바라보았다. 나도 허세를 부려보았지만 심장이 방망이 치듯 두근거렸다.

"듣고 싶지 않아요. …이만 가볼게요."

"잠깐, 내친김에 하나만 더 묻자. 2월의 고래 작가가 누군지 아니? 결국 그건 알아내지 못했거든."

"몰라요."

그렇게 말하며 어떻게든 대화를 끊으려던 순간, 그가 내 발밑으로 서류 뭉치 같은 것을 던졌다.

"일가족 동반 자살. 부모와 딸이 탄 차가 가드레일을

향해 돌진했어. 츠무라 야코만이 그 차에 타고 있지 않았고, 그래서 그녀만 살아남았지."

듣고 싶지 않았는데 유카와는 단숨에 말을 뱉어냈다. 발밑에 있는 서류에는 지금보다 조금 더 앳된 모습의 야코 씨 사진이 붙어 있었다. 츠무라 야코. 12월 2일생. 스물한 살. 나도 몰랐던 야코 씨의 개인정보였다. 나는 엉겹결에 서류 뭉치를 주워 들고는 마구잡이로 가방에 집어넣었다.

"네가 츠무라 야코와 어울리며 어떻게 변해가게 될지, 기대할게."

유카와는 여기까지 말하고 입을 다물었다.

그날의 대국은 끔찍했다.

체커라는 게임이 그렇게나 마음이 빤히 들여다보이는 게임인 줄은 몰랐다. 야코 씨의 덫에 걸리고, 움직이지 말았어야 할 말을 움직였다. 마지막에는 모처럼 왕이 될 수 있었던 말을 전진에 배치시키고 말았다.

"무슨 일 있었어? 괜찮은 거야?"

2차전이 끝나자 야코 씨가 천천히 입을 열었다. 나는 아주 뻔뻔하게 되물었다.

"야코 씨쯤 되면 상대방의 플레이 스타일만 봐도 알 수 있나요?"

"아니, 오늘 너… 눈이 멍해."

"……."

"그렇게 한곳만 바라보고 있으면 누구라도 알겠다. 무슨 일 있어?"

그렇게 말하며 야코 씨는 내 뺨에 두 손을 대고서 얼굴을 들어 올렸다. 비정상적으로 차가운 손의 감촉보다도, 나를 지그시 바라보는 야코 씨의 눈동자 때문에 심장이 터질 것 같았다. 이렇게 되면 더이상 숨길 수가 없었다. 그저 무엇을 어디까지 털어놓느냐의 차이다.

"…주, 주간지 기자가 밖에 있어서……."

"아… 괜찮을 거야. 요양원 안에는 들어올 수 없게 되어 있으니까. 혹시… 무슨 말을 들은 거야? 널 괴롭혔어?"

순간 말문이 막혔다.

내가 처음으로 떠올린 말은 그가 했던 '증명'에 관한 이야기였다. 야코 씨 곁에 남은 사람은 자신이 돈 때문에 남은 게 아니라는 걸 끊임없이 증명해야만 한다는 저주받은 처지에 대한 이야기. 하지만 이것은 나만의 문제였다.

야코 씨는 여전히 나를 물끄러미 바라보고 있었고, 무

슨 말이라도 하지 않으면 도저히 놓아줄 것 같지 않았다. 잠시 후 나는 눈을 딴 데로 돌리며 "야코 씨가…"라고 말을 꺼냈다.

"내가 뭐?"

"야, 야코 씨의 가족이… 동반 자살을… 했다고…….

"아… 그랬구나."

마음에 걸렸던 것 하나를 털어놓자 야코 씨는 납득이 간다는 듯 고개를 끄덕이며 내 뺨에 얹었던 손을 풀었다.

"그래서 에토는 그게 신경이 쓰였구나?"

"딱히 신경이 쓰인 건 아니지만… 설마 그런 일을 겪었을 거라고 생각은 못 했으니까…….

"미안, 미안. 미리 알려줄걸 그랬네. 그런데 그렇게 숨길 일도 아니야. 가족의 불화라는 건 사건으로 발전하는 순간 더이상 우리만의 이야기가 아니게 되거든."

야코 씨는 아무렇지도 않다는 얼굴로 크게 고개를 끄덕였다.

"…물어봐도 돼요? 그 일에 대해서…….

"특별한 얘기는 아니야. 아버지의 사업이 잘되지 않았고, 흔히들 겪는 그런 돈 문제였어. 이렇게 저렇게 융통을 해봐도 돈을 마련할 방법이 없어서 집안 분위기도 많이 착잡했거든. 그런데 어느날 아버지가 다 같이 드라이브를 가자고 하시는 거야. 그것도 평일에 학교를 빠지고 말이야."

야코 씨의 표정은 조금도 바뀌지 않았고, 그대로 담담하게 이야기를 이어갔다.

"너도 이상하지? 그때 나는 고작 아홉 살이었지만, 그 꺼림칙한 분위기가 뭔가 평소와는 다르다고 느꼈어. 난 영리했거든. 그 사람들이 무슨 생각을 하고 있는지 훤히 들여다보였어. 그래서 그날은 운동회 종목을 정하는 날이라 절대 빠질 수 없다고 떼를 썼지. 그랬더니 아버지가 너무 쉽게 그러라고 허락해주시더라. 덕분에 나는 학교에 갈 수 있었지만 동생은 그러지 못했어. 내가 말렸지만, 겨우 1학년이던 동생이 부모님이 같이 나가자는데 안 넘어갈 리 없었지."

난 영리했어, 라며 야코 씨는 곱씹듯이 중얼거렸다. 그 눈은 아득히 먼 곳을 향하고 있는 것 같았다.

"동생만 끌려간 거야."

그 순간만큼은 야코 씨의 목소리도 살짝 낮아졌다.

"담임선생님이 부르셨을 때 나는 놀라지 않았어. 역시 그랬구나, 하고 오히려 안심했을 정도였지. 오히려 나만은 영리하게 굴어 살아남았다고 생각하니 기뻤어. 가드레일을 뚫고 나가는 차 안에서 그 애는 어떤 기분이었을까."

"그런……."

"나는 그날로 보육원에서 자라게 됐어… 부모님이 돌아가시자마자 친척들이 차갑게 돌아섰거든. 그래도 살아남았어. 내 입으로 말하기엔 좀 그렇지만, 혼자서 참 열심히 살았던 것 같아. 그러니까… 그래. 그건 나의 생존이었어. 나는 내가 살 길을 스스로 개척해가야 했으니까."

야코 씨의 눈이 조용히 불타고 있었다.

내가 무슨 말을 할 수 있을까. 야코 씨가 겪었을 일을 상상하는 것 말고는 할 수 있는 게 아무것도 없었다. 야코 씨가 그때 죽지 않아서 다행이라고 생각했다. 살아남아서 다행이었다. 하지만 야코 씨의 처절한 눈을 보고 있으면, 이런 나의 생각을 그렇게 쉽게 얘기할 수 없었다.

"그러니 이제 알겠지?"

"뭐가요?"

"그런 친척들에게 죽어줘서 고맙다는 말 같은 건 절대 듣고 싶지 않아."

"하지만… 저도 그런 말은 하고 싶지 않거든요."

"그런 표정 짓지 마. 귀엽기는."

야코 씨가 이런 식으로 놀리듯이 말하는 것이 나는 왠지 몹시 마음에 들지 않았다.

야코 씨의 부모님에게 조금이라도 돈이 있었다면 동반 자살 같은 선택을 하는 일은 일어나지 않았을까? 그래서 야코 씨는… 상황은 다르지만 돈이 없어 곤란해하는 나에게 돈을 남기려고 하는 걸까. 잘 설명할 수는 없지만, 그런 상상을 하는 것만으로도 점점 마음이 술렁거렸다.

나는 무엇보다 야코 씨의 과거를, 그 기자를 통해 알았다는 사실이 분했다. 나는 마음속에 자리 잡은 떨떠름함을 게워내듯 말을 꺼냈다.

"…하나 더 물어보고 싶은 게 있는데, 야코 씨가 굉장히 우수한 학생이었다는 게 사실이에요?"

"맞아. 이렇게 되기 전에는 정말 똑똑했어. 학교에서 표창을 받을 정도였거든. 몇 번인가 현장 실습도 나갔지. 이 병에 걸리지 않았다면… 분명 대학원에 진학해 사학을 연구하고 있었을 거야."

"연구를 계속하고 싶어요?"

"그야 그렇지. 모처럼 잡은 기회였으니까."

"예를 들면 말인데요, 그 3억 엔을 대학에 기부한다던가 하는 선택지는 없나요?"

"있을 리가 없잖아? 정작 나는 연구도 못 하는데, 내가 죽어준 덕분에 그 돈으로 다른 사람들이 풍족하게 연구하게 된다니 그럼 너무 억울하잖아. 애초에 거기서 제일 똑똑했던 건 분명히 나……."

도도하게 말하는 야코 씨를 향해 나는 툭, 서류뭉치를 던졌다. 그 유카와인가 하는 기자가 건넨 것이었다. 거기에는 야코 씨의 사진과 함께 경력과 전공, 재학 중에 받은 상 등이 적혀 있었다. 그리고 그 리스트에는 가족의 동반자살 사건도 포함되어 있었다.

"이거 정말 어마어마하네."

사라락 자료를 넘기며 야코 씨는 그렇게 중얼거렸다.

"야코 씨는 무슨 연구를 했던 거예요? 영어와 중국어에도 능통하고, 대학은 장학생으로 다녔다는 게 정말인가요?"

야코 씨에게는 스바루다이 요양원에 오기 전까지 그녀만의 인생이 있었고, 하고 싶은 것들이나 연구하던 것이 있었으며, 지금도 여전히 그녀는 똑똑하고 욕심이 많다는 것을… 나는 새삼 깨달았다. 그리고 그 모든 것들을 야코 씨에게 직접 듣지 못했다는 것이 분하게 느껴질 정도였다. 더이상 이런 일은 겪고 싶지 않았다.

"더 알고 싶어요. 야코 씨에 대해서요."

"좋아. 뭐든지 대답해줄게."

야코 씨는 유카와가 준 자료들을 쓰레기통에 던져버리고 빙긋이 웃어 보였다.

"체커라도 하면서 얘기할까? 나도 에토에 대해 더 알고 싶거든."

▼ 95일 전

스바루다이 분교의 중학생을 담당하는 사람은 주임인 츠츠미 사유리 선생님이었다. 그녀는 다른 일에 쉽게 동요하지 않는 사람이었지만, 오늘만큼은 그런 선생님도 동요하고 있는 듯했다.

그렇게 말하는 나 역시도 츠츠미 선생님과 마주 보고 있는 것만으로도 온몸이 얼어붙는 것 같았다. 이런 내 마음을 들키지 않도록 나는 표정에 신경을 쓰고 있었지만, 어디까지 통할지는 알 수 없었다.

물론 츠츠미 선생님이 나를 나무라거나 그러지는 않을 것이다. 이건 단순한 개인 면담이었고 다른 학생들도 다 한 번씩은 진행하는 것이었다.

"에토의 진로조사표를 봤단다. 단도직입적으로 말하면, 선생님은 이 내용을 받아들일 수 없어. 너 스스로는 어떻게 생각하고 있니?"

"…어떻게 생각하고 말고 할 것도 없어요."

츠츠미 선생님은 내 진로조사표를 앞에 두고 깊은 한숨을 내쉬었다. 1지망에는 '스바루다이에서의 취직'이라 적혀 있었고 나머지는 빈칸인 상태였다. 그 이상은 적을 수 없었다. 이렇게 어려운 학생 면담도 없을 거라고… 남의 일처럼 선생님의 상황을 동정했다.

"고등학교에 진학할 생각은 전혀 없니?"

"네, 지금은요."

내가 분명히 대답하자 선생님은 단번에 눈살을 찌푸렸다.

"그럼 분교를 졸업한 후에는 어떻게 할 거니?"

"적혀 있는대로 스바루다이에서 일자리를 구할 생각이에요… 일단, 연휴 때마다 돕고 있는 밭일이라든지 산일이라든지… 졸업한 후에도 이어서 계속하는 방향으로 이야기하고 있어요. 어머니도 제가 스바루다이의 농사일을 하면서 다른 일을 하도록 권하고 계시고요."

권하고 있다, 라는 말은 이상했다. 어머니의 말이… 그대로 나의 진로가 될 것이었으니. 어머니는 그 외의 다른 길은 인정하지 않을 것이고, 나는 그것에 대항할 만한 기력이 없었다. 그러자 츠츠미 선생님의 표정이 조금 더 어두워졌다.

"스바루다이에 평생 있을 수는 없잖니. 이렇게 작은 마을에 일자리가 많은 것도 아니고."

"그렇지만 아예 없는 것도 아니에요. 제가 공부를 잘하는 것도 아니고요."

"하지만 에토는……."

이어서 선생님은 나를 조금 칭찬해주셨다. 그러나 나는 현실을 잘 알고 있었다. 겨우 그런 말 몇 마디로 스바루다이를 나올 수는 없다는걸.

우리 집은 가난하다. 만약 그렇지 않더라도 어머니는 나의 학비를 대주지 않을 것이며, 스바루다이에서 떠나보내려고 하지도 않을 것이다. 그뿐이다. 키타가미 씨는 그런 우리 모자의 상황에 개입하지 않을 것이다.

그러나… 3억 엔이 있다면.

야코 씨의 말대로 그 정도의 큰돈은 인생을 바꿀 수 있다. '어떤 참견도 하지 못하게 할 거니까'라고 말하던 야코 씨의 얼굴이 떠올랐다. 총명한 사람이니 아마 그 말대로 해보이겠지.

아니, 야코 씨라면 3억 엔 같은 게 없어도 스스로 길을 개척할 것이다. 실제로 그녀는 그렇게 살아왔으니. 누구 하나 뒤를 봐주는 사람이 없더라도 자신의 인생을 살고, 그리고…….

그리고, 금괴병에 걸려 스바루다이 요양원에 갇히게 된 것이다.

"그래, 알고 있어. 에토의 상황도, 집안 사정도… 깊게는 아니더라도 이해하는 부분도 있어. 선생님이 하는 말은 아마도 에토에게 괴로운 이야기가 될 거야. 열다섯 살 남자아이가 그렇게 쉽게 결정할 수 있는 문제는 아니니까."

츠츠미 선생은 나를 똑바로 바라보며 말했다.

"하지만, 선생님은 에토가 모든 것을 포기한 듯한 얼굴을 하고 있는 게 마음에 걸려. 어쩌면 너도 자신의 인생을 살고 싶어 하는 것은 아닐까 해서……."

괴로운 듯, 그럼에도 나에게서 시선을 떼지 않고 말씀하시는 선생님은 나의 상황을 알지 못했다.

내가 야코 씨와 만나… 모든 상황을 해결할 수 있는 카드를 손에 쥐게 될지도 모른다는 그 사실은.

그런 대화를 나눈 후에 요양원으로 향하자니 왠지 기분이 묘했다. 츠츠미 선생님은 그 후에도 스바루다이를 떠날 수 있는 방법이나 다른 도시에서 취직할 수 있는 방법 따위를 이것저것 생각해주었다. 그 모든 것들이 현실적으로 결코 쉽지 않은 선택지라는 것도 제대로 설명해주었다는 부분에서, 새삼스럽지만 츠츠미 선생님이 얼마나 좋은 선생님인지를 느낄 수 있었다. 내가 스바루다이를 떠난다는 것은, 이제 이곳에 두 번 다시 돌아오지 않고 혼자 살아간다는 것을 의미하기 때문이었다.

하지만 나는 츠츠미 선생님에게 야코 씨에 대해 말하지 않았다.

바로 이럴 때, 유카와라는 기자에게 들었던 '증명'의 이야기를 떠올리게 된다. 야코 씨의 이야기를 누군가에게 해버리면 그 시점에서 나와 야코 씨의 관계는 죽어버리고 마는 것이다. 증명을 할 수 없게 되어버린다.

그런데, 애초에 나는 대체 누구에게 야코 씨와의 관계가 순수하다는 것을 '증명'하고 있는 걸까? 생각하면 할수록 내 머릿속은 막다른 골목으로 가로막힌 것 같았다.

그렇다고 야코 씨를 찾아가지 않을 수도 없었다. 최근에는 병실 문을 열기만 해도 야코 씨가 웃는 얼굴로 나를 맞아주었다. 방문한 사람이 내가 아니라 간호사나 토에다 선생님일지도 모르는데, 야코 씨는 나일 거라고 기대하며 미소를 지어준 것이다. 그리고 정말 나일 때는 손을 가볍게 들어주었다.

"오, 에토."

오늘 야코 씨는 혼자 체커 연습을 하고 있었던 것 같았다. 전에는 책을 읽거나 스마트폰을 만지작거리기도 했지만, 요즘에는 오로지 체커에 열중인 듯했다.

"마침 이것저것 시도해보려던 중이었어. 자, 한번 해볼까?"

"지금 바로 하나요?"

"요즘은 에토도 실력이 늘어서 같이 하는 게 너무 즐거워. 이대로 계속 잘하게 된다면 더 즐겁겠지?"

아이처럼 떠드는 야코 씨가 귀여웠다. 그렇게 말하면 놀릴 것 같아 말하지 않을 거지만, 솔직히 그렇게 생각했다.

"저기… 전부터 계속 궁금했는데… 왜 체커예요?"

"응? 뭐가?"

"그러니까… 장기나 체스가 아니라 체커인 데에 어떤 이유가 있나 해서요."

"흐음."

그렇게 묻자 야코 씨는 갑자기 입을 다물었다. 특별한 이유 같은 건 없을지도 모른다는 의심이 들기 시작할 즈음, 갑자기 야코 씨가 입을 열었다.

"테이블 게임과 관련해서 좋아하는 일화가 있어. 각계의 명사名士들이 게임에 대한 인상에 대해 말한 건데, 누군가 말하기를 '체커는 바닥이 보이지 않는 우물 같고 체스는 끝없이 넓은 바다와 같다'고 했어. 그래서 어떤 기자가 이 비유를 인용해 하부 요시하루라는 기성棋聖에게 장기를 무어라 생각하느냐고 물어본 거야."

하부 요시하루라는 사람이 누군지 몰랐지만 나는 그냥 잠자코 들었다.

"그는 '정교한 것을 만들어낸 것이다'라고 대답했어. 우리가 알고 있는 장기의 규칙이 확립된 건 지금으로부터 400년 전인데, 그때까지 쭉 이런저런 변천을 거쳐온 선인들의 지혜의 결정체가 바로 지금의 장기인 거야. 마치 모두가 함께 한 장의 그림을 완성시킨 것 같지 않아?"

"뭐, 확실히……."

순간 요양원의 담벼락이 떠올랐다.

"반면 체커라는 게임은 기원조차 불분명하거든. 이렇게 단순한 게임이 그저 '존재했을' 뿐이야."

머릿속 담벼락에 고래 한 마리가 떠올랐다.

"그래서… 결국 무슨 말이에요?"

"음… 체커를 좋아한다는 소리야."

야코 씨는 대충 그렇게 정리하고 얼른 체커판을 협탁 위에 올려놓았다.

"체커를 좋아하는 가장 큰 이유는, 장기에도 체스에도 없지만 체커만이 가지고 있는 것 때문이랄까?"

"…뭐예요, 그게."

"글쎄, 내가 죽을 때가 되면 알려줄게."

"재수 없는 소리 좀 하지 마세요."

"그러게 말이야."

야코 씨는 아무렇지도 않다는 듯이 웃었지만 어쩐지 나는 좀 불편했다. 불치병에 걸린 사람에게는, 자신의 삶을 질 낮은 농담처럼 다뤄도 된다는 권리 같은 게 생기는 걸까.

나는 일부러 야코 씨가 말한 퀴즈에 집중했다. 장기나 체스에는 없지만 체커에는 존재하는 것. 나는 체커라는 게임에 대해 자세히 알지는 못하지만, 체커는 지금까지 내가 가장 진지하게 임한 게임이었다.

어쩌면, 그것이 야코 씨의 본심과 연결되어 있는 것은

아닐까. 체스도 장기도 아닌, 체커에 자신을 건 야코 씨의 심오한 본심과.

"참고로 레슬링에도 없어."

"쓸데없는 힌트로 교란시키지 마세요."

야코 씨가 콧노래를 부르며 말들을 배치했고 그대로 중앙에 있던 말을 쓱 움직였다. 자연스럽게 대국이 시작되어서 나는 그 흐름을 따라갔다.

최근에 깨달은 건데, 야코 씨는 체커를 할 때 몇 가지 패턴을 사용했다. 바로 여기에 야코 씨의 승리의 비결이 있는 것도 같았지만, 구체적으로 어떻다고 말하기는 어려웠다.

야코 씨의 패턴을 쫓아 수를 예측해 말을 놓는 것도 먹히지 않았다. 오히려 역수로 빼앗겨버리기 십상이었다.

그렇지만 이런저런 전술을 생각하며 체커를 하는 것은 즐거웠다. 3억 엔이나 야코 씨의 병에 대한 것을 깨끗이 무시할 수만 있다면, 체커는 재미있는 게임이 맞았다.

야코 씨는 체커를 하면서 예전에 연구했던 내용들이나 좋아하던 과자 같은, 시시콜콜한 이야기들을 말해주었다. 그러면 나는 야코 씨의 장단에 맞춰 맞장구를 치기도 하고 질문을 던지기도 했다.

이렇게 마주 앉아 체커를 하면서 나는 야코 씨에 대해 하나하나 더 알아가게 되었고, 나 또한 그에 맞춰 조금씩 스바루다이와 나 자신에 대한 이야기도 하게 되었다.

그것이 묘하게 기분이 좋아 곤란했다.

들뜬 기분으로 집에 돌아오니 키타가미 씨가 있었다.

어머니는 모임에 나간 듯했고 집 안은 평온했다.

"에미코 씨는 집에 없단다."

키타가미 씨와의 대화는 언제나 이 한마디로 시작되는 것 같았는데, 우리 두 사람은 어머니가 없을 때만 제대로 대화를 나눌 수 있었기 때문이었다.

"학교 일이 바쁘니?"

"아… 그게……."

잠깐 망설였지만 '키타가미 씨라면…' 하는 마음도 있었다. 잠시 후, 나는 3억 엔과 체커 부분을 제외한 야코 씨에 대한 이야기들을 털어놓았다.

"요양원에 다니고 있다는 거… 어머니한테는 말하지 말아주세요."

"그야 물론이지. 말할 수 있을 리도 없고."

키타가미 씨는 그렇게 말하며 가볍게 웃어 보였다.

"최대한 그 아이의 곁에 있어주는 게 좋을 것 같구나."

"저도 그렇게 생각하고 있어요……."

체커 대결에 대한 내용은 감추고 있었기에 어딘지 모르게 마음이 불편했다. 제삼자의 시선으로 보면, 나는 곧 죽을 여자에게 달라붙어 있는 인간으로 보일까? 그렇게 생각하니 키타가미 씨에게 했던 말들이 죄다 불순하게 느껴졌다. 그러나 꼭 그런 것만은 아니라는 생각도 들었고… 혼란스러웠다.

그때 주머니 속에서 '띠링'하고 작은 소리가 울렸다. 당사자인 나도, 마주 보고 있던 키타가미 씨도 동시에 주머니 쪽을 쳐다보았다. 난처해하는 내 표정을 살폈는지 키타가미 씨가 옅게 웃었다.

"받아도 돼."

"괜찮아요… 아마 메시지일 거예요……."

그렇게 말하면서도 나는 휴대폰을 확인했다. 화면에는 야코 씨가 보낸, 오늘 저녁식사에 대한 평가가 줄줄이 적혀 있었다.

"휴대폰 케이스도 없이 들고 다니는구나."

"그… 그러게 말이에요……."

애초에 휴대폰도 없던 내가 휴대폰 케이스 따위를 가지고 있을 리 없었다. 야코 씨도 정신이 없어 휴대폰 케이스까지는 미처 생각하지 못했을 것이다. 은색의 본체를 본 키타가미 씨가 조그맣게 웃었다.

"…조만간 내가 적당한 것으로 준비해줄게."

"가, 감사합니다."

"에미코 씨에겐 비밀이야."

키타가미 씨는 그렇게 말하며 미소를 지어 보였다. 그 순간 뇌리에 키타가미 씨의 예전 모습이 스쳐 지나갔다. 나에게 몰래 과자나 책을 사주고는 "엄마에게는 비밀이야"라고 말하던 그때의 키타가미 씨가.

"되도록이면 그 아이의 곁에 있어주렴. 떨어져 있으면 금방 변하거든."

그 말을 끝으로 키타가미 씨는 아무 말도 하지 않고 자신의 방으로 들어가버렸다.

▼ 90일 전

분교는 아침부터 들끓고 있었다. 그도 그럴 것이 축제에서 불꽃놀이가 정식으로 부활하게 됐다고 했다. 내가 야코 씨와의 체커에 빠져 정신이 없는 동안, 하루미츠가 스바루다이의 주민들, 그리고 분교 직원들과 흥정을 한 모양이었다.

"그러니까, 자금이 부족해서 그랬던 거지."

하루미츠가 교단에 서며 그렇게 말했다. 분교의 중학생 12명이 모두 마른침을 삼키며 그 보고를 지켜보고 있었다.

"예전에는 스바루다이의 인구가 지금보다 조금 더 많기도 했고, 경기도 좋았으니 그런 것들이 가능했을 거야. 하지만 요즘은 불경기이기도 하고 스바루다이 임업조합의 다툼도 있었잖아. 애초에 우리 마을은 말도 안 될 정도로 시골이라, 만약 폭죽을 도매로 구매하려면 모리타니 씨의 가게를 통해서 구매하는 수밖에 없어. 그래서 돈이 엄청나게 들어가는 거야."

하루미츠가 눈살을 찌푸리며 설명을 끝내자, 기회를 놓치지 않고 미야지가 장단을 맞추었다.

"그래도 지금 여기에 하루밍이 있다는 건, 어떻게든 돈을 마련할 방법이 생긴 것 아니야?"

"좋은 질문이야, 미야지."

그렇게 말하더니 하루미츠는 작년 축제 때 만든 팸플릿을 꺼내 들었다.

"그래서 말이야, 이번에는 축제에 스폰서를 모집하기

로 했어! 팸플릿에 모리타니 씨네 가게의 광고를 싣는 대신 약간의 지원금을 받았지! 앞으로 이런 식으로 몇 건 더 싣는다면 돈 문제는 어떻게든 해결될 거야!"

의기양양하게 선언하는 하루미츠를 향해 "아직 미정이었어?" "확실해지면 말해!" "하루밍 선배 정말 괜찮은 거예요?"라는 야유가 날아들었다.

하지만 이렇게 야유가 날아든다는 것 자체가 하루미츠에 대한 신뢰의 표시이기도 했다. 우리에게는 하루미츠가 하는 일이라면 분명 잘될 거라는 무조건적인 믿음이 있었다.

"혹시… 자금 부족만 문제였던 거야? 만약 그랬다면 선배들도 지금처럼 모금이나 기부 같은 형식으로 해결하려고 했을 텐데…….."

그 순간 츠키노가 쭈뼛거리며 그렇게 말했다.

"물론 그… 스바루다이 요양원과 관련된 문제도 있기는 했어. 인색하게 들리겠지만, 혹시라도 요양원까지 소음이나 빛이 닿게 되면 조심성이 없다는 둥… 하는 문제가 생기니까. 자금이 부족하기도 했고 하지만 이 문제도 요양원 직원들과 지금 입원해 있는 환자에게 허가를 받았으니 문제없을 거야."

야코 씨에 대한 이야기라는 걸 곧바로 알 수 있었다. 뭐… 물론 야코 씨라면 불꽃놀이가 어쩌고저쩌고 하며 불평하지는 않을 것 같다. 오히려 손뼉을 치면서 호들갑을 떨겠지. 문제는 그게 아니었다. 아니, 애초에 문제 따위는 없었다. 그런데… 하루미츠와 야코 씨가 이야기를 했을 수도 있다고 생각하니 왜 이렇게 가슴이 답답한 걸까?

"일단 앞으로는 작업을 나눠서 진행하고, 틈틈이 광고를 실을 스폰서도 알아보는 게 좋겠어. 이대로 진행해도 좋으면 박수!"

하루미츠의 말에 맞춰 교실 안에 박수 소리가 울려 퍼졌다. 물론 나도 손뼉을 쳤다. 당연한 일이었다.

수업이 끝난 후, 나는 축제 팸플릿 작업을 도와주기 위해 남았다. 하루미츠가 말한 '광고'란 단순히 텍스트를 싣는 것이 아니라 레이아웃과 디자인을 포함한 일종의 배너를 만들어주는 상품인 듯했고, 그 말인즉 우리는 55mm ×91mm 크기의 모리타니 씨 가게 홍보 배너를 만들어야 한다는 소리였다.

내 옆에서는 츠키노가 '모두의 생활에 다가가다' '인터내셔널 종합 상점' 등의 캐치프레이즈를 말하고 있었고, 나는 그 문장들을 메모했다.

"이렇게 하면 광고도 많이 몰릴 것 같아! 하루밍이 주도해서 계속 움직여줄 테고."

"이걸 하나하나 다 만들긴 힘들 것 같은데…….'

"그래도 엄청난 추억이 되지 않을까? 이것만 봐도 그때 스바루다이에 뭐가 있었고 없었는지를 다 알 수 있잖아."

"여기에 광고를 내지 않은 가게들은 역사적으로 없었던 것이 되어버릴 거야."

요양원도 그렇고… 라며 마음속으로 덧붙였다.

"아, 그렇네? 그렇게 되는구나!"

츠키노는 즐겁다는 듯이 웃었다. 그때 오후 4시를 알리는 벨이 울렸다. 5시에는 모두가 하교해야 하니 그때까지는 작업이 끝나겠지만, 뭐가 됐든 오늘은 요양원에 갈 수 없을 것 같다.

슬그머니 교실을 빠져나와 '오늘은 못 갈 것 같아요, 죄송해요.' 라고 메시지를 보냈다. 바로 '접수 완료' 라는 시큰둥한 대답이 돌아왔다. 이 문자를 보아하니 오늘은 야코 씨에게도 바쁜 날이었는지 모르겠다.

5시를 알리는 벨과 동시에 분교를 빠져나왔지만 주위는 아직 밝았다. 산골짜기에서 쏟아지는 햇살은 여전히 황금빛으로 빛나고 있어 마치 저물 때를 놓친 것만 같았다. 길게 뻗은 그림자를 앞지르듯이 걷고 있는데 느닷없이 누군가가 말을 걸어왔다.

"안녕, 에토. 날 알아차리지 못하다니, 사랑이 부족하네."

그 목소리에 나도 모르게 뒤를 돌아보았다.

"헉, 아!"

"그게 뭐야, 귀신이라도 본 것 같은 얼굴이네."

나무숲 사이에 야코 씨가 서 있었다. 늘 입고 있던 환자복 대신 편해 보이는 셔츠에 검은색 바지를 입은 채였다. 어깨에 걸려 있는 빨간 가방 역시 평소의 야코 씨의 모습에서는 상상할 수 없는 것이었다.

"…와버렸어."

"와버렸어라니, 그런 소리를 할 때가 아니잖아요. 여기서 뭐 하는 거예요!"

"잡화점에 가보고 싶어서 말이야. 몰래 빠져나온 거야."

"무슨 짓이에요! 들키면 혼나는 거 아니에요?"

"그럴지도. 보안카메라에도 찍혔을 테니까. 하지만 그런 이유로 혼이 난들 죽는 건 내 쪽이니까."

야코 씨는 태연하게 말하며 머리칼을 쓸어 올렸다. 그 모습을 보면서, 이곳에 입원하기 전 야코 씨는 이런 느낌이었을지도 모르겠다고 생각했다. 지금 이렇게 서 있는 야코 씨는 도저히 중병에 걸린 사람처럼 보이지 않았다.

그러나 중요한 건 그게 아니었다. 야코 씨는 본래 밖에 나와서는 안 되는 사람이다. 이렇게 밖에 나온 일로 단번에 근육 경화가 진행되거나 하지는 않을까? 그런 생각을 하니 아무래도 마음이 초조했다.

"괜찮아. 이렇게 조금 걸은 것 때문에 바로 죽거나 하지는 않으니까. 아니면, 뭐? 요양원에 결계라도 쳐져 있어서 한 발짝이라도 밖으로 나가면 죽는 줄 알았어?"

"그런 게 아니라… 걱정하는 마음쯤은 헤아려줄래요?"

"지도를 봐서 알고는 있었지만, 마을이 정말 산으로 빙 둘러싸여 있네. 처음 이곳에 왔을 때는 몰랐는데 이렇게 되어 있구나. 굉장하다."

야코 씨는 내 말을 무시한 채 노을에 물든 스바루다이를 둘러보았다.

야코 씨는 '굉장하다'고 말해주었지만 솔직히 이런 지리적 입지에는 단점밖에 없었다. 스바루다이가 외부 도시와 동떨어져 있는 것처럼 느껴지는 이유는, 아무리 생각해도 산으로 둘러싸인 입지 조건 때문이었다. 이러한 지리적 특징 때문에 사람이나 물건이 이동할 때도 손이 많이 갔고, 폐쇄적인 인상도 지울 수 없었다. 논을 관리하는 데도 장거리 수로를 이용해 물을 끌어와야 할 만큼 스바루다이는 불편한 곳이었다.

"산 치고는 낮으니까요. 아주 옛날 사람들이 이 산인지 언덕인지 알 수 없는 곳을 개척해서 스바루다이를 만들었다고 하던데, 솔직히 그렇게까지 해가면서 쓸 만한 장소는 아니었다고 생각해요."

"그렇게까지 나쁘게 말하지 않아도 되는데."

아무리 생각해도 스바루다이에는 좋은 점이 하나도 없었다. 이런 나의 암담한 기분을 대변하듯 딱 맞춰 해가 저물어갔다.

"여기가 아니었다면… 하고 생각한 적이 몇 번 있어요. 조금만 더, 아주 조금만 더 선택지가 많은 곳이었다면 잘되지 않았을까 하고요. 그야말로 체커의 말이 한 번에 칸을 뛰어넘는 것처럼, 어딘가 편히 떠날 수 있는 곳이 있었으면 좋겠다고 말이에요."

"뭐… 접근성이 좋아 보이지 않기는 하네."

"야코 씨도 여기보다는 다른 요양원으로 가는 것이 더 편하지 않았을까요?"

"여기는 여기라서 좋은 거야. 격리돼 있고 조용하고.

사방이 산으로 빙 둘러싸인 마을 안에 있는, 벽에 빙 둘러싸인 요양원. 그 안에 있는 게 바로 나란 말이지."

그러면서 야코 씨가 팔을 활짝 벌렸다. 결코 어른처럼 보이지 않는 행동이었다. 균형을 잃은 야코 씨의 몸이 그대로 가볍게 떠올랐다. 아니, 그러니까 조심하라고 했는데!

"으앗."

"야코 씨!"

그 순간 아주 자연스럽게 야코 씨의 손을 잡아버렸다. 아, 하고 말하기도 전에 야코 씨의 손이 내 손을 꽉 잡았고 야코 씨는 아슬아슬하게 넘어지지 않을 수 있었다.

야코 씨의 손은 차가웠다. 도무지 인간의 것이라고는 생각되지 않는 체온과 어디에도 없을 단단함이 있었다. 그때 야코 씨가 달래듯이 말을 꺼냈다.

"…나 있지, 실은 병 때문에 체온이 정말 심하게 낮거든. 그런데 나는 몸이 차면 안 좋다고 하더라고. 그래서 에토를 처음 만났던 날도 목도리와 장갑을 끼고 있었던 거야."

"그런데 오늘은 왜 장갑을 두고 왔어요?"

"그래도, 두고 오길 잘한 것 같아. 에토는 손이 따뜻하구나."

나는 그 말을 무시하면서 말없이 야코 씨의 손을 잡아 끌었다. 이럴 때 능숙하게 대답할 수 있으면 좋을 텐데… 지금 내 표정은 틀림없이 바보 같을 것이다. 이런 내 모습에 야코 씨가 깔깔거리며 웃기 시작했고, 그럴수록 내 얼굴은 더욱 빨개졌다.

야코 씨의 손은 조금이지만 뼈가 드러나 있었다. 근섬유의 경화에 대해 골똘히 생각해보려 했지만, 진지하게 생각해보려 할 때마다 야코 씨의 웃음소리가 그것을 방해했다. 그 목소리는 정말이지 반칙이었다.

그대로 손을 잡고 조금 걸으니 이내 스바루다이 요양원의 담벼락이 보이기 시작했다. 그 순간, 야코 씨가 즐거운 듯이 탄성을 지르더니 잡고 있던 손을 뿌리치고 요양원 쪽으로 달려갔다. 조금 전까지 내 손을 잡고 있던 그녀의 손이 담벼락에 새겨진 고래의 검은 피부에 닿았다.

"2월의 고래잖아. 나, 이 그림 좋아해."

고래 앞에 서 있는 야코 씨는 한층 더 작아 보였다. 고래는 야코 씨에게 눈길도 주지 않고 유유히 담벼락 속을 헤엄치고 있었다.

"이거 말이야, 내가 요양원으로 오기 얼마 전에 화제가 됐거든. 2월의 고래라고, 잡지에서 이름을 붙인 거래."

"그걸 읽었어요? 금괴병을 괴질이라고 선동한 기사였는데."

"그건 그렇지만 제목 센스는 마음에 들었거든. 이곳에 들어올 때 이게 그 말로만 듣던 고래라고 생각하니 신이 나더라고. 반갑네."

야코 씨는 고래에게 볼이라도 비빌 기세였다. 딱히 아쉬운 건 아니었지만 이 고래를 만지기 위해 풀어버린 손이 어째서인지 허전했다.

"52Hz 고래에 대해 알아?"

고래를 만지며 야코 씨가 그렇게 물었다.

"몰라요."

"말 그대로 울음소리의 주파수가 52Hz인 고래를 말하는 거야. 52Hz라는 건 다른 고래들의 울음소리보다 주파수가 훨씬 높은 거래. 이 주파수로 우는 고래는 세상에 딱 한 마리밖에 없어서, 그 고래는 다른 고래들과 어울릴 수 없대. 목소리가… 들리지 않으니까. 그러니까 52Hz 고래는 세계에서 가장 고독한 고래인 거야."

"어쩌다 그렇게 됐을까요?"

"글쎄… 하지만 고독하게 태어나고 싶어서 고독한 사람은 아무도 없을 거야."

야코 씨는 그 고래가 지금도 멈추지 않고 계속 헤엄치고 있으며 여러 바다에서 정기적으로 그 고래의 울음소리가 들리고 있다는 것을 계속해서 말해주었다.

"하지만 인간에게는 들리는군요. 그런 이유 때문에 인간들 사이에서 감상적인 우화처럼 이야기된다고 생각하니까 뭔가 더 불쌍한데요."

"그런가? 만약 내가 그 고래였다면 말이야… 이렇게 지상의 인간들이 그 소리를 듣고 있다는 사실을 알면 위로받았을 것 같은데……."

그렇게 말하고 야코 씨는 조용히 눈을 감았다. 마치 그림 속 고래의 울음소리를 들어보려는 듯이.

"이 고래를 봤을 때 그 이야기가 생각났어. 어쩌면 이 고래는 나에게만 들리는 주파수로 울고 있을지도 몰라."

"주파수……."

"에토. 에토라면 이 고래 옆에 뭘 그릴 것 같아?"

그 질문은 얼마 전에도 들었는데, 라고 생각하며 아무렇게나 대답했다.

"저는 애초에 페인트를 못 사요. 만만치 않게 비싸다고요."

"그럼 질문을 바꿀게. 3억 엔 가까이 되는 돈이 생겨서 원하는 만큼 페인트를 살 수 있게 되면 뭘 그릴 거야?"

뭔가에 심기가 상했는지 야코 씨 심술궂게 물었다. 나는 잠시 고민하다가 마지못해 답했다.

"…체커판을 그려볼까요?"

"그건 벽에 그려도 쓸 수가 없잖아."

"상관없잖아요. 체스판도 되고."

"그럼 그때는 제대로 말까지 그리기야!"

그렇게 말하며 야코 씨는 겨우 고래에게서 떨어졌다. 그러고는 아주 자연스럽게 나를 향해 손을 뻗었다.

"자."

"뭐예요?"

"손. 안 잡을 거야?"

"잡을 이유가 없잖아요."

"잡지 않을 이유도 없잖아?"

그런 말들을 주고받는 사이에 야코 씨는 약간은 막무가내로 내 손을 잡고 걷기 시작했다. 야코 씨의 손은 여전히 차갑고 딱딱했지만 내 손을 꽉 잡아주고 있었다.

뿌리칠 수도 있었다. 하지만 정문에 닿을 때까지만… 입구에 도착할 때까지만… 하고 생각하는 사이에 병실까지 들어와버렸다. 어찌 된 일인지 그저 손을 잡은 것 뿐인

데 몹시도 소중한 기분이 들었다.

바보 같은 이야기지만 오늘 야코 씨가 장갑을 잊어버려서 다행이라고… 진심으로 그렇게 생각했다. 야코 씨의 손이 이렇게 차가웠다는 것조차… 나는 오늘에서야 처음 알았다.

이런 상태였으니 체커도 당연히 지고 말았다. 나는 야코 씨의 패턴을 생각하며 몇 수 앞을 예측해 허점을 찾고자 노력했지만 야코 씨는 나의 보잘것없는 실력을 비웃었다.

의기양양한 야코 씨의 얼굴이 너무나도 행복해보였기에 어쩐지 이대로 평생 이기지 못해도 좋을 것 같다는 생각마저 들었다. 그만큼… 오늘은 나에게 인상적인 하루였다.

그래서 잊고 있었다.

내가 야코 씨에게 평생 지기만 하는 건 불가능하다는 사실을.

야코 씨의 병은 조용히 야코 씨를 갉아먹으며 이 모든 것을 깨뜨릴 날을 기다리고 있다는 것을.

6월이 되면서 야코 씨의 컨디션은 조금씩 안 좋아졌다. 이 계절의 스바루다이에는 비가 많이 내렸고, 야코 씨는 창문을 열 수 없다는 사실에 슬퍼하고 있었다. 그럼에도 내가 올 때마다 웃는 얼굴을 보여주었다. 내가 말을 걸기 전까지는 숨을 쉬는 게 힘든지 어깨를 들썩이고 있었는데도.

"비 오는 거 너무 싫다. 비가 오면 유착부가 아프거든."

"유착부가 뭐예요?"

"경화된 부분과 경화되지 않은 부분의 경계선인데, 마치 살이 차가운 돌에 달라붙는 것처럼 아파. 어느 정도 지나면 익숙해지지만. 내 몸이 점점 변해가는 게 느껴지니까 아무래도 적응이 안 돼."

"무서워요?"

"아니, 왜냐하면 난 알고 있으니까."

그 말을 들은 나는 남몰래 소름이 끼칠 수밖에 없었다. 겉으로는 별다를 게 없어 보이지만 지금도 야코 씨의 몸에선 시시각각 변화가 계속되고 있었다.

"나도 참 뭐래니, 에토가 걱정할 일이 아니야. 괜찮아.

나도 여기서 빈둥거리기만 하는 건 아니니까. 재활도 계속하고 있고 약도 잘 먹고 있어. 음, 여름이 되면 좀 나아질 거야."

"정말요? 의학적 근거는요?"

"건방지네."

그렇게 말하며 야코 씨는 내 머리를 쓱쓱 쓰다듬었다.

"아, 하지 마요."

"에토가 걱정해야 할 부분은 아직도 체커가 엄청 약하다는 거야. 어떻게 생각해? 벌써 팔십번은 넘게 싸웠을 텐데 지금까지 아깝게 져본 적도 없었지?"

"백 번 채울 때까지는 열심히 하겠습니다."

"성장 가능성은 있는 것 같은데 말이야… 에토는 상대방의 의도를 파악하려고 너무 분석에 몰입하다보니 게임을 어렵게 끌고 가는 경향이 있어."

"알고 있다구요… 잠깐! 방금 쓰다듬는 바람에 머리카락 빠진 거 맞죠? 그건 진짜 안 돼요."

"잠시 실례하겠습니다."

낯선 목소리에 돌아보니 간호사인 니무라 씨가 서 있었다. 깔끔하게 묶은 머리카락에서 한 가닥, 더듬이 같은 앞머리가 내려와 있었다.

"검사 시간이에요. 오늘은 조금만 하면 되니까 같이 힘내봐요."

"아, 벌써 검사 시간이구나. 밖이 어두우면 시간을 잘 모르겠단 말이지. 그럼 에토, 오늘은 여기까지만 하자."

"미안해 에토. 야코 씨 좀 빌릴게."

텅 빈 휠체어를 밀고 오면서 니무라 씨는 난처한 듯이 웃어 보였다.

니무라 씨는 야코 씨와 가장 오래 알고 지낸 간호사였다. 이곳에 드나들게 되면서 나도 신세를 많이 지고 있었다. 야코 씨는 니무라 씨가 오면 표정이 조금은 부드러워지곤 했다.

하지만 오늘은 달랐다. 야코 씨는 표정을 굳히며 니무라 씨를 물끄러미 바라보았다.

"그 정도까지는 아닌데, 실험장까지는 걸어갈 수 있어요."

어쩐지 일부러 '실험장'이라고 말한 것 같은 야코 씨는 벌떡 일어나 니무라 씨를 따라 걸어갔다.

"그럼 다음에 봐, 에토."

"저……."

"응?"

"힘내세요, 검사……."

좀 더 멋진 말을 하고 싶었는데… 어떻게 해도 애매한 말만 나왔다.

"괜찮아. 어쨌든… 난 가까워지고 있어."

"무엇에요?"

"정답에."

그 의미를 묻기도 전에 야코 씨는 병실에서 나가버렸다.

▼

이렇게 밤길을 걷고 있으니, 나에게 맞는 정답이란 무엇이었을까… 그런 생각을 하게 되었다. 그 시점에서 야코 씨가 보고 있던 정답은 다른 것이었다.

거짓 정답에 대해 조금 더 제대로 생각했다면 좋았을 걸. 야코 씨에게 미리 물어봤어도 좋았을 텐데.

휠체어를 밀면서 병실에서 가져온 지도를 확인했다.

스바루다이에 대해 뭐든지 알고 있다며 호언장담했던 야코 씨의 지도는 꽤나 작았다. 지도에는 스바루다이의 전경과 산을 넘으면 나오는 것의 일부만이 표시되어 있을 뿐이었다.

이 지도를 보니 스바루다이는 역시나 작았고, 그 작은

스바루다이에 둘러싸인 요양원의 규모도 짐작할 수 있었다.

방향만 확인하고서 길을 따라 걷기로 했다.

비탈길이 점점 가팔라지기 시작했다.

그러나 더욱 심각한 것은, 이 앞에 건물 표시가 있다는 것이었다.

누군가 이곳에 살고 있었다. 내 휠체어에 실려 있는 것을 알아차릴 누군가가.

▼ 74일 전

길고 긴 장마의 계절.

나와 야코 씨에게 결정적인 사건이 일어난 것은 그 무렵이었다.

까맣게 잊고 있었지만, 우리 생활의 중심에 있는 것은 체커가 아니라 다발성 금화 근섬유이형성증이라는 불치병이었다.

이맘때쯤 되니 우리는 부쩍 친해져 있었고 서로에 대해 많은 것을 알게 되었다. 야코 씨가 오이를 먹지 못한다는 사실과 역사에 관심을 가지게 된 계기도 알게 되었고,

체커의 어떤 전술과 전법을 좋아하는지에 대해서도 알게 되었다.

그러나 병이라는 녀석은 이렇게 가까워진 우리 사이를 조금도 고려해주지 않았고, 그럭저럭 유지되고 있던 우리들의 일상을 단 한 수에 모래로 만들어버렸다.

그날은 평소보다 훨씬 이른 시간에 요양원을 찾아가게 되었다. 비가 계속 내린 탓에 약해진 분교 건물의 천장에 구멍이 났고 전 직원이 달라붙어 수리를 하는 바람에 자연스럽게 수업은 취소가 되었다.

분교에서는 이런 일이 종종 일어났다. 덕지덕지 이어 붙이는 식으로 어떻게든 꾸려왔던 스바루다이 분교는 잠시 숨을 돌릴 시간이 필요했던 것이다.

하루미츠를 포함한 활동적인 친구들은 이때를 틈타 스폰서를 모으러 갔다. 그날 이후로 광고를 내겠다는 가게들이 서서히 늘어났지만 아직 목표 금액까지는 조금 모자란 상태였다. 게다가 하루미츠는 목표액보다 더 큰 이익을 노리는 모양이어서, 스폰서 모집은 당분간 이어질 것 같았다. 그렇게 되면 팸플릿 제작팀인 나는 후반 작업부터 함께하게 될 터였다.

나는 평소처럼 요양원으로 향했다. 점심 전에 요양원을 방문하는 건 처음이었기에 집에서 몰래 챙겨온 빵을 들고 길을 나섰다.

접수창구에 인사를 하고 나서야 야코 씨에게 미리 연락해보는 게 나았을까 하는 생각이 들었다.

—야코 씨, 오늘 학교 수업이 빨리 끝나서 일찍 와버렸어요, 라고 메시지를 썼다가 그냥 지워버렸다. 야코 씨의 병실 앞에 다다랐을 때였다. 단말마 같은 비명이 들려왔다. 그 소리를 듣자, 메시지를 보내지 않은 것이 다행이라는 생각이 들었다.

"말도 안 돼! 싫어! 절대 싫다니까!"

야코 씨의 목소리였다.

"거짓말하지 마! 검사 결과는, 검사 결과는 나쁘지 않았는데!"

평소와는 너무나 다른, 낯선 목소리와 함께 어린아이처럼 엉엉 우는 울음소리가 울려 퍼졌다. 내가 평소 알고 있는 야코 씨와 그 폭발음 같은 울음소리는 도무지 서로 맞물리지가 않았다. 같은 사람에게서 나온 소리라고 생각하기 어려울 정도였다. 간호사들은 자지러질 듯이 우는 야코 씨를 달래느라 정신이 없는 것 같았다. 무언가 부딪히는 소리가 난 것으로 짐작건대, 야코 씨가 작은 몸을 버둥거리며 날뛰고 있는 것일지도 몰랐다.

그것만으로도 나는 이미 평정심을 잃은 상태였다. 다리가 떨렸고 숨이 가빠졌다. 혹시라도 야코 씨가 알아챌까 싶어 헐떡이는 소리가 나지 않게 애쓰는 사이, 빈틈을 메우듯 야코 씨의 비통한 목소리가 울려 퍼졌다.

"다리를 자른다니, 말도 안 돼……."

숨이 멎을 것만 같았다.

"그런 짓을 한들 의미도 없잖아! 빌어먹을, 자를 바에야 죽여! 얼른 죽이라고……."

병실 안에는 토에다 선생님이 계신 것 같았다. 그는 이렇게라도 손을 쓰지 않으면 경화가 예상보다 더 빨리 진행될 거라며, 수술만 한다면 병의 진행을 일시적으로라도 막을 수 있으리라 설명하고 있었다.

나는 토에다 선생님이 하시는 말씀이 지당하다고 생각했다. 이대로 죽는 것보다는 수술을 받는 편이 훨씬 나았다. 하지만 그 말이 아무리 합당하더라도 야코 씨의 분노와 슬픔을 가라앉힐 수는 없었다.

"아아… 그래! 내 다리가 잘리면 그 다리만 변하겠지! 잘리면 죽은 거나 마찬가지니까. 그 수십 센티미터가 이 병을 해명하기 위한 첫걸음이 되겠지! 검체가 빨리 갖고 싶은 거잖아!"

알고 있었다. 야코 씨의 말은 진심이 아니라는 걸. 토에다 선생님이 그런 사람이 아니라는 건 누구보다도 야코 씨가 제일 잘 알 터였다.

하지만 야코 씨에게는 자신의 심정을 표현할 방법이 이것밖에 없었던 것이다. 최선을 다해 자신을 도와주는 상대에게 독한 말을 내뱉을 만큼, 야코 씨는 궁지에 몰린 상태였다.

주위 사람들 그 누구도 야코 씨를 탓하지 않았다. 탓할 수 있을 리 없었다. 야코 씨의 목소리는 점점 작아지고 약해져… 흐느끼는 소리만 남았다.

"얼마나 돼?"

그때였다. 야코 씨는 스러지듯이, 그러나 분명한 목소리로 그렇게 물었다.

"얼마나 되냐고."

다시 한 번 물었다. 벽 한 칸을 사이에 두고 있었음에도 야코 씨가 눈물 젖은 눈으로 노려보듯 이쪽을 바라보는 것이 보이는 듯했다.

오른쪽 다리 하나에 4천만 엔 이상은 될 거라고 토에

다 선생님이 대답하자, 야코 씨의 히스테릭한 신음은 그제야 작은 흐느낌으로 바뀌었다. 안심한 모양이었다. 그 반응의 의미를 깨달은 나는, 속에서부터 위액이 치밀어 오르는 것 같았다.

지금 야코 씨의 부서질 듯한 정신을 아슬아슬하게 지탱하고 있는 것은, 의심할 필요도 없을 정도로 대단한 가치가 자신의 몸에 있다는 사실 뿐인 것이다.

단순한 상실은 사람의 마음을 쉽게 갉아먹는다. 그러나 다리를 잘라야만 한다는 비극에 4천만 엔이라는 끈이 붙어있다는 사실이 야코 씨를 조금이나마 구원해줬다.

그 끈의 끝에… 내가 있다고 생각하니 몸이 떨렸다.

나는 발소리가 나지 않도록 일부러 슬리퍼를 벗고서, 누군가 병실 밖으로 나오기 전에 복도를 내달렸다. 다리가 꼬이며 요란하게 넘어졌고, 바닥으로 곤두박질쳤다. 지독한 통증에 골이 울렸다.

"에토 씨, 괜찮으세요?"

보다 못한 접수창구의 직원이 곁문으로 나와 손을 내밀었다. 나는 그 손을 잡으며 필사적으로 말했다.

"제가 오늘 여기에 왔다는 건 절대 말하지 말아주세요, 제발요. 부탁드릴게요. 절대로, 특히 츠무라 씨에게는 말하지 말아주세요"

무서울 만큼 진지하게 말하는 나를 본 직원이 놀란 표정으로 고개를 끄덕이자, 나는 요양원을 뛰쳐나왔다.

듣지 말았어야 했다. 알아서는 안 되는 것이었다. 야코씨는 줄곧 이런 격정을 끌어안고도 체커판을 사이에 둔채 미소를 짓고 있었던 것이다.

그러나 그 사실을 알아버린 내가 지금까지와 똑같은 시선으로 야코 씨를 볼 수 있을 리 없었다.

▼ 73일 전

"오른쪽 다리를 자르게 됐어!"

아니나 다를까, 다음날 야코 씨는 나를 보자마자 그렇게 말했다. 평소처럼 아무것도 아니라는 듯한 말투였다.

"오른쪽 발가락 근육 경화가 예상보다 빠르대. 거기서부터 근육 경화나 뼈 변질이 일어나고 있는 모양이야. 그러니까 여기를 절단해버리면 병의 진행을 막을 수 있을지도 몰라. 어떻게 보면 좋은 소식인 셈이지."

그렇게 말하며 야코 씨가 환하게 웃어 보였다.

어제의 일을 보지 못했다면 나는 완전히 속았을 것이

다. 물론 충격은 받았겠지만, 야코 씨가 이 모든 것들을 잘 받아들이고 있다고 믿었을 것이다.

어쨌든 야코 씨는 연기를 매우 잘했고, 나는 그 거짓말을 믿고 싶었다.

"우리끼리 하는 얘기지만, 만약 병의 시발점인 오른쪽 다리를 절단한다면 경화 자체가 멈출 수도 있어. 실제로 나보다 먼저 이곳에 입원해 있던 환자 중 한 사람이, 이 절단 치료로 반년 넘게 경화가 일어나지 않은 적이 있대. 상한 곳을 잘라버리면 병이 나을지도 몰라."

나는 아무런 말도 할 수 없었다. 그것은 확실히 좋은 소식이었지만, 지금 이 요양원에 입원해 있는 환자는 야코 씨 외에는 아무도 없었고, 스바루다이에서 퇴원한 금괴병 환자 역시 아무도 없었다. 이 두 가지 사실을 통해 나오는 결론을… 야코 씨가 깨닫지 못하고 있다고는 생각할 수 없었다.

어제 들었던 분노에 찬 안타까운 비명 소리.

"그건 확실히… 좋은 소식일지도 모르겠네요. 수술을 하면 나을 수도 있다는 거죠?"

"응, 맞아. 휠체어는 에토가 밀어주면 될 테고, 다리를 잃더라도 아까울 게 없는 몸이니까. 모 아니면 도라고 할지라도, 어떻게 되든 나의 승리야."

야코 씨는 약한 소리를 하지 않는다.

나는 야코 씨의 다리가 절단되기 전에 그 담벼락을 지나쳤다는 것에 감사하게 되었다. 야코 씨가 그때 나에게 말을 걸었던 것 역시 얻기 어려운 행운이었음이 분명했고, 그런 사실들이 나를 더 우울하게 만들었다. 야코 씨에게서 가능성이 사라져가는 것이… 무서웠다.

"만약 내가 나으면 에토의 세계를 바꿔줄 수 없겠네."

"전 아직 체커에서 이기지 못했어요. 어차피 똑같아요."

"아, 맞다. 난 지지 않는 챔피언, 마리온 틴슬리가 될 가능성도 있었지."

이렇게 못을 박아두지 않으면 야코 씨가 그 전제를 잊어버릴 것 같아 무서웠다. 야코 씨는 절대 지지 않는다. 야코 씨를 이기지 못한다면 3억 엔을 받을 수 없다. 야코 씨의 병이 낫든, 낫지 않든… 체커로 이길 수 없는 나에게는 관계없는 이야기였다.

"그럼 체커나 할까. 오늘도 지지 않을 거야."

이 또한 여느 때와 같은 흐름이었다. 판을 놓고, 말들을 배치했다.

야코 씨는 언제나처럼 막힘없이 강했고, 나의 세 수 앞

까지 읽으며 말을 이동시켰다. 어제 그렇게 큰일을 겪고
도 야코 씨는 조금도 실수하지 않았다.

"에토? 오늘은 좀 강한데?"

야코 씨는 승격을 저지한 나에게 의외라는 듯이 말했다.

"이렇게 많이 두다 보면… 실수 같은 건 줄어요."

"…진짜로 늘고 있네. 응, 좋아. 그래야지."

나는 제대로 맞장구를 치지 못했는데… 그 이유는 숨
을 내쉴 때마다 눈물샘에 차오른 눈물이 흘러넘칠 것 같
기 때문이었다.

여기서 울면 모든 게 끝이라고 생각했다. 야코 씨가 눈
앞에서 버티고 있는데 내가 울면 아무런 소용이 없었다.
이를 악물고 있는데, 처음으로 내 말이 체커판 마지막 행
의 왕이 될 수 있는 곳까지 도착했다.

"오…….."

야코 씨도 이 진군에 놀랐는지 작게 소리를 질렀다. 오
늘은 야코 씨의 공격에 틈이 보였다. 야코 씨가 움직이는
말들의 흐름, 그 틈새를 비집고 들어가 야코 씨의 진영 깊
숙이 닿을 수 있었다.

"…왕이네. 잡은 말은 위에 올려 둬."

야코 씨가 붙잡힌 자신의 붉은 말을 가리켰고, 그 말에

정신이 번쩍 들었다.

"엇, 아… 그, 그랬죠."

"에토, 뭐야… 겨우 왕이 된 것 정도로 이겼다고 생각하면 곤란해."

"아, 알죠……."

집어 올리려던 붉은 말이 공중을 날아 바닥에 떨어졌다. 툭, 하는 소리를 내며 굴러가는 말을 잡으려다가 나도 의자에서 떨어졌다. 최악의 연속이었다. 전혀 웃기지 않았을 뿐더러 바닥에 명치까지 부딪혔다. 그대로 넘어진 내 앞에 야코 씨가 다가와 말을 집어 들었다.

"대체 뭘 하는 건지. 바보 같아."

아픔을 참으며 다시 자리에 앉으니 내 말 위에 야코 씨의 붉은 말이 올려져 있었다.

"마지막 열에 도착해서 말을 업으면 왕이야."

야코 씨는 눈을 가늘게 뜨며 그렇게 알려주었다.

"용케 여기까지 왔네."

"왕이면… 뭘 할 수 있다고 했죠?"

"아니, 그동안 내 왕이 움직이는 걸 봤잖아. 앞으로도 갈 수 있고 뒤로도 이동할 수 있어. 원하는 곳에 갈 수 있는 거야."

"원하는 곳에."

야코 씨의 말을 짊어진 나의 왕이 야코 씨와 가장 가까운 곳에 있었다. 붉은 말을 짊어진 검은 말은 야코 씨의 왕에 비하면 아무래도 연약해보였다. 하지만 이 왕은 야코 씨의 말을 등에 업은 채 체커판 어디로든 갈 수 있는 것이다.

그 모습이 몹시 부럽게 느껴졌다.

내가 야코 씨의 모든 아픔을 이렇게 짊어질 수 있다면 좋을 텐데. 그럴 수 없다는 사실이 뼈에 사무칠 정도로 슬펐다.

"…잠깐만요, 야코 씨."

"뭐야, 왜 그래?"

"좀 울렁거려서 토하고 올게요."

"엇, 잠깐, 형세는 외워둬야 해!"

야코 씨 앞에서 울어버릴 것 같아서 그런 것은 아니었다. 아까 넘어지며 명치를 세게 부딪친 탓이었다. 나는 화장실로 달려가 속을 게워냈다. 눈물을 흘리는 대신 다른 것이 나와버린 모양새였다.

입을 헹구고 돌아가니 이미 나의 쾌조는 끝나버렸고 평소처럼 내가 지는 흐름으로 돌아갔다. 구토와 함께 승리의 씨앗도 흘러가버린 것 같았다.

하지만 그 대신 알게 된 사실이 하나 있었다.

"왕이 됐을 때는 조마조마했단 말이지. 어때? 또 할래?"

"…할래요."

나는 야코 씨를… 속수무책으로 좋아하게 되고 말았다.

▼ 68일 전

츠키노의 손이 미끄러져서 입간판에 커다랗게 붉은 얼룩이 생겼다. 붓이 떨어지며 내 몸에도 빨간 페인트가 튀었고, 츠키노는 경악하는 표정으로 비명 대신 "미안해! 에토!"라고 짧게 외쳤다.

"괜찮아. 별로 안 묻었어."

어차피 오래 입은 운동복이기도 했고… 신경 쓸 것 없었다. 하지만 츠키노는 어찌할 바를 모르겠다는 듯이 붓을 줍더니 "어떡해… 다 망쳤어", 라고 말했다.

츠키노가 붓을 떨어뜨리면서 교정에 장식할 예정이었던 커다란 고양이 입간판에 물감이 튀고 말았다. 불쌍한 고양이는 빨간 페인트로 인해 앞다리 부분이 망가져 있었다.

"너무 잘 그렸었는데 어떡하지."

츠키노는 거의 울 것처럼 말했다. 심상치 않은 분위기를 알아차렸는지, 교단 근처에서 작업을 하던 하루미츠가 이쪽으로 다가왔다.

"왜 그래, 무슨 일이야? 아… 괜찮아, 그렇게 세상이 끝난 것 같은 얼굴 할 것 없어. 잘 말리고 위에다 덧그리면 괜찮을 거야. 그치? 에토."

"응, 물론이지. 그 전에 고양이 뒤에 있는 태양을 먼저 칠해두면 되지 않을까? 빨간 페인트가 마르면 곤란하니까."

"하지만… 이 부분은 분명 다른 곳이랑 느낌이 달라질 거야. 돌이킬 수 없어."

나는 여전히 의기소침해져 있는 츠키노에게서 슬쩍 붓을 빼앗아 윤곽선만 그려두었던 태양부터 칠해버렸다.

이렇게 수정한 고양이 그림은 이전과 크게 다르지 않겠지만, 그래도 츠키노는 전이 더 좋았다며 속으로 끊임없이 생각할지도 모른다. 잃어버린 것이 훨씬 더 매력적이기 때문이다. 이 세상에 존재하는 애정의 형태에는 그런 모습도 있는 법이었다.

그리고 그 사실은 지독한 독이 되어 나를 갉아먹었다.

야코 씨의 수술 날이 다가올 때까지 나는 살아 있다는 기분이 들지 않았다. 야코 씨를 좋아한다고 자각하면서 내 기분은 더욱더 가라앉았지만, 그렇다고 야코 씨에게 이 모든 것들을 털어놓을 수도 없었다.

만약 내가 좋아한다고 고백하면 야코 씨는 어떤 반응을 보일까. 아예 상대해주지 않을 수도 있고, "어린애가 무슨 소리를 하는 거야" 하면서 놀릴지도 모르겠다. 그런 말을 들으면 아무리 나라도 힘들 것 같았다.

야코 씨는 큰 수술을 앞두고 있는 사람답지 않았다. 침착하게 체커로 나를 꺾으며 즐거워했다. 처음 야코 씨의 왕을 업었던 그날 이후로는 다시 왕이 되는 것조차 쉽지 않았고, 억지로 왕을 노리려는 순간 사방에서 포위당하는 경우도 많았다. 가장 좋았던 전적은 무승부였다.

서로의 말이 한 발짝도 움직일 수 없는 교착 상태. 야코 씨가 말하길, 이런 일은 체커에서 뿐만 아니라 체스나 장기에서도 일어나는 일이라고 했다. 센니치테*라고 부르는 듯했다.

"드디어 여기까지 오다니."

---

*대치 상황에서 천 일 동안 겨뤄도 결판이 나지 않는다고 하여 붙여진 쇼기 용어.

"이런 상황이 자주 있나요?"

"사실은 꽤 있어. 지금까지는 너와 나의 실력 차이가 커서 일어나지 않았지만 말이야."

그 말에 나는 내심 낙담했지만 야코 씨는 기분이 좋아 보였다.

"제길, 나한테는 천 일도 남아 있지 않다고. 다시 시작할까?"

어디로도 갈 수 없는 이 판의 형세가 나와 야코 씨의 상황을 나타내는 것 같기도 했다. 교착 상태의 센니치테. 그 끝에 야코 씨는 없다.

어찌할 바를 몰랐던 나는, 당장 누구에게라도 고민을 털어놓기로 했다.

1층을 걸어가던 토에다 선생님을 붙잡아 근처에 있던 방으로 들어갔다. 하지만 내 말을 들은 토에다 선생님은 그저 눈살을 찌푸리며 어이없다는 듯이 말을 꺼냈다.

"자네 말이야, 이렇게 뜬구름 잡는 소리나 하려고 붙잡지는 말아주겠나."

"뜬구름 잡는 소리라니 무슨 말이죠? 저는 그… 야코 씨가 저에 대해 어떻게 생각하고 있는지… 그 이야기를 하러 왔을 뿐이에요.”

“내가 동생 같은 존재일 거라고 말하면 울며불며할 거 잖아.”

“울지는 않겠지만… 계속 생각했거든요… 어째서 야코 씨는 저에게 상속을 하려고 했을까요?”

“그걸 내가 어떻게 알겠니? 나 역시 ‘에토에게’라는 말 밖에는 듣지 못했거든.”

“토에다 선생님도 모르시는군요…….”

“그냥 우연히 그때 네가 거기에 있었기 때문은 아닐까?”

“…그건 조금 마음 아픈데요.”

“상관없잖아. 자네 말고는 아무도 없었으니까.”

그 말을 들으니 그날의 만남에 감사할 수밖에 없었다. 다른 누구라도 좋았겠지만 나라서 다행이었다. 야코 씨는 체커에 자신을 맡기기도 하는 사람이니까, 그 순간의 운명에 모든 것을 걸었다 해도 이상하지 않았다.

“그건 그렇고, 깜찍하네. 예상은 하고 있었지만, 츠무라 씨에게 홀딱 반해버리다니.”

“…이제 어쩔 수 없는걸요.”

“오, 부정하지 않는구나.”

“부정할 수 있었으면 좋았을 텐데요.”

"그랬을 텐데 말이야."

토에다 선생님은 마치 나쁜 날씨를 한탄하는 듯한 목소리로 그렇게 말했다.

"내 개인적인 의견을 말하자면… 금괴병 환자에게 반하는 것은 권하지 않아."

"그건… 야코 씨가 언젠가 죽어버리기 때문인가요?"

"그 이유도 있지."

그렇다면 다른 이유는 무엇일까. 품고 있던 내 물음표에 천천히 해답이 보이기 시작했다.

"…저기, 토에다 선생님."

"왜 그러니?"

"금괴병은 가치를 먹는 병이라고 말한 사람이 있었어요. 금괴병 환자를 좋아하게 되었을 때, 그 환자와 가까운 사람들은 계속 증명해야만 한대요. 그 사람을 순수하게 좋아한다는 것을요."

"아… 3억 엔이 아니라 그 사람 자체를 좋아한다고 말이지?"

"네."

"하지만 말이다, 이 경우에 있어서 3억 엔과 츠무라 씨는 같은 거란다."

토에다 선생님은 진지한 얼굴로 그렇게 말했다.

"권하지 않으신다던 또다른 이유가 이것인가요?"

"그것도 있지."

아까 전과는 다른 톤으로 토에다 선생님이 대답했다.

"그럼… 증명할 방법은 없을까요? 그것만 증명할 수 있다면… 제가 야코 씨를 마음껏 좋아해도 될까요?"

"잠깐, 잠깐만, 에토… 마음을 증명할 수는 없단다. 풋사랑이든 사랑이든, 하다못해 타산적인 마음이라 해도 눈에는 보이지 않는 법이니까."

"그렇다면 어떻게 해야 하는 거죠……."

"다들 그런 불완전함 속에서 사는 거지."

토에다 선생님은 다 안다는 듯한 얼굴로 말했지만, 금 괴병에 걸린 야코 씨에게 그런 평범한 진리는 통용되지 않는 것이 아닐까?

"그렇지만 말이다… 괴로워도 좋아하게 되어버렸으니 그거야말로 어쩔 수 없는 거겠지. 이런 건 안 된다고 한들 소용없으니, 츠무라 씨에게 깨끗하게 차이는 편이 나을지도 모르겠구나."

"역시 차일 것 같나요?"

"아아… 뭔가 귀찮은 전개가 되어버린 것 같은데."

토에다 선생님이 휘적휘적 손을 내저었다.

돌아가라는 듯이 손짓하는 토에다 선생님을 향해 나는 "하나만 더", 라고 말했다. 아무리 그래도 이런 연애 고민이나 말하자고 선생님을 불러 세운 건 아니었다. 나는 옅게 숨을 내쉬고 나서 말을 꺼냈다.

"야코 씨의 수술에 대해 물어봐도 될까요?"

토에다 선생님은 눈에 띄게 망설이면서도 입을 열었다.

"츠무라 씨는 뭐라고 했니?"

"근육 경화가 시작된 다리를 자른다는 말만 들었어요."

"음… 간단히 말한다면 그렇지."

"다리를 자르면 야코 씨의 병은 낫는 건가요?"

"그건 모르겠구나. 확실한 건, 그대로 방치했다가는 틀림없이 죽는다는 것뿐이야."

알고 있던 이야기인데도… 마음 깊은 곳이 시려왔다.

"이 병에는 뚜렷한 치료 방법이 없어. 물론, 국가의 허가를 받은 신약은 계속 시험하고 있고, 츠무라 씨의 협조를 받아 이 병을 밝히기 위한 노력도 계속하고 있단다. 어쩌면 이번 절제술을 통해 병의 진행을 늦추고 이런저런 치료가 효과를 보인다면 나을 가능성도 없지는 않을 거야."

"그렇죠?"

"앞으로의 전망에 대해서도 궁금하니?"

토에다 선생님이 이렇게 물어본 이유는, 분명 나를 배려였을 것이다. 그러나 여기까지 와서 멈출 수 있을 리가 없었다.

"네."

"이 정도의 속도라면… 츠무라 씨는 아마 세 달도 지나지 않아 사망할 거다."

잠깐 숨을 삼켰다. 그러나 눈을 떼지는 않았다. 토에다 선생님의 다음 말을 기다렸다.

"이 병으로 사망하는 경우… 온몸이 굳어서 사망하는 게 아니란다. 굳이 말하자면… 치명적인 부위에 경화가 일어나는 것이 원인이라고 볼 수 있지. 혈전과 비슷해."

그렇게 말하며 토에다 선생님은 근처에 있던 MRI 사진을 앞으로 당겨왔다. 그걸 가리키면서 선생님은 계속 말을 이어 나갔다.

"경화가 상체에 나타났을 때가 가장 위험한 경우란다. 사실 이렇게 단언하기에도 사례가 적긴 하지만. 목부터 위… 그게 아니라도, 가슴에서 그 위쪽으로 경화가 나타나면 상당히 위험하다고 보고 있어. 치명적인 부위는 주로 폐, 목, 뇌, 심장인데, 수술로 적출할 수도 없을뿐더러 경화가 시작된 시점이라면 이미 때를 놓쳐버리는 경우도 많거든."

"야코 씨에게 아직 그런 낌새는 없나요?"

"오른팔에 약간의 경화가 보이긴 하지만, 치명적인 부위는 아직 괜찮아. 하지만 이런 상황도 언제 바뀔지 모르지."

"세 달이라는 건……."

"다리를 절단할 정도라면… 상체까지 경화가 퍼지는 것도 시간문제겠지. 세 달. 그래, 길어야 세 달일 거다."

토에다 선생님은 포장하지 않고 분명하게 말씀해주었다. 그것이 지금은 오히려 감사하게 느껴졌다.

"어때, 이래도 아직 차이는 게 무섭니?"

"당연하잖아요."

"그렇겠지… 나라도 그럴 거야."

토에다 선생님은 태연하게 웃었다.

나는 병실에 놓여 있던 달력을 떠올렸다. 어긋날 리 없는 그 스케줄에 의하면… 아무래도 야코 씨는 여름의 끝과 함께 죽음을 맞이하는 듯했다.

생명의 소비 기한에 대해 생각하며 집으로 돌아왔다. 집안은 마치 지옥과 같은 모습이었다.

방 안의 물건이란 물건은 다 부서져 있는 상태였고, 쓰러트릴 수 있는 것들은 전부 쓰러트리고 깰 수 있는 것들은 전부 깬 것 같았다. 이런 일을 저지를 사람은 한 사람밖에 없었다.

테이블 앞에는 키타가미 씨가 힘없이 앉아 있었다. 초췌해진 키타가미 씨가 나를 힐끗 쳐다보았다. 잠시 뒤, 마음속 깊이 지친 듯한 키타가미 씨의 목소리가 들렸다.

"…집에 없어. 어디론가 가버렸어. 아마 성질이 풀리면 돌아올 것 같긴 하지만……."

무슨 일이 있었는지는 모르겠지만 어머니가 뭔가 짜증을 부렸다는 것은 짐작할 수 있었다. 그리고 그 계기가 된 것은 아마도 키타가미 씨일 것이라는 것도.

키타가미 씨와 어머니는 가끔 이런 언쟁을 벌였다. 뭐가 문제인지는 잘 모르겠다. 키타가미 씨의 유일한 개인 물품이던 책장까지 처참히 쓰러져 있는 것으로 보아, 이번 폭풍은 상당히 격렬했던 것 같았다.

내가 있으면 싸움이 이 정도까지 번지지는 않는데, 공교롭게도 내가 자리를 비운 사이에 일이 일어났다.

산으로 둘러싸인 스바루다이, 이 작은 집에 둘러싸인 나와 키타가미 씨는 아무 데도 가지 못하고 황폐해진 방 안에서 웅크리고 있었다. 키타가미 씨는 나를 보며 가냘 픈 웃음을 지었다.

"…전에 말했던 여자아이한테 다녀온 거니?"

"아… 네, 맞아요."

"그렇구나."

그러더니 키타가미 씨는 천천히 일어나 뭔가를 꺼내 들었다. 남색 스마트폰 케이스였다.

"…진즉 주려고 했는데 늦어서 미안하구나. 그동안 불 편하지 않았어?"

"아… 그게, 떨어뜨리지 않으려고 조심했어요… 감사 합니다."

"에미코 씨에겐 비밀이야."

지난번 보다 훨씬 더 힘이 없는 목소리로 키타가미 씨 가 말했다. 그 목소리에서 더이상 과거의 키타가미 씨를 찾아볼 수 없었다.

"감사합니다……."

"그 아이를 소중하게 생각하니?"

스마트폰 케이스를 손에 쥐어주며 키타가미 씨가 그렇

게 물어왔다.

"…소중해요."

"그렇구나. 그렇겠지."

키타가미 씨는 두세 번 고개를 끄덕이고 나서 조그맣게 중얼거렸다.

"나도 에미코 씨가 너무 소중했어. 하지만 이제 그녀에게 그걸 이해시킬 방법은 더이상 없을지도 모르겠구나."

그것은 토에다 선생님과의 대화에서도 나왔던 이야기였다.

"그러니… 히나타는 그 아이를 꼭 아껴주면 좋겠어. 내가 할 말은 아닌 것 같지만."

"그렇지 않아요. 저는… 키타가미 씨에게 감사하고 있어요."

키타가미 씨는 스바루다이에 와주었다. 그리고 이곳을 어떻게든 다시 일으켜보려고 힘써주었다. 나는 그것만으로도 고마웠다.

쓰러진 책장을 바로 세우자 바닥에 흩어진 책들이 우리를 맞이했다. 떨어진 책들 중 어느 것 하나도 읽지 않은 것이 없었는데, 모두 키타가미 씨가 추천해주었기 때문이다.

나는 그중 한 권을 손에 집어 들었다. 검은 표지에 새겨진 이름, 허먼 멜빌. 그러고 보니 내가 이 이야기를 좋아했었지⋯ 잠시 그런 생각이 들었다.

▼

저 멀리 빛이 보인 시점에서 도망칠까 망설였다. 하지만 여기서 되돌아간들 빛의 주인에게는 도망치려는 내 모습이 다 보일 터였다. 그렇다면 조금이라도 거리를 벌리는 편이 좋을 거라 생각했다. 나는 목도리를 끌어 올려 야코 씨의 얼굴을 가렸다.

빛의 정체는 노인이 들고 있던 손전등이었다. 예순 정도로 보이는, 목에 수건을 두른 남자가 다가와 손전등으로 우리를 비추면서 추궁했다.

"이런 야심한 시간에 뭘 하는 건가?"

이 시간에 돌아다니는 것은 당신도 마찬가지라고 말하고 싶은 것을 참으며 어떻게든 미소를 지어 보였다.

"⋯부모님이 데리러오신다고 해서 기다리고 있었는데 길이 엇갈렸어요. 저기 앞 길가에 역이 있으니 거기서 만나기로 했어요."

"흐음……."

마치 시험하는 듯한 목소리였다. 나를 향해 있던 손전등이 야코 씨의 무릎 위에 덮인 담요를 비추었다. 기묘한 빈자리를 눈치챈 모양인지 노인이 물었다.

"다리가 불편한가?"

"맞아요… 사고로 잃게 되어서……."

"괜찮은 거야? 많이 안 좋아 보이는데."

휠체어 손잡이를 세게 움켜쥐었다. 만약 이 사람이 야코 씨를 가리고 있는 목도리를 벗겨버린다면, 혹시라도 들여다보려고 하면 어쩌지? 그렇게 되면 그 시점에서 모든 게 끝이었다. 이 사람은 사태가 이상하다는 걸 눈치채고 말 것이다. 나는 애써 침착하게 대답했다.

"피곤했는지 잠들어버렸어요. 깨우고 싶지 않아서……."

"흠… 그래?"

"죄송합니다, 이제 가야겠어요. 또 엇갈리면 안 되거든요……."

나는 그렇게만 말하고 휠체어를 밀며 걷기 시작했다. 불빛은 여전히 우리를 비추고 있었기에, 우리가 가는 쪽의 도로를 어슴푸레 밝혀주었다.

쫓아오지 말아줘. 야코 씨의 존재를 알아채지 말아줘.

기도하듯 휠체어를 밀고 있는데 앉아 있던 야코 씨의 몸이 흔들렸다. 머리 쪽을 가리고 있던 담요가 툭, 땅에 떨어졌다.

주워 올리려는 순간 노인의 목소리가 들려왔다.

"그쪽은 막다른 골목이야! 차 같은 건 오지 않아."

나는 못 들은 척 휠체어를 밀었다. 담요를 내버려둔 채 아까보다 훨씬 빠른 속도로 걷기 시작했다.

무서워서 돌아볼 수가 없었다. 정신을 차리고 보니 주변은 짐승이나 다닐 것 같은 길로 변해 있었고, 담요를 잃은 야코 씨는 창백한 얼굴로 축 늘어져 있었다.

생명의 기한을 다 써버린 듯한 얼굴로 속눈썹을 떠는 야코 씨를 보자 숨이 막혔다.

이런 기분이 드는 것은 그때 이후로 처음이었다.

▼ 64일 전

야코 씨의 오른쪽 다리 절단 수술을 앞두고 있던 날.

나는 일주일동안 야코 씨에게 가지 않았다.

야코 씨가 일부러 나를 멀리한 것은 아니었고, 수술 전 야코 씨가 바빴기 때문이었다. 각종 검사는 물론이며 수술 전에 시험해봐야 할 처치가 여럿 있다고 했다.

'그렇게 되지 않으려고 신경을 쓰고 있다'던 토에다 선생님의 말씀을 떠올렸다. 그 말씀처럼 이 시설은 야코 씨를 살리기 위해 움직이고 있는 것이다.

그러나 나는 그저 기도할 뿐이었다. 야코 씨의 병실을 오가던 생활이 백팔십도 바뀌어 아무것도 할 일이 없었다. 그렇다고 갑자기 집에 일찍 돌아가자니 그것도 어색했기에, 고민 끝에 분교에 남아 시간을 때우게 되었다.

야코 씨가 빌려준 새 체커판과 흑백의 말들로 혼자 체커를 하기 시작했다. 흠투성이 체커판 위에서 그동안 했던 게임들을 떠올리며 그때 어떻게 하는 것이 좋았을지 생각해보았다. 앞으로 한 걸음만 더 가면 될 것 같다는 감각이 손에 느껴졌는데, 도저히 그 한 걸음을 좁힐 수가 없었다. 나는 야코 씨의 전략을 대략 여섯 수 뒤에야 이해했다. 야코 씨는 그 판 위에서, 그 다음 다음 수를 읽고 있었다. 나는 왜 그럴 수 없는 걸까?

체커의 전술을 떠올릴 때마다 그때의 야코 씨가 생각났다. 이 전술을 두고 있을 때 즐거워 보이던 야코 씨. 이 전술을 두고 있을 때는 삐져 있던 야코 씨. 아무도 없는 판 건너편에 야코 씨의 그림자가 드리워져 있었다.

결국 체커판 위에 푹 엎드리고 말았다. 이래서는 강해질 수 없었다. 이건 그저 추억을 회상하는 것일 뿐. 내 체커의 한 수 한 수에는 츠무라 야코라는 인간이 깃들어 숨쉬고 있었다.

빨리 야코 씨와 체커를 하고 싶었다. 수술은 무서웠지만 이런 생각밖에는 할 수 없었다.

그 순간, 야코 씨가 사라진다면 나는 영원히 이 방과 후의 시간 속에서 살아가겠구나… 그런 생각이 들었다.

야코 씨의 수술은 무사히 끝났다.

그 소식을 들은 것은 오후 10시가 넘은 시간이었다. 예정보다 훨씬 오래 걸렸지만, 야코 씨의 생명에는 지장이 없다고 했다. 그 말을 듣자마자 나는 집을 빠져나와 요양원으로 향했다.

"중학생이 와도 되는 시간이 아닌데."

니무라 씨는 뻔한 말을 했지만, 그렇다고 여기서 물러설 수는 없었다.

"부탁이에요. 눈을 떴을 때 누군가가 옆에 있는 게 좋을 것 같아요."

"그래… 나도 에토가 있는 편이 더 좋을 거라 생각해."

니무라 씨는 한숨을 내쉬며 나를 들여보내주었다.

잠자는 야코 씨의 피부는 투명할 정도로 창백해 보였고, 미약하게나마 호흡하고 있었다.

이불이 봉긋 솟아 있어야 했을 자리에는 아무것도 없었다. 뒤통수가 서서히 뜨거워지고 숨이 가빠왔다.

그래도 살아 있어. 야코 씨가 여기에 살아 있어.

그제서야 절실히 느낄 수 있었다.

나는 야코 씨를 좋아한다. 그러나 이 마음을 어떻게 전해야 좋을지 알 수 없었다. 좋아한다는 마음을 전한다 한들, 우리에게는 미래가 없었다. 미래를 상상할 수 없는 야코 씨에게 내 마음을 어떻게 증명해야 좋을까? 3억 엔이라는 값이 매겨질 야코 씨에게… 어떻게 이 사랑을 증명할 수 있을까?

내가 아무런 힘이 없는 중학생이라는 사실이 나를 슬프게 만들었다. 만약 우리가 조금만 더 일찍 만났더라면… 사학을 공부하던 시절의 야코 씨와 만나 시시콜콜한 이야기들을 나누고 싶었다. 셀 수 없을 정도로 많은 '만약에'를 생각하는 사이에 창밖이 밝아왔다.

"에토……."

바로 그때, 야코 씨가 가냘픈 목소리로 나를 불렀다.

침대에 누워 있는 야코 씨가 물끄러미 이쪽을 바라보고 있었다. 나는 곧바로 야코 씨의 손을 잡았다. 차가웠다. 이제 막 수술을 마친 환자의 손을 만져도 되는 걸까? 어떻게 해야 하는 건지 몰라서 내 몸은 딱딱하게 굳어버렸다.

하지만 그런 긴장감은 누워 있던 야코 씨의 '피식'하는 웃음소리와 함께 사라졌다.

"야코 씨, 야코 씨."

마치 어린아이처럼 야코 씨의 이름을 불렀다. 야코 씨에게 더 하고 싶은 말이 많았는데 이상하게 말이 나오지 않았다. 그 대신 야코 씨의 손을 잡았다. 차갑지만 살아 있었다.

"수고했어요. 야코 씨, 정말… 대단해요…….."

"아… 에토… 오늘 밤, 여기 있어주지 않을래? 너무 춥고 목이 말라… 말동무도 필요하고…….."

야코 씨가 가냘픈 목소리로 말했다. 몹시 괴로워 보였지만 수술 후에는 마취 효과가 완전히 사라질 때까지 수분을 섭취할 수 없었다. 작게 오물거리는 야코 씨의 입술이 말라 있는 걸 보자 또다시 슬퍼졌다. 나는 일부러 단호한 목소리로 대답했다.

"걱정하지 마요. 야코 씨가 잠들 때까지 여기 있을게요."

"그래……."

그 말과 함께 야코 씨가 눈을 감았다. 이대로 잠드는 줄 알았는데 야코 씨의 메마른 입술은 계속해서 말을 이어갔다.

"…순금의 가격이 왜 내려가지 않는지 알아?"

"…절대량이 적기 때문인가요?"

"…순금은 말이야, 내전이나 국제 분쟁이 일어나서… 세계의 안보가 악화될 때… 사람들이 사들이곤 하거든."

야코 씨는 잠꼬대 같은 목소리로 막힘없이 말했다. 수술 직후였기 때문에 의식이 분명하지 않은 것일지도 모른다. 그렇다면… 이것은 야코 씨가 무의식적으로 말하고 싶어 하는 내용인 걸까?

"…금괴의 가치는 떨어지지 않는다고 모두가 믿고 있기 때문에… 세상에 큰일이 생기면… 모두가 돈을 금으로 바꿔… 지금도 세상 어딘가에선… 모두가 그렇게 하고 있지……."

야코 씨가 쉰 목소리로 말했다.

"그러니까 금괴의 가격을 떨어뜨리려면… 세계가 서로 도우며 분쟁을 없애야만 해. 어느 경제학자가 말하길,

금이란 세계 평화라도 실현되지 않는 이상 폭락하지 않는대."

"그런… 가요?"

"…그게 나를 죽이는 거야."

야코 씨가 어떤 마음으로 이런 이야기를 하는 것인지는 알 수 없었지만, 나는 그저 가만히 듣기만 할 뿐이었다… 나는 이내 힘없는 야코 씨의 손을 필사적으로 움켜잡았다.

"에토, 오른팔을 절단한 뒤로 반년이나 경화가 일어나지 않았던 사람에 대해 이야기해도 될까?"

"네."

나는 도망치고 싶었다. 그런 말은 듣고 싶지 않았다. 하지만 이제 야코 씨는 이 모든 것을 혼자서는 감당할 수 없는 지경에 이른 것이다. 야코 씨의 말을 들어줄 수 있는 사람은 나밖에 없었다.

"반년이 지나고… 이틀 후에 오른쪽 눈 안쪽에 경화가 일어나 며칠 후 죽었다고 해."

알고 있던 일이다. 이 병원에는 야코 씨밖에 없었으니까.

야코 씨가 첫 번째 기적의 인물이 될 가능성이 없는 건 아니었지만, 그 기적을 믿기에 나는 너무나 약한 인간이었다.

나는 야코 씨의 손을 계속 잡고 있었다. 정신을 차리고 보니 나 역시 어느샌가 침대에 머리를 기대고 잠들어버린 모양이었지만, 그럼에도 내 손은 야코 씨의 손을 놓지 않고 있었다.

결국 아침이 되어서야 졸린 눈을 비비며 집으로 돌아왔다. 뒷문을 통해 몰래 방으로 들어왔지만 이번에는 잠을 이룰 수가 없었다. 지금 야코 씨의 상태는 어떨까… 이런 생각을 하는 사이에 등교 시간이 되었다.

이틀 후, 나는 다시 야코 씨의 병실을 방문했다.

그동안 니무라 씨에게 끈질기게 야코 씨의 병세를 물었고, 야코 씨가 기다리고 있다는 말을 듣고 나서야 겨우 병실로 향할 수 있었다. 이런 상황이었지만 정작 야코 씨에게는 간단한 메시지조차도 보낼 수 없었다.

이제는 제법 낯익은 슬라이드 문을 열자 초여름의 눈부신 햇살이 나를 맞이해주었다. 커튼이 활짝 열려 있었고, 창문을 통해 들어오는 살랑거리는 바람을 맞으며 침대 위의 야코 씨가 이쪽을 바라보았다.

"에토, 기다렸어. 자, 이제 시작할까?"

협탁 위에 체커판을 놓아두고서 야코 씨가 미소 지었다.

그것만으로 충분했다. 그것이 전부라 생각했다.

"…미리 말해두지만, 저 공부 꽤나 열심히 했어요. 이번엔 이길 수 있을 것 같아요."

"그런 말을 들으니 기대가 되는걸."

"기대해도 좋아요. 야코 씨는 마리온 틴슬리잖아요?"

실제로 팽팽하게 맞설 방법 정도는 이제 어느 정도 생각해낼 수 있게 됐다. 거기서부터 어떻게 이겨야 할지는 아직이지만… 적어도 완패는 피할 수 있을 것 같았다. 일전에 토에다 선생님은, 체커에 있어 중요한 것은 오로지 지지 않는 것이라고 말씀하셨다. 그렇다면 이것은 정답에 이르는 길임에 틀림없다.

"저기… 체커를 두기 전에 잠깐 괜찮을까?"

"뭔데요?"

"이상한 이야기지만 말이야… 내 다리… 봐주지 않을래?"

야코 씨가 가리키고 있는 건 절단한 지 얼마 안 된 오른쪽 다리 부분이었다. 허벅지부터 그 아래로는 없는… 야코 씨의 싸움의 흔적.

"에토에게만 보여주고 싶어. 에토이기 때문에 더욱 봐

주면 좋겠어."

"그……."

"상처처럼 보이지는 않을 거야. 그 부분은 이미 경화가 진행되서 변질된 뼈조직이 덮고 있거든. 물론, 보기에 불편할 수 있으니까 억지로 봐달라는 건 아니지만……."

"보고 싶어요… 보여주세요."

망설이지 않고 대답했다. 그러자 야코 씨가 왠지 안심한 듯한 표정을 지었다. 야코 씨는 천천히 환자복 밑단을 걷어 올리기 시작했다.

"이게 내 병이야."

야코 씨 다리의 단면은 내가 어렴풋이 상상했던 금덩이가 아니라, 거칠지만 밝게 빛나는 수정을 닮아 있었다. 마치 보석이 야코 씨를 숙주로 삼은 것 같아 무서운 느낌이 들었다. 그걸 짐작했는지 야코 씨가 먼저 입을 열었다.

"예쁘지? 이 상태에서 일정 시간 이상의 열을 가하면 네가 잘 아는 금이 되는 거야. 지금은 마치 소금 결정처럼 보이지만 말이야."

"저한테는 수정으로 보이는데요."

"아, 정말? 싫다. 내가 꼭 식탐이 많은 사람 같잖아… 한번 만져볼래?

"아프지 않아요?"

"아프지 않아. 이제 내 일부니까."

까칠까칠한 표면에 손가락을 가져다 댔다. 손끝에 무언가가 걸리는 듯했다. 외부로부터 빛을 받아 고요히 빛나는 그것은, 너무나 단단해서 몸의 일부 같지가 않았다.

"내 몸은 검체로서 국가에 기증될 예정인데, 아무리 연구해봤자 그건 물질적으로 진짜 금과 다르지 않대. 어쩌면 이대로 팔려버릴지도 모르지, 하하."

야코 씨가 그런 말을 하며 작게 웃었다.

금이 우주 끝에서 온 별의 잔해라면, 야코 씨는 대체 얼마나 외로운 광물에게 사로잡혀 있는 걸까.

"제 생각인데요… 야코 씨."

"응?"

"어쩌면… 이건 진화가 아닐까요?"

"진화……."

야코 씨는 이국의 말을 접한 사람처럼 그 단어를 되풀이했다.

"사람이 죽어서 한낱 재로 남는 건 외롭잖아요… 그래서 뭔가 좋은 것으로 변하려고 한 것은 아닐까요?"

"음… 재와 금이라면… 유용성이 달라지지. 그렇구나,

진화라…….”

“틀림없어요.”

나는 야코 씨의 것까지 합쳐서 24개의 말을 배치했다.

분명 뭔가 잘못된 것이다. 오히려 재가 되어 작은 상자에 들어가면 그만인 나 같은 이들이 잘못된 것이다. 야코 씨가 그렇게나 싫어하며 울부짖던 수술 자국이… 저렇게 예쁘게 변하다니. 그런 사실은 용납할 수 없었다.

“저기 말이야.”

“왜요?”

“판이 안 보일 텐데, 눈물 때문에.”

야코 씨의 말은 지당했지만 나는 뚝뚝 떨어지는 눈물을 멈출 수 없었다. 어디로도 가지 못한 말이 눈물에 젖어 흔들리고 있었다. 죄송해요, 라고 말하는 내 목소리는 발음이 뭉개져 알아듣기 어려울 것 같았다. 엉망진창이었다.

“아… 정말…” 하고 말하며 야코 씨가 내 머리를 끌어당겼다. 그리고… 나는 그대로 야코 씨의 품에 안겨버렸다… 야코 씨의 팔과 어깨에. 차갑지만 평온했다.

“내 몸은… 여전히 인간이지?”

“그럼요… 여전히 살아 있어요.”

살아 있는 인간이었기 때문에… 야코 씨의 병세는 멈추지 않았다.

체커판을 사이에 둔 채… 나는 우는 것밖에 할 수 없었다.

▼ 53일 전

머지않아 야코 씨는 왼쪽 발목도 절단해야 하는 상황이 되었다. 자주 쓰는 근육이라 더욱 경화되기 쉬운 듯했고, 오른쪽 다리의 절단이 이뤄진 시점에서 이미 예상한 일이기도 했다.

이번에는 야코 씨도 이성을 잃는 일 없이 수술을 잘 받아들였다. 약간 울기는 했지만 그건 그날 내가 들었던 울음소리와는 달랐다.

어쩌면… 야코 씨는 나를 위해 울어주었던 건지도 모르겠다. 야코 씨가 우는 동안에는 나도 같이 울어도 될 것 같았기 때문이었다.

수술을 앞둔 야코 씨는 나을 수 있을지도 모른다는 말은 하지 않았다.

희망이 보이지 않아도… 야코 씨는 자신의 운명을 받

아들인 것처럼 보였다. 야코 씨에게는 조용한 각오가 있었다.

야코 씨는 무엇을 잃더라도 삶의 의지를 버리지 않았다. 설령 다른 말을 잃는다 해도 한결같이 마지막을 노리는 병사처럼… 삶을 향해 나아가고 있었다.

나는 그런 야코 씨의 곁에 계속 머물렀고, 검사하는 날 역시도 병실을 지켰다. 야코 씨가 없는 병실에서 나는 홀로 체커판 위에 말들을 올렸다. 스스로를 상대로 체커를 두니 너무나도 간단하게 비김수가 되었다.

분교 축제 준비가 있는 날에도 개의치 않고 병실로 향했다. 함께 있을 수 있는 시간이 삼십 분도 채 되지 않았지만 지금은 야코 씨 곁에 있고 싶었다. 집으로 돌아오면 현관문이 잠겨 있기도 했으나 상관없었다. 그럴 땐 어머니가 잠들기를 기다렸다가 2층 창문으로 들어가곤 했다.

"에토, 무리하고 있는 건 아니지?"

야코 씨의 걱정과 달리, 나는 야코 씨와 떨어져 있는 시간을 견디는 것이 훨씬 더 힘들었다.

"무리하는 건 아니에요. 게다가 저는 아직 야코 씨를 이기지 못했으니까요."

버릇처럼 한 이 말은 우리끼리만 아는 은어였는데, 우리는 이 말이 나오면 바깥의 다른 사정은 존재하지 않는 셈 치고서 체커판을 마주보기로 했다. 체커가 있어서 정말 다행이었다. 이 판을 사이에 두면 남은 것은 겨루는 것뿐이었으니까.

"나도 축제에 가고 싶었는데……."

"오실래요? 오고 싶으면 제가 데리러 올게요."

"공교롭게도 그날은 검사가 있어… 그날 불꽃놀이 하는 거 맞지? 아마 여기에서도 분명 보일 거야."

그 말을 듣자 가슴이 조금 아파왔다. 하루미츠가 야코 씨에게 불꽃놀이 허락을 받으러 갔었다는 사실이 생각났기 때문이다. 돌이켜보면 그건 어리석은 질투심이었다. 어리석은 걸 알고 있는데도, 여전히 조금은… 그 사실이 마음에 들지 않았다.

"엇! 방금 실수했어! 무슨 생각을 한 거야?"

"야코 씨 생각이요."

"아부도 할 줄 알고, 제법인걸?"

"아직 진 건 아니니까 그런 말로 동요하게 하지 말아주세요."

"불꽃놀이 말이야, 내가 어떻게 알고 있는지 신경 쓰였어?"

"그것도 알고 있어요. 하루미츠가 허락받으러 갔다던
데요."

"응, 토에다 선생님께 들었어. 불꽃놀이라면 나도 보고
싶었으니까 흔쾌히 오케이 했지."

"앗, 토에다 선생님을 통해서 들었다고요?"

"응."

야코 씨는 마치 장난에 성공한 아이 같은 표정을 짓고
있었다. 나는 멋쩍은 나머지 야코 씨의 시선을 피하고 말
았다.

"안타깝게도 저는 하루미츠 씨를 만난 적이 없습니다.
이곳에 들어온 사람은, 이전에도 이후로도 에토 뿐이랍니
다. 그렇게 쉽게 아무나 들이지는 않는다구."

"…그래요?"

"다행이지? 응? 다행이지?"

"자꾸 이러면 정말로 집에 돌아갈 거예요."

"걱정하지 마… 나에게는 에토뿐이야."

그 한마디에 내가 했던 걱정들이 모두 날아가는 것 같
았다. 별로 옮기고 싶지 않았던 말을 겨우 옮기고 나서야
야코 씨를 제대로 바라볼 수 있었다.

"아… 방금 건 말실수였어."

야코 씨는 더이상 장난스러운 미소를 짓고 있지 않았다. 아니, 그 순간 얼굴을 가려서 표정을 볼 수가 없었다. 야코 씨는 양손으로 얼굴을 가린 채 천장을 바라보고 있었다.

"야코 씨……."

"지금은 아무 말도 하지 마."

"엇, 네."

"아… 정말이지……."

앓는 소리를 내는 야코 씨를 보며 나는 축제에서 불꽃놀이를 한다는 사실에 진심으로 감사해졌다.

야코 씨는 예정대로 왼쪽 발목 절단 수술을 진행했다. 나빠진 곳을 제거하는, 비교적 간단한 수술이라고 했다. 이 수술을 통해 야코 씨는 체크메이트로부터 아주 조금이나마 벗어날 수 있게 되었다.

어떻게 보면 야코 씨는, 자신의 몸으로 체커 게임을 하는 셈이었다. 야코 씨의 절단된 발목을 보면 마음이 아팠지만 그녀가 게임을 포기하지 않았다는 사실에 안도하기도 했다. 야코 씨에게서 잘라낸 왼쪽 발의 무게를 잰다면,

그만한 무게의 금값이 매겨질 것이다. 하지만 나는 그런 돈보다 야코 씨의 다리가 더 소중했다. 야코 씨와 나란히 걷고 싶었다.

　나는 야코 씨의 휠체어를 밀며 요양원 안을 산책했다. 이제는 요양원의 상징처럼 되어버린 평온함 속에서 날이 갈수록 강렬해지는 햇빛을 함께 받았다.

　초록색의 나뭇잎들을 볼 때마다 나는 토에다 선생님의 방에서 달력을 보며 나누었던 이야기를 떠올렸다. 여름의 끝과 함께 죽음을 맞이할 야코 씨. 지금으로서는 도무지 그렇게 보이지 않았다. 아니, 거짓말이다. 사실은 그렇게 보였다. 조금씩 도려내지고 천천히 말라가는 야코 씨의 몸은 확실히 죽음에 가까워지고 있었다.

　하지만… 야코 씨의 눈은 처음 만났던 그때와 다르지 않았고, 그녀의 전술은 점점 더 날카로워졌다. 잠들어 있는 시간이 길어지고 있었지만 깨어 있을 때의 야코 씨는 영원을 사는 도깨비처럼 늠름해 보였다.

　야코 씨 안에 광물과 광물이 아닌 부분이 섞여 있듯이, 그 안에는 삶과 죽음 또한 섞여 있었다. 그 기묘한 감각을 어떻게 표현해야 할까.

　"에토."

휠체어에 앉은 야코 씨가 온화한 목소리로 말했다.

"왜요?"

"E3에서 F4."

"전 그런 거 못하는데… B3에서 C4?"

"나도 어차피 헷갈릴 거야… 아니 근데, 그건 나랑 똑같은 행 아니야?"

"와, 대단한데요? 제가 말했지만 저는 전혀 눈치채지 못했어요."

내 이럴 줄 알았다… 체커도 못하는 내가 에어 체커를 잘할 수 있을 리 없었다. 앞으로 수백 번을 더 하면 잘할 수 있게 될지도 모르겠지만, 그래도 야코 씨가 더 능숙하게 판세를 지휘할 것이 분명했다.

"역시 산책 같은 거 말고 체커를 했어야 하는 건데!"

"조금 전까지는 방에서 체커나 할 때가 아니야! 이런 식으로 말했잖아요."

"그건 그거지. 하지만 산책은 언제든지 할 수 있잖아?"

휠체어를 탄 야코 씨가 내 쪽을 돌아봤다.

"뭐… 물론 휠체어 정도는 얼마든지 밀어드릴 수 있어요…….

"정말이지? 그러면 에토… 어디까지라도 데려가줘야

해."

　다음으로 경화가 시작된 곳은 야코 씨의 왼쪽 폐였다.

　단 몇 cm만으로도 목숨이 위태로워질 수 있는 영역이었다.

▼ 18일 전

　축제날이 다가왔다.

　잘될까 싶었는데 최종적으로는 목표한 것보다 더 많은 스폰서들을 확보했다.

　덕분에 팸플릿 제작 팀인 나와 츠키노는 광고를 만드느라 바쁜 시간을 보냈다. 츠키노는 30개 가까이 되는 캐치프레이즈를 만들어냈고, 덕분에 마지막에는 뭐가 뭔지 자신도 헷갈리게 되었을 정도였으니까.

　그래도 팸플릿은 잘 완성된 것 같았다. 츠키노의 말대로 완성된 광고 페이지는 마치 스바루다이를 그대로 옮겨둔 것 같았고, 여기에 실리지 않은 시설은 요양원 정도였다.

　축제 당일, 분교의 좁은 교정은 학생들이 직접 만든 입간판들로 가득 채워졌는데, 그중에서도 우리가 만든 입간판이 교정의 중심을 지키고 있어서 나는 왠지 좀 민망해졌다.

입간판에 그려져 있는, 햇볕을 쬐고 있는 고양이 그림은 모두와 함께 그린 것이었다. 태양 아래에서 늘어지게 기지개를 켜는 고양이는 앞다리가 살짝 뭉개지긴 했지만 그럭저럭 만족스러웠다. 고양이는 흑백의 칸으로 만들어진 판 위에 앉아 있었는데, 누가 보든 체스판이라고 생각할 법한 그림이었다.

고백하자면, 나는 고양이가 앉아 있는 저 판을… 체커판을 떠올리며 그렸다.

실은 별거 아니었다. 츠키노의 부탁으로 대충 그린 것뿐이니까. 체커판을 그리는 건 비교적 간단한 작업이었기에, 츠키노가 "체스판 잘 그렸다!" 하고 칭찬해 줬을 때에도 '체스판'이 아니라 '체커판'이라고 정정해주는 일조차 하지 않았다. "그렇게 어렵지 않았어"라며 거만하게 구는 꼴이라니! 내면의 이런 비밀스러운 욕망을 마주할 때면 어쩐지 기분이 영 별로였다.

다만 야코 씨가 축제에 오고 싶어 했기 때문에 나는 이런 그림을 남기는 방식으로라도 야코 씨를 축제에 참여시키고 싶었다. 이 일은 다른 누구에게도 말하지 말자고 마음속으로 다짐했다.

야코 씨의 상반신에 경화가 발견된 이후 야코 씨와 토에다 선생님은 앞으로의 치료 방향에 대해 몇 번이나 이야기를 나눈 듯했다. 당연하게도 나는 그 자리에 없었으므로 야코 씨를 통해 전해 들은 것만이 내가 알고 있는 내용의 전부였다.

야코 씨의 달력에 새로운 수술 일정이 적혀 있지는 않았다. 이미 왼쪽 폐에 경화가 꽤 진행되어 있었지만 그 부분을 제거하는 것은 별로 도움이 되지 않는 듯했다. 만약 수술을 한다고 해도 또 다른 곳에서 시작된 경화가 빠르게 진행될 거라 판단했기 때문이었다.

예전의 나라면 야코 씨에게 포기하지 말라고 부탁했을지도 모른다. 설령 다른 부분에 경화 위험이 있다 하더라도 일단 경화가 시작된 부분은 제거 수술을 받자고 설득했을지도 모른다.

하지만 내가 그런 바보 같은 말을 꺼내기 전에 야코 씨가 먼저 선수를 쳤다.

"사실 금을 만드는 방법은 이미 발견됐어."

"전에 금은 별의 유물이라서 가치가 떨어지지 않는다고 하지 않았나요?"

"원자와 중성자에 대해서는 학교에서 배웠지? 원자핵에 중성자를 충돌시키면 어떤 원자라도 변질시킬 수 있어. 그렇지만 다들 그러려고 하지 않아."

"왜요?"

"수지에 맞지 않으니까. 아주 작은 원자핵에 중성자를 충돌시키는 걸 성공하려면 수만 번의 시도가 필요하대. 거기엔 막대한 비용이 들고. 그렇다면 차라리 그 돈으로 직접 금괴를 사는 편이 더 나은 거야. 각박한 세상이지?"

"…꿈이 없는 이야기네요."

"지금 내 상태도 그런 느낌이야."

야코 씨는 가슴에 손을 얹으며 그렇게 말하곤 웃어 보였다.

"폐를 절제해봤자 수지에 맞지 않아. 내 체력은 앞으로 계속 약해질 테고… 수술을 해서 잃는 게 더 많아. 그렇다면 나는 금괴를 사는 대신 내 인생을 사고 싶어."

야코 씨의 오른쪽 손은 천천히 마비되고 있었다. 이제 체커판에 말들을 배치하는 것은 내 몫이 되었다. 야코 씨는 비교적 상태가 괜찮은 왼손으로 말을 집으며 말했다.

"이것도 정답이야, 에토. 괜찮아."

말이 체커판에 닿는 소리가 귓가에 울려 닿는 찰나, 창밖에서 불꽃이 타올랐다.

나는 회상에서 빠져나왔다.

아직도 야코 씨의 모습이 눈에 선한데, 현실의 풍경과 겹쳐 보이자 어쩐지 현기증이 났다. 어느새 시간은 오후 9시를 가리키고 있었다. 축제의 피날레였다.

분교에서 보는 불꽃놀이는 특별하다고 말할 수 없었다. 하지만 스바루다이에서 가장 높은 곳에 위치한 요양원에서 본다면 어떨까… 축제에 오고 싶어 했던 야코 씨는 지금 이 불꽃을 보며 기뻐하고 있을까?

또다시 야코 씨가 보고 싶어졌다. 그렇게 자주 병실을 드나들었으면서… 모처럼 만에 하는 축제인데도… 자꾸만 그런 생각이 들었다.

"너, 아직도 츠무라 씨를 만나러 다니지?"

그때 하루미츠가 이렇게 물어왔다. 열심히 준비한 축제 당일인데도 묘하게 차분해 보이는 얼굴이었다. 뭐, 따분한 것처럼 보이는 건 나도 마찬가지겠지만.

"뭐… 그렇지."

내가 요양원에서 뭘 하는지는 모르겠지만, 요양원을

뻔질나게 오가고 있다는 사실쯤은 알 법도 했다. 그런데 하루미츠는 왜 이런 걸 물어보는 걸까? 하루미츠가 굳은 표정으로 이야기를 이어 나갔다.

"네가 츠무라 씨를 만나기 위해 요양원에 다닌다는 얘기를 들었을 때… 대체 왜? 라는 생각도 들었지만, 동시에 너라서 다행이라는 생각도 들었어."

"다행이라니… 왜……."

"있잖아, 네가 아는지 모르겠지만… 용수로에서 요양원으로 통하는 길, 그 길에 있는 빨간 철문을 열어놓은 게 나야. 나도 내가 왜 이런 말을 하고 있는지 모르겠네……."

나는 하루미츠가 말하는 문이 무엇인지 알고 있었다. 내가 요양원에 갈 때마다 지나가는 길목에 있는 문이었다. 언제나 활짝 열려 있던 빨간 문. 야코 씨가 갔을 때는 잠겨 있었다고 했는데, 그 문을 열어놓은 게 하루미츠였다니.

그러고 보니, 내가 그쪽 길을 이용하기 시작한 게… 모리타니 씨의 가게에서 하루미츠와 이야기를 나눈 이후였다.

"……."

"아니 근데, 정말 내가 왜 이런 얘기를 하고 있는 거지?"

평소에는 막힘없이 말하는 하루미츠인데 오늘은 이상하게도 그렇지가 않았다. 하루미츠는 잠긴 문을 열어둘 정도로… 내가 요양원에 가서 야코 씨를 만나길 바랐던 것이다. 야코 씨에게 용기를 주고 싶었던 걸까? 아니, 그런 의도는 아닌 듯했다.

"…그래서? 무슨 말이 하고 싶은 거야?"

"오늘 발매된 주간지에 네 기사가 실렸대. 우리 아버지가 알려주셨어."

"뭐? 내가 왜…….."

"알잖아… 츠무라 씨와 너에 대한 기사야."

"야코 씨와… 나에 대한 기사라고…?"

"도시보다는 느리겠지만, 그래도 사흘 뒤면 모리타니 씨의 가게에도 그 주간지가 들어올 거야. 꼭 그 잡지 때문이 아니더라도 다른 언론사에서 취재하러 오면 모두 다 알게 되겠지. 츠무라 씨와 어울리는 것이 어떤 의미인지, 이제 스바루다이 사람들도 이해하기 시작할 거야."

주간지에 실렸다는 기사와 언론, 게다가 '알게 된다'니… 도대체 하루미츠가 무슨 말을 하는지 이해할 수가 없었다. 당황한 내 모습에도 아랑곳 않고 하루미츠는 이야기를 이어갔다.

"아직 눈치를 채지는 못했어. 네가 츠무라 씨를 만나는 게 앞으로 네 미래에 어떤 영향을 미칠 거라는 건. 그러니까… 너도 그냥 모른 척해. 더이상 츠무라 씨는 만나지 않는 게 좋을 것 같아."

"잠깐, 무슨 말을 하는…….."

"네가 병원에 찾아가지 않아도 어차피 츠무라 야코는 너에게 돈을 남길 거야. 그러니까 더이상 갈 필요 없다고."

"뭐?"

"그렇잖아. 지금까지 정도 들었을 테고, 지금도 너에 대해 이렇게 많이 신경을 쓰고 있는데… 나라에 기부하는 것보단 너를 위해 쓰고 싶다고 생각하지 않을까."

하루미츠는 어째서 이런 말을 하는 걸까? 그곳에 갈 필요가 없다니, 야코 씨의 병세가 점점 나빠지고 있어서 그런 걸까?

아니… 그런 이유는 아닐 것이다. 하루미츠가 하고 싶은 말이 무엇인지… 사실 나는 알고 있었다.

언론사 기자들이 올 것이다. 만약 내가 기사를 쓰는 입장이라면 어떤 걸 화제로 삼아 사람들의 관심을 끌까? 답은 간단했다.

여대생의 죽음과 맞바꾼 3억 엔. 그런 거액의 돈이, 가족도 친지도 아닌 외부 사람에게 상속될 거라는 건 누구나 관심을 가질 만한 가십거리일 것이다.

"그 3억 엔은 아마 너한테 가게 될 거야. 그러니 이제 츠무라 야코에게는 관여하지 않는 것이 좋아."

알고 있었다. 그런데도 그 말을 듣는 순간 내장이 뒤틀리는 듯한 충격을 받았다. 뼛속부터 차가워지는 이 감각과는 반대로 하루미츠의 목소리에서는 흥분으로 가득찬 열기가 느껴졌다.

"계속 생각했어. 대체 왜 네가 모든 것을 포기해야만 하는 거지? 고등학교 진학도, 졸업 여행도. 이런 거 불공평하잖아. 너만 이 모든 걸 빼앗기며 살아야 할 이유 따윈 없다고!"

하루미츠는 진심으로 억울해하는 듯했다. 그러나 정작 하루미츠가 말하는 나 자신은 그 억울함에서 내팽겨쳐 있었다. 나에겐 이 모든 게 너무나 당연했으므로. 나는 하루미츠가 그런 생각을 하고 있는 줄 몰랐을 뿐더러, 지금까지 이야기하지 않았던 주제를 지금 여기서 꺼낼 거라고는 예상하지 못했던 탓에 몹시 당황스러웠다.

"그래서 기뻤어. 츠무라 씨가 널 선택해줘서. 넌 이런 곳에서 도망치는 게 나아."

"아니야, 나는… 나는, 돈 같은 건 아무래도 상관없어
……."

어떻게든 변명해야만 할 것 같았다.

"알아, 알고 있으니까."

뭘 알고 있다는 걸까.

"나, 야코 씨를 만나러 가야만 해."

나는 정신이 나간 사람처럼 그렇게 중얼거렸다. 뼛속
은 차갑게 식었는데 머릿속에는 열이 올라 터질 것 같았
다. 머리 위로는 아직도 불꽃놀이가 한창이고, 까만 밤
하늘을 수놓은 푸른빛이 어두운 분교 교정을 비추고 있
었다.

"나는 아직 야코 씨를 이기지 못했어."

"뭐?"

"하루미츠, 네가 졸업여행을 가지 않겠다고 했던 이유
가… 혹시 내가 안 가겠다고 해서 그랬던 거야?"

계속 신경이 쓰였다. 그때는 두려워서 일부러 생각하
지 않고 밀어두었지만, 역시 하루미츠는 졸업여행을 중지
시키고 싶었던 것이 아니었을까.

나를 위해서.

"에토."

"미안해, 하루미츠. 그리고 고맙게 생각하고 있어… 이건 진심이야."

나는 그렇게만 말했다. 다른 말은 더 할 수가 없었다.

나는 쫓기듯이 요양원으로 향했다. 이번에는 접수도 하지 않고 그대로 6층으로 올라갔다.

내가 올 줄은 몰랐을 것이다. 병실에 들어선 나를 보고 야코 씨는 상당히 놀란 것 같았다. 커튼이 활짝 젖혀진 창문 너머로 고요한 밤하늘이 보였다.

"축제 불꽃놀이가 여기서도 보였어. 열기가 대단하던걸?"

야코 씨는 평소보다 훨씬 더 어른스러운 표정을 짓고 있었다.

"에토, 이렇게 늦게 나와 있어도 괜찮아?"

"오늘은 여기 있고 싶어요."

나는 전에 없이 고집을 부렸다. 돌아가라고 할 줄 알았는데, 야코 씨는 "딱 좋네"라고 말하며 웃었다.

"어쩐지 외로운 밤이라서 에토가 있어준다면 나야 좋지."

"…신경 쓰이게 해서 죄송해요."

"정말 귀엽지 못하다니까… 그런데 체커를 두기에는 좀 졸려서 말이야. 조금만 자도 될까?"

"네. 저는 여기서……."

그렇게 말하는 내게, 야코 씨가 이불을 들추면서 손짓했다.

"바닥에서 잘 수는 없잖아."

야코 씨는 경직된 나를 보며 장난스럽게 말했다.

"아니, 그래도……."

"들어오든지 돌아가든지. 에토가 선택해."

야코 씨는 체커의 수를 결정할 때처럼 말했다.

고민 끝에… 나는 이불 속으로 들어가게 되었다. 이런 상황은 처음이었다. 침대는 생각보다 훨씬 좁아서 몸을 움직이기가 힘들었다. 조금이라도 몸을 움직였다간 겨우 억눌러두었던 나의 감정이 모조리 다 흘러나올까봐 두려웠다.

"왜 그쪽을 보고 있어?"

"야코 씨 쪽을 보면 긴장해서 토할지도 모르는데, 그래도 괜찮아요?"

"그건 안 되지. 그럼 딱히 안 봐도 괜찮아."

그렇게 말하며 야코 씨는 나와 등을 맞대고 누웠다. 나와 야코 씨의 등뼈가 살짝 맞닿는 듯했다.

"오늘의 에토는 그렇게 따뜻하지 않네."

"그럴지도 모르겠네요."

처음 깨달은 사실인데, 야코 씨의 심장 소리는 남들과는 조금 달랐다. 야코 씨의 심장 소리는 미묘하게 음이 높았다. 마치 산골짜기에서 메아리가 울리는 것처럼. 근육 경화의 영향일지도 모르겠지만, 뜻밖에도 그 소리는 기분 좋고 아름다웠다. 야코 씨의 몸을 조금씩 침식하고 있는 병은 끔찍한데… 앞뒤가 맞지 않는 생각이었다.

"야코 씨."

"응?"

"저는 야코 씨를 좋아해요."

등을 맞대고 할 말은 아니었을지도 모른다. 어둠 속에서… 야코 씨가 입을 열었다.

"그렇겠지."

웃음소리에 섞여 들려오던 그 목소리가 너무나도 쓸쓸하게 느껴져, 나는 아무 말도 할 수 없었다.

새벽에 병원 순찰을 돌던 니무라 씨에게 들켜 쫓겨날 줄 알았는데 뜻밖에도 나는 그곳에서 아침을 맞이했다.

밝아진 병실에서 눈을 비비고 있다가 서서히 냉정을 되찾았다.

축제가 한창일 때에 학교를 빠져나간 데다 집으로 돌아가지도 않았다. 나의 외박을 어머니가 눈치챘을지는 잘 모르겠지만, 어쨌든 귀찮을 일이 생기긴 할 것 같았다.

무엇보다, 어젯밤에 나는 야코 씨에게 고백을 해버렸다. 그에 대한 답변은 '그렇겠지'가 전부였다. 속내를 알 수 없을 만큼 모호한 말투로 말이다. 머리가 아팠다. 하지만… 정작 야코 씨는 아직도 새근새근 잠들어 있었다.

뭐라고 정의 내릴 수 없는 기분으로 침대에서 나와 창밖을 내다보았다.

요양원 주위에 사람들이 몰려 있었다.

인원수로 따지자면 20명 정도밖에 안 되겠지만, 스바루다이의 규모를 생각하면 상당한 인원이었다. 주민들도 요양원을 에워싸듯 서서 구경을 하고 있었다. 평소와 달리 소란스럽게 느껴졌다.

하루미즈가 말했던 건, 바로 이런 상황이었을 것이다.

주간지에 나와 야코 씨에 관한 기사가 실렸다고 했다. 어떤 내용일지 보지 않아도 뻔했다. 우리를 쫓아 이런 산속까지 들어온 걸 보면 상당히 선정적인 기사일 게 분명했다.

하지만 고작 이게 다인 걸까, 싶은 마음도 있었다. 호기심과 악의 사이에 갇혀 움직이지 못하는 게 전부라면, 아주 나쁘지는 않은 것 같았다.

나는 괜찮았다. 단지 이들을 본 야코 씨의 마음을 생각하니 피가 차갑게 식는 듯한 기분이 들 뿐이었다. 기사의 내용과는 관계없이, 야코 씨가 상처 받을 수도 있다는 사실이 무서웠다.

이런 상황에서 어떻게 벗어날 수 있을지 생각해봤다. 망설여지긴 했지만, 나는 결국 최악의 선택을 하기로 했다. 비틀비틀 1층으로 내려가 요양원 현관으로 향했다.

"에토! 나가면 안 돼!"

니무라 씨의 외침이 들렸지만 나는 개의치 않고 밖으로 나갔다.

시원하게 트인 하늘은 한없이 맑아 눈이 부실 정도였다.

내 모습을 본 기자들이 정문 앞으로 우르르 몰려들었다. 닫혀 있던 격자문 틈새로 작은 기계를 든 손들이 불쑥 튀어나왔다.

"히나타 에토 군 맞죠? 사정을 여쭤봐도 될까요?"

"츠무라 야코 씨의 병세는 어떻습니까!"

"3억 엔을 부모님께 넘긴다는 소문이 있던데요!"

"당신이 츠무라 야코 씨의 친동생이라는 것이 사실입니까?"

쏟아지는 질문 세례에 몸이 움츠러들었으나 아직도 현실감은 들지 않았다. 남의 일처럼 멀게만 느껴졌다. 뒤쪽에 서 있는 스바루다이의 주민들도 이제 사정을 알아챘을까? 누군가가 벌써 나와 야코 씨의 관계에 대해 물어본 건 아닐까?

"저… 저도 묻고 싶은 게 있는데…….'

"츠무라 씨와는 어떤 관계입니까?"

"떠도는 소문에 의하면 두 사람이 육체적으로도…….'

"여러분, 도대체 누구한테서 무슨 이야기를 들은 거죠?"

내 질문에 대한 답 대신에 욕설 섞인 짜증이 날아왔다. 분명 이들은 첩첩산중에 있는 스바루다이까지 오느라 짜증이 났을 것이다. 그런데도 묻는 말에 제대로 대답하지 않는 내게 화가 난 게 틀림없었다. 하지만 나는 여전히 묻고 싶었다. 도대체 나와 야코 씨, 둘 사이의 일이 어떻게 알려졌는지.

그 순간, 『주간현재』의 유카와가 떠올랐다. 하지만 무시무시한 얼굴로 내게 질문을 퍼붓는 사람들 사이에 유카와의 모습은 보이지 않았다.

질문 내용은 점점 과감해졌다. 개중에는 열다섯 살짜리에게 묻기엔 천박한 질문도 있었다. 내가 예민하게 반응하거나 분노하는 모습을 보고 싶었던 걸지도 모르겠지만, 나는 이상하게도 도리어 침착해졌다.

그때 무언가가 내 어깨에 부딪히며 떨어졌다. 바닥으로 시선을 내리자 『위클리 타임스』라는 이름의 잡지가 보였다. 내 주위를 둘러싼 기자 중 한 명이 던진 것 같았다.

잡지의 표지에는 내가 처음 보는 야코 씨의 사진이 실려 있었다. 아무래도 이게 불씨가 된 듯했다.

제목은 '괴질이 가져다준 3억 엔의 행방, 가난한 소년의 손에 들어간 유리구두'였다.

미모의 금괴병 환자로 소개된 사람은 당연히 야코 씨였다. 대학에서 표창장을 받고 있는 사진. 야코 씨의 당당한 옆모습에 붙은 문장, '사후 3억 엔이 되는 금괴병 환자·미모 뒤에 숨겨진 비극'이라는 머리기사가 실려 있었다.

그리고 그 아래에 실린 건, 나의 사진과 프로필이었다. 가정 형편부터 생활 태도, 암울한 현재와 3억 엔으로 인해 바뀔지도 모르는 미래에 대한 것까지, 대체 이런 정보를 어디서 입수한 걸까 싶을 만큼 상세했다.

야코 씨가 친척들과 연을 끊었다는 사실, 사후 그녀의 시신이 국가로 회수될 예정이었다는 것, 그리고 그것을 알게 된 내가 야코 씨에게 들러붙어 거액을 탈취하려 한다는 내용도 쓰여 있었다. 기사에 따르면, 내가 돈을 노린 자라는 걸 빤히 알고 있으면서도 그냥 들여보낸 요양원의 경비 체제에도 문제가 있다고 했다.

나는 학교에도 가지 않은 채 요양원에만 눌러앉아 야코 씨에게 아부를 떠는 사람으로 묘사되어 있었는데, 체커에 관한 이야기는 한마디도 적혀 있지 않았다. 우리가 병실에서 무엇을 하고 있을지, 자극적인 추측만 난무할 뿐이었다.

기사는 야코 씨가 이미 오른쪽 다리와 왼쪽 발목을 절단했으며 내가 3억 엔을 손에 쥐기까지 얼마 남지 않았다는 문장으로 마무리되었다. 야코 씨가 곧 죽을 거라는 내용도 함께. 읽을수록 상당히 세세한 기사였다. 분명 야코 씨의 병세에 대해서 아는 사람은 거의 없을 텐데.

"이봐! 무시하는 거야?"

멍하니 서서 기사를 읽고 있는 나를 향해 누군가가 소리쳤다. 그 목소리를 듣자마자 불현듯 정신이 든 나는 요양원을 향해 튕겨 나가듯이 달리기 시작했다.

여기가 이 정도라면 아마 인터넷에도 쫙 깔려 있을 것이었다. 야코 씨와 나는 3억 엔이라는 돈과 함께 가십거리로 전락해 있을 것이 분명했다.

그러나 그것은 어떤 면에서는 사실이었다. 나는 거액을 손에 넣기 위해 야코 씨에게 접근해 차근차근 그것을 달성해 나가고 있었고, 그녀가 죽을 날을 기다리고 있었다.

야코 씨는 이미 살아 있는 금괴나 마찬가지였다. 머지않아 죽을 거라고 확신하고, 다들 숨을 죽여 스바루다이 요양원을 주시하고 있는 상황이었다.

나는 숨을 헐떡이며 요양원 현관까지 도망쳐 들어왔다. 머리가 핑핑 돌고 메스꺼워 토할 것 같았다. 욕지기를 느끼며 숨을 고르고 있는데 누군가의 그림자가 드리워졌다.

"밖에 난리도 아니지?"

고개를 들자 낯익은 얼굴의 접수창구의 직원이 서 있었다.

"당신은……."

"나? 아아, 그러고 보니 지금까지 내 이름도 밝히지 않았군……."

직원은 자신을 쿠보야마라고 소개하더니 묘하게 흥미롭다는 듯이 웃어 보였다.

"아까부터 계속 저런 상황이었어. 니무라 씨가 나가지 말라고 한 걸 들었을 텐데."

"들었는데… 그냥 조금… 신경이 쓰여서……."

"그건 그렇다 치더라도 상황이 심각하네. 츠무라 씨의 병세는 외부로 새어 나가지 않도록 신경 썼는데 말이야."

"그런데 어쩌다 새어 나갔을까요? 게다가 야코 씨가 죽으면 거액의 돈과 맞바꿀 수 있다는 사실까지……."

"글쎄다. 돈에 관한 건, 다발성 금화 근섬유이형성증과 국가 검체에 관련된 몇 가지 정보만 조사해보면 얼마든지 알 수 있으니까… 하지만 그 말은 곧, 상황이 이렇게 되지 않았다면 조사할 사람도 없었다는 말일지도 모르지."

쿠보야마 씨가 평이한 어조로 말했다.

"오히려 문제는, 친척도 아닌 너에게 그런 거액이 돌아갈 수도 있다는 사실이 아닐까? 지금 저들이 저렇게 눈에 불을 켜고 취재하는 이유도, 츠무라 씨가 경제적으로 자유롭지 못한 아이에게, 그것도 생판 남에게 거액을 상속한다는 사실 때문이니까."

"그럼 이제 어떻게 되는 걸까요?"

"요양원은 요양원으로서의 역할을 다해야겠지. 우리가 츠무라 씨를 여기로 옮긴 이유도, 마지막까지 어떻게 살지 생각해보도록 돕기 위해서니까."

"…그렇겠죠."

"변수가 있다면… 너야. 솔직히 나는 네가 마음에 걸려."

"저요?"

"츠무라 씨가 죽으면 모든 게 다 기사화될 거야. 히나타 에토는 억대의 돈을 상속받은 소년으로 화제가 되겠지. 너는 그걸 견딜 수 있겠니?"

저는 아직 야코 씨에게 체커를 이기지 못했어요, 라는 말이 이번에는 나오지 않았다.

"…상상도 못 했어요. 죄송합니다."

"괜찮아. 생각하기 어려운 문제니까. 그래도 각오해야 할 거야. 정말 츠무라 씨의 유산을 상속받을 생각이라면, 네 모든 것을 버리고 종적을 감출 각오도 해두는 게 좋아."

"그렇게까지……."

"예전에도 금괴병을 앓았던 남자가 있었어. 그는 자신의 애인에게 유산을 모두 상속하려고 했지. 그렇지만 그 사실을 안 남자의 가족들이 가만히 있지 않았고, 결국 그 여자는 봉변을 당하고 말았어. 세상에는 그런 일도 있단다."

쿠보야마 씨는 계속 담담하게 이야기를 이어갔다.

"인간이란 건 말이야, 돈 때문에 변하기도 하는 거야.

그렇지만 나야 에토 군의 상황을 알고 있으니까… 가능하면 상속을 받아서 세간의 관심이 사그라들 때까지 조용히 살았으면 하는 거지. 나는 누가 뭐래도 츠무라 씨를 살릴 수 있는 사람은 에토 군 밖에 없다고 생각해."

"하지만 제가 상속받게 되면… 사람들은 분명히 제가 그것 때문에 야코 씨에게 접근했을 거라고 생각할 거예요."

"바보 같은 소리. 주위에서 뭐라고 떠들든 그런 건 신경 쓰지 마. 츠무라 씨가 알면 그걸로 된 거야."

쿠보야마 씨는 의외로 신랄하게 말했다.

하지만 나는 그 부분이 가장 두려웠다. 주위에서는 야코 씨를 유리구두처럼 취급할 것이다. 궁핍한 상황에서 나를 구원해줄 동아줄로 볼지도 모르겠다.

그리고 그런 맥락을 가장 두렵게 생각하는 건…….

"쿠보야마 씨, 한 가지 물어봐도 될까요?"

나는 주간지에 실렸던 기사를 떠올렸다. '요양원 출입을 허용한 허술한 경비 체제'. 그 기사는 야코 씨를 마치 지켜야 할 소중한 보석이라도 되는 것처럼 다루고 있었다. 불쾌하기 짝이 없는 기사였으나 수긍이 가는 대목도 있었다.

"…쿠보야마 씨, 왜 저를 들여보내주신 거죠?"

그가 나를 요양원 안으로 들여보냈기에 나는 분에 맞지 않는 거액과 얽히게 되어버린 것이다.

"제가 요양원에 처음 왔던 날, 놀라던 쿠보야마 씨의 모습을 기억해요. 그때 전, 야코 씨에게 병문안을 오는 사람이 거의 없기 때문에 놀라신 거라고 생각했어요. 그런데 지금은 그게 아니지 않을까, 그때 쿠보야마 씨는 낯선 사람인 저를 들여보내야 할지 말지 망설이셨던 것이 아닐까 싶어요."

쿠보야마 씨는 자신이 잘못 듣기라도 한 것처럼 약간 놀란 표정을 지었다.

"그래서? 무슨 말이 하고 싶은 거야?"

"쿠보야마 씨가, 경솔했던 것이 아니었나… 생각했어요… 제가, 정말로 돈을 노리고 그랬을지도 모르잖아요. 최악의 경우, 제가 야코 씨에게 상처를 줬을지도 몰라요."

"그런 식으로 생각하면 타인과 관계를 맺는 것 자체가 불가능해. 네 말대로라면, 나는 네게 살해당할지도 모른다는 위험을 감수하고서 너와 대화하고 있는 셈이니까."

"그건 그렇지만……."

"그런데 그렇게 해봤자 네가 얻을 수 있는 게 뭐가 있겠어?"

쿠보야마 씨는 일부러 거칠게 이야기하는 것 같았다.

"게다가 네가 돈을 노리고 접근한 게 맞더라도 나는 너를 들여보냈을 거야."

조금 뒤에 이어진 말은⋯ 무섭도록 다정했다.

"어째서⋯⋯."

"츠무라 씨는 평범한 인간이야. 한 인간이 다른 누군가와 관계를 맺는 걸 막을 자격은 그 누구에게도 없어."

그러더니 쿠보야마 씨는 "뭐, 네가 그런 인간이 아니라는 것 정도는 보면 알지만 말이야"라고 덧붙이듯이 이야기했다.

"재밌는 얘기를 하는 모양이군요."

그때 토에다 선생님이 다가와서 말했다.

"에토 군이 바보 같은 소리를 하길래 혼내주고 있었어요."

"음⋯ 고민스럽겠지. 나도 밖의 상황을 보고 놀랐으니까."

"보셨군요⋯⋯."

"그래, 잠깐 이쪽으로 좀 따라오렴."

나는 토에다 선생님을 따라 우리가 처음 이야기를 나누었던 그 방으로 들어갔다.

"이게⋯ 뭔지 알겠니?"

토에다 선생님은 투명한 액체가 든 병을 보여주었다. 그 병 안에 들어 있는 주먹보다 작은 크기의 금덩어리가, 형광등의 빛을 받아 거칠게 빛나고 있었다.

"이건 츠무라 씨 위胃의 일부야. 여기 오고 며칠 후 절제했지. 얼마간 열을 가하면 이렇게 변한단다."

"야코 씨의 일부……."

"나는 츠무라 씨의 신체 조직들을 조금씩 제거하면서 채취하고 있단다. 몸에서 떨어져 나온 부분들은 이렇게 금으로 바뀌는 거야. 네가 츠무라 야코 씨의 일부라고 말한 이건, 어떻게 보면 단지 원소에 불과해. 진짜 금과 구별할 수 없어."

토에다 선생님은 잠시 말을 끊었다가 다시 이었다.

"그렇다면, 이 병 안에 담긴 물질을 '츠무라 야코'라고 여길 수 있다는 건, 네가 츠무라 씨와 유대관계를 형성해왔기 때문이라고 생각되지 않니? 적어도 나는 그렇게 생각해."

손전등을 들고 있던 노인의 말대로 그 앞은 막다른 길

이었다.

　나는 도로 이정표와 지도를 비교해보며 여기가 어디인
지를 다시 확인했다. 막다른 도로 옆으로 좁은 길이 있긴
했지만 그쪽으로 가기 위해선 산의 풀숲을 헤치고 나아가
야만 했다. 이 길이 아닌가 싶었지만 방향으로 따지자면
이쪽이 맞았다.

　선택해야만 했다. 이곳은 휠체어로는 올라갈 수 없는
길이었다. 그러나 구불구불한 도로를 지나갈 바에야 차라
리 산길로 가는 편이 더 빠르지 않을까 싶기도 했다. 더이
상 고민할 겨를이 없었다.

　"야코 씨, 죄송해요… 잠시 실례할게요."

　나는 야코 씨의 겨드랑이 사이로 손을 넣어 그녀를 들
어 올렸다.

　그러고는 천천히 몸을 틀어 조심스럽게 그녀를 업었다.

　'마지막 열에 도착해서 말을 업으면 왕이야.'

　문득 체커의 룰을 설명해주던 야코 씨의 목소리가 생
각났다.

　야코 씨의 몸은 축 늘어져 있었다. 몸이 차갑고 곳곳이
섬뜩할 정도로 딱딱하게 변해 있어 피가 통하지 않는 사
람처럼 느껴졌다.

"죄송해요. 하지만 얼마 안 남았으니까……."

산길로 한 걸음씩 내디뎠다. 내가 나아갈 수 있도록 도와주는 것은 나의 등에서 느껴지는 무게감이었다.

왕은 어디로든 갈 수 있으니까. 누구에게도 잡히지 않고 앞으로 갈 수 있으니까.

▼ 16일 전

그날 이후로 야코 씨는 잠에서 잘 깨어나지 못했다. 병이 진행될수록 야코 씨가 깨어 있는 시간은 점점 더 짧아졌다. 심지어 이틀 내내 혼곤하게 잠들어 있은 적도 있었다. 야코 씨가 이대로 깨어나지 않으면 어떡하지 싶은 마음과, 멋대로 떠들어대는 사람들을 볼 바에야 그냥 잠들어 있는 편이 낫겠다는 양가적 마음이 교차했다.

그때 병실 문을 두드리는 소리가 들렸다. 니무라 씨였다.

"에토. 저… 에토를 꼭 만나고 싶다는 사람이 있어. 나는 안 된다고 했는데… 고래가 그려진 담벼락 부근에서 계속 소리를 질러대서 말이야……."

"언론 쪽 사람인가요?"

"그게… 자기는 히나타 에토에게 베푼 은혜가 있다고

하더라고. 서로 아는 사이일 거라 생각하지는 않지만, 그 래도 일단 전해야겠다 싶어서. 요양원 근처 버스정류장에 서 기다리겠대."

"…그렇군요."

"누군지 짐작 가는 사람이 없다면 나가지 마."

"아니요, 괜찮아요. 갈게요."

나는 그렇게 말하고 짐을 챙겨 병실을 나왔다.

나에게 은혜를 베풀었다는 사람. 그런 사람은, 한 명밖 에 없었다.

용수로 쪽 길을 통해 밖으로 나왔다.

버스 정류장에서 기다리고 있는 사람은 예상대로 『주간 현재』의 유카와였다. 보아하니 다른 사람은 없는 듯했다.

내 모습을 본 유카와는 기다리다 지쳤다는 듯이 입을 열었다.

"아이고, 나와줘서 고마워, 에토 군. 오랜만이야. 못 본 사이에 키가 많이 컸네?"

"…그랬을 리 없잖아요, 본 지 얼마나 됐다고."

일전에 그는 내게 야코 씨에 관한 정보를 준 적이 있었 다. 내가 알려 달라고 하지도 않았는데 멋대로 줘놓고서 은혜를 베푼 것처럼 구는 게 혐오스러웠다. 하지만 그가 알려주지 않았다면 나는 야코 씨에 대해 아무것도 모른 채로 지냈을 것이다.

나는 가라앉은 목소리로 물었다.

"당신인가요? 야코 씨와 나에 대한 것들을 기사로 쓴 사람이."

"믿어줄지 모르겠지만, 나는 아니야."

"믿을 리가 없잖아요. 당신은 취재를 위해 가장 먼저 스바루다이까지 온 사람이고, 나와 야코 씨에 대한 것들도 다 알고 있으니까요."

"난 츠무라 야코의 상태가 어떤지는 몰랐어. 다리를 절단한 사실도 몰랐고. 요양원에서 나를 들여보내주지 않았으니까. 그렇다고 너를 계속 감시하고 있었던 것도 아니야."

유카와가 성마른 목소리로 대답했다. 거짓말을 하는 것 같지는 않았다. 나는 그럼 대체 누가 그런 거냐는 물음을 겨우 삼키고서 다른 것을 질문했다.

"그 이후로 어떻게 지냈어요?"

"어떻게 지내긴. 설마 화제의 인물이 너희뿐이라고 생각한 건 아니지? 이 세상에는 기사화할 일들이 널리고 널렸다고."

"그렇지만 저와 야코 씨의 일에 대해서 흥미로워했잖아요. 스바루다이 밖에는 재밌는 일들이 더 많은가보죠?"

"난 츠무라 야코가 죽은 후에 너를 다시 취재할 생각이었어."

농담은 아닌 것 같았다. 야코 씨가 죽은 후라면 내가 무슨 말이라도 할 거라고 생각한 걸까?

"말했잖아. 나는 환자 본인이 아니라 주변 사람에게 관심이 있다고. 츠무라 야코가 죽어도 넌 살아 있을 테니까. 모든 것이 다 끝난 뒤에 다시 취재하려고 했지."

"제가 이야기할 거라고 생각했어요?"

"물론이지, 이런 일에 휘말린 사람이 아무 말도 안 하고 넘어갈 수 있을 거라고 생각해?"

지금의 나라면 야코 씨에 대해 그런 식으로 누군가에게 이야기할 것 같지는 않았다. 하지만 그게 아닌 걸까. 야코 씨가 죽고, 시간이 흐르면… 지금의 이 마음을 잊고 누군가에게 이야기하게 될까?

주간지에 실린 그 기사보다는 조금 더 아름답게 보이도록 양념을 쳐서.

"어때? 츠무라 야코와 보내는 날들은."

"…증명에 대해, 제 나름대로 생각해봤어요. 당신에게 그 말을 들은 이후로 계속 생각하고 있었어요."

"……."

"솔직히 저는 어떻게 해야 할지 모르겠어요. 제가 돈 때문에 야코 씨 곁에 있는 것은 아니지만, 그 사실을 증명할 방법 따위는 어디에도 없으니까요. 설사 3억 엔을 포기한다고 한들 완벽한 증명은 불가능해요."

유카와는 잠시 나를 바라보다가 천천히 일어섰다.

"…뭐 하나만 물어봐도 될까요?"

"뭔데?"

"당신은 왜 그렇게 금괴병에 관심이 많은 거죠?"

유카와는 멈칫하더니 몸을 살짝 틀고 조용한 목소리로 말했다.

"내 여동생의 남자친구가 금괴병 환자였어."

"여동생이요?"

"그 남자는 가족이나 친척이 아닌, 내 여동생에게 대부분의 돈이 상속되기를 바랐어. 실제로도 그렇게 했고. 하지만 동생은 그 남자가 죽은 뒤에야 자신에게 상속된 돈이 있다는 걸 알았지. 액수가 상당했으니까… 당연히 끔찍한 일이 일어났지. 병문안 한 번 오지 않았던 친척이라는 놈들이 힘을 모아 내 동생에게 덤벼들었어."

나는 이 이야기를 들은 적이 있었다. 쿠보야마 씨가 상속을 받으면 종적을 감추라던 말과 함께 들려준 이야기였다.

"동생은 돈을 노리고 남자에게 접근한 꽃뱀 취급을 당했고, 정말로 사랑했는지 증명하라며 시달림을 당했어. 그때, 동생이 팔이라도 잘랐으면 증명이 됐을까? 그럴 리가 없잖아. 하지만 아무리 애를 써도 아무도 믿지 않았어. 동생이 상속금을 포기했더라도 사람들은 공격을 멈추지 않았을 거야."

"그래서… 어떻게 됐어요?"

"살아 있어. 벌써 3년째 깨어나지 못하고 있지만."

담담한 말투였다. 쿠보야마 씨는 그 일에 대해 '봉변을 당했다'고 표현했다.

"여동생은 창문 밖으로 몸을 던졌지만, 죽지는 않았어. 그 행위가 어떤 증명이라도 된 것인지, 아니면 그저 도망친 것처럼 보였을지… 난 지금도 여전히 모르겠어."

유카와는 먼 곳을 바라보며 중얼거렸다.

"난 증명을 찾고 있어. 누구도 무너트릴 수 없는 증명을."

그 증명을 발견하면 구원받을 수 있을까요, 라고 물을

수는 없었다. 다른 말을 꺼내려는 순간, 갑자기 어디선가 큰 소리가 났다. 멀리 있던 몇몇 기자들이 우리를 발견한 것이다. 이대로 있다가는 또다시 둘러싸일 것 같아서 나는 그들과 반대 방향으로 내달리기 시작했다.

"에토, 이쪽이야!"

모퉁이를 돌자 누군가가 소리쳤다.

도로변에 멈춰 서 있는 흰 차 한 대가 보였다. 운전석에 앉은 남자가 나를 향해 손을 흔들었다. 츠키노의 아버지였다. 나는 재빨리 달려가 뒷좌석에 올라탔다.

"자, 어서! 빨리 안전벨트 매고."

조수석에는 츠키노도 타고 있었지만 왜인지 이쪽을 돌아 보지 않았다.

"저… 어떻게 여기에……."

"무슨 일이 일어난 것 같아서, 이 근처를 빙빙 돌다보면 찾겠거니 싶었지. 이치카도 에토가 걱정된다고 해서, 그치? 도울 일이 있을 거라고 생각했어."

츠키노가 아버지에게 부탁했다는 뜻일까? 나는 조수석에 앉아 있는 츠키노에게 감사의 말을 건네려다가 그만뒀다. 그도 그럴 것이 츠키노는 아까부터 계속 나를 보고 있지 않았기 때문이었다. 츠키노는 창밖과 제 발치를 계속

해서 번갈아 보면서, 지금 이 분위기를 어떻게든 넘겨보려고 하고 있었다. 나는 그런 친구에게 말을 걸 정도로 용감하지 못했다.

차는 요양원 주위를 빙 돌고 있었다.

"저… 아버님, 제가 사는 곳은…….."

"아, 알아, 알아. 좀 돌아서 가는 편이 좋을 것 같아서. 날파리가 많으니까. 그런데 에토, 편하게 아저씨라고 불러도 돼. 옛날처럼 말이야."

나는 츠키노의 아버지를 아저씨라고 불러본 적이 없었다. 하지만 일부러 그런 사실을 하나하나 짚을 만큼 멍청하지는 않았다. 나는 "네… 아저씨"라고만 대답했다.

차는 꽤 먼 길을 돌고 나서야 우리 집 쪽으로 가기 시작했다. 여기서부터 집까지, 차로 십 분 정도 걸릴까? 계산이라도 한 듯 아저씨가 입을 열었다.

"그건 그렇고… 에토. 굉장하던데. 나 감동했잖아."

가슴이 벌렁거렸지만 애써 침착한 척 대답했다.

"왜… 왜요?"

"죽어가는 여자친구의 곁을 지켜주다니, 너무 장하다. 아무나 할 수 있는 일이 아니야."

나는 아무런 대답도 하지 않았는데 아저씨는 답을 들

기라도 한 것처럼 말했다.

"야아… 이런 순수한 사랑이 있을 줄이야, 보기 좋네. 여자친구 병간호하느라 힘들지?"

아저씨는 백미러 너머로 나를 응시했다. 그의 두 눈이 음흉하게 가늘어져 있었다. 차는 아까부터 이래도 되나 싶을 만큼 느린 속도로 달리는 중이었다.

"힘들지는 않아요."

"역시, 에토는 포용력이 있어. 역시 스바루다이의 사나이야. 옛날부터 스바루다이 남자들은 인내심이 강했거든. 그러니까 그렇게 아픈 친구도 보살필 수 있는 거지."

몸 안쪽이 점점 차가워졌다. 아저씨는 아랑곳하지 않고 계속해서 말을 이어갔다.

"이런저런 말들 때문에 힘들겠지만… 에토라면 분명, 3억 엔도 가장 좋은 곳에 쓸 거야."

"그건 제 돈이 아니에요."

"곧 그렇게 될 거야."

아저씨가 딱 잘라 말했다.

"아무튼, 세상 사람들이 뭐라 하든 신경 쓰지 마. 그 돈은 에토가 어깨 펴고 당당히 받아도 되는 돈이야. 누가 손가락질해도 상관하지 마."

"…아저씨."

"그러고 보니 생각난 게 있는데, 스바루다이에 아픈 친구의 비석을 세워주면 어떨까. 어때? 스바루다이는 석재로도 유명했으니까. 틀림없이 화제의 네 여자친구도 기뻐할 거야. 마을 사람들도 잊지 않고 감사히 생각하겠지."

아저씨는 훌륭한 정답을 찾아낸 것처럼 이야기했다.

"그래, 그런 것도 좋겠다. 스바루다이에 도움이 되는 일이라면 함부로 말하던 녀석들도 입을 다물 거야. 투자… 그래, 이건 투자야. 스바루다이에는 여러 투자처가 있어. 원래는 임업으로 유명했거든, 나도 그런 일을 했고 말이야… 그런데 다른 지역에 비해 시원치 않아져서… 이 악순환을 어떻게든 해결하려면 설비투자가 필요해. 이런 시골의 임업 따위에 투자해줄 사람은 별로 없으니까."

츠키노는 움츠러들다 못해 사라져버릴 것처럼 보였다.

"병에 걸린 아이가, 마지막 시간을 보냈던 스바루다이에 보답하다… 감동적인 이야기지 않아? 험담하기 좋아하는 놈들도 모두 아무 소리 못할 거야."

그 순간, 열병 같은 분노로 시야가 일그러졌다.

내가 3억 엔을 손에 넣는 것과 야코 씨가 죽는 것. 그 사이의 연결고리는 다른 사람들 입장에서는 쉽게 무시할 수 있는 것이었다. 아니, 애초에 보이지 않는 것이었을지도 모른다. 야코 씨는 아직 죽지 않았다. 야코 씨는 아직 살아 있다. 3억 엔은 물론… 야코 씨 역시도 내 소유물이 아니다.

"뭐, 에토. 천천히 생각해도 괜찮아. 이것 참… 에토에게 설마 이런 일이 생길 줄이야, 아저씨도 몰랐어. 설마 에토가 그 아픈 친구와……"

"그 친구의 이름은 츠무라 야코라고 해요."

"어? 아… 그래. 도시 사람이라서 그런지 이름도 세련됐네."

이런 말을 하면 안 된다는 걸 알고 있었다. 그렇지만 멈출 수 없었다.

"아저씨니까 하는 말인데요, 야코 씨는 나을지도 몰라요. 치료법도 많이 발전했고, 조금만 더 치료한다면 수술을 받고 나을 거예요."

"뭐?"

"잡지에 실린 건 다 거짓말이에요. 야코 씨는 나을 거예요. 다음 달에 있을 수술을 받고 이곳을 떠나 도내에 있는 큰 병원으로 갈 거라고 했어요. 학교도 복학할 예정이라고 했고요. 그러니까 제게 그런 말을 하셔도 의미가 없어요."

아저씨의 얼굴에 난처함의 빛이 번져갔다. 얘기가 다르지 않느냐고 말하고 싶기라도 한 듯한 표정이었다. 그 모습을 보니 내 안의 열기가 더욱 거세지기 시작했다.

그때… 복도 구석까지 울려 퍼졌던 야코 씨의 비통한 외침. 그때의 야코 씨가 내 안에 들어와 있는 것 같았다.

"야코 씨는 죽지 않아요. 그러니까 저와는 정말 관계없어요. 야코 씨가 금으로 변한다든가, 그런 건 전부 거짓말이라고요. 다들 놀아나고 있는 것뿐이에요."

"그… 그게."

"야코 씨는 이런 곳에서 떠나 살아남을 거예요."

더이상 말을 할 수 없었던 건… 조수석에 앉아 있는 츠키노가 생각났기 때문이었다.

츠키노는 나와 아저씨 쪽을 보지 않으려고 의식하며 작게 떨고 있었다. 그 모습을 보자 내 안에서 부글부글 끓던 분노가 조금이나마 수그러들었다. 내 안에 들어왔던 야코 씨가 여운을 남기고 떠나간 것 같았다.

"현실을 말이야……."

아저씨는 그 순간을 놓치지 않고 낮은 목소리로 말하기 시작했다.

"현실을 봐야 하는 거야. 그런 식이라면 아픈 여자친구도 체면이 서지 않을 거란다."

정신을 차리고 보니 어느새 집 근처 삼거리였다.

"…감사합니다."

"그래. 에토… 아저씨는 에토 편이란다. 적어도 오늘 에토를 여기까지 데려다준 사람은 아저씨야. 그렇지?"

아저씨는 그 말만 하고 떠났다. 그러는 와중에도 츠키노는 한마디도 하지 않고 고개를 숙이고 있었다.

츠키노의 모습이 머릿속에 박혀 떠나지 않았다. 아마 츠키노는 조수석에 앉아 있고 싶지 않았을 것이다. 단지 나의 동급생이라는 이유 때문에 그 자리에 앉아 불편한 이야기를 들어야 했던 츠키노. 모두의 분위기 메이커인, 밝고 상냥한 츠키노의 마음을 내가 짓밟은 것은 아닐까 생각하니 마음이 시려왔다.

집 주위에도 몇몇 기자들이 잠복해 있었다. 나는 동요하지 않고 담을 타고 2층으로 올라갔다. 창문은 쉽게 열렸다.

내 방에는 어머니가 있었다.

어머니는 귀신이라도 본 듯한 얼굴로 나를 쳐다보았

다. 방이 엉망진창인 것은 이 사람이 방 안을 뒤졌기 때문일 것이다. 증거라도 찾을 생각이었겠지만 그런 게 발견될 리가 없었다. 애초에 이 방은 삭막할 정도로 휑했으니까. 난장판이 된 방의 한가운데에는 문제의 그 주간지가 있었다.

나는 어머니가 말하길 기다렸다. 창문으로 들어온 나를 보며 어머니는 거의 비명이라도 지르듯이 외쳤다.

"히나타! 너… 너 그게 정말이니?"

어머니가 내 이름을 부르는 것은 오랜만이었다.

부르지 않아도 상관없다고 속으로는 계속 생각하고 있었다. 영영 잊었어도 좋았을 텐데.

"…알고 계셨군요."

"알고말고! 이 잡지에 전부… 아, 그리고 밖에도 기자들이 얼마나 많은지…….."

"화난 거 아니었어요?"

"뭐…? 내가 왜 화를 내?"

"요양원에 들어가는 건 역겨우니까요."

"지금 그런 말을 할 때가 아니잖니. 상황이 다르다니까."

어머니는 비웃듯이 말을 했다. 아무것도 모르는구나, 라고 말하고 싶은 것 같았다. 1층에서 혹사당하던 프린터는 틀림없이 멈춰 있을 터였다. 아마 이 사람은 더이상 요양원 반대 운동을 하지 않을 것이다.

"3억 엔이라고, 3억 엔. 그것만 있으면 이런 촌구석에서 얼마든지 벗어날 수 있어. 완전히 차원이 다른 이야기야. 얘, 조금만 더 빨리 말해줬으면."

"아직 그런 이야기를 할 단계가 아니에요."

"뭐? 자세히 얘기를 해도 모자랄 판에. 너, 세금에 대한 얘기는 제대로 들은 거니?"

"지금은 그런 이야기를 할 때가 아니라고요. 방해하지 마세요."

"잠깐만, 너 좀 적당히―"

"이런 타이밍에 야코 씨의 곁을 지켜주지 않으면 유언장을 다시 작성할지도 몰라요! 그러면 다 물거품이라고요."

그렇게 말하며 어떻게든 미소를 지어 보였다. 그러자 어머니는 귀신이 떨어져 나간 듯한 표정을 지으며 "그래, 맞아, 그렇겠지. 여자란 정서적으로 불안정한 생물이니까…"라고 말했다.

이 말이 제법 먹혔는지 어머니는 조용히 내 방을 나갔다. 최악의 협박이자 거짓말이었다. 하지만 이보다 더 효과적인 방법도 없었다.

비로소 혼자가 된 방에서 미끄러지듯 주저앉았다. 배터리가 반밖에 남지 않은 스마트폰을 꺼내 야코 씨에게 보낼 메시지를 썼다.

—야코 씨, 여러 가지로 죄송해요.

조금 고민하다가 전부 지웠다. 그러고는 새로 적은 문장을 보냈다.

—야코 씨. 저는 잠깐 나와 있어요. 나중에 다시 갈게요.

나는 해가 저물 때까지 꼼짝도 하지 않고 가만히 앉아 있기만 했다.

야코 씨로부터 답장은 오지 않았다.

주위가 완전히 조용해진 때를 틈타 1층으로 내려갔다. 우선 뭐라도 먹고 나가야 할 것 같아서였다.

어머니는 벌써 잠자리에 들었는지 보이지 않았다. 뒷문으로 슬쩍 밖을 내다보았다. 잠복해 있던 기자들도 철수한 듯했다. 나가려면 지금 나가야 했다.

서둘러 채비를 마치고 부엌에 있는 음식을 대충 먹었다. 환풍기 소리가 유난히 크게 들리는 듯했다. 시간을 보니 벌써 밤 11시를 넘기고 있었다.

"히나타, 가는 거니?"

느닷없이 목소리가 들려왔다. 복도를 어슬렁거리던 키타가미 씨가 내 쪽을 물끄러미 바라보고 있었다.

"네. 지금은 야코 씨에게 가야할 것 같아요……."

"그래. 그래야지."

"그러니 이 집에는……."

왜일까, 그 순간 모든 것들이 퍼즐 맞추듯이 맞춰졌다.

왜… 왜 나는 이 가능성을 생각하지 못했던 걸까.

내 개인정보와, 내가 야코 씨의 병실에 드나든다는 것, 그리고 어디서 찍혔는지 모를 내 사진. 하지만 3억 엔에 대한 이야기나 야코 씨의 병세에 대해서는 키타가미 씨에게도 말한 적이 없었다.

휴대폰은 지금도 내 주머니 속에 들어 있었다. 야코 씨의 병실에 갈 때면 반드시 챙겨갔던 휴대폰. 남색으로 참 예쁘게 빛나던… 키타가미 씨가 선물해준 휴대폰 케이스.

"키타가미 씨… 였어요? 그 기사의 제보자가?"

치명적인, 말도 제대로 안 나올 정도로 무서운 물음이었다.

"맞아."

그러나 키타가미 씨는 표정 하나 바뀌지 않고 수긍했다.

"왜……."

"3억 엔을 받는다며? 굉장하잖아. 넌 아마 그 돈을 받으면 이 집을 떠나겠지? 맞잖아. 다 알고 있다고."

어머니의 방해 없이 나누는 키타가미 씨와의 대화가, 이런 내용이라는 것이 믿기지 않았다.

"그런 건 돈과 사귀는 거나 마찬가지야. 너도 그 애가 죽기를 기다리고 있잖아? 아니, 히나타가 나쁘다는 의미는 아니었어. 말하자면 유리구두 같은 거야."

키타가미 씨는 '유리구두'라는 단어를 써서 말했다.

"집안 사정까지 다 폭로하면서, 대체 왜……!"

"80만 엔이었어."

키타가미 씨가 분명하게 말했다.

"기자에게 너에 대한 정보를 적당히 흘리면, 고작 그걸로 그 정도의 돈을 받았지. 3억 엔에는 비하면 턱도 없지만 그래도 나에겐 상당한 액수였어. 넌 그저 조금 나쁜 경험을 한 것뿐이야. 곧 비교도 안 될 정도의 거액을 받게될 텐데, 뭘."

"키타가미 씨, 지금 무슨 소리를……."

"나도 다 알고 있어, 그 돈은 나에게 돌아오지 않을 거라는 거. 어차피 에미코 씨가 모든 걸 쥐게 되겠지. 그 여자는… 그만한 돈이 생기면 나나 이 집도 다 버릴 사람이 니까. 그게 아니면 뭐야. 히나타, 내가 네게 아첨이라도 떤 다면 천만 엔쯤은 줄 의향이 있었니?"

지금 키타가미 씨가 무슨 말을 하는지… 나는 도통 이 해할 수가 없었다. 내 입에서 비장한 목소리가 멋대로 흘 러나왔다.

"야코 씨가… 야코 씨가… 그 기사를 보고 상처 받을 거란 생각은 못했어요? 아무리 강하고 똑똑 사람이라고 는 해도… 그렇게 기자들이 모여드는데… 제가 정말 그 돈을 노리고 야코 씨 옆에 붙어 있다고 생각하기라도 했 을까봐 저는…….."

"그게 뭐가 그렇게 중요해! 어차피 걔는 곧 죽을 텐데!"

키타가미 씨가 언성을 높였다. 키타가미 씨의 그런 모 습은 처음이었다. 어머니가 아무리 심한 말을 해도 큰소 리 한 번 내지 않던 사람이었다.

"…그래, 날 경멸하겠지. 하지만 상관없어. 너는 곧 그 돈을 받게 될 테고, 이제 나와는 더이상 엮일 일도 없을 테니까. 에미코 씨는 네 돈을 이미 손에 넣었다고 생각하 는 모양인데. 내 눈에는 다 보여. 그 돈을 받는 순간 넌 뒤 도 안 돌아보고 여길 떠날 거란 걸. 네가 여기에 붙어 있는 이유는, 가진 거 하나 없이 세상 밖으로 나가는 게 두렵기 때문이잖아."

"왜 그래요, 키타가미 씨, 도대체 왜⋯⋯."

"혹시 그 돈, 진짜 여기로 가져올 거야? 그렇다면 내가 사과할게. 하지만 그게 아니라면, 절대 사과하지 않을 거야."

어린애 같은 말투로 비아냥거리던 키타가미 씨가 이내 웃기 시작했다.

처음 만났을 때, 키타가미 씨는 이상적인 아버지 그 자체였다. 나는 그가 어머니를 행복하게 해줄 것이라 믿었고, 그가 스바루다이를 되살리겠다며 나섰을 때, 이 사람이라면 정말 그럴 수 있으리라 생각했다. 키타가미 씨는 나에게 책을 준 사람이기도 했다. 내가 읽기엔 아직 어려웠던 허먼 멜빌의 『모비 딕』도 키타가미 씨가 좋아하는 책이니까 읽고자 노력했다.

"그런 눈으로 보지만 말고 뭐라도 대꾸라도 하지 그래."

키타가미 씨가 불쑥 입을 열었다. 그를 탓할 생각은 없었다. 그저 슬플 뿐이었다. 나는 휴대폰 케이스를—어쩌면 도청기일지도 모르는 그것을—식탁에 내려놓았다.

"그걸 두고 가도 소용없어. 의뢰를 받으면 나는 또다시

제보할 거야."

"…상관없어요. 키타가미 씨가 뭐라고 말해도."

이 말은 진심이었다. 나는 우두커니 서 있는 키타가미 씨를 뒤로 한 채 그대로 현관을 지나쳐 밖으로 나갔다.

달빛조차 없는 한밤중의 어둠을 뚫고… 요양원으로 향했다.

"엇, 에토."

요양원에 도착하니 야코 씨는 깨어 있었고, 협탁 위에는 화제의 그 주간지가 올라와 있었다. 우리에 대한 기사가 실린 페이지를 펼쳐놓은 채, 휴대폰을 보는 중이었다.

"어떻게 들어왔어? 면회 시간도 지났을 텐데."

"…담을 넘어서 왔어요, 나머지는 니무라 씨에게 부탁했고요."

2월의 고래에게 덤벼들듯이 담벼락을 오르는 내 모습을 누군가 봤다면 우스꽝스럽기 짝이 없었을 것이다. 하지만 대낮에 있었던 소동으로 요양원 문이 굳게 닫혀 있었기 때문에 어쩔 수 없었다.

"니무라 씨가 아니었다면 밖에서 마냥 기다릴 수밖에 없었을 거예요."

"담담하게 말할 일이 아닌데. 무서워라."

"야코 씨는 뭐하고 있었어요?"

"인터넷 검색!"

"제가 보낸 메시지에 답장도 안 하고……."

"앗, 깜빡했다! 읽음 표시 사라지지 않았어?"

그걸 확인하는 것도 잊고 있었다. 아무튼 나도 여러 가지로 정신이 없었던 것이다.

"내가 잠든 사이에 많은 일들이 있었나 보네."

"…야코 씨, 그 많은 걸 봤는데 아무렇지도 않아요?"

"내가 설마 고작 이런 걸로 상처 받을 줄 알았어? 그럴 리가, 이것 좀 봐. '세상에서 가장 아름다운 원조교제'래. 이 정도 센스면 인정해줘야지."

야코 씨는 그렇게 말하며 잡지 위로 뺨을 가져다 댔다.

"정말 난리가 났네. 살날이 얼마 안 남았다니, 상체에 경화가 일어난 것뿐인데."

"그러니까요."

"다들 내가 죽기만을 기다리고 있는 것 같네."

"그 말, 할 것 같다고 예상했어요."

"에토가 내 곁에 계속 있게 되면… 분명 더 심한 말을 듣게 될 거야."

야코 씨가 조그맣게 말했다. 이윽고… 야코 씨는 방금 전과는 전혀 다르게 진지한 표정을 지었다.

"에토. 먼저 돈에 대한 이야기를 해두고 싶은데."

"싫어요. 저는 아직 야코 씨를 이기지 못했고, 그 돈을 받을 이유가 없어요."

"아직도 모르겠어? 에토. 이제 내가 안 돼. 안타깝게도 나는… 너에게 밝은 미래를 남기고 싶어졌어. 네가 거부한다고 해도 말이야."

곧이어 야코 씨가 흰 봉투를 꺼냈다.

"유언장이야. 물론 너와 만나기 전에 만들어두었던 유언장도 있지만, 내가 여기에 서명하면 이게 우선이 될 거야. 내 모든 걸 너에게 남기겠다는 내용이지."

"아직 서명 안 한 거죠?"

"응. 그런데 내 손이 움직이지 않게 되면 일이 번거로워지잖아? 상체 경화가 좋지 않은 징후라는 건 나도 아는 사실이니까."

"제가 그걸 빼앗아 찢어버린다면요?"

"에토는 그러고 싶어? 음, 찢으면 안 되긴 하지."

야코 씨는 기침을 하면서도 즐겁다는 듯이 웃었다.

흰 봉투 안에는 유언장이 들어 있다고 했다. 거기에 서

명만 하면 야코 씨의 3억 엔은 내게로 들어오게 된다.

"전 야코 씨를 좋아하지만, 3억 엔을 받고 싶어서 야코 씨와 함께 있었던 건 아니에요."

"그래, 알고 있어."

"알고 있을지도 모르지만 하나도 전해지지 않았다고요."

유카와 씨의 말이 맞았다.

그저 야코 씨를 좋아하고 야코 씨 곁에 있고 싶을 뿐이라는 것을, 그런 단순한 마음을 증명할 방법은 없었다. 이 세상에 있는 '대가 없는 사랑'이라는 걸 해피엔딩이라는 녀석이 방해하고 있었다.

자신이 죽은 뒤에 내가 행복해질 거라고 믿는 야코 씨였으므로 어찌할 도리가 없었다. 그 착각을, 엇갈림을, 나는 영원히 바로잡지 못하는 걸까? 아니면, '야코 씨가 없으면 3억 엔 따위 아무 의미도 없어!' 같은 말조차, 열에 들뜬 한때의 어리석은 말이 되는 걸까?

"미안해, 에토. 용서해줘."

야코 씨가 불현듯 그렇게 중얼거렸다.

"…야코 씨, 한 가지 물어봐도 돼요?"

"…무슨 일인데?"

전부터 계속 궁금했던 것인데, 지금이 아니면 영원히

물을 수 없을 것 같았다. 나는 굳게 결심하고 입을 열었다.

"왜 저를 선택했어요?"

토에다 선생님의 말에 의하면, 그건 그때 내가 거기 있었기 때문이었다. 그것은 어쩌면 내가 아니라 하루미츠가 되었을지도 모르는 일이다. 물론 그렇다고 해도 상관없었다. 하지만 정말 그런 것인지 야코 씨의 입을 통해 듣고 싶었다.

"뭐?"

질문을 들은 야코 씨는 어리둥절해 보였다.

"뭐예요? 그 표정은?"

"아니, 사실 그런 걸 물어볼 줄은 몰랐어."

"왜요? 지금까지 한 번도 말해준 적 없잖아요."

"왜라니, 에토가 제일 잘 알잖아. 그래, 요컨대 네가 나를 구한 거지."

무슨 말인지 이해가 되지 않았다. 나는 야코 씨를 구한 적이 없었으니까. 하지만 야코 씨는 뻔한 문제의 정답을 밝힐 때처럼 웃음 지었다. 그리고 담담하게 말했다.

"왜냐하면 네가 '2월의 고래' 작가잖아, 에토."

순간 숨이 멎을 뻔했다. 얼마간의 시간이 지나고 나서야 겨우 입을 뗄 수 있었다.

"…어떻게?"

"처음엔 그냥 감이었어. 고래 앞에 서 있는 너를 보고 혹시나 싶었지. 하지만 에토를 알고 난 뒤 확신했어."

말이 잘 나오지 않았다. 나는 야코 씨에게 그런 이야기를 한 적이 없었다. 아니, 야코 씨뿐 아니라 그 누구에게도 말한 적 없었다.

"알고 있어. 네게는 페인트를 살 돈이 없다는 거."

야코 씨는 내가 빠져나갈 구멍을 미리 막듯이 말했다. 체커에서 나의 다음 수를 읽을 때와 같은 수법이었다.

"기억하고 있으려나… 네가 우연히 나를 발견했던 그날, 나는 잡화점에 들러서 검정색 페인트를 확인했어. 하지만 잡화점에 있던 검정색과 고래를 그린 검정색은 색감이 달랐지. 같은 검정이었지만 고래의 검정은 더 부드러웠어."

혼자서 소소한 외출을 즐기던 그날의 야코 씨를 떠올렸다. 꼬리에 꼬리를 무는 것처럼 기억이 연달아 떠올랐다. 손에서 느껴지던 감촉. 함께 본 2월의 고래. 뺨을 밀착하듯 고래에게 다가가던 야코 씨. 잡화점에 가보고 싶었다고 천진난만하게 말하던, 빨간 가방을 든 야코 씨.

야코 씨는 그 뒤에서 남몰래 확인했던 것이다. 자신의 추측이 맞는지를.

"그 말은……."

"모리타니 씨한테 들었어. 그때는 요양원 주변에 빈 페인트 통들이 나뒹굴곤 했다고. 그게 문제가 되어 잡화점에 클레임이 들어온 적도 있다고. 민폐나 마찬가지. 그렇게 나뒹구는 페인트 통을 봤을 때 네 마음은 어땠어? 페인트 하나 살 수 없던 네 입장에서는 얄밉다는 생각이 들었을지도 모르지. 하지만… 동시에 그건 하늘의 계시이기도 했어."

"그냥 쓰레기였을 뿐이에요. 페인트도 거의 남아 있지 않았고요. 그걸로 그림을 그리는 건 힘들다고요."

"응, 정말 힘들었겠다. 도대체 얼마나 걸린 거야?"

상냥하게 묻는 야코 씨는 나의 얕은 수에 넘어가주지 않았다.

"내가 뭘 말하려는지 이제 알겠지? 담벼락을 색칠한 페인트는 흔히 볼 수 있는 수용성 페인트였어. 빨강, 파랑, 노랑… 사람들이 자주 쓰던 그 색깔들을 다 섞으면 검정에 가까운 색이 만들어지지. 너는 버려진 페인트 통에 있던 염료를 섞어 너만의 색을 만들었어. 그게 바로 저 고래의 색이야."

야코 씨의 마지막 말은 "체크 메이트" 하고 외치는 것처럼 들렸다.

"만약 이게 내 착각이라면 무시해도 좋아. 다만 네가 이유를 묻는다면 나도 이렇게 말할 수밖에 없어."

"그런데도 왜……."

내 목소리는 안타까울 정도로 갈라져 있었다.

"너에게 고마움을 전하고 싶었어. 이 동네 사람들 중에는 요양원의 존재 자체를 싫어하는 사람도 있고, 저 담벼락이 하얬을 때는 지금과 비교도 할 수 없을 정도로 반대 전단지들이 붙어 있었다고 하잖아? 나도 아직은 인간이니까… 그렇게 거부를 표하는 사람들에게 상처를 받기도 하거든. 하지만 막상 스바루다이에 와보고 놀랐지. 그런 거부감에 지지 않을 만큼 크고 아름다운 존재가 나를 반겨줬으니까."

야코 씨는 작게 숨을 내쉬고 조용히 웃어 보였다.

"내가 살고 있는 이곳을 지켜줘서 고마워. 에토."

야코 씨에게 감사의 말을 들을 이유는 없었다. 왜냐하면 내가 저 그림을 그린 건 나를 위해서였으니까.

스바루다이에 요양원이 생긴 지 얼마 되지 않았을 무렵, 요양원의 흰 담벼락에 그림이 늘어나기 시작한 것을 보고 나는 솔직히 부러웠다. 갑자기 나타난 그것은, 스바루다이의 사람들에게는 거대한 캔버스로 보였을 것이다. 나도 마찬가지였다.

모리타니 씨의 가게에서 페인트가 조금씩 팔리기 시작했고, 지루할 정도로 한가했던 사람들은 하나둘 담벼락 앞으로 모여들었다.

부러워서 견딜 수가 없었다.

나도 저 담벼락에 그림을 그려보고 싶었다. 어쩌면 요양원 건립에 반대하던 어머니에 대한 반항이었을지도 모르겠다. 동기야 어떻든 내 마음은 붓을 찾고 있었다.

하지만 내가 페인트를 살 수 있을 리 없었다. 선을 그을 페인트 하나 구하는 것조차 나에게는 어려운 일이었으니까.

그러던 찰나, 나는 아무렇게나 버려진 페인트 통에 대해 알게 되었다.

모리타니 씨의 말대로 요양원 주변에는 그렇게 버려진 페인트 통들이 많았다. 나는 길바닥에서 주운, 딱딱하게 굳은 붓을 들고서 쓸 만한 페인트들을 찾아 헤맸다. 하지만 버려진 페인트 통 안에는 아주 약간의 염료만 남아 있을 뿐이었다. 그걸로는 도저히 그림을 그릴 수 없었다.

하지만 이대로 포기할 수는 없었다. 나는 바닥에 뒹구는 페인트 통들을 모아 처음에 주웠던 통에 염료를 넣고 섞기 시작했다. 온갖 색들을 합친 탓에 페인트는 남색에 가까운 검은색으로 변해갔지만, 그래도 상관없었다.

그런 식으로 세 통 정도를 모으고 나서야 나는 겨우 담벼락을 마주볼 수 있었다. 아무도 없는 늦은 시간, 숨을 죽이고 담벼락 앞에 섰다.

내가 가진 색으로 그릴 수 있는 건 그리 많지 않았기에, 그 색으로 그릴 수 있는 걸 골라야 했다. 고래는 키타가미 씨가 추천해준 멜빌의 책 표지에도 그려져 있던 동물이었고, 나는 주의 깊게 살펴본 고래의 윤곽을 기억하고 있었다.

페인트에 붓을 담갔다가 꺼냈다. 내가 제일 먼저 그린 건 고래의 눈동자였다. 그다음부터는 그저 붓이 가는 대로 움직였다. 흑색의 큰 고래는 저 깊은 바다 속에서 헤엄치기 시작했다.

지워져도 상관없다고 생각했는데 의외로 고래는 계속 그 자리에 남아 있었다.

어느덧 고래는 '2월의 고래'로 불리게 되었고, 지금도 여전히 요양원 담벼락을 지키고 있다. 그 고래를 그린 사람이 누구인지는, 나만의 비밀이 되었다.

그런데… 야코 씨는 어떻게 눈치 챌 수 있었던 걸까. 고래와 공명하는 외로운 존재라서 알 수 있었던 걸까.

52Hz의 고래에 대한 이야기는 다소 감상적이라고 생각한다. 하지만 고래의 조용한 외침으로 인해 야코 씨가 나를 선택할 수 있었던 거라면, 이보다 더 적절한 우화는 없을지도 모르겠다.

"내가 물어봤을 때도 에토는 그림을 좋아한다는 말은 하지 않았어. 난 에토가 언제쯤 말해줄까 기다렸는데."

야코 씨가 쓸쓸하다는 듯이 말했다.

"그런 게 아니라… 말하면 모든 게 끝이잖아요."

입에 담는 것만으로도 울고 싶은 기분이 들었다.

"끝이라니, 왜?"

"그러니까… 제 그림은… 스바루다이 안에서는 괜찮게 보였을지 모르지만, 밖에 나가면 아무것도 아니라는 걸 알고 있으니까요. 겨우 이 정도의 재능으로 희망을 품었다가는 저만 더 힘들어질 거예요."

어차피 나에겐 스바루다이를 탈출할 여력이 없었다.

그런 결단을 내릴 수 있을 만큼 스스로를 믿는 것도 아니었다.

나는 츠츠미 선생님과 했던 개인 면담을 떠올렸다. 스바루다이를 떠나는 것을 일찌감치 포기했던 나에게 선생님은 이렇게 말했다.

"하지만 에토, 넌 그림을 잘 그리잖아. 아니, 그런 문제가 아니지… 그림을 좋아하는 거지?"

그 말에… 나는 제대로 대답하지 못했다.

"그런 마음은 더 소중히 여겨야 하는 거야. 겨우 열다섯 살에… 이렇게 포기하게 만들면 안 되는 건데."

선생님은 고통스럽다는 듯이 말했다. 그 고통이, 금방이라도 꺾일 것 같은 나의 얕은 재능에서 비롯된 것이라는 걸 알기에 나 역시도 마음이 아팠다.

"에토, 다른 방법도 얼마든지 많이 있단다. 그러니 진학에 대한 의지를 보여줬으면 좋겠어. 그림과 관련된 일은 스바루다이 밖에도 얼마든지 있으니까."

그런 말을 들으니 죽고 싶었다. 쉬운 길은 아니겠지만 방법은 얼마든지 있다고 말해주는 선생님에게, 싸워보겠다는 의지조차 보일 수 없다는 사실이 괴로웠다.

나는 나의 미래에 대해 아무것도 기대하지 않았다. 선

생님이나 츠키노 만큼의 기대조차 할 수 없었다.

페인트가 묻은 붓을 떨어뜨리고 말았을 때의 츠키노를 떠올렸다. 내가 그린 입간판에 빨간 페인트를 화려하게 묻힌 츠키노는 울 것 같은 얼굴을 했다.

츠키노가 그렇게 당황하며 "미안해! 에토!"라고 외친 것도, "돌이킬 수 없어"라며 요란스러운 평가를 해주었던 것도, 전부 다 내 그림에서 가치를 발견해주었기 때문이다. 본의 아니게 내 그림을 망치고 미안해서 어쩔 줄 몰랐던 츠키노는 참 다정했다.

하지만 나는 그 모든 것을 외면했다. 아무것도 아닌 척 입 밖으로 꺼내지도 않았다. 꾹 참으며 '그땐 그랬지' 하고 추억할 수 있는 날이 오기만을 바랐다. 모두가 나를 잊게 될 날이 코앞까지 와 있었으니까.

내 이야기를 들은 야코 씨는 상처 받은 듯한 얼굴이 되었다. 잠시 뒤 야코 씨가 입을 열었다.

"에토, 하지만 그런 거라면……."

"야코 씨를 만난 이후로는… 더더욱 말할 수가 없었어요."

나는 분명하게 말했다.

말할 수 있을 리가 없었다. 야코 씨한테만큼은.

왜냐하면, 그림을 포기하게끔 만들었던 사정은 전부다 야코 씨의 죽음으로 해결할 수 있기 때문이었다.

계속 그림을 그리고 싶었다. 좋아하는 것을 좇으며 살아보고 싶었고, 스바루다이를 떠나 그림 공부를 해보고 싶었다. 이 모든 것은⋯ 아마도 돈으로 해결할 수 있을 것이다.

야코 씨가 죽어도 나는 살아 있을 테고, 3억 엔을 받은 다음엔 야코 씨와의 기억을 지난날의 소중한 추억으로 삼아⋯ 스바루다이를 떠나겠지. 야코 씨가 남겨준 돈으로 미술 공부를 할 테고, 언젠가는 야코 씨를 나의 뮤즈로 삼아버리겠지. 고통스럽고 슬프지만 지금의 나를 만들어준 소중한 사람이라고 미화해서⋯! 야코 씨에게 그런 알기 쉬운 해피엔딩을 알려주고 싶지는 않았는데⋯⋯.

현명한 야코 씨는 내 이런 모든 생각을 헤아리고 있었던 것이다. 아까와는 달리 어딘지 침통한 얼굴이었다. "에토" 하고 야코 씨가 나를 불렀다.

"에토, 들어봐. 너에게 알려주고 싶은 게 하나 있어."

"뭔데요?"

"장기에도 체스에도 없지만 체커에는 있는 것. 그리고 내가 체커를 좋아하는 이유."

이것은 야코 씨가 죽을 때가 되면 가르쳐주겠다고 했던 퀴즈였다. 그 이야기를 왜 지금 꺼내는 거냐고 묻기도 전에 야코 씨가 먼저 입을 열었다.

"있잖아, 에토. 체커에는 필승전략이 있어."

"필승전략이요?"

"그래. 체커에서는 양측 플레이어가 모두 최선의 수를 두었다면 반드시 무승부가 돼. 캐나다 앨버타 대학의 조나단 쉐퍼 교수가 개발한 인공지능 체커 프로그램 치누크 Chinook가 이 최선의 수를 계산해냈지."

"그 말은… 어떤 말을 움직이면 좋을지 미리 알고 있다는 뜻인가요?"

"체커는 말이야, 추상전략게임이야."

"추상전략… 게임이요…?"

"응. 우연이라는 게 개입할 수 없는 게임이라서, 실수만 하지 않는다면 이론상 지지 않아. 절대로."

믿을 수가 없었다. 하지만 납득이 가기도 했다. 최선을 선택하기만 하면 된다고 했던 토에다 선생님의 말씀, 그리고 야코 씨와 했던 대전들이 떠올랐다.

모든 판세를 정확히 재현할 수는 없었지만, 내가 기억하고 있는 야코 씨와의 체커 게임은 플레이어인 야코 씨를 따라 어지러울 정도로 빠르게 변했다. 그런데도 그 안에 완전한 필승전략이 있다는 건가…?

"그 수가 밝혀지자 체커의 수명은 끝났다고 말한 사람도 있었어. 솔직히 나도 그렇게 생각했고. 어쨌든 아무리 훌륭한 플레이어들이 격전을 벌인다 해도 가장 아름다운 한 수는 정해져 있는 거잖아."

"필승전략이 있다는 게 야코 씨가 체커를 좋아하는 이유인가요?"

"어쩌면 기술의 발전으로 체스나 장기의 필승전략도 찾을 수 있을지 몰라. 하지만 내가 알고 있는 필승전략은 체커에만 있는 거니까."

그러나 나는 아직 필승전략과 체커, 그리고 야코 씨 사이에 존재하는 연결고리를 이해하지 못했다. 재차 질문하려는 순간, 야코 씨가 내 손을 잡았다.

"지금까지 살아오면서 나는 너무나도 많은 잘못을 저질렀어. 이렇게 제멋대로 너에게 바보같이 나약한 소리를 하는 것도 그래. 인생에는 정답이 없다는 사실이… 그저 두려웠어."

"야코 씨"라고 말을 건넸지만 그녀는 말을 멈추지 않았다.

"그렇지만 말이야, 체커는 인생과 달라. 체커에는 필승 전략이 있지. 이 판 위에 내던져졌을 때 플레이어에겐 반드시 완벽한 정답을 선택할 가능성이 있거든."

나는 야코 씨가 자신에게 치명적인 이야기를 하고 있다는 것을 깨달았다.

"내 인생과는 달라."

그렇게 말한 야코 씨의 표정은 마치 울기 직전의 어린아이 같았다.

"살아남았다고 생각했는데… 아버지와 어머니를 피해 혼자 살아남았다고 생각했는데… 그런데 어째서 난… 이곳에서 죽어가고 있는 걸까. 훗날 병에 걸릴 줄 알았다면, 차라리 그때 거기서 죽는 게 더 나았을 거야. 가족들과 함께 죽는 게……."

갈 곳을 잃은 야코 씨의 손이 내 손을 세게 움켜잡았다.

"이런 경우도 있을까? 태어난 순간부터… 내 인생에 정답 따윈 없었어. 뭘 선택하든 전부 오답이었어. 이런 절망적인 인생이… 여기에 있는 거야. 하지만 지금의 나는 그것에 가까워지고 있어."

"무엇에요?"

"정답에."

그것은 일전에 검사가 있던 날, 야코 씨가 했던 말이었다.

그때 난 단지 '정답'이란 야코 씨의 치료가 기적적으로 성공하는 거라고 생각했다.

하지만 그게 아니었다. 그때부터 야코 씨가 생각한 정답은 이것으로 정해져 있었던 것이다. 예정대로 죽어서 나에게 거액을 남기는 것. 하지만 이런 기만이 어디에 있단 말인가… 나는 뼈에 사무치도록 생각했다. 검사네 치료네 했지만 사실 야코 씨는… 아무것도 기대하지 않았다는 것을.

이미 포기해버린 선택지에 자신의 몸을 맡긴다는 것이 견딜 수 없을 만큼 두려웠을 것이다.

그럼에도 야코 씨는 '정답'이라는 단어 하나로 모든 것을 무력화시켰다.

"에토, 받아줄 거지?"

"야코 씨."

"아무것도 남기지 못하는 건 너무 슬프잖아… 나는 에토가 행복해졌으면 좋겠어."

"그런 건 정답이 아니에요."

"그런데 있잖아… 죽고 싶지 않아. 무서워. 우리는 죽으면 어떻게 되는 걸까? 난 앞으로 에토가 어떻게 살아갈지 볼 수 없는데… 넌 어떤 그림을 그리게 될까? 저 고래만큼 멋진 그림이었으면 좋겠어.”

“그만해요, 그런…….”

“그럼 3억 엔 따위 필요 없다고, 나만 곁에 있어주면 된다고 말해줘, 그 어떤 해피엔딩보다 내가 더 좋다고 말해줘.”

야코 씨의 눈에서 눈물이 흐르고 있었다. 소름이 끼치도록 진지한 야코 씨의 눈동자는, 그럼에도 불구하고 지독하게 아름다웠다.

돈 따윈 필요 없다고. 스바루다이를 떠나지 못해도 좋고 야코 씨가 살아 있어주기만 한다면 어떻게 되든 다 좋다고. 야코 씨가 무엇보다 소중하고, 야코 씨와 체커를 두는 시간보다 중요한 건 아무것도 없다고, 그런 말은 얼마든지 할 수 있었다. 실제로도 나는 야코 씨에게 그런 말들을 했다.

하지만 입 밖으로 내뱉을 때마다 전부 거짓말처럼 들리는 건 무엇 때문이었을까? 그때의 감정에 거짓은 없었는데… 금에 다다르는 병은, 말의 가치조차 갉아먹고 만다. 어떡하지… 어떻게 하면 좋을까. 초조함에 사로잡혀 떨고 있던 그때, 갑자기 야코 씨가 나를 껴안았다. 차갑고 딱딱한… 온기가 전혀 느껴지지 않는 팔이었다.

주위에서는 야코 씨를 유리구두처럼 취급할 것이다. 이 궁핍한 환경에서 나를 구원해줄 동아줄로 볼지도 모르겠다.

그리고, 그런 시선을 가장 두려워할 사람은 바로 야코 씨 본인이었다.

내가 아무리 표현해줘도 야코 씨는 거기서 벗어나지 못한 채 죽어가는 것이 아닐까. 야코 씨가 스스로 꺼낸 말이었기에 더 강하게 사로잡힌 건 아닐까.

"곤란하게 해서 미안해. 내가 죽으면 에토는 행복해질 거라고… 그렇게 말해주면 돼. 내가 죽어서 행복하다고, 눈을 보고 확실하게 말해줘."

"그렇게는… 할 수 없어요."

"…에토는 다정하구나."

야코 씨가 희미하게 미소 지었다.

"이해해. 아까는 내가 좀 평정심을 잃었지? 나도 그런 말을 하게 만들고 싶진 않아. 나도 알고 있어. 살아 있는 한, 인간은 좋든 싫든 변하지. 이렇게 울부짖는 나 때문에 다른 것들을 죄다 포기해버리면, 분명 언젠가 후회하게 될 거야. 한때의 충동으로 자신의 인생을 팔아넘겼다고 후회하는 날이 분명히 찾아올 거야. 그럴 바에야 정답을 선택해주었으면 좋겠어."

야코 씨의 그 말을 듣는 순간 갑자기 번뜩 떠오르는 것이 있었다.

그것은… 어쩌면 이 방법이라면… 야코 씨와 내 마음을 구할 수 있지 않을까 하는 획기적인 방법이었다. 예전의 나라면 도저히 생각하지 못했을 '정답'이 눈앞에 있었다.

나는 야코 씨의 팔을 풀고서 한쪽 손을 꼭 쥐었다. 그리고 영문을 모른 채 나를 바라보는 야코 씨 앞에 낯익은 물건을 올려놓았다.

우리의 시작이었던 체커판이었다.

"…에토?"

"기억나요? 언젠가 야코 씨는 균형이 맞지 않는다고 했었죠. 야코 씨가 건 것은 돈이 아니라 야코 씨 자신이었으니까. 이번에는 똑같이 해주세요. 저도 야코 씨와 같은 무대에 서고 싶어요."

체커판에 말들을 놓으며 나는 야코 씨를 똑바로 바라보았다.

"저는 야코 씨를 좋아해요. 저도 걸 수 있게 해주세요,

제 전부를."

첫 번째 말을 움직이고 나서 이야기했다.

"아무런 말없이 따라와줄래요?"

"뭘 하려는 거야?"

"잘못을 저지르러 가요."

야코 씨는 몇 초 정도 말없이 나를 바라보았다.

얼마간의 시간이 흐른 뒤, 잘 움직이지 못하는 그녀의 오른손이 말에 닿았다. 그리고 야코 씨는… 더할 나위 없이 사랑스러운 미소로 나에게 답해주었다.

"날 이기면 따라가줄게."

체커는 말을 든 손의 아름다움을 겨루는 게임이 아니다. 그러니 야코 씨가 계속 떨리는 오른손으로 말을 둔 건 핸디캡이 아니었다. 야코 씨는 처음 만났을 때처럼 여전히 강했기 때문에, 그때의 내가 무승부로 이끌어낼 수 있었던 건 야코 씨가 그렇게 되기를 바랐기 때문이 아니었을까 생각했다.

대국이 끝난 순간, 우리는 누가 먼저랄 것도 없이 움직이기 시작했다. 내가 야코 씨의 몸을 휠체어로 옮기고 무릎 위에 모포와 담요를 덮는 사이 야코 씨는 재빨리 카디건을 걸쳤다.

그동안 우리는 한마디도 하지 않았다. 야코 씨는 자신이 어떻게 될지 알고 있었던 걸까? 휠체어에 앉아 멍하니 말을 바라보는 야코 씨는 평온해 보였고, 아름다웠다.

"그거… 가져갈래요?"

"아니, 됐어."

손에 들고 있던 말 하나를 내던지며 야코 씨가 웃었다. 말이 바닥에 떨어지며 탁, 하고 작은 소리를 냈다. 나는 이렇게 다루면 안 된다고 잔소리하며 떨어진 말을 집어 들었다.

그리고는 자연스럽게 주머니에 말을 넣은 다음 바로 이동했다.

긴 복도를 내달리자, 야코 씨는 휠체어에 앉아 즐겁다는 듯이 목소리를 높였다. "가자! 에토, 달려! 달려!" 그녀의 힘찬 구호에 맞춰 휠체어가 덜커덩덜커덩 흔들거렸다.

1층에 도착한 순간, 복도 안쪽에서 사람의 그림자를 발견했다.

역광 때문에 누구인지 잘 보이지 않았지만 목소리로 알 수 있었다.

"의사를 그만둬야 할지도 모르겠네……."

우리의 모습을 본 토에다 선생님은 한숨인지 웃음소리인지 모를 소리를 내며 천천히 발길을 돌렸다. 그 모습에 놀란 나는 잠시 숨을 죽였고, 야코 씨 역시도 말문이 막힌 듯했다.

"에토, 가자."

그렇지만 여기서 멈출 수는 없었다. 분명 여러 사람에게 큰 민폐를 끼치게 되겠지만, 여기서 멈추면 잘못을 저지르기로 한 의미가 없었다. 인생의 전부를 버리고… 나는 정답을 선택해야 하는 것이다.

휠체어를 밀고 밖으로 나오자 환한 달빛이 우리를 맞이했다. 달빛은 세상과 짜기라도 한 것처럼 밝은 금빛이었고, 나는 그 사실이 견디기 힘들 만큼 괴로웠다. 나와 야코 씨는 그림자를 뿌리치듯 달려서 뒷문을 빠져나와 전에 가본 적 없는 방향으로 나아갔다.

한 번도 가본 적 없던 곳이었다. 스바루다이를 떠날 수 없을 거라 생각했던 나였기에, 이 길 너머는 나와 상관이 없다고 생각하며 지내왔다.

그런데 지금은 그곳에서 해야 할 일이 있다.

저 산 너머, 스바루다이에서는 보이지 않는 곳에 있는 바다로… 나는 야코 씨와 함께 갈 것이다.

▼

야코 씨를 바다에 가라앉히는 것. 그것이 내 잘못의 전모였다.

바다에 가라앉은 야코 씨를 인양할 수는 없을 테니, 금으로 변해가는 그녀의 가치는 그대로 해저로 사라질 것이라 생각했다. 남겨질 예정이던 3억 엔도, 가격을 매길 수 없는 야코 씨와의 시간들도, 나의 어리석은 잘못과 한순간의 충동까지 전부 다! 모두 가라앉아 사라지게 될 거라고 말이다. 수백 미터 떨어진 곳에서 바라보면 모두 마찬가지나 다름없을 테니까.

그러기 위해서는 아무리 멀더라도 야코 씨를 옮겨야만 했는데, 스바루다이에는 바다가 없기 때문이었다.

그러나 야코 씨의 병세는 그사이 더 심각해졌고, 요양원을 떠난 지 한 시간도 안 돼 의식을 잃고 말았다.

휠체어에서 눈을 감고 축 늘어져 있는 야코 씨를 보자, 이제는 돌이킬 수 없는 곳까지 왔다는 사실을 깨달았다. 사실은 지금이라도 당장 되돌아가 전부 없던 일로 하고 싶은 마음이었다. 야코 씨를 그 침대에 묶어두어서라도, 일분일초라도 좋으니 조금이라도 더 오래 살기를 바랐다.

시계를 보면서 필사적으로 밤길을 걸었다. 버스로 1시간이었으니 걷는다면 훨씬 더 오랜 시간이 걸리겠지만, 그래도 아침까진 도착할 수 있겠지.

우리가 요양원을 나간 건 언제 들키게 될까.

토에다 선생님은 눈감아주는 길을 선택했지만, 보안 카메라를 본 니무라 씨는 자신의 직무에 맞게 야코 씨를 데려오려고 할 게 분명했다. 나는 우리에게 과연 얼마만큼의 시간이 주어졌는지 알지 못한 채, 그저 추격자가 너무 빠르게 따라오지 않기만을 바라며 앞으로 나아갔다.

멀리 보이는 산 능선이 붉게 물들기 시작했다. 나는 야코 씨를 등에 업은 채 그 광경을 바라보았다. 저기 산기슭에 보이는 작은 마을이 스바루다이가 맞다면, 우리는 그리 멀리 온 것도 아니었다.

"야코 씨, 조금만 더 가면 돼요."

축 늘어져 미동도 않는 야코 씨를 업고서 나는 그렇게 혼자 중얼거렸다. 야코 씨의 심장 소리가 희미하게 들려왔다.

그러나 체력은 이미 한계였다. 추위도 느끼지 못할 정도로 팔이 저렸고 목구멍도 찢어질 듯이 아팠다. 내게 업힌 야코 씨의 무게감만이 나를 앞으로 나아가게끔 도와주었다.

괜찮아요, 조금만 더 가면 돼요. 똑같은 말을 한 번 더
반복했다.

아침노을로 물들어 가는 시야에, 바다를 알리는 이정
표가 보였다.

아침이라고 하기엔 너무 이른 시간, 바다에는 우리 둘
뿐이었다.

야코 씨를 안아 제방 끝에 앉혔다. 보랏빛 하늘을 배경
으로 야코 씨의 머리카락이 흩날리는 게 보였다.

그때 야코 씨의 몸이 작게 움직이더니 조그맣게 중얼
거리는 소리가 들렸다.

"…도착했어?"

"도착했어요."

야코 씨의 몸을 천천히 돌려 바다 쪽을 바라보게 했다.
그러자 조금 전까지 멍해 보이던 야코 씨의 눈에 물결치
는 바다가 선명하게 자리 잡았다.

"…에토, 나를 죽이려고 하는구나."

"…맞아요."

"그래, 죽여도 좋아. 부탁할게, 제발 죽여줄래?"

바다를 앞에 둔 야코 씨는 그렇게 말하며 작게 웃었다.

"네 마음… 다 이해해. 정말 바보구나, 에토는."

"…죄송해요."

"괜찮아… 상관없어. 우리가 사는 세상은 체커가 아니니까 잘못 좀 하면 어때."

그렇게 말하는 야코 씨의 목소리는 나뭇가지들이 바람에 스치듯 힘이 없었다.

"…나를 위해 3억 엔을 버리려고 하는구나."

"그래요."

"그 3억 엔도 나지만 말이야… 이상한 얘기지. 이로써 넌 나를… 정말로 가격을 매길 수 없는 존재로 만드는 거야."

"그래요."

"소립자 얘기를 기억하고 있었네."

나는 잠자코 고개를 끄덕였다.

아무리 야코 씨에게 가치가 있다고 한들, 인양하는 데 막대한 비용이 든다면 수색을 하지는 않을 거라 확신했다. 스바루다이에서 가까운 이 바닷가는 복잡한 암석들로 이루어져 있었고, 완만한 경사로의 해저 지형 또한 가라앉은 것을 더욱더 깊은 곳으로 운반해 줄 터였다.

"잘될까요?"

"글쎄. 하지만 뭐… 나라면 분명 고래처럼 헤엄쳐갈 수 있을 거야. 그리고 에토는 바보 같은 짓을 한, 바보 같은 중학교 3학년생 취급을 받겠지."

무어라 표현하기가 힘들었다. 왜냐하면… 이건 이기적인 마음이었으니까. 나는 야코 씨가 자신의 죽음으로 인해 내가 행복해질 거라는 생각은 하지 않기를 바랐다. 죽음을 앞둔 상황에서, 그런 미래에 대한 상상은 손톱만큼도 하지 않길 바랐다.

그도 그럴 것이, 이대로라면 무슨 짓을 한들, 나는 3억 엔 때문에 죽어가는 여자를 속인 가난하고 나쁜 아이가 될 뿐이었다.

다른 사람들이 나를 어떻게 생각하든 상관없지만, 죽음의 문턱에 선 야코 씨만큼은 그런 의심을 품지 않기를 바랐다. 야코 씨를 향한 내 마음은 깨끗하고 아름다운 감정이라고 믿어주길 바랐다.

하지만 이내 그런 나의 바람마저도 추하게 느껴지기 시작했고, 숨통이 조여오는 듯했다. 어떤 이유를 들어야 이 차가운 바다에 야코 씨를 밀어 넣어도 괜찮은 것인지 도무지 알 수 없었다.

"나를 좋아하는구나, 에토."

"그럼요."

"나도 에토를 좋아해. 그래, 처음 만났을 때부터 너를 많이 좋아했어."

"제가 훨씬 더 많이… 야코 씨를 좋아해요."

"나는 에토에게 내 모든 것을 주는 걸로 마음을 증명하려고 했는데, 에토는 나를 버림으로써 증명하려고 하는구나. 사랑이라는 건… 어쩌면 버리거나 주는 것밖에 없는 것일지도 몰라."

그럴지도 모르겠네요, 라고 마음속으로 생각했다.

"그건… 왠지 쓸쓸하네……."

졸린 듯한 목소리로 야코 씨가 중얼거렸다.

이제 슬슬 결정해야 했다. 더이상 망설일 수는 없었다.

내가 어깨에 손을 얹자 야코 씨의 몸이 조금 굳어지는 걸 느꼈다.

괜찮을 거예요… 라고 말을 건넸다.

그리고 나는 야코 씨와 함께 아침놀에 물든 바다로 뛰어들었다. 중력에 끌려, 내 시야가 뒤집혔다.

그러고 보니 태어나서 지금까지 바다에 들어간 적이 없었다. 입 안으로 밀려오는 바닷물의 짠 기운에 소스라치게 놀라고 말았다. 이어서 내 몸이 물 위로 떠올랐다.

　거침없이 흐르는 물살 한가운데에서 문득 2월의 고래가 떠올랐다. 고래는 이런 곳을 헤엄치고 다니는구나… 그런 엉뚱한 생각을 한 것도 잠시, 아른거리는 시야 속에서 야코 씨를 찾기 시작했다. 야코 씨만은 놓지 않겠다고 다짐했던 손으로 물살을 헤쳐 나가려고 애쓰던 그때, 내 몸이 무엇인가에 의해 끌려 올라갔다. 영문 모를 그 힘에 의해 내 머리가 수면 위로 떠올랐고 뒤이어 야코 씨도 물 밖으로 얼굴을 내밀었다.

　황급히 그녀의 몸을 잡아주려는 순간, 야코 씨가 있는 힘껏 내 뺨을 후려쳤다.

　"바보야! 뭐 하는 거야!"

　야코 씨는 지금까지 본 적 없는 무서운 얼굴로 화를 내고 있었다. 젖은 머리칼 사이로 보이는 눈동자는 분노로 불타올랐다. 그 모습을 보고 있자니 내 머릿속이 차갑게 식어가는 것을 느꼈다. 야코 씨는 그대로 입을 다물고 있다가, 갑자기 힘이 풀리며 울 것 같은 표정을 지었다.

　"거짓말, 사실 나도 알고 있어. 이런 곳에 오게 만든 내가 나쁘다는 거. 하지만 네가 정말 이런 짓을 할 줄은 몰랐다고… 이러다 만약 네가 죽는다면… 그건 내가 죽인

거나 마찬가지잖아……."

"그럴 생각은 아니었어……."

"그럼 무슨 생각이었는데? 실수로 떨어진 건 아니잖아!"

그때의 감정은 설명할 길이 없었다. 죽고 싶다고 생각한 건 아니었지만, 야코 씨의 몸이 굳어가는 것을 느꼈을 때 그냥 이대로 함께 가라앉는 것이 정답이라고 생각했다.

맹세코 야코 씨를 놓지 않고, 둘이 함께 바다 밑으로 가라앉을 수 있다면 좋겠다고 생각했다.

"사실은… 야코 씨와 함께 바다 밑에 가라앉았어야 했는데……."

"그건 나도 분명… 이제 가라앉을 거라고 생각했는데 말이지."

우리가 있는 곳은 바닥에 발이 닿을 듯 말 듯 아슬아슬한 깊이였고, 한 발짝 내디디면 그 앞으로는 훅 꺼지는 지형이었다. 그러나 나와 야코 씨, 둘 다 빠지지 않고 이렇게 살아 있었다.

그때 야코 씨가 심하게 기침을 했다. 괜찮은지 묻기도 전에 야코 씨가 "앗!" 하고 소리를 질렀다.

"알았어! 원인은 폐야!"

"폐요?"

"그래, 폐! 폐 안에는 공기가 들어 있잖아! 그래서 가라앉지 않았던 거야!"

"아… 그래요?"

"게다가 나는 무거운 다리 부분이 없으니 마치 부레 같은 거야! 그러니 남들처럼 가라앉을 리가 없지."

어린아이를 안아 올린 듯한 자세를 취하고 있었기 때문에 야코 씨의 얼굴이 잘 보이지 않았다. 애초에 이런 상황에서 어떤 얼굴로 야코 씨를 보면 좋을까. 그때 야코 씨가 작게 웃었다.

"참 바보 같네, 어떻게 해도 소용이 없으니. 어때 에토, 아직도 날 죽이고 싶거나 죽고 싶어?"

"…그러고 싶지 않아요."

"이거 봐, 에토, 폐에, 폐에 말이야, 폐에 공기가 말이야……."

"잠깐, 너무 웃는 거 아니에요? 정말……."

야코 씨의 웃음소리가 점점 커졌고, 그러자 나도 덩달아 웃어버리고 말았다. 품 안의 야코 씨가 떨고 있었다.

"아… 그랬지, 난 아직 살아 있으니까……."

웃고 있던 야코 씨가 나지막이 중얼거렸다.

파도 소리와 함께 쿵쿵 뛰는 심장 소리가 귓가에 울려 퍼졌고, 번진 시야 끝으로 아침노을이 빛나고 있었다. 잠시 조용하던 야코 씨가 대뜸 이렇게 말했다.

"돌아갈까, 에토?"

"…그래요."

내가 대답하자 야코 씨가 나를 꼭 껴안았다.

"좋아해"라고 말하는 야코 씨의 목소리에, "저도요"라고 답하는 것 말고는 내가 할 수 있는 것이 없었다. 아무런 증명도 되지 않는, 우리 둘만의 공명이었다.

실제로는 '돌아가는' 모양새도 아니었다. 바다에서 올라와 흠뻑 젖은 몸을 주체하지 못하고 허우적거리는 사이 경찰차와 구급차가 와서 인계되는 신세가 되고 말았다. 우리가 붙잡히는 건 시간문제였던 셈이다. 조금 전 우리에게 주어진 십여 분은 우연히 구원받은 시간일 뿐이었다는 것을 새삼 깨달았다.

나와 야코 씨는 혼날 틈도 없이 각각 구급차에 실려가게 되었다. 조금 전까지 팔에 안고 있던 무게감이 사라지자 지금까지 있었던 일들이 현실이었는지 구분이 가지 않았다.

구급차에 탄 나는, 힘도 없고 야코 씨를 죽일 각오도 없는 미숙한 아이에 불과했다. 어느새 의식이 흐릿해지고 있었다. 오직 야코 씨의 무게감만이 내 의식을 붙잡아주는 닻이었다.

그리고 의식이 다시 돌아왔을 때, 내 몸은 요양원 침대 위에 누워 있었다.

"일어났니?"

옆에는 니무라 씨가 있었다. 내가 무슨 말을 하기도 전에 그녀가 먼저 말을 꺼냈다.

"바다가 보고 싶다고 했다면서?"

"…야코 씨가 그렇게 말했나요?"

"제멋대로 에토를 끌어들여서 죄송하다고 하던데."

"…그 말을 믿어요?"

"너희는 바다에 있었어. 그걸로 충분해."

니무라 씨는 냉정하게 말한 뒤 곧바로 토에다 선생님을 부르러 가버렸다.

토에다 선생님은 평소와 다름없는 얼굴로 야코 씨의 컨디션이 많이 호전되었다는 사실과, 이번 일은 야코 씨의 등쌀에 못 이겨 벌어진 일로 정리되었다고 알려주었다. 우리들의 행동은 스바루다이 너머까지 보도된 듯했다.

"결국 전부 야코 씨가 벌인 일로 되었나요?"

"이러니저러니 해도 에토는 아직 열다섯 살밖에 되지 않았는걸. 함부로 이러쿵저러쿵 떠들어댈 거라고 예상했고, 각오해뒀잖아."

그 말을 듣자, 나는 마지막의 마지막까지 야코 씨에게 폐만 끼쳤다는 사실을 깨달았다. 전부 다 내가 꾸민 일인데… 그렇게 생각하니 마음이 괴로웠다.

"토에다 선생님은 그때… 저를 보내주시고 별일 없으셨어요?"

"자네 혹시 〈빅 피쉬〉라는 영화를 본 적이 있나? 뭐 이건 그냥 농담이고. 음… 그렇지… 의사 윤리, 혹은 어른으로서의 도덕성. 어쩔 수 없지, 그건 버그였던 거야."

토에다 선생님은 태연하게 말했다.

"인간이 언제든 정답만을 고를 수 있는 건 아니야."

"그 말… 야코 씨한테 들으셨어요?"

"의사로서의 경험치인 게 당연하잖아."

토에다 선생님은 그렇게 말하고는 천천히 자리에서 일어났다.

"일주일 정도 입원이 필요하다고 해뒀어. 그 이상은 아무래도 힘들지만. 뭐… 그 정도 시간을 두면 주변에서도 진정이 되겠지."

"저… 치료비는…….."

"내지도 못할 청구서는 보는 게 아니야. 우리도 그렇게 한가하지는 않단다."

그 말과 함께 문이 닫혔다.

이 병실은 야코 씨가 머물던 곳과 비슷한 형태인 듯했다. 이렇게 보니 터무니없이 넓은 방이었다.

잠이 안 와서 멍하니 창밖을 보고 있는데, 갑자기 침대 옆에 놓인 서랍장 안에서 휴대폰 알림음이 들려왔다. 황급히 휴대폰을 꺼내 들었다.

화면에 뜬 야코 씨의 메시지는 심플했다.

─언젠가 또 해보자!

나는 조금 고민한 뒤에, '저를 이기면 따라가줄게요!'라고 답장을 보냈다. 얼마 지나지 않아 야코 씨로부터 '따라 하지 마'라는 답장이 돌아왔다. '약한 주제에', 라는 덧붙임과 함께.

그 일 이후로 보름이 지났지만 야코 씨의 병세는 더이상 나빠지는 일 없이 안정되어 있었다. 그리고 그와 궤를 같이하듯 스바루다이도 점점 안정을 되찾아갔다.

스바루다이를 찾는 기자들이 많이 줄긴 했으나 그래도 여전히 드나드는 기자들은 있었고, 우리 집에는 전국에서 보내온 기부금 부탁 편지와 불쾌한 메시지들이 쇄도했다. 집안의 전화선을 뽑아야 할 처지가 된 것도 아마 나 때문일 것이다.

의외로 어머니는 가타부타 말이 없었다.

내가 거액을 가져다줄 거라고 단단히 믿는 모양인지 나무라지 않고 가만히 나를 관찰했다. 예전 같았으면 그 눈빛에 뭔가 꿍꿍이가 있을 것이라 생각했겠지만, 이제는 아무런 생각도 들지 않았다.

나는 야코 씨의 병실에 다녔다.

우리는 아무래도 좋은 이야기를 하거나, 아무것도 걸지 않은 채 체커를 하기도 하며 하루하루를 보냈다. 야코 씨는 여전히 강했고, 나는 야코 씨를 이길 수 없었다.

야코 씨의 강점은 '기보를 많이 알고 있다는 것'이라는 사실을 이해했기 때문에 당연하다고 생각했다. 틴슬리도 만년에 이르러 더 강해진 것이라고 했으니.

"결국, 체커의 강점이란 인생을 거듭하며 얻어지는 강함과 같은 거야."

야코 씨는 날카로운 한 수를 내찌르며 그렇게 말했다.

"그럼 저는 평생 야코 씨를 이길 수 없겠네요."

"아킬레스와 거북이*지. 그럴지도 모르겠네."

우리 사이는 메워질 수도 없고 함께 나란히 걸을 수도 없었다. 그러나 머지않아 야코 씨의 걸음이 멈추고… 내가 따라잡게 될 미래가 기다리고 있다는 사실을 우리는 서로 이해하고 있었다. 이 체커판이 곧, 우리의 전부였다.

"아… 에토. 그거 정말 생각할수록 정답이네."

그렇게 웃던 야코 씨는 이틀 후 그 걸음을 멈추었다.

야코 씨의 직접적인 사인은, 머릿속에 생긴 작은 경화였다. 금괴병 환자에게서 왕왕 발생하는 죽음의 형태였다. 잠든 사이 세상을 떠났다는 소식을 전해 들은 나는 잠시 숨을 죽였다.

그 전부터 경화가 일어난다면 폐가 먼저냐 뇌가 먼저냐는 말을 들었을 정도였으니, 고통스러워하지 않고 떠난 것이라면 그것만으로 고마웠다. 무엇보다 남겨진 나를 위해서도 고마웠다.

---

* 고대 그리스 철학자인 제논의 유명한 역설 중 하나. 그리스 신화의 영웅 아킬레스와 거북이가 달리기를 하면, 아킬레스가 아무리 빨리 달려도 먼저 출발한 거북이를 따라잡을 수 없다는 내용이다.

니무라 씨의 연락을 받고 병원에 도착하자 잠들어 있는 듯한 야코 씨가 나를 맞아주었다. 진부한 말이었지만 그 평온함을 표현할 알맞은 말을 찾을 수가 없었다.

나는 야코 씨의 차가운 손을 만졌다.

금괴병 환자가 사망하면, 시신은 일주일에 걸쳐 천천히 마지막 경화가 진행된다고 한다.

이제 야코 씨의 몸은 썩지 않는 결정체로 변해갈 것이다. 그리고 검체로 회수되어 이 기묘한 병의 해명에 몸을 바치게 될 것이다.

고마워… 야코 씨를 만나 다행이야.

그 고래를 발견해주어서 정말 기뻤어.

불현듯 정신을 차리고 보니 여름이 끝나가고 있었다.

그리고… 나에게는 10만 엔이 남겨졌다.

*

그로부터 반년이 지났다.

나는 배에 올라 손에 든 봉투의 두께를 확인하고 있었다. 이 봉투를 받은 뒤로 몇 번이고 반복한 탓에 거의 습관처럼 자리 잡은 행동이었다. 봉투를 만지고 있으면 야코 씨의 진의에 가까이 다가갈 수 있을 것만 같은 기분이 들어서, 괴롭거나 망설여질 때마다 봉투를 만지작거렸다.

임종 직전의 야코 씨가 품었을 생각들을 떠올릴 때마다, 내가 멈춰 서 있는 것이 얼마나 어리석은 짓인지 가르쳐주는 것 같은 기분이 들었기 때문이었다.

결론부터 말하자면.

야코 씨는 그때, 나에게 3억 엔을 물려주겠다는 그 유언장에 서명하지 않았다.

그 대신 새 유언장을 남겼다.

그 유언장에는 국가로부터 주어질 돈의 대부분을 자신이 소속된 대학에 기부하겠다고 쓰여 있었다.

3억 엔의 행방으로 인해 세간은 꽤나 떠들썩했던 모양이다. 물론 제일 놀란 사람은 당연히 내 어머니였다. 어머니는 무언가 잘못됐다며 요양원을 찾아가 한바탕 소동을 일으킨 듯했고 나에게도 힐난이 날아들었다. 그렇지만 난 그 물음에 답할 도리가 없었다. 어쨌든 정말로 몰랐기 때문이었다.

다만⋯ 마지막의 마지막 순간, 대학에 기부하기로 결

정했을 야코 씨를 떠올리면, 어쩐지 다행이라는 생각이 들어 웃음이 나올 것 같았다.

그리고 또 하나, 대학에 기부하는 것 외에 행선지가 명확하게 정해진 것이 있었는데,

그것은 바로 나를 위한 것이었다. 그것은 우리가 함께 사용했던 체커판과 말이었다. 그리고 10만 엔, 정확히 말하자면 10만 하고도 326엔이었다.

체커판 위에 놓인 봉투를 보고 놀라지 않았다면 거짓말일 것이다. 야코 씨의 의중이 무엇인지 도무지 알 수 없었는데, 애초에 유언장의 내용조차 예상하지 못했으니 말이다. 야코 씨는 나에게 3억 엔을 남겼을까 아니면 남기지 않았을까.

그 질문에 대한 답은 의외였다. 10만 326엔. 묘하게 끝자리가 깔끔하지 못한 이 금액을 맞출 수 있을 리가 없었다.

야코 씨가 남긴 것은 체커판과 봉투뿐이었고, 그것 말고는 아무것도 없었다. 편지 한 장조차 남기지 않았다. 그러니 나는 이 봉투의 의미를 스스로 찾아내야만 했다. 장난을 좋아하는 그녀였으니 애초에 풀 수 없는 수수께끼를 남기고 떠난 걸지도 모른다. 내가 언제까지고 계속 생각

하기를 바란 거겠지.

"곧 도착하니까 분실물은 없는지 확인하도록 해."

"아, 네."

선장님의 말에 고개를 끄덕이긴 했지만 내게 소지품 같은 건 거의 없었다. 최소한의 짐만 넣은 배낭과 야코 씨의 체커판, 그리고 이 봉투가 전부였다.

나는 분교 졸업과 동시에 스바루다이를 떠나기로 결정했다.

이 사실을 아는 것은 하루미츠 뿐이었다.

야코 씨가 나에게 거액을 남기지 않았다는 사실을 알고도 하루미츠는 놀라지 않았다.

"혼자 떠날 생각이야?"

졸업 직전, 원래대로라면 졸업여행을 떠났어야 했을 무렵에 하루미츠가 이렇게 물었다. 역시 이 녀석, 직전까지 스바루다이에 있을 거면서… 라는 생각을 하며 "응" 하고 대답했다.

"떠나서 어떻게 하려고?"

"요양원에 있을 때 나에게 잘해주었던 선생님이 있었거든. 그분과 상의했더니 숙식이 제공되는 일자리를 소개해주셨어."

"너네 어머니가… 화 많이 내시겠네."

"응. 아마 이제 돌아올 수 없을 거야."

"그렇겠네."

하루미츠는 무언가 하고 싶은 말을 삼키듯 고개를 끄덕였다.

"잘 생각했어. 너한테는 그게 좋을 거야."

"뭐야, 하루미츠. 너도 떠날 거잖아."

"의미가 다르잖아."

하루미츠의 말은 맞았다. 하루미츠가 스바루다이를 떠나는 것과 내가 스바루다이를 떠나는 것은 전혀 다른 의미를 갖고 있었다.

"…저기, 하루미츠."

"아니, 말하지 않아도 괜찮아."

그리고… 하루미츠는 작게 웃음을 지었다.

"또 보자, 에토. 실은 나 말이야… 고래를 그린 사람이 너라는 거 알고 있었어."

"…어?"

뭐야 그게, 하고 마음속으로 생각했다.

어쩐지 부끄러워서 아무 말도 못하고 가만히 있는 나를 보며 하루미츠가 이렇게 말했다.

"그러니까… 다음에도 나는 알아볼 수 있을 거야. 너의 그림을."

혼자 가는 길은 외롭고 불안했다. 야코 씨와 함께 걷던 밤길은 전혀 무섭지 않았는데.

그렇지만 나는 놀라울 정도로 쉽게 그 집을 탈출했다. 어머니에게는 물론이고, 키타가미 씨에게도 말하지 않고 결정한 선택이었다.

몇 시간 전, 집을 나서려는 찰나 키타가미 씨와 마주쳤다.

그날 이후로 키타가미 씨와는 더는 예전처럼 말하지 않게 되었고, 나 역시도 그 기사에 대해 다시 언급하지 않았다. 그래서 키타가미 씨와 제대로 얼굴을 마주하는 게 참 오랜만이었다.

키타가미 씨는 짐을 챙긴 나를 보고도 아무 말도 하지 않았다. 붙잡으려 하지도 않았다. 나 역시도 새삼스럽게 말을 걸려고 하지는 않았다. 키타가미 씨의 손에는 예전에 함께 읽었던 허먼 멜빌의 『모비 딕』이 들려 있었다.

키타가미 씨는 앞으로도 계속 스바루다이에 머무르는 걸까? 이제 나와는 상관없는 이야기다.

그래도 그가 행복하면 좋겠다고 생각했다. 행복의 정의가 무엇인지 아직은 모르겠지만.

내가 일하기로 한 곳은 어느 항구도시였다. 바다에 대해서는 잘 모르지만, 예전에 그 항구 근처로 고래가 밀려온 적이 있다고 한다.

지금 이 선택이 정답인지 아닌지는 알 수 없다. 어쩌면 스바루다이에서 조금 더 버티면서 어떻게든 살아남는 편이 더 좋지는 않았을까? 이렇게 바닷가를 직장으로 삼겠다는 내 선택조차… 정답인지 아닌지 알 수 없었다.

나는 봉투를 잠깐 바라보다가 지퍼가 달린 주머니 안에 봉투를 집어넣었다. 그러자 그와 엇갈리듯 주머니에서 체커 말 하나가 떨어졌다. 언젠가 넣어두고 까먹고 있었던 것이다. 그걸 줍는 순간, 나는 불현듯 깨달았다. 나는 말을 줍고서 두 손을 하늘 위로 들어올렸다.

그리고… 말을 잡던 야코 씨의 손가락을 떠올렸다.

"나 같은 사람은 손가락만으로도 그런대로 값이 붙거든."

노래하듯이 말하던 야코 씨가 생각났다.

과연 그녀의 손가락 무게는 어느 정도였을까. 그리고 그것을 돈으로 환산한다면 얼마 정도 였을까. 야코 씨가 유언장을 작성했을 당시, 10만 326엔에 필적하는 손가락은 어떤 손가락이었을까?

"왼쪽 약지였으면 좋았을 거라 말하고 싶은 거야?" 라고 말하며 기억 속 야코 씨가 장난스럽게 웃어 보였지만, 나는 야코 씨가 나름대로 로맨티스트였다는 걸 잘 알고 있었다.

수평선 너머로 선착장이 보이기 시작했다.

불안을 억누르며 주머니 속에 있는 봉투를 생각했다.

내가 가진 이 10만 엔은 지금의 내게는 나름의 큰돈이지만, 앞으로 내가 어떤 삶을 사느냐에 따라 그 가치는 아마도 바뀔 것이다. 어른이 된다는 것엔 그런 측면이 분명히 존재한다.

다만, 나는 야코 씨가 남겨준 것들의 가치를 알고 있었다.

감히 값을 매길 수 없는 그 시간들의 가치를, 기억하고 있었다.

야코 씨와 했던 체커 게임을 되새기자 그때 나눴던 대화들도 함께 되살아났다. 의외로 진 게임이 기억에 남는 법이다. 그러니… 잊지 않을 것이다.

　　나는 여전히 야코 씨를 이기지 못했으니.

작가 후기

늘 신세 지고 있는 샤센도 유키입니다.

'가장 사랑하는 사람의 죽음에 가치가 매겨진다면, 인간은 그 가치를 어떻게 마주해야 하는가' 혹은 '인간의 감정은 증명할 수 있는 것인가'에 대한 이야기였습니다. '당신이 소중하다'는 마음이나 '영원히 잊지 않겠다'는 말은 증명할 수가 없지만, 그럼에도 그 마음과 말은 당신의 등대가 될 거라고 말하는 이야기이기도 합니다. 이것은 여름의 끝에 찾아오고야 말 씁쓸한 해피엔딩에 끝까지 저항하는 한 소년의 무모한 이야기이기도 합니다.

체커는 아름다운 게임이라고 생각합니다. 심플하지만 재미있고, 수백 년이 흐르더라도 그 사실은 바뀌지 않을 게임이라는 점이 좋습니다.

이번에도 담당 편집자를 포함하여 많은 분의 도움을 받았습니다. 전작에 이어 멋진 일러스트를 그려주신 쿳카 님께 각별한 감사의 인사를 드립니다.

　마지막으로 이렇게 저의 작품을 선택해주신 여러분과 곳곳에서 끊임없는 응원을 보내주시는 분들께 거듭 감사 드립니다. 여러분 덕분에 저는 오늘도 소설을 쓰고 있습니다. 앞으로도 정진하겠으니 아무쪼록 잘 부탁드립니다.

그 여름의 끝에 네가 죽으면 완벽했기 때문에

© 샤센도 유키

초판 1쇄 ｜ 2023년 9월 30일
초판 3쇄 ｜ 2024년 7월 1일

지 은 이 ｜ 샤센도 유키
옮 긴 이 ｜ 전성은
펴 낸 이 ｜ 서장혁
책임편집 ｜ 원예지
편　　집 ｜ 성유경
디 자 인 ｜ 이새봄

펴 낸 곳 ｜ 토마토출판사
주　　소 ｜ 서울시 마포구 양화로161 케이스퀘어 727호
T E L ｜ 1544-5383
홈페이지 ｜ www.tomato4u.com
E-mail ｜ story@tomato4u.com
등　　록 ｜ 2012. 1. 11.
I S B N ｜ 979-11-92603-36-0 (03830)

단순한 열망 : 미니멀리즘 탐구

카일 차이카   박성혜 옮김

PILLOW

THE LONGING FOR LESS
LIVING WITH MINIMALISM

단순한 열망 : 미니멀리즘 탐구

나의 부모님 마거리트와 폴에게

누군가에게

제목 없음
이미지 없음
취향 없음
목적 없음
아름다움 없음
메시지 없음
재능 없음
기술 없음(이유 없음)
아이디어 없음
의도 없음
예술 없음
감정 없음
검은색 없음
흰색 없음(추가 없음)

— 존 케이지 〈누군가에게To Whom〉(1953)

차례

미니멀리즘의 함정과 잠재력

새로운 미니멀리즘을 다루는 책은 대부분 스트레스를
유발하는 조언으로 채워져 있다. 소유한 물건들을 모두 짐으로
싸놨다가 필요한 물건이 있을 때만 꺼내라. 그로부터 한 달
뒤 여전히 짐에서 풀지 않은 물건이 있다면 몽땅 버려라.
아침 일찍 일어나 소유한 물건을 하나하나 손에 들고 그
물건이 설렘을 안겨주는지 고민하라. 석 달 동안 서른세
벌의 옷만으로 지낼 수 있는지 확인하라. 100개의 물건으로
풍족하게 살 수 있음을 깨달아라. 정리하지 말고 없애라.
사진은 디지털화하라. 사람들의 관심을 끌기 위해 산 물건은
버려라. 집의 크기를 줄여라. 최고의 삶을 살 수 있게 만드는
것이 무엇인지 끊임없이 생각하라. 할인한다는 이유로 물건을
사지 마라.

　　나는 새해를 맞아 몇 달간 이러한 미니멀리즘의 복음을
받아들이며 보냈다. 이 연구를 꾸역꾸역 이어나가는 동안
점점 나 자신이 전자레인지에 들어간 꾀죄죄한 스펀지가
된 것 같았다. 기분이 영 좋지 않았지만, 어느 순간 정화의

불길이 거세졌다. 나는 양말 서랍을 열어 곤도 마리에의 조언을 실천했다. 모직과 면으로 이뤄진 거대한 덩어리 같던 양말 뭉치를 하나씩 풀어 바닥에 펼쳐놓고 짝을 맞췄다. 중고품 가게를 매일같이 순례했다. 휴일에 부모님 댁에 가면 미니멀리즘적 자기만족에 빠진 열정적 수도승처럼 굴며 부엌에 있는 온갖 잡동사니와 곳곳에 쌓여 있는 플라스틱 용기를 내다 버리라고 잔소리를 했다. 부모님 댁에 도착한 지 몇 시간 만에 중고품 가게에 기부할 옷가지만으로 쓰레기봉투 여섯 장을 가득 채웠다. "이거 보라니까!" 나 자신과 내 주변의 모든 사람을 들쑤시며 다녔다. "필요 없는 물건은 모두 없애야 해. 그래야 우리가 하는 일에 제대로 집중할 수 있어."

　　나는 최신 흐름을 따르는 수많은 전향자 중 한 사람으로 보였을 것이다. 나의 이런 태도는 미국인이 종종 휩싸이는 욕구에서 비롯되었다. 1977년, 사회과학자 두에인 엘긴과 아널드 미첼은 수년간 관찰한 결과 "대중적 언론은 단순한 삶으로 돌아가고자 하는 사람들의 이야기에 때때로 주의를 기울인다"라고 판단했다. 엘긴과 미첼은 이러한 언론 기사들이 "미국의 전통적 가치에 주요한 변화"를 가져올 수 있는 사회운동을 반영한다고 생각했다. 두 사람은 이러한 움직임을 "자발적 단순함voluntary simplicity"이라고 불렀으며 그것이 "점점 커지는 사회적 불안, 생태계 파괴, 관리하기 힘든 제도의 규모와 복잡성"에 대처하기 위한 잠재적 해결책이라고 보았다. 그들은 이미 수백만 명의 사람들이 완전한 자발적 단순함을 실천하고 있으며, 미국 인구의 절반에 가까운 사람들이 이에 동조하고 있다고 판단했다. 또 "자발적 단순함이 성장할 수 있는 최대치"를 추정하자면 2000년까지 전체의 3분의 1에 해당하는 미국인이 단순한 삶을 살게 될 것으로 보았다.

그런 일은 물론 일어나지 않았다. 하지만 2008년 벌어진 금융위기 사태를 거치며 무언가를 손쉽게 얻는다는 환상은 굴욕적이며 파괴적 속성을 띤다는 진실이 입증되었다. 그 결과 물질에 덜 의존하는 법을 배워야 한다고 생각하는 사람이 많아졌다. 새로운 미니멀리즘이 금융위기 이후에 나타난 일종의 문화적 후유증이라는 해석은 그럴듯하게 받아들여졌고, 실제로 그런 면도 있었다. 하지만 곤도 마리에와 그의 동지들이 물질에 얽매이지 않는 태도를 대중화하는 동시에 미니멀리즘은 점차 사람들이 선망하는 호화로운 삶의 방식이 되었다. 인스타그램에는 미니멀리즘이라는 해시태그를 단 무수히 많은 사진이 올라온다. 상위에 랭크된 게시물 대다수가 값비싼 물건으로 인테리어를 한 실내를 보여준다. 부유한 사람들은 비워낸 공간에 매력을 느낀다. 그리고 미니멀리즘은 강경한 절제의 철학에서 사방이 흰 벽으로 막힌 사치스러움의 형태를 주장하는 미적 언어로 쉽게 변형된다. 자기중심적이고 경쟁적인 욕구는 미니멀리즘이 배격하고자 한 물욕과 그리 다르지 않다.

삶의 효율을 추구하자는 주장을 담은 책을 쓴 작가나 미니멀리즘 디자인을 옹호하는 사람은 고요한 보석 상자 같은 삶의 방식을 좇을 수 없게 만드는 환경 때문에 떠밀리듯 미니멀리즘을 선택한 사람이 많다는 사실을 인정하지 않는다.

가난과 트라우마 탓에 사소한 소유물도 짐이 아니라 생명
줄로 여기는 사람이 있다는 사실 또한 언급하지 않는다. 우리
시대의 수많은 권위자가 미니멀리즘은 월수입이 얼마든
상관없이 누구에게나 유용하다고 주장하지만, 사실 이들이
목표로 삼는 청중은 부유한 사람들이다. 선택지가 없으니 적게
소유하며 살라는 말이 아니기 때문이다. 자기 계발에 초점을
맞춘 오늘날의 미니멀리즘은 의아하게도 축적의 논리에
지배받고 있는 듯하다. 적을수록 좋다. 그게 아니면 더, 더
많아야 한다.

　　저널리스트이자 비평가인 카일 차이카의 『단순한 열망:
미니멀리즘 탐구』는 미니멀리즘의 경전 목록에 오르려 하는
책이 아니다. 잘못된 미니멀리즘을 교정하는 역할을 자청하는
책이다. 차이카는 인스타그램 친화적인 미학이나 '너무 달고
소화되기 쉽게 만든' 자기 계발서의 조언을 따르기보다는,
미니멀리즘의 전통 안에서 더 깊이 있는 무언가를 찾으려
한다. 대중적 미니멀리즘이 프레임 밖으로 밀어낸 것들, 공허,
덧없음, 혼란, 불확실함 같은 요소를 탐구하며 미술, 음악,
철학 분야의 미니멀리즘적 인물들을 조사하고 '사물보다는
사상으로서의 미니멀리즘'을 좇는다.

　　이러한 과정에서 차이카는 사물 지향적 미니멀리즘을
날카롭게 비판한다. 애플이 생산하는 날렵하고 단순한
형태의 기기 덕에 우리는 주머니만 한 크기의 스크린을
이리저리 터치하며 거슬릴 것 없이 매끄러운 일상을 보낸다.
그러나 이 기기들은 사실 "엄청난 양의 전기를 소비하는
데이터센터, 노동자들이 자살로 생을 마감하는 중국의 공장들,

주석을 캐느라 황폐한 진흙 구덩이 광산" 등을 숨겨놓은
"맥시멀리즘의 집합체"에 의존하고 있다. 그는 매끈한 유리로
가득한 애플 본사에서 직원들이 유리 벽에 부딪히는 사고를
막겠다며 스티커 메모지를 붙여놓았다는 점을 꼬집기도 한다.
뒤이어 미국 코네티컷주 뉴케이넌에 있는 놀라운 투명 상자,
필립 존슨의 글라스 하우스를 고찰한다. 이 건물의 아름다움은
주변 풍경과 이곳을 방문한 사람의 경험 모두를 압도하는
"과대망상적 소유욕"을 드러내고 있다고 결론지었다. 이러한
종류의 미학적 비움은 통제와 배제에 의존한다는 점에서
"그리 급진적이지 않으며 오히려 보수적일 수 있다"라고
차이카는 말한다. 게다가 글라스 하우스의 천장은 비가 내리면
물이 샜다.

차이카가 매력을 느끼는 예술가는 타인의 삶을
좌지우지하는 데 관심 없는 사람이다. 차이카는
예술가 아그네스 마틴에 관해 썼다. 마틴은 스스로
추상표현주의자라고 생각했지만, 마틴의 차분하고 초월적인
그림은 보통 미니멀리즘에 속한다고 여겨진다. 월터 드
마리아의 설치 작품 〈뉴욕 대지의 방The New York Earth Room〉은
거의 텅 비어 있는 새하얀 공간에 만들어진 흙밭이다.
1977년부터 소호에 조용히 자리 잡은 이 작품은 지금도 여전히
사람들을 혼란스럽게 만든다. 또 차이카는 텍사스주 마파에
있는 도널드 저드의 〈알루미늄으로 만든 100개의 무제 작품
100 Untitled Works in Mill Aluminum〉을 찾아간다. 이 작품은
감정적 의미로 설명하려는 어떤 시도도 무의미하게 한다.
저드의 알루미늄 상자들은 '그냥 거기' 있다고 차이카는

말한다. "물리적 존재라는 순전한 사실을 제외하면 아무것도 담지 않은 빈 상태이며 완고하고 고요하다. 아무것도 설명하지 않고 설명할 것조차 없다." 이러한 조형물은 "어쩌면 끔찍이 재미없게 들릴 수도 있고 예술이라기보다 수학 문제에 가깝게 느낄 수도 있다". 하지만 전시된 장소를 거닐다 보면 사막의 햇빛이 은색 알루미늄 상자를 비추면서 "감각의 순전한 가능성을 발견"하게 된다. 또 차이카는 일본의 꽃꽂이 예술인 이케바나를 논한 철학자 니시타니 게이지를 다룬다. 니시타니는 이케바나가 아름다움, 덧없음과 죽음을 서로 이어주는 실천이라고 여긴다.

차이카는 이러한 사례가 더 깊이 있고, 더 정직하며, 덜 자기중심적인 미니멀리즘을 보여준다고 생각한다. 복잡다단한 것을 단순하게 만드는 것이 아니라, 단순한 것을 더 복잡다단하게 만드는 삶의 방식이다. 한편 차이카는 피상적 형태의 미학에 영향을 받기도 했다. 덧없음에 민감하게 반응하는 '모노노아와레物の哀れ' 같은 관념을 제대로 이해하기 위해 도쿄로 간 그는 에어비앤비를 통해 잡은 숙소의 하얗고 비인간적인 텅 빈 공간과 마주했다. 한편 그는 비평적으로 바라보려는 의도를 가졌음에도 때때로 미니멀리즘이 만족스럽게 느껴지는 순간을 맞이하기도 한다. 차이카가 살던 브루클린의 아파트 건너편에 한 개발자가 아파트 건물을 세웠는데, 공간 하나가 "흰 침대, 흰 조명, 흰 테이블, 흰 주방 수납장 등 인스타그램 게시물로 올라갈 준비가 된 풍경"으로 꾸며져 커다란 투명 유리창 너머에 펼쳐져 있었다. 차이카는 그 공간이 세련되어 보인다는 점을 마지못해 인정한다.

이러한 브루클린의 아파트와 도쿄의 에어비앤비 숙소는 차이카가 '에어스페이스AirSpace'라고 부르는 스타일의 표본이다. 그는 2016년에 《더 버지》에 게재한 기사에서 이 용어를 사용했다. 전 세계의 카페, 공동 작업실, 단기 임대아파트 등에서 볼 수 있는 풍경을 묘사한 용어다. 이 기사에서 차이카는 "취향이 뚜렷이 드러나고 깔끔하며 현대적인 생활공간을 거부할 수는 없다"라고 말했다. "그러나 이러한 공간의 뿌리와 부정적 영향을 생각하면 내가 그곳에 느끼는 애착에 대해 다시금 고민하게 된다"라고도 썼다. 차이카의 글은 열망, 공허감, 정서적 거리감을 불러일으키는 현상에 집중하는 경향이 있다.

온통 새하얀 아파트에 대한 그의 이중적 반응은 『단순한 열망: 미니멀리즘 탐구』에서 차이카가 인공적 미니멀리즘에 매력을 느낀다는 사실을 인정하는 몇 안 되는 순간 중 하나다. 하지만 이러한 매력은 책 전반에 활기를 불어넣는다. 차이카의 글에는 그가 또 다른 맥락에서 "비장소이자 특징 없는 도시 같다"고 표현하는 것과 일치하는 세세한 매력이 있다. 이 책의 목차는 차이카가 미니멀리즘의 네 가지 특징으로 꼽은 줄임, 비움, 침묵, 그늘이라는 키워드가 네 개의 깔끔한 상자로 완벽한 그리드에 맞추어 배치되었다. 또 각 장은 다시 여덟 개의 하위 장으로 나뉜다. 차이카는 이 책을 마치 미술 전시장을 돌아다니는 듯한 방식으로 읽어볼 것을 제안한다. 대조적 예시 사이의 비어 있는 공간이 기대하지 못한 메시지를 던져 줄 것이라고 설명한다.

여백에서 생기는 잠재력에 의존하는 논픽션 글은 시나

서정적인 수필과 마찬가지로 두렷한 힘이 있는 목소리와 성공을 위한 비전을 갖추어야 한다. 그렇지 않으면 이처럼 미묘한 방식으로 말하는 책은 혼란을 부를 수 있다. 『단순한 열망: 미니멀리즘 탐구』의 장 대부분은 어떠한 통찰을 암시하는 톤으로 마무리된다. 예를 들면 이런 문장이다. "줄리어스 이스트먼의 작업은 단순함이 최종 도착점일 필요 없으며, 오히려 새로운 시작이 될 수 있음을 보여준다." (3-Ⅶ장의 마지막 줄이다.)

차이카는 이 책에서 마찰 없는 안정적이고 명확한 감정과 진실을 밝히기 위한 마찰의 필요성 사이에서 계속 갈등하며 불편한 감정을 불러일으키는 순간들을 맞닥뜨린다. 그는 존 케이지가 〈4분 33초〉를 초연한 콘서트홀에 갔다가 밖으로 나와 케이지의 텅 빈 작품을 기리며 4분 33초간 침묵한다. 그동안 나뭇잎이 날리고 비행기가 날아가는 특별할 것 없는 소리를 들으며 실망한다. 그러다 어딘가에 숨어 있는 시냇물에서 나는 부드러운 소리에 예기치 못하게 귀를 기울이게 된다. 또 차이카는 에릭 사티의 초창기 미니멀리즘 작품 〈짜증Vexations〉을 듣기 위해 구겐하임 미술관을 찾아간다. 〈짜증〉은 극도의 단조로움을 실험한 작품이다. 도저히 견디기 힘든 곡이며, 지금 이곳이 자신에게 걸맞지 않다는 불편한 감각을 인식하게 만드는 곡이다. 또한 차이카가 미니멀리즘이 만들어내는 불안정한 실존적 대립을 가장 잘 드러낸 대목이 있다. 줄리어스 이스트먼 같은 인물의 생을 간결하게 다루는 부분이 그러하다. 이스트먼은 자기 안의 불화를 강력히 드러내는 수단으로서 미니멀리즘적 구조를 활용한 작곡가다. 1980년대 이스트먼은 톰프킨스 스퀘어 공원에서 생활하곤 했다. 지하철에서 곡을 만들고, 바에 갔다가 자기 작품을 누군가에게 그냥 줘버리기도 했다. 그는 〈미친 검둥이Crazy Nigger〉, 〈사악한 검둥이Evil Nigger〉 같은 작품명을 이렇게 설명했다. "나는 '검둥이'가 우리 자신을 근본에 도달하게 만드는 단어라고 여긴다. 피상적이거나 고상하기보다는 본질에 도달한 사람 혹은 사물을 의미한다."

차이카는 진정한 미니멀리즘에 대해 이렇게 강조한다. "올바른 것을 소비하자는 이야기도, 잘못된 것을 내다 버리자는 이야기도 아니다. 있는 그대로의 사물에 몰입하기 위한 시도로서 가장 깊숙한 믿음에 도전하자는 이야기다. 현실이나 정답이 모호한 상태가 두려워 피하지 않는 것이다." 나는 최근 미니멀리즘을 좇는 사람들이 이미 이러한 결론에 도달했다고 본다. 최적화된 생활 방식으로서 '더 적은' 것을 추구하는 비전 아래에 더 낯설고 더 심오한 것으로 이어지는 길이 놓여 있다. 보호 장벽을 없앤 삶의 방식, 인간 존재의 기적과 기적에 따르는 절박감을 드높이는 삶의 방식이다.

자기 계발에 심취한 미니멀리스트들은 지속적으로 비용을 낮추고 구매를 최소화해야 명확하고 효율적인 삶을 꾸릴 수 있다고 말한다. 또 이러한 실천은 내 집에 과도하게 많은 물건이 있으며, 세계에 심각하게 많은 물건이 있다는 결론으로 이어지게 된다. 과도한 생산이 급속히 확산되고 있다는 의미다. 이는 카를 마르크스의 말을 따른 셈이다. 마르크스가 1848년 프리드리히 엥겔스와 함께 출간한 『공산당 선언』에서 주장한 내용이다. 두 사람은 "이처럼 거대한 생산수단과

교환수단을 만들어낸 사회"를 "자기가 외운 주문으로 저승의 힘을 불러냈지만 더는 통제할 수 없는 지경에 이른 마법사"에 비유한다. "너무 많은 생활수단, 너무 많은 산업, 너무 많은 상업"이 존재한다고 주장한다. 따라서 그들은 "대량생산 기능의 파괴"를 주기적으로 불러오는, 호황과 불황이 순환하는 자본주의의 속성을 꼬집었다. 그건 아마도 우리가 2008년에 경험한 바일 것이며, 뒤이어 곤도 마리에와 그의 동지들이 등장했다.

그러나 오늘날 인기 있는 미니멀리스트들은 마르크스를 언급하지 않는다. 이들은 시장의 지시로부터 자신을 자유롭게 하는 일이 얼마나 중요한지를 이야기한다. 일본의 또 다른 미니멀리스트 사사키 후미오는 필요한 최소한의 월급 액수를 파악하는 것이 중요하며, 자신의 생활 방식이 환경에 미치는 결과 역시 고려해야 한다고 독자들에게 말한다. '더 미니멀리스트The Minimalists'라는 이름으로 활동하는 조슈아 필즈 밀번과 라이언 니커디머스는 돈을 덜 벌기로 선택하면서 따라오는 기쁨을 이야기한다. 그러면서도 본인의 의지와 달리 월급 액수가 적은 일반적인 상황에 대해 논하는 건 회피한다. 확신에 찬 어조로 독자에게 자본주의는 무너지지 않았다고 말한다. 우리 대부분이 그렇듯 말이다. 그들은 "많은 돈을 버는 것이 잘못된 일은 아니며, 그저 돈을 버는 과정에서 행복하지 않다면 돈은 중요한 문제가 아니다"라고 말할 따름이다. 이처럼 반소비주의를 표방하는 신실한 예언자들조차 과도한 물건 구매는 더 큰 구조적 문제로 인한 현상이고, 최대한 많은 것을 축적해 일군 삶은 개인의 행복을 보장하지 않을뿐더러 도덕적으로도 문제가 될 수 있다는 결론을 내리기를 주저한다.

생활 방식으로서 미니멀리즘이 보여주는 최악의 상태는 단순함이 그 자체로 가치 있는 목적이 아니라 수단, 즉 자기 계발이나 하이엔드급 소비 혹은 하이엔드급 소비를 통한 자기 계발의 도구라는 프레임을 만드는 것이다. 이는 시장의 논리에 따라 형성된 환상이다. 자아는 끊임없이 개선되며, 자아를 둘러싼 환경은 대중에게 전시되고 찬탄을 받을 준비가 되어 있다. 모든 비효율과 결함은 조직적으로 제거된다. 또 이러한 환상은 수많은 사람이 추구하는 구원이 개인적 차원이 아니라 시스템의 차원에서만 가능하다는 인식을 무시하고 있다. 차이카가 주장하듯 "우리의 침실은 깨끗해졌을지 몰라도 세상은 여전히 형편없다".

심오한 미니멀리즘과 피상적 미니멀리즘의 차이는 개념이 전도되는 차원의 문제일 수 있다. 그러니까 더 효과적으로 의지를 관철하기 위해 줄이는 과정을 받아들이느냐, 아니면 자신을 줄이는 과정 뒤에 따라오는 보상을 받기 위해 의지를 관철하느냐 둘 중 하나다. 이것은 사상으로서의 미니멀리즘이 사물로서의 미니멀리즘과 만나는 지점이기도 하다. 후자는 소유물을 멀리한다는 것은 온갖 문제와 어려움을 멀리한다는 뜻이라고 주장한다. 그리고 전자는 과잉을 멀리하는 행위의 최종 목적은 결국 세상은 엉망이고 불편할 뿐 아니라 보기보다 경이롭고, 더 많은 가능성을 가지고 있다는 깨달음을 암시한다.

엘긴과 미첼이 1977년에 사용한 "자발적 단순함"이라는 용어는 콜로라도주 출신 변호사 리처드 그레그에게서 빌려왔다. 그레그는 제1차 세계대전 이후 법조계를 떠나 철도 노동자 조합에 합류한 인물이다. 그레그가 20대이던 시절에 철도 노동자 수십만 명이 파업에 들어갔고, 파업 노동자와 무장 경비원 간의 충돌로 수십 명이 사망하는 사건이 벌어졌다. 이때 큰 충격을 받은 그레그는 시카고의 한 서점에서 마하트마 간디가 쓴 책을 우연히 접하고, 그를 만나 평화적 저항에 대해 배우기 위해 인도로 떠났다. 1934년, 그레그는 『비폭력의 힘The Power of Nonviolence』을 출간했다. 훗날 마틴 루터 킹 주니어가 본인에게 엄청난 영향을 끼쳤다고 말한 책이다. 뒤이어 1936년에는 『자발적 단순함의 가치The Value of Voluntary Simplicity』를 출간했다. 이 책에서 그는 자본주의란 "개혁되거나 마침표를 찍어야" 하는 "심각하게 결함이 있는" 시스템이라고 보았다.

몇 해 전, 지속가능성에 초점을 맞추는 저자이자 활동가인 두에인 엘긴이 새로운 논문 한 편을 발표했다. 그의 말에 따르면 우리는 둘 중 하나를 택할 수 있다. 현재처럼 부정과 타협의 길을 계속 따라가다가 결국 천연자원의 고갈을 초래하고 인간으로서 서로 관계를 맺는 능력을 잃거나, 무한한 자원 개발의 꿈에서 깨어나 지구의 물질적 한계 내에서 살아갈 새로운 방법을 적극적으로 모색하거나. 이것이야말로 가장 설득력 있는 미니멀리즘에 관한 주장이다. 머릿속의 소음을 줄이면 긴급한 사이렌 소리가 더 선명하게 들릴 것이다. 짐을 내려놓는다면 더 신속하게 움직일 수 있을 것이다. 미니멀리즘을 매력적 탈출구로 여기도록 만든 이 광적이고 두려운 상황에서 벗어날 수 있을 것이다.

1.   줄임

1 - I

어린 시절 손리사 앤더슨의 집은 늘 엉망이었다. 앤더슨이
여덟 살일 때 부모가 이혼하면서 앤더슨은 엄마를 따라
콜로라도스프링스로 이사했다. 그때 앤더슨은 엄마가
호더hoarder라는 사실을 알았다. 결혼 생활에 실패하며 슬픔에
빠진 탓인지, 약물과 알코올 의존 증세가 심해진 탓인지
까닭은 알 수 없었다. 부엌 식탁 위에는 언제나 옷 더미가
천장에 닿을 만큼 쌓여 있었다. 교회나 자선단체에서 공짜로
받아와 사이즈가 맞지 않거나 다 해진 옷이 마구 뒤섞여
있었다. 앤더슨의 할머니가 길에서 주워 오는 통에 불필요한
가구도 자꾸만 늘어나고 있었다. 온갖 냄비와 프라이팬이
필요 이상으로 넘쳐나 부엌 조리대 위에도 바닥에도 널브러져
있었다. 엄마는 공짜라면 말할 것도 없고 값이 조금이라도
싸면 그게 뭐든 집에 들였다. 그리고 아무 데나 던져두었다.
　　앤더슨은 어떻게든 집 안의 물건들을 정리하려고 애를
썼다. 어린 앤더슨이 할 수 있는 일은 많지 않지만, 그나마

물건을 종류별로 정리해 제자리를 찾아주는 데 능숙해졌다. 자기 공간만큼은 잘 정돈할 수 있었다. 하지만 앤더슨 방 너머에 펼쳐진 혼란은 지속되었다. 앤더슨의 집은 가난했다. 엄마가 판단력을 올바로 발휘했다면 꼭 필요한 물건만 샀을 테지만, 가난은 엄마의 편집증적 성향을 더욱 부추겼다. 스웨터나 의자, 제빵용 시트 같은 것을 내다 버리면 감당할 수 없는 일이 벌어질 수도 있었다. 물건을 버리는 행위는 돌이킬 수 없는 상황을 각오해야 한다는 뜻이었다.

환경을 바꾸고 싶으면 이 집을 떠나야 한다는 사실을 깨달은 앤더슨은 열일곱 살이 되었을 때 공군에 입대해 뉴멕시코로 이주했다. 그러다 다른 군직을 얻으면서 콜로라도로 돌아와 정착했다. 이후 경력을 이어가기 위해 알래스카로 이주했다가 현재는 오하이오에 정착했고, 항공우주 생리학자로 일하며 남편 셰인과 한집에서 살고 있다. 그런데 앤더슨은 여전히 갑갑한 집 안 환경에 대한 걱정에서 벗어나지 못했다. 온갖 잡동사니가 다시 슬금슬금 집 안을 채웠다. 이제는 자신이 상황을 완전히 통제할 수 있다고 믿었는데도 말이다.

앤더슨은 자기 집에 커피 메이커가 두 대나 있다는 사실을 새삼 깨달았다. 이케아에서 산 작은 꽃병을 포함해 온갖 종류의 장식품이 집 안 곳곳을 빈틈없이 채우고 있다. 부엌에는 어찌 된 일인지 주걱이 열 개나 있었다. 온라인으로 주문한 자질구레한 물건들, 스크랩북 만드는 재료, 마라톤 대회에 나가서 받은 기념품…. 디자인이 특이한 새 옷과 텔레비전과 스마트폰은 신용카드를 긁어서 샀다. 앤더슨이 서른 살이 되던 무렵에는 부부가 타고 다니던 SUV 두 대 중 하나가 완전히 고장 나서 도로 위에서 멈춰버렸다. 부부는 하는 수 없이 지출 목록에 세 번째 자동차를 빌리는 비용까지 추가하게 되었다. 부부는 소유한 물건이 너무 많았고, 갚아야 할 빚도 턱없이 많았다. 앤더슨은 어떻게 해야 자신의 엄마가 반복하던 패턴에 빠지는 일을 피할 수 있을지, 어떻게 해야 물건이 계속 쌓여만 가는 상황에서 벗어날 수 있을지 알지 못했다.

성인이 된 앤더슨은 유년 시절에 부족했던 것을 모두 갖고 싶었다. 주위 친구와 이웃이 누리던 안락한 생활을 자신도 누리고 싶었다. TV 광고에 등장하는 티 하나 없이 깔끔하고 완벽하게 갖추어진 거실이 있는 집에서 살고 싶었다. 앤더슨은 내게 이렇게 말했다. "집, 자동차, 의류 건조기… 뭐든 다 갖춘 사람들이 있어요. 그런 사람들을 보면서 생각하죠. 저들은 행복할 거야. 저렇게 산다면 행복하겠지. 그러면서 계속 물건을 사들여요. 그게 내 삶을 이상적으로 만들어줄 거라고 여기면서 말이죠." 새로운 물건을 사는 행위는 도파민을 분비한다. 그러나 그 물건을 상자에서 꺼내 집 안에 두는 순간, 도파민은 서서히 줄어든다.

앤더슨은 여느 밀레니얼이 그러하듯 구글에서 스트레스를 해소할 방법을 검색하기 시작했다. 그러자 미니멀리즘을 이야기하는 블로그가 검색되었다. 여기서 말하는 미니멀리즘이란 덜 소유하고 만족하는 삶, 자기가 이미 가진 것이 얼마나 많은지 알아가는 삶을 지향하는 방식이다. 미니멀리스트 블로거들은 소비지상주의에 위기감을 느끼면서 통찰을 얻은 사람들이다. 물건을 더 산다고 해서 행복해지는 것이 아니다. 더 많은 소유물은 오히려 그들을 옭아맸기에, 소유물과 자신의 관계를 새롭게 정립해야만 했다. 그 방법은 대개 물건을 내다 버리는 일부터 시작되었다. 미니멀리스트 블로거들은 소유한 물건의 수를 최소화하고, 될 수 있는 대로 많이 버리는 작업을 거친 다음, 텅 빈 집 안을 자랑스레 드러냈다. 부엌 선반에는 달랑 접시 몇 개만이 남아 있고, 옷장에는 모노톤 옷 몇 벌이 띄엄띄엄 걸려 있는 식이다. 그리고 물건을 100개 이하만 소유하게 된 전략을 공유했다. 그들의 조언은 비슷한 불만족을 느끼던 사람들을 청중으로 불러 모았다. 미니멀리즘을 실천하는 기술을 전파하며 기부 행사를 벌이거나 관련 도서를 판매하는 방식으로 수익을 올렸다. 이러한 미니멀리스트의 선두에 서 있는 인물이 일본의 정리 전문가 곤도 마리에다. 그의 저서들은 일본 전역의 서점에서 수백만 부씩 팔려나갔다. 그가 주창한 곤도이즘Kondoism의 주요 계명은 "설렘spark joy을 주지 못하는 물건은 버려라"이며 이 표현은 사람들 사이에서 일상적으로 쓰이게 되었다.

미니멀리스트 블로거들이 공통으로 말하는 미니멀리즘은 결국 단순함의 가치를 새롭게 깨닫는 일이다. 미니멀리즘은 간결한 시각적 스타일이 두드러진다는 특징이 있다. 사람들이 동경할 만한 디지털 저작물을 축적하는 활동을 부추기는 대표적 소셜네트워크인 인스타그램과 핀터레스트(앤더슨도 #minimalism이라는 이름의 보드를 만들었다)에 주로 전시되는 스타일이다. 미니멀리즘을 보여주는 이미지의 전형적 특징으로는 하얗고 네모반듯한 서브웨이 타일, 스칸디나비아식 미드센추리 모던 스타일의 가구, 옷은 종류별로 딱 한 벌씩 있으면 충분하다고 말하는 브랜드에서 나온 유기농 소재의 의류 등을 들 수 있다. 그리고 이런 미니멀리즘 제품을 찍은 사진은 "물건 덜 소유하기, 삶의 목적 더 세우기" 또는 "더 많이 버릴수록 더 많이 발견할 수 있다" 같은 문구와 함께 밈meme으로 활용된다. 미니멀리즘은 혼란에 대처하는 방식인 동시에 자신의 삶과 동일시하게 되는 브랜드다.

앤더슨은 미니멀리즘에 관한 책을 사들이고 미니멀리즘을 이야기하는 팟캐스트에 귀를 기울였다. 그로부터 영향을 받은 앤더슨은 집 안의 모든 물건을 치우고 모든 벽면을 깨끗하게 비웠다. 그리고 방마다 밝은색 소나무로 만든 가구를 놓아 햇빛 아래 반짝이는 공간으로 만들었다. 앤더슨 부부는 새 물건을 사들이지 않은 덕에 각종 청구서의 요금을 납부하고 남편의 학자금 대출을 상환할 수 있을 만큼 자금 사정이 넉넉해졌다. 앤더슨은 정신적으로나 신체적으로나 활기를 얻었다. 단순히 어질러진 집을 치웠다는 사실을 넘어 뭔가 짐을 덜어낸 느낌이 들었다. 주변인 사이에서 그는 미니멀리스트라는 이미지가 확고해졌다. 어느 날 앤더슨의 상사가 크리스마스 선물로 장식품을 선물하면서 이걸 이베이에 팔아넘기면 안 된다는 농담을 했다. 실제로 앤더슨은 그럴 생각이긴 했지만 말이다. 미니멀리즘을 실천하려면 자제력이 필요하다. 앤더슨은 20달러짜리 휴대용 유리 머그 하나를 살지 말지 고민하는 데 1년이나 걸렸다(그 머그는 결국 샀고 고민할 만한 가치가 있었다). 앤더슨은 자신이 소비지상주의에 사로잡혔던 지난날에서 벗어났다는 것을 느꼈다. "뭔가를 원하지 않아도 돼요. 그건 명상 차원이에요. 마치 만트라를 외는 것처럼 말이죠."

이건 그저 어린 시절의 트라우마 탓만은 아니라고 앤더슨은 생각했다. 한때 성공적인 물질주의를 지향했던 아메리칸드림 자체가 문제였다.

나와 앤더슨은 2017년에 처음 만났다. 우리는 둘 다 미니멀리즘에 관한 강연을 들으러 신시내티의 한 공연장에 와 있었다. 실내에는 접이식 의자들이 나란히 놓여 있었고, 바닥은 김빠진 맥주라도 흘렸는지 끈적끈적했다. 앤더슨은 스스로 힘들게 쌓은 경험에서 나오는 침착하고 자신감 넘치는 태도가 몸에 배어 있었고, 약간의 수줍음도 지닌 사람이었다. 그의 태도에는 군더더기가 없었다. 그런 면에서 그날 강연하는 두 블로거는 정반대의 모습이었다. 30대쯤 되어 보이는 패기 넘치는 블로거 조슈아 필즈 밀번과 라이언 니커디머스는 2010년부터 '더 미니멀리스트The Minimalists'라는 이름으로 함께하며 미니멀리스트를 자처해 왔다. 한때 두 사람은 대기업의 기술 마케팅 직종에 종사하며 억대 연봉을 받아 물질적으로 풍요로운 삶을 누렸다. 그러다 빚이 늘어가고 중독 증세를 겪는 상황에 놓이면서 인생의 리셋 버튼을 누르기로 했다. 블로그로 눈을 돌렸고, 그곳에 그간 어떻게 모든 걸 떨쳐내고 새로 시작했는지 연대순으로 기록했다.

밀번과 니커디머스는 책을 출판하고 팟캐스트를 운영하며 수많은 청취자를 끌어들였다. 2016년에는 두 사람의 미니멀리즘 실천에 관한 다큐멘터리가 넷플릭스의 선택을 받았다. 이것은 중요한 전환점이 되었다. 신시내티 강연에서 만난 그들의 팬 대부분이 그 다큐멘터리가 자신이 미니멀리즘으로 돌아서게 된 계기라고 말했다.

밀번과 니커디머스는 똑같이 검은색 옷을 입고 '지금 비우기Less Is Now'라는 타이틀로 순회강연을 다니기 시작했다. 그들은 전국의 공연장을 돌아다니며 수백 명의 청중을 모아놓고 우리가 소유한 물건들은 인생에서 가장 소중한 것이 아니라는 메시지를 전했다. 그날 신시내티에서 열린 강연에서도 마찬가지였다. 강연장은 수많은 커플과 가족들이 가득 메우고 있었다. 자기 남편이 좀 더 깔끔하게 정리를 잘하기를 바라는 여자, 사람들에게 굳이 필요 없을 물건을 판 일을 후회하는 상인, 미니멀리스트 블로그를 운영하고 싶어 하는 작가 등 수많은 사람이 이곳을 찾아왔다. 이날 모인 사람들은 이전에 이미 온라인에서 만난 적이 있었다. 이들은 페이스북에 모여 청소 요령을 공유하고, 옷장 배치에 관해 논하고, 서로 정서적 지지를 주고받았다. ("물건을 내다 버리라는 나의 말에 다른 사람들이 화내지 않게 하려면 어떻게 하면 좋을까요?")

그들은 모두 앤더슨이 느낀 본질적 권태와 유사한 감정을 느끼고 있었다. 물건을 많이 사들이는 행위가 그들에게 위안이나 안정감을 가져다주기는커녕 스트레스의 원인이 되었으니 이와 반대되는 삶의 방식을 선택하고 실천한다면 더 행복해질 거라고 믿었다. 그래서 그들은 쓰레기봉투를 꺼내 들었다.

나는 한동안 미니멀리즘이 어떻게 급부상했는지, 저널리스트로서 내가 쓰는 글에 미니멀리즘이 어떤 형태로 나타나는지 추적했다. 지금도 여전히 미니멀리즘의 기세는 놀랍다. 본래 1960년대 뉴욕에서 발흥한 아방가르드 미술운동을 일컫던 미니멀리즘은 이제 이 시대의 새로운 사회적 태도가 되었다. 어쩌다 이런 일이 벌어진 걸까? 팝아트와 달리 미니멀리즘 작가들의 시각예술은 지금도 특별히 주류에 들지는 않는다. 그런데 미니멀리즘이라는 단어 자체는 SNS에 널리 퍼지는 해시태그가 되었다.

　　이러한 흐름은 부유한 계층이나 문화적 엘리트 계층에 국한되지 않는다. 이날 신시내티 강연장에서는 교외에서 도심으로 통근하는 사람들, 고등학생, 은퇴자 등이 나란히 어깨를 맞대고 각자 어떻게 미니멀리즘을 받아들이게 되었는지 이야기했다. 밀번과 니커디머스는 멀리 인도나 일본에서 온 팬도 있다고 내게 말했다. 강연이 끝나고, 청중은 구루들이 쓴 책에 사인을 받기 위해 길게 줄을 섰다. 그때 구루들은 책을 집에 가져가 책장만 차지하게 하지 말고 기부하라고 권했다. 아무리 비워도 부족하다. 이제는 너무나도 유명해진 이 한마디처럼, "적을수록 좋다less is more".

　　그런데 얼마나 적어야 좋은지는 불분명하다. 미니멀리즘에서 물건을 줄이는 과정은 결국 줄이고, 버리고, 신중히 선택한다는 뜻이다. 그렇다면 그다음은? 비워서 만든 공간은 또 다른 무언가를 채우는 자리가 되는 걸까? 아니면 온전히 비운 상태에 도달했을 때 어떤 새로운 품위를 얻음으로써 더는 아무것도 필요 없는 상태가 되는 걸까?

이제 우리 주위 어디서나 미니멀리즘의 흔적을 볼 수 있다. 호텔 디자인, 패션 브랜드, 자기 계발서 등 곳곳에 미니멀리즘이 있다. 디지털 미니멀리즘은 인터넷의 정보 홍수에서 벗어나는 것, 수시로 휴대폰을 들여다보지 않으려 노력하는 것을 뜻하는 용어가 되었다. 그런데 최근 앤더슨이 어떻게 지내는지 확인하다가 그가 페이스북의 미니멀리즘 그룹에서 탈퇴했으며 미니멀리스트들의 팟캐스트를 더 이상 듣지 않는다는 사실을 알게 되었다. 그건 그가 더는 미니멀리즘을 따르지 않는다는 뜻은 아니다. 이제 앤더슨의 삶에 미니멀리즘은 없어서는 안 될 부분이며, 앤더슨이 어떤 사물을 대하는 태도 전반의 기준이 되었다. 앤더슨은 미니멀리즘이 올바로 실천되지 못하고, 일종의 유행이 되어버린 면이 있다는 사실을 알아차렸다. 실제로 미니멀리즘을 실천하기보다는 미니멀리즘에 관해 떠들어대기 좋아하는 사람들이 있다.

그러니까 지금의 미니멀리즘은 하나의 브랜드이자 허울 좋은 이미지다. 그 이면에는 많이 가질수록 행복하다고 부추기는 사회가 빚어낸 불행이 숨어 있다. 새로운 상품을 팔려는 광고는 지금 갖고 있는 물건이 마음에 안 들지 않으냐며 넌지시 꼬드긴다. 앤더슨은 이 교훈을 얻기까지 오랜 시간이 걸렸다. 지금 우리의 삶에는 사실 아무런 문제도 없다.

1 - II

이 책을 쓰기 시작할 무렵, 나는 앤더슨처럼
미니멀리스트로서의 나에 대해 그다지 생각해 본 적
없었다. 누가 내게 미니멀리스트냐고 물을 때면 망설였다.
미니멀리즘을 나쁘게 바라보는 건 아니다. 21세기를 살아가는
사람 대부분은 필요 이상으로 많이 소유하고 있다. 미국의 각
가정은 평균적으로 30만 개 이상의 물건을 소유하고 있다.
미국인은 세계 장난감 수의 40퍼센트를 구매한다. 미국
가정의 어린이 수는 전 세계 어린이의 3퍼센트에 불과한데
말이다. 우리는 평균적으로 1년에 60벌 이상의 의류를
구매하고, 더불어 무게 30여 킬로그램에 달하는 양의 의류를
버린다. 미국인의 80퍼센트 이상, 그러니까 대다수가 빚을
지고 있다. 우리는 끊임없이 물건을 사들인다.

사실 미니멀리즘 생활 방식은 지금 이 세계에서 살아가는
양심적인 방법이 될 수 있다. 산업혁명 이후 급속도로 퍼지며
인류를 사로잡은 물질만능주의가 실제로 지구를 망가뜨리고

있다는 사실을 우리는 안다. 물질에 경도된 인간의 삶이 강의 숨통을 막고, 동식물을 죽음으로 몰아넣고, 대양 한복판을 떠다니는 쓰레기 섬의 면적을 늘린다. 이제는 새로운 물건을 사려면 고민하고 또 고민해야 한다. 꼭 필요하지 않은데도 새로운 물건을 계속 사들이며 살다가는 장차 우리 모두의 삶이 얼마나 더 나빠질지 아무도 장담할 수 없다.

하지만 이러저러하게 명명되는 현상이 대체로 그렇듯, 최근의 미니멀리즘 트렌드에는 썩 공감이 가지 않는다. 내가 느끼기에 곤도 마리에를 비롯한 미니멀리스트들의 방식은 너무 손쉬워 보인다. 집 안을 정리하거나 팟캐스트를 듣는 행위만으로도 행복과 만족과 평안을 다 얻을 수 있다. 광범위하고 모호해 누구에게나, 어디에나 적용 가능한 방법이다. 곤도 마리에의 방식은 여러분의 옷장에도, 페이스북 계정에도, 남자 친구와의 관계에도 써먹을 수 있다.

한편 미니멀리즘은 개인주의의 한 형태로 드러나기도 한다. 특정한 사람이나 물건, 장소가 나의 세계관과 맞지 않으니 상대할 필요 없다는 식으로 생각하며 자기 자신을 우선시하는 구실이 된다. 또한 미니멀리즘을 경제적 관점에서 보면 공상에 가까운 포부를 품는다든지 잘될 거라는 믿음을 가지고 도전하는 자세와 대비되는, 자기 분수에 맞게 안전한 방향으로 살아가겠다는 그다지 진취적이지 않은 신조다. 건축가 피에르 비토리오 아우렐리는 적을수록 좋다는 태도는 자본주의적 착취의 한 형태가 될 수 있다고 주장한다. 사회가 노동자들이 적은 대가를 받으며 더 많이 생산하도록, 삶의 질을 희생해서라도 윗사람을 위해 더 많은 이익을 내도록 부추긴다는 것이다.

　　꼭 개인이 자발적으로 선택한다고 볼 수는 없지만, 2000년대의 삶을 경험했다면 미니멀리즘은 피하기 어려운 사회문화적 변화일 수 있다. 20세기까지는 물질을 축적하고 안정적으로 유지하는 것이 삶을 안전하게 지키는 방식이라고 여겨졌다. 집과 땅을 소유하고 있으면 아무도 빼앗을 수 없었다. 한 회사에서 쭉 이어간 경력은 훗날 경제적으로 불안정해지는 시기에 대비할 수 있는 보험이 되었으며, 직원들은 회사가 보호막이 되어줄 것이라고 기대했다. 그러나 지금은 진실과 거리가 먼 이야기들이다. 특정 기업에 고용되지 않은 프리랜서 노동자의 비율이 매년 늘어나고 있다. 노동시장이 탄탄한 지역의 집값은 웬만한 노동자는 엄두를 내기 어려울 정도로 올랐다. 현대에 들어선 이후 다른 어느 때보다 경제적 불평등이 심화했다. 설상가상으로 이 시대 최고의 부는 물리적인 것이 아니라 스타트업의 지분이나 주식, 세금을 피하려고 개설한 해외 은행 계좌 등 눈에 보이지 않는 자본의 축적에서 비롯되고 있다. 프랑스 경제학자 토마 피케티가 지적했듯 실체 없는 소유물은 임금보다 훨씬 빠르게 가치가 높아질 것이다. 애초에 임금을 받는다는 사실 자체가 상당히 운 좋은 일이지만 말이다. 위기는 위기를 부를 따름이며 지금은 유연하고 유동적인 것이 고정적인 것보다 안전하게 느껴진다. 덜 소유할수록 더 매력적으로 보이는 또 다른 이유다.

　　무엇보다 미니멀리즘에 기반한 태도는 삶의 모든 측면이 가차 없이 상품화되고 있다고 이야기한다. 손리사 앤더슨이 그랬던 것처럼, 아마존 웹사이트에 접속해 필요도 없는 물건을 신용카드로 결제하는 행위는 우리를 둘러싼 불안정한 환경에 스스로 통제력을 발휘할 수 있는 쉽고 빠른 방법이다. 기업들은 우리가 안고 있는 문제를 해결해 주겠다는 듯이 자동차, TV, 스마트폰 등 온갖 제품을 판다. 책이나 팟캐스트, 디자인 제품 등을 통해 미니멀리즘이라는 개념 자체도 상품화되면서 하나의 수익원이 되었다.

내가 만약 미니멀리스트라면 그건 자연스러운 일이다. 교외에서 자라 그곳을 떠나온 사람으로서 나는 물리적인 것이 무질서하게 늘어져 있는 광경에 양가적 감정을 느낀다. 내가 어린 시절을 보낸 집은 코네티컷의 시골 동네에 있었다. 3층짜리 집에는 필요한 가구가 다 갖추어져 있었고, 차고가 두 개나 있었다. 하지만 늘 어질러져 있다는 것이 문제였다. 종이 더미나 책, 전자기기 따위의 잡다한 물건들이 어지럽게 쌓여 있는 광경을 두고 부모님이 종종 다투시던 일이 기억난다. 그때 잡동사니가 수북이 쌓여 있던 그 자리들이 내 기억 속에 어떤 감정적 흔적을 남겼다. 그게 콕 집어 누군가의 문제는 아닌 것 같았다. 그저 밀물이 밀려 들어왔다가 썰물이 밀려 나가면서 여기저기 아무렇게나 흩어진 잔해라고 생각했다.

나에게 미니멀리즘은 물질적 상품의 세계가 아니라 미술사에 관심을 가지며 처음 알게 된 단어다. 미술사에서 미니멀리즘은 대문자 M으로 시작하는 단어 'Minimalism'으로, 오늘날 우리가 마주하는 미니멀리즘을 내세우는 개념이나 상품과 다른 개념이다. 내가 미술 사조로서 미니멀리즘을 마주한 계기는 고등학교 수업이었는데, 그날 이후 나는 도서관의 관련 서적을 뒤지며 미니멀리즘 예술에 관해 탐구했다. 도널드 저드의 금속 조각, 댄 플래빈의 전시장 벽을 타고 올라가는 형광등, 아그네스 마틴의 차분한 격자무늬 캔버스 등 미드센추리 예술의 밝고 매끄러운 표면에 마음이 끌렸다. 미니멀리즘의 엄격한 미학은 건축에서도 찾을 수 있다. 명확한 선과 깔끔한 공간이 특징인 바우하우스 모더니즘 건축은 목재 외장재를 쓰고 바닥에 카펫을 깔아놓았던 나의 어린 시절 집과는 사뭇 달랐다. 미니멀리즘은 세상을 바라보고 존재하는 뜻밖의 새로운 방식을 제시했다. 단순히 더 적게 소유하고 살아간다는 의미 이상이었다.

　　미니멀리즘적 생활 방식이 내게 현실로 다가온 것은 그다음이었다. 금융위기가 닥친 해인 2008년에 나는 대학교에 입학했다. 아직 노동인구에 포함되지 못했던 그 시절의 나는 나보다 나이가 많은 학교 친구들이 금융위기에 어떤 영향을 받았는지 관찰했다. 그들은 직장을 구하지 못하고 연구비를 받으며 대학원을 다니면서 취업을 미루었다. 2010년에 대학교를 졸업한 나는 가까스로 베이징의 한 시각예술 잡지사에 인턴직으로 입사하는 데 성공했다. 여행 가방 두 개를 싸 들고 중국으로 떠나 한때 공산주의 체제 노동자용 주택이던 건물을 거처로 삼았다. 나중에 미국에서 직장을 구하지 못한 친구가 그곳을 찾아와 거실에 침대 하나를 더 들여놓고 함께 지내기도 했다. 그러다 마침내 뉴욕에서 일할 기회를 잡았다. 한 예술계 웹사이트에서 한 달에 2000달러를 받고 전속 기자로 일해 달라는 요청을 받은 터였다. 난 다시 짐을 쌌다. 그리고 20대 내내 브루클린에 있는 수많은 월셋집과 룸메이트들이 북적이는 아파트 등을 전전하며 살았다. 그때 이케아에서 산 가구는 거의 일회용에 가까웠고, 무릇 내 소유의 물건이라면 들고 다닐 수 있어야 했다. 나는 새 집을 구할 때마다 마치 금방이라도 떠나야 하는 사람이 머무는 호텔 방처럼 꾸며놓고 살았다.

이 책을 쓰던 시기에 살았던 아파트 내부는 쓱 둘러보면 내 소유의 물건이 몇 개나 되는지 셀 수 있을 정도였다. 소파나 침대, TV, 콘솔 따위는 없었고 룸메이트가 가져다 둔 식탁을 빼면 오로지 책상과 책장이 전부였다. 거기에 내가 좋아하는 것이 다 있었다. 책과 종이 뭉치, 미술품 몇 점. 넓은 공간이 허락될 만큼 부자도 아니고 창의적이지도 못한 사람이 뉴욕에서 살아가려면 방법은 두 가지다. 하나는 좁은 공간이 터져나갈 듯 꽉꽉 채우며 사는 것이고, 다른 하나는 미니멀리스트로 사는 것이다.

불황이 미니멀리즘 시대를 여는 계기가 되었는지도 모른다. 미니멀리즘은 경기가 침체되는 과정에서 필연적으로 등장한 미학이었다. 중고 물품을 사는 것이 멋진 일이 되었다. 전원적 소박함은 하나의 생활양식이 되었다. 밀레니얼 세대는 미니멀리즘을 기꺼이 받아들일 만했다. 내가 속한 이 세대는 물질적 안정과 건강한 관계를 맺어본 적이 없다. 늘 당장 가져다 쓸 자원은 턱없이 부족했고 남는 것을 차지하려는 경쟁은 치열하기 이를 데 없었다. 이런 시나리오는 특정 연령대뿐 아니라 매년 더 많은 연령대의 사람들에게 퍼지고 있다. 전통적 경제가 무너지더라도 우리 주위에는 여전히 온갖 소셜미디어의 소음, 우리의 관심과 노동과 돈을 노리는 새

플랫폼이 넘치도록 많다. 안정은 이미 기본값이 아니다.

내가 이 책을 쓴 이유는 물질의 소유나 미학, 감각적 인식, 삶을 대하는 철학의 영역에서 드러나는 "적을수록 좋다"라는 관념이 과연 어디서 시작되었는지 그 근원을 알아내고 싶었기 때문이다. 물질주의와 사회의 보상에 대한 불만은 새로운 것이 아니다. 이러한 불만이 지난 세기 동안 어떻게 반복적으로 불거졌는지, 예술가와 작가, 철학자들이 그간 어떤 논쟁을 벌였는지 알아보는 과정에서 진정 우리가 지킬 만한 가치 있는 것이 무엇인지 알아낼 수 있다. 금욕과 사치 사이에서 어느 한쪽으로 방향을 튼다는 것은 결코 쉽지 않은 일이다. 물질적 불안의 근원이 무엇인지 알아낸다면 좀 더 감당할 만하지 않을까. 나는 물질보다는 관념으로서 미니멀리즘의 비밀을 알아내고 싶다. 물질의 소유나 결핍에 집착하는 차원이 아니라 삶을 살아가며 주어진 일상에 맞서기 위한 미니멀리즘에 관심이 있다.

미니멀리즘을 연대기적으로 따지는 것은 지나치게 인과적인 접근 방식이다. 미니멀리즘은 전 세계의 여러 시대와 장소에서 반복되는 감각에 가깝다. 우리를 둘러싼 문명이 물리적으로나 심리적으로나 과잉되어 본래의 진정성을 잃어버렸다는 감각이다. 물질적 세계는 의미를 잃어가고 있다. 물질을 더 많이 축적하기보다는 은둔자나 유목민이 되거나 예술로 승화하는 방식으로 물질을 포기하고 스스로 고립되는 편이 더 매력적인 시대다. 이처럼 압도적이면서도 소외감을 일으키는 끈질긴 감각을 한 단어로 표현하기란 어렵다. 그것이 아마도 미니멀리즘이 이토록 널리 전파된 이유일 것이다.

단순함을 향한 열망이라는 보편적 감각에 대해 골똘히 생각해 보기 시작했다. 이 감각은 추상적이며 노스탤지어적 욕망에 가까운, 지금보다 단순한 세계를 향한 끌림이다. 과거도 현재도 아니고, 유토피아도 디스토피아도 아니다. 이처럼 진정한 세계는 늘 우리가 결코 닿을 수 없는 곳에, 실재 너머에 있다. 단순함을 향한 열망은 인간의 자기 회의 뒤로 줄곧 따라붙는 그림자일지도 모른다. 현대사회가 지금껏 이룩한 모든 것이 사라진다면 우리가 더 잘 살 수도 있지 않을까? 문명화의 과시적 요소가 우리를 이토록 불만족스러운 상태에 빠지게 했다면 그것이 제거된 상태가 더 나을 수도 있다. 더 깊은 진실에 다가가기 위해서는 무언가를 버려야 한다.

단순함을 향한 열망은 질병도 아니고 치료제도 아니다. 미니멀리즘은 어떻게 하면 좀 더 나은 삶을 살 수 있을지 고민하는 방식의 하나일 뿐이지만, 이 시대의 초인적 규모와 속도에 대처할 수 있는 적절한 전략이기도 하다.

미니멀리즘의 역사가 일관되게 이어지지 못한 이유는 그 태생 탓이다. 본래 미니멀리즘은 과거 이력을 지우려는 경향이 있다. 마치 되풀이될 때마다 새롭게 시작하려는 듯 말이다. 만약 어떤 미니멀리즘 실천가들이 과거의 전통을 참조하거나 부활시키려 한 사실을 인정한다면 그들은 그리 급진적인 미니멀리스트는 아닐 것이다. 하지만 언제 어디서 미니멀리즘이 모습을 드러내든 거기에는 일관된 특징이 나타난다. 이 책은 4개의 장으로 나뉘어 각 장에서 미니멀리즘의 특징을 하나씩 설명한다. 각각의 특징이 미니멀리즘을 통해 어떻게 또렷이 드러나는지 탐구하고자 한다. 단순함을 향한 열망은 그것을 추구하는 사람들의 삶의 결에서, 그 열망에 영감을 받은 창작물에서 가장 명징하게 드러난다. 이 책에 등장하는 사람들은 때로는 성공하고 때로는 실패하면서 저마다 자신만의 관념을 찾아간다. 우리는 이들이 어떤 차이점과 유사점을 보이는지 확인하면서 미니멀리즘이라는 관념으로 통하는 자신만의 길을 그리게 될 것이다.

　　미니멀리즘에서 공통으로 나타나는 첫째 특징은 '줄임'이다. 소유물을 버리거나 소유에서 거리를 두는 방식으로 단순함을 추구하는 것이다. 과거의 스토아학파를 비롯해 오늘날 물건 버리기 운동을 주창하는 사람들이 선호하는 방식이다. 둘째 특징은 '비움'이다. 미국의 모더니즘 건축가 필립 존슨의 간결한 양식이나 도널드 저드의 미니멀 아트는 현재 미니멀리즘 인테리어의 유행에 영향을 주었을 뿐 아니라 공간을 지배하는 힘에 관한 의미 있는 표본을 제시한다. 셋째 특징은 '침묵'이다. 침묵은 혼란한 세계에 맞서 우리의 감각을 보호하려는 욕망이다. 에릭 사티와 존 케이지, 이 두 사람보다는 덜 알려진 인물인 줄리어스 이스트먼 같은 음악가들의 작품에서 확인할 수 있는 음향의 급진적 가능성이다. 내가 '그늘'이라고 칭하는 미니멀리즘의 넷째 특징은 불명확한 다의성多義性의 수용, 삶 혹은 운명의 임의성이다. 불교철학과 일본 미학에 등장하는 이 개념은 지난 2세기 동안 꾸준히 서구에서 영향력을 확대해 왔고, 오늘날 미니멀리즘 트렌드의 근간이 되었다. 이러한 미니멀리즘의 네

가지 특징이 우리에게 전달하는 교훈은 어쩌면 우리가 애초에 기대한 것과 다를 수 있다.

이 책은 각 장을 다시 여덟 부분으로 나누어 인물과 사상을 비롯해 그림, 교향곡, 수필, 건축 등 다양한 창작물을 다룬다. 이 책의 구조는 마치 그리드처럼 이리저리 돌아다닐 수 있는 공간이 되어 일련의 체험을 아우른다.

조사 과정에서 나는 감각을 차단하는 체험을 했고, 텍사스 사막으로 가서 도널드 저드의 거대한 공간을 보았으며, 구겐하임 미술관에서 권태의 극단을 경험하고, 교토에 있는 돌의 정원을 찾아갔다. 이 사례들은 유사점을 가지고 있지만 서로 간의 여백, 즉 작품 자체나 예술가, 철학자가 보여주는 실천이나 사상의 차이점으로도 관련된다.

1 - III

미니멀리스트 블로거 조슈아 베커는 복음주의 기독교인이자
『작은 삶을 권하다』의 저자다. 베커는 예수가 원조
미니멀리스트라고 말한다. 한 부자에게 "네게 있는 것을
다 팔아 가난한 자들과 나눠라"라고 명한 예수의 가르침은
자기희생을 의미하는 것이 아니라고 베커는 해석한다. 가진
것이 없으면 부자는 더 행복해질 테니 나누는 것이 결국 득이
된다는 의미로 일종의 미니멀리즘적 풍요에 관한 복음이라는
것이다.

그런데 사실 이 규율이 등장한 것은 훨씬 먼 과거로
거슬러 올라간다. 현대의 미니멀리즘은 종종 고대 그리스
스토아학파와 나란히 언급된다. 스토아학파의 창시자도
미니멀리스트에 가까웠다. 기원전 3세기, 키프로스의
제논으로 알려진 부유한 아테네 상인이던 그는 철학을
공부하기 위해 속세의 부를 모두 포기하기로 마음먹었다.
(주로 회랑stoa 아래에서 제자들을 가르쳤다고 해서 그 이름을

따 스토아학파로 지칭하게 되었다.) 그의 철학은 "삶의 원만한 흐름"에 관한 것이며 "조화로운 삶", 속세의 일과 운명의 파고에 대한 양가감정을 다룬다. 그리고 밀레니얼 세대는 자기들만의 스토아학파적 계율을 세운다. "ㅋㅋ 뭐가 중요하겠어(lol nothing matters)."

제논이 쓴 글의 원본은 지금까지 전해지는 것이 거의 없다. 하지만 스토아학파의 추종자들을 통해 굴절되어 나타난다. 키케로는 기원전 46년에 쓴 『스토아 철학의 역설』에서 물질주의를 향한 불만족에 대해 심도 있게 다뤘다. 그에 따르면 대저택과 진귀한 보물과 권력을 소유한다고 해도 욕망은 그칠 줄 모른다. "욕망에 대한 갈증은 해소될 수 없다. 소유를 더 늘리고 싶은 욕망뿐 아니라 그것을 잃을지도 모른다는 두려움까지 더해져 지독하게 우리를 괴롭힌다." 진정한 권위는 그 갈증을 극복하는 데서 나온다. "지도자는 욕망을 제한하고, 쾌락을 경멸하고, 분노를 억누르고, 탐욕을 억제하고, 그 밖의 정신적 실책을 피해야 한다. 그런 다음에 타인을 통솔해야 한다." 키케로가 모든 걸 다 포기했던 건 아니다. 그는 자신도 시대의 오류에 어느 정도 영향을 받는다고 인정했다. 이러한 키케로의 정신을 기리려는 목적이었는지, 2019년 실리콘밸리의 기업가들을 지원하는 한 로비 회사가 이 철학자의 이름을 따 '키케로 연구소Cicero Institute'라는 이름을 내걸었다.

스토아주의는 오늘날 인터넷상에서 유독 인기가 많다. 현시대의 문제에 발맞추어 팟캐스트나 블로그, 토론 게시판에 불쑥 등장하곤 한다. 심지어 관심 있는 상대에게 문자메시지를 보냈는데 답장이 오지 않을 때 어떻게 하면 좋을지 묻는 상황에서도 말이다. 회원 수가 약 14만9000명에 달하는 스토아주의 레딧Reddit 게시판에서는 올바른 현대적 스토아주의를 구성하는 요소가 무엇인지를 두고 논쟁이 벌어지기도 한다. 인터넷 때문에 불행해지는 상황을 막으려면 어떻게 해야 하는지, 인간의 충동성을 건강하게 만족시키기 위한 자위행위에 관한 스토아주의적 관점은 무엇인지에 대한 논쟁을 벌인다. ("키아누 리브스는 스토아주의자인가요?" 누군가 이렇게 묻는다. 답하자면 영화〈매트릭스〉속 그라면 그럴 것이다. 스토아주의자로서 여전히 고군분투하며 살아갈 것이다.)

　　스토아학파 철학자는 우리가 사는 사회에는 결함이 있고 기대할 만한 점도 있다는 사실을 기꺼이 받아들인다. 과도하게 타락하지만 않는다면 말이다. "우리는 삶에서 현자의 길과 세속의 길 사이에서 중용을 지킬 수 있어야 한다." 65년, 네로 황제의 명령에 따라 스스로 죽음을 맞은 스토아학파 철학자 세네카가 남긴 글이다. 스토아철학은 교조적이지 않다. "적극적으로 판단하고 자신을 올바로 인식하는 과정이다. 순간순간 선택해야 하며, 그 즉시 바뀌기는 어렵다. 세네카 역시 금욕이 겉으로 드러나는 모습을 금욕의 이상을 실현하려는 헌신이라고 착각해서는 안 된다고 주장했다. "금과 은이 없는 것을 소박한 삶의 증거로 여겨선 안 된다." 그러나 우리가 우아한 소박함에 도달하려면 약간의 재물은 필요할 터다. 네로 황제의 스승이자 조언자였던 세네카는 사실 물질적 부를 풍족히 누렸다. "이 아름다운 가구, 오래 묵은

와인, 그늘을 제공하는 나무들은 왜 존재하는가?" 세네카는
위선의 증거를 찾으며 자신에게 물었다. 대답은 간단했다.
세네카는 주어진 환경과 인간의 불완전성 내에서 자신이 할
수 있는 만큼을 했다. "철학은 검소한 삶을 요구할 따름이다.
고행이 아니라."

　　소박함은 쾌락의 결핍을 의미하는 것이 아니다. 2세기
로마 황제 마르쿠스 아우렐리우스는 미니멀리즘의 쾌락주의에
관한 완벽한 경구를 남겼다. 평생에 걸쳐 스토아철학이 담긴
격언들을 기록한 『명상록』에서 그는 이렇게 말했다. "진정
아름다운 것은 그 무엇도 필요치 않다."

　　세네카가 다소 물질주의적 위선을 보였음에도 초기
기독교도들은 그를 택하고, 사후에 이교도에서 기독교도로
전향시키기도 했다. 그러나 제아무리 세네카라도 훗날의
성인들이 그렇게 극단적이기를 원하지는 않았을 것이다.
13세기에 프란체스코회(작은 형제의 수도회)를 설립한
아시시의 성 프란체스코에게 지나친 금욕이란 없었다.
성 프란체스코는 제자들에게 가난하게 살겠다는 서약을 받고
뻣뻣한 회색 수도복을 입게 했다. 성 프란체스코의 전기를
쓴 첼라노의 톰마소는 그가 "프란체스코회 내에서 세 겹으로
된 옷을 입거나 쓸데없이 부드러운 옷을 입는 사람들을
혐오했다"라고 기록했다. 성 프란체스코는 자제력은 신앙심
다음으로 중요한 덕목이며 물질주의는 사탄과 같다고 말했다.
프란체스코회 규칙에도 이렇게 썼다. "돈은 돌만큼도 더 쓰거나
찬탄하지 말아야 한다. 악마는 돌 이상으로 돈을 원한다.
돈을 가치 있다고 여기는 사람들을 눈멀게 만들려고 한다."

프란체스코는 자기희생을 행위예술로 만들었다. 가난한 사람들에게 옷을 벗어주고 본인은 벌거벗은 채 다니는 행동에 심취했다. 한번은 프란체스코가 한 수도원을 방문했는데 그를 위한 방이 따로 마련되어 있었다. 하지만 잘 정돈된 방이라는 것이 문제였다. 프란체스코는 자기가 잠자리에 들기 전에 이 방을 흙과 나뭇잎으로 더럽혀달라고 주문했다. 불편해야 편안히 잠들 수 있다는 것이 그 이유였다. 돌과 나뭇조각이 그의 베개가 되었다. 그의 제자들은 신앙심을 증명하기 위해 금식을 시작했고, 프란체스코가 그들이 목숨을 잃을까 염려해 함께 식사하도록 할 때까지 멈추지 않았다. 물질적 만족을 추구하는 행위는 그 사람이 신의 은총을 잃었다는 신호라고 프란체스코는 말했다. "영혼이 기쁨을 찾지 못한다면 그걸 찾는 육체 이외에 무엇이 남겠는가?"

미국에는 세속의 금욕주의 성인 헨리 데이비드 소로가 있다. 1845년부터 1847년까지 단순함의 기쁨을 찾아 숲속으로 들어간 것으로 잘 알려진 인물이다. 그런데 더 정확히 말하자면 소로는 친구 랠프 월도 에머슨이 소유한 땅 월든 호수 근처 숲속에 있었다. 아담한 월든 호수는 매사추세츠주 콩코드 시내 중심가에서 해 질 무렵 걸어가기 알맞은 거리에 있었다. 콩코드는 소로가 어린 시절을 보낸 곳이었고, 소로의 어머니가 여전히 살고 있어서 소로가 원하면 언제든 찾아가 어머니의 음식을 먹을 수 있는 마을이었다. 적어도 사회로부터의 도피라는 관점에서 따진다면 소로의 행보는 집에서 뛰쳐나온 아이가 집 근처 길모퉁이에 자리 잡은 형국에 더 가깝다.

직접 지은 투박한 오두막에서 살았던 소로는 "삶의
본질만을 향하고자" 했다고 자신의 저서 『월든』에 썼다.
"깊이 있는 삶을 살며 삶의 정수를 모두 흡수하기 위하여 삶이
아닌 것들은 죄다 무찔렀던 스파르타인처럼 강건하게 살고자"
했다. 그렇다. 좋은 삶은 정제된 삶이지, 넘쳐서 버려져야 할
과잉의 삶이 아니다. 거기에 진실이 있다. "사치스러움, 소위
삶의 안락함이라 여겨지는 많은 것들은 필수가 아닐뿐더러
결정적으로 인류의 고결함을 방해하는 장애물이다."

소로는 자기가 행한 실험이 누구에게나 가능하다고
설득했다. 그러나 하버드대학교 졸업생이라는 이점은
아무나 가질 수 없으며, 시골 생활의 취미를 수익성 있는
원고로 변모시키는 것이 가능한 작가는 흔치 않다.
캐스린 슐츠는 《뉴요커》에서 이에 관해 신랄하게 비판했다.
소로는 "자기도취에 빠져 있으며 자기 통제력을 광신했고
세계를 이해하고 발전시키는 데는 자기 자신 외에 아무것도
필요 없다고 단호히 믿었다".

소로는 반복되는 오해의 씨앗을 뿌리기도 했다. 계몽
사상으로서의 소박함이란, 소로 본인에게 이국적으로
여겨지는 시대와 장소에서 이미 발견되었다는 믿음이었다.
소로는 "사치스러움과 안락함이라는 측면에서 현자들은
가난한 사람들보다 더 소박하고 변변찮은 삶을 살았다"라고
썼다. "중국, 인도, 페르시아, 그리스의 고대 철학자들은
겉으로 보이는 모습만 보면 누구보다도 가난했지만 내면은
누구보다도 풍요로웠던 부류다." 세네카의 와인 창고는
그렇다 치자. 고대 철학자의 대다수는 소로가 당대에 그토록

혐오하던 관행인 노예제를 유지한 계층이었을 가능성이 크다. 그런데 진정한 금욕은 여기가 아닌 다른 곳에서 받아들여야 한다는 인식은 지금도 남아 있다.

스토아학파, 프란체스코, 소로는 사회가 혼란하거나 파국에 치달은 시점에 회피 전략을 썼다는 공통점을 갖는다. 사회를 전복하기보다 현 상태를 바로잡거나 개선하려는 사람들의 대처법이다. 그들의 지향점은 생존이다. 미니멀리스트는 어려운 상황에 놓이면 자아를 방어적으로 수양하는 데 몰두한다. 손리사 앤더슨이 자신의 방을 청소한 예를 떠올려보라. 그러나 이런 식으로 물러나는 건 역행이다. 궁극적으로 미니멀리스트는 더 좋은 세상을 향한 욕망과 자기가 가진 영향력의 한계를 조율하는 실용주의자다. 이는 보통 외면보다는 내면에서 벌어지는 개별적 과정이다. 우리의 침실은 깨끗해졌을지 몰라도 세상은 여전히 형편없다.

소로의 또 다른 성취라면 노예제 폐지, 채식주의, 환경보호 등의 의제를 대중화한 점이다. 요즘 사진집이나 TV 리얼리티 쇼의 주역으로 등장하는 소형 집이라는 개념도 어쩌면 소로가 처음 설파했는지도 모르겠다. 소로가 살던 오두막집의 크기는 가로 3미터, 세로 4.5미터에 지나지 않았다. 그런데 소로는 그보다 훨씬 작은 크기의 버려진 열차 칸을 눈여겨본 적도 있었다. 여기에 공기 통하는 구멍을 뚫으면 초소형 집이 되지 않을까 상상했다. "사람들은 이런 곳에서 살면 얼어 죽을지도 모른다는 생각에 더 넓고 화려한 집을 찾는다. 그리고 월세를 내느라 죽을 만큼 괴로워한다."

그러므로 미니멀리즘은 마지막 수단이다. 물질적

안정이나 삶의 길을 통제할 수 없다면 달성하기 쉬운 지점까지
우리의 기대를 낮추는 수밖에 없다. 그건 기차 객차나
캠핑카에서 살아간다는 의미일 수도 있다.

1 - Ⅳ

미국인들은 유독 미니멀리즘에 쉽게 매혹된다. 자기
자신을 올바로 인식하고 새로이 시작하는 일에 힘이
있다는 믿음은, 집 바닥만 청소해도 과거의 짐을 털어내고
마법처럼 새로운 사람이 될 수 있을 거라는 생각이 들게
한다. 이러한 미국인들의 성향은 보스턴 항구에서 배에 실린
차를 내던져버렸던 상징적인 역사가 출발점일 수도 있다.
아니면 영국에서 메이플라워호를 타고 미국으로 건너온
청교도(필그림 파더스)와 개척자들이 서부의 아메리칸인디언
거주지로 향하기 전까지 그곳이 그저 빈 땅일 거라고 오인했던
역사가 그 시작일 수도 있다. 미국인들은 스스로 연약하지
않고 과거에 연연하지 않는다는 걸 증명하려 하며, 그게
없어도 충분하다고 생각하고 싶어 한다. 사실 미국에서는
곤도 마리에 이전에도 미니멀리즘적 믿음을 추구하는 사례가
반복적으로 나타났다.

　　1920년대 미국 철학자 리처드 그레그는 인도로 가서

간디와 함께 연구하며 비폭력 저항 이론을 확립했다. 십수 년 후에 마틴 루터 킹 주니어에게 영감을 주기도 한 이론이다. 후속으로 1936년에 발표한 논문은 「자발적 단순함의 가치The Value of Voluntary Simplicity」로, "광고에 쏟아붓는 종이와 잉크의 엄청난 양"과 계속 증가하는 물질적 상품 수요에 의존하려는 산업화 국가들의 방식을 비판했다. 그건 대량생산이 가능한 새로운 제조업체만이 감당할 수 있었다. 그레그는 "우리는 기계와 기술이 시간을 절약해 주고 더 많은 여가를 누릴 수 있게 해줄 거라고 생각한다. 하지만 실상 우리의 삶은 더욱 복잡하고 분주해진다"라고 썼다. "끝없는 기계의 발명에 제동을 걸어야 할 때다." 그레그는 당대의 전화기와 헨리 포드의 자동차를 비판했다. 새롭게 부상한 주식시장의 거래자들이 보여준 탐욕 또한 대공황을 불러오는 데 일조했다.

그레그는 분주한 삶에 대한 해결책으로 "자발적 단순함voluntary simplicity"이라는 개념을 내놓았다. 그러면서 자발적 단순함이란 "목적의 단일성, 진실성, 내면의 정직이며, 삶의 주된 목적과 무관한 많은 소유물로 인한 외면의 혼잡스러움에서 벗어나는 것이다"라고 정의했다. 자발적 단순함은 물질적 소유 대신 예술품 감상이나 우정, 사랑 같은 정신적 소유를 강조한다. 그레그는 우리가 이미 물질적 풍요를 이루었는데 왜 더 많은 부를 축적하기 위해 계속 경쟁해야 하느냐고 질문한다. 부를 이루어 과도한 물질을 소유한 우리는 매일 지나치게 많은 결정을 내려야 하는 압박에 시달리면서 불안해한다. 이 결론은 21세기를 향한 예언처럼 들리기도 한다. (미국의 스탠드업 코미디언 조지 칼린은

1986년 어느 스탠드업 코미디 무대에서 조롱하듯 이 문제를 다뤘다. "인생의 의미는 그게 다예요. 내가 산 물건을 어디다 놓을지 찾느라 애쓰는 것.") 단순함을 택하면 일종의 "심리적 청결psychological hygiene"을 누릴 수도 있다.

그레그는 당시 성행하던 유럽의 모더니즘 건축과 함께 새로운 미적 체계로서 자발적 단순함을 바라보았다. 그는 서양의 가구와 실내장식에서 보이는 과도한 스타일과 달리 색과 질감이 전체적으로 부드럽게 조화를 이루도록 하는 일본 전통 여관을 방문한 경험을 인용하기도 했다. "복잡성 속에도 아름다움은 있다. 그러나 복잡성이 아름다움의 정수는 아니다." 1세기 전 소로처럼 그레그도 자기가 옹호하는 단순함이라는 가치의 정수를 서양이 아닌 다른 곳에서 찾았다. 인도의 브라만 계급은 이미 계몽사상으로서 금욕적 삶을 살았으며, 중국 지도자들도 마찬가지여서 중국 농민들로서는 그 사실이 놀랍게 느껴졌을 수도 있다.

그레그는 단순함이 가난에서 비롯되는 상대적 박탈감에서 벗어나는 해법이 될 수 있다고 생각했다. 특권층이 자발적으로 덜 소유하는 삶을 살기로 선택하면 가난한 계층도 열등감을 잊고 자신의 '강제된 단순함'을 받아들이기가 더 편해지기 때문이라는 것이 이유였다. 그러나 그것은 복잡한 구조적 문제를 해결하기에는 지나치게 피상적인 발상이다. 필요할 때 의료서비스나 법적 보호를 보장하는 데 아무런 도움도 안 되기 때문이다. 그런데 오늘날에도 이 같은 이야기가 반복되고 있다. 가난한 사람이 더 열심히 벌고 덜 써야 가난에서 벗어날 수 있다는 식의 주장 말이다.

그레그의 논문은 영향력이 컸다. 하지만 주류가 되기까지는 다소 시간이 걸렸다. 40년 후인 1977년, 트렌드 분석가이자 사회참여 지식인으로 활동한 두에인 엘긴을 이제부터는 '미래학자'라고 불러도 될 것 같다. 그와 아널드 미첼이 한 보고서에서 자발적 단순함의 개념을 되살려냈기 때문이다. 미첼의 보고서는 나중에 『자발적 단순함: 외면은 단순하게, 내면은 풍족하게 사는 방식을 지향하다Voluntary Simplicity: Toward a Way of Life That Is Outwardly Simple, Inwardly Rich』라는 제목의 책으로 발간되어 베스트셀러가 되었다. 《월 스트리트 저널》은 이 책을 단순함을 지향하는 사람들을 위한 지침서라고 평했다. 엘긴의 이 책은 이후 2010년까지 여러 차례 재발간되었다.

엘긴은 2000년을 앞두고 정부 산하의 인구 정책 위원회에서 일했으며 나중에는 비영리 연구소 SRI 인터내셔널에서도 일했다. 그는 "단순한 삶으로 돌아가고자 하는" 추세를 수년 동안 관찰했고, 언론은 이를 새로운 전형으로 자리 잡게 했다. 시골로 이사하기, 직접 빵 굽기, 협동조합 설립 등의 실천은 1968년경 스튜어트 브랜드가 창간한 《지구 백과》의 기술적 유토피아주의와 결합된 새로운 사회철학을 구성했다. 엘긴은 그레그의 자발적 단순함을 뜻하는 영어 'voluntary simplicity'의 머리글자를 따서 VS라는 브랜드를 새로 만들었다. 몇 세기에 걸친 역사가 깃든 이 개념이 마치 어느 기술적 장치의 명칭처럼 들린다. 미니멀리즘이 어떻게 과거를 지우는지 보여주는 또 한 가지 사례다.

엘긴 식의 VS는 '단절감'을 동력으로 삼았다. 경제적, 정치적 구조는 인간의 척도 이상으로 커진 상황이었고, 사람들은 거대한 구조에서 자신을 분리하고 싶어 했다. 엘긴은 사람들의 이러한 태도를 애국주의와 연결했다. 엘긴은 그런 종류의 애국주의를 긍정적으로 바라봤다. 엘긴은 단순함을 향한 열망이 "미국독립혁명을 이끈 꿋꿋한 독립성을 연상하게 한다"라고 썼다. 물건을 버리는 행위는 단순히 바람직한 일이 아니라 애국적인 일이 되었다.

엘긴이 기록한 단순하고자 하는 '절박감'은 당시 일어나고 있던 익숙한 유형의 전 세계적 대혼란으로 더욱 강화되었다. 에너지 고갈이라는 만성적 위협, 테러리즘의 팽창, 자원이 고갈되기 전에 환경오염 물질로 인해 죽음에 이르게 될 가능성, 늘어나는 사회문제와 무목적적 태도 같은 혼란이 그것이다. 엘긴은 이러한 혼란의 원인을 주로 "덜 발전한 국가"의 "늘어가는 수요" 탓으로 돌렸지만, 사실 수십 년이 지난 지금도 우리는 같은 문제를 염려하고 있다.

VS에 걸맞은 인물인 척 버턴은 현재 60대 후반의 남성으로 과거 샌프란시스코 베이 에어리어에서 중상류 계층의 사치를 누리며 자랐다. 버턴은 대학에 입학해 징집을 피했고, 학교에 다니던 중 환각제인 LSD에 빠져들었다. 1971년에는 유럽에 체류하면서 배낭을 메고 이 집 저 집 돌아다니며 지냈다. 지금과 달리 여행자를 위한 앱이 없던 시절이다. 미국으로 돌아온 뒤에는 임시직으로 일하며 그룹 하우스에서 살았다. 그곳에서 버턴은 엘긴의 책을 처음 접했으며 그의 철학이 옳다고 느꼈다. 버턴은 자기처럼 검소와

여행을 삶의 중요한 가치로 여기는 여성과 결혼했다. 두 사람은 딸이 태어나자 한곳에 정착하기로 마음먹었다. 차를 사고 오리건주의 어느 작은 마을에 약 79제곱미터 크기의 집을 마련했다. (버턴에 따르면 성장한 그의 딸은 이제 구제 불능의 물질주의자가 되었다고 한다. 부모의 양육 방식에도 불구하고, 아니 어쩌면 그 방식 탓에 그렇게 됐을 수도 있다.) 버턴은 여전히 VS의 방식을 따르고 있다. 1년 중 4개월은 여행을 다니고, 독서와 하이킹, 손주 보는 일을 최우선으로 두고 살아간다. "큰 집과 큰 차는 블랙홀이나 마찬가지다. 내가 사랑하는 것들은 거의 돈이 들지 않는다."

엘긴은 2000년까지 VS를 지지하는 사람들의 수가 9000만 명에 이를 것으로 예측했으며, 1977년에 1000만 명까지 확인했다. 엘긴의 브랜드 VS는 살아남지 못했을지라도 개념만큼은 오늘날의 미니멀리즘에 오롯이 반영되었다. 엘긴은 미니멀리즘이 개인의 취향을 더 많이 강조할 것이라는 점도 알고 있었다. "물질적 단순함은 소비 방식에서 확연히 드러날 것이다. 덜 금욕적이며 더 미학적인 방향으로." 이것은 달리 말하면 간소화가 아니라 양식화다. 엘긴은 진정성을 전시해야 한다는 압박감에 사로잡히는 소셜미디어의 시대를 예견했다. 우리가 지금 인스타그램에서 보고 있는 유형 말이다. "사람들은 저마다 자신의 소비수준과 소비 패턴이 품위와 진실성을 갖추면서도 일상의 실용적 예술에 들어맞는지 신중히 검토할 것이다."

우리는 자신이 소비하는 물건의 '양'으로 자기 정체성을 확립하지 않을 때 자신의 소비 '방식'과 신중한 결정 과정이

지닌 가치를 좀 더 잘 알아볼 수 있다고 믿는다. 작은 차이에서 오는 나르시시즘의 일종이다. 제한된 선택권 안에서 고른 작고 세밀한 부분에 자부심을 느낀다. 자신이 처한 환경을 완전히 뒤바꿀 수 없는 상황에서 그나마 더 나은 기분을 느끼는 방법이다.

그레그와 대공황의 사례에서 보듯 엘긴의 이론은 1960년대 후반 사회적 대격변의 시기를 지난 후인 1970년대의 사회 분위기에 잘 맞았다. 환각제는 그다지 바뀐 것이 없었고, 낡은 사회체제가 다시 고개를 들었으며, 베트남전쟁에서 상처 입은 참전 용사들이 쫓겨나듯 돌아왔다. 1990년대 들어서자 단순함을 추구하는 경향이 또다시 유행하기 시작했다. 관련 책이 여럿 출간되었는데, 그중 하나가 재닛 루어스의 1997년 작 베스트셀러 『단순한 삶을 위한 지침The Simple Living Guide』이다. 《뉴욕타임스》는 불황에 따른 기업의 인원 감축은 사람들이 "덜 사고 덜 벌기"를 택하게 된 원인 중 하나라고 지적했다. 이러한 사례로 미루어보건대 미니멀리즘은 늘 위기 뒤에 따라온 것 같다. 그건 2010년대에도 마찬가지였다.

그레그와 엘긴이 비판하고 여러 미니멀리스트 블로거가 맞서 싸운 대상은 바로 자본주의적 상태다. 마르크스 식으로 말하자면 소비지상주의는 일종의 소외를 낳는다. 노동자가 자신의 노동으로 생산한 제품과 분리되어 있으며 시간당 임금으로 보상받는다면 직업적으로나 가정적으로나 어떤 만족감도 얻을 수 없다. 이로써 노동자는 자본 획득만을 유일한 자아실현의 방법이라고 여기며 이에 의존하게 된다. 우리가 그저 물질을 얻기 위해 일한다면 결국 축적된 물질이 우리를 지배할 것이다. 나아가 우정이나 기쁨, 공동체 같은 상품화할 수 없는 가치와 멀어지게 된다. 1844년에 카를 마르크스는 이렇게 썼다. "노동은 욕구를 충족하지 못하고 그저 외부의 욕구를 만족시키기 위한 수단이 되고 만다."

마르크스는 또 이렇게 강조했다. "자기 존재가 줄어들수록 소유가 늘어난다. 자신만의 삶을 덜 표현할수록 소외되는 삶의 비중이 높아지며 소외는 더 많이 축적된다." 그러므로 물질은 행복의 적이다. 단지 집이 복잡해지기 때문만은 아니다. 이처럼 소외가 커지는 구조 속에 있기 때문이다.

1 - V

열정적인 미니멀리스트에게 미니멀리즘은 일종의 테라피다. 모든 걸 제거하려는 충동은 마치 완전무결한 단순함이라는 새로운 미래로 가는 길을 열기 위해 과거를 축출하는 엑소시즘처럼 느껴진다. 그것은 명백한 단절을 뜻한다. 우리는 이제 물건을 잔뜩 사들이는 데서 행복을 찾지 않을 것이다. 그 대신 신중히 고민해 간직하기로 한 물건들, 우리의 이상적인 자아를 대변할 수 있는 물건들로 만족할 것이다. 물건을 더 적게 소유함으로써 마침내 마르크스가 규명한 소외의 상태에서 벗어날 수 있을 것이다. 만연한 소비지상주의에 굴복하지 않고 엄격히 선별하는 태도를 갖춤으로써 새로운 정체성을 확립할 수 있을 것이다.

그런데 그것은 적어도 곤도 마리에의 책이나 여러 소셜미디어 계정, 많은 인기를 끈 넷플릭스 시리즈 덕에 대중화된 모델이다. 곤도의 책들은 미국 주류 문화에서 놀랄 만큼 크게 인기를 끌었다. 사실 곤도 마리에는 그가 쓴 책이

600만 부나 팔려나가리라고 예상할 만한 인물은 아니다. 이 젊고 얌전한 일본인 여성은 대개 통역사의 도움을 받아 영어로 말한다. 어릴 때부터 집 안의 온갖 잡동사니가 그를 사로잡았다. 열아홉 살 때부터 본격적으로 청소업을 시작했고 금세 예약 대기 명단이 꽉 찼다. 그러다 '10년간 사랑받는 베스트셀러 쓰는 법'이라는 제목의 출판 강의를 들었고, 그곳에서 한 일본 출판인이 곤도의 타고난 정리 능력과 카리스마를 포착했다. 그의 도움으로 곤도는 강의의 목표를 단숨에 달성했다. 2011년 일본에서 출간된 곤도의 책은 출판 직후부터 잘 팔렸지만, 그해에 쓰나미가 일본을 강타하면서 더욱 힘을 얻었다. 쓰나미로 국가적 트라우마가 남은 일본 국민들이 소유한 물건과 자신의 관계를 다시금 생각하는 계기가 된 것이다.

『인생이 빛나는 정리의 마법The Life-Changing Magic of Tidying Up』의 영문판은 2014년에 출간되었다. 그리고 한 저널리스트가 《뉴욕타임스》에 곤도 마리에의 정리법을 자기 식대로 실천한 이야기를 기사로 게재하면서 미국에 곤도 마리에 붐이 일기 시작했다. 나는 곤도의 첫 책을 중고로 샀다. 누군가 한바탕 청소를 벌이면서 생긴 희생물이었을 것이다. 이 책에서 설명하는 "곤마리 정리법"은 흥미롭게도 꽤 엄격하다. 정리하는 물건을 하나씩 차례로 들고 살피며 보관할지 버릴지 결정하는 과정은 마치 의식을 치르는 듯한 매력이 있다.

물건을 버릴 때는 먼저 그간의 수고에 감사하는 인사를 건네야 한다. 이 의식은 고대 일본의 신도神道와 연관이 있다. 신도는 모든 사물에 영혼이 있다는 믿음을

갖는 애니미즘animism을 바탕으로 한 종교다. 곤도는 잠시
신사에서 일한 적이 있는데, 그때 신도를 받아들인 듯하다.
독자는 곤도의 엄격한 신조를 따라야만 제대로 성공할 수
있다. 곤도는 누구나 자기만의 정리법을 찾아야 한다고
주장하면서도 "잘못된 전통적 접근법"에 따라 청소하는
사람들을 비판했다. 그의 주장에 따르면 일단 옷부터 시작해
책과 각종 서류, 온갖 잡동사니의 차례로 접근해야 한다.
사진이나 기념품 같은 감상적인 물건은 맨 마지막이어야 한다.
그래야만 강력한 힘을 가진 물건이 주는 설렘을 섬세하게
느낄 수 있는 감수성을 차근차근 쌓아 올릴 수 있기 때문이다.
청소하는 동안 음악을 틀지 말아야 하며 하루 중 가장 좋은
때는 오전이다. 신선한 공기가 "마음을 맑게 지켜주기"
때문이다. 과거를 추억하는 일은 최대한 자제해야 한다.
곤도는 다시 꺼내 읽을 책은 결국 몇 권도 되지 않는다며 가진
책을 대부분 버리라고 권한다. 책은 한 가정당 서른 권이면
충분하다는 주장에 책을 사랑하는 독자들이 강력히 반발한
적도 있다.

　　그런데 곤도의 방식은 '선택의 착각illusion of choice'을
일으킬 소지가 있다. 집에 무엇을 남길지 선택하는 것은
여러분이지만, 어떻게 개켜서 넣고 진열하는지 꼼꼼히
알려주는 것, 즉 물건과 어떤 관계를 맺어야 하는지 알려주는
것은 곤도다. 구석에 박혀 있는 물건들을 전부 끄집어내고
나면 자기가 얼마나 많은 물건을 소유하고 있는지, 또 그중에
필요 없는 물건이 얼마나 많은지 새삼스레 깨닫게 된다.
무엇이 시시한 것인지 배우는 과정인 셈이다. 자기 인생에

무엇을 포함할지 생각을 거듭하다 보면 서서히 습관이 들어 잘 정리된 상태를 오래도록 유지할 수 있다. 곤도는 자기 고객 중에 원래대로 되돌아간 사람은 단 한 명도 없다고 자랑스럽게 말한다. "집을 극적으로 재배치하면 삶의 방식과 관점이 극적으로 변화합니다." 독자들은 소비지상주의를 버리고 정리정돈된 삶을 택했다. 곤도는 반자본주의자처럼 보일 수도 있지만, 사실 그의 말을 실천하려면 그가 쓴 책들을 사들여야 한다. 결국 곤도는 상업적 브랜드로 탈바꿈했다. 이제 곤도의 회사는 물건을 정리해 넣을 수 있는 고급 상자를 팔고, 곤도를 추종하는 사람들을 위한 자격증 수업을 비싸게 판다.

그러나 곤도가 등장하기 전부터 이미 미니멀리즘의 상품화는 진행되고 있었다. 곤도는 미니멀리즘이라는 개념을 받아들인 작가가 급증한 2010년대 유행 흐름의 정점이었을 뿐이다. 영어권에서 곤도보다 앞서서 미니멀리즘을 주장한 사람들은 생활 방식에 관해 이야기하던 블로거로, 2008년부터 블로그 '미니멀리스트 되기Becoming Minimalist'를 운영한 조슈아 베커, 2010년부터 블로그 '덜 소유하고 더 넉넉하게Be More with Less'를 운영한 코트니 카버 등이 있다. 더 미니멀리스트는 직접 집필한 책『미니멀리즘: 의미 있는 인생 살기Minimalism: Live a Meaningful Life』를 자비로 출판하기도 했다.

미니멀리스트의 생활 방식을 다룬 책은 따분한 경우가 많다. 지나치게 감상적이면서 평이하다. 구체적 실천법을 알려주는 실용서가 많으며 주로 자기 계발서로 소개된다. 각각의 책을 살펴보면 영감을 얻은 순간과 이후의 결과로 나뉘는 단순한 구조를 지닌다. 저자를 미니멀리즘으로 이끈 위기의 순간이나 미니멀리스트가 된 사연을 서술하고 이후 삶이 어떻게 긍정적으로 변화했는지 알려준다. 이 책들은 보통 자잘한 소제목으로 나뉘며 중요한 구절은 마치 학교 교과서처럼 볼드체를 써서 강조하고 있다.

이 책들은 모두 엇비슷한 비전을 제시한다. 베커는 "이 물건들을 전부 다 소유할 필요는 없다"라고 말한다. 미니멀리즘이 제공하는 보상은 이렇다. 돈과 관대한 태도와 자유가 늘어나고, 스트레스와 정신적 혼란이 줄어든다. 나아가 지구 환경에 나쁜 영향을 덜 끼치며 소유하는 물건의 질이 높아지고, 스스로 느끼는 만족감이 커진다. 베커가 중요하게 생각하는 항목이 줄줄이 나열된다. 이러한 미니멀리즘 책들은 내용도 그렇지만, 시각적으로 안정적인 디자인도 비슷하다. 표지는 하나같이 부드러운 색조에 편안한 서체로 디자인되었으며, 이는 인스타그램 게시물로 적합하다. 꼭 읽지 않아도 충분히 영감을 준다.

깔끔한 정리 정돈에 관한 차분한 책이 수익을 보장하며 유행하자 출판업계는 그 흐름에 올라타려고 노력했다. 곤도 마리에와 가장 비슷한 예로 사사키 후미오가 있다. 사사키가 쓴 『나는 단순하게 살기로 했다Goodbye, Things』의 영문판은 2017년에 출간되었다. 일본에서 넘어온 이 책은 곤도를 담당한 출판사인 크라운Crown이 아니라 W. W. 노튼W. W. Norton에서 나왔다. "그는 그냥 평범한 남자다." 출판사는 이런 홍보 문구로 곤도와 선을 그었다. 서른다섯 살이며 출판업에 종사하는 그는 자신을 '실패자'라고 여겼다. 그러다 갖고 있던 책과 DVD, 빈티지 카메라, 앤티크 조명, 온갖 의류 등을 모두 버리기로 작정했다. 이런 물건들이 더는 자신을 행복하게 만들어주지 못한다고 생각했기 때문이다. 사사키의 책 앞부분에 잡다한 물건들을 치우기 전 그의 집과 현재 집 사진이 실려 있는데, 지금은 황당하리만치 텅 비운 공간에 낮은 테이블 하나와 소파로도 쓸 수 있는 개켜놓은 이불 한 채만 남아 있다.

사사키는 음악이나 영화 같은 자신이 열망했던 창조적 영역에서 실패했다고 생각했다. 그래서 이렇게 소유한 물건들을 버리는 작업 자체가 하나의 예술 활동이 될 수 있다고 주장했다. 사사키는 적게 소유하는 삶이 순수함과 진정성을 지키는 이상적 상태라고 보았다. 우리는 이를 역사 속에서 올바로 이어오지 못했으며, 사사키 자신의 나라에서 특히 그러했다고 말했다. "우리는 본래 이 세상에 태어날 때부터 미니멀리스트였으며, 우리 일본인들은 한때 미니멀리스트로서 삶을 산 적도 있었다." 사사키는 정리 정돈과 더불어 '디지털 디톡스'를 제안하며 스마트폰을 내려놓고 선종 불교에서 교리로 삼는 명상과 요가를 수련해 자신을 단련하자고 권했다.

소유를 늘리지 말아야 한다는 가르침이 무색하게도 이 트렌드는 서점 매대를 채우는 온갖 미니멀리즘 키치 문학을 양산했다. 곤도의 책은 일러스트 북이나 코믹 북으로도 출간되었다. 포켓 사이즈의 『정리 정돈을 위한 작은 책Little Book of Tidiness』에는 미니멀리즘에 관련된 격언이나 인용문이 담겨 있으며 그중에는 곤도 마리에가 한 이야기도 포함돼 있다. "왜 자꾸 물건을 사들여 정신을 혼란스럽게 만드나요?"
'이키가이いきがい'를 다룬 책도 있다. 이키가이는 '사는
보람'을 뜻하는 일본어로 넓은 의미로 삶의 목적을 찾는
방법을 일컫는다. 일본학 전문가이자 인생 코치인 베스
켐프턴은 일본의 미의식을 아우르는 '와비사비わび・さび'라는
개념을 제시했다. 와비사비는 넓은 의미로 의역하자면
"완전한 불완전함"을 뜻한다고 볼 수 있는 일본어다. 켐프턴은
"정신이 충만한 단순함"과 "사물의 본질을 있는 그대로
반영하는 아름다움에 대한 직관적 반응"이 꼭 필요하다고
말했다.

이러한 흐름은 곤도 마리에를 다룬 넷플릭스 프로그램
〈곤도 마리에: 설레지 않으면 버려라〉로 정점에 달했다.
2019년 1월 1일에 공개된 이 프로그램은 새해 초가 되면
자신의 삶을 스스로 재정비하고자 하는 사람들의 마음을
이용했다. 새해를 맞아 자신을 새롭고 더 깨끗하게 만드는
일 말이다. 곤도는 미국에 자리 잡고, 캘리포니아 전역을
돌아다니며 집과 삶, 마음속까지 엉망진창으로 흐트러진
가족을 곤마리 정리법으로 돕고자 했다. 이러한 프로그램은
곤도를 추종하는 새로운 마니아들을 양산했다. 인터넷에
곤도와 관련한 밈이 엄청나게 올라오기 시작했고, 꽉 채운
쓰레기봉투와 가지런히 정리된 서랍 속을 찍은 사진에
#sparkjoy라는 해시태그를 달아 인스타그램에 올리는 사람이
속출했다. 이 해시태그를 통해 곤도가 자신들의 노력을
자랑스럽게 여겨주기를 바란 것이다. 중고품 가게는 기부
물품이 넘치는 부흥기를 맞이하기도 했다.

이 TV 쇼의 목표는 영상에 깔리는 곤도의 설명처럼 "세상이 설렘을 택하도록 영감을 주는 것"이다. 그걸 원하지 않는 사람이 누가 있을까? 리얼리티 쇼의 자기 고백적 포맷은 다분히 프로이트적이다. 곤도는 산처럼 쌓아두고 사는 옷가지와 서류, 온갖 책들에서 억눌린 감정을 끄집어낸다. 엄청난 양의 물건들은 가족 간의 갈등, 설거지를 둘러싼 부부의 다툼, 남편을 떠나보낸 여자의 슬픔을 상징했다.

곤도가 지켜보는 가운데 고객들은 짐 더미 속에서 하나씩 물건을 골라 어루만지며 조용히 감사의 마음을 전한 뒤 어떤 설렘도 주지 못하는 물건은 버리기로 했다. 집 안에 쌓여 있던 짐이 사라지면 머릿속의 묵은 짐도 함께 사라지면서 행복감이 찾아온다. "우리가 살아온 인생, 남편이 품었던 꿈, 그 모든 것이 지금 우리 집 바닥에 쌓여 있어요." 남편을 떠나보낸 아내는 남편의 유품을 정리하면서 눈물을 흘렸다. 하지만 정리 의식이 끝난 뒤 그는 말했다. "카펫 위에 공간이 생길 줄이야!" 정리가 끝나자 그는 집에 자신만의 공예 작업실을 마련할 수 있었다. 물건에 새겨진 감정들은 공간에 자리를 내주기 위해 자취를 감춘다.

곤마리 정리법 같은 미니멀리스트의 자기 계발법은 효과가 있다. 과정이 복잡하지 않고 단순하며 브랜드 슬로건처럼 기억하기도 좋다. 이 방법은 일종의 충격요법으로, 자기 정체성을 지키기 위해서 많은 소유물에 의존할 필요가 없다는 사실을 보여준다. 그 물건들을 버린대도 우리는 여전히 그대로 존재한다. 하지만 곤도의 구상이 그러하듯, 모든 상황에 맞도록 설계된 방법은 모든 사람의 집을 똑같이 만들고

각자의 독특한 개성을 지운다. 곤도의 넷플릭스 TV 쇼에서 한
여성이 엄청나게 많이 모아둔 크리스마스 장식을 대거 정리한
에피소드에서 이 점은 극명하게 드러난다. 어마어마하게 많은
목각 인형과 반짝이는 장식은 확실히 문제였다(주인공의
남편이 모은 야구 카드 더미도 마찬가지였다). 그러나 그걸
다 치워버린 그들의 집은 어떤 감흥도 일지 않았고, 마치
살균한 듯 말끔했다. 미니멀리스트에게 깔끔함이란 유일하게
허용 가능한 정상성이며 누구나 충실히 지켜야 할 상태다.
그게 얼마나 몰개성적으로 보이는지, 얼마나 억압적으로
느껴지는지 상관하지 않는다.

1 - VI

자기 계발서의 부드럽고 차분한 표지 디자인은 마치 달콤한
설탕 한 스푼 같다. 미니멀리즘 특유의 시각적 매력이
어떻게 가시밭길 같은 교리를 받아들이기 쉽게 만드는지
보여주는 하나의 예시일 따름이다. 패셔너블한 금욕의
미학은 일종의 브랜드 로고다. 어디서나 인식 가능하다.
엘긴을 비롯한 수많은 미니멀리스트가 시도했듯 단순함은
도덕적으로 결백하다는 느낌과 결부되어 우리에게
다가온다. 미니멀리즘으로 소비되는 제품이나 공간에 담긴
물건이 실제로 도덕적인지 그렇지 않은지는 상관없다.
미니멀리즘이라는 용어는 무분별하게 쓰이며 피상적인
스타일만 언급되고 있다.

　　이 글을 쓰고 있는 지금, 나는 한때 웅장한 교회였다가
호텔로 새로 태어난 건물의 로비에 앉아 있다. 아치형 천장
아래로 어찌 보면 보헤미안의 소굴 같은 공간이 펼쳐진 카페가
있다. 카페 안은 느긋하게 아침 식사를 즐기는 사람들과 자기
사무실이 없어 노트북을 들고 일할 곳을 찾아온 프리랜서들로

꽉 차 있다. 낡은 스테인드글라스 창은 투명한 패널로 교체되었고, 나지막한 푸른색 벨벳 소파와 검은색 육각형 탁자가 반복적으로 배치되어 있다.

　　기자들은 이 호텔을 미니멀리즘 스타일이라고 설명했고, 이곳에 와본 사람이라면 그 말에 분명 동의할 것이다. 이 호텔은 극도의 매끈함을 지향한다. 과거에 교회였던 건물의 역사적 흔적은 말끔히 지워졌다. 벽은 엷은 파란색으로, 천장은 흰색으로 페인트칠을 했다. 유리 벽들이 공간을 분리하는 역할을 하며, 사각형 황동 위에 달린 구체들이 공간을 환히 비춘다. 천장은 높고 뻥 뚫려 있으며 복층 위쪽도 개방형이다. 이 탁 트인 천장을 가르는 유일한 장식은 오르간 파이프로 만든 기하학적 조각품이다. 이곳의 디자인은 건축물 자체가 지닌 의미보다는 크고 탁 트인 공간이라는 점에서 관심을 끈다. 이 건물이 종교적 유산으로서 갖는 의미는 그저 즐거운 농담 정도로 슬쩍 흘린다. 이곳의 인테리어는 온통 눈속임처럼 단순함을 지향하는 디자인으로 채워져 있다. 카페나 공유 사무실, 상점, 에어비앤비에서 흔히 볼 수 있는 모습이다. 이러한 공간들이 상업적으로 성공하려면 다수의 고객에게 편안함을 제공할 필요가 있다. 미니멀리즘은 흥미롭지만 과하지 않은 공간을 만드는 데 적당하다. 그 외의 것들은 여백으로 자연스럽게 처리된다.

　　이 호텔은 유기체적 공동체가 아니라 상업 공간이다. 고객은 돈을 내고 카푸치노나 알맞게 구운 크루아상을 사 먹으며 호사스럽고 고급스럽게 디자인된 공간을 한두 시간 이용한다. 그 자체가 일종의 점유를 뜻한다. 흔치 않은 취향을 지향하는 여유로운 창의성의 점유다. 이것은 어떤 사람들에게 종종 열망의 대상이 되는 정체성이다. 호텔 방은 최신 유행에 맞추어 너무 격식에 얽매이지 않고, 애쓰지 않은 감각을 드러내기 위한 노력과 비용을 들여 장식되었다. 지나치게 오래되거나 새것 같지 않고, 과하게 딱딱하지도 헐렁하지도 않은, 딱 적당한 상태다. 조지 W. S. 트로는 1978년 《뉴요커》에서 어느 스타일리시한 레스토랑의 인테리어를 이렇게 묘사했다. "억압적으로 느껴지는 권위에 얽매이지 않고 완벽하다."(이 글에서 트로는 영국인이 사냥하는 모습을 프린트한 갈색 벨벳 벽에 대해 언급했다. 지금이라면 우아하다고 말하기 힘든 스타일이다. 취향은 늘 변하기 마련이고 미니멀리즘도 결국 그럴 것이다.)

이 호텔의 디자인은 호기심을 불러일으킨다. 아방가르드 현상이 어쩌다 2010년대의 일반적인 럭셔리 스타일로 자리 잡았을까? 그것도 미학적 상품과 금욕적 철학이 동시에 말이다. 구글의 색인 목록에 따르면 '미니멀리즘'이라는 단어를 언급한 횟수가 1960년과 2008년 사이에 5배가량 늘었다고 한다. 0에 가까운 수치에서 주류까지 올라온 것이다. 구글 내 미니멀리즘 검색 횟수는 2017년 1월 초에 엄청나게 높은 수치로 정점을 찍었다. 정리 정돈을 향한 열망이 디지털 고고학적 각인으로 남았다.

미니멀리즘 미학의 유행이 정점을 찍은 2016년에서 2018년 사이에 그 열풍을 확인하고자 한다면 그저 주위를 둘러보기만 하면 됐다. 뉴욕의 소호에 문을 연 여성 패션 브랜드 쿠야나는 매장 유리창에 "덜어서 더 좋은Fewer, better"이라는 문구를 밤낮으로 반짝이도록 붙여두어 지나가는 사람들의 눈길을 사로잡았다. 조명 브랜드 스쿨하우스는 "더 좋아지려면 더하지 마라want better, not more"라고 광고했다. 《T》 2016년 8월호 편집장의 글에 실린 구호는 "덜어낼수록 좋다Less, but Better"이다. 당시 편집장 데버라 니들먼은 "질 좋은 물건을 더 적게 … 우리의 옷장과 거실과 머릿속 여유 공간을 차지하고 있는 어중간한 물건들을 줄여야" 한다고 썼다. 니들먼의 구호는 독일의 산업디자이너 디터 람스에게 영감을 받았다. 애초에 디터 람스가 1970년대에 주창한 좋은 디자인을 위한 열 가지 원칙 중 하나가 "덜어낼수록 좋다less but better"였다. 이 말이 람스에게 효율성을 상징했다면 니들먼에게는 럭셔리를 상징했다.

미니멀리즘을 피하는 것은 불가능하겠다 싶은 순간이 있었다. 그날 나는 기차를 타기 위해 뉴욕 펜역에 갔다가 흰색과 검은색 줄무늬 원단에 가슴 쪽에는 'MINIMALISM'이라고 쓰인 셔츠를 입은 여성을 보았다. 그 글자들은 루이 비통이나 슈프림의 로고처럼 화려하게 반짝이며 마치 별 의미 없다는 듯 굴었고, 어쩌면 그게 아닐 수도 있었다. 잠시 내가 잘못 본 건 아닐까 하는 생각도 했지만, 나중에 갭 온라인 몰에서 판매 중인 그 셔츠를 발견했다.

어떤 단어나 스타일이 여기저기로 퍼져나갈 때는 보통 원래의 의미를 잃어버린다. 인스타그램에는 미니멀리즘이라는 해시태그를 단 게시물이 1300만여 개에 이르고, 1분마다 10개쯤 되는 새 이미지가 게시된다.

핀터레스트에는 수백만 개의 게시물이 올라와 있고, 그곳에서 수많은 이용자가 자기 집을 새로 단장하거나 옷장을 정리하는 데 필요한 아이디어를 얻는다. 또 파란 하늘에 구름이 점점이 떠 있는 풍경 사진도 미니멀리즘으로 분류되어 있으며 선으로 디자인한 타투, 주름진 이불, 개켜둔 옷, 케멕스 커피 메이커, 나선형 계단, 모노톤 운동복, 눈 속의 통나무집, 평화로워 보이는 셀피, 이 모든 것이 미니멀리즘이다.

수집된 자료로 본다면 미니멀리즘은 모노톤, 자연에 가까운 질감, 채도 낮은 색, 민무늬 등의 특징을 수반한다. 미니멀리즘의 이미지는 소수의 독립된 대상만을 다룬다. 또는 보통 중심에 놓인 것, 초점을 맞추고 있는 대상만을 다룬다. 이 방식은 인터넷이나 소셜미디어 환경에 적합해 보인다. 그 환경 내 모든 이미지는 하얀 웹사이트 배경이라는 공백과 경쟁하거나 어우러진다. 이러한 점은 시각적 경험이 과도한 스크린 위에서 썩 괜찮아 보인다. 비어 있는 공간이 많으면 미묘하게 숨겨진 특징이 더욱 두드러지기 때문이다.

이러한 미감을 온라인에서 완벽히 구현한 예로 미니멀리스트 건축가 존 포슨의 인스타그램 계정이 있다. 포슨이 찍은 사진은 완전히 텅 비운 그의 건축물을 닮았다. 아무것도 없이 하얀 벽 위로 점점이 비치는 빛, 숲속의 나무 한 그루, 배수구의 추상적 패턴 등 각각의 이미지는 신중히 정렬되어 있으면서도 갑갑하지 않을 정도로만 균형을 흔든다. 그저 아무것도 거스르지 않으려는 기운이 느껴진다. 그의 인스타그램 피드를 쭉 훑어 내리다 보면 마치 정중하게 예의를 차려야 하는 저녁 파티장에 오래 앉아 있는 듯한 기분이 든다.

포슨의 사진에 사람이 등장하는 일은 거의 없다. 사람이라는 피사체는 워낙 산만하며 통제하기 어려운 탓이다.

"미니멀한 삶은 언제나 해방감을 선사한다. 사소한 것들에 정신이 흐트러지지 않고 존재의 본질에 가닿을 기회다." 포슨은 1996년에 출간한 『미니멈Minimum』에서 이렇게 썼다. "단순함에는 도덕적 차원의 특징이 있다. 사심이 없고 세속적이지 않음을 암시적으로 드러낸다." 이러한 '암시적' 특징은 포슨이 부티크 호텔과 100만 달러를 호가하는 아파트를 설계하면서 도덕적으로 순수한 단순미를 구현할 때 큰 효과를 발휘한다. 그의 표면적 '해방감'과 단순명료한 미감은 이혼 전의 칸예 웨스트와 킴 카다시안이 왜 자기들의 집을 새하얗게 디자인하기로 했는지 알게 해주는 대목이다. 캘리포니아 히든힐스에 있었던 두 사람의 집은 칸예 웨스트와 디자이너 악셀 베르보르트가 협업한 결과물로 극도의 미니멀리즘을 구현했다. 아마도 상업화한 미니멀리즘의 완벽한 예시일 것이다. 한 가십 언론은 '킴 카다시안과 칸예 웨스트의 집은 왜 그토록 텅 비어 있을까?'라는 제목의 기사를 싣기도 했다. 집 안의 모든 벽은 흰색이거나 베이지색이다. 모든 가구가 기하학적 형태를 띤다. 어느 한구석도 장식된 데 없이 비어 있다. 집이라기보다는 일종의 예술 작업 같다. 공간이 워낙 많아 뭔가를 해야 할 필요도 없다.

미니멀리즘 스타일이라는 겉치레는 유기농 식품의 상표, 값비싼 녹즙, 노메이크업 룩을 구현해 준다고 광고하는 화장품처럼 되어버렸다. 상품을 구매하는 것으로 자신이 더 나은 사람이 되었다고 느끼는, 또 하나의 계급 의존적 방식이

줄임

되었다. 구매한 상품이 단순하고 간소한 물건일 순 있지만 말이다. 단순한 삶처럼 보이는 데는 돈이 많이 든다.

1 - VII

1982년에 촬영된 한 사진은 훗날 역사가들이 20세기 후반을 대변하는 이미지로 반드시 연구하게 될 것이다. 이 사진에서 스티브 잡스는 그의 집 거실 바닥에 앉아 있다. 당시 잡스는 20대 후반이고, 애플은 연간 수익이 1조2400억 원에 달하던 시기였다. 잡스는 캘리포니아 로스가토스에 있는 넓은 집을 한 채 샀다. 애플 사무실과 잡스의 본가에서 가까운 위치였다. 그 집은 완전히 텅 비어 있었다. 다이애나 워커가 촬영한 이 사진 속에서 잡스는 네모난 카펫 위에 다리를 꼬고 앉아 있다. 한 손에는 머그잔을 들고 있으며 언제나처럼 짙은색 상의와 청바지 차림이다. 그 옆에는 키 큰 조명 하나가 완벽한 원 모양의 빛을 비추고 있다. 바닥에는 아무것도 깔지 않았고, 주위에는 자리를 차지하고 있는 물건이 거의 없다는 것이 어둠 속에서도 확인된다. 훗날 잡스는 이 순간을 이렇게 회상했다. "아주 일상적인 순간이었어요. 차 한 잔, 조명, 스피커만 있으면 됩니다. 보다시피 제가 늘 그렇고요."

잡스는 일상의 차원에서 미니멀리즘을 지지한 가장 유명한 인물일 것이다. 그의 패션은 수많은 블로그 게시물에 영감을 주었고, 그를 모방하는 사람도 많았다. 그들은 아마도 검은 터틀넥 티셔츠가 기업가에게 필요한 천재성을 심어줄 거라고 기대한 것 같다. 그런데 잡스는 예전부터 금욕적 삶으로 유명했다. 엄격히 절제한 식단을 지켰고, 1970년대에 인도에서 맨발로 돌아다녔으며, 캘리포니아로 돌아와서는 참선을 하기 시작했다. 1982년에 찍은 이 사진 속 잡스는 고요하면서도 자신감이 넘쳐 보인다. 차분하고 자기만족에 겨운 미소를 띠고 있다. 지금 자기가 가진 것에 만족하고 있음을 보여준다. 물론 그는 더 많은 물건을 사들일 능력이 충분하다. 잡스가 아닌 보통 사람이라면 자신의 부와 지위를 드러내려 기를 썼을 것이다. 당시 이미 열정적으로 단순함의 미감을 좇는 예술가나 건축가가 있었지만, 엔지니어이자 기업인인 잡스는 문화적으로 더 넓은 범위의 사람들에게 미니멀리즘 스타일을 퍼뜨렸다.

그러나 단순함의 이미지는 기만적이다. 잡스가 산 집은 어마어마하게 크다. 혼자 사는 젊은이에게 과한 공간임에 틀림없다. 《와이어드》는 사진 구석에 보이는 스테레오 스피커의 가격이 8200달러쯤 된다는 사실을 알렸다. 사진 속에서 홀로 빛나는 조명은 티파니 램프에서 나온 제품이다. 그저 실용적인 물건이 아니라 가치 있는 골동품인 셈이다. 미니멀리즘은 종종 이런 식으로 착각을 일으킨다.

미국의 건축가 루이스 설리번은 1896년에 발표한 글 「예술적으로 고려한 고층 사무실 건물The Tall Office Building

Artisically Considered 」에서 "형태는 기능을 따른다"라는, 곧
다가올 건축과 디자인의 세기를 여는 유명한 경구를 남겼다.
설리번의 이 말은 어떤 사물 혹은 건물의 표면적 모습은
기능과 건축양식을 반영해야 한다는 뜻이다. 이러한 설리번의
효율적 기능주의는 잡스의 집이나 애플 아이폰의 궁극적
디자인에서 볼 수 있는, 의식적으로 구현한 미니멀리즘과
혼동을 일으키기도 하지만 사실 둘 사이에는 커다란 차이가
있다. 텅 비어 있는 거실은 쓸모없다. 사실 잡스의 가치관을
설명하는 데는 "형태는 기능을 따른다"보다 소호 거리의
상점 유리창에 붙어 있는 "덜어서 더 좋은" 같은 문구가 더
적합하다. 경제력이 충분하다면 최고의 것을, 최고의 것만을
소유하는 것이다. 완벽하지 않은 소파를 사느니 차라리 소파
없이 사는 편이 낫다는 뜻이다. 그처럼 취향에 몰두하는 건
물론 고상한 일이다. 하지만 그 덕에 잡스는 아무래도 앉을
자리가 필요했을 가족들에게는 사랑받지 못했을 것 같다.

　　단순함을 원하다가 극단에 이르면 기능이 완전히
지워지기도 한다. 잡스가 건축가 노먼 포스터와 함께 디자인한
애플 본사 건물은 완벽한 원 모양이다. 그리고 내부의 벽이
대부분 유리로 되어 있어 마치 실체가 없는 듯 보인다. 하지만
직원들이 유리에 부딪히고 다치는 일이 계속됐다. 결국 투명한
유리 벽 위로 스티커 메모지를 붙였다. 스타일은 망가졌어도
직원들의 부상은 막았다.

　　애플의 기기는 시간이 지날수록 점점 더 외형이
단순해졌다. 1992년에 입사한 디자이너 조니 아이브는 애플의
기기들을 미니멀리즘과 동의어가 되도록 만들었다. 1984년에

출시한 매킨토시 128K는 하얗고 네모난 몸체에 9인치 스크린이 탑재되어 있고 아가미처럼 생긴 통풍구가 나 있다. 우아한 생김새는 아니지만, 모양을 보면 어떻게 작동하는지 알 수 있는 구조다. 형태가 기능에 밀린 셈이다. 그 반면 1998년에 나온 아이맥은 둥근 모양의 일체형 컴퓨터로 몸체가 유색 플라스틱 재질의 투명한 창으로 되어 있어 기계라기보다 유기체처럼 보이는 디자인이다. 2002년까지 아이맥은 나날이 발전해 얇은 평면 스크린 형태가 되었고 본체라는 흔적만 남은 둥근 받침대에 연결되었다. 그러다 2010년대에 들어서자 스크린은 더욱 납작해지고 받침대라고는 스크린과 직각을 이루는 선과 스크린으로 뻗어 올라가는 선이 교차하는 정도만 남았다.

두툼했던 최초의 아이패드는 휠을 돌려 작동하는 방식이었다가 차차 발전해 아이폰으로 출시되었다. 그리고 후속작이 계속 이어졌다. 매번 전보다 더 얇게, 더 가볍게, 더 매끄럽게 발전했고 아이폰 특유의 깔끔한 몸체는 전보다 덜 파손되었다. 지금 우리가 쓰는 기계들은 한없이 얇아지고 스크린은 끝없이 커지려고 하는 듯 보인다. 그러다 결국은 우리의 생각만으로 기계를 조작하게 될 것이다. 터치 방식은 지저분해지기 쉽고, 심히 아날로그적이다.

그런데 이 모든 게 정말 단순함으로만 구성되었을까? 조니 아이브에게 영감을 준 디자이너 디터 람스는 이렇게 말했다. "좋은 디자인이란 되도록 덜 디자인하는 것이다." 디자인할 때는 구성 요소를 방해하지 않아야 하고 불필요하게 복잡해지지 않도록 해야 한다는 뜻이다. 애플은 어떤 면에서는 이 규칙을 따른다. 애플의 기기들은 소수의 시각적 특징만을 갖는다. 하지만 이것도 결국은 착각이다. 애플은 자체 배터리를 최대한 납작하게 만들어야 하고 포트는 되도록 없애야 한다(헤드폰 잭을 보라). 아이폰의 기능은 거대하고 복잡하며 못생긴 상부 구조물인 위성과 해저 케이블에 의존하고 있으며, 그 구조물들은 물론 티 없이 깔끔한 백색으로 디자인되지 않았다. 미니멀리즘 디자인은 제품이 의존하고 있는 온갖 것을 잊어버리라고, 인터넷이 잘 빚은 유리와 금속으로만 이루어져 있다고 상상해 보라고 부추긴다.

이러한 단순한 형태와 복잡한 결과의 대조 관계는 영국 작가 데이지 힐드야드가 말한 "두 번째 몸"을 떠올리게 한다. 그는 2017년 자신의 주장을 담은 책『두 번째 몸The Second Body』을 출간했다. 두 번째 몸은 우리의 소외된 존재감을 묘사한 표현으로, 개별적 신체로서의 자신과 환경파괴와 기후변화를 일으키는 집단적 원인으로서의 자신을 함께 인식할 때 느껴지는 감각이다. 우리는 평화롭게 보도를 걷고 영화를 감상하고 장을 보는 존재인 동시에 태평양을 떠다니는 오염물과 인도네시아를 덮친 쓰나미의 원인을 제공하는 존재다. 두 번째 몸은 식별되지 않는 불안의 원천이다. 이러한 문제 앞에서는 규모의 차이 때문에라도 우리가 할 수 있는 일이 없는 것처럼 느껴진다. 그래도 그게 우리 잘못임은 부정할 수 없다.

이와 마찬가지로 우리는 아이폰을 한 손에 쥘 수 있을지 몰라도 그 결과물의 네트워크가 방대하다는 사실을 인식해야 한다. 엄청난 양의 전기를 소비하는 데이터센터, 노동자들이

자살로 생을 마감하는 중국의 공장들, 주석을 캐느라 황폐한 진흙 구덩이 광산 등이 모두 이에 해당한다. 음식 메뉴를 고를 때나 자동차를 주문할 때, 금속과 실리콘과 벽돌로 마감한 방을 빌리면서 미니멀리스트가 된 기분을 느끼기는 어렵지 않다. 그러나 실상은 정반대다. 우리는 맥시멀리즘의 집합체로부터 이득을 얻고 있다. 단순해 보인다고 해서 실제로 단순한 것이 아니다. 단순함의 미학은 속임수 혹은 감당하기 힘든 과잉을 감추고 있다.

이러한 미니멀리즘의 매끈함은 마케팅 구호의 일환이다. 《미니멀리시모》라는 잡지에서 실시한 조사에 따르면 우리는 지금 미니멀리즘을 표방하는 커피 테이블, 유리 물병, 운동화, 손목시계, 스피커, 가위, 북엔드 등을 구입할 수 있다. 인스타그램에서 익히 보았을 모노톤의 간소한 상품들이다. 미니멀리스트를 위한 메이크업 키트도 있고 미니멀리스트처럼 화장하는 법도 있다. 단순함은 화장의 기술까지도 더욱 진짜처럼 느껴지게 만든다. 이 상품들 대부분은 수백 달러 혹은 수천 달러에 팔린다. 이것들은 모두 일종의 신화적 올바름을 제공한다. 이 완벽한 제품을 산다면 앞으로 더는 무언가를 살 필요가 없다는 믿음을 주는 것이다. 최소한 기존 제품이 업그레이드되거나 새로운 수준의 완벽한 제품이 나오기 전까지는 말이다.

이처럼 미니멀리즘을 표방하는 상품이 넘쳐나는 현상은 미국 모더니즘 역사상 가장 유명한 디자이너로 손꼽히는 찰스 임스와 레이 임스 부부가 추구했던 바를 따른 결과다. "우리는 최소한의 것으로 최대의 것을 만들기 원한다"라고 말한 임스 부부는 "마땅히 그래야만 하는 방식"이라는 감각을 중시하며 "형태는 기능을 따른다"는 설리번의 뜻을 되살리고자 했다. 즉 역할을 다하는 사물의 자연스러운 효율성을 중시했다.

그러나 미니멀리즘 마케팅은 대개 두 갈래 방향 중 하나로 흐르는데, 이상적인 면에서는 결국 둘 다 실패한다. 첫째 갈래는 값비싼 사치품으로서의 미니멀리즘이다. 1000달러짜리 아이폰이나 임스 라운지체어가 그 예다. 임스 라운지체어의 구조는 크게 세 부분으로 나뉘며 둥글게 구부린 합판에 마치 케이크 아이싱처럼 푹신한 가죽 쿠션이 올려져 있다. 이 의자는 고급스러운 취향을 대변하는 요소로 여러 화보에 늘 등장하는 클리셰 같은 존재가 되었다. 진품 가격이 4000달러를 훌쩍 넘으니 '최소' 가격이거나 '대부분의' 사람들을 위한 제품은 아닌 셈이다. 둘째 갈래는 이케아의 미니멀리즘이다. 사회 초년생들은 너나없이 이케아에서 똑같은 기하학적 형태의 사이드 테이블을 산다. 조잡한 자재를 써서 모더니즘 스타일을 흉내 냈을 이케아의 가구들은 주인이 더 좋은 가구를 살 형편이 되면 바로 버림받는 신세가 된다. 영구적인 사용을 약속하지만 결국은 짧은 생을 마감한다.

오늘날 미니멀리즘을 내세운 사물이나 공간은 대개 1979년에 건축가 크리스토퍼 알렉산더가 "이름 붙일 수 없는 특성quality without a name"이라고 정의한 바를 추구한다. 이 모호하고 낡은 신비주의적 개념은 임스의 철학에 기반을 둔 일종의 적합성just-rightness이다. 이러한 적합성은 스스로 구조를 만들어낼 수 있는 자연이 정한 일련의 형식과 움직임으로부터 유기적으로 발생한다. 알렉산더는 그것이

"우리가 최고로 활기찬 순간과 상황을 찾아내는 일"이라고
썼다. 그것은 "스스로 유지되는 불"이며 "한 인간의 삶과
영혼의 근본적인 기준"이다. 나중에 알렉산더는 자기가 찾던
단어가 "전체성wholeness"이라고 말했다.

이것은 단지 형태가 기능을 따른다는 이야기가 아니다.
원인과 결과, 디자인과 목적의 친밀도에 관해 이야기하고
있다. 인간적 척도에서 보면 모든 것이 이해 가능한 하나의
시스템으로 통합되어 있다. 알렉산더는 자신이 말한 특성은
우리가 그대로 두기만 하면 저절로 나타난다고 말했다.
스티브 잡스의 거실은 그처럼 유기적인 부분이 전혀 없었다.
그의 거실은 공허하고 불편하게 느껴졌고, 마치 수도승처럼
으스대듯 엄숙한 분위기를 띠었다. 촬영 중이던 잡스도 그
사실을 알고 있었을 것이다.

이름 붙일 수 없는 특성 혹은 미니멀리즘의 정신을 가장
쉽게 찾을 수 있는 장소로 임스 부부가 1949년에 완공한
케이스 스터디 하우스 No. 8Case Study House No. 8의 주 공간을
꼽을 수 있다. LA에 있는 이 집은 임스 부부가 생애 대부분을
살았던 곳이며 지금은 박물관으로 보존되어 있다. 집은
직사각형 건물 한 쌍으로 이루어져 있다. 외벽이 색색의 크고
작은 사각형 패널로 덮여 있는데, 널따란 판유리를 군데군데
끼워 넣어 마치 몬드리안의 그림처럼 보인다. 거실은 천장
높이가 일반적인 경우의 2배에 가깝고, 빛이 풍부하게
들며 비어 있는 공간이 많다. 이곳은 "순수하게 공간의
즐거움을 만끽하기 위해 단절되지 않고 넓게 이어지는 공간을
디자인했다. 이 공간에는 나무토막, 조각품, 모빌, 식물 화분,

구조물 등이 드나든다". 찰스 임스는 1945년 이 공간에 대한 사전 계획안에서 이렇게 밝혔다.

잡스의 공간이 드문드문 비어 있고 우월주의를 드러낸다면, 임스의 공간은 꽉 차 있고 멋대로 꾸며져 있다. 비슷한 부분은 하나도 없지만 모든 것이 잘 어우러진다. 종이로 만든 모양과 크기가 제각각 다른 조명이 여러 개 걸려 있고, 전통 인형이나 새 조각품 같은 자잘한 장식품이 놓여 있다. 또 천장에는 원색 그림들이 걸려 있다. 임스 부부의 가죽 라운지체어도 하나 놓여 있다. 어떤 풍경과 기준점이 다채롭게 조화를 이루는 이곳은 인간적 면모가 흘러넘치는 완벽한 불완전성의 공간이다. 꽉 차 있다고 해서 미니멀리즘이 아닌 건 아니다. 찰스 임스는 자신의 집을 "남을 의식하지 않는" 곳이라고 말했다. 그렇다면 애플 스토어는 분명 그런 곳이라 말할 수 없을 것이다. 극도의 완벽주의자 잡스는 수시로 집을 옮겨 다녔다. 말년에는 유서 깊은 저택을 철거해 그 자리에 더 작은 집을 새로 지으려고 시도하기도 했다.

이 책에서 나는 피상적 미니멀리즘 스타일, 즉 세심하게 여백을 구현하는 디자인 제품들에 우회적인 방식으로 이의를 제기하고자 한다. 나는 임스의 집에 생기를 불어넣은 근본적이고 본질적인 특성을 찾아내고 싶다. 즉 사물 자체를 인식하고 자아와 세계 간의 장벽을 없애는 것이다. 그것이 더 깊이 있는 미니멀리즘을 향한 내 작업의 의의다.

1 - VIII

내가 흥미롭게 바라보는 미니멀리즘 실천가들은 어떻게든
통설에 대항하려 하고 엄격한 원칙을 정하거나 따르기를
거부한다. 우여곡절이 있을지언정 자신만의 길을 걷고자
한다. 그들은 다른 사람이 삶을 어떻게 살아야 하는지, 옷장을
어떻게 하면 잘 정리할 수 있는지 알려고 들지 않는다. 그들은
예상될 법한 상황에서 끊임없이 투쟁한다. 자주 엉망이
되고 걱정에 빠져든다. 이 미니멀리스트들은 단순한 해법을
제시하기보다는 '어떻게 현대사회를 살아가야 하는가'라는
새롭고 실존적인 질문 앞에 선다. 그리고 시각예술, 음악,
철학을 통해 이 질문에 대한 해답을 찾으려 노력한다. 손쉬운
해결책을 찾지 않고 미니멀리즘의 이상과 모순을 모두
보여준다.

　　많은 미니멀리스트가 공부하고 여행하고 글 쓰고
집안일을 하면서 자기만의 정체성을 탐색했던 것처럼, 나는
내 연구 대상들의 인생 이야기에서 미니멀리즘의 원칙을 찾을

수 있었다. 이러한 전기적 접근은 특히 첫 번째 연구 대상에게 성공적으로 적용했다. 그때는 문화적으로 긴장감을 유발할 만큼 유의미한 순간이었던 것으로 기억한다. 2016년 10월, 내 평생 가장 분열적인 미국 선거를 눈앞에 둔 시기였다. 그 당시 미국인의 반은 모든 것이 잘못되고 있다고 믿었고, 나머지 반은 그 반대였다. 그때 맨해튼의 구겐하임 미술관에서 아그네스 마틴 회고전이 열렸다. 마틴은 예술사적 의미에서 미니멀리즘과 매우 깊은 연관을 맺은 작가이며 미니멀리즘 운동 내에서 가장 유명한 여성이다. 마틴은 그 어떤 이름표도 원하지 않았지만 말이다.

마틴의 원숙기 작품들은 1960년대부터 그려져 2004년 그가 아흔두 살의 나이로 유명을 달리할 때까지 쭉 이어졌다. 마틴의 작품은 미니멀리즘의 시각적 연상을 전형적으로 보여준다. 그림을 그린 캔버스가 대부분 가로세로 1.8×1.8미터 크기의 정사각형으로 일정하며, 여느 작품 못지않게 단순하고 부드러우면서도 강한 내면의 힘이 느껴진다. 마틴은 부드럽고 옅은 색으로 반복된 패턴으로 캔버스를 가득 채웠는데, 어떤 작품은 연필과 자로 격자무늬를 완성했고, 또 어떤 작품은 수직 또는 수평으로 선을 그렸다. 그 그림들은 고요하고 명상적이다. 그림 앞에 가만히 서서 보는데도 빛나고 흔들리는 듯한 느낌을 주며 평면의 이미지인데도 깊은 공간감이 느껴진다. 이 단순한 구성은 흐릿하고 불안정해 꼭 저 멀리 보이는 도시의 스카이라인이나 산등성이 같다. 마틴 스스로도 자신의 그림 속 선들을 지평선이라고 생각했다니 풍경에 빗댄 은유가 잘 어울린다. 완벽하지 않게, 손으로 직접 그려낸다는

점이 마틴에게는 중요했다. 사실 마틴은 자신의 작품이
미니멀리즘보다는 추상표현주의에 속한다고 보았다.

구겐하임 미술관에 전시된 마틴의 그림 수십 점은
나선형의 경사로로 이어지는 내벽을 따라 걸렸다. 프랭크
로이드 라이트가 설계한 희고 말끔한 벽과 빛을 반사하는
테라초 바닥과 함께 전반적으로 모노톤을 이루었다. 나선형
경사로를 따라 올라가면 마틴의 생을 정리한 연대기가
펼쳐진다. 마틴의 작품은 구상화에서 출발해 20세기 중반의
추상표현주의를 지나 서양미술사 못지않게 선종 불교의
철학을 깊이 받아들이면서 전례 없는 단계로 발전했다.
마틴은 작품을 통해 보편적이며 유토피아적이기까지 한 가치,
희망이나 순수, 사랑과 같은 것을 표현하고자 했다. 마틴의
작품은 언뜻 추상적으로 느껴지지만, 사실 인류의 영원한
관심사인 교감과 관계를 다룬다.

아마도 그래서 이 회고전이 많은 사람들에게 일종의
위안처가 되었던 듯하다. 그해 겨울은 TV에서 잡음 섞인
뉴스가 끊임없이 흘러나오던 지루하고 힘든 시기였기
때문이다. 어퍼 이스트사이드에서 구겐하임 미술관까지
터덜터덜 걸어온 길은 일종의 평화를 찾기 위한 순롓길이었다.
그때 온갖 언론 매체는 11월에 열린 선거에서 대체 무슨
일이 일어났는지, 다들 당선될 것으로 예상한 후보자가 왜
승리하지 못했는지 알아내려 애썼다. 도금시대의 화려한 부를
추구하던 악명 높은 지역의 주민이었다가 대통령이 된 도널드
트럼프라는 존재는, 어쨌든 만인을 향한 개방성과 고급문화에
대한 뛰어난 접근성을 자랑스러워하던 이 도시가 낳은

결과물이다.

당시 나는 친구들이 마틴의 전시장 사진을 찍어 인스타그램에 올리며 마치 봉기라도 하듯 이 오아시스에 대한 권리가 자신에게 있음을 주장하는 광경을 보았다. 마틴의 작품 형식은 인스타그램이라는 소셜네트워크 서비스에 적합했다. 흰색의 빈 배경 위로 정사각형의 이미지를 올리는 형식과 잘 맞았다. 또 사람들은 구겐하임 미술관을 나설 때 놀랍도록 유쾌한 셀피를 찍어 올리며 전시의 효과를 입증했다. 마틴의 작품은 그 어려운 시절을 견딜 수 있게 하는 치료제였다. 2017년 1월 전시가 막을 내리기 직전에 전시장을 찾은 나는 이 사실을 몸소 느꼈다. 마틴의 그림에 푹 빠져든 그날의 경험은 마치 시각적인 목욕 치료를 받은 듯했다.

하지만 상업화에 물든 미니멀리즘이 끼어들었다. 마틴의 회고전은 스웨덴의 패스트패션 의류 회사 H&M이 소유한 브랜드 COS의 후원을 받았는데, 그곳에서 격자무늬를 프린트한 모노톤의 셔츠재킷과 바지를 제작한 것이다. 이 옷들은 전시장의 기념품점에서 술술 팔려나갔다. 순수예술은 그렇게 기성복이 되었다. COS는 아그네스 마틴의 패션 취향에서 영감을 받아 옷을 만들었다고 광고했다. 고전적 분위기의 흑백사진으로 기록된 마틴의 모습을 보면 기능에 충실한 두꺼운 셔츠와 작업실용 재킷을 입고 있으며 옷 곳곳에 물감이 튀어 있다. 마틴의 전설적 면모는 어느 정도 이러한 이미지들의 영향을 받았다. 강인해 보이는 옆얼굴과 먼 곳을 응시하는 듯한 눈빛은 그가 세상과 의도적으로 거리를 두고 있다는 사실을 대변한다.

마틴은 의외로 라이프스타일 아이콘이다. 각종 블로그 포스트와 무드 보드에 등장하며, 샌프란시스코에서 제작한 고급 데님 작업복 라인부터 미리 준비된 캔버스에 아크릴물감으로 직접 마틴을 따라 그려보는 DIY 활동까지 어디든 영감을 주는 존재였다. 언젠가 아웃렛 매장에 마틴의 작품을 본뜬 모조품이 걸려 있는 모습을 본 적도 있다. 이처럼 종잡을 수 없는 마틴의 행로는 연결과 단절, 질서와 무질서, 진정한 자아는 사회 안에서 찾을 수 있을지 아니면 고독 속에서 발견해야 하는지에 대한 고민 등 21세기에 드러난 수많은 불안을 예고한다.

마틴은 말이 없는 사람이었다. 비평가나 큐레이터에게 고분고분 말을 많이 하는 편이 아니었지만, 그렇다고 해서 엄격하게 경계선을 긋는 것도 그다지 좋아하지 않았다. 다만 자기가 곁에 둔 사람들은 예외였다. 마틴은 캐나다의 고요하고 인적 드문 지방인 서스캐처원주에서 어린 시절을 보냈다. 그곳은 겨울이면 밀밭을 휴경하는 시골 국경지대였다. 곡식 창고의 수직축만이 이따금 끼어드는 정도의 끝없는 평지였다. 그의 어머니는 완고했고 할아버지는 냉담했다. 아버지는 마틴이 어릴 때 의문스러운 상황에서 죽음을 맞았다. 그러다 더 수준 높은 교육을 받기 위해 마틴은 서스캐처원주를 떠나 미국 워싱턴주로 이사했다. 뒤이어 뉴멕시코주로 옮긴 뒤부터 본격적으로 미술을 공부하기 시작했으며, 1957년에는 뉴욕에 정착했다.

작가의 서사를 엮으면서 마치 줄기와 꽃을 엮듯 개인의 삶과 작품을 연결 짓는 일은 언제나 유혹적이다.

서스캐처원주의 들판과 남서부 사막이 미니멀리즘 작품을
낳았다거나 마틴 내면의 평화가 종종 평온하다고 묘사되는
작품을 그리도록 이끌었다고 상상할 수도 있다. 그러나 사실
마틴은 결코 평온하지 못했다. 강박적이고 자기 모순적인
인물이던 그는 마흔 살까지 자신이 예술적 가치가 있는 작품을
그려냈다고 느낀 적이 없었다.

마틴이 통찰을 갖추게 된 건 맨해튼 부둣가의 코엔티스
슬립이라는 지역에 은둔한 예술 공동체에 둥지를 틀었을
때였다. 코엔티스 슬립은 당시 예술가들에게 인기 있던
소호와 동떨어진 동네였다. 그곳에 엘스워스 켈리, 로버트
라우션버그, 레노어 토니가 집이나 작업실을 꾸렸다. 그들보다
나이가 많았던 마틴은 일종의 지도자 역할을 하면서 주철
난로에 머핀을 굽곤 했다. 마틴은 길게 탁 트인 형태의 로프트
하우스에 살았는데, 거칠어 보여도 강을 잘 조망할 수 있는
자리였다. 코엔티스 슬립에서 마틴은 작품에 격자무늬를
넣기 시작했다. 기존의 추상표현주의에서 잭슨 폴록이나
윌럼 드 쿠닝 같은 남성 화가들이 득세했다면, 마틴은 그들의
자기중심적 에너지에서 멀리 떨어져 있었다. 그림을 그리다가
휴식이 필요할 때면 브루클린 브리지를 가로질러 걷는 걸
좋아했다. 맨해튼에서 서스캐처원만큼이나 지평선이 드넓게
펼쳐진 유일한 곳이었기 때문이다.

그러나 뉴욕에서 마틴은 늘 불안한 상태였다. 여유로운
시간과 공간이 필요했다. 반려동물부터 오랫동안 만난
파트너까지 모든 대상에 대한 집착을 버렸다. 조현병을
이겨내려 애도 썼다. 이따금 정신적 발작이 일어나면 혼자

로프트에 남겨진 채 긴장증에 시달렸다. 겉보기에는 수도승에 가까운 금욕주의를 지향하는 듯 보일 수 있지만 사실 그건 나름대로 본인의 정신질환에 대처하는 전략이었으며, 이는 그의 예술 세계와 떼어놓고 생각할 수 없었다. 마틴은 자기 외부 어딘가에서 비롯된 환영을 보며 어떤 그림을 그릴지 구상한다고 말했다. 또 같은 목소리들이 그에게 제한된 식단을 엄격히 지키고 재산을 소유하지 말라고 명령했다.

1967년, 마틴이 사랑하던 로프트는 철거를 앞두고 있었고 그리스계 미국인 예술가 크리사와의 관계는 어긋났다. 그나마 국가보조금을 충분히 받은 덕에 대형 밴을 살 형편이 되었다. 마틴은 마침내 도망치듯 뉴욕을 완전히 떠났다. 그렇게 밴을 끌고 하이킹과 캠핑을 하면서 미국 곳곳을 돌아다녔다. 그러다 어느 날 갑자기 뉴멕시코로 되돌아간 듯 어도비 점토 집의 환영을 마주하게 되었다. 이후로 마틴은 쿠바의 어느 마을에 정착하기로 했다. 주위에 아무것도 없는 황량한 곳이었다.

마틴은 쿠바에 정착한 뒤 6년간 그림을 그리지 않았다. 그러다 1973년, 정사각형 실크스크린 연작 〈맑은 날On a Clear Day〉을 새롭게 선보였다. 이 작품을 보면 흐릿한 격자무늬와 가는 평행선 등 작은 것 안에 초월성이 깃들어 있다. 1977년, 마틴은 갈리스테오로 거처를 옮겼다. 그곳에서 자신의 남은 생에 대한 계획을 세웠다. 영구히 지낼 어도비 점토 집과 작업실을 직접 만들고, 가끔은 여행을 다녔으며, 자신의 은둔처로 이곳저곳의 사람들과 방랑자들을 초대했다. 사실 마틴의 삶은 보이는 것만큼 엄격한 규칙에 얽매어 있지는 않았다. 소리 높여 베토벤의 음악을 감상했고, 흰 메르세데스-

벤츠를 타고 속도를 올리기도 했다. 또 동네에서는 가끔씩 밤늦도록 술 마시고 춤추며 보낸다는 소문도 있었다.

마틴은 자신의 예술적 뿌리를 "영감inspiration"이라 칭했다. 그는 인터뷰에서 이 단어를 발음할 때면 마치 기도문을 외듯 무게를 실었다. 떨리는 목소리로 거의 한숨 쉬듯 하늘을 바라보며 발음했다. 마틴이 쓴 글에서도 영감이라는 단어는 꾸준히 등장한다. 그의 글은 수필이나 논평보다는 산문시의 형태를 취한다. 모호하지만 예언적 성격을 띠고, 단어들이 제대로 정렬되지 않아 일종의 퍼즐 같다. 모든 영적인 글이 그렇듯 의미는 단어 너머 어딘가에, 언어로는 그저 암시할 수 있을 뿐인 곳에 있다. 마틴은 영감이란 "우리를 놀라게 하는 것, 즉 행복의 순간들"이라고 썼다. 영감은 바로 "다음 단계를 위한 지침"이다. "아름다움은 어디에나 깃들어 있다 / 영감은 구석구석 깃들어 있다." "어둠 속에 있더라도 인도를 받지 못하는 것이 아니다 / 우리를 인도하는 것은 영감이다." 마틴의 목표는 이러한 영감을 찾아 뒤따르는 것이었다.

2002년 마틴을 조명한 다큐멘터리는 대단히 감동적이다. 나이 든 마틴은 여전히 작업실에서 그림을 그리고 있었다. 붓을 파란 물감 통에 담갔다 뺀 다음 연필로 밑그림을 그린 흐릿한 줄무늬 위로 붓을 가져가 공들여 그리기 시작했다. 힘든지 이내 숨이 가빠졌고 중간에 잠시 멈추고 자리에 앉았다. 그렇게 숨을 고른 뒤 다시 그림 앞으로 돌아갔다. 이 장면이 이토록 강력한 인상을 주는 건 마틴의 순전한 믿음 때문이다. 마틴의 세계관 내 모든 것이 이 줄무늬에 전부 담겨 한없이 되풀이되었다. 아무것도 아닌 듯 보이지만 모든 걸 의미한다. 마틴은 깨달음에 도달하는 데는 관심이 없었다. 그 대신 깨달음을 추구하는 과정에 관심을 기울였고, 희미하게나마 감지되는 순간들을 놓치지 않으려 분투했다. 마틴은 이렇게 썼다. "나는 내 작업이 우리가 머릿속으로 알고 있는 그 완벽에 관해 이야기한다는 점을, 그러나 우리 자신이 그러하듯 내 그림들은 완벽과는 아주 거리가 멀다는 점을 명확히 보여주었기를 바랍니다."

한 예술가의 작품을 더 깊이 있게 해석하고자 한다면, 그의 어린 시절과 캔버스 간의 직접적 인과관계를 따지기보다 그의 일상적 습관, 그가 의도적으로 자기 주변에 둔 사람과 사물을 살펴보는 편이 더 효과적이다. 마틴이나 임스 부부는 물론이고 필립 존슨과 도널드 저드가 직접 꾸민 섬세한 공간에도 적용되는 이야기이며, 이 부분은 다음 장에서 집중적으로 다룰 것이다. 이러한 삶의 방식은 미니멀리즘의 피상적 형태와 같이 손쉽고 상투적인 교훈에 의존하지 않고, 세상과 마주하는 우리만의 방식에 미감과 아이디어를 통합할 수 있는 방법을 알려준다. 미니멀리즘은 하나의 행위나 이미지이기보다는 오랜 시간에 걸쳐 생기는 행동 방식이다. 단순함을 더 복잡하게 만드는 것이지 그 반대가 아니다.

구겐하임 미술관의 마틴 회고전에 마지막으로 전시된 그림은 2000년대 초에 완성한 작품이었다. 두 개의 흰 줄무늬가 푸른빛이 도는 회색의 빛나는 몸체를 통과한다. 몸체는 넓은 붓질로 얇게 펴 발라 쌓은 과정의 흔적이 남아 있다. 이 작품은 구겐하임 미술관의 경사로 꼭대기에서 내 발길을 붙잡았다. 표면적으로는 단순해 보인다. 쉽게 그릴 수 있는 그림처럼 느껴진다. 그러나 이 그림은 생애 수십 년간 어떻게든 이 문제를 붙들고 힘겹게 나아간 실존적 훈련의 결과물이다. 그림 속에는 눈에 보이지 않는 엄청난 노동이 담겨 있다. 영감을 추구하는 과정, 큐레이터나 딜러와 벌이는 기 싸움, 본인이 잘못 그렸다고 생각하며 가위나 칼로 그어 폐기한 이전의 귀중한 그림들까지도 모두 숨겨져 있다.

줄무늬를 그리는 작업은 마틴에게 소명과 같았다. 완전하고 본질적인 형태 안에 실존을 표현했다. 사실 단순함에 도달하기는 어렵다. "우리는 기쁘게 반응해 주는 현실 한가운데서 살아간다." 마틴의 글이다. "확실히 만족스러운 경험이지만 도달하기는 무척 어렵다."

2.   비움

2 - I

마치 기하학적 형태의 버섯처럼 세계 곳곳에 불쑥 생겨난 독특한 양식의 아파트가 있다. 정확히 로프트라고 칭할 수는 없지만 대체로 그렇게 광고한다. 타운하우스라기에는 많이 전이된 상태다. '콘도'라는 약칭은 비교적 신조어이고 지리적으로 유래된 용어도 아니니 그럭저럭 적당하다. 이 건물은 기본적으로 박스를 위로 쌓은 형태다. 구조적 형태는 개발 업자들에게 그다지 중요한 사항이 아닌 것 같다. 그보다는 건물의 용적률, 정해진 부지에 박스를 얼마나 쌓아야 나중에 건물을 임대하거나 매도할 때 최대 이익을 낼 수 있을지에 관심이 있을 뿐이다. 건물 정면 외벽에는 천연 소재를 쓰지 않는다. 정사각형 창문이 규칙적으로 몇 개 나 있는 형태가 아니라, 천장부터 바닥까지 유리로 뒤덮인 벽이다. 그래서 낮에는 과도한 햇빛을 차단하기 위해, 밤에는 사생활을 보호하기 위해 커튼으로 가려야 한다.

　　당시 나는 각진 침실 공간이 딸린 독특한 벽돌 건물인

브루클린의 낡은 아파트에서 살고 있었는데, 길 건너편에 유리로 덮인 건물이 새로 지어졌다. 완공 후에도 한동안 유리 벽은 눈을 감은 듯 어둡게 유지되었다. 그러다 어느 야심 찬 부동산 중개인이 건물에서 실제로 누가 살고 있는 것처럼 공간을 연출해 보기로 했다. 나는 매일 밤 건물 앞을 지나갔는데, 흰 침대, 흰 조명, 흰 테이블, 흰 주방 수납장 등 인스타그램 게시물로 올라갈 준비가 된 풍경이 펼쳐져 있었다. 이렇듯 극단적인 투명성이 과연 미래의 입주자에게 매력적으로 다가갈지 궁금해졌다. 복잡한 도시에서 이런 빛과 공간을 접할 수 있다는 것은 장점이다. 그러나 본래 집이란 세상을 차단해 개인 공간을 확보하는 데 의미가 있다. 그런데 이곳에서는 이제 클리셰가 된 브루클린 특유의 '창의적' 삶을 구성하는 기본 요소가 누구나 볼 수 있도록 전시되었다. 이 모노톤 공간은 삶이 얼마나 천편일률적이고 기성품에 가까운지 암시했다.

　　이러한 독특한 유형의 열성적 금욕주의는 미니멀리즘과 동의어가 되었다. 이는 가능한 한 적게 소유하며 살고 싶고, 주위 세상의 방해를 받지 않으려 하는 열망으로 포장되었다. 우리는 이처럼 시각적으로 텅 비어 있는 상태에 마음이 끌린다. 자유롭다는 느낌을 주기 때문이다. 공간이 허락하지 않기에 물질적 소유의 수렁에 빠질 위험이 없다. 언제까지나 빈 캔버스다. 그런데 그 아파트를 보면서 한편으로는 이런 의문이 든다. 어쩌다 이토록 극단적인 스타일이 세계적으로 인기를 얻게 되었을까? 일반적인 가정에서 연상할 수 있는 것과 동떨어져 있는데 말이다. 나는 이 공간이 관음증을

부추길 수 있다는 점에 불편한 감정을 느끼기는 했지만,
그래도 멋지게 보인다는 점은 인정해야 했다.

이러한 유리 박스형 집은 선례가 있다. 코네티컷주
뉴케이넌의 어느 평평한 언덕 위에 자리한 단층 유리 집으로,
도로에서 멀리 떨어진 위치에 숨어 있다. 이 동네는 수입이
넉넉한 직장인들이 주로 사는 외딴 교외 지역이다. 건물
전체가 넓은 아파트 한 채만 한 크기로 너비 9.7미터, 높이
17미터에 달한다. 이 정사각형 건물의 네 벽은 전부 투명한
유리로 되어 있다. 어두운색 강철 프레임이 유리를 둘러싸고
있어 투명하지 않은 바닥과 천장은 붕 떠 있는 듯한 느낌을
준다. 마치 신기루처럼 땅 위에서 너울거리는 것 같다. 유리 벽
너머로 수목한계선이 보인다. 집 내부에는 공간을 구획하는
벽이 없다. 다만 원기둥 모양의 벽돌 구조물이 하나 있는데,
이것이 시선을 막는 유일한 시설이다. 집 안을 둘러보면
세심히 꾸민 인형의 집 거실처럼 느껴진다. 가죽과 철제로
이루어진 낮은 의자들, 벤치, 책상, 침대 말고는 별것 없다.
인간이 생활하는 공간으로 보이는 흔적 정도가 남아 있을
뿐이다.

이 글라스 하우스The Glass House는 미국 건축가 필립
존슨의 집이다. 이 집을 지은 건축가이자 소유주인 존슨이
글라스 하우스라고 이름 붙였다. 1949년에 완공한 건물이지만
마치 어제 막 설계를 마친 집처럼 보인다. 앞서 말한 콘도보다
훨씬 전에 등장한 집이지만 매우 혁명적이다. 이런 유형의
건축물로는 최초이며 명칭에서도 비범함이 느껴진다. 글라스
하우스는 존슨이 옹호하는 새로운 20세기 미적 양식을

대중화하는 수단이 되었다. 텅 비어 있으며 더없이 투명한
공간이다.

존슨은 글라스 하우스 이전에는 이렇다 할 설계한 건물이
없는 애호가 수준의 건축가였다. 클리블랜드에서 기업을
경영하는 부유한 집안 출신인 존슨은 하버드 디자인 대학원에
다니고, 케임브리지에 기하학적 형태의 집을 짓기도 했다.
그는 새로운 무언가를 고안하는 사람이라기보다는 대중의
취향에 영향을 끼치는 사람에 더 가까웠다. 당시 20세기 초
유럽에 등장한 모더니즘 미학과 유물을 미국으로 들여왔다.
상속받은 재산을 써가며 유럽 대륙을 돌아다녔는데, 그때
그가 어울린 사람이 뉴욕 현대 미술관MoMA의 초대 관장
앨프리드 바 주니어였다. 바는 미술관의 건축 부서를 존슨에게
맡겼다. 1920년대에 두 사람은 여러 건축가를 인터뷰하고
건축물 사진을 찍었다. 그리고 유럽에서 찾은 유물을 (그들이
느끼기에) 상대적으로 문화가 덜 발전했던 제2차 세계대전
이전의 미국으로 들여왔다.

존슨은 1910년대부터 확립된 한 건축양식에 국제주의
양식International Style이라는 이름을 붙였다. 1932년 뉴욕 현대
미술관에서 이 양식을 소개했는데 당시 전시장에 건축물
모형을 설치하고 내부 사진도 나란히 걸었다. 국제주의
양식의 건축물은 희고 간결한 상자 모양으로, 유리와
철강에 관한 혁신적 기술을 투입했다. 독일 건축가 발터
그로피우스와 루트비히 미스 반데어로에, 스위스 태생의
프랑스 건축가 르코르뷔지에가 이끈 이 양식은 바우하우스를
중심으로 생겨났다. 바우하우스는 전인적 예술과 디자인,

건축을 다루는 학교로 1919년에 그로피우스가 설립했다. 바우하우스에서 건축은 모든 예술 형태 중에서도 정점에 있는 분야로, 이차원 예술과 조각, 산업디자인을 모두 결합한 총체 예술Gesamtkunstwerk이다. 총체 예술은 19세기 작곡가 빌헬름 리하르트 바그너에 의해 대중에게 알려진 용어다. 유리 외벽으로 된 독일 데사우의 바우하우스 건물은 1926년에 그로피우스가 설계했는데, 세세한 부분 하나하나까지 전체 디자인에 맞추어 창문 걸쇠도 주문 제작을 했을 정도다. 바우하우스의 이상은 모든 인류에게 주거를 제공할 수 있는 건축, 후기산업사회를 살아가는 인류에게 완벽한 해답이 될 건축을 구현하는 것이었다. 이들은 대량생산체제가 효율적일 뿐 아니라 아름다울 수도 있음을 말하고자 했다.

1931년에 맨해튼으로 돌아온 존슨은 미스 반데어로에에게 바우하우스에서 미스 반데어로에가 디자인한 가구들로 자신의 아파트를 채워달라고 의뢰했다. 존슨은 뉴욕 현대 미술관에서 알게 된 부유한 예술 후원자들이 타운하우스에서 여는 파티에 참석할 때면 그들의 생각을 바꿔보고 싶었다. 칙칙하고 무거운 원목과 적갈색 사암에서 벗어나 가벼운 건축물과 뼈대가 드러나는 의자로 바꿔보도록 뉴욕 엘리트들을 설득했지만 소용없었다. 당시 존슨은 여느 맨해튼 거주민들과 마찬가지로 도시의 압박에서 벗어나고 싶다는 생각을 하고 있었다. 또 한편으로는 아직 건축 실무 경험이 많지 않은 자신의 명함 역할을 하는 동시에 사람들에게 모더니즘이 결국 피할 수 없는 미래임을 알려줄 무언가가 필요했다. 1946년, 마흔이 되던 해에 존슨은 코네티컷주 뉴케이넌에 6에이커의 땅을 사 주말

별장을 계획하기 시작했다. 그의 표현대로라면 "은신처"가 될 집이었다. 그런데 그곳에서 존슨은 세상에서 유일하게 그의 의견을 거부하지 못할 건축주를 통해 극단적인 아이디어를 시험해 보기로 했다. 그 건축주는 물론 존슨 자신이었다.

큐레이터이자 세일즈맨으로서 존슨의 재능은 어쩌면 건축가의 자질을 넘어섰는지도 모르겠다. 존슨은 늘 쇼맨처럼 행동했다. 장난스러운 포즈로 홍보 사진을 찍고, 편안하면서도 멋스럽게 헐렁한 슬랙스에 셔츠 단추를 끝까지 잠가 입었다. 번득이는 두 눈에는 테가 둥글고 두꺼운 검정 안경을 쓰고 있었다. 이처럼 진보적인 스타일과 사회적 지위를 갖춘 덕에 존슨이 나치와 결탁했다는 사실은 감추어졌다. 실제로 존슨은 유럽에서 나치와 함께 돌아다니며 기금을 모은 적이 있다. 훗날 이에 대해 존슨은 "믿을 수 없을 만큼 어리석었다"라고 회상했다. 존슨의 세련된 이미지 때문에 그가 지닌 신념이 간과되긴 했지만, 존슨이 죽은 뒤에는 결국 이 사실이 공공연하게 알려졌다. 그런데 FBI 파일조차 존슨을 두고 "잘생겼다는 소리를 들었을 것 같다"라고 기록하고 있다. 이 파일에는 존슨의 꼿꼿한 체형과 어두운색 머리, 네모진 턱이 건조한 어투로 묘사되어 있다.

큐레이션은 단어의 의미상으로 따져도 독창적 행위는 아니다. 글라스 하우스를 설계하려던 당시 존슨은 멘토이던 미스 반데어로에의 디자인을 도용했다. 미스 반데어로에는 바우하우스의 마지막 학장이었다. 그러다 나치가 바우하우스를 폐쇄했고 그로부터 4년이 지난 1937년, 미스 반데어로에는 독일을 빠져나와 미국으로 망명했다.

1945년 일리노이 공과대학교에서 학생들을 가르치던 미스 반데어로에는 일종의 유리 프리즘을 디자인했다. 숲속 빈터에 자리 잡은 이 건축물은 받침대 위로 투명한 구조물이 마치 떠 있는 듯 지어져 있다. 시카고의 신장 전문의 이디스 판즈워스를 위해 건축한 판즈워스 하우스Farnsworth House다. 존슨은 1947년 뉴욕 현대 미술관에서 열린 미스 반데어로에 회고전에 전시할 이 건물의 모형을 준비하면서 당시 진행 중이던 판즈워스 하우스의 설계안을 보게 되었다. 그런데 나이 든 미스 반데어로에는 아직 건물을 짓지 못한 상태였고, 존슨이 먼저 밀고 나갔다.

그해에 존슨이 구상한 초기 설계안을 보면 두껍고 불투명한 벽이 하나 있다. 이 벽은 주방, 욕실, 게스트 룸 등 집에서 지저분해지기 쉬운 곳을 포함한 별도의 부속 공간과 주 공간을 구분하는 축이다. 그 결과 여섯 개의 유리 벽이 바깥을 향하도록 배치되어 보기에 날렵하다. 하지만 이어서 완성한 수정안과 비교하면 초안은 시공하기 까다롭고 해결하지 못한 문제점도 있었다. 존슨은 모든 걸 지우는 방법으로 크게 도약했다. 심지어 미스 반데어로에보다 더 덜어냈다. 집 전체를 하나의 공간으로 통합한 것이다.

이 유리로 된 사각형 내부는 방이 없지만 각 용도에 맞는 공간이 암묵적으로 나뉘어 있었다. 식탁이 한쪽 구석에 자리 잡았고, 그 반대편으로 책상이 창이 난 벽을 마주하고 있다. TV 대신 푸생의 그림이 이젤 위에 놓여 있으며 거실에 해당하는 공간에는 헤링본 무늬 벽돌 바닥 위에 두툼한 카펫이 깔려 있다. 재떨이 하나만 올려둔 유리 테이블 주위로 낮은 가죽 의자 한 쌍, 등받이 없는 의자 하나, 데이베드 하나가 배치되어 있다. 모두 미스 반데어로에가 직접 디자인한 가구다.

글라스 하우스는 언뜻 보면 밀폐된 공간 같다. 마치 외과의의 수술대에 올라간 듯 해부되고 해체된 느낌이다. 표면적으로는 완전히 비어 있다. 쿡톱이 내장된 긴 조리대(음식보다는 마티니가 훨씬 자주 올라오지만)부터 책상과 보조 테이블에 이르기까지 그 위에는 생활의 흔적이 남아 있지 않다. 책장도 눈에 띄지 않고, 실내의 낮은 벽 역할을 하며 침대를 가려주는 키 큰 캐비닛 말고는 수납할 공간도 없다.

이 집은 아이들을 위한 공간도 아니고, 습관적으로 물건을 쌓아두는 사람을 위한 공간도 아니다. 이처럼 텅 비어 있는 오묘한 감각은 어찌 보면 날카롭게 느껴질 수 있다. 마치 완벽한 기하학적 구조에 인간의 형상이 침범한 듯한 기분이 든다. "편안함은 내 관심사가 아니에요." 존슨은 1999년 《에스콰이어》 매거진과 인터뷰하며 이렇게 말했다. "어떤 환경이든 아름답다면 편안함을 느낄 수 있죠." 여기서 아름다움이란 정밀함을 의미한다. 존슨은 "소수의 물건만을 택해 정확하게 배치하라"라고 조언했다. 말하자면 이것이 미니멀리즘 집 꾸미기 공식인 셈이다.

글라스 하우스는 주거 공간의 기능을 넘어 일종의 명함이자 문화 실험의 장이 되었다. 존슨은 글라스 하우스 공사 도중에도 전문직 동료들과 예일대학교 학생들을 현장에 데려오며 대대적으로 홍보했다. 1960년대에 앤디 워홀이

글라스 하우스 안에 들어와 유리 벽 너머를 바라보았고, 벨벳
언더그라운드는 건물 옆 드넓은 잔디밭에서 공연을 펼쳤다.
작곡가 존 케이지는 머스 커닝햄의 안무에 맞춰 콘서트를
열었다. 존슨의 서른 살 연하 남자 친구인 데이비드 휘트니는
마리화나가 든 빵을 내놓았다. 두 사람은 휘트니가 스물한 살
때 처음 만나 파트너로서 평생 함께했다. 그런데 주말 파티가
열리는 동안에도 티 없이 깔끔하게 정돈된 상태는 유지되어야
했다. 손님 중 하나이던 화가 재스퍼 존스는 존슨 커플의 "자비
없는 우아함"을 목격하고 "그들은 결코 어질러진 상태를
허용하지 않았다"라고 말했다. 건축가 로버트 A. M. 스턴은
"꽃병에 꽂힌 꽃송이들도 제자리를 알고 있었다"라는 말을
남겼다.

글라스 하우스는 바우하우스의 명쾌한 복제 가능성이라는
개념을 받아들이고 있다. 이 개념은 건축적 규칙을 누구나
적용할 수 있도록 간추리려는 시도다. 그런데 글라스 하우스는
그것을 다시 엘리트주의적으로 변용한다. 존슨은 남보다
덜 소유하고 살아간다는 사실을 은근히 과시한다. 글라스
하우스는 코네티컷 교외의 고풍스러운 신식민주의풍 저택과
뉴잉글랜드 특유의 돌담 사이에 당당한 자태를 드러내며 주변
건물들을 시대에 뒤떨어지고 과하게 치장한 존재로 만든다.

모더니즘 미학에는 두 가지 면이 있다. 첫째는 급진적
비움radical emptiness이다. 우아함에 대한 낡은 정의를
폐기하면서 나타난 양상이다. 1926년, 바우하우스 건축가
하네스 마이어는 방 하나가 딸린 "새로운 세계The New World",
"협동 인테리어Co-Op. Interieur"라는 개념을 제시했다. 혼자

사는 사람, 혹은 유토피아를 꿈꾸는 사람이나 노동자 등을 위해 디자인했다. 방 안에 놓인 물건이라곤 접는 의자, 침대, 매트리스와 단출한 침구, 구석에 놓인 스툴 위 축음기가 전부였다. 이에 관한 평론에서 마이어는 소비지상주의가 아니라 우리의 영혼에서 평안을 찾아야 한다고 말했다. "안락과 명망이 주택의 중심으로 다루어야 할 모티프는 아니다. 안락은 인간의 마음에 있지 페르시안 카펫에 있지 않다. 명망은 집주인의 태도에 달렸지 집 안에 거는 것이 아니다."

둘째는 통제력control이다. 스스로 판단해 취향에 어긋나는 것은 배제하는 능력이다. 존슨의 글라스 하우스나 브루클린의 몰개성적 콘도에서 드러난 양상이다. 이런 관점에서 보면 비움의 스타일은 그리 급진적이지 않으며 오히려 보수적일 수 있다. 지금보다 훨씬 전인 1954년에 이미 미국 비평가 러셀 라인스가 저서 『유행을 선도하는 사람들The Tastemakers』에서 야망을 품은 미학으로서 모더니즘이 거둔 성공에 놀라움을 표한 바 있다. 모더니즘이 인기를 끈 이유는 "우리 역사에 깊숙이 새겨진 가치인 도덕성에 호소하기 때문"이라고 라인스는 썼다. "겸손의 미덕, 깔끔한 생활, 저속한 과시 행동을 향한 경멸 등을 강조하는 미국의 청교도 정신을 상기시킨다."

물건은 없앨수록 낫다는 발상은 미스 반데어로에가 한 말로 널리 알려진 "적을수록 좋다less is more"라는 문구로 압축할 수 있다. 물건을 덜어낼수록 우리는 더 창의적일 수 있고, 사랑이 깊어지며, 공동체 의식이 강해지고, 우리 주변에 좀 더 관심을 기울일 것이다. 존슨은 모더니즘이 지닌 극도의 금욕주의적 특성을 미국이 열광하는 과시적 소비 방식과 연결 지은 최초의 인물이다. 덜어낼수록 근사하리라.

2 - II

필립 존슨은 말년에 뇌졸중을 앓았고 그 뒤로 글라스 하우스는
그의 병실이 되었다. 그곳에서 존슨은 침대에 기대어 앉아
바깥 경치를 즐겼다. 글라스 하우스 주변 사유지에는 존슨의
건축 역사가 하나씩 쌓여갔다. 작은 도서관, 언덕 경사면으로
둘러싸인 갤러리, 창문이 없다시피 한 게스트 하우스인 브릭
하우스까지, 존슨이 평생에 걸쳐 하나둘 지은 건축물이 사유지
곳곳에 흩어져 있었다. 그런데 이 건축가는 글라스 하우스가
단순한 집이 아니라 건축 역사의 기념비적 존재가 되길
바랐다. 1986년, 존슨은 글라스 하우스를 내셔널트러스트에
기증해 자신이 죽은 뒤에 박물관으로 쓰일 수 있도록 했다.
그리고 2005년 1월, 아흔여덟 살의 나이로 사망했다. 데이비드
휘트니는 그로부터 다섯 달이 지난 뒤 존슨의 뒤를 따랐다.

　　글라스 하우스는 2007년 대중에게 공개되었고 내가 처음
그곳을 방문한 것은 그 직후였다. 당시 나는 그곳의 사진만
보고도 이미 완전히 매료된 상태였다. 내가 살던 곳과 확연히

달랐기 때문이다. 나는 뉴케이넌까지 고작 차로 한 시간이면 갈 수 있는 동네에서 자랐다. 하지만 이 모더니즘적 사각형 건물과 달리 우리 집은 평범한 교외 주택단지에 속했다. 삼나무로 외장을 마감한 2층짜리 집에는 창문보다 벽이 훨씬 많았다. 글라스 하우스는 공간 안의 모든 것을 결정함으로써 자기 자신을 연출할 수 있다는 가능성을 보여주었다. 그러나 당시 10대이던 내게는 도저히 불가능한 일이었다. 지난 10여 년 동안 몇 차례나 방문했고, 그때마다 다시금 충격을 받았다. 자유로움에 대한 독특한 시선이 놀라웠고, 한편으로는 존슨이 이것만이 살아갈 방법이라고 생각했다는 점, 플라톤적 이상을 실현했다는 점에 놀랐다. 나는 이에 대해 생각할수록 완벽한 아름다움만으로 삶을 채울 수 있다는 믿음이 옅어졌다.

늦가을 어느 아침, 그랜드 센트럴 터미널에서 뉴케이넌 시내까지 가는 기차를 타고 다시 글라스 하우스로 향했다. 지금은 글라스 하우스의 방문자 센터 외에 기념품 가게도 운영하고 있다. 과거의 유산을 홍보하기에 더 좋아졌다. 흰색 밴이 방문객을 태우고 시골길을 굽이굽이 달려 글라스 하우스로 향한다. 정문을 지나 비탈길을 따라 내려갈 때까지도 글라스 하우스는 모습을 거의 드러내지 않는다. 글라스 하우스를 찍은 사진들은 이 넓은 부지 내에서 건물 자체는 얼마나 작은 규모인지 담아내지 못한다. '하우스'라는 명칭이 붙은 건 어쩌면 잘못일지도 모르겠다. 가까이에서 보면 유리 전망대에 더 가까워 보이기 때문이다. 글라스 하우스는 언덕의 가장자리에 있고 그 뒤로 낭떠러지가 있다. 그래서 글라스 하우스를 정면에서 똑바로 바라보면 그 너머의 허공이 눈에 들어온다. 그리고 탁 트인 풍광에 언덕이 펼쳐져 있다. 우리와 풍경 사이에 장애물이 하나 있다면 낭떠러지 끝에 가드레일처럼 놓인 기다란 벤치다. 방문객이 혹시나 추락하는 일이 생기지 않도록 설치한 것이다.

글라스 하우스는 집의 내부와 외부라는 개념이 무의미하게 만든다. 벽은 내부를 가리는 역할을 하지 않으며 외부를 차단하지도 않는다. 낮은 가구들을 배치한 내부는 완전히 노출되어 있어 애초에 무언가의 내부가 아닐지도 모른다. 건물 앞 잔디밭을 가로지르던 나는 마치 훔쳐보다가 들킨 것만 같았다. 존슨이 간접적으로 불러일으킨 행위인 셈이다. 주위 나무들이 무성해지기 전에는 동네 이웃들이 밤이면 불 켜진 수조 같은 글라스 하우스를 도로 쪽에서 유심히 지켜보곤 했다. 그러면서 대체 어떻게 거기에서 생활할 수 있는지 궁금해했다. 건축물 자체가 과시적으로 존재감을 드러냈으며 그 안에서 벌어지는 모든 일을 마치 그림 속 대상처럼 프레임에 담기게 했다. 존슨은 결국 커튼을 설치했지만 그나마 그늘을 만드는 정도였을 뿐이다.

글라스 하우스의 각 측면 한가운데에는 문이 있다. 그중 하나로 들어가자 양극단이 확 뒤집혔다. 내 시선은 집 안이 아니라 집 밖을 향했다. 카메라 뷰파인더를 통해 바라보듯 두 눈이 잔디밭의 부드러운 경사면을 훑게 되었다. 그날의 풍경은 마치 영화 같았다. 긴 채찍을 닮은 나뭇가지들이 바람에 흔들리고, 금빛과 진홍빛 잎들이 천천히 곡선을 그리며 땅으로 떨어지는 장면이 유리창 필름 위로 펼쳐져 있었다. 이 풍경은 끊임없는 움직임으로 구성된 잭슨 폴록 작품의 실사 버전이었다. 이를 두고 존슨은 "아주 값비싼 벽지"라고 말했다.

프랑스의 현상학자 가스통 바슐라르는 주거 건축의 심리학에 관한 저서 『공간의 시학』에서 창문은 집의 눈이라고 보았다. 바슐라르는 한밤중에 멀리 떨어진 집의 유리창 너머로 조명이 빛나고 있는 이미지를 자세히 묘사하며 이렇게 해석했다. "빛나는 모든 것은 바라본다(All that glows sees)." 그렇다면 글라스 하우스는 전부 눈이다. 이곳의 유리창은 당신이 밖을 볼 수 있게 하는 동시에 당신의 몸이 드러나 있음을 느끼게 한다. 그리고 세심하게 배치한 가구와 노출된 외관으로 팽팽한 균형감을 이어간다. 이곳의 내부는 존슨이 살아 있을 때는 그런대로 박물관 같았지만, 지금은 정지한 조각이나 다름없다. 그랬다가 쫓겨날 것 같은 분위기만 아니었다면 거실 공간에 놓인 미스 반데어로에의 고급 가죽 소파에 기꺼이 몸을 맡겼을 것이다.

두 차례의 세계대전으로 세계가 불안정해지고 산업화가 사회에 끼치는 영향력이 커지면서 모더니즘은 오염되지 않은 탈역사적 대안을 제시했다. 더 안전하고 깨끗한 세상에 대한 비전으로서 건축물 내에 거주하는 모두를 위한 세계주의적 평등을 담고자 했다. 세상 모든 거실에 미스 반데어로에의 바르셀로나 체어가 있다는 것, 그것이 모더니즘에 담긴 메시지다.

사물을 더 단순하게 만들고, 더 비우는 것은 진보의 형태 중 하나로 여겨지기도 한다. 미니멀리즘이 왜 그토록 매력적인지 힌트를 얻을 수 있는 지점이다. 오스트리아와

체코의 건축가 아돌프 로스는 저서 『장식과 범죄』에서 "문화가 발전하려면 쓸모 있는 사물로부터 장식을 제거하면서 나아가야 한다"라고 썼다. 유리와 철강으로 된 건축물은 투명성이 늘어나면서 욕구와 소비를 줄이는 태도에 기반을 둔 일종의 평등주의적 사회계약을 제공했다. 발터 베냐민은 1929년에 이렇게 썼다. "유리로 된 집에서 산다는 건 탁월한 혁명적 미덕이다. 이와 동시에 도취이고 도덕적 과시 행위이며, 그게 우리에게는 절실히 필요하다." 그리고 1933년에도 이렇게 썼다. "일반적으로 유리는 비밀의 적이다. 그리고 소유의 적이다."

존슨의 글라스 하우스는 혁명적 미덕이나 비밀 폭로와는 별 관련이 없었지만, 확실히 소유에 반대하지는 않았다. 존슨은 부지 내에 미술관을 만들어 프랭크 스텔라 같은 미드센추리 예술가들의 귀중한 작품으로 채웠다. 미술관 위치를 보면 언덕 안쪽에 말 그대로 숨겨져 있다. 하지만 존슨 특유의 창작물은 바우하우스의 원칙을 양식화하고 있다. 글라스 하우스는 기능적으로 보이며 기하학과 절제된 레이아웃을 엄격히 적용했다. 그러나 사실 효율적 건물은 절대 아니다. 내부의 환기가 제대로 되지 않으면 유리창이 뿌옇게 되고 결로가 맺혀 물방울이 뚝뚝 떨어진다. 지붕에서 물이 새는 통에 비가 오면 집의 네 귀퉁이에 양동이를 가져다 두어야 했다. 겨울이면 방문객들이 맨발로 돌아다닐 수 없을 정도로 추워 난방 온도를 높여야 했다. 집의 기반 시설을 매설하는 일반적인 벽이 없으니, 전선과 배관을 집 아래에 설치해 잔디밭 건너편 브릭 하우스로 연결한 끝에 감출 수

있었다. 글라스 하우스의 투명함은 드러내는 만큼 감추는 법도
잘 알고 있었다.

　　미니멀리즘은 억압적일 수 있다. 미니멀리즘 스타일은
당신이 이걸 따르지 않는다면 그 공간에 속하지 못한다고
느끼게 만들 수도 있다. 고급스러운 카페나 딱딱한 느낌의
호텔 로비에 머물 때처럼 말이다. 존슨이 그나마 허용한
소수의 고급 디자인과 고급 예술이 있는 글라스 하우스 안에
있을 때 자유를 느끼기는 어렵다. 그보다는 다른 누군가의
비전에 갇혀버린 기분이 든다. 비어 있는 실내는 럭셔리해
보인다. 하지만 그건 높은 비용을 들여 까다로운 취향을
반영했다는 의미이기도 하다. 단순함은 허울이다.

　　존슨 덕에 미스 반데어로에는 "적을수록 좋다"라는
자신의 미적 신념을 널리 알릴 수 있었다. 그런데 이 문구는
사실 빅토리아시대의 시인 로버트 브라우닝이 1855년에
쓴 시 「안드레아 델 사르토 Andrea del Sarto」에 맨 처음
등장했다. 이탈리아 르네상스 시대 화가였던 델 사르토는
기술적으로 뛰어난 그림으로 유명하다. 그가 그린 종교화 속
성인과 마리아, 천사는 완벽하다. 그런데 정열이 느껴지지
않는다. 워낙 정밀하게 그려 감정이 잘 전달되지 않는다.
브라우닝의 시에서 델 사르토는 당시 바람을 피우던 횡포한
아내 루크레치아를 향해 혼자 중얼거린다. 그리고 자신은
근원적으로 감정의 결핍이 있다고 고백한다. 다른 화가들은
델 사르토가 별로 힘들이지 않고 선보이는 기술을 어떻게든
따라잡으려고 애썼다. 하지만 그들은 결국 "적게, 아주
적게"라는 결론에 도달한다. 델 사르토는 "음, 적을수록 좋소,

루크레치아. 그게 옳다고 생각하오"라고 인정했다. "그들 안에는 하느님의 참된 빛이 타오른다." 다른 화가들은 델 사르토가 놓쳤을지도 모를, 더 깊은 진실을 포착할 수 있었다. 델 사르토가 선을 있는 그대로 정확하게 표현하는 데 과하게 집중한 탓이었다. "모든 것이 은회색이다 / 나의 예술은 차분하고 완벽하다: 그래서 더 형편없다!"

존슨의 행보는 이러한 완벽함의 부정적 측면을 드러낸다. 파시즘에 동조하는 그의 태도는 본인 건축물의 엄밀성에서 명백하게 드러난다. 글라스 하우스는 단 한 사람을 위해 혼자 지은 집이기에 일종의 과대망상적 소유욕을 보인다. 글라스 하우스의 건축가는 방문객을 편안하게 만드는 데는 아무 관심이 없다. 오직 자기 자신만을 위할 뿐이다.

글라스 하우스는 낮 동안 드넓게 탁 트여 있다. 풍경이 끝없이 펼쳐지면서 집 내부 면적이 늘어난 느낌을 준다. 하지만 밤이 되면 지평선과 나무들, 마침내 잔디밭까지 눈앞에서 사라진다. 투명한 유리 벽은 조금 더 두드러져 보이고, 배경 막이 사라진 가구들은 서로 더 가까워진 느낌이 든다.

데이비드 휘트니는 저녁이면 잠자리에 들기 위해 유리 상자를 떠나 브릭 하우스로 향하곤 했다. 브릭 하우스는 글라스 하우스와 완전히 정반대의 건물이었다. 사방이 막힌 실내는 옅은 분홍빛을 띠고 포르투니의 패브릭으로 덮여 있다. 마치 방 크기만 한 메이크업 박스 같다. (존슨은 "섹스를 하려면 누에고치 같은 곳이 최고지"라고 농담을 했다.) 한편 글라스 하우스에 남은 존슨은 조명을 켜고 더블 침대 옆 원형

사이드 테이블에서 책 한 권을 집어 들었다가 그대로 자신이 만든 이 수족관 안에서 혼자 잠들었다. 아침이 되면 사방에서 쏟아져 내리는 이른 새벽의 기운에 잠에서 깼다. 전원의 풍경이 다시금 눈에 들어왔다.

이토록 완벽하고 정확하게 구성된 공간은 아무리 비어 있다 해도 다른 무언가에게 내줄 자리가 없다. 글라스 하우스나 브루클린의 텅 빈 콘도 같은 공간이 나르시시즘적으로 느껴지는 이유다.

존슨이 처음으로 글라스 하우스에서 자보기로 마음먹었던 날의 일이다. 그때 막 완공된 글라스 하우스는 잔디밭 한쪽에서 흐릿하게 모습을 드러냈다. 자연 한복판에 어둡고 텅 빈 인공의 물리적 환영이 서 있었다. 존슨은 잔디밭을 저벅저벅 걸어가 글라스 하우스의 문 앞에 섰고 문을 열어 어두운 실내와 마주했다. 그리고 실내 모서리에 달린 조명들을 켜는 순간, 전깃불 빛이 유리 벽에 반사되었다. 눈에 들어오는 건 잘 다듬어진 바깥 풍경이 아니라 자기를 쳐다보고 있는 자기 모습뿐이었다. 존슨은 다급히 동료에게 전화를 걸었다. "지금 바로 와줘야겠어. 조명을 켰더니 보이는 거라곤 온통 나야. 나밖에 안 보여!"

존슨은 이 문제를 해결하기 위해 바깥에도 조명을 설치해 마치 모닥불처럼 주변 나무들을 밝게 비췄다.

2 - III

오늘날 우리는 필립 존슨이나 미스 반데어로에 같은
모더니스트 건축가를 미니멀리스트라고 설명하기도 한다.
그런데 이건 미니멀리스트라는 용어가 지난 수십 년간 이
건축가들까지 아우를 수 있도록 보완된 결과다. 본래 미술사의
맥락에서 두 용어는 완전히 별개였다. 미니멀리스트라는
호칭은 1960년대에 들어서야 확고하게 자리를 잡았다. 당시
1960년대에 모더니즘 건축과 유사한 용어를 사용하며(예컨대
기하학적이고 차가운 산업자재 같은) 작품을 만드는 한
무리의 예술가들이 등장했다. 그런데 그들이 염두에 두고 있는
목표는 완전히 달랐다. 애초에 장식적이거나 기능적인 것에
반대했다. 그들이 추구하는 극단적인 단순함은 보는 사람들을
불편하게 만들었다. 또 그들은 미니멀리즘이라는 용어를
좋아하지 않았다.

　"난 불만이 많습니다." 뉴욕의 신랄한 예술가 도널드
저드는 1969년에 발표한 글을 이렇게 시작했다. (이 글은

「불만: 제1부Complaints: Part 1」다. 얼마나 더 많은 불만이 담겨 있을지 짐작된다.) 저드는 예술 비평가들이 자꾸 자기에게 미니멀리스트라는 딱지를 붙인다며 짜증스러워했다. 자신의 작업은 미니멀리즘이라는 용어와 전혀 무관하다고 여겼다. 저드에게 미니멀리즘이란 그저 게으르게 샛길로 가려는 시도, 비평가들이 예술가를 억압하려고 쓰는 쓸모없는 단어였다. 저드가 생각하기에 미니멀리즘은 어렵고 복잡한 예술 작품을 자기들 입맛에 맞게 단순화하는 마케팅 전략일 뿐이었다. 저드는 "예술가는 언론이 새로운 집단이라며 주목하지 않으면 관심을 받기가 어렵다"라고 썼다. "역사 속의 사상은 대부분은 지나치게 단순하고 구식이며 파괴적이다."

그러나 오늘날 저드는 여전히 미니멀리스트로 여겨진다. 예술사 책들에 의하면 가장 잘 알려진 미니멀리스트이기도 할 것이다. 저드가 1960년대에 제작하기 시작한 매끈한 금속 상자 조각들은 지적인 간결함과 미학적 간결함의 조합이라는 면에서 현재 미니멀리즘이라는 단어가 시사하는 모든 것을 대표한다. 그러나 저드는 자신에게 딱지를 붙이는 행위를 끝까지 싫어했다. 첫 번째 글을 발표하고 12년이 지난 뒤인 1981년, 저드는 《빌리지 보이스》에 기고한 글에서 여전히 불만을 토해낸다. "일단 미니멀리즘은 실재하지 않는다는 점이 첫 번째 오류고, 실재하지 않는 것에 특성을 부여한다는 점이 두 번째 오류다."

미니멀리즘이 지배적 경향으로 대두한 시점은 저드가 그린 갤러리에서 첫 번째 단독 전시를 열었던 1963년으로 짐작된다. 그때 저드는 서른다섯 살이었다. 그린 갤러리는 리처드 벨러미가 1960년에 뉴욕 맨해튼 57번가에 개관했다. 벨러미는 인습을 타파하고 즉흥적 자유로움을 지향하는 아트 딜러였으며 로버트 모리스나 댄 플래빈 같은, 훗날 미니멀리스트라고 불리는 많은 예술가를 지원했다. 벨러미는 이전과 다른 방식의 예술을 보여주고자 하는 열망을 가지고 있었다. 당시 10여 년간 미술계는 1940년대와 1950년대에 최초로 맨해튼을 예술의 국제적 중심지로 만들었던 뉴욕화파New York School 추상표현주의 예술가들의 발자취를 따르는 2세대 작가들이 대다수를 이루고 있었다. 그러다 1964년에 저드는 추상표현주의가 이미 붕괴했다고 선언했다. "(잭슨) 폴록은 죽었다. (프란츠) 클라인과 (제임스) 브룩스는 1956년과 1957년에 마지막 걸작을 남겼다. (필립) 거스턴은 이제 부드러운 회색빛 그림만을 그린다."

당시 저드는 예술가보다는 비평가로 더 널리 알려져 있었다. 그는 생계를 위해 각종 잡지에 논쟁적 비평과 개론을 기고했는데, 종종 언쟁에 휘말리기도 했다. 뉴욕 예술계의 아웃사이더였기에 끊임없이 자신을 증명해야 한다는 조바심을 느꼈다. 미주리주의 한 농장에서 태어난 저드는 고등학교 때 뉴저지주에 정착했다. 미 육군 공병단으로 한국에서 잠깐 근무했다가 제대군인에게 지급하는 보조금을 받아 뉴욕의 아트 스튜던츠 리그와 버지니아의 윌리엄 앤드 메리 칼리지에 등록했다. 그러나 여기에 만족하지 않았던 저드는 1948년에 컬럼비아대학교에서 철학을 공부하기 시작했고, 마침내 선구적 학자 마이어 샤피로의 지도를 받으며 미술사 석사과정을 밟았다. 이러한 학문적 성취는 저드의 비평을 뒷받침하는 힘이 되었고, 이로써 저드는 자신의 생각이 늘 옳다는 굳건한 자신감을 지킬 수 있었다. 최소한 자기 글을 쓰는 순간에는 말이다.

저드는 아직 자신의 예술 작업에 스스로 자부감을 갖지 못했음에도 벨러미를 작업실로 데려와 한창 진행 중이던 작품을 보여주었다. 저드의 작업은 1950년대에 추상적인 기하학 형태의 판화와 회화에서 벽에 걸거나 바닥에 놓을 수 있는 삼차원 물체로 발전해 나갔다. 벨러미의 작업실 방문은 1963년 저드의 단독 전시로 이어졌다. 그린 갤러리의 흰 벽과 좁은 나무 바닥은 자작나무 위에 붉은색 카드뮴 물감을 바른 기하학적 상자로 채워졌다. 이 작품들은 추상적 형상으로, 마치 이해할 수 없는 작업을 수행하는 기계들 같았다. 유기적이지 않지만 그렇다고 썩 산업적이지도 않았다. 저드는 웨스턴 유니언의 중역이자 숙련된 목공이던 아버지 로이 저드와 함께 작품을 수작업으로 직접 만들었다.

이 전시에는 경사면이나 선반 같은 형태도 포함되어 있었다. 하지만 이 작품들과 상호작용할 방법을 알 수 없었고, 해석할 만한 명확한 의미도 담기지 않았다. 의도적으로 콘텐츠를 부족하게 구성한 이 전시는 기존 예술계의 취향에 대한 모독이었다. 《아트 인 아메리카》에서 비평가 힐턴 크레이머는 저드의 데뷔 전시가 "의례적 분석이나 은유에 무관심하다"라고 설명했다. 또 다른 비평가들은 이 기묘하게 지루한 작품들을 "쓸모없는 물체들", "비예술", "미적 가구"라고 평하기도 했다.

저드의 작품은 예술이어야 할 것 같지만 그렇지 않아

보였다. 예술은 건조하게 거리를 두기보다는 좀 더 많은
의도와 상징, 감정적 영향력을 지녀야 하는 것이 아닐까?
저드의 작품은 잘 팔리지 않았고, 벨러미가 큐레이션한
작품 대다수가 마찬가지였다. 결국 그린 갤러리는 1965년에
폐관했다. "갤러리의 문을 닫아야만 했어요. 제겐 은행이
없었거든요." 벨러미는 한 편지에서 특유의 무심한 듯한
어투로 한탄했다. 시대를 지나치게 앞서간 탓이었다. 그나마
저드의 작품 하나가 팔리기는 했다. 네모난 파이프로 금속
정육면체 네 개를 연결한 이 작품은 필립 존슨이 300달러에
샀다. 저드는 1968년에 비평가 루시 리퍼드와 진행한 가십성
인터뷰에서 벨러미의 취향이 수준 높은 덕에 작품이 팔렸다며
애써 존슨에게는 큰 의미를 두지 않으려 했다. (이 인터뷰에서
저드는 평범한 직업인으로서 미술 비평가다운 모습을 확연히
드러내며 잡지 마감, 프리랜서가 받는 고료, 변덕스러운
편집자를 향한 불만을 잔뜩 쏟아낸다.)

저드는 1964년부터 집필하기 시작한 평론을 통해
자신의 관점을 표명할 기회를 얻었다. 이 평론은 「특정한
오브제Specific Objects」이며 1965년에 출간한 『미술 연감
8권Arts Yearbook 8』에 실렸다. 동적인 흐름이나 쉬운 서사를
싫어하는 성향과 달리 저드는 이 평론에서 동시대 작가들의
작품이 공유하는 특정 주제를 언급한다. 저드가 한 대다수의
선언은 표제를 붙이지 않은 본인의 작품에도 적용될 수
있었다.

"최근 몇 년간 새로 등장한 최고의 작품 중 절반 혹은
그 이상이 회화도 조각도 아니다." 저드의 평론은 이렇게

시작한다. (그는 사물을 최고 혹은 최악으로 구분하기를 좋아했다.) 그의 주장에 따르면 회화는 지루하거나 과장되기 때문에 그다지 매력적이지 않다. 추상표현주의가 벽에 부딪혔다는 것이다. 또 조각은 인간이나 동물, 풍경 등 이미 존재하는 것을 구현하기 때문에 특별할 것이 없다. 원본이 아니라는 것이다. 저드에게 가장 중요한 특징은 깨우침이 있는 단순함이다. 이는 작품의 모든 부분이 이미 존재하는 사물과 연관이 있기보다는 작품 자체로 존재하는, 하나의 일관된 전체로서 통일성을 갖는다는 뜻이다. 저드는 이 특성에 대해 "특정한specific" 혹은 "삼차원적three-dimensional"이라고 표현했다.

저드가 말하는 특수성의 위업을 달성한 예술가로는 프랭크 스텔라, 클라스 올든버그, 구사마 야요이, 앤 트루이트, 댄 플래빈, 존 체임벌린 등이 있다. 저드의 동료이거나 저드가 존경하는 인물들이다. (비평가이자 예술가로서 활동하다 보면 아무래도 작품 세계가 자기와 비슷한 작가를 좋아하게 된다는 문제가 생긴다.) 구사마는 소파처럼 일상적 사물을 가져다가 천으로 만든 남근 형태의 돌출부 여러 개로 뒤덮음으로써 환각적이고 쓸모없으며 완전히 새로운 것으로 변모시켰다. 체임벌린은 페인트 코팅이 그대로 남은 구겨진 차체의 부품으로 추상적 조각품을 완성했다. 저드의 가까운 동료였던 플래빈은 대량 생산품인 형광등을 나무 상자에 고정해 갤러리 벽에 바로 달았다. 저드는 이러한 특정한 오브제가 "분명 예술은 아니다"라고 인정했지만 그건 중요하지 않았다. "작품은 그저 흥미롭기만 하면 그만이다."

여기서 흥미롭다는 것은 고유하면서 즉각적인 미적 경험을 제공하는 것을 뜻한다. 뉴욕에서 활동한 프랭크 스텔라는 넓은 캔버스를 가로지르는 일정한 검은 줄무늬로 기념비적 패턴을 남긴 〈검은 그림Black Paintings〉 연작으로 유명한 작가다. 그가 저드의 말을 이렇게 달리 표현했다. "당신에게 보이는 것이 당신이 보는 것 자체다(What you see is what you see)."

1960년대에 등장한 이 예술가들을 뭐라 칭하고 어떻게 이해해야 할지 아무도 알지 못했다. 어떤 비평가는 이 모호한 예술가 무리를 'ABC 아트ABC Art', '쿨 아트Cool Art', '리터럴 아트Literal Art(문자 그대로의 미술)', '보링 아트Boring Art(지루한 미술)'라고 부르며 텅 비어 보이는 상태를 결점이라고 여겼다. 화가이자 작가인 브라이언 오도허티는 "그들의 예술에는 어떠한 기억도 기대감도 없다"라고 평했다. 마이클 프리드는 1967년 《아트포럼》에 기고한 평론 「미술과 대상성Art and Objecthood」에서 이 새로운 예술가 무리를 향해 이렇게 말했다. "그들은 고갈되지 않는다. … 고갈될 것 자체가 없기 때문이다." 추상표현주의를 옹호한 클레멘트 그린버그는 "그들의 작업은 예술로 읽어내기 쉽다. 오늘날 거의 모든 것이 그렇듯 말이다. 문이나 테이블이나 빈 종이나 마찬가지다"라며 불만스러워했다. 하지만 이러한 특징이야말로 ABC 아트의 핵심임을 그린버그도 알고 있었다.

비평가들은 미술에서 대상성이란 마르셀 뒤샹이 스툴에 자전거 바퀴를 붙인 1913년 작 〈자전거 바퀴Bicycle Wheel〉 같은 초기 '레디메이드' 작품들로 이미 정리된 사안이라는 사실을 잊어버렸다. 피카소는 1942년에 자전거 안장과 핸들을 소의 머리로 바꾼 적 있다. 새롭고 지루한 이 예술은 급진적 일탈처럼 보일지 모르지만 사실 과거의 유산을 이어받은 셈이다. 저드는 훗날 프리드의 글이 "멍청"하고 "사이비 철학"이나 다름없다며 분개했다. 그린버그에게는 "알아들을 수도 없는 소리"라고 했다. 저드는 이 새로운 예술가들이 무슨 일을 벌이건 그들의 수비수로 나서기를 자청했다.

나중에 결국 미니멀리즘이라는 성가신 용어가 그들을 따라다니는 계기가 된 것은 영국의 미술 이론가 리처드 월하임이 1965년에 발표한 평론 「미니멀 아트Minimal Art」였다. 월하임은 이 예술가 그룹의 주요 특징으로 "최소한의 예술적 콘텐츠", 즉 전통적으로 서양미술을 정의하는 통상적 속성이 빠져 있다는 점을 꼽았다. 나무 상자와 전구, 가공하지 않은 금속은 관람자들을 불안하게 만든다. 캔버스 앞에서 혼신의 힘을 다하던 영웅적 예술가들이 대변하는 예술에 대한 오래된 생각이 흔들리기 때문이다. 미니멀리즘 예술가들은 공장에서 생산한 재료를 활용하고 새로이 발견한 사물을 대상으로 삼았다. 건축가나 디자이너에 좀 더 가까운 방식일 수 있는, 종이에 작품을 설계한 다음 전적으로 외부에 맡겨 제작하는 방식을 택했다. 저드는 1964년 이후부터 롱아일랜드에서 금속 제작소를 운영하는 번스틴 형제에게 외주를 맡겼다.

월하임은 예술가와 오브제의 관계를 이처럼 새롭게 설정했다는 점 때문에 미니멀리즘이 그토록 괘씸하게 여겨졌을 것으로 보았다. 신성하고 초월적인 예술이고자

했다면 어찌 예술가들이 아무런 고통 없이 손을 더럽히지도
않고 그저 공장에 제작을 의뢰할 수 있었겠는가. 1960년대
후반부터 저드는 알루미늄 상자의 도면을 공장에 보내고 최종
제작품을 받으면 마음에 들지 않는 부분이 있어도 고치지
않고 바로 갤러리에 설치했다. 저드에 대해 사전 정보가 없는
관람자라면 모욕감을 느낄 수도 있다. 현대 미술관에서 종종
들려오는 무신경한 평가와 비슷할 것이다. "우리 애도 저
정도는 그리겠는데."

그러나 월하임은 미니멀리즘에 일종의 노동이 존재한다고
말했다. 그건 물리적 형태이기보다 큐레이션의 영역에 더
가까웠다. 재료, 표현법, 규모의 선택은 예술적 행위이며,
작품이 완성되었다고 선언하는 결정 역시 마찬가지다. 어떤
요소를 그대로 두고 어떤 요소를 뺄지 선택하는 단순화 혹은
축소 과정은 미니멀리스트가 행하는 창조적 노동의 하나다.
이러한 노력은 완성된 작품을 보았을 때 곧바로 눈에 들어오지
않는 경우가 많다. 리처드 세라의 작품처럼 그저 벽에 걸린
금속 덩어리로 보일 수도 있다. 댄 플래빈의 작품은 노동을
숨기는 데 어찌나 능했던지, 2016년 유럽연합 집행위원회는
그의 전구 작품을 예술품이 아닌 상품으로 간주하고 3배에
달하는 관세를 매겼다.

월하임은 미니멀리즘이 우리에게 "단일한 각각의 사물
그 자체를 보아야 한다"고 요구한다고 썼다. 이것은 "특정한"
사물이라는 용어를 쓴 저드의 의도와 크게 다르지 않다.
사물의 단일성에 주목하는 태도는 예술의 시각적 특성을
포기하거나 무시하는 것이 아니라 지금 그곳의 존재를

강화한다는 뜻이다. 어떤 면에서 이는 금욕보다는 과잉에
가깝다. "빨강이 많으면 세 가지 색보다 나을 수도 있다."
1965년에 저드가 한 말이다. 결핍될수록 더 좋을 수도 있다.
결핍된 부분이 많다면 더 그러하다.

오늘날 우리가 미니멀리즘이라고 표현하는 흰색 티셔츠나
모노톤의 아파트, 철제 가구 등을 보면 저드나 월하임이
비평의 대상으로 삼은 예술가 그룹과 그다지 공통점이 없다.
여러 빛깔의 조명을 설치한 플래빈의 작품은 매우 화려하고
공격적이다. 구사마의 작품은 장식적이고 다소 불편한 느낌을
준다. 체임벌린은 말 그대로 충돌한 자동차로 가장자리가 온통
울퉁불퉁한 예술 작품을 완성했다. 당장 집으로 가져가고 싶을
만한 것들은 아니다.

이 예술가 그룹은 동질화된 스타일을 공유하기 때문이
아니라 특정한 도약을 보여주었기 때문에 혁명적이었다.
그들의 작품은 무언가를 표현하려고 하거나 현실을 기록하려
하지 않았다. 예술가의 개성을 전달하려고 할 필요도 없었다.
있는 그대로 존재감을 드러냈고 세계의 일부가 되기에
충분했다. 관람자는 그 자체를 감상해야 했다. 감각이 해석을
대체했다. 어쩌면 그래서 우리는 여전히 미니멀리즘이
실내장식이 아니라 예술의 한 장르라는 사실을 받아들이기
어려워하는지도 모른다. 우리는 예술 작품을 보며 강렬한
감정에 휩싸인 채 가르침을 얻고 정보를 얻어내야 한다고
생각한다. 하지만 그건 핵심이 아니다.

어느 공간에 놓인 저드의 상자와 마주한 사람들은 이
작품을 시간과 맥락에 따라 조금씩 다르게 바라본다. 그

사물이 고유하지 않더라도 사물에 대한 경험이나 인식은
고유하다. 그러므로 갤러리에 놓인 믹서가 모나리자만큼
매력적일 수 있다. 미니멀리스트의 오브제들은 발터 베냐민이
말했듯 산업화 이전의 고유한 예술 작품이 지녔던 "아우라"에
의존하지 않았다. 그래서 미니멀리즘은 우리의 "기술 복제
시대"와 완벽하게 어울린다. 개성 없이 똑같은 형태가
고유한 힘을 잃지 않고 반복적으로 제작될 수 있는 이유는
예술 작품의 의미란 제작자가 아니라 관람자에게 속해 있기
때문이다.

2 - IV

미니멀리즘은 초반에 건축과 거의 관련이 없었지만 도널드 저드는 둘 사이를 잇고자 했고, 인테리어의 영역으로 전환하는 작업에 속도를 더했다. 일반적인 관람자라면 차가운 분위기의 새하얀 갤러리 공간에 전시된 알루미늄 혹은 유색 플렉시글라스의 기하학적 정육면체로 저드를 기억할 것이다. 거리감이나 소외감을 유발하는 이런 식의 맥락은 그의 작품에 도움이 되지 않는다. 더 차갑고 매몰차게 느껴질 뿐이다. 그러나 사실 저드는 갤러리에 회의적이었다. 자기 집 안의 불규칙하게 펼쳐진 공간 한복판에 작품을 설치하는 노력을 기울이기도 했다. 이는 오늘날 도시들이 광고하는 '로프트에서 살아가는' 보헤미안 스타일의 청사진 역할을 했다.

1960년대, 로어 맨해튼 소호 인근은 밤이면 칠흑같이 어두웠다. 높은 공장 창고 단지 사이로 난 자갈길은 좁고 깊은 골짜기 같았다. 이 지역은 19세기 말과 20세기 초에 뉴욕이 산업혁명에 동참하면서 건설되었다. 1919년에 나온

지도를 보면 모피 제품, 금전등록기, 에나멜 그릇, 인쇄용 동판, 가죽 부츠, 당구대 등을 생산하던 이 지역 제조사들이 표시되어 있다. 하지만 20세기 중반부터 제조업은 쇠퇴했다. 그나마 남아 있던 소규모 사업장에서 화재가 끊임없이 발생하는 바람에 "지옥의 100에이커"라는 별명을 얻기도 했다. 예술가들은 이 동네 공장 위층의 드넓은 공간을 점거했다. 몇백 달러면 월세를 얻을 수 있었고, 3만 달러면 몇백 제곱미터의 공간을 사들일 수 있었다. 그런데 밤이면 의심을 피하기 위해 불을 다 꺼야 했다. 법적으로 따지자면 이 건물에서 자는 건 불법이었기 때문이다.

1968년, 19번가의 로프트 하우스에서 살던 저드는 소호 스프링 스트리트 101번지 모퉁이의 5층짜리 공장 건물이 6만8000달러에 매물로 나와 있는 것을 발견했다. 때마침 최근에 받은 보조금으로 얼추 충당할 수 있는 금액이었다. 처음에는 그렇게 괜찮아 보이지 않았다. 저드는 폐기물로 가득 찬 건물 내부를 보며 갤러리 전시 창을 폐기물로 채운 작가 아르망의 설치 작품을 떠올리기도 했다. 하지만 뼈대가 튼튼한 건물이었다. 1870년 건축가 니컬러스 화이트가 지은 건물로, 정면 외벽에는 페인트칠을 한 주석을 사용했다. 넓은 두 개의 창 사이로 인대처럼 가느다란 금속이 들어 있어 마치 건물이 공중에 뜬 것처럼 보였다. 페디먼트를 비롯한 장식이 신고전주의풍 번영을 뽐내던 이 건물은 주변의 일반 공장들과 확연히 달랐다. 이 건물에서 저드는 유리와 금속으로 이루어진 모더니즘 건축물의 전신을 보았다. 1958년에 유리 벽으로 화려하게 시공한 시그램 빌딩처럼 필립 존슨과 미스 반데어로에가 뉴욕에 들여온 모더니즘 건축물의 전조라 할 수 있었다.

건물 내부는 과거의 흔적을 찾을 수 없을 만큼 허물어져 있었다. 원래 백화점이었던 이곳은 마지막에는 소규모 제조업체들과 함께 철물점으로서 산업적 생을 마감했다. 어두운 목조 바닥에는 기계에서 흘러나온 기름 자국이 남아 있었다. 내부 청소를 마친 저드는 건물의 상태를 둘러보다가 내벽을 세운 흔적이 없다는 사실을 알아차렸다. 그래서 각 층을 탁 트인 채로 놔두고 한 가지 기능만 부여하기로 결정했다. 1층은 갤러리 겸 만남의 장소로 사용했다. 그곳에서 저드는 (후기 신표현주의 작가 줄리언 슈나벨을 비롯한) 젊은 예술가를 위한 모임을 주도하기도 했고 금속이나 목재의 샘플을 쌓아두기도 했다. 2층은 주방 겸 엔터테인먼트 공간, 3층은 작업실 겸 갤러리, 4층은 거실처럼 쓰는 주거 공간, 꼭대기 층인 5층은 침실이었다.

저드 가족은 그의 작품 이력과 함께 성장했다. 당시 저드는 댄서이자 안무가인 줄리 핀치와 결혼해 아들 플래빈(댄 플래빈의 이름에서 따왔다)을 낳은 상태였고, 곧 레이너(안무가 이본 레이너의 이름에서 따왔다)라고 이름 짓기로 한 딸이 태어날 예정이었다. 스프링 스트리트의 로프트 하우스는 저드 가족의 집이자 저드 본인을 포함한 미니멀리스트의 작품을 창작하고 전시하는 실험실 같은 공간이었다. "나는 작품을 배치하고 이에 따라 수차례 공간을 개조하면서 많은 시간을 보냈다." 저드가 1989년에 자신의 로프트에 관해 쓴 글에서 밝힌 내용이다. "처음부터 모든 것을 철저하게 고민했고 오래도록 유지하고자 했다."
오래도록 유지한 것은 맞지만 완전히 기능적이지는 못했다.
레이너와 플래빈은 로프트 하우스의 단열창이 제 기능을 하지
못해 겨울이면 얼어붙을 듯 춥고, 여름이면 찜통이었다고
회상하기도 했다.

뉴요커라면 누구나 품고 있는 특정한 꿈이 하나 있다.
나도 그게 내 꿈이 되기 전까지는 미신일 뿐이라고 여겼다.
꿈속에서 당신은 살고 있던 아파트 안에 지금껏 몰랐던
공간이 숨겨져 있다는 사실을 발견한다. 그런 비좁은 구석에
있으리라곤 생각지 못한 문을 통과하면 갑자기 탁 트인
새로운 공간이 눈에 들어온다. 막 이사 온 집처럼 환하고 먼지
하나 없는 공간이다. 내가 처음 스프링 스트리트 101번지를
방문했을 때 느낀 감정이 바로 이것이었다. 지금 이곳은
저드의 재산을 관리하는 저드 재단의 후원 아래 대중에게
공개하고 있다.

저드는 이미 충분한 공간을 소유하고 있었으니 그런
꿈은 꾸지 않았을 것이다. 나는 지하 사무실에 있는 재단의
허락을 받아 혼자 천천히 거닐 수 있는 시간대인 평일 오후에
스프링 스트리트 101번지를 다시 찾아갔다. 이곳을 찾아가면
잠시 도시에서 벗어나 고요히 쉴 수 있었다. 뉴욕에는
그렇게 한적한 공간이 많지 않다. 거리나 지하철은 물론이고
현대 미술관도 예외는 아니다. 스프링 스트리트 101번지는
호화로울 만큼 텅 비어 있다. 나는 이곳에 갈 때마다 소호의
루프톱 너머로 해 질 무렵 벽을 가득 채운 창문을 통해
들어오는 햇빛이 바닥부터 천장까지 장밋빛으로 물들이는

광경을 지켜보았다.

가로 7.6미터, 세로 22.8미터의 이 공간은 저드가 미니멀리즘으로 대중에게 얻은 평판이 암시하는 정도보다 훨씬 덜 매끈하다. 공간 어디에나 삶의 흔적이 남아 있다. 특히 오픈 주방에는 어린 레이너와 플래빈을 위한 작은 고리버들 의자가 있고, 조리대 위에 모카포트와 케멕스 커피 메이커, 큼직한 찻주전자가 놓여 있다. 뷔스토프 칼과 무시무시한 정육점용 슬라이서도 보인다. 저드의 주방 선반에는 와인과 위스키, 나무 사케 잔 등이 언제든 파티를 열 수 있도록 준비되어 있다. 나무 마룻바닥은 그리 깨끗하지 않고 점점이 녹색 페인트가 떨어져 있으며 150년의 세월만큼 마모되어 있다. 때로는 삐걱대는 소리도 난다. 건물의 나이와 특징을 떠올리게 만드는 이 소리는 저드가 온 힘을 다해 지키고자 한 것이기도 하다. 저드는 산업용 건물을 주거용으로 바꾸는 식의 전용轉用과 최근에 와서야 주류가 된 도시 공간의 복구라는 발상을 제시했다.

저드의 로프트에는 어느 하나 비슷한 것이 없지만 모든 것이 잘 어우러져 있다. 저드는 네덜란드 디자이너 헤릿 릿펠트의 각진 의자와 자신이 디자인한 12명은 족히 앉을 만큼 넓고 기다란 테이블을 조화시켰다. 거실에는 1960~1970년대 예술 작품이 미술관에 버금가는 수준으로 걸려 있다. 그중에는 프랭크 스텔라의 작품인 파스텔 톤으로 채색한 벽 한 면 크기의 캔버스도 있고, 클라스 올든버그의 〈부드러운 조각Soft Sculpture〉 시리즈 중 하나로 캔버스 천을 이용해 극장 조명을 삼차원 모형으로 제작한 작품도 벽에 걸려 있다. 올든버그의 작품은 미니멀리즘과 거리가 멀어 보이는 또 다른 형태의 "특정한 오브제"다. 건물 내부의 삐걱대는 계단을 따라 둘러 있는 벽에는 댄 플래빈의 드로잉 바로 옆으로 아메리칸인디언 부족의 가면이 줄줄이 걸려 있다. 최근 미니멀리스트의 콘도에서는 뚜렷이 드러나지 않는 절충주의가 저드의 로프트에 담겨 있다.

3층 작업실에서 가장 중요한 위상을 갖는 것이라면 저드의 작품인 두 개의 금속 상자를 꼽을 수 있다. 금속 상자 하나는 성인 가슴 높이까지 오는 사각형이며 양 측면이 뚫려 있어 이곳을 통해 그 너머의 창문들이 보인다. 또 그곳에는 창밖을 향하고 있는 굽은 형태의 의자 두 개가 놓여 있다. 그보다 작은 또 다른 금속 상자는 아연을 도금한 알루미늄으로 제작했으며 뚫린 데 없이 막힌 모양이다. 상판은 오목하게 파여 얕은 웅덩이 같은 공간을 형성하고 있다. 나는 이 금속 상자들을 마주하는 순간 이게 바로 저드가 의도한 방식이라는 걸 깨달았다. 저드는 이 작품이 병원 안의 환자처럼 갤러리에 고립되지 않고 삶을 구성하는 모든 것의 한복판에 놓이기를 바란 것이다.

태양의 각도에 따라 시시각각 변하며 창문을 통해 들어오는 자연광 속에서 저드의 작품은 살아 움직인다. 둘 중 더 작은 금속 상자가 빛을 받아 반짝이고, 그 주위를 걸을 때면 표면의 색깔이 바뀌는 것이 보인다. 공간 자체에 대한 인식 외에는 어떤 상징도 담지 않았다. 그렇지만 이 작품에는 볼거리도 많고 찾아낼 것도 많다. 레이크 포리스트 칼리지의 미술사 부교수 미겔 드 바카와 저드에 관해 대화를 나눈 적이 있는데, 그때 그는 이렇게 말했다. "1960년대의 미니멀리즘은 LSD를 복용하는 것과 거의 유사했죠." 그저 단순해 보인다고 해서 효과가 있는 건 아니다. 1964년에 쓴 글에서 저드는 이렇게 말했다. "예술 작품이라고 해서 바라보고 비교하고 분석하고 고민해야 하는 지점이 꼭 많을 필요는 없다. 전체로서의 사물, 전체로서의 속성이 흥미로운 것이다."

로프트의 각 부분은 건물과 유기적으로 관련을 맺는다. 그곳에서 당신은 언제든 어디에 서 있는지 알 수 있다. 예술품과 오브제를 배치하는 작업은 자칫 구조화되지 않거나 지저분해질 수 있는 것들을 정돈하는 방식이며, 그것은 저드의 작업이 갖는 또 다른 목표다. 저드는 자신이 작품을 통해 무엇을 찾고 있는지 밝히고자 이렇게 썼다. "이 공간이 모든 방면에서 명확해지길 바라는 것은 논리상 타당하다." 잘 정돈된 공간이 갖는 명료함은 일종의 황홀감을 안긴다. 균형이 잘 잡힌 마룻바닥이나 꽉 찬 주차장을 보면서 느끼는 감각과 비슷하다. 구조화되지 않는다는 삶의 속성에서 잠시나마 멀어진다.

건물 위로 올라갈수록 내부는 더 밝고 쾌적하다. 침실이 있는 5층은 천장이 하얀색인 데다 위로 올라가는 각도로 기울어 있어 마치 하늘을 향해 열린 듯하다. 이곳은 온전히 가족만을 위한, 이 로프트에서 가장 사적인 공간이다. 두 아이는 저드가 모퉁이에 단을 올려 만든 공간에서 잠을 잤고, 부부는 탁 트인 공간 한가운데 낮은 단으로 된 호두나무 침대에서 잤다. 이 침대는 저드가 처음 디자인한 가구다. 전기 콘센트와 전등 스위치를 내장해 실용적인 생활 가구 역할을 톡톡히 했다. 침대 주위에는 제작자나 딜러와 통화하기 위한 큼직한 검은색 전화기, 대가 가늘게 뻗은 독서용 조명, 천장 조명을 못 견디는 예술가를 위한 야간용 손전등이 놓여 있다. 나무 침대 표면에는 커피 잔이나 와인병, 물잔을 올려두면서 생긴 동그란 자국이 남아 있다.

예술이 침대보다 더 많은 공간을 차지하는 이 침실 풍경은 인테리어디자인 전문매체 《드웰》에 영감을 주어 1000여 장의 사진으로 기록되었다. 벽에는 무질서한 형태를 띤 체임벌린의 작품이 걸려 있는데, 금속 일부가 텅 빈 공간을 향해 튀어나와 있다. 이와 가까운 위치에 저드의 초기작도 걸려 있다. 스케이트보드를 타는 알파벳 U자형 구조물을 세로 방향으로 세워둔 것 같은 형태다. 또 댄 플래빈의 조명 설치 작품이 내부 한 면을 길게 차지하고 있다. 붉은빛과 보랏빛 형광등으로 만든 사각 틀이 반복되는 형태로 불을 켜면 침실 전체에 나이트클럽이 연상되는 빛을 내뿜는다. 이토록 고집스럽게 급진적인 예술 사이에서 편안하게 생활했다는 사실은 저드가 얼마나 예술을 잘 이해하는 사람이었는지 말해 준다. 저드는 필립 존슨이 그랬듯 아방가르드 예술을 집이라는 공간으로 끌어들였다.

그런데 나는 이 5층 꼭대기 공간이 덜 정돈되고 덜 큐레이션된 상태이던 시절을 더 좋아한다. 건물 보수가 막 시작된 1970년대에 찍은 한 장의 사진 속에서 줄리 핀치는 갓 태어난 레이너와 함께 침대에 누워 있다. 정확히 말하자면 침대는 아니고 침대의 초안이라 할 법한, 나무판자를 겹쳐 올린 형태다. 침대 주변에는 책들이 쌓여 있고, 핀치 앞에 TV

한 대가 켜진 채 바닥에 놓여 있다. 그 옆으로 네모난 선풍기와 릿펠트의 멀티컬러 의자 두 개도 있다. 여러 개의 긴 리본을 닮은 노을빛 줄무늬가 옅은 색 마룻바닥 위로 드리워 방 안의 모든 걸 덮고 있다. 하나의 대상과 다른 대상 사이에 장벽이 없는 것처럼 보인다. 예술이 되는 삶의 연속적 흐름, 그 반대로 삶이 되는 예술의 연속적 흐름과 같다. 줄지어 난 창문 밖으로 인형처럼 작게 보이는 보행자들이 도심을 서성이고 있다.

2 - V

비움을 기록하기는 어려운 일이다. 언어로 존재를 기록해야 하기 때문이다. 당신이 무언가를 글로써 가리킨다면, 그건 곧바로 거기에 존재한다. 당신이 가리킨 것이 텅 빈 바닥일지라도 말이다. 언어는 종종 빈 페이지를 가득 채우는 내용물처럼 보인다. 단어가 많을수록 그 글은 진정성이 덜 느껴진다. 필립 존슨과 도널드 저드 두 사람 다 글을 많이 쓰는 작가이면서도 정작 자기 작품을 언어로 다루는 건 부적절하다며 불만스러워했다. 글쓰기의 비극적 역설은 쓸 수도 없지만 쓰지 않을 수도 없다는 점이다. 존슨은 1955년 바너드 칼리지에서 연설하며 "언어는 예술을 죽입니다"라고 선언했다. "언어는 추상적이고 예술은 구체적입니다. 언어는 낡고 사용하면서 고착된 의미로 가득하죠. 예술은 새롭습니다." 언어는 전례가 없거나 존재가 명확하지 않은 것은 나타내지 못한다. 비평가 브라이언 오도허티가 썼듯이 미니멀리즘 아래에서 "은유는 죽었다"

비평적 글쓰기는 종종 어떻게든 쉬운 서사를 만들어내려 애쓴다. 무질서한 현실을 논리의 틀에 끼워 맞추려는 시도다. 저드는 평생 자기 예술을 특정 범주에 넣으려는 작가들을 비판했다. 1981년 《빌리지 보이스》에 보낸 원고에서 "비평가는 개개인의 작품에 대해 고민하지 않고 그와 아무런 관련 없는 자신의 담론을 채우기 위해 꼬리표를 만들어낸다"고 지적했다. 하지만 언어에는 무언가를 정의하려는, 누그러뜨릴 수 없는 힘이 있다. 저드도 1984년에는 이 사실을 깨달았다. "미니멀리즘과 비인격성에 관한 하나같이 터무니없는 소리를 20년간 들으면서 이 클리셰는 이미 고착되었음을 깨달았다." 저드는 언어의 희생자다.

문제는 어떻게 하면 미니멀리즘의 부재 자체를 무너뜨리거나 체계화하지 않으면서 열린 가능성을 닫지 않고도 글쓰기로써 불러낼 수 있는가 하는 점이다. 진정한 미니멀리즘 미학은 거기에 달려 있기 때문이다. 미니멀리즘 작품 각각의 의도적 부재는 또 다른 것의 존재감을 강화하거나 새로운 감각을 느낄 여지를 남기는 방식이다. 저드의 초기 작품과 댄 플래빈의 조명 설치 작품, 앤 트루이트가 만든 색색의 기하학적 기둥은 예술 작품이 일반적으로 암시하는 요소(인격화된 형태, 의미 있는 상징, 신중한 붓놀림)를 전혀 갖추지 않았다. 그 대신 관람자로 하여금 있는 그대로의 사실, 금속과 나무의 평평한 면에 집중하게 한다. 서사가 부재하면 재료의 중요성이 더 커진다.

극단적 비움의 상태는 공격적으로 다가올 수 있다.

공간이 진정 텅 비었거나 사물이 전혀 관심을 끌지 않는다면 그걸 바라보는 머릿속 전원을 끄라는 신호로 느껴질 수 있다. 인식할 것이 아무것도 없어 보이기 때문이다. 눈이 텅 빈 창고를 그냥 지나치는 식이다. 비움은 당신이 보아야 한다고 생각하는 걸 즉각 드러내지 않으면서 좌절이나 분노를 불러일으킬 수도 있다. 월하임은 이것이 미니멀리즘의 불편한 지점임을 알았다. 저드의 집에서 몇 블록 떨어진 소호의 로프트에는 미국 작가 월터 드 마리아의 작품 〈뉴욕 대지의 방The New York Earth Room〉이 있다. 1977년 영구적으로 설치된 이 작품 앞에서 일부 관람자가 보인 반응도 그러했다. 드 마리아는 "대지의 수평적 내부를 최소한으로 표현한 작품"이라고 간단히 설명했다.

당신이 무얼 찾고자 하는지 알아야 한다. 그것이 부재라 할지라도 말이다. 소호 패션 아웃렛과 외지에서 온 쇼핑객 사이로 이름 없는 현관이 하나 보인다. 초인종 버튼 중 하나에 '대지의 방'이라는 이름표가 붙어 있다. 그날 아침 내가 이 현관 앞에 섰을 때, 길거리 음식을 파는 카트가 이제 막 첫 손님을 맞을 준비를 하며 연기를 피우고 있었다. 버튼을 누르면 문이 열리고 계단을 몇 개 올라야 한다. 그렇게 한 층 올라가 유리문을 지나면 아무것도 없는 듯 하얗고 텅 빈 복도가 나온다. 계속 안쪽으로 들어가자 습한 사우나에 들어선 듯 갑자기 실내 온습도가 높아져 흠칫 놀라게 된다. 친숙하지만 맨해튼에서 맡을 거라고는 기대하기 어려운 냄새다. 깊이 있으면서 머스크 향이 살짝 느껴지는, 축축한 흙에서 나는 기름진 향이다.

복도를 따라가다 보면 문짝 크기의 낮은 유리 장벽으로 된 단면이 길을 막는다. 유리 뒤쪽에는 신선해 보이는 흙이 성기게 쌓여 있다. 새하얀 공간 안에 만든 넓이 334제곱미터, 높이 61센티미터의 흙밭이다. 꿈속에서 마주친 장면처럼 흙이 방금 그 자리에 나타난 것 같았다. 마치 흘러드는 물처럼 흙이 공간을 따라 흐르는 광경이 연상되었다. 건물 양편에 줄지어 난 창문을 통해 들어온 직사각형 햇빛이 어두운 흙 표면 위로 비치면서 증기가 약간 올라오는 듯한 느낌이 난다.

짙은 향이 새하얀 공간의 여백과 결합하면서 자유롭게 연상할 기회를 제공한다. 마치 기억과 생각으로 흙과 천장 사이의 시각적 여백을 채우도록 하려는 듯하다. 내가 떠올린 이미지는 어린 시절 동네의 막다른 골목이었다. 당시 우리 집은 언덕으로 구불구불 이어지는 긴 도로 끝에 있었다. 집에서 진입로를 나와 경사진 인도를 올라가다가 도로 경계석을 뛰어넘으면 지평선까지 뻗은 숲속으로 들어설 수 있었다. 오솔길의 흔적은 있었지만 그 외에는 이 지역의 여느 자연 풍광 못지않게 야생적인 숲이었다. 키 큰 나무들이 햇빛을 걸러 깨진 조각 같은 햇빛만이 땅에 닿아 발밑의 흙을 비추었다. 천천히 쌓여가는 가을 낙엽, 자갈 위로 흐르는 맑은 개울물, 진흙과 뒤섞인 흙탕물, 봄이면 고개를 내미는 앉은부채의 초록 새싹, 이 모든 것이 뒤섞이면서 숲 특유의 냄새를 이루었다. 어린 나에게 흙이 있는 풍경과 흙 특유의 냄새는 문명의 발길이 닿지 않은 듯 보이는 공간이 제공하는 자유를 상징했다. 이곳은 우리 집과 매우 가까운 거리에 있었지만 담으로 둘러싸인 곳과는 완전히 다른 공간이었다.

도시에서 만난 드 마리아의 흙은 적어도 몽상하는 동안에는 그 같은 자유를 느낄 수 있다는 사실을 일깨워주었다.

대지의 방을 지나 복도 저 끝으로 가면 높다란 나무 책상 앞에 빌 딜워스가 앉아 있다. 60대 초반의 화가 딜워스는 1989년부터 쭉 대지의 방을 지키는 관리인으로 일하고 있다. 그는 40년 전 이 작품을 의뢰한 디아 예술 재단Dia Art Foundation에 소속되어 있다. 이 단체는 지금까지도 작품에 대한 지원을 이어가고 있다. 저드의 또 다른 여러 대형 프로젝트의 제작을 지원하기도 했다. 정돈되지 않은 머리칼, 짙은 눈썹, 호기심 많아 보이는 표정을 지닌 딜워스는 이곳에서 일하면서 비옥한 땅의 기운을 받았는지 초자연적으로 젊어 보인다. 딜워스는 마치 수도하는 사람처럼 일한다. 매주 흙에 물을 주고 뒤섞어준다. 그래야 아무것도 자라지 않고(그러지 않으면 곰팡이가 피거나 관람객에게 묻어 들어온 씨앗에서 싹이 튼다) 드 마리아가 처음 작품을 설치했을 때처럼 신선한 상태를 유지할 수 있다. 실제로 1977년부터 지금까지 똑같은 흙과 똑같은 플라스틱 시트를 유지하고 있다.

딜워스는 이곳에서 수십 년간 일하며 관람객이 작품과 어떻게 상호작용을 하는지, 미니멀리즘에 어떻게 반응하는지 유심히 지켜보는 관찰자가 되었다. 이곳은 《론리 플래닛》에 주목할 만한 관광지로 소개된 뒤로 매년 관람객 수가 늘고 있다. 그런데 몇몇 사람들은 아무래도 작품 전체를 놓치고 있는 것 같다. "많은 관람객이 작품 바로 옆을 지나치면서도 그게 무엇인지 모를 거예요." 딜워스가 내게 말했다.

관람객들은 작품 앞에 10초 혹은 20초 동안 서서 흙밭을 바라보며 혹시 자신이 놓친 부분이 있는지 궁금해한다. 정작 눈앞에 놓인 것이 무엇인지는 고민하지 못한다. 이 반응은 예술이 어떠해야 한다는 우리의 기대와 관련이 있으며, 미니멀리즘이 밀쳐냈던 기대와 같다. 즉 예술은 명백하게 드러내야 하며 주변의 세속적 세계와 구별되어야 한다는 기대, 무엇보다도 어떠한 메시지를 제시해야 한다는 기대다.

"사람들이 종종 내게 다가와서 이게 무슨 뜻이냐고 물어요." 딜워스는 냉소적인 태도로 자기가 취하는 방식이 마음에 든다는 듯 말했다. "난 그냥 사람들이 알아서 답을 찾을 수 있도록 대지의 방으로 돌려보냅니다." 딜워스는 작품에 대한 해석은 자신이 관여할 일이 아니며, 다른 사람이 작품을 바라보는 관점에 자신이 영향을 미치는 것은 무책임한 일이라고 여긴다. 이 너른 흙밭이 이끄는 대로 가면 된다. 이 미스터리에 정해진 해법은 없다. 그저 있는 그대로일 뿐이다. 이처럼 해답지가 충분하지 않다는 사실을 받아들이는 것이야말로 미니멀리즘 철학의 핵심이며, 딜워스는 이에 익숙하다.

월터 드 마리아는 1960년에 버클리에서 뉴욕으로 이사했다. 미술뿐 아니라 음악에도 관여해 미니멀리즘 작곡가 라 몬티 영과 협업하기도 하고, 루 리드와 함께 벨벳 언더그라운드의 전신인 밴드를 결성하기도 했다. 그래도 드 마리아를 가장 유명하게 만든 건 대형 설치 작품 〈뉴욕 대지의 방〉과 〈번개 치는 들판The Lightning Field〉이다. 〈번개 치는 들판〉은 뉴멕시코의 넓이 1제곱킬로미터 대지에

격자 모양으로 스테인리스스틸 막대들을 수직으로 설치한
작품이다. 이 작품은 번개 치는 폭우 속에서 실제로 피뢰침
역할을 한다. (디아 예술 재단이 1977년에 의뢰한 작품이다.)
드 마리아는 로버트 스미스슨이나 마이클 하이저 같은
작가들과 함께 1970년대에 두각을 보인 대지 미술Land Art의
흐름으로 분류되기도 한다. 그러나 드 마리아의 작품 재료나
철학은 의심할 여지 없이 미니멀리즘에 속한다. 저드의 특정한
오브제처럼 〈번개 치는 들판〉의 물리적 세부를 보면 오직
그 작품이 생성하는 개인화한 감각적 효과만을 암시하고
있다. 장소와 공간이 주는 특정한 효과 자체가 작품이다. 이
효과는 매우 거대한 동시에 과묵하다. 고딕 성당의 형언하기
어려운 장엄한 기운이 세속화한 듯한 숭고함이 느껴진다.
제프 다이어는 〈번개 치는 들판〉을 순례한 뒤 이렇게 썼다.
"오랫동안 종교적 언어로만 연결될 수 있었던 강렬한 경험을
제공한다."

드 마리아는 대지의 방을 영구적으로 유지하고 싶어 했다.
그래서 작품의 단순성은 영속성을 띤다. 당신은 사는 동안 몇
번이고 거듭해서 이곳을 찾아가도 작품은 변하지 않을 것이다.
여전히 똑같은 흙으로 차 있겠지만, 당신이 변한 만큼 작품의
의미는 변할 수 있다. 이건 대부분의 정적인 예술 작품에
해당하는 진실이다. 한 작품을 여러 번 보면서 매번 똑같은
방식으로 바라볼 수는 없다. 미니멀리즘 미술은 특히 그렇다.
당신이 어떤 종류의 관심을 기울이든, 그 관심을 보상하고
반영한다.

"이제 월터를 잘 알지만, 그러기까지 오래 걸렸습니다."

딜워스는 내게 말했다. "월터는 말하지 않는 침묵의 힘을 잘 알고 있었죠." 딜워스는 2013년에 세상을 떠난 월터 드 마리아가 설명을 꺼리는 조용한 인물이었다고 회상했다. 드 마리아는 유명 예술가와 어울리며 젠체하는 태도가 없었다. 마치 버스 운전기사처럼 입고 다녔다. 그는 1년에 몇 번씩 대지의 방을 찾아왔는데, 관람객 중 누군가 그를 알아보고 알은체라도 하면 바로 달아났다. 이 과묵한 면모는 또 다른 형태의 비움이다. 딜워스가 질문하는 관람객을 작품 앞으로 돌려보냈듯, 예술가의 침묵은 관람자 스스로 눈앞의 경험을 자유롭게 해석할 여지를 남긴다. 드 마리아는 대지의 방 자체가 말하도록, 작가가 의도적으로 남긴 부재를 관람자 스스로 향수 혹은 어린 시절의 기억, 집이라는 감각 등으로 채워가도록 하는 데 만족했다.

2 - VI

서부 텍사스의 엘파소국제공항 밖으로 나오면 도시는
곧바로 관목으로 뒤덮인 사막의 탁 트인 지평선 속으로 작게
쪼개진다. 풍경의 카펫 위에 떨어뜨린 장난감처럼 비죽 솟아
있는 특이한 산도 있다. 거기서 차를 타고 서쪽으로 더 달리다
보면 산들이 더 자주 등장한다. 에어컨을 켠 캡슐이 되어
사막의 열기 속을 달리는 렌터카는 소들이 들판의 풀을 뜯고
있는 고요한 평면으로 진입한다. 초여름의 푸른 하늘에는
흰 구름이 무리 지어 떠다니고 있다. 어디든 바위와 덤불,
길쭉하게 뻗은 나무들 말고는 거의 아무것도 없다. 이처럼
고요한 비움 속으로 진입했다는 것은 마파Marfa 마을에
가까워졌다는 유일한 신호였다. 인구 1747명의 마파 마을은
도널드 저드가 뉴욕, 특히 소호에서 느낀 상업화의 함정에서
벗어나기 위해 1973년부터 땅을 사들이기 시작한 곳이다.

　　저드는 도망칠 이유가 충분했다. 1960년대에 그는
뉴욕에서 누구보다 저명한 예술가가 되었고, 1968년에는

휘트니 미술관에서 젊은 예술가 전시 시리즈의 첫 주자로 개인전을 열었다. 전 세계의 수많은 큐레이터와 딜러가 그의 작업실 문을 끊임없이 두드리며 새 작품을 의뢰했고, 저드가 스스로 만족스럽게 작품을 제작할 수 있는 속도보다 더 빨리 작품을 내놓기를 바랐다. 리처드 벨러미 덕분에 더욱 상승세를 탄 저드는 최고의 블루칩으로 떠오른 레오 카스텔리의 갤러리에서 로이 릭턴스타인, 브루스 나우먼, 리 본테쿠와 나란히 전시를 열었다. 작품 판매는 문제가 아니었다. 예술가들은 길거리에서 저드를 붙잡아 세우며 함께 잡담하거나 논쟁을 벌이고 싶어 했다. 저드의 비평적 비난에 자극을 받은 사람들일 수 있다. 하지만 저드는 점차 작품 세계가 성숙하면서 비평보다는 개인적 일기를 더 많이 기록했다. 저드는 유명해졌지만 떠돌던 어린 시절의 수줍은 성격이 여전히 그를 괴롭혔다. 때때로 파크 애비뉴 사우스에 있는 보헤미안 바인 맥스의 캔자스시티로 외출을 감행하기도 했지만, 사실 그보다 책을 읽고 스케치하면서 시간 보내는 것을 더 좋아했다.

저드는 1968년 스프링 스트리트의 로프트 하우스를 샀고, 적당한 크기의 공간이라고 생각하며 빠르게 집 안을 채워갔다. 뉴욕 선인장 및 다육식물 협회의 유료 회원일 만큼 당시 애착을 가지고 있던 선인장들도 한구석을 차지했다. 또 자기 작품도 채워 넣었다. 저드는 "처음에는 이 건물이 넓다고 생각했지만, 이제는 좁게 느껴진다. 결국은 이루지 못한 것이 많다"라고 기록했다.

저드의 작품은 점차 범위가 더 넓어졌다. 그의 금속 상자

연작은 반복적이되 미묘하게 변화하는 형태로 바닥 혹은 벽에 배열되었다. 작품 각각이 의존하는 맥락에 따라 독자적 무대를 요구했다. 그러나 어느 미술관이나 갤러리도 저드가 바라는 완전한 주문 제작, 영구적 설치라는 요구 조건을 충족하지 못했다. 전시의 문제는 전시가 끝나면 작품이 창고로 향한다는 점이다. "작품을 온전히 이해하지 못하거나 진지하게 다루고 설치할 생각이 없는 형편없는 사람들을 많이 만납니다." 1968년에 저드는 미술관 직원들에 대해 불평하며 말했다. "상당히 우울한 일이에요."

"누군가 내 작품을 설명하며 '미니멀'이라는 단어를 쓰는 것보다는 차라리 혹평하는 편이 낫다." 저드는 1976년 또 다른 인터뷰에서 이렇게 말했다. 그런데 미니멀리즘은 더 널리 퍼졌다. 웨스트코스트에 또 다른 무리의 예술가들이 등장한 것이다. 그들은 단순한 사물보다는 몰입할 수 있는 환경을 만드는 간결한 재료를 사용했고, 해석보다는 인식을 다시금 강조했다. 이른바 빛과 공간Light and Space 미술운동 그룹으로서 로버트 어윈, 래리 벨, 메리 코스 등이 여기에 속한다. 또 많은 건축가와 디자이너가 미니멀리즘을 창조적 삶의 상징으로 활용하고 있었다. 1977년, 건축가 앨런 북스바움은 예술 이론가 로절린드 크라우스를 위한 소호 로프트 아파트를 설계했다. 크라우스 역시 그해에 미니멀리즘 작품에 관한 책을 출간했다. 크라우스의 로프트는 거대한 미니멀리즘 작품 같다. 하얗고 기다란 기하학적 형태의 기둥이 일정한 간격으로 세워져 있고, 하얗고 긴 조리대 위에는 조리 도구와 잡동사니가 드문드문 놓여 있다. 네모나고 하얀 아일랜드 식탁도 나란히 보인다. 나선형 계단 위 다락에는 낮은 회색 단 위로 새하얀 침대가 놓여 있다. 작가 재닛 맬컴은 이 로프트를 보다 보면 "갑자기 자기 집이 참을 수 없이 어수선하고 어설프고 진부해 보인다"라고 말했다.

《뉴욕 매거진》과 《뉴욕타임스》에 실린 크라우스의 로프트 사진은 마치 스프링 스트리트 101번지를 반짝이고 호화롭게 단장한 장면처럼 보인다. 모든 것이 각지고 성겨 보이지만 아무렇게나 어질러진 건 없다. 강력히 통제한 모습이 오히려 글라스 하우스의 계승자에 가깝다. 이러한 배치는 공간을 폐쇄적으로 만드는 듯 보인다. 저드처럼 예술 작품과 더불어 세심하게 조화를 이루는 방식이 아니라, 하얗게 텅 빈 벽이 크라우스의 공간을 지배한다. 당시 크라우스는 《뉴욕 매거진》과 인터뷰를 진행하며 "이 공간에서 가장 좋은 건 뭐든 원하는 대로 집어넣을 수 있다는 점이죠"라고 말했다. 그러나 저드는 동의하지 않았다. 그는 공간은 그 안에 무엇을 넣을 수 있고 넣을 수 없는지 정확히 지시하고 있다고 생각했다. 모든 요소는 함께 어우러져야 했다.

상업 갤러리는 예술가를 따라 부동산 가격이 싼 소호로 향했다. 폴라 쿠퍼(1968년에 처음으로 옮긴 미술상), 낸시 호프먼, 일리애나 소너벤드, 레오 카스텔리 등은 공업용 건물을 상업용으로 개조했다. 이 동네를 상품화하는 과정, 더 나아가 브랜드화하는 과정이었다. 1977년 구겐하임 미술관의 한 직원은 "소호만의 고유한 스타일이 있습니다. 일종의 라이프스타일이라고 칭할 수도 있죠"라고 말했다. 한 딜러는 소호가 업타운보다 "훨씬 더 민주적"이라고 느꼈기 때문에 옮겼다고 설명하며 "임대료도 저렴하죠"라고 덧붙였다.
저드가 더 넓은 갤러리 공간을 원했듯 더 넓은 설치 공간을
향한 경쟁이 시작되었고, 그건 오늘날까지도 지속되고 있다.
한편 갤러리들은 새로운 예술에 걸맞게 새로운 건축 미학을
발전시켰다. 전시실을 최대한 아무것도 없이 텅 비워서 특정
사물만이 더욱 강조되도록 했다. 이 갤러리들은 "화이트
큐브"라는 별명을 얻었다. 과연 미니멀리즘 그 자체를
연상하게 하는 표현이다.

　　화이트 큐브는 미니멀리즘의 이데올로기를 드러냈다.
"새로운 신이 된 광활하고 균질한 공간은 갤러리 곳곳에 쉽게
흘러들어 갔다. '예술'을 제외한 모든 장애물이 제거되었다."
비평가 브라이언 오도허티는 1981년 《아트포럼》에 기고한
글 「제스처로서의 갤러리The Gallery as a Gesture」에서 이렇게
말했다. 이 건축적 여백은 고급 예술로서 갤러리에서
제시하고자 하는 바를 더욱 구체화하는 역할을 했다. 댄
플래빈의 작품을 보고 그냥 평범한 조명이라고 착각하듯
평범한 관람자의 눈에는 그렇게 보이지 않더라도 말이다.
어쩌면 예술이 그 전보다 덜 예술적으로 보였기 때문에
관람객들에게는 적극적으로 알릴 필요가 있었다. 만약
당신이 지금 흰 벽으로 둘러싸인 공간에서 아무것도 없는
시멘트 바닥에 있는 무언가를 보고 있다면 그것은 예술품일
확률이 높다. (이러한 상황은 때때로 역효과를 낸다. 2016년
샌프란시스코의 한 미술관에서 10대 아이들 둘이 작품 설명
바로 아래 바닥에 안경을 두고 갔는데, 관람객들은 이 '예술
작품'을 보며 즐겁게 사진을 찍었다.)

미학적 암시 자체는 완전히 다르지만, 화이트 큐브는 캔버스를 감싸는 화려한 19세기식 액자 같은 기능을 하며 문화적, 역사적 중요성을 강화했다. "하얀 벽이 중립성을 띤다는 생각은 환상이다." 오도허티는 1976년 《아트포럼》에 기고한 평론 「화이트 큐브의 내부Inside the White Cube」에서 이러한 의견을 체계적으로 정리했다. 화이트 큐브는 예술 산업의 모든 추정과 편견을 대변한다. "상업과 미학, 예술가와 대중, 윤리와 편의주의를 포괄한다. 화이트 큐브는 이를 옹호하는 예술계의 이미지 안에 존재하기에, 우리의 편집증을 떨쳐내기에 완벽한 표면이다." 화이트 큐브는 21세기에 인기를 얻은 미니멀리즘에도 영향을 미쳤다. 오늘날 여백이 많은 인테리어는 소비주의를 부정하는 동시에 강화한다. 텅 비어 있는 집은 아방가르드 예술 작품처럼 어떤 사물이든 그 자체로 가치를 부여해 표현해 낸다. 그게 이케아 서랍장이라 할지라도 말이다.

저드는 당시 소호가 균질해지고 있다는 문제를 제기했다. "끔찍합니다." 저드가 말했다. "그게 내가 그곳에서 많은 시간을 보내지 않은 이유 중 하나예요." 그 대신 저드는 낡은 흰색 랜드로버를 타고 길 위를 돌아다녔다. 그러다 멕시코의 바하칼리포르니아에서 캠핑하면서 그곳에 새 작업실을 지으면 어떨지 고민했다. 그러나 멕시코 당국과 충돌했다. 한 정부만 상대하기도 힘든데, 한 번에 두 나라의 정부를 상대하는 것은 불가능했다. 저드는 멕시코를 포기하고 미국 남서부 지도를 가져다가 인구가 적은 도시에 원을 그렸다. 그러다 마파라는 마을을 발견했다. 문명과 거리가 먼 곳이면서도 목수를 고용할 수 있을 정도로는 문명화한 곳이었다. 1956년에 제임스 딘이 출연한 영화 〈자이언트〉의 배경으로 유명해진 곳이기도 했다. 마파에서 저드는 탐욕적 큐레이터와 딜러, 작품을 손상한 배송 기사, 작품 위에 걸터앉거나 칵테일을 올려두는 사람들을 그대로 놔두는 미술관 경비원 등을 멀리할 수 있었다. 저드를 보고 싶으면 엘파소에서 출발해 단조로운 길을 따라 3시간을 운전해야 했다.

나는 편도 고속도로를 오래 달려 나를 환영해 주는 외딴 광고판을 지나 마파에 도착했다. 그리고 저드의 자료를 보관하고 있는 저드 재단의 사무실을 찾아갔다. 사무실이 있는 건물은 광택 나는 흰색 상점에서 정면으로 보인다. 이 마을에서 신호등이 있는 유일한 교차로에 서 있다. 그곳에서 일하는 동안 나는 저드가 디자인한 너른 일체형 책상 앞에 앉아 있었다. 똑같은 책상이 방을 가득 채우고 있었고, 벽에는 저드의 책장이 있었다. 하루 종일 관람객이 드나들며 투어 프로그램을 문의하고 기념품을 샀다.

저드는 수십 년에 걸쳐 마파라는 반쯤 빈 캔버스를 예술적 실험실이자 자신의 모든 작업을 아우르는 성지로 만들었다. 1973년 마파는 사실 쇠락하고 있었다. 20세기 중반 도시의 호황을 선도하던 군사기지를 폐쇄하면서 유일한 경제적 이점이 사라졌다. 인구는 2000명 아래까지 떨어지고, 그나마 남은 산업은 소 목축업뿐이었다. 그러나 과거 번영기에 지은 여러 건물을 저드가 사들여 소호의 로프트처럼 자기 스타일로 복원하면서 수준 높은 건축 컬렉션이 탄생했다. 1974년에 저드가 4만8000달러에 인수한 건물은 사용하지 않는 비행기 격납고 두 채였다. 마을 외곽에 있는 시끄러운 사료 가공장 바로 옆에 있었다. 저드는 골이 진 금속으로 지붕을 덮고 현지의 어도비 진흙으로 만든 안뜰 벽으로 두 건물을 둘러쌌다. 이로써 저드가 평생 살아갈 집이 완성되었다. 저드는 이곳을 '블록Block'이라는 이름으로 불렀다. 도서관, 작업실, 갤러리, 생활공간이 복합된 이곳에 잘 어울리는 이름이었다.

저드의 도서관은 미니멀리즘이 얼마나 어질러질 수도 있는지 보여준다. 두 개의 공간으로 분리했는데, 각각 20세기 이전과 이후를 위한 공간이다. 3.6미터 높이의 책장이 마치 육군 대대처럼 쭉 늘어서 있다. 아이슬란드 영웅 전설부터 일본 미학, 계몽철학, 성性의 심리학까지 온갖 주제에 관한 책 1만3000여 권이 들어차 있다. 저드는 새 전시를 준비할 때면 긴 테이블 위에 전시 관련 책들을 쌓아놓고 지냈고, 조개껍데기나 돌멩이, 도구 등 잡동사니를 상시적으로 두었다.

물건을 넣을 공간을 이렇게 넉넉하게 확보하지 못했다면 어수선하게 느껴졌을 수도 있을 만큼 저드에게는 많은 물건이 있었다. 블록 내 생활공간에는 아메리칸인디언의 러그, 현지 도자기, 여러 개의 화살촉, 선반을 채운 카세트테이프 등이 가득했다. 카세트테이프는 스코틀랜드 백파이프 음악과 바로크 작곡가들의 작품이 대다수였다. 장소 자체가 영감을 얻고 예술을 창작하기 위한 하나의 장치였다. 이러한 물건들은 저드에게 그저 즐거움만 주는 것이 아니었다. 도전 의식을 자극하기도 하고 충격이나 당혹감을 안겨주기도 했다. 저 바깥에는 더 넓은 세계가 있다는 걸 다시금 확인해 주는

존재였다. 저드는 이후에 식료품점이던 건물을 작업실로
만들기도 했다. 그는 예술적 과정은 어디서나 일어난다고
느꼈다.

저드가 개조한 모든 건물의 실내에는 테이블과 책상,
의자, 데이베드가 놓여 있다. 그 덕에 갑자기 영감이 떠오를
때 찬찬히 되새길 장소를 찾느라 애먹을 일은 없었다.
저드가 가구를 직접 디자인한 건 마파에서 흔히 볼 수 있는
인테리어가 전통적 목장 스타일이던 탓이다. 어둡고 무거우며
장식적이었다. 저드는 자기가 갖고 싶은 것을 살 수 없었다고
말했다. 그래서 동네 목수들에게 주문해 제작하는 방법을
택했다. 자기 라이프스타일의 구성 요소에 걸맞게 옅은 색
나무로 만든 가볍고 기하학적 형태의 가구를 만들어달라고
의뢰했다.

저드의 의자는 결코 편안하지 않다. 하지만 저드는 원래
편안한 의자를 만들려고 의도한 적 없다. 식사하거나 글을 쓸
때 의자가 긴장을 풀어줘야 할 필요는 없기 때문이다. 의자에
앉는 대신 데이베드에 눕거나 주변을 걸어 다니면 될 일이다.
저드의 가구는 모든 사람을 대상으로 삼지도 않는다. "나는
보편적 디자인을 홍보할 생각이 없어요. 그럴 일은 없을
것이고, 그게 옳다고 믿지도 않습니다." 하지만 저드의 가구와
훗날 등장하는 이케아 제품의 유사성은 그냥 지나치기 힘들다.
(이케아는 1976년에 "단순함이 아름답다"라는 미니멀리즘적
슬로건을 내걸었다.) 저드 재단은 현재도 저드가 디자인한
제품을 제작하고 판매한다. 그런데 이 제품들은 저드의
예술 작품으로 치지 않는다. 둘 다 공장에서 제작하기는

마찬가지지만 말이다. 저드라는 브랜드가 붙은 이 제품들의
가격은 의자 2100달러, 책상 9000달러부터 시작한다. 그런데
마파 지역 주민들이 어설프나마 복제품을 손수 만들기
시작했다. 뒷마당이나 피크닉장에 놓인 제작 장비가 눈에
띄었다.

저드는 마파에서 자신만의 건축을 실현함으로써
자아를 실현했다. 저드의 건축물 사이를 거닐다 보면 그가
여러 다양한 아이디어를 시험하고 평가하면서 자기 의견을
드러내는 모습을 지켜보는 듯하다. 자기를 둘러싼 공간을
재구성하는 작업에는 막대한 자기중심주의가 작동한다.
(막대한 자본도 들어간다.) 자신이 더 잘할 수 있다고
생각하기 때문이다. 그러나 저드는 한 가지의 완벽한 방식이나
특정한 구성에 안착하지 않았다. 상황은 늘 변하기 때문이다.

어느 날 오후, 나는 저드 재단에서 사진이 든 상자를
살펴보고 있었다. 저드가 새 부지를 자세히 조사하던 시절에
항공촬영을 한 사막 풍경, 데스크톱 컴퓨터와 작업실 테이블이
있는 건물 내부 풍경, 청바지를 입고 카우보이모자를 쓴
채 소 떼 한가운데 서 있는 저드의 모습 등이 사진으로
기록되어 있었다. 그러던 중 흐릿해진 폴라로이드 사진 한
장을 발견했다. 블록의 안마당을 찍은 스냅사진이었는데,
그곳에는 저드가 펜스를 둘러 만든 정사각형 텃밭이 하나
있었다. 텃밭에서 난 수확물은 직원이나 동네 주민에게
나눠 주었다. 안마당 한구석에는 닭과 거위를 위한 모더니즘
스타일의 우리가 있었고, 마치 나무로 지은 글라스 하우스처럼
생긴 곳에서는 수탉이 살고 있었다. 마분지상자에서 우르르

튀어나온 새끼 고양이들이 야외 테이블 위로 뛰어 올라와
그릇에 담긴 먹이를 먹고, 이 모습을 개 한 마리가 위협적인
자세로 쳐다보고 있다. 하늘은 채도 낮은 빈티지 필름 특유의
노르스름한 흰색이다. 모든 것이 즉흥적이고 허술하며
전문적인 손길과 거리가 멀어 보인다. 어수선하지만 아름답다.

2 - VII

저드는 마파 프로젝트를 진행하던 도중에 백지수표를
제안받았다. 디아 예술 재단은 마파에서 저드가 어떤 작품을
만들기 원하든 자금을 지원하겠다고 약속했다. 원래 디아 예술
재단은 소수의 예술가가 마을의 버려진 건물들을 미니멀리즘
설치 작품으로 채울 수 있도록 도와 영구적 박물관을 설립할
계획을 가지고 있었다. 저드는 "작가의 재량에 따라 단독으로
수량과 성격을 결정짓는 예술 작품"에 대한 계약서에
서명했다. 유일한 단서 조항이라면 작품들이 "작품과 공간이
통합된 미학적 실체"여야 한다는 점이었고, 이것이야말로
저드가 원하던 바였다.

　　이는 저드가 본인이 완전히 통제할 수 있는 상황에서 오랜
시간을 버티며, 자신의 모든 이상을 응축해 대형 프로젝트로
실현할 기회였다. 그러나 저드는 자율성을 보장하는 수준에
거듭 불만을 느끼다 결국 1987년에 디아 예술 재단과 이어온
협업을 중단했다. 그리고 이 박물관 프로젝트는 저드 재단과

별개인 치나티 재단Chinati Foundation에 넘어갔다. 하지만 디아 예술 재단과 협업해 완성한 두 점의 작품은 저드의 예술적 경력의 정점을 보여준다. 1979년 즈음에 저드는 실내 작품 한 점과 실외 작품 한 점을 구상하기 시작했다. 실내 작품을 위한 장소로는 과거 마파 시내에서 양모 상점으로 운영되던 건물을 일찌감치 낙점했다. 그런데 이 작품에 개별 알루미늄 상자 100개를 포함하기로 정하면서 양모 상점이 있던 공간으로는 부족하다고 생각하게 되었다. 그래서 양모 상점 대신 1939년에 지은 포병 창고 두 곳을 인수했다. 일렬로 서 있는 두 건물은 탁 트인 관목 지대와 띠처럼 연결된 고속도로가 있는 남서부 외곽의 군사시설인 포트 D. A. 러셀Fort D. A. Russell의 일부였다. 디아 예술 재단은 곧바로 건물 전체를 사들였다.

　이 작품은 건축과 예술이 균등하게 나뉜 결과물이다. 어쩌면 결국 둘은 똑같을 수도 있다. 저드는 기계를 보관하던 낡은 창고의 문을 뜯어내고 격자무늬 유리창으로 교체해 사막의 햇빛이 건물 내부를 가로질러 뻗을 수 있도록 했다. 그리고 골이 진 철판으로 만든 지붕을 추가해 건물 높이를 두 배로 늘렸다. (원기둥 모양 곡물 저장고인 사일로를 세로로 반으로 자른 모양을 상상하면 된다.) 상자 모양의 설치 작품을 위한 밑그림은 평면도로 발전했다. 코네티컷의 한 공장에 의뢰해 만든 초기 시제품은 너무 칙칙했다. 저드는 햇빛 아래 반짝거리는 알루미늄을 원했다. 공식 명칭이 〈알루미늄으로 만든 100개의 무제 작품100 Untitled Works in Mill Aluminum〉인 이 설치 작품은 1986년에 이르러서야 완성되었다.

　이 작품은 저드의 소호 로프트에 있는 설치 작품에서

발전한 형태다. 금속 상자의 수가 그보다 훨씬 많고, 창고의
시멘트 바닥에 길게 세 줄로 격자무늬를 그리며 배열되어
있다. 천장의 격자무늬와 같은 구성이다. 금속 상자는 모두
실루엣이 똑같다. 가로 1.3미터, 세로 1.8미터, 높이 1미터이며
상자의 긴 면이 건물의 짧은 면을 마주하도록 방향을
맞추었다. 하지만 각각 서로 다른 모양이다. 마치 공업적
눈송이 같다.

금속 상자 중에는 닫힌 구조로 뚫리지 않은 형태도 있고,
열린 구조로 창고 안에 흐르는 공기량이 많아지면 바람이
통과하는 형태도 있다. 수직 또는 수평으로 반이 나뉘거나
얇게 쪼개 내부 공간에 경사진 그림자가 생기는 형태도
있다. 또 알루미늄판을 경사로처럼 기울여 대각선으로 반이
나뉘기도 한다. 창고 안을 울리는 내 발걸음 소리를 제외하면
아무 소리도 들리지 않는 침묵 속에서 길게 난 통로를
서성이다 보면, 금속 위로 반사되는 빛 때문에 실제로 작품
형태의 내부나 외부가 어떤지 알아보기가 쉽지 않다. 어디서나
푸른 하늘과 황갈색 사막의 기운이 느껴진다.

마치 파도의 물결같이 배치된 새로운 형태의 상자들은 방
전체에 율동감을 불러일으키면서 연속적 리듬을 형성했다.
햇빛은 금속을 부드럽고 흐릿해 보이게 만들었다. 어떤
각도에서 보면 상자 몇몇은 완전히 시야에서 사라지고 시멘트
바닥에 반사된 상, 누르스름한 바깥 풍경, 건물 앞뒤에 세운
붉은벽돌 담만이 남아 있다. 내 주위에 펼쳐진 그리드 너머를
보고 있으니 어쩐지 외계인에게 둘러싸여 있는 듯했다. 마치
먼 미래의 어느 날, 이 상자들이 살아 움직여 우리를 대신해

그들만을 위한 세상을 세울 것만 같다.

　　미니멀리즘의 원칙에 따르면 우리는 저드의 이 설치
작품을 의인화하거나 작품에 은유적 의미를 두려는 당위성에
맞서 싸워야 한다. 이 금속 상자들은 아무것도 상징하지
않는다. 지금은 폐쇄된 육군 기지의 군인들과 아무 관련이
없고, 우리 몸의 변형이라든지 점성술적 배열, 이상적인
기하학적 비율 따위를 나타내지도 않는다. 오히려 이 알루미늄
상자들은 그저 물리적 존재라는 순전한 사실을 제외하면
아무것도 담지 않은 빈 상태이며 완고하고 고요하다. 아무것도
설명하지 않고 설명할 것조차 없다. 1967년에 저드가 에세이에
쓴 표현 그대로 완벽하게 "특정한 사물"을 실현하고 있다.
어쩌면 끔찍이 재미없게 들릴 수도 있고 예술이라기보다 수학
문제에 가깝게 느낄 수도 있다. 하지만 이 작품 주위를 거니는
건 감각의 순전한 가능성을 발견하는 일이며, 인간의 눈이
빛과 공간의 변화를 어떻게 인식하는지, 예술가는 이러한
인식을 어떻게 의도적으로 형성하는지 끊임없이 확인하는
일이다.

　　이 상자들은 보기에 '아름답지만' 이 말이 정확히
들어맞는 표현은 못 된다. 나는 그 상자 사이에서 강렬한
두려움을 느꼈다. 깔끔한 아파트나 텅 빈 갤러리가 주는
편안함과 달리 무자비하고 공격적이며 위협적이다. 이러한
다양한 비움의 상태는 절대적 통제가 아니라 절대적 자유를
암시하며 우리에게 눈앞에 놓인 세상과 직면할 기회를 준다.
미니멀리즘은 우리의 궁극적 자율성을 일깨운다. 그다음으로
다가오는 것은 무엇이든 할 수 있고, 무슨 일이든 일어날 수

있는 예측 불가한 미래다. 그 자유 안에서 편안함을 느낄 수 있기를 우리에게 요구한다. 미니멀리즘은 완전함보다는 판단이 없는 상태, 즉각적으로 현실을 받아들이는 태도에 영감을 줄 수 있다. "예술은 실제로 존재하기에 유토피아 같은 것이 아닙니다." 저드가 말했다.

그러나 현실이란 단순히 예술의 문제만은 아니다. 나는 자꾸만 이 작품의 인간적 요소에 이끌리고 있었다. 영원한 현재라는 인공적 이미지에 속세의 것이 침투했음을 알아챈 것이다. 공업용 알루미늄은 거울처럼 광택이 났지만 상자들 틈새로 죽은 파리와 먼지가 쌓였고, 관리자가 일주일에 한 번은 하루 종일 시간을 들여 청소해야만 했다. 건물 자체도 마찬가지였다. 저드는 본인이 선호하는 대로 일종의 비역사적 객관성을 공언할 수 있었지만, 이 건물 구조 자체가 군사적 기원을 갖는다는 사실은 달라질 수 없었다.

벽 곳곳에 페인트가 다 닳은 독일어 안내문이 눈에 띄었다. 낡은 공장을 개조한 베이징의 현대미술 갤러리에 마오쩌둥주의 선전 문구의 흔적이 남아 있는 것과 비슷하다. 안내문은 제2차 세계대전 중에 포트 D. A. 러셀에 수감된 독일군 포로를 위한 내용이었다. "무단 접근 금지", "머리를 잃는 것보다는 머리를 쓰는 편이 낫다"는 식의 경고문이다. 이러한 문구들은 이 건축물의 규모나 위상이 갖는 억압이 어느 정도였는지 보여준다. 상자가 갖는 영속적 새로움과 순전한 미학적 예술의 가능성을 향한 저드의 믿음이 회피한 문제다.

내가 마파로 순례를 떠난 2018년은 도널드 트럼프 대통령이 재임한 해로 갖은 논쟁이 최고조에 달한 시기였다.

당시 국경 수비대(내가 있던 곳에서 불과 97킬로미터 떨어진 지역에 배치된)가 이민자 자녀를 부모에게서 강제로 떼어내고 있다는 보도가 나오면서 대중의 항의가 쏟아졌고, 다음 해에도 이 문제는 더욱 심각해졌다. 마파로 가려던 나는 고속도로를 타고 동쪽으로 운전하던 중이었는데, 차량의 속도가 점점 느려지더니 멈춰 섰다. 저 멀리 보이는 차들이 지붕이 높은 건물을 통과하고 있었다. 출입국 관리소였다. 경찰과 경비대원들이 개를 데리고 서서 신분증을 확인하고 있었다. 흠잡을 데 없는 렌터카를 타고 혼자 여행 중인 백인 남자인 나는 두 번 볼 것도 없이 바로 통과되었다.

　　저드의 작품과 함께 시간을 보낸 경험은 줄곧 내 머릿속에 남아 있었다. 포병 창고의 공격적인 기하학과 금속 상자들의 무감각한 형태는 높다란 장벽을 떠올리게 했다. 이득만 따지는 건설사들이 미국과 멕시코 국경에 장벽을 세우려는 트럼프의 말도 안 되는 구상을 현실화하려고 설계한 장벽, 부모와 격리된 아이들을 몰아넣는 사슬처럼 연결된 방들이 생각났다. 나는 저드의 작품에서 단순함이란 어떤 건 간과하고 어떤 건 집중하도록, 그 무엇보다 미학을 우선시하도록 유인하는 가면이 될 수 있다는 걸 알았다. 1990년에 미술사학자 애나 체이브는 「미니멀리즘과 권력의 수사학Minimalism and the Rhetoric of Power」이라는 글에서 미니멀리즘 미술이 세상과 거리를 두는 방식을 해체주의적으로 분석했다. 복제가 가능하며 인간적 척도나 손길을 거부하려는 특성에서 볼 때 "분명 저드의 작품은 현대의 기술주의와 끊을 수 없는 관계에 있는 가치를 재생산한다고 볼 수 있다"라고 체이브는 썼다. "미니멀리즘의 텅 빈 얼굴은 자본의 얼굴, 권위의 얼굴, 아버지의 얼굴로서 또렷해질 수 있다." 또 미니멀리즘에 내재한 공백으로 인해 원본의 아이디어는 아예 무시되거나 경시되기 일쑤고 그 대신 미니멀리즘의 양식은 쉽게 수용된다.

디아 예술 재단에게 의뢰받은 저드의 또 다른 작품은 비교적 덜 절대주의적인 프로젝트다. 포병 창고 근처의 관목 지대를 통과하면 잘 표시되어 있지 않은 오솔길이 나오고 그 길을 따라가다 보면 작품이 모습을 드러낸다. 그날 아침 나는 필수품인 모자를 챙겨 쓰고 자외선 차단제를 두껍게 바른 채 길을 나섰다. 마침내 거대하고 속이 텅 비어 있는 콘크리트 상자와 마주했다. 25센티미터 두께의 콘크리트 슬래브로 만든 직각기둥으로 양 옆면은 한 변이 2.5미터인 정사각형이며 전체 길이는 5미터다. 내 키보다 높은 작품의 윗면으로 뙤약볕이 내리쬐고 있었는데, 텅 빈 채 뚫려 있는 내부는 어둡고 시원했다. 규모는 빙하에 가로막혀 퇴적된 암석과 유사해 보였지만, 형태의 비율이 정확했고 모서리는 날카로웠다. 전체적으로 보면 작품은 남북 방향으로 쭉 펼쳐지며 전체 길이는 거의 1킬로미터에 달한다. 한 줄로 늘어선 콘크리트 상자들은 일렬, 삼각형, 격자무늬 등 다양한 구성으로 반복되면서 지평선을 향해 작게 멀어져 간다.

이 〈콘크리트로 만든 15개의 무제 작품15 Untitled Works in Concrete〉은 저드가 1980년부터 1984년까지 제작한 것이다. 물론 정확히 말하자면 그가 직접 만들지는 않았다. 전문 작업자들이 틀에 콘크리트를 부어 만드는 방식으로 제작했다. 그들은 영국의 솔즈버리 평원에 스톤헨지를 건설했던 고대인들처럼 오랫동안 지문이 다 사라지도록 일했으나 예술가 본인을 제외하고 모두 익명으로 남았고, 예술가의 이름도 종국에는 필연적으로 흐릿해질 것이다. 저드는 작업 초반에 콘크리트 상자를 제작하는 과정에서 어려움을 겪었다. 양 옆면이 딱 들어맞지 않았고 모서리 마감이 깔끔하지 못했다. 저드는 댈러스에서 전문가를 데려오면서 기존에 계약을 맺고 있던 회사에서는 프로젝트를 계속 감독할 직원 한 명만 남겨두고 다 내보냈다. 이처럼 힘든 과정을 겪은 뒤 마침내 완성된 저드의 콘크리트 상자들은 이제 바위나 나무 못지않게 풍경 속 일부가 되었다.

이 콘크리트 상자들은 몸으로 상호작용을 해야 한다. 땀이 흐르는 과정이다. 나는 구성의 변화를 느끼며 상자 한 세트에서 다음 세트로 걸어갔다. 시간과 공간에 따라 또 다른 감각적 리듬이 자리 잡았다. 줄지어 선 작품을 따라 걸어갈수록 각 세트의 상자 수도 늘어나고 배열도 더 기하학적으로 복잡해졌다. 마치 인간의 지능을 보여주기 위해 은하계로 전송하는 일련의 다이어그램처럼 보였다. 이 작품 제목의 '15개'는 각 세트의 수를 말한다. 개별 상자가 아니라 구성이 하나의 단위가 된다. 한 격자 구조의 세트에는 4개의 상자가 포함되고 길이가 긴 쪽의 양 옆면이 뚫려 있어 사막 풍경에 테를 두르고 아침 햇살을 받아 황금빛으로 물든다. 길을 따라 더 걸어가면 3개의 상자로 만든 삼각형 구성이 있다. 각 상자의 정사각형 옆면이 하나씩 뚫려 있어 마치 한쪽이 막힌 망원경 같은 터널은 삼각형의 중심을 향하고 있다. 빛과 그림자, 비움과 견고함 속에서 일종의 서사가 형성되고 고차원의 논리를 갖춘다. 그러나 이것이 이곳에 있다는 사실 외에 뚜렷한 메시지는 없다.

지구는 예술에 무자비하게 침투했다. 치나티 재단의 투어 가이드가 "악취 나는 호박"이라고 불린다고 알려준 한 덩굴식물이 지면을 따라 자라고 있었다. 동물들이 몇몇 상자에, 특히 양 옆면이 폐쇄된 상자 안에 둥지를 튼 바람에 그걸 치워야 했다. 커다란 나방이 그늘을 찾아 상자 내부 벽에 달라붙기도 했다. 나는 그곳에서 몇 번이나 영양의 똥을 밟았다. 환경운동가들에게 관심을 받지 못한다고 해도 자연은 차츰차츰 이 인간의 구조물을 극복해 낼 것이다. 하지만 사막에서는 좀 더 시간이 걸릴 것이다. 기후변화가 심각해지면 사막 모래는 더 많이 축적될 테고, 그렇다면 저 금속 상자들이 주위의 생명체보다 오래 버틸 것이라는 점은 충분히 상상할 수 있는 결과다. 상자들은 폐허로서 살아남을 것이다.

이 작품의 마지막 상자 세트는 오솔길이 난 작은 언덕 위에 있다. 언덕에 올라서면 작품 전체를 한눈에 조망할 수 있다. 여기까지 걸어오는 도중에는 볼 수 없던 풍경이다. 그런데 언덕 기슭에 다다르자 그곳에 영양 가족이 앉아 있었다. 엄마 영양과 새끼 영양 네 마리는 언덕 능선을 따라 덤불 사이로 돌아다녔다. 공격적으로 보이는 소용돌이 모양의 뿔로 보아 이 가족의 아빠로 추정되는 영양은 언덕 기슭의 오솔길 옆에 누워 있었다. 영양은 저드의 작품을 무표정하면서 도도한 눈빛으로 지켜보다가 경계하듯 나를 똑바로 바라보았다. 나는 더 가까이 다가가지 않았다. 영양들이 나를 보고 도망갈지 아닐지 확신이 서지 않았기 때문이다. 나는 결국 이 작품의 전체적인 모습을 눈으로 확인하지 못했다.

　　나는 이 영양을 보면서 저드가 1986년 12월 3일의 일기에
쓴 경험담을 떠올렸다. 당시 저드는 사막의 어느 목장에서
지내던 중이었다. 그는 일기에서 그해 9월의 어느 날 비가
내린 뒤 꽃이 핀 풍경을 바라보던 순간을 회상했다. 토끼
한 마리가 풀밭에서 폴짝 뛰어오르더니 아른거리는 공기
속에서 신기루처럼 텅 빈 어딘가로 사라져버렸다. "사막은
언제나처럼 비어 있었지만 푸르고 아름다웠다. 그러다 이 땅과
토끼, 메추라기, 도마뱀, 벌레는 사막이 얼마나 아름다운지
모르고 있을 거라는 사실을 깨달았다"라고 저드는 썼다.
"관찰은 우리의 기준일 뿐이다. 도마뱀이 벌레를 보며 품는
생각과 다를 것이 없다. 관찰은 타당성도 없고 객관성도
없기에 이 땅은 아름답지 않다. 누가 그렇게 말할 수 있을까.
땅은 그저 존재할 따름이다."

　　이것이 미니멀리즘의 강력하고 무서운 통찰이다.
미니멀리즘을 지향하는 각종 상품과 인테리어, 패션 등에서
연상되는 미적 단서와 아무 관련 없다. 미니멀리즘은 좋아
보일 필요가 없다. 인류가 수천 년 동안 쌓아온 예술적
미의식은 우리의 예상과 달리 그리 필연적이지 않으며 오히려
인위적 창조물임을, 미니멀리즘은 우리에게 알려주고자 한다.

　　미니멀리즘은 아름다움에 대한 새로운 정의를 요구한다.
현실에서 마주하는 순간순간의 본질적인 경이, 사물의 존재감
자체에 초점을 맞춘다. 고상함을 지향하는 것과는 관련이
없다. 저드는 그해 겨울 어느 날 일기에 이렇게 썼다. "마침내
예술의 정의가 떠올랐다. 예술은 바로 지금의 모든 것이다."

2 - VIII

도널드 저드는 1970~1980년대에 예술계가 이미 붐을 이루었다고 생각했지만, 현대미술은 오늘날 더욱 확장되고 영향력도 커졌다. 갤러리는 지금 거대한 쇼핑몰 수준이며, 웬만한 미술관보다 규모가 큰 상업 화이트 큐브가 지역을 가리지 않고 급증하고 있다. 수집가들이 작품을 놓고 경쟁하면서 미술품 경매장은 하룻밤 만에 10억 달러의 순이익을 거둔다. 그러나 저드의 작품은 앤디 워홀이나 제프 쿤스, 데이미언 허스트의 작품만큼 큰 액수에 도달한 적 없다. 아무래도 저드의 작품은 복제 가능하다는 특징을 띠기 때문이다. 예술은 저드가 상상해 본 적 없을 규모로 상품화되고 있다. 예술계에서 성공한 인물들은 의류 브랜드나 팝 스타와 협력하는 주류 유명인이 되었다.

저드는 더 멀리 떠나고 싶었다. 시간이 지날수록 작은 마파 시내의 북적거리는 분위기와 떠도는 가십에 지쳐갔다. 사막으로 들어가 몇 시간이고 작은 목장 주택을 새로 짓는 데 몰두하곤 했다. 저드는 지역 정치에 참여해 이 지역의 열린 땅을 제한하는 모든 경계에 반대했다. 그의 예술에 나타난 자유 의식에는 일종의 자유주의적 사회주의가 반영되어 있었다. 권위에 저항하고 협력을 지향했다. "당신이 행동하지 않으면 다른 누군가가 모든 걸 결정할 것이다." 저드의 비전은 멈추지 않고 계속 확장됐다. 세계를 돌아다니며 스위스의 한 마을에 있는 낡은 호텔을 개조하고, 마파에서 헛간을 닮은 갤러리 시리즈를 계획하는 등의 프로젝트를 진행하던 중 갑작스럽게 비호지킨림프종 진단을 받고 1994년 향년 65세의 나이로 사망했다. 저드의 건축은 미술 작품만큼이나 중요해졌다. "내가 죽은 뒤에도 내가 제작하고 소유한 작품이 본래 설치된 장소에 그대로 보존되길 바랍니다." 저드는 유언장에 이렇게 남겼다. 저드에게 공간과 사물이라는 두 가지 형태는 불가분의 관계였다.

유산 전문 변호사들이 저드가 바라는 방향이나 예술계에 무지하다는 사실이 밝혀지자 레이너 저드와 플래빈 저드가 나섰다. 당시 20대이던 두 사람은 아버지 유산으로 논란이 될 만한 결정을 내렸다. 그들은 저드가 직접 보관하던 본인의 작품 일부를 경매로 팔았다. 그들이 가장 중요하다고 판단하는 저드의 작품, 즉 스프링 스트리트 101번지의 로프트와 블록을 비롯한 마파의 공간을 보존할 자금을 확보하기 위한 선택이었다. 한 작가의 작품 상당량을 일시에 판매하면 공급이 넘쳐 시장이 침체되고 가격이 떨어질 위험이 있다. 나는 스프링 스트리트 101번지 지하의 현대식 사무실에서 저드 재단을 관리하는 데 대부분의 시간을 보내는 엷은 갈색 머리의 영화 제작자 플래빈을 직접 만났다. 플래빈은 작품을 판매하는 일이 왜 타당한지 설명했다. 말하자면 작품의 상업화에 반대하는 행동이었다. 저드가 설계한 공간에 설치된 작품만이 진정으로 그의 비전을 표현할 수 있기 때문이다.

"우리가 작품을 설치하면 아버지의 작업을 왜곡할 수 있어요." 플래빈이 말했다. "원작자의 손길이나 의도가 사라진, 제도화된 공간이 많아요. 여러분도 그걸 느낄 수 있을 거예요. 다르게 느껴져요. 좀 더 기업화된 느낌인데 피해야 할 지점이죠. 뭘 시도하든 퇴행하게 돼요." 로프트나 사막이 주는 전체적인 맥락, 빛, 공간, 건축 없이는 작품의 의미를 제대로 살릴 수 없었다. 나도 동의한다. 다른 곳에 있는 저드의 작품은 자신의 공간에 있고, 전체 예술 작품의 일부일 때만큼 좋아 보이지 않는다.

수십 년 동안 예술 자체는 더 넓은 경제를 형성하며 상업적 힘을 발휘하게 되었다. 리처드 플로리다는 2002년경에 발표한 '창의적 계급 이론Creative Class Theory'을 통해 예술가들이 도시 공간을 재생하는 작업의 최전선에 있다는 점을 상식화했다. 이는 젠트리피케이션gentrification이라는 용어로도 잘 알려진 현상이다. 소호가 전형적인 예다. 저드를 비롯한 수많은 예술가가 공장을 개조한 로프트 하우스에서 산다는 것이 얼마나 멋진 일인지 보여주었다. 훗날 부동산 개발업자들은 이들이 알려준 탈산업화한 공간을 문화 자본으로 치장하는 법을 차용할 수 있었다.

1997년에 공개된 프랭크 게리의 빌바오 구겐하임 미술관은 스페인의 대형 미술관 중 하나로, 둥글게 휘는 강철 구조물이 물결치는 듯한 구조다. 원래 빌바오는 스페인의 소도시였다. 미술관은 오픈하자마자 빌바오의 랜드마크로 자리 잡았다. 그 뒤로 10여 년간 관광 붐이 일고 주변에 예술 공동체가 형성되면서 이른바 '빌바오 효과'라는 신조어를 만들어냈다. 《가디언》에 따르면 빌바오 효과는 "문화 투자와 눈길을 사로잡는 건축물 덕에 쇠락한 도시가 경제적으로 부흥하는 현상"을 뜻한다.

이 전략은 덴버, 아테네, 아부다비, 라이프치히, 나오시마섬 등 세계 곳곳에 도입되었다. 도시들은 저마다 호화로운 환경에 으리으리한 예술 작품을 배치해 마치 벌을 유인하는 꽃처럼 돈을 끌어모으려 애썼다. 예술을 전시하는 곳이자 관광객을 겨냥한 덫이었다. 같은 맥락으로 마파는 보는 관점에 따라 번성했을 수도 있고 고통받았을 수도 있다. 저드가 자리 잡으며 주목받기 시작한 이 마을은 지금 힙스터의 오아시스가 되어 라이프스타일 사진이나 문학작품에도 종종 등장한다. 벤 러너가 2014년에 출간한 소설 『10:04』에서 마파는 예술가 레지던시 프로그램, 심야 파티, 우발적 케타민 복용 등이 이루어지는 장소로 재현되었다.

나는 마파에서 저드에 관한 연구를 이어가는 동안 에어비앤비에서 운영하는 숙소에 묵었다. 소규모 아파트 단지에 속한 숙소에는 보도 위로 분홍색 꽃잎을 떨구는 나무들과 바닥에 자갈이 깔린 안뜰이 있었다. 그 주위로 플라스틱 같은 모조 미드센추리 가구가 즐비하게 놓여 있었다. 운영을 시작한 지 그리 오래되지 않은 곳이었고 처음에는 손님이 나밖에 없는 듯했다. 그러다 여행 후반에는 옆 숙소로 사람들이 찾아오기 시작해 밤이면 불이 들어오는 창문들이 생겼다. 마파 시내에는 카우보이모자와 가죽 부츠를 파는 옷 가게가 드문드문 있었고, 고급스러운 레스토랑과 팝업 서점이 있는 세련된 신축 호텔이나 채식용 샌드위치와 토포 치코 미네랄워터를 꽉 채워둔 홀 푸드 스타일의 마켓도 있었다. 소박하면서 세련된 카페도 물론 있어서 나는 거의 매일 아몬드 버터 토스트를 먹으러 그곳에 갔다. 주중에는 다들 일찍 문을 닫았다. 그러다 목요일이 되면 관광객이 슬슬 찾아오기 시작하면서 카페 단골들의 편안한 침묵이 깨졌다.

목장 마을이라는 마파 본연의 분위기는 에어스트림 트레일러를 독특하게 장식한 푸드 트럭이나 UFO와 관련된 키치문화 등에서 아직 엿볼 수 있지만, 이 지역은 저드가 거부했던 바로 그 현대적 미니멀리즘으로 점점 포장되고 있다. 차를 몰고 나가 주변의 집들을 돌아보면 최신식의 드넓은 집들, 폭풍우에 대비해 완전히 밀폐한 유리 벽이 있는 모더니즘 스타일의 사각형 주택을 쉽게 발견할 수 있다. 오래된 가게를 아름답게 개조한 와인 바가 하나 있는데, 옛 서부식 술집과 저드식 건축의 차이를 구분하도록 디자인했다. 나는 그곳에 여러 번 들렀고, 레이너 저드를 포함해 내가 아는 마을 사람들도 이곳을 즐겨 찾았다. 그런데 늘 조금 이상한 기분이 들었다. 도널드 저드는 사람들이 사막에 와서 홈메이드 파스타를 먹고 로제 와인을 마시라고 마파에 그 모든 건물을 지은 것이 아니다. 이 지역 자체에 매력이 있어 뮤직 페스티벌 관객까지 끌어들였을 수도 있지만, 어쨌든 저드는 사람들이 마파를 찾는 유일한 이유가 될 수도 있다. 물론 최근에는

마파에 휴가차 올 뿐 저드에 대해서는 아무 생각도 없는
사람들도 있다. 꽤 많다.

돈이 흘러들고 있다. 빌바오 효과가 발휘되었다. 바텐더,
서점 직원, 동료 프리랜서 기자 모두 마파의 임대료 상승세에
불만을 품었다. 플래빈은 마파에 오면 친구와 함께 숙소를
쓴다. "이건 마치 뉴욕 햄프턴스가 사막 한가운데에 뚝 떨어진
듯한 상황이에요." 플래빈은 내게 말했다. "변호사 말고는
아무도 그곳에서 살 만한 여유가 없어요. 변호사만 득실대는
도시에서 어느 누가 살고 싶어 할까요? 최악의 악몽이죠."

자가 비행기가 있다면 고립된 지역이라도 상관없을
것이다. "피상적 이해관계를 맺고 정작 거주하지도 않는
주인들의 도시가 됩니다. 부차적이고 심미적 의미일 뿐이죠."
플래빈은 말했다. 마파는 소호 같은 젠트리피케이션의
운명을 맞닥뜨렸다. 다들 똑같이 화려하게 개조한 로프트는
현재 한 달에 수만 달러에 임대되고 있으며, 과거 공장이던
건물의 1층은 대부분 럭셔리 패션 브랜드가 차지하고 있다.
1960년대에 소호의 부동산을 구매한 사람들 말고는 실제로
이 수준을 감당할 수 있는 예술가는 거의 없다. 나이키는 최근
스프링 스트리트 101번지와 비슷한 규모의 건물을 인수해
운동화를 사러 온 사람들을 위한 놀이터로 만들었다.

예술은 놀랍도록 빠르게 상품화된다. 마파에서
고속도로를 따라 30분가량 달리다 보면 텅 빈 도로 옆으로
건물 하나가 보인다. 아웃렛 몰 매장처럼 보이지만 완전히
홀로 서 있다. 앞쪽에 문이 하나 달린 대칭 구조의 유리로
된 상자형 건물이다. 유리창 위로 달린 차양 두 개가 이곳이

프라다 건물임을 알린다. 안쪽으로 보이는 새하얀 진열대 위에 화려한 가방이 줄지어 있다. 이 브랜드의 모든 매장이 구현한 대로 미니멀리즘 인테리어디자인이다. 그런데 문은 언제나 닫혀 있다. 〈프라다 마파Prada Marfa〉는 사실 스칸디나비아반도 출신 예술가 듀오 엘름그렌과 드라그셋이 2005년에 공개한 설치 작품이다. 그리고 지금은 인스타그램에서 관심 끌기 좋은 장소가 되었다. 주위에는 소 떼 말고 아무것도 없다. 여행객은 자갈밭이나 길 건너편에 차를 대고 와서 셀피를 찍는다. 이 작품은 모더니즘 그리고 미니멀리즘이 세속적 상품으로 변해가는 현상을 조롱한다. 필립 존슨의 글라스 하우스에서 시작된 순렛길의 마지막 지점인 셈이다. 그런데 아직도 이곳을 실제 상점으로 여기며 가보고 싶다고 말하는 여행객들도 있다. 누군가는 나에게 물었다. "거기 몇 시에 여는지 아세요?"

　　미학에도 빌바오 효과가 있다. 예술가는 아직 점령당하지 않은 영토에 뛰어든다. 미니멀리즘에서는 이미 만들어진 산업자재, 노골적 비움, 빈 벽의 단일한 사물이 이에 해당한다. 이 미학은 일단 얼리어답터에게 스며들고, 뒤이어 다수의 주류 관객도 본인이 그게 마음에 든다고 생각하게 된다. 그리고 브랜드와 기업이 시류에 편승하며 소비자의 돈을 긁어모은다. 하나의 스타일이 처음 등장했을 때 반감을 사거나 저항적으로 보였다는 사실 자체는 온전히 기억되지 않는다. 자신이 얼마나 급진적이라고 생각하든 결국은 대중의 취향에서 벗어나기 어렵다. 인기를 얻으면 초반에 독특한 개성을 띠던 것들이 점차 제 색깔을 잃는다. 내가 펜역에서 마주했던, 별 의미 없이 미니멀리즘이라고 쓰여 있던 갭 티셔츠처럼 말이다. 1960년대에 미니멀리즘을 그토록 급진적으로 만들어준 비움이라는 특성이, 지금은 미니멀리즘이 상품화의 길로 접어드는 데 일조하는 요인이 되었다. 미니멀리즘은 원하는 무엇이든 가능하게 하므로 스타일은 결국 하나의 계급 기호로서 적용되었다. 하지만 미니멀리즘의 기원을 살펴보아도, 저드 같은 예술가가 남긴 사물을 돌아보아도, 순수한 감각으로부터 우리를 멀어지게 만드는 돈, 취향, 마케팅이라는 겹겹의 막을 무너뜨릴 수 있는 미니멀리즘의 힘은 여전하다.

3.   침묵

3 - 1

주변에 물건이 과하게 넘친다는 사실을 알아차리고 낡은 옷을 갖다 버리거나 집의 바닥과 벽을 비우기로 마음먹는 것은 쉬운 일이다. 물건을 줄이는 것은 결과가 바로 눈에 띄고, 변화 전후가 확실하게 구별되는 물리적 해결책이다. 마치 성형외과 광고를 보는 듯하다. 아무것도 없는 공간은 저드의 1만 달러짜리 데이베드든 이케아의 40달러짜리 커피 테이블이든 구해서 꾸미면 된다.

그런데 소음으로 가득한 거리, 도시의 보도를 걷는 사람들의 물결, 피하기 힘든 광고의 시각적 혼돈 등 바깥세상에 질서를 부여하기는 훨씬 어렵다. 디지털 공간도 소음으로 가득하기는 마찬가지다. 사무실과 카페에서 앉아 있는 공간은 한적할지 몰라도, 그곳에서 우리는 스마트폰이나 노트북을 들여다보며 눈에는 인스타그램과 페이스북의 이미지를, 귀에는 스트리밍 음악이나 팟캐스트를, 머릿속에는 미디어 뉴스와 트위터 피드를 끊임없이 퍼붓는다. 우리의

공간만큼이나 복잡한 우리의 머릿속은 어디나 만연한 소음의
희생양이다.

나는 이 책을 쓰면서 이론적으로 부재와 비움에 집중해야
하는 순간이면 전보다 더 산만해지는 나 자신을 느꼈다.
스마트폰으로 자꾸만 손이 갔고 소셜미디어의 최신 소식이나
친구들의 메시지를 확인하지 않고는 참을 수 없었다. 뉴스
이상으로 방금 올라온 사진, 사운드, 텍스트 같은 무작위의
자극을 갈망했다. 이러한 갈망은 스스로 한심하게 느끼게 하는
동시에 나를 압도했다. 소음은 마치 감자칩을 먹을 때처럼
근본적으로 만족하기 어려워서 언제나 그 이상을 원하는 중독
증상을 일으킨다.

나는 과도한 자극을 원하는 욕망에 맞서기 위해, 최소한
내 안의 균형을 재조정하기 위해 노트북의 와이파이를 끄고
전화기를 다른 방에 가져다 놓았다. 마음이 약해지는 순간이
와도 전화기를 집어 들 수 없는 상황이다. 나는 인터넷에
접속할 수 없는 공간에서 글을 쓰기로 했고, 다른 건 아무것도
없어 집중할 수밖에 없는 지하 벙커를 꿈꿨다. 이처럼 정보의
과부하를 의식적으로 거부하고 우리에게 많은 에너지를
요구하는 소셜미디어 플랫폼에서 빠져나오는 것을 디지털
미니멀리즘이라고 칭한다. 디지털 미니멀리즘은 스크린
중독을 인정하고, 이메일을 덜 확인하거나 인스타그램 계정을
삭제하는 행위를 뜻한다.

주의 집중력 문제로 고민하던 중 온라인에서 본 감각 차단
체험sensory deprivation이 생각났다. 아마 그때도 뭔가를 미루는
중이었을 것이다. 감각 차단 체험은 닫힌 방 안에서 한두 시간

동안 강제적으로 어둠과 침묵에 빠져드는 것으로, 인터넷에 집착에 가깝게 의존하는 우리 모두에게 알맞은 유행이다. 신문의 기삿거리가 될 수도 있고, 뇌에 유익한 효과를 측정하는 의학적 심층 연구 대상이 될 수도 있는 주제다. 나는 곧장 체험할 수 있는 동네 스파를 찾아냈다. 조개껍데기를 연상하게 하는 가로 1.8미터, 세로 2.4미터 정도 크기의 장치가 준비되었고, 그 안에 엡솜 소금 1000파운드를 섞어 밀도 높은 물이 얕게 채워졌다. 옷을 다 벗고 장치 안으로 들어가 몸을 둥둥 띄웠다. 이제 장치의 뚜껑이 닫히면 아무것도 보고 들을 수 없다.

나는 갑자기 침묵이 간절해졌다. 아무것도 느끼지 않을 수 있다는 생각, 외부 세계에서 완전히 벗어난 시간이라는 점이 대단히 매력적으로 다가왔다. 감각 차단 체험은 과도한 자극의 반대 상태를 제공한다. 이 체험의 긍정적 효과는 과학적으로도 일부 입증되었다. 어둠 속에서 물 위에 뜬 상태를 지칭하는 의학적 공식 용어는 '제한된 환경 자극 기술Restricted Environmental Stimulation Technique'로, REST라는 약어가 썩 잘 어울린다. 실험에 따르면 한두 시간의 REST는 스트레스 호르몬인 코르티솔 수치를 25퍼센트까지 낮추고, 신체 내부의 생리학적 상태를 인식하는 감각인 내수용 감각interoception과 자기 신체에 대한 인식을 예민하게 하며, 호흡과 심장박동을 촉진하고, 전반적인 불안을 낮춘다.

한 연구진이 감각 차단 체험과 〈플래닛 어스〉라는 유용한 수면제 격인 다큐멘터리 프로그램 90분 시청을 비교해 시험했다. 그 결과, 다큐멘터리보다 감각 차단 체험이 이완과 평온을 자각하는 데 효과가 훨씬 높은 것으로 나타났다. 감각 차단 체험은 뇌의 피질을 활성화함으로써 신체적 경험에 대한 감정의 반응을 일으키는 데 도움을 준다. 물 자체가 휴대폰을 들고 있는 행위와 완전히 상반되는 성질을 띤다는 건 말할 나위도 없다. 이는 정신을 곤도 마리에 식으로 정돈하는 것과 비슷하다.

나는 2017년에 오픈한 플로트 스파인 솔렉스Soulex에 감각 차단 체험을 예약했다. 미국 전역에 우후죽순으로 300여 곳이 문을 연 체험 시설 중 하나다. 솔렉스는 워싱턴 시내의 오피스 빌딩 사이에 난 도로 옆 건물에 있었다. 이곳에서는 오로지 감각 차단 체험만 제공하고 있었다. 하얗고 매끈해 거대한 애플 기기를 연상시키는 네 개의 유선형 체험 장치가 각각 분리된 방에 준비되어 있었다. 이 체험 장치는 헝가리 디자이너가 설계해 독일에서 제작했으며 제작비가 기계 하나당 3만 달러에 달한다고 한다. 그에 비하면 시간당 70달러의 체험 비용이 저렴하게 느껴졌다.

감각 차단은 1950년대 중반 미국의 과학자 존 C. 릴리가 최초로 시도한 실험이다. 본래 인간의 지각에 관한 실험을 위해 감각 차단 탱크를 제작했고, 주로 본인을 실험 대상으로 삼았다. 릴리는 LSD와 케타민을 복용했고 앨런 긴즈버그와 티머시 리리 같은 작가들을 가까이했으며 '인간 잠재력 회복 운동'을 주도했던 미국의 에설런 연구소Esalen Institute에 드나들었다. 또 돌고래와 직접 소통할 수 있다고 믿었다. 릴리에 따르면 감각 차단은 사회와 자아로부터의 해방을 의미한다. "보통의 인간은 모두 감각 차단 탱크에 들어가 어둠과 침묵 속에 몸을 띄우고 있다가 마침내 자기 머릿속에서 일어나는 모든 일을 자신이 프로그래밍하고 있다는 사실을 깨달아야 한다"라고 릴리는 썼다. 고립은 역설적으로 개인과 세계 사이의 장벽을 제거하는 또 하나의 방법이다.

감각 차단 탱크는 1970년대에 유행하다가 에이즈의 위협에서 안전하지 못하다는 두려움이 팽배해지며 대중의 관심에서 멀어졌다. 아마존 전통 치료사가 이끄는 일종의 환각 체험인 아야와스카ayahuasca 수행이나 쭈그려 앉는 수세식 변기가 있는 일본식 화장실처럼 다소 도착적인 분위기를 띤, 소수에 의해 명맥을 이어가는 양식이 되었다. 1980년에 개봉한 영화 〈상태 개조〉는 릴리에게 영감을 받은 과학자가 환각제를 복용하고 감각 차단 탱크에 들어가 시공간을 초월하는 이야기다. 과학자는 결국 다차원적 덩어리로 변이한다.

말쑥한 중년 남성 다리우스 바지리는 아내 페드라민과 함께 솔렉스를 운영한다. 바지리는 30년 전에 한 부유한 CEO의 집에서 열리는 독서 모임에 참석했다가 처음으로 감각 차단 탱크를 마주했다고 한다. "당시에는 보통 집에 두고 사용하고, 그 집을 찾은 손님들에게 권하곤 했죠." 오늘날 솔렉스는 빠른 신체 회복을 원하는 사람(운동선수 사이에서 인기가 높다)부터 보다 심오한 정신 건강상의 이로움을 얻기 위해 오는 사람까지 아우르며 단골손님을 확보하고 있다. "정치인들도 이곳을 많이 찾습니다. 이곳에서 그들은 삶의 온갖 소란에서 벗어나 잠깐의 고요한 쉼을 얻습니다." 솔렉스는 금요일과 주말에 유독 붐빈다.

다리우스 바지리는 평온한 사람이었다. 아마도 엡솜 소금의 효과가 아닐까 싶은 빛나는 피부의 소유자였다. 그는 몸에 딱 맞는 치노 팬츠에 흰색 폴로셔츠 밑단을 넣어 입고 동그란 빨간 테 안경을 쓰고 있었다. 솔렉스는 세심하고 건강한 분위기였지만, 나는 어쩐지 외설적인 일에 동참하고 있다는 느낌을 떨칠 수 없었다. 그는 나를 복도로 안내하며 욕실을 가리켰다. 욕실 문을 열자 어두운색 타일이 깔린 공간이 나타났다. 체험 전후에 몸을 씻을 수 있는 유리로 된 샤워실이 구석에 있었다. 그리고 흰색 유선형 탱크가 눈에 들어왔다.

바지리가 벽의 터치스크린으로 전원을 켜자 95°C의 물이 장치 안으로 쏟아져 들어오기 시작했다. 마치 거대한 변기에 물이 채워지는 광경 같았다. 단 무지개 스펙트럼을 따라 천천히 색깔이 바뀌는 LED 등을 설치한 변기였다. 장치 내부의 스피커를 통해 녹음된 새소리가 흘러나왔다. 공간 자체가 몰개성적이고 부자연스러운 탓에 새소리가 더욱 초현실적으로 느껴졌다. 축 늘어진 실내용 화초와 왜 바닥에 놓여 있는지 알 수 없는 커다란 바위만이 겨우 자연의 분위기를 풍길 뿐이었다. 바지리는 내게 설명했다. "여과된 물이 불빛 있는 곳까지 차면 물속으로 들어가서 뚜껑을 닫으세요. 그러면 정해진 시간에 카운트다운이 시작됩니다." 몇 분 뒤, 탱크 내부의 불이 점점 어두워졌고 모든 소리가 멈췄다.

긴장이 풀리기는커녕 조금씩 두려워졌다. 나는 갑자기 폐소공포증에 시달릴 때가 있다. 엘리베이터가 싫고, 지하철이

지하에서 오래 정차하는 상황을 견디기 힘들다. 어떤 면에서는 지루함을 두려워하는 것일 수도 있다. 끊임없이 쏟아지는 자극에 익숙한 나머지 단절된 상태에서 위협을 느끼는 것이다. 나는 사실 아무런 활동도 없이 한 시간 동안 조개껍데기 속에 봉인되어 있기를 기대한 것은 아니다. 아무리 나를 편안하게 만들어준다 한들 말이다. 혹시 견디기 어려운 침묵이 기다리고 있는 건 아닐까?

나는 불안했지만 그래도 지시를 따랐다. 옷을 몽땅 벗고 샤워를 했다. 그리고 여전히 겁을 내며 조심스럽게 발가락부터 물에 담갔다. 마침내 몸을 담그자 마치 낚시용 찌처럼 몸의 4분의 3은 수면 아래로 잠기고 4분의 1은 수면 위로 나왔다. 곧 불이 꺼지고 나는 혼자 남았다. 자궁 속 같다는 건 절제된 표현이었다. 나는 그야말로 유기적 형태의 캡슐 속에서 액체에 몸을 담그고 있었기 때문이다.

그렇게 물에 뜬 상태로 있으면 소음은 곧 사라진다. 음파만이 아니다. 내 정신이 육체적 감각과 단절되는 것이 느껴졌다. 팔다리가 어느 방향으로 움직이고 있는지 생각할 필요가 없어졌기 때문이다. 처리할 시각 정보도 없었다. 눈을 떠도 감은 것이나 마찬가지였다. 그런데 침묵은 완전하지 않았다. 바깥 도로 위에서 회전하는 모터와 타이어의 낮은 진동이 여전히 귓가에 느껴졌다. 그리고 벽 너머에 있는 것이 분명한 또 다른 탱크에서 삐걱거리는 소리와 물 튀는 소리가 들려왔다. 건너편 방에서 나처럼 탱크 안에 봉인되어 벌거벗은 채 둥둥 떠 있을 사람들의 모습이 머릿속에서 떠나지 않았다. 우리는 모두 분리된 환경에 있고 각자 세상과 분리되어

있지만, 여전히 함께였다. 영화 〈마이너리티 리포트〉에서
미래를 예측하는 3인의 프리코그들이 푸른색으로 빛나는
공동의 욕조 속에 똑바로 누워 있던 모습이 떠올랐다. 결국
욕조 속 프리코그들의 예측 시스템은 실패했지만 말이다.

　　가라앉을지 모른다는 두려움이 사라진 뒤에는 편안하게
어깨의 힘을 풀고 숨을 들이쉬고 내쉬며 어떻게든 명상 호흡을
하려고 애썼다. 그 순간만큼은 시간 가는 줄 몰랐다. 그러나
이 고요한 순간은 오래가지 못했다. 아마도 내가 탱크에 비해
키가 좀 컸던 모양이다. 내 머리와 발가락이 섬유유리 재질의
내벽에 자꾸만 닿아 욕조 속 고무 오리라도 된 듯했고, 우주를
떠다니는 듯한 감각은 이내 깨졌다. 나는 자세를 바꿔보려고
몸을 움직였다. 팔을 머리 위로 올리거나 양옆에 붙여보고,
무릎을 굽히거나 다리를 쭉 뻗어보기도 했다. 어릴 때
목욕하던 기억이 문득 떠올랐다.

　　침묵이 자연스러워진 순간에 최고의 REST, 휴식이
찾아왔다. 아무런 느낌도 어떠한 생각도 없었다. 마치 명상에
빠져든 듯한, 숙련된 수행자라면 쉽게 도달하겠지만 평소의
나로서는 불가능했을 경지에 이르렀다. 나는 그저 존재했고,
떠다니는 감각에 몰두했으며, 해야 할 일이나 마감 날짜가
다가온다는 사실을 떠올리며 고민하지 않았다. 마치 몸은
잠들고 뇌가 깨어 있는 느낌이었다. 폐소공포증으로 인한
발작도 없었다. 원하면 언제든 탱크 뚜껑을 열 수 있었지만
지루하지 않았고, 아무 일도 일어나지 않는 상태가 좋았다.
그러다 새소리가 다시 희미하게 들려왔다. 처음에는 멀리서
부드럽게 들리다가 점점 신경에 거슬릴 정도로 커졌다. 그리고

물속의 미러볼 불빛이 다시 켜졌다. 한 시간이 이렇게 빨리 지나갔다는 사실에 놀랐다.

조명이 켜진 탱크 안에서 셀피를 찍고 나와 다시 샤워를 하고 솔렉스를 떠났다. 멍하고 들뜬 상태였다. 화학적 중독이라기보다는 낮잠을 달게 자고 깨어난 상태에 가까웠다. 이처럼 이완된 상태가 내 뇌 어딘가에 늘 있었다는 사실을 깨닫고 놀랐다. 하지만 그 자물쇠를 풀기 위해서는 외부 세계와 단절된 상태로 기계 속에 머무는 한 시간이 필요했다.

감각 차단 체험 이후 나는 주위 환경이 시끄러울 때마다 어둡고 조용한 탱크 안에 밀폐되어 느낀 극도의 평온함을 다시금 떠올렸다. 그 느낌이 워낙 강렬한 터라 나는 그 뒤로 몇 번 더 솔렉스를 방문했다. 나는 눈을 감았는지 떴는지 모를 그 느낌을 좋아하게 되었다. 마치 날 끌어안는 듯 따뜻한 물의 부력 때문에 눈물이 날 뻔했다. 밤이면 기묘하고 생생한 꿈을 꾸곤 했다. 한번은 문틈으로 들어오는 빛 한 줄기에 불쑥 짜증이 나 물을 뚝뚝 흘리며 물 밖으로 나와 수건으로 그 불빛을 막은 적도 있다.

그러나 이 인위적인 상황이 점점 괴롭게 다가오기 시작했다. 나는 시간당 요금을 내고 주문형 제품을 사용하는, 그러니까 사치재로서 산업화한 침묵을 소비하고 있었다. 21세기의 과다한 자극에 맞서기 위해 석기시대 동굴 속에 나 자신을 가둔 것이다. 극한의 회귀였다.

필립 존슨이 글라스 하우스에 가차 없는 질서를 부여하고 그곳에 있어도 되는 사물과 사라져야 할 사물을 정함으로써 공간을 통제했다면, 디지털 미니멀리즘은 이와 유사한 제거

과정을 거쳐 자극을 통제한다. 감각 차단 체험은 완벽한 침묵을 찾아간다기보다는 강요받는 일에 가깝다. 비싼 돈을 들여 일정 시간을 편안하게 비워진 상태로 바꾸는 것이다.

이제는 침묵을 휴대할 수도 있다. 몇 년 전에 나는 사무실의 소음을 견디기 위해 300달러를 들여 보스의 노이즈 캔슬링 헤드폰을 구매했다. 나처럼 큼직한 회색 헤드폰을 끼고 다니는 사람들은 어디서나 볼 수 있었다. 통근하는 지하철에도 있고 병원 대기실에도 있었으며 비행기 안에는 반드시 있었다. 내 옆자리에 앉은 슈트 차림의 사업가는 비행기 바퀴가 활주로를 벗어나자마자 헤드폰을 썼고, 이와 동시에 녹색 표시등이 켜졌다. 그건 기기가 작동 중이며 주위의 소음은 다 지워질 거라는 뜻이었다. 그와 이야기하고 싶어도 할 수 없었다. 헤드폰 브랜드는 "고요한 편안함"을 약속했고 그걸 지켰다. 헤드폰의 쿠션은 구름처럼 귀를 덮었고, 헤드밴드는 마치 거기 없는 것처럼 느껴졌다. 헤드폰이라는 전자기기를 끼는 것은 일종의 현대적 의례로, 기도하는 행위와 비슷하다. 노이즈 캔슬링 헤드폰을 끼면 주위의 소리가 사라지고 순식간에 진공상태가 된다. 헤드폰이 주위의 소음과 반대되는 파동을 발생시켜 소음을 상쇄하는 원리다.

침묵은 무無에 가깝다. 인식을 차단한 백지상태가 더 감당하기 쉽기에 세상을 지우는 것일 수 있다. 우리는 마음에 들지 않는 경험을 덮어버리기 위해 침묵을 활용한다. 자신과 감각 사이에 차단막을 치는 것이다. 온갖 이메일, 문자메시지, 광고, 소음 등 매일 우리가 접하는 과도한 정보에 대한 자연스러운 반응이다. 그러나 미니멀리즘은 또 다른 형태의 침묵으로 향하는 길을 알려줄 수 있다. 장벽을 세워 자신을 고립시키는 방식 말고도 소리를 받아들이는 새로운 방식을 가능하게 한다.

3 - II

침묵은 생산적이다. 창조적이거나 영적인 사고의 근원지다.
20세기 미국의 수도사 토머스 머튼은 "침묵, 회고, 고독의
시간이 필요하다. 어느 정도 물러나지 않고 신을 인지하는 건
불가능하다"라고 썼다. 붓다는 동굴 속에서 명상했고, 마르셀
프루스트는 방해받지 않고 글을 쓰기 위해 침실 벽에 코르크를
둘렀다. (프루스트가 보스 헤드폰을 봤다면 아주 좋아했을
것이다.)

　　고요를 유도하기 위해 점점 더 극단적 수단이 동원되고
있다. 한국의 강원도 홍천 지역에는 하루 20시간 동안 전화기,
직장, 가족 등과 떨어져 홀로 틀어박혀 지낼 수 있는 자발적
감옥이 있다. 한 젊은 여성이 말했다. "이 감옥에서 오히려
자유로움을 느꼈어요." 우리 모두 오늘날의 디지털 기기가
얼마나 억압적인지 잘 알지만, 이건 참 역설적으로 들리는
말이다. 나는 한 잡지의 의뢰로 스웨덴 시골에서 진행하는
700달러짜리 피정을 신청한 적이 있다. 그곳에서 나는

일주일간 모든 디지털 기기를 비롯해 외부와의 연결을 완전히 끊어야 했다. 어느 날 저녁, 여름 석양이 꽃들 위로 쏟아져 내리는 풍경이 아름다웠고 그 순간 살아 있다는 강렬한 느낌을 받았다. 불현듯 찾아온 최고조의 기쁨이었다. 하지만 다시 경험하고 싶지는 않으며(모기가 견딜 수 없을 만큼 많았다), 이걸 위해 나머지 삶을 포기하는 것도 쉬운 일은 아니다.

그처럼 절박하게 세상을 차단하기 원한다는 건 분명 무언가 심각하게 잘못되었다는 뜻이다. 침묵의 반대는 소음이다. 과학적 정의에 따르면 '원치 않는 소리'다. 우리는 그 어느 때보다 많은 소음에 시달리고 있다. 소음공해는 어디서나 증가하고 있다. 자동차, 트럭, 공장, 비행기 등이 원인이다. 한 보고서는 소음에 과하게 노출되면 혈압상승, 수면 부족, 심박수 증가, 심혈관 수축, 호흡곤란, 뇌의 화학적 변화 등을 겪게 된다고 밝혔다. 소음은 어린이의 학습 능력에 직접적 악영향을 끼치기도 한다. 한 연구에 따르면 철로에 가까운 교실에서 공부한 학생들은 그 반대편 건물에서 공부한 학생들보다 학습 진행 속도가 느리다고 한다. 우리는 소음에서 벗어나기 위해서라도 자신만의 침묵을 만들어야 한다.

침묵을 뜻하는 영어 'silence'는 원래 존재의 지속적 상태를 설명하는 동사였다. 조용하거나 고요한 행동이라는 뜻의 라틴어 'silere'에서 비롯된 단어이며, 바람이나 물 따위가 그대로 고요하다, 움직임을 멈춘다는 뜻의 고트어 'ana-silan'에 뿌리를 두고 있다. 침묵의 의미와 현대적 발음 사이에 줄을 긋고 싶어진다. s의 치찰음과 c의 부드러움이 글자의 처음과 마지막에 특유의 속삭임을 만들어낸다. 마치 산들바람이 지나고 난 뒤에 그와 대조되는 고요가 남겨진 것 같다. 그렇게 지나가고 나서 비로소 뚜렷해지는 소리다.

한때 침묵은 인류의 규모를 초월하는, 모든 것의 상징이었다. 침묵이 있다는 건 우리가 거기에 복종해야 한다는 표시였다. 광대한 자연의 침묵 앞에 인류가 만든 소리는 존재할 수 없었다. 신성한 공간의 고요 속에서 기도하거나 명상할 때의 침묵, 위험이 도사린 밤의 침묵, 권위로 숨죽인 침묵 등이 그러했다. 신성이 침묵에 영감을 주었다면 왕권은 침묵을 요구했다. 서기 300년에 비잔틴제국의 궁정은 '실렌티아리silentiarii'라는 예법 담당관을 임명했다. 황제나 황후를 위해 적절한 소음 수준을 유지해야 하는 임무를 맡은 신하로, 황실 내 교실을 정숙하게 관리하는 역할을 맡았다. 이 작위는 그럴 만한 자격이 있는 사람들, 혹은 작위를 돈으로 살 만큼 부유한 사람들에게 주어지는 경칭으로 수 세기 동안 살아남으며 침묵과 권력을 연결했다.

침묵은 알 수 없는 경지로 물러나 있는 초월성을 의미한다. 소음이나 말하기는 당신과 세속적 세계를 더 가깝게 연결해 주기 때문이다. 어떠한 단어를 종이에 적으면 그 대상이 더 분명해지듯 말이다. 유대교 신비주의에서 침춤tsimtsum의 교리는 인류가 소리와 언어로 번성하려면 신이 침묵 속으로 물러나 있어야 한다고 설명한다. 덴마크의 실존주의 철학자 쇠렌 키르케고르는 자신의 일기에 이렇게 썼다. "침묵을 지킬 줄 아는 사람이라면 누구나 성스러운 아이가 된다. 침묵 속에 신성한 기원에 대한 기억이 있기 때문이다." 퀘이커 교도들은 모든 사람의 내면에 신성의 불꽃이 있다고 믿는다. 장식 없는 방에서 침묵의 모임을 열고 동그랗게 둘러앉아 서로 얼굴을 마주 본다. 신은 "작고 고요한 목소리"로 말하므로 침묵은 신의 목소리가 잘 들리게 한다. 모임 중간에 누구든 감동의 순간과 마주하면 소리 내어 말해도 된다. 말이 끝나면 다시 침묵이 공간을 가득 채운다.

어쩌면 우리는 우리 너머에 무엇이 있는지 직면하고 싶지 않기 때문에 안전한 침묵을 만들어내는 것일 수 있다. 침묵이 불러일으키는 경외심이란 더는 우리에게 익숙하지 않다. 새로운 형태의 침묵은 초월적 관조가 아니라 상업적 생산성에 골몰한다. 미국 철도 암트랙에서 운영하는 '조용한 칸Quiet Car'에 앉은 당신은 명상하지 않는다. 그 대신 노트북을 열고 스프레드시트를 작성한다. 프랑스 역사가 알랭 코르뱅은 2016년에 출간한 책 『침묵의 예술Histoire du Silence』에서 이렇게 썼다. "침묵으로 인한 공포가 심해진 나머지, 우리는 침묵이 무엇인지 거의 잊어버렸다."

미니멀리즘이 부상하던 1967년, 뉴욕의 비평가 수전 손택은 실제로 침묵이 하나의 문화적 대응 기제가 되었다고 주장했다. "인구가 넘쳐나는 이 세계는 전 지구적 전자 통신이 발달하고 비행기 이동이 가능해지면서 긴밀히 연결된 상태다. 건전한 사람이 어떠한 타격 없이 동화되기에는 속도가 너무 빠르고 폭력적이다. 말과 이미지가 널리 확산하는 현상에 반감을 느끼며 고통받고 있다." 손택은 『침묵의 미학The Aesthetics of Silence』에서 이렇게 썼다. 이처럼 감각의 주입이 범람하는 현상은 손택의 글이 발표된 지 50년이 지난 후에도 가속되기만 하고, 그 반대 현상에 대한 갈망을 불러일으킨다.

"언어의 위신이 떨어지면 침묵의 위신은 높아진다."

　　손택이 환기하고자 한 침묵은 소리만이 아니다. 손택의 글은 문학, 시각예술, 음악 등 언어를 넘어서는 예술 작품을 해체한다. 손택은 근대 이전의 예술은 바깥세상을 향해 있었다고 주장했다. 사회와 정치가 이룩한 성취를 감동적인 교향곡과 웅장한 역사화로 표현하는 예술을 통해 인류의 자의식은 긍정되었다. 그러나 결국 우리는 초월성을 향한 물리적 시도가 실패했음을 깨달았다. 예술은 산업혁명의 폭력성, 착취적 자본주의의 부상, 20세기에 발발한 전쟁 등을 멈추게 하지 못했다.

　　예술가들은 이러한 실패를 직면하고 비서사와 비표현의 방식을 수용해 자기 내면으로 향했다. 마르셀 뒤샹, 시인 아르튀르 랭보, 오스트리아의 난해한 철학자 루트비히 비트겐슈타인 등의 예술가는 손택의 표현대로라면 "끊임없이 멀어지는 침묵의 지평선"을 추구했다. 아예 작업을 포기할 정도였다. 이를테면 비트겐슈타인은 1920년대에 초등학교에 취직해 자격이 과한 교사가 되기도 했다.

　　침묵을 수용하는 태도는 상대적으로 무의미해진 감각의 홍수 속에서 더욱 두드러진다. 많은 것을 보고 듣고 읽는 감상자들에게 손택이 주목한 새로운 금욕적 예술은 실제로는 쾌락적일 수 있다. 미니멀리즘의 모호한 효과가 감상자를 더욱 몰두하게 만들기 때문이다. 손택은 "탁월하고 엄격한 금욕주의라면 쾌락으로서 (손실보다는) 이득을 얻기 마련이다"라고 썼다. 원래 미니멀리즘은 더 적은 것이 아니라 더 많은 것을 경험하게 만드는 방식이었다. 예술 속 미니멀리즘뿐 아니라 삶 속의 미니멀리즘도 마찬가지였다.

　"우리가 말할 수 없는 것은 침묵으로 넘겨야 한다."
비트겐슈타인은 언어를 통해 생각의 한계를 찾으려는 시도를
간결히 보여준 저서 『논리-철학 논고』의 마지막 부분에
이렇게 썼다. 비트겐슈타인의 이 유명한 문구는 침묵을
주제로 작업한 음악가 프랭크 오션이 2017년 콘서트에서
입은 티셔츠에 쓰인 문구를 떠올리게 한다. "인종차별주의자,
성차별주의자, 성소수자 혐오자, 트랜스젠더 혐오자가 될
바에는 그냥 입을 다물지 그래?(why be racist, sexist,
homophobic, or transphobic when u could just be
quiet?)" 트위터 유저 @avogaydro가 2015년에 게시한
글에서 인용한 문구를 프린트해 온라인 스토어에서 판매한
상품이었던 이 티셔츠는 점차 소문을 타고 온라인과
오프라인에 빠르게 퍼졌다. (오션은 비트겐슈타인의 문구에도
동의했을 것이다. "윤리와 미학은 동일하다.")

　티셔츠 문구에서 볼 수 있듯이 우리는 낙담했기에 침묵을
갈망한다. 인간이 만든 소음, 언어, 예술이 우리를 노골적으로
억압하지 않았을지언정 스스로 무익함을 증명했기에
낙담한다. 무너진 21세기를 대하는 미니멀리즘 미학으로서의
침묵은 세상을 또 다른 방식으로 대할 기회를 제공한다.

3 - III

모든 것이 이토록 시끄러워지기 전에는, 매일의 침묵이
위압적일 수 있었다. 19세기 후반의 한 작곡가는 과도한
침묵의 무게를 떠맡아 채우고자 했다. 어느 쌀쌀한 초봄
저녁, 나는 그 결과물을 듣기 위해 지하철을 타고 어퍼
이스트사이드로 가서 구겐하임 미술관까지 걸어갔다.
그곳에는 몇 명의 클래식 피아니스트가 기이한 분위기의
3분짜리 솔로 피아노 연주곡을 반복적으로 열일곱 시간째
연주하고 있었다.

이 작품은 프랑스 작곡가 에릭 사티의 1893년 작
〈짜증Vexations〉이었다. 사티는 이 곡을 840회 연속으로
연주해 달라고 제안했다. 그리고 악보에 "이 동기를 840회
반복해야 하며, 그러기 위해서는 미리 마음의 준비를 하고
극도의 침묵 속에서 어떠한 미동도 없어야 한다"라고
메모했다. 박자 기호는 따로 없었지만 '아주 천천히' 연주해야
했다.

아방가르드적 농담이었든 아니든 이 '840회 반복 연주'는 실현된 적이 없다. 그러다 1963년에 미국 작곡가 존 케이지에게 재발견되면서 미니멀리즘 음악의 초기 전신으로 유명해졌다. 이 작품은 지구력을 요구하는 퍼포먼스여서 마치 극단적인 문화적 마라톤처럼 느껴진다. 나는 조개껍데기 같은 나선형 미술관 건물 안으로 들어가 계단을 통해 지하 극장으로 내려갔다. 세상에서 동떨어진 것처럼 조용한 이곳은 침몰한 배의 갑판처럼 보이기도 했다. 내가 앉은 쿠션 의자, 두꺼운 카펫, 희고 둥근 벽 등 극장 내부의 모든 것은 플러시 천과 회색으로 꾸며져 따뜻한 모노톤을 띠고 있었다. 실내는 기대감에 한껏 부푼 분위기였다. 그런데 왜일까? 갑자기 우리가 목격하러 온 급진적 행위가 한없이 지루하게 느껴졌다.

첫 번째 피아니스트가 무대에 올랐다. 그는 의자에 바로 앉더니 따뜻하고 부드러운 느낌으로 〈짜증〉의 도입부를 연주하기 시작했다. 사티의 유명한 작품 〈세 곡의 짐노페디Trois Gymnopédies〉가 아름답고 명상적이라면 〈짜증〉은 건반을 쿵쾅거리는 소리와 온갖 불협화음을 만들어낸다. 마치 쓰레기가 잔뜩 든 서랍의 내용물이 실로폰 위로 쏟아지는 듯한 소리다. 향수를 불러일으키는 멜로디 사이사이로 찌르는 듯한 고통과 불안이 배치되어 있다. 숙취에 시달리면서 빗속을 산책할 때 깔리는 사운드트랙 같다. 그런데 피아니스트는 그걸 흐릿하게 뭉개 귀를 즐겁게 하는 무언가로 만들었다. 그가 작품의 첫 번째 루프를 마치고 잠시 멈추었다가 연주를 다시 시작했다. 그러자 뒤에 있던 수행원이 무대 위의 이젤 패드에 눈금 하나를 그었다. 여전히 가야 할

길이 멀었다. 이 마라톤은 오후 7시경에 시작되었다. 나는
얼마나 오래 버틸 수 있을지 확신할 수 없었다.

사티는 불편함을 편안함 이상으로 여겼다. 그는 자신을
작곡가가 아니라 로봇처럼 소리를 과학적으로 측정하는 음향
측정 기술자phonometrographer라고 소개했으며 삶의 방식도
그에 걸맞았다. 워낙 가난해 파리의 집세를 감당할 수 없었던
그는 피카소, 마티스, 드가 등 예술가들의 작업실이 있었던
몽마르트르 언덕을 떠났다. 그리고 인기 없는 교외 지역으로
이사해 카바레에서 연주하며 생계를 이어갔다. 매일 시내까지
5킬로미터씩 걸었고 고루한 부르주아지처럼 중절모를 쓰고
다녔다.

평범해 보이는 옷차림은 눈속임이나 다름없었다. 사티는
지나치게 심미화된 장미십자회Rosicrucians라는 가톨릭
비밀단체에 가입했다가 떠난 후 자신만의 1인 종교를 만들기도
했다. 사티는 물려받은 유산으로 똑같은 회색 벨벳 양복 열두
벌을 사서 매일 잠깐씩 입었다. 회고록에서 자신은 오직
달걀, 설탕, 죽은 동물의 지방, 송아지 고기, 소금, 코코넛
같은 흰색 음식만 먹는다고 주장했다. 시인이자 화가이며
유행을 선도하는 인물이던 장 콕토와 공동으로 작업했고,
마르셀 뒤샹과 만 레이처럼 부조리를 예술 전략으로 바꾼
예술가들과 친밀히 지냈다. 그런데 이 작곡가는 독특했다.
"사티의 학교는 없다. 사티를 추종하는 주의는 존재할 수 없다.
그에 반대한다"라고 말했던 그는 1925년에 세상을 떠났고,
그의 친구들은 그의 좁은 아파트에 가득한 싸구려 물건들을
발견했다. 수수께끼 같은 〈짜증〉의 악보 한 장을 포함한

미공개 악보들이 양복 주머니에 쑤셔박혀 있었다.

〈짜증〉에는 명확한 설명이 따로 없다. 사티가 유일하게 사랑했지만 헤어진 연인이던 화가 수잔 발라동을 향한 찬가일 수도 있고, 바그너주의자로서 과잉된 패러디일 수도 있다. 〈짜증〉 연주는 바그너의 오페라 〈니벨룽겐의 반지Der Ring des Nibelungen〉 4부작을 무대에 올리는 링 사이클Ring Cycle 공연만큼이나 시간이 오래 걸린다. 이 작품은 사티의 경력 초기에 만들어졌다. 아직 의미 있는 성공을 거두거나 사교계의 사랑을 받기 전이었고, 라벨이나 드뷔시 같은 동료들이 그 자리를 차지하고 있던 시기였다. 〈짜증〉은 사티가 1920년경 만들어낸 장르인 '가구음악furniture music'의 개념과 관련이 있다. 사티의 가구음악은 막스 자코브의 연극에서 처음 연주되었다. 가구음악은 후기산업사회 문화에 걸맞은 소리를 만들어내기 위한 초창기 시도로, 침묵이 선택 사항이 될 수 있었다.

연극 중간의 휴식 시간에 사티와 동료 프랑스 작곡가 다리우스 미요는 사티의 새 음악을 연주했다. 그러나 아무도 이 프로젝트에 관심을 가지지 않기를 바랐다. "우리는 휴식 시간 동안 여러분이 음악에 관심을 두지 않고, 그곳에 음악이 존재하지 않는 것처럼 행동하기를 바랍니다." 이 프로젝트에 관한 전단에 쓰인 설명은 이러했다. 관심을 두지 않아야 한다는 점을 알려준다는 것이 역설적이기는 하지만 말이다. 연주자들은 일부러 공연장 구석과 발코니석 안쪽에 숨어 연주하기도 했지만, 결국은 사티가 기대한 방식대로 잘 되지는 않았다. 청중은 음악을 적당히 모른 척하지 못했고, 줄줄이

자기 좌석으로 돌아가더니 조용히 귀를 기울였다. "계속 떠드세요! 걸어 다니세요! 듣지 마세요!" 로비에서 사티는 거칠게 손짓하며 소리쳤다. 로비를 가득 메운 세련된 사교계 인사들은 사티의 짜증 섞인 모습을 보며 충격을 받았다. 훗날 미요는 "그때 사티는 본인 음악의 매력을 확신하지 못하고 있었다"라고 회고했다.

사티는 가구음악이 "사적인 대화, 갤러리에 걸린 그림, 비었거나 비어 있지 않은 의자와 같은 방식으로 삶에 기여할 것"이라고 약속했다. 사티는 자기 작품의 악보를 그림처럼 벽에 붙여 장식적 분위기를 강조하려는 시도까지 보였다. 마치 기성품으로 연출한 미니멀리즘 미술 작품처럼 말이다. 가구음악은 극적이거나 진보적 요소에, 자기 존재 자체에 대항했다. 지배하거나 강요하려 하지 않았고, 그저 조용히 배경으로 남은 채 침묵을 다스렸다. "가구음악은 사람들과 어울려 저녁을 같이 먹다 보면 불쑥 찾아오는 무거운 침묵을 채워준다. 따분한 이야기에 귀 기울여야 하는 수고를 덜어준다. 또 한편으로는 대화의 무대 위로 끼어드는 거리의 소음을 중화해 주기도 한다."

사티는 "가구음악은 본래 산업적이다"라고 주장했다. 이 작품들의 제목은 〈철의 태피스트리Tapestry of Wrought Iron〉(내가 가장 좋아하는 곡이다), 〈음향 타일Acoustic Tiles〉, 〈투표소의 커튼Curtain of a Voting Booth〉 등 가상의 물리적 사물 이름에서 따왔다. 악보에 적힌 메모를 통해 사티가 원하는 맥락에 대한 감을 얻을 수는 있지만, 음악의 어느 부분에서 얼마나 농담을 하고 있는지 알아차리는 것은 불가능하다. 〈철의 태피스트리〉는 손님이 도착했을 때(성대한 환영식으로서) 현관에서 연주하라고 제안한다. 단, 마치 벽지처럼 눈에 띄지 않아야 하며 특히 계급이나 문화를 드러내는 행사에서 연주하지 말아야 한다.

1920~1930년대에는 보급형 라디오 덕에 가정과 상업 공간에서도 음악이 들리기 시작했다. 훗날 등장한 배경음악 전문 회사 뮤잭은 최소한 청취자의 주의를 끌 만큼 흥미로운 음악을 제공했고, 나중에는 소프트 재즈 풍의 엘리베이터 배경음악이라는 의미로 키치가 되었다. 그러나 사티는 진작부터 침묵의 공간을 정리하며 모든 걸 뒤덮을 음악을 구상하고 있었다. 가구음악은 단조롭지만 사티는 지루함을 사랑했기에 괜찮았다. 그는 이 지루함을 "신비롭고 심오하다"고 표현했다. 자극적 요소(빨간색! 알루미늄!)로 보는 사람을 압도한 도널드 저드 같은 후기 미니멀리즘 시각예술가들과 달리, 사티는 사람들에게 평안을 주고 싶어 했다.

그날 구겐하임 미술관에서는 사티의 가구음악 말고는 주의를 기울일 것이 아무것도 없었다. 이때 음악은 배경이 아니라 전경이었다. 무대 위에서는 여러 명의 피아니스트가 각 12분씩 차례로 곡을 연주했다. 한차례 연주가 끝날 즈음이면 다음 연주자가 피아노 가까이에 서서 대기했다. 끝없이 이어지는 꿈같은 루프를 지켜내기 위해 두 손이 제때 정확히 건반을 누를 수 있도록 준비했다.

〈짜증〉의 연주 행렬에서 일단 눈에 띈 것은 각 피아니스트의 서로 다른 연주 방식이었다. 기본 공식은 그대로 유지했지만 연주법은 다양했다. 장난감 피아노를 치듯 통통거리는 연주도 있었고, 화난 아이가 건반을 두드리며 내는 불협화음 같은 연주도 있었다. 나는 여러 연주를 분석하며 즐거웠고, 다음 연주자는 과연 또 어떻게 연주할지 기대했다. (〈짜증〉 전곡을 독주회로 진행한 연주자도 있었다. 그들은 몇 시간에 걸쳐 곡의 환상과 사악함을 표현해 냈고, 어떤 초월적 느낌까지 전달했다.)

지루할 정도로 극단적인 단순함은 한 가지 장점이 있다. 조금이라도 덜 지루하게 만드는 것이라면 뭐든 집중할 수 있게 한다는 점이다. 이 곡은 곡조가 단일했다. 그래서 음표 자체보다는 음표 사이의 간격이 갈수록 더 중요하게 다가왔다. 늘임표와 저음부가 구체적 형상을 만들어줬다. 청중 역시 이 곡의 소재가 되었다. 프로그램이 적힌 종이를 바스락거리거나 몸을 움직이는 소리, 연주 공간을 오고 가는 사람들은 줄곧 수동적 음악에 비해 상대적으로 흥미롭고 역동적인 소재가 되었다.

그러나 몇 시간이 흐르면서 나는 안달이 나기 시작했다. 갑자기 이 불협화음의 주문을 깨고 구겐하임 미술관의 원형 화장실로 들어가 몰래 담배를 피운다든지 섹스를 한다든지 하는 미친 짓을 벌이고 싶은 충동을 느꼈다. 그러나 이 무대에는 나를 포함해 수백 명의 관객을 제자리에 붙잡아두는 의외의 긴장감이 있었다. 극도의 단조로움 속에 자석처럼 사람들을 끌어당기는 매력이 있었다. 나는 스스로 뭔가 놓칠까 싶어 불안한 마음이 있다는 걸 깨달았다. 하지만 거기에는 어떠한 절정의 순간이나 변화 같은, 기대할 만한 것이 없었다.

그곳에서 나는 고도의 망령도 없이 고도를 기다리고 있었다. 정신이 산만해지지 않을까 염려했지만, 나를 산만하게 만들 수 있을 만한 것도 없었다. 10분이 지나면 다시 시작되는 음악을 들을 수 있었고, 그렇게 같은 상황이 계속 이어졌다.

밤 10시가 되자 휴식이 절실해졌다. 피아니스트가 교대하며 연주가 잠시 중단되는 틈을 타 나는 공연장을 빠져나와 위층에 있는 카페로 향했다. 자기 차례가 많이 남은 피아니스트 몇 명이 구석에서 쉬고 있었다. 그런데 연주 소리가 계속 귓가에 따라다녔다. 관내 스피커 시스템을 통해 연주가 생중계되고 있었다. 완전히 벗어나는 것은 불가능했다. 나는 민트 티와 쿠키를 사면서 설탕이 뇌 기능을 촉진해 주길 바랐다.

결국 아무 효과도 없었다. 나는 다시 공연장으로 돌아와 무대 가까이에 자리를 잡고 앉았다. 그리고 연주자들의 얼굴에 집중해 보았다. 그러나 음악은 너무 많이 먹은 사탕처럼 사람을 질리게 했다. 세상에서 가장 단순한 멜로디라도 수백 번 듣다 보면 짜증이 날 수 있다. 제아무리 우아하고 매끄러운 디자인이라도 어디서나 보고 또 보게 된다면 질리게 되듯 말이다. 그런데 갑자기 공감각적 이미지가 나를 덮쳤다. 소리가 불쑥 솟은 회색의 형체로 하나씩 나타났다가 사라졌다. 반복되는 소리가 멜로디가 아니라 만트라, 성가, 설교처럼 들렸다. 잠시 후 나는 깨달았다. 나는 지금 지루한 것이 아니라 최면에 걸린 상태였다. 눈이 점점 게슴츠레해졌다.

나는 입고 있던 옷의 지퍼를 끝까지 올리고 후드를 뒤집어썼다. 공연장 안이 춥기도 했지만 잠이 쏟아졌기

때문이다. 전날 밤을 새우다시피 하고 대학 강의를 들으러
와 있는 기분이 들었다. 잠을 피할 수 없다는 생각이 든 나는
뒤편으로 자리를 옮겨 잠시 잠을 청했다. 짧고 환각적인
잠이었고, 곧 끝없이 이어지는 음악 소리에 깨어났다. 자정이
되었을 때 나는 이곳을 떠나기로 했다. 온몸이 저항하고
있었다. 사티의 설명에 따르면 얼마나 오래 듣고 있는지는
그리 중요하지 않았고, 이론상 계속될 수 있기야 했다. 사티는
그곳에 음악이 존재하지 않는 것처럼 행동하라고 지시했다.
그래서 나는 그대로 따랐다.

　　공연장 안의 고립된 공간에서 빠져나와 구겐하임
미술관의 유리문을 밀고 밖으로 나섰다. 차가운 밤공기를
가르며 걷다 보니 비로소 현실 세계로 돌아와 다시 태어난
기분이 들었다. 센트럴파크 옆 도로를 쌩쌩 달리는 차들,
요란한 경적, 덜컹대며 지나가는 지하철 등 모든 소음이
피아노 연주보다 더 음악처럼 들렸다. 몇 시간을 반복해
들은 사티의 곡 멜로디는 금세 머릿속을 떠나버렸다. 누가
돈을 주고 들려달라고 해도 흥얼거리지도 못했을 것이다.
가구음악으로서 제 기능을 아주 잘 수행한 셈이다.

3 - IV

사티의 작품은 예언적이다. 의도적으로 만든 소리는 원치 않는 소음을 가리거나 소리 사이의 어색한 공백을 메우는 역할을 할 수 있다. 단 거슬리는 소리의 기준은 계속 달라질 수 있기 때문에 현재의 취향에 맞게 업데이트해야 한다. 오늘날 이런 종류의 음악은 가구음악 대신 '앰비언트ambient'라는 용어로 불린다. 앰비언트는 원형 또는 둘러싸고 있음을 뜻하는 라틴어에서 유래한 단어다. 소음보다 듣기 좋게 의도적으로 다듬은 감각적 분위기를 의미한다. 그렇기 때문에 완전한 부재는 아니다. 음악적으로 앰비언트는 보통 교향곡이나 팝송보다는 감정적 호소력이 부족해 예술성이 떨어진다는 평을 듣는다. 앰버언트 사운드는 있는 그대로 감상하는 것이 아니라 여타의 집중력을 높이는 도구로 활용된다.

'느긋한 앰비언트Ambient Chill'라는 제목의 스포티파이 플레이리스트는 구독자가 80만여 명이며 키치하거나 감미로운 트랙으로 구성되어 있다. 대부분 소프트한 신시사이저 피아노나 하프 연주곡이다. 누가 무엇을 연주하는지는 알 수 없고, 다음 노래로 넘어가기 위해 멈췄다가 다시 재생되는 지점만 파악할 수 있다. 고래의 노랫소리, 불이 타닥타닥 타는 소리, 기차 바퀴가 덜커덩대는 소리 등의 녹음본이 동일 카테고리에 속하고, 주로 잠자리에 들 때 틀어두라고 권장하는 트랙이다. 이러한 사운드는 미니멀리즘 장식과 유사한 기능을 수행한다. 깊이 생각할 필요도, 굳이 판단하려 들 필요도 없다.

　　앰비언트 장르는 영국의 음악가 브라이언 이노가 1970년에 처음 만들었다. 여기에는 극적인 기원이 된 일화가 있다. 이야기는 1975년 런던에서 이노가 택시에 치이는 교통사고를 당한 때로 거슬러 올라간다. 이노는 맥시멀리즘적 아트록 밴드 록시 뮤직의 멤버로 활동하던 시절부터 이미 유명했다. 그런데 1973년, 밴드 생활에 지치고 프런트맨 브라이언 페리와 갈등을 겪으면서 밴드를 탈퇴했다. 그러다 1975년에 교통사고를 당한 뒤 자신의 아파트에서 누워 지내게 되었다. 그러던 어느 날 친구 주디 나일론이 이노의 집을 방문했고, 18세기 하프 연주곡이 담긴 레코드판을 선물로 주었다. 나일론이 떠난 뒤, 이노는 간신히 몸을 움직여 LP 플레이어에 레코드를 올리고 빙글빙글 돌아가기 시작하자 다시 자리에 돌아와 누웠다. 그런데 자리에 눕고 나서야 앰프의 볼륨을 너무 낮게 설정했다는 사실을 깨달았다. 소리가 간신히 들리는 정도였고, 하나의 스테레오 채널만 재생되고 있었다. 그러나 다시 몸을 일으키기 불편하다 보니 상황을 바로잡기 힘들었다. 레코드는 계속 그대로 돌아갔고 하프

튕기는 소리는 거의 들리지 않을 정도로 멀게 느껴졌다.

그렇게 들어야 하는 음악도 아니고, 이노가 의식적으로 그렇게 듣겠다고 결정한 것도 아니었다. 이처럼 강도를 줄인 소리는 이노에게 깨달음을 주었다. 조용한 하프 소리는 삶의 경험 전반을 압도하는 대신 모자란 부분을 보완했다. "빛의 색깔이나 빗소리가 주위 환경의 일부가 되는 것처럼 음악도 환경의 일부가 되었다." 음악은 수많은 경험 사이에서 그저 또 하나의 미학적 경험일 수 있었다.

이노는 그 깨달음에 따라 1975년에 〈신중한 음악Discreet Music〉이라는 곡을 동명의 앨범에 실어 발표했다. 이 곡은 감지하기 어렵거나 숨겨져 있다는 의미에서 신중했다. 이 30분짜리 표제곡은 두 신시사이저 멜로디가 조화를 이룬 구성이다. 부드럽게 올라가고 내려가는 노래가 마치 트럼펫 초심자 둘이서 연습 중인 소리 같다. 테이프 루프를 통해 두 소리가 겹쳐지면서 반복되고, 쪼개졌다가 다시 합쳐진다. 구성이 주는 느낌은 달라져도 형식은 그대로다.

이 곡은 어디로도 가지 않고 진행된다. 마치 어떠한 시각적 표지도 없는 엘리베이터를 타고 올라가면서 느끼는 움직임과 비슷하다. 그러나 〈신중한 음악〉이 끝나가는 부분에서 듣는 사람은 약간 변화한 침묵 속에서 출발 지점으로 되돌아간다. 이 앨범의 나머지 곡들은 요한 파헬벨의 〈캐넌 D장조〉를 그야말로 '변주'한 음악이다. 이노는 원곡에서 몇 마디를 떼어내 서로 다른 악기에 맡기거나 템포를 바꾸고, 소리끼리 연속적으로 부딪치며 대조를 이루게 만들었다. 파헬벨의 원곡을 새로운 발견의 대상으로 바꾼 셈이다.

댄 플래빈이 전구를 설치 작품으로 바꾼 것처럼 용도를 변경했다. 〈신중한 음악〉은 모든 예술이 이미 존재하는 재료로 만들어지며, 거기서 벌어지는 모든 변화는 창의적 행위임을 상기시킨다.

이노는 이 장르의 명칭을 공식화하지 않다가 1978년에 〈공항을 위한 음악Music for Airports〉이라는 앨범을 발표한 뒤에야 이것이 '앰비언트 뮤직'이라고 명시했다. "앰비언트는 분위기, 주변의 영향으로 규정된다. 일종의 색조다"라고 이노는 주장했다. 이 장르는 "누군가가 흥미를 가질 수 있는 만큼 무시될 수도 있어야 한다". 무시될 수 있다는 건 살아남기 위해 주의를 끌 필요가 없는 예술임을 뜻한다. 자기랑 놀아주길 점잖게 기다리는 강아지처럼 말이다. 그건 웅장함을 추구하기보다 평범하겠다는 의지고, 어떤 의미에서는 자아의 결여를 요구한다. 〈공항을 위한 음악〉은 크게 두 개의 섹션이면서 다시 네 파트로 분할된 구성으로, 존재와 무의 경계에 관한 교향곡이다. 공간감 있는 신시사이저의 잡음과 휘몰아치는 전자음으로 채워졌으며 부드럽게 고조되는 디지털화한 목소리가 곳곳에 배치되어 있다. 네 파트는 분위기가 조금씩 다르다. 선명한 피아노 소리에서 천사의 소리 같은 신시사이저 코러스로 이동했다가 전자오르간과 트럼펫을 오가며 마무리된다. 그런데 곡의 진행이 커브를 그리지 않고 연속되기만 한다.

〈공항을 위한 음악〉 앨범 커버는 반투명한 파란색 격자 선과 갈라지는 강줄기를 표시한 지도의 일부다. 어딘지 알 수 없고 이름도 모르는 곳이다. 마치 하늘에서 내려다보는 땅의 일부나 비행기 좌석 뒤편에 달린 사각형 스크린에 스크롤 되는 공간을 닮았다. 이노는 《피치포크》에서 "핵심 아이디어는 당신이 가려는 공간으로서의 음악이다. 하나의 내러티브도 아니고, 어떤 목적론적 방향이 있는 시퀀스도 아니다"라고 말했다. 이노가 앨범을 발표했을 때 사람들은 낯설어하면서도 관심을 보였고, 어찌 보면 그것이 가장 중요한 지점이다. 그 당시 베테랑 록 음악 평론가 로버트 크리스트가우는 《빌리지 보이스》에서 이 앨범의 평점으로 B를 주었다. 이 앨범은 최고의 섹스 배경음악은 못 되지만 부모님과 저녁을 먹는 자리에서 대화 주제로 삼기 좋은 것은 분명하다.

누구를 기다리거나 힘들게 일하고 있을 때는 이 앨범을 잘 듣지 않는다. 나는 글쓰기가 막히거나 하루가 다 날아간 것 같은 기분이 들 때면 일단 책상에서 일어나 주위를 서성대다가 다시 책상 앞으로 돌아와 이 앨범을 트는 습관이 있다. 아마 거의 파블로프의 개처럼 조건반사적일 것이다. 경쾌한 음악과 내 텅 빈 머릿속을 연결하면 도입부의 신시사이저가 집중 상태로 유도한다. 작가인 친구에게 이 앨범을 추천했더니 그 친구는 "최소한이어서 좋다"라는 짤막한 소감을 남겼다. "그 밖의 것은 다 너무 과해." (뉴에이지음악이라는 장르가 이노의 기본 팔레트를 차지하고 있을 수는 있다. 그러나 엔야의 〈오리노코강은 흐르고Orinoco Flow〉는 1988년에야 발매되었고, 상대적으로 긴장감이 느껴지는 음악이다.) 부재는 앰비언트 음악의 구조 자체다. 이노는 이 앨범에 관한 인터뷰에서 이렇게 말했다. "침묵 없는 음악은 흑백이 빠진 그림과 같다."

어떤 환경이나 장소의 분위기를 재현하는 앰비언스는

음악 장르로 출발해 지금은 감각을 차단하거나 완충하고자
하는 다양한 사례에 활용되고 있다. 스포티파이에서
거슬리지도 흥미롭지도 않은 음악이 끝없이 이어지는
플레이리스트를 들을 수도 있고, 헤드폰을 쓰거나 감각 차단
탱크에 들어가서 몇 시간씩 침묵 속에서 시간을 보낼 수도
있다. 이러한 완충장치는 극단적이어서 감각을 과격하게
지워버리는 일이 될 수도 있다. 브루클린에서 마주한 어느
진료실의 복도가 떠오른다. 그곳에는 심리치료사 여럿이
로프트 건물 2층에 입주해 있었는데, 아마 임대료를 아낄
목적이었을 것이다. 긴 복도에 나 있는 문 앞마다 볼륨을
최대로 높여 틀어놓은 백색소음 기계가 놓여 있었다. 그렇게
공격적으로 느껴지는 인공 침묵은 처음이었다. 앰비언스가
라이프스타일로 대두하는 현 상황은 1990년대에 프랑스
철학가 마르크 오제와 네덜란드 건축가 렘 콜하스가 예견한
바 있다. 두 사람은 공항을 현대 생활에 존재하는 부정적
앰비언스의 상징으로 삼았다. 앰비언스의 세계에서는
주의력을 요구하는 것도, 깊은 주의력을 쏟을 만한 가치가
있는 것도 없다.

오제에게 공항은 "비장소"다. 내재된 역사적 기억, 개인의
정체성, 고정적 인간관계 같은 특정 지리적 장소의 일반적
특성이 결핍된, 끊임없이 움직이는 공간이다. 비장소는
기차역, 호텔 로비, 쇼핑몰 등 "통과하기 위해 존재하는 곳"을
의미한다. 이러한 비장소는 익명의 공간이지만 최소한의
편안함을 갖추고 있다. 1992년에 출간한 『비장소』에서 오제는
"사람들은 이곳에서 늘 편안하지만, 절대 편안하지 않은"

상태가 된다고 말했다. 늘 편안한 이유는 그곳에 머무는 동안 딱히 아무 문제도 없기 때문이고, 절대 편안하지 않은 이유는 우리나 그곳이나 서로 관계를 맺은 것이 없기 때문이다. 우리는 와이파이 비밀번호만 확인한 뒤 그저 떠다니듯 그곳에 머물 따름이다.

콜하스는 공항이 점점 동질화되고 있는 세계의 징후라고 보았다. 그는 1995년에 쓴 글 「특징 없는 도시The Generic City」에서 세계의 모든 터미널이 서로 닮아가는 것처럼 세계의 도시들도 닮아가고 있다고 주장했다. 파리처럼 독특한 개성이 돋보이던 도시도 자본과 노동의 국제적 소용돌이에 휘말려 정체성을 잃어가고 있다. 유동성과 성장잠재력을 좇느라 개성을 포기하는 것이다. "특징 없는 도시는 어디나 다 똑같이 흥미롭고, 다 똑같이 흥미롭지 않다"라고 콜하스는 말했다.

이러한 평면성이 나타난 원인은 기술의 발전이다. "특징 없는 도시 풍경은 도시 생활의 많은 부문이 사이버 공간으로 넘어간 결과다." 사람들은 벽에 그라피티를 그리는 대신 컴퓨터 스크린 앞에서 키보드를 두드린다. 어떤 대상을 직접 만들어내는 대신 그 대상의 사진을 찍어 인스타그램에 게시한다. 그러다 결국에는 무력하게 불안감에 빠져든다. 콜하스에 따르면 앰비언스는 그저 "약하게 팽창된 감각을 불러일으킬 뿐이다. 감정은 빈약하며 침대 조명이 비추는 넓은 공간처럼 은밀하고 수수께끼 같다".

미니멀리즘 역시 앰비언스와 유사한 면이 있다. 가장 대중적인 미니멀리즘 스타일로 꾸민 집을 보면 비장소이자 특징 없는 도시 같다. 건물은 단조로운 콘도로 개조하고,

실내는 빈 상자처럼 꾸미고, 감각적 풍경은 모호한 백색소음으로 씻어낸다. 요즘 유행하는 미니멀리즘은 공간에서든 소리에서든 더 많은 감각을 지향하기보다는 그때그때 직접적으로 다가오는 감각을 완충하는 역할을 맡는다. 여기서 벗어나 뭐든 느껴보고자 한다면, 불쾌한 소리도 듣고 익숙한 안전지대에서도 벗어나는 위험을 기꺼이 감수할 수 있어야 한다. 이와 동시에 침묵이 주는 경외감과 놀라움 또한 되찾아야 한다.

3 - V

1952년 8월 29일 저녁, 뉴욕 북부의 숲속 낡은 창고 극장인 우드스톡 매버릭 콘서트홀에 피아노 한 대가 놓여 있었다. 복잡한 아방가르드 곡을 어렵지 않게 연주해 유명해진 젊은 피아니스트 데이비드 튜더가 그 앞에 자리를 잡았다. 관객은 줄지어 앉아 그의 연주를 기다리고 있었다. 나무가 시야를 가리는 야외석까지 자리가 꽉 차 있었다. 이 공연은 작곡가 존 케이지가 주최한 자선 연주회로 입장료는 1달러에 세금이 별도로 추가되었다. 공연 프로그램은 일반적인 바흐나 모차르트가 아니라 모턴 펠드먼, 피에르 불레즈, 헨리 코웰 등 현대음악 작곡가의 도전적인 곡으로 채워졌다. 그날 공연의 마지막에서 두 번째 순서가 다가왔다. 존 케이지의 곡이었다. 튜더가 피아노 뚜껑을 열자 건반이 모습을 드러냈다. 잠시 기대에 찬 침묵이 흘렀고 관객은 무엇이 연주될지 궁금해했다. 그러나 피아니스트는 아무것도 연주하지 않았다.

튜더는 마치 정류장에 앉아 버스를 기다리는 사람처럼

무릎 위에 두 손을 올리고 있었다. 그런데 그의 눈은 피아노에 올려둔 악보를 향해 있었고, 악보에 그려진 박자를 열심히 따라가고 있었다. 사실 빈 오선지였지만 말이다. 그러다가 중간중간 손을 들어 악보를 넘겼고, 새로운 빈 오선지가 드러났다. 30초간의 침묵이 흐르고 튜더는 피아노 뚜껑을 닫았다. 그러고 다시 열었다. 2분 23초간 또 아무것도 연주하지 않은 채 몸짓만 반복하다가 다시 1분 40초간 기다린 뒤 쾅 하고 피아노 뚜껑을 닫았다. 음 하나 연주하지 않고 공연이 끝났다.

튜더는 케이지의 〈4분 33초〉를 막 연주했거나 연주하지 않았다. 곡의 제목은 전체 상연 시간에서 따왔다. 이 작품은 뉴턴의 머리 위로 떨어지는 사과의 음악 버전으로, 유명한 문화적 밈이 되었다. 예술적 극단주의의 클리셰다. 아무것도 없는 곡을 만든다는 건 가장 어렵거나 아니면 가장 쉬운(혹은 가장 바보 같은) 음악적 제스처다. 둘 중 어느 쪽인지 확실하게 말하기는 어렵다. 하지만 이 데뷔 무대는 관객에게 큰 충격을 주었다. 이 작품은 음악 예술의 후원자이던 관객의 고상한 취미를 배반하는 장난이었을까? 상대적으로 덜 알려진 작곡가와 완고한 피아니스트가 관객을 놀리려 한 것이었을까?

케이지의 작품은 급진적이고 혁명적인 침묵을 제시했다. 이 작품은 관객을 보호하거나 덮어주려 하지 않는다. 기대를 저버리고 그 기대에 이의를 제기한다. 이러한 맥락이라면 아무도 이 4분 33초짜리 침묵을 무시할 수 없을 것이다.

튜더가 아무것도 하지 않았다고 해서 정말 아무 소리도 들리지 않았던 것은 아니다. 그날 밤 첫 상연이 이어지는 동안 거센 바람이 나무 사이로 불면서 늦여름 나뭇잎으로 무거워진 나뭇가지가 바스락거렸다고 케이지는 회상했다. 그리고 두 번째 상연 때는 이슬비가 내리기 시작했고 빗방울이 창고의 나무 지붕을 두드리면서 타악기 같은 요소를 더해주었다. 세 번째 상연에서는 몇몇 관객이 결국 아무 일도 일어나지 않으리라는 것을 깨닫고 잡담하거나 소란을 피우기 시작했고, 항의하는 의미로 공격적으로 두드리는 소리를 내며 공연장을 나가버렸다.

4분 33초 동안 관객은 무대 위의 데이비드 튜더가 아니라 주변의 분위기, 사방에서 들리는 자연스러운 소리에 관심을 기울이게 되었다. 나뭇가지가 흔들리고 물방울이 떨어지는 소리, 자리에 앉아 불안하게 몸을 움직이는 사람들의 부스럭거리는 소리, 이곳을 탈출하려는 사람들이 주차장에서 차를 출발시키며 울리는 굉음 같은 것 말이다. 사람들이 떠나든 말든 케이지에게는 중요하지 않았다. 오직 튜더가 계속 앉아 있는 것이 의미 있었고, 연주 자체가 아니라 작품에서 비롯된 효과를 지휘하는 것이 중요했다. 그 차이는 미묘하지만 중요하다. 4분 33초를 구성하는 것은 튜더가 연주하지 않는다는 사실이 아니었다. 공연의 맥락과 특정한 시간대, 즉 통제되지 않는 소리들이 어우러지는 고유하고 특정한 순간을 포착하고자 했다. 케이지는 이 어색한 침묵을 음악으로 되살린 것이다.

도널드 저드가 추상표현주의 화가들의 감정적 붓놀림을 거부한 것처럼 케이지도 피아니스트와 작곡가 각자의 개성을 거부했다. 환경 자체가 음악적 힘이 되었다. 현대음악은 단지

"소리의 조직화"여야 하며 작곡가는 단순히 그걸 조직하는 역할을 맡을 뿐이라고 케이지는 이미 1937년의 어느 강연에서 주장했다. 이러한 변화 앞에서는 예술가뿐 아니라 관객도 다른 접근법을 취해야 했다. 새로운 음악에는 새로운 방식의 듣기가 필요하다는 것을 케이지는 1950년대 후반에 깨달았다. 음악의 목표가 결국 이야기나 감정을 전달하는 것이라면 언어를 사용하면 된다. 음악은 그 자체로 존재해야 한다고 케이지는 생각했다.

터무니없어 보이던 〈4분 33초〉는 예술가로서 케이지의 이력을 새로이 열었다. 이와 동시에 일반적인 음악이 지닌 가능성까지 함께 열었다. 뉴욕 북부에서 벌어진 이 고요한 사건은 소리를 예술로 인정받게 하기 위해 구성하거나 통제할 필요가 없음을 입증하는 데 중추적 역할을 했다. 케이지는 이것이 소리를 제거하는 작업이 아니라 소리를 꽃피우는 작업이라고 주장했다. 음악은 '그저 소리의 활동을 향한 관심' 그 이상도 그 이하도 아니었다.

〈4분 33초〉를 해석하며 가장 범하기 쉬운 실수는 이 작품이 순간적으로 떠오른 엉뚱한 상상을 즉시 매버릭 콘서트홀 무대 위에서 실연했다고 추정하는 것이다. 실제로는 케이지가 1년간의 준비 과정을 거친 결과물이다. 침묵에 관한 작품이라는 콘셉트를 떠올리는 것에서 출발해 그 콘셉트를 어떻게 음악적 실천으로 통합할 수 있을지 고민하고 마침내 용감하게 대중 앞에 실제로 선보이기까지, 케이지는 이 곡이 자신의 평판에 실질적 위협이 될 수 있음을 알면서도 감수했다. (한 제자의 어머니가 케이지에게 편지를 써서 이

작품을 부정해야 한다고 훈계한 적도 있다.) 이 상연은 튜더가
곡을 연주하겠다고 밀어붙인 덕에 실현할 수 있었다.

케이지는 초반부터 침묵을 지향하는 길을 걸었다. 그가
처음으로 선보인 혁신적 시도는 1930년대 후반에 발표한
작품으로, 피아노 내부의 현 사이에 나사, 금속 조각, 나뭇조각
등을 끼워 넣어 마치 마르셀 뒤샹의 레디메이드 작품처럼
장치를 갖춘 피아노를 '준비'하는 것이다. (1947년에 발표한
〈마르셀 뒤샹을 위한 음악Music for Marcel Duchamp〉이라는
괴기한 분위기의 곡이다.) 피아노의 해머가 현을 칠 때
깨끗하게 울리는 소리 대신 윙윙거리고 철컥대는 소리가
난다. 이러한 개입은 악기와 음악의 고유한 물질성을 강조하는
효과를 냈다. 피아노가 완벽할 필요가 없다면 꼭 소리를 낼
필요도 없을 것이다.

케이지가 〈4분 33초〉를 만드는 데 시각적 영감을 준
작품은 동료 예술가 로버트 라우션버그의 1951년 작 〈흰색
회화White Painting〉였다. 이 작품은 무에서 창조된 순백의
순수한 행위다. 케이지는 이 작품을 "빛, 그림자, 입자의
공항"이라고 표현했다. (이와 같은 맥락에서 라우션버그는
1953년에 자기보다 훨씬 유명한 예술가 윌럼 드 쿠닝의
드로잉을 힘들게 지우는 작업을 하기도 했다.) 케이지가
라우션버그의 데뷔 전시에서 배부한 팸플릿에는 부정의
선언문이 제시되어 있다. "생각 없음 / 의도 없음 / 예술 없음 /
감정 없음…" (전문은 이 책의 서문에 담았다.)

1948년, 케이지는 자신이 이미 무의 작품을 구상하고
있었다고 밝혔다. 그는 이 곡에 '침묵의 기도Silent Prayer'라는

제목을 붙여 뮤잭에 팔고 싶어 했다. 그랬다면 감미롭고 무난한 음악이 상업 공간을 채우는 대신 자유롭게 풀어준 침묵이 가득했을 것이다. 결과적으로 이 곡은 만들어진 적 없다. 하지만 4분 33초는 뮤잭의 표준 녹음 시간인 4분 30초와 거의 같다는 점에서 순전히 우연이라고 보기에는 유사성을 무시하기 어렵다.

서양음악을 공부하고 싶었던 인도의 부유한 음악가 기타 사라바이는 1940년대 중반에 케이지를 찾아와 가르침을 청했다. 사라바이는 그 대가로 케이지에게 인도음악 작곡의 원리를 가르쳐주었다. 이때 케이지는 음악의 목적은 마음을 차분하고 고요하게 가라앉혀 신성한 영향을 받아들이기 쉬운 상태로 만드는 것임을 마음에 새겼다. 케이지는 인도를 비롯한 아시아 철학에 관심이 점점 더 많아졌고, 서구 클래식 음악의 지나치게 서사적이고 감성적인 작곡가들에게서 벗어나고자 했다.

케이지는 조사 과정에서 세상의 변화를 다루는 『주역』을 우연히 발견했다. 이 책에는 운명을 예측하기 위해 64개의 기하학적 다이어그램을 활용하는 고대 중국식 체계가 담겨 있다. 서양톱풀 줄기나 동전 여러 개를 던지면 그중 하나가 미래의 운을 결정할 특정 다이어그램에 떨어지게 된다. 케이지는 1951년 작 〈변화의 음악Music of Changes〉에서 처음으로 이 방식을 활용했다. 고르지 못한 불협화음으로 이루어진 이 45분짜리 작품은 리듬, 멜로디, 작곡 기법 등을 써 넣은 표에 주역의 방식대로 동전을 던져 순서를 정해 만들었다. 동전을 던질 때마다 하나의 단위 시간에 하나의 음악적 양상이 정해졌고, 이는 케이지가 미리 정해둔 사운드 팔레트에서 추출되었다. 이 작품은 음악을 순전한 구조로 축소했다. 마치 유리가 깨지는 소리를 피아노로 편곡한 음악 같기도 하다.

　케이지는 〈4분 33초〉를 작곡할 때도 악장의 길이를 주역의 방법을 써서 정했다고 말했다. 그런데 이때는 음의 높낮이나 리듬이 아닌 길이만 동전 던지기로 정하도록 우연의 체계를 세웠다. 만약 음악이 소리의 조직화일 뿐이라면 무음이라는 물리적 선택도 소리의 선택만큼 유효하다. 〈4분 33초〉는 아무것도 작곡하지 않은 상태라기보다는 빈 상자, 채울 수 있는 상자라고 생각하는 편이 더 정확할 수도 있다.

　이 작품은 케이지의 선불교에 대한 관심에서 비롯되었다. 케이지는 올더스 헉슬리가 1945년에 출간한 『영원의 철학』에서 처음으로 선불교를 접했다. (헉슬리는 침묵이 모든 종교의 보편적 주제라는 사실을 알아냈다.) 케이지는 1950년대 초부터 본격적으로 일본인 스즈키 다이세쓰 밑에서 선불교를 공부했다. 스즈키는 미국 대중에게 종교철학으로서 선불교를 소개한 중요한 인물이다. 컬럼비아대학교에서 열린 스즈키의 수업은 정식으로 수강하는 학생 몇 명을 제외하고 청강하러 온 각양각색의 뉴요커로 북적거렸다. 조용하고 단조로운 목소리로 중얼대는 듯한 말투를 가진 스즈키의 강의는 수강생들이 잘 알아듣기 힘들었지만, 그건 아무래도 상관없었다. 스즈키가 인용한 『반야심경』의 한 구절이 스즈키에게 잘 맞아떨어졌다. "삼라만상은 비어 있고 그 비어 있음이 곧 삼라만상이다(色卽是空 空卽是色)."

정작 케이지는 썩 훌륭한 선불교 수행자는 아니었다. 명상을 실천한 적 없고, 자기 작업 때문에 선불교가 비난받는 일이 생기기를 원치 않았다고 기록했다. 하지만 케이지는 선불교 안에서 극단적인 아이디어를 추구할 자유를 찾아냈다. 1963년에 사티의 〈짜증〉을 18시간 40분 동안 쉼 없이 연주한 공연 같은 아이디어 말이다. "선불교는 이렇게 말한다. 2분이 지나도 지루하다면 4분을 시도하라. 여전히 지루하다면 8분, 16분, 32분 등으로 계속 시도하라. 결국에는 그것이 전혀 지루하지 않고 매우 흥미롭다는 사실을 깨달을 것이다"라고 케이지는 썼다. (아무래도 난 그날 구겐하임 미술관 공연장에 충분히 오래 머물지 못한 것 같다.)

케이지가 〈4분 33초〉를 작곡하기 직전에 또 다른 깨달음을 얻은 순간이 있었다. 하버드대학교의 무향실을 찾아간 1952년 즈음이었다. 완벽하게 격리된 무향실에서는 음파가 전혀 이동하지 않았다. 케이지는 진공에 적응하면서 차차 두 가지 소리를 식별하기 시작했다. 하나는 고음, 다른 하나는 저음이었다. 담당 기술자가 자신의 신경계가 작동하는 소리와 피가 도는 소리를 들었다고 말했던 것이 생각났다. 사실 신경계에서 나는 소리는 들을 수 없고, 그때 들은 소리는 이명이었을 확률이 높다. 그런데 진공상태조차 완벽한 침묵이 될 수 없다는 깨달음은 케이지를 평생 따라다니는 좌우명이 되기에 충분했다. "침묵 같은 건 없다"라고 그는 썼다.

〈4분 33초〉가 농담처럼 느껴진다면 그건 작곡가에게 부분적으로 잘못이 있다. 케이지는 언제든 무슨 일이든 벌어질 수 있는 미니멀리즘적 부조리의 일종으로 작품 이력을 쌓았다. 누구보다 인기 있는 아방가르드 예술가이던 케이지는 영리한 마케터였고, 구습 타파를 부르짖었다. 새로운 발상을 제시하는 방법을 잘 알았고, 그건 아마도 기자 출신 어머니와 발명가 아버지에게 물려받은 기질일 것이다. 그는 현대 미술관에서 공연하기도 했고, 1960년 인기 TV 쇼 프로그램 〈비밀이 있다〉에 출연해 〈물의 걸음Water Walk〉이라는 작품을 선보이기도 했다. 쇼의 호스트였던 게리 무어는 농담과 예술의 경계를 넘나드는 작품이라고 소개하며 즐거우면 웃어도 좋다고 관객에게 미리 알렸다. 케이지는 양복을 차려입고 무표정한 얼굴로 등장해 폭죽을 터뜨리고, 물을 끓이고, 욕조에 있는 꽃에 물을 주고, 피아노 건반을 두드렸다. 이 모든 과정에서 케이지는 수시로 회중시계를 확인하며 타임라인을 엄격하게 지켰다. 이 퍼포먼스 자체가 블랙 유머였다. 웃음의 파도가 넘실거렸다. 그곳에서 그는 스탠드업 코미디를 선보이는 작곡가였다.

이러한 케이지의 작품은 놀림감이 되기 쉽지만 사실 그 안에는 능청스러운 심오함이 있다. 이 작품은 일상을 재료로 삼지만, 어떤 독특한 분위기든 무디게 만드는 앰비언트식 얌전한 배경음악과는 다르다. 나는 글을 쓰던 도중에 유튜브를 열어 케이지의 작품을 다시 들은 적이 있는데, 중간에 몇 번이나 작품을 멈췄다. 손으로 책상을 두드리는 소리, 환풍기가 돌아가며 윙윙대는 소리, 멀리 경찰차 사이렌이 울리는 소리 등 주변의 소리가 내 인식보다 빠르게 지각된 탓이다. 그건 원치 않은 소음이라기보다 케이지가 여전히 보이지 않게 진두지휘하는 작품의 일부였다. 케이지의 음악은 높은 수준의 인식을 조건화하는 작업이다. 이러한 소리는 언제나 주변에서 발생하고 있지만, 예술의 도움이 있어야만 무감각하게 지각되는 수준을 넘어 머릿속에 입력될 수 있다. 케이지의 음악은 디테일을 가리는 것이 아니라 오히려 강조한다.

우리에게는 웅장한 걸작을 만들어내고자 미리 정해둔 내러티브를 강요받는 대신 예술적 체험에 영향을 주는 기회나 우연을 받아들일 자유가 있다. 미니멀리즘 예술은 작품에 접근하는 통로가 다양할 수도, 아예 통로 자체가 없을 수도 있다는 식의 여지를 남겨둔다. 들을 필요도, 볼 필요도, 읽을 필요도 없다(책장을 열지 않은 채 책상에 올려놓은 책이 영향력을 행사할 수 있는 것처럼 말이다). 〈4분 33초〉에 대한 해석을 제공한다는 건 요점을 놓치는 행위일 수 있다. 이 작품이 궁극적으로 제공하고자 하는 것은 우리가 우리만의 체험을 지휘해야 하는 해방적 공간이다. 즉 매 순간을 몰두해야 하는 침묵이 주는 자유다. 글자와 유사하게 본다면, 침묵이란 언어가 없는 빈 페이지일 것이다. 비어 있는 자리에는 순수한 잠재력이 있으며, 그건 독자가 정한다.

3 - VI

무향실이 증명하듯 절대적 침묵이란 문자 그대로 가능성을
의미하기보다는 일종의 은유에 가깝다. 케이지는 침묵은
없다고 주장했다. 소리는 언제나 발생하며 어디서나, 심지어
우리 몸속에서도 끊임없이 생성된다. 중요한 것은 그걸
우리가 어떻게 해석하는가 하는 점이다. 〈4분 33초〉는 소리의
결여보다 판단의 부재에 관해 이야기하고 있다. 케이지는
어떠한 소음도 평정하게 마주할 수 있는 수용적 상태를
추구했다. 그의 전략이 잘 드러나는 일화가 있다. 한번은
케이지의 뉴욕 로프트에 손님들이 묵은 적이 있는데, 계단에
있는 화재경보기가 오작동을 일으켜 밤새도록 울렸다. 손님
중 아무도 제대로 잠들지 못했다. 다만 케이지만은 불평하지
않았다. 그는 알람을 분석해 역학을 이해하고 자신의 꿈에
통합했다. 그렇게 소음은 음악이 되었다.
　　그의 목표는 닫히지 않은, 열린 침묵이었다. 그것과 가장
유사한 형태의 감각이 〈4분 33초〉를 처음 선보인 매버릭

콘서트홀에서 발견되었다. 늦가을의 어느 일요일, 나는 매버릭 콘서트홀을 순례하기로 마음먹었다. 여자 친구 제스와 함께 코네티컷에 있는 본가에서 출발해 차를 몰아 뉴욕 북부로 가기로 했다. 제스는 우리 임무를 잘 이해하고 있었지만 그걸 줄곧 농담거리로 삼았다. "아무 데서나 똑같은 침묵을 들을 순 없어?"

그날은 이상한 눈보라가 몇 차례 휘몰아친 전날과 달리 맑고 화창한 날씨였다. 마지막 남은 구릿빛 잎사귀들 사이로 햇빛이 비치고 있었다. 차를 타고 가면서 바라보는 풍경은 그날의 가장 평화로운 대목이었다. 지역 라디오 방송국에서 틀어주는 잡음 섞인 팝송을 들으며 도로 위를 달렸다. 매버릭은 우드스톡 시내에서 가까운 샛길에서 약간 떨어진 곳이다. 예술 후원자 허비 화이트가 1905년에 예술가 집단을 구성하기 위해 42만여 제곱미터의 땅을 샀을 때만 해도 이 구역은 크게 개발되지 않았다. (당시 다른 집단을 빠져나와 독립한 화이트가 자신을 지칭하는 의미로 매버릭이라는 이름을 지었다. 또 콜로라도에 있는 여동생 집에 갔다가 매버릭이라는 이름의 전설적 말이 있다는 소문을 듣고 지은 이름이기도 하다.) 매버릭의 여름 콘서트 프로그램은 1916년에 시작되었고, 이곳으로 모여든 뉴욕의 클래식 음악가들은 이 구역에 저마다 여름 별장을 지었다. 이로써 이곳은 1969년 우드스톡 록 페스티벌이 생겨나기 한참 전에 이미 문화 명소로 자리 잡았다. 그러나 콘서트 시즌이 끝나면 길은 텅 비었고, 콘서트홀의 존재를 알리는 표시라고는 숲으로 구불구불 이어지는 자갈길 위에 달린 현수막뿐이었다. 우리는

현수막을 따라 콘서트홀 주차장에 도착해 차가운 공기를
가로지르며 걸어갔다. 마침내 도착한 헛간은 고요하고 덧문이
닫혀 있었다. 그 안에는 작고 초현실적인 무대가 있었다.
지붕은 반원형으로 완만하게 기울어 있고, 처마에는 이끼가
끼어 있었다. 지붕 한쪽으로는 나무 한 그루가 지붕 위로 뚫고
나와 있어 마치 모래 위로 우산 하나가 솟아 있는 모양새였다.

콘서트홀에서 바깥의 나무들 쪽으로 열리는 각진
문들은 쇠사슬로 묶인 채 굳게 닫혀 있었다. 문틈으로 내부를
들여다보니 기다란 교회 신도석처럼 생긴 좌석, 보면대, 무대
위의 피아노처럼 보이긴 하나 그게 아니었으면 싶은 형체까지
전부 두꺼운 비닐로 감싸여 있었다. 통나무를 손으로 깎아
만든 매버릭 말 동상이 구석에 우뚝 서 있었는데, 그 모습이
약간 위협적으로 느껴졌다.

제스는 문틈에 귀를 대더니 비꼬는 듯한 말투로 소리쳤다.
"아무 소리도 들리지 않아!" 제스는 귀 한쪽은 물속에, 다른
한쪽은 물 밖에 있는 느낌이라고 말했다. 홀 안의 침묵은
완전하고 충만했다. 제스는 확 끌리는 느낌을 받은 듯했다.

케이지는 자기가 만든 침묵의 작품을 평생 들었노라고
말했다. 그 순간 주변에서 발생하는 소음에 집중하기 위해
잠시 멈췄다는 것이다. 그건 노이즈 캔슬링 헤드폰을 쓰는
이유와 정반대의 맥락이다. 케이지의 말을 재연하고 싶었던
나는 타이머로 4분 33초를 맞춘 뒤 전화기를 펜스 위에
올려놓고 숫자를 세기 시작했다.

예전에 객석이 있었을 만한 위치 근처를 서성이다가
나뭇가지 위에서 지저귀는 새들을 보았다. 길었다 짧았다

하는 새소리는 내가 이해할 수 없는 그들의 언어였다. 그러다 뒤이어 초청하지 않은 오케스트라가 찾아왔다. 나뭇잎 더미에서 낮게 윙윙거리는 소리, 도로에서 이따금 울리는 경적, 하늘 높이 나는 비행기에서 들려오는 굉음 등이었다. 나는 조금 실망했다. 이 콘서트홀이 지금보다 더 깊은 숲속에 있을 거라고 생각했고, 그곳에서는 좀 더 신비하거나 그리움을 불러일으키는 소리가 들려올 거라고 기대한 것이다. 하지만 기계음은 일정한 패턴이나 리듬 없이 계속 난입했다. 그냥 불쑥불쑥 귀를 때리는 소음이었으며 어떤 초월적 체험의 가능성을 방해하는 문명적 인공물이었다. 듣고 있으면 성가시다는 느낌이 들 수밖에 없었다. 나는 주위를 서성이며 발밑의 나뭇잎들이 바스락거리는 소리에 집중하기로 했다.

그때, 내 전화기의 알람이 작고 인공적인 소리로 막간의 정적을 깼다. 시간이 다 되었다는 뜻이었다. 제스의 작품 감상도 끝났다. "아, 계속 조용히 있자. 좋아." 제스는 한숨을 쉬었다. 제스는 케이지의 작품 자체보다 당시 무슨 일이 벌어지든 큰 소리로 끊임없이 분석하는 내 버릇에 더 반응하고 싶었을 수도 있다. 그렇게 긴 시간으로 느껴지지는 않았다. 튜더의 버전과 달리 우리의 주의를 끌 만한 초점이 없었고, 무대 위에서 침묵을 지키는 음악가에게 기대를 걸 수도 없었기 때문이다. 우리의 퍼포먼스는 타이머가 있다는 점 말고는 그저 숲을 산책하는 것처럼 느껴졌다.

1980년대에 작곡가 폴린 올리베로스는 부분적으로 〈4분 33초〉에서 영감을 받아 '딥 리스닝Deep Listening'이라는 개념을 만들었다. 올리베로스는 단순한 듣기hearing와 집중해서 듣기listen의 차이점을 다음과 같이 짚어냈다. 귀는 끊임없이 외부 자극을 음파 형태로 받아들이지만, 집중해서 듣기는 "음향적으로 인식되는 소리뿐 아니라 심리적으로 인식되는 소리에도 주의를 기울이는 것"이라고 올리베로스는 설명했다. 그가 생각하는 딥 리스닝이란 "소리를 전체적 시공간 연속체로서 포괄할 수 있도록 소리에 관한 인식을 확장하는 법을 배우는 것이다. 이로써 소리의 광대함과 복잡성을 최대한도로 맞닥뜨리게 된다". 올리베로스에게 딥 리스닝은 자연의 유기적 소리를 명상하는 것, 동굴이나 성당, 우물 같은 독특한 공간의 울림을 경험하는 것을 뜻했다. 이처럼 강렬한 듣기 체험은 연민과 이해를 불러일으키기 위한 것으로, 현재 우리의 의식을 어지럽히는 소음을 넘어서는 일종의 수용적 태도다.

나는 듣고 있지만 실제로는 듣고 있지 않았다. 좀 더 마음의 문을 열 필요가 있었다. 매버릭은 언덕 기슭의 평평한 지대에 있었고, 언덕을 올라 숲속으로 들어가자 마치 천연 장벽처럼 튀어나온 바위 능선이 눈에 들어왔다. 나는 혼자 콘서트홀을 벗어나 바위 능선 쪽으로 걸어 올라갔다. 낙엽 더미에 발이 미끄러지고 입에서는 입김이 하얗게 새어 나왔다. 날씨가 너무 추웠는지 아니면 나중에 참고 자료로 쓸 사진을 워낙 많이 찍은 탓인지 갑자기 전화기 전원이 꺼졌다. 눈앞에 있는 것 말고는 모든 것으로부터 차단되었다. 기술이 끊기자 무언가를 기록하느라 생기는 산만함, 스마트폰과 함께라면 어디든 우리를 따라다니는 특유의 불안감이 사라졌다. 능선의 어느 지점에 다다르자 튀어나온 바위에 가려 일종의 쉼터가 형성되어 있었고, 벤치 높이의 바위가 있었다. 나는 그 차가운 바위에 앉아 다시 나를 둘러싼 주변 환경에 정신을 집중해 보았다.

그때 거의 들릴락 말락 한 작은 소리가 들려왔다. 지면 근처에서 살짝 세차면서도 밝은 고음의 재잘거림이 들리는 듯했다. 나는 몸을 웅크리고 바위 능선 안쪽 깊은 곳으로 동굴 탐험에 나서기로 했다. 시작을 알 수 없는 물줄기가 바위 사이로 흘렀고, 선명한 초록색 이끼로 뒤덮인 벽을 따라 내려오며 수정처럼 빛났다. 뒤이어 웅덩이로 물줄기가 떨어지며 수많은 물방울이 쉴 새 없이 튀었고, 그때 나는 소리는 마치 천연 연주, 실로폰과 트라이앵글과 심벌즈와 팀파니 같은 작은 타악기들이 모인 오케스트라의 공연처럼 들렸다.

이 소리는 저절로 연주되고 있었다. 물이 흐르는 한, 듣는 사람이 있든 없든 상관없이 계속 연주될 것이다. 무얼 표현하려고 하지도 않고 박수를 요구하지도 않는다. 케이지가 말했듯 "최고의 목적은 목적이 전혀 없는 것이다". 나는 이 유기적 멜로디가 마땅히 받아야 할 집중력을 발휘해 몇 분간 더 웅크린 채 있었다. 숨겨져 있던 무언가를, 다른 방식으로는 절대 알아차리지 못했을 보물을 찾아낸 듯한 기분이 들었다.

3 - VII

숲이 고요하다고 표현할 때 그곳에 여전히 남아 있는
소리들, 나뭇잎이 바스락거리는 소리, 지저귀는 새소리,
발밑에서 나뭇가지가 꺾이는 소리 등은 숲이라는 장소에
걸맞게 자연스럽고 진실하다. 집에 머무는 두 연인 사이에는
굳이 대화가 필요 없는 다정한 침묵이 흐른다. 붐비는
거리 한가운데서 홀로 고요할 수도 있다. 도시를 거닐어본
사람이라면 알 것이다. 침묵은 무소음의 상태이자 수용의
상태다. 발터 베냐민은 "대화는 침묵을 위해 분투한다"라고
했다. "그리고 듣는 사람이 바로 그 침묵의 파트너다."
　　　그러나 대화하다가 생기는 공백, 사망 선고가 내려지는
장소에 흐르는 정적, 충격으로 숨을 들이마시는 순간 등
실제의 물리적 침묵은 종종 급작스럽고 곤란하다. 소리가
완전한 사라진 상태는 한정된 장소에서 징벌적으로
이루어진다. 도서관의 중압적 침묵은 누군가의 기침에 방해를
받아 불평을 자아낸다. 천둥소리는 여름날 저녁의 고요를

224

깨뜨리고, 천둥이 그치고 찾아오는 고요는 즉각적 대비효과가 커서 가혹하고 폭력적으로 느껴진다. 한 무리에 다가가 같이 놀자고 제안한 아이가 친구들의 냉랭한 반응을 마주했을 때처럼, 무시당하고 배제되면서 찾아오는 침묵도 있다.

침묵은 내용이 없는 상태라기보다 지속적인 안정 상태라고 정의할 수도 있다. 존 케이지는 "우리가 요구하는 것은 침묵이다. 그러나 침묵은 내가 계속 말하기를 요구한다"라고 썼다. 이 문장은 그의 글 「무에 관한 강의Lecture on Nothing」에 나온다. 여기서 케이지는 음악적 단위의 체계에 따라 본문을 나열했다. 각각의 단어는 마치 음표처럼 공간 여기저기에 배치되었다. 본문 내용은 계속 반복되어 명확한 진전이 없다. 케이지는 무언가를 말하는 중일 수도 있고 아닐 수도 있었다. 어찌 됐든 강의를 구성하기 위해 빈 곳을 채워야 했고, 사실상 그것이야말로 무에 관한 강의다. 침묵은 반복일 수 있고, 반복은 침묵의 한 형태일 수 있다.

1960년대 뉴욕에서 미니멀리즘 예술이 득세할 무렵, 웨스트코스트의 작곡가 한 무리는 케이지가 관심을 가진 것과 또 다른 형태의 단조로움을 진작부터 실험하고 있었다. 시각예술가들과 마찬가지로 서로 개성이 달랐다. 이것은 '미니멀리즘 음악'의 씨앗이 되었다. 미니멀리즘 음악이라는 용어를 처음 쓴 사람은 1968년 영국의 비평가이자 작곡가 마이클 니먼 혹은 1972년 뉴욕의 비평가이자 작곡가 톰 존슨이다. (둘 다 1965년 시각예술 용어로 사용된 이후다.) 《스펙테이터》에서 니먼은 미니멀리즘 음악의 요소로 "단순한 아이디어, 간단한 구조, 지적인 통제, 연극적 존재감, 상연의 강렬함"을 꼽으며 첼리스트 샬럿 무어먼과 시각예술가 백남준의 공연을 예로 들었다. 존슨은 《빌리지 보이스》에 「최소한의 슬로모션에 대한 탐구The Minimal Slow-Motion Approach」라는 제목의 글을 기고했다. 존슨은 기본적으로 "아무 일도 일어나지 않았고, 무슨 일이 일어났다면 아주 오래 걸렸다"라고 회상했다. 1974년에는 대비의 폭이 좁은 작품의 특정한 지점을 설명하면서 '미니멀리즘적'이라는 표현을 썼다. 한 곡의 시작 부분에 듣는 것이 뒤이어 내내 듣게 될 것과 거의 같다는 뜻이다.

　　라 몬티 영, 테리 라일리, 스티브 라이시, 필립 글래스는 미국에서 미니멀리즘 음악의 전형으로 손꼽히는 작업을 한 네 명의 백인 남성이다. 라 몬티 영은 1950년대에 기계가 만든 단조로운 음으로 엄청난 지속 시간을 실험한 선구자다. 그는 "시간은 나의 매개체다"라고 말했다. 도널드 저드의 마파 프로젝트를 지원했던 디아 예술 재단은 라 몬티 영과 메리언 자질라의 뉴욕 드림 하우스에 자금을 댔다. 드림 하우스는 빛과 단조로운 음으로 구성된 반영구적 설치 작품이 있는 공간이다. 스티브 라이시는 휴대용 테이프 녹음기를 새롭게 활용해 음성을 조각조각 포착하고 반복 재생하는 방식을 시도했다. 그러다 같은 소리가 담긴 두 복사본 테이프를 동시에 재생하되 한쪽 테이프를 손가락으로 느리게 조정하는 작업을 시작한 것이 주요한 돌파구가 되었다. 두 소리가 서로 어긋났다가 다시 결합하면서 상쇄되는 간격은 라이시 음악 고유의 특징이다. 라이시는 이러한 페이징phasing 기법을 대규모 오케스트라 작품에서도 줄곧 사용했다. 테리 라일리는

1964년 작 〈C 음에서In C〉로 잘 알려져 있다. 라일리의 설명에 따르면 이 작품은 "어떤 종류의 악기든, 그게 몇 대든 상관없이" 53개의 악구를 반복적으로 연주하는 것이다. 이때 음악가들은 각각의 악구를 몇 번씩 반복할지 그때그때 저마다 자유롭게 결정할 수 있다. 따라서 이 작품은 연주할 때마다 새롭게 만들어진다. 케이지의 방식처럼 우연성에 따르는 것이다.

미니멀리즘 미술이 그러했듯 미니멀리즘 음악 작품을 처음 선보일 때는 충격적이었다. 1970년에 라이시는 〈네 대의 오르간Four Organs〉이라는 제목의 16분짜리 작품을 작곡했다. (미니멀리즘 음악의 작품 제목은 마치 물리적 조형물을 다루듯 도식화된 구조를 반영하는 경우가 흔하다.) 딸림11화음을 기하학적으로 해부하는 작품으로, 나란히 놓인 네 대의 오르간이 열정적으로 계속 이어지는 마라카스의 박자에 맞춰 점점 길어지는 간격으로 각자 다양하게 맡은 부분을 연주한다. 반복되는 연주는 초월적이며 공간적이지만, 이 작품은 관객이 마음 편히 앉아 있을 수 있는 자리를 내주지 않는다. 1973년 카네기홀에서 열린 연주회에서는 관객이 반발하고 나서며 박수로 공연을 끊고 위협적으로 소리를 질렀다. 한 여성은 무대로 올라가 신발로 바닥을 두드리며 오르간 연주자들을 저지하려 했다. 스트라빈스키의 〈봄의 제전〉 초연에서 벌어진 소란과 유사했다. 당시 《뉴욕 타임스》의 음악 비평가 해럴드 션버그는 "적어도 그날의 콘서트홀에는 흥분된 분위기가 있었다"라며 어쨌든 미니멀리즘 음악은 "사실 그렇게 좋을 것도, 그렇게 싫을 것도 없다"라고 말했다.

　필립 글래스는 이들 중 상업적으로 가장 성공한 작곡가다. 증기기관차의 바퀴 브래킷이 휘몰아치듯 반복적이고 진화하는 아르페지오가 글래스 음악의 특징으로, 동일한 듯하면서도 항상 앞으로 나아간다. 글래스는 수많은 교향곡과 오페라를 만들었을 뿐 아니라 영화 〈코야니스카시〉, 〈미시마〉, 〈트루먼 쇼〉, 〈디 아워스〉 등의 음악을 담당하며 인기 영화음악 작곡가로 왕성하게 활동하기도 했다. 글래스의 음악적 어법은 아트하우스 영화의 대명사가 되었다. 닥쳐오는 죽음이나 지독한 아름다움을 보여주는 장면에서 두드러지게 느껴지는 이 기법은 클리셰라고 할 수 있을 정도다. 어느 비평가는 글래스의 작품을 두고 대중적 중류 예술에 해당한다는 의미로 "팝-미들브로pop-middlebrow"라는 표현까지 썼다.

　글래스는 일본 전통음악, 라비 샹카르를 비롯한 인도 라가 음악, 인도네시아 전통 기악 합주곡 가믈란 특유의 불협화음, 존 콜트레인의 반복적 즉흥 연주에서 영감을 얻었다. 특히 존 콜트레인의 공연은 라이시도 늘 빠짐없이 챙겨 볼 정도로 주목을 끌었다. 라이시는 콜트레인이 한 음만으로 15분 동안 반복되는 리프를 연주할 수 있었다고 기억했다. 또 콜트레인은 연주곡 사이사이에 계속 순환되는 음계를 연습해 보고는 했다. 미니멀리즘 음악의 전조를 보여준 셈이다. 이것은 모두 영과 라일리, 라이시, 글래스가 교육받은 문법 바깥에서 온 비백인의 영향력이었다. 이들은 비전통적 기법을 들여와 전통적 아카데미에서 자신들을 분리하는 데 활용했다.

　미니멀리즘 음악은 수십 년 내에 대중문화로 통합되었다.

미니멀리즘 미술과는 다른 행보였다. 미술은 급진적 잠재력을 박탈당하고, 입맛에 맞는 시각적 스타일로 마취된 다음에야 주류에 편입될 수 있었다. 아마도 미니멀리즘 음악이 비교적 더 즉각적인 공감대를 만들어내기 때문일 것이다. 미니멀리즘 음악 특유의 저돌적인 반복 패턴은 공업용 기계의 반복되는 소음과 크게 다르지 않다. 미니멀리즘 음악 작곡가들이 미니멀리즘이라는 이름표를 더 잘 받아들였기 때문일 수도 있다. 최소한 초기 작품만큼은 그러했으며, 이는 마케팅에 도움이 되었다. 이 소리 자체를 감상자와 음악가가 모두 포용했으며, 디트로이트 테크노나 일렉트로닉 댄스음악과 결합해 추상적 반복의 고유한 패턴을 발전시켰다. 체인스모커스의 음반을 들어보면 글래스의 최신작 못지않은 수준으로 미니멀리즘의 유산을 느낄 수 있다.

그러나 동성애자이자 아프리카계 미국인인 한 미니멀리즘 작곡가가 1970년대에 처음 등장했을 때, 표면적으로만 진보적이던 도시에서 자리를 잡기는 어려웠다. 1940년생인 줄리어스 이스트먼은 뉴욕주 이서커에서 성장해 필라델피아에서 공부했다. 그리고 뉴욕으로 가서 1968년에 아방가르드 클래식 음악가들의 모임인 버펄로대학교 크리에이티브 어소시에이츠SUNY Buffalo's Creative Associates에 가입했다. 이 모임을 통해 이스트먼은 당시 작업한 수많은 곡을 공연할 수 있었다. 이스트먼의 작품 대다수는 소실되었고, 그가 요절한 뒤에는 거의 잊히다시피 했다. 그런데 아직 남아 있는 자료 덕에 최근 그의 작업이 다시금 부흥하기 시작했으며, 미니멀리즘에 대한 인식도 재고되었다.

이스트먼은 말하는 방식이나 외모도 금욕적 성인을 닮았다. 희귀한 인터뷰 영상 속 이스트먼은 감미로운 목소리로 점점 톤을 높이다 혀를 굴리듯 발음하는 모습으로, 마치 기도문을 낭독하는 사람 같다. 장난스럽게 한숨을 쉬는 순간에는 마치 세상에서 인정받지 못할 것을 알면서도 기꺼이 자신의 예술 작품을 바치겠노라 말하는 듯하다. 어린 시절 발레 댄서였던 이스트먼은 체격이 왜소했으며 갸름하고 핼쑥한 얼굴은 경건해 보인다. 마치 불꽃처럼 타오르는 형상을 닮은 엘 그레코의 그림 속 인물 같다.

내가 가장 좋아하는 이스트먼의 작품은 1973년 작 〈그대로 계속해Stay on It〉다. 연주자들이 유연하게 앙상블을 이루는 작품으로 첼로, 피아노, 플루트, 바이올린, 오보에, 심지어 전자기타와 드럼까지 포함된다. 몇 초 동안 동일한 구절이 반복되는데, 멜로디는 경쾌하고 에너지가 넘친다. 팝송의 훅처럼 친숙하고 디스코풍이 뚜렷하다. 제자리로 돌아왔다가 곧바로 진행되고, 정신없이 빠른 속도로 같은 마디가 반복되며 후렴구의 불협화음은 변함없다. 연주자들은 돌아가면서 소리치기 시작한다. 노래라기보다는 외침이다. 높고 일정한 음으로 노래 제목과 같은 구절인 "스테이 온 잇, 스테이 온 잇, 스테이 온 잇"을 반복한다. 명령이자 목표의 진술이다. 기이할 정도로 훅과 비트가 그대로 계속된다. 팝풍의 멜로디와 언어의 파편은 마치 라이시가 테이프를 반복 재생한 것처럼 특정한 대상을 발견하는 방식이지만, 그보다 좀 더 느슨하고 자각적인 방식이다. 훅의 마력에 싫증이 날 즈음 당김음에서 모두 떨어져 나가며 충돌음이 난다. 마치 행진

악대가 탄 버스가 요란하게 충돌하면서 나는 소리 같다. 식별
가능한 팝의 조각들이 절벽 아래로 튕겨 내려간다.

〈그대로 계속해〉는 소음의 안팎을 오가고, 빨라졌다가
느려지고, 멜로디의 원자까지 하나하나 빠뜨리지 않고 쪼갠다.
이 곡의 분위기는 즐겁고 시끌벅적하며 보편적 미니멀리즘의
금욕적 특성에서 벗어나 있다. 실제로 재미있고 코믹하기까지
하다. 1974년, 크리에이티브 어소시에이츠의 투어 중에
글래스고에서 열린 거친 흑백 공연 영상이 온라인에 남아
있다. 영상에서 연주자들은 나란히 자리를 잡고 우드스톡
무대에 오른 듯 즉흥연주를 펼친다. 마지막에는 후렴구에 두
개의 탬버린 소리만 남았다가 차츰 잠잠해진다. 곡이 완전히
끝나자 관중의 박수가 터져 나온다. 저마다 환호성을 지르고
기립 박수를 보내고 발로 바닥을 쿵쿵 구른다. 그들은 아마도
지금 막 새로운 음악의 형태를 목격했음을 깨달은 것 같다.

최대한 단순해지려 하는 미니멀리즘은 결국 다 똑같이
무기력해질 수 있다. 앞서 설명한 우아하고 앰비언트적이며
텅 비어 있는 스타일이 그렇다. 미니멀리즘은 문자
그대로나 은유적으로나 모든 것을 하얗게 칠해 눈가림한다.
때로는 외부의 영향을 서구화하고, 보기 좋게 살균한
버전을 특권화하고, 그 기원은 중요하게 생각하지 않는다.
미니멀리즘의 원천은 세계화된 문화의 산물이 아니라 천재적
인물이 단독으로 만들어낸 고결한 예술로 재포장된다. 예술가
본인이 선뜻 어떤 것에 빚을 지고 있는지 인정한다 해도
말이다.

미니멀리즘이 보기보다 중립적이지 못하다는 사실을

증명하기 위해서는 이스트먼 같은 인물이 필요하다.
이스트먼은 유사성을 따르기보다는 개인적이고 예술적인
측면의 차별성을 표현하는 도구로서 미니멀리즘을 활용했다.
이스트먼의 작업은 단순함이 최종 도착점일 필요 없으며,
오히려 새로운 시작이 될 수 있음을 보여준다.

3 - VIII

줄리어스 이스트먼은 사람들과 잘 어울리는 성향의 사람이
결코 아니었다. 클래식 작곡가들이 소규모 그룹을 형성하고
고상한 공동 작업을 해나가야 하는 이 업계에서 이스트먼은
영리하고 전투적인 인물이었다. 이스트먼의 반항적 면모가
잘 드러난 사건이 있다. 1975년, 버펄로에서 열린 축제에서
이스트먼은 존 케이지의 〈송 북Song Books〉을 공연했다. 이
작품은 공연자가 (합리적 범위 내에서) 해석할 수 있는 일련의
지침으로 구성되었다. 이스트먼은 이 곡을 음악적 문제로
국한하지 않고 정체성 문제에 정면으로 맞서기 위한 수단으로
활용했다. 남녀 참가자 한 쌍을 무대 위에 나란히 세워두고
풍자적인 면을 은근히 드러내며 성 정체성에 대한 강의를
펼쳤다. 그러더니 남자의 옷을 즐기듯 벗기기 시작했다.
그리고 관객에게는 집에서 각자의 방식으로 '실험'해 보라고
독려했다.

　　동성애에 관한 노골적 언급은 당시 관객으로 무대를

지켜보던 케이지를 자극했다. 이스트먼보다 나이가 많은 케이지는 자신의 성 정체성을 적극적으로 공개하지 않았다. 또 다른 형태의 침묵인 셈이다. 케이지는 화가 크세니야 안드레예브나 카셰바로바와 결혼해 서로 자유로운 연애 관계를 허용하다가 결국 남성 안무가 머스 커닝햄과 결합하기 위해 카셰바로바를 떠났다. 케이지와 커닝햄은 서로 평생의 창작 파트너가 되었다. 케이지는 이스트먼의 공연을 개인적 모욕으로 여기고 분노했다. "줄리어스 이스트먼의 자아는 성 정체성이라는 주제에 갇혀 있습니다." 케이지는 해당 페스티벌에서 진행한 한 강연에서 이렇게 말했다. "별다른 창작 아이디어가 없어 그렇다는 걸 우리는 알죠."

둘 다 급진적인 만큼 이스트먼은 케이지의 경계에 부딪혔다. 그러나 이스트먼은 미니멀리즘의 원칙을 위반한 것이 아니라 새로운 영역까지 밀고 나가는 중이었다. 근본으로 돌아가겠다는 발상은 개별 자아의 근본을 드러내겠다는 의미도 될 수 있다. 이스트먼은 자신의 목표를 이렇게 설명했다. "내가 성취하고자 하는 목표는 있는 그대로의 나 자신이 되는 것이다. 흑인으로서의 나, 음악가로서의 나, 동성애자로서의 나." 이 역시 미니멀리즘적이다.

케이지와 빚은 갈등은 그해에 이스트먼이 대학을 떠나 뉴욕으로 돌아가는 계기가 되었다. 뉴욕에서 이스트먼은 퀴어 공동체를 발견했고, 로어 이스트사이드 음악계와 연극계의 저항적 분위기를 감지했다. 다양한 분야의 사람들이 모여 있는 현장이었다. 화가와 무용수가 작곡가들과 같은 공간에서 어울렸다. 상류층의 클래식 커뮤니티가 폐쇄적 경향이 있었다면 이곳은 달랐다. 도심에서는 미니멀리즘이 유행했지만, 자신과 동일시하는 사람은 거의 없었다. 미니멀리즘이라는 용어는 경멸적 의미로 쓰였다. 상류층 사람들은 보조금을 받기 위해 경쟁하느라 지나치게 단조로워진 음악 부류를 비웃기 위해 그 용어를 가져다 썼다.

작곡가이자 음악가인 메리 제인 리치는 1981년에 처음 이스트먼을 알게 되었다. 그때 이스트먼은 체인이 주렁주렁 달린 가죽옷을 입고 오전 10시부터 스카치위스키를 마시고 있었다. 리치와 이스트먼 둘 다 공연 리허설을 하던 중이었다. "나는 줄리어스가 그다지 눈에 띈다고 생각한 적이 없어요. 그냥 여럿 중 한 사람일 뿐이었죠." 리치는 뉴욕주 북부에 있는 자신의 집에서 전화를 받으며 이렇게 말했다. "줄리어스는 대범한 사람이에요. 그런데 그 정도 대범한 사람이야 아주 많죠."

리치가 이스트먼에 대해 처음 알게 된 계기가 된 작품은 1981년 데뷔작인 〈잔 다르크의 성스러운 현존The Holy Presence of Joan d'Arc〉이었다. 열 대의 첼로를 위한 격정적인 작품이다. 나는 2018년 뉴욕에서 '근본적인 것That Which Is Fundamental'이라는 콘셉트로 열린 이스트먼 기념제에서 이 곡을 들은 적 있다. 리치는 이 작품의 순수한 에너지에 매료되었다. 처음에 첼리스트들은 동시에 서로의 악기를 바라보며 어둡고 매끈한 리프를 연주한다. 베토벤 교향곡 5번만큼이나 즉각 알아듣기 쉬운 리프다. 〈그대로 계속해〉와 마찬가지로 이 곡도 불협화음으로 귀결되지만, 미학적 해체라기보다는 내면의 영적 갈등을 표현하는 불협화음이다.

이스트먼의 작품은 통제된 혼돈에 자리를 내준다. 이 혼돈은 세상을 살아가는 실제 경험과 유사하게 느껴진다. 이 경험은 고요한 패턴이라기보다는 어지럽혀진 상태에 가깝다. 미니멀리즘은 자아를 초월함으로써 미덕을 만들어내곤 한다. 아그네스 마틴의 격자, 도널드 저드가 제작한 상자들, 존 케이지의 선불교적 임의성이 그 예다. 하지만 이스트먼은 자아란 변경 불가능한 동시에 반드시 안고 살아가야 하는 존재임을 인식했다. (스티브 라이시 역시 1981년 〈시편Tehillim〉과 1988년 〈다른 기차들Different Trains〉에서부터 미니멀리즘을 유대인으로서 물려받은 유산을 탐구하는 수단으로 활용하기 시작했다.)

이스트먼의 잘 알려지지 않은 걸작으로 1979년경 작곡된 네 대의 피아노를 위한 장편 연작 세 곡이 있다. 단음이나 화음이 폭풍처럼 몰아치다가 사라지는 방식으로 쿵쾅거리듯 힘차게 연주하는 작품이다. 어떤 부분에서는 피아니스트들이 각자 한꺼번에 건반을 내리쳐야 하지만 불협화음을 이루지 않았고, 하나의 조형물처럼 육중했다. 이스트먼은 이 곡들을 '유기적'으로 구성했다고 설명했다. 연속적인 부분은 이전의 부분들이 갖는 모든 요소를 포함한다는 의미다. 이스트먼은 자신의 작업에 담긴 본질적 특성, 철학적이면서 도발적인 의도를 드러내기 위해 세 작품 중 두 작품의 제목에 인종적 용어를 사용했다.

건조하게 문자 그대로 설명하는 제목을 쓰는 다른 미니멀리스트와 달리, 이스트먼은 작품의 저작자를 숨길 생각이 없었다. 연작의 제목은 〈미친 검둥이Crazy Nigger〉,

〈사악한 검둥이Evil Nigger〉, 〈게이 게릴라Gay Guerrilla〉였다. 이스트먼에게는 이 단어들이 전혀 경멸적으로 느껴지지 않았다. 한 공연 안내문에서는 자신의 작품이 불러온 논쟁을 분석하고 자기 철학을 설명했다. "나는 '검둥이'가 우리 자신을 근본에 도달하게 만드는 단어라고 여긴다. 피상적이거나 고상하기보다는 본질에 도달한 사람 혹은 사물을 의미한다." 양식화되지 않은 최소한의 것이라고도 볼 수 있다. "최초의 검둥이는 역시 들판 위의 검둥이였다." 그는 위엄 있게 건조한 아이러니를 담아 말했다. "들판 위의 검둥이들이 아니었다면 이처럼 훌륭하고 대단한 경제를 이루지 못했을 것이다." 〈게이 게릴라〉라는 제목은 이스트먼이 희망하는 바를 설명한다. "이 게릴라들의 이름은 내가 그들의 영광이 되거나 그들이 나의 영광이 되거나 둘 중 하나다"라고 이스트먼은 말했다. "게릴라는 어떠한 관점을 지키기 위해 삶을 희생하는 사람일 것이다. 대의명분이 있다면, 정말 대단한 대의명분이 있다면 그에 해당하는 사람들은 피로 희생할 것이다. 피 흘리지 않는 대의명분은 없다."

이스트먼은 무지와 배제가 만든 진공상태에 맞서 소음을 내면서 근본의 가치를 드높였다. 그는 따라야 할 새 질서를 만드는 것이 아니라, 표준에서 벗어나는 방법으로 미니멀리즘을 활용했다. 그러다 보니 1980년대 초반 내내 클래식 음악계에 받아들여지지 못했고, 점점 심해지는 중독 증세를 이겨내고 어떻게든 학업을 유지하기 위해 고군분투했다. 이스트먼은 위태로운 처지에 놓여 있었다.

경찰은 이스트먼이 살던 아파트에서 그를 쫓아내며 창밖으로 작곡 원고들을 내던졌다. 그는 노숙자를 자처하며 톰프킨스 스퀘어 공원에서 살았다. 동료들은 길 위에서 긴장증에 빠져 지내는 이스트먼과 마주치기도 했다. 이스트먼은 누군가가 도와주겠다고 제안해도 마치 순교자처럼 거부했다.

1984년 뉴욕의 라디오 진행자이자 작곡가이던 데이비드 갈런드와 한 인터뷰 녹음본을 들으면 빠듯했던 물질적 환경이 이스트먼의 예술적 행보에 어떤 영향을 끼쳤는지 어렴풋이 알 수 있다. 이스트먼은 20분짜리 작품을 쓰는 데 40분이 걸렸다고 말했다. 곡을 쓰는 장소나 상황은 별로 까다롭게 따지지 않았다. 그를 지원하는 기관이나 멘토가 없었기 때문에 그럴 여유가 없었던 탓이다. 이스트먼은 길을 걷거나 지하철을 타면서 틈틈이 종이 악보에 곡을 끄적거렸다. "나는 술집 바에 앉아 현악사중주 곡 몇 소절을 쓸 수도 있어요"라고 이스트먼은 말했다. "그걸 다 쓰고 나면 누군가한테 그냥 주죠."

앞서 언급한 인터뷰에서 이스트먼은 자신의 모습을 비극적이고 부조리하게 묘사했다. "저는 시골이 아닌 도시에서 떠돌이 수도승처럼 살아갑니다." 이스트먼은 피아노에 접근하기 어려운 상황이었기 때문에 더는 피아노로 작곡하지 않았다. 음악은 어쨌든 그의 머릿속에 있었고, 피아노는 그저 일종의 계산기에 불과했다. 이스트먼은 중국의 맹자를 언급했다. "중국 성인들의 가르침을 공부하며 편파적인 사람이 되지 않으려 노력합니다. 뜨거움과 차가움 중 어느 쪽에도 치우치지 않고, 사랑과 미움 중 어느 쪽에도 치우치지 않기. 그들은 품격과 절제력을 갖췄습니다."

인터뷰는 진행자 갈런드의 통제를 벗어나 흘러갔다. 갈런드는 그저 경외심을 품은 채 이스트먼의 이야기에 귀 기울일 수밖에 없었고, 이스트먼은 들뜬 목소리로 이야기를 이어갔다. "신은 이쪽인지 저쪽인지 단정하는 걸 어려워하죠." 이스트먼의 삶은 지나치게 독단적이었다. 이스트먼은 아무도 모르게 혼자 버펄로로 돌아갔고, 1990년 한 병원에서 생을 마감했다. 사망 원인은 심장마비로 기록되어 있다.

1998년, 칼아츠에서 작곡을 가르치던 리치는 학생들에게 〈잔 다르크의 성스러운 현존〉 공연을 보여주려 했다. 그런데 이 작품의 공식 사본이 남아 있지 않았다. 리치의 친구가 가지고 있던 카세트테이프 케이스를 열어보니 안이 비어 있었다. 리치는 그 테이프를 녹음한 사람을 찾아갔다. 그 과정에서 이 실황이 라디오 공연이라는 사실을 알았고, 참여한 연주자들의 명단을 확인했다. 그중에 리치의 전 남자 친구 이름이 있었다. 그는 테이프를 찾아내는 데 성공했다. 그런데 악보는 없었다. 이때부터 리치의 보물찾기가 시작되었다. 이스트먼의 작품을 찾아내 미래를 위해 데이터로 기록하고 보존하는 것이 목표가 되었다.

인터넷은 기대하지 못한 음악을 더 쉽게 발견하는 통로가 되어주고 있다. 리치는 세계 곳곳에 이메일을 보내 이스트먼의 난해한 세계를 요청했고, 디지털 업로드가 가능한 덕분에 불과 몇 시간 만에 새로운 녹음본을 들을 수 있게 되었다. 새로운 관객은 온라인에서 이스트먼을 발굴하고 있다. 20세기 미니멀리즘의 깔끔한 서사를 복잡하게 만드는 중이다. 이 경우에는 유튜브의 알고리즘 추천이 실제로 도움이 된다. 원본이든 사후 공연 영상이든 관련된 모든 것이 쏟아진다. 새로운 관객은 각자의 이유로 이 혼란스러운 미니멀리즘의 세계에 귀의했다.

2018년에 열린 이스트먼 기념제 당시 나는 녹다운 센터에서 열린 공연을 보러 갔다. 퀸스에 있는 녹다운 센터는 과거에 공장이던 건물을 대형 갤러리로 탈바꿈한 곳이다. 그 옆에는 재즈부터 펑크와 EDM까지 모든 음악을 트는 클럽이 있었다. 길에서 이쪽으로 다가오는 사람들을 보면 양쪽 건물로 고르게 나뉘어 들어갔다. 그날 밤 열린 콘서트만큼이나 이스트먼 역시 수많은 사람을 공연장 앞에 길게 줄 세웠다. 이스트먼의 작품을 감상하러 온 관객들은 젊고 힙했다. 작곡을 공부하는 학생부터 예술가, 디자이너, 전자기타 케이스를 둘러멘 사람 등 이스트먼이 생전 간절히 원했으나 평생 얻지 못한 광범위하고 다양한 부류의 관객이 모여들었다. 관객은 접이식 의자에 앉았고, 의자가 다 떨어지자 바닥에 앉기도 했다. 공연장 중앙에 있는 드넓은 광장에는 빛나는 검은색 그랜드피아노 네 대가 서로 마주 보고 있었다. 마치 엄숙한 조형물 같았다.

〈사악한 검둥이〉는 마치 비틀거리는 로봇 같았다. 스타카토로 이루어진 단위의 반복은 인상적인 계단식 훅으로 구분되었고, 한 연주자는 4부터 카운트다운을 외쳤다. 연주자들은 작품의 구조에 따르기 위해 녹색과 적색으로 점멸하는 전자 태블릿을 사용했다. 음이 폭풍우처럼 쏟아지며 누적되었다. 45분여의 〈미친 검둥이〉 연주가 이어지다가 피날레에 다다르자 갑자기 피아노 세 대가 연주를 멈췄다. 그리고 남은 연주자 한 명이 몇 초마다 건반을 두드려 낮고 불길한 소리를 냈다. 공간 전체가 단 하나의 음으로 채워졌다가 긴장되는 침묵이 커져갔다. 그러다 마침내 다시 소리가 들려오고 마지막으로 폭풍 같은 피아노 연주가 시작되다가 점차 잦아들었다. 썰물은 빠졌고 관객은 숨이 턱 막힌 채로 해변에 남았다.

　　침묵의 미학에 관한 글을 쓴 수전 손택은 모든 아방가르드 스타일은 결국 관객에게 수용되고 당대의 문화적 취향으로 편입된다는 점을 관찰했다. 침묵의 기술을 계승하는 자들은 여전히 훨씬 더 극단적이어야 한다. 우리를 유인하고, 예술에 대한 기대와 자기 자신에 대한 관념으로부터 우리를 더 멀리 떨어뜨려놓아야 한다. 이스트먼은 우리가 추구해야 할 또 다른 지평선을 제시한다. 이스트먼의 음악에 지루함이란 없다. 그의 음악으로부터 몸을 숨길 수도 없고, 그의 음악을 세상에서 달아나기 위한 피난처로 쓸 수도 없다. 이스트먼의 음악은 그저 집중하기를 요구한다.

4.   그늘

4 - I

그해 겨울, 뉴욕을 떠나 도쿄로 향하기 전까지 며칠간 내 머릿속을 떠나지 않은 영화가 있다. 소피아 코폴라 감독의 2003년 작 〈사랑도 통역이 되나요?〉다. 이 차분하고 느릿한 아트하우스 영화는 당시 감수성 넘치는 열다섯 살이던 내게 도쿄라는 도시에 대한 깊은 인상을 남겼으며, 좋든 나쁘든 세상을 아는 성인이 된다는 것이 어떤 의미인지 알려주었다. 미국 북동부 지역 외에는 거의 가본 적 없던 당시의 나는 이 영화를 동네 DVD 대여점 인디영화 코너에서 발견했다.

  이 영화는 내 머릿속의 미학적 랜드마크로 영구히 자리 잡았다. 스토리, 촬영, 사운드트랙 모두가 가벼운 수채화 필치와 결합해 문화계에서 성공한다는 것에 대한 환상을 보여주고 있다. 할리우드에서 일상적으로 이루어지는 스포트라이트의 천박함을 경멸하는 한 유명인의 삶이 담겼다. 이 영화에 등장하는 인물들은 정신의 국외자이며, 정처 없는 시민이다. 빌 머레이가 맡은 역은 자신이 출연한 작품의 표가

매진되어도 불만스러워하는 유명 배우로, 그는 호텔 욕조에
느긋하게 누워 일본식 식단으로 바꿔보겠다는 이야기를
늘어놓는다. 스칼렛 요한슨이 연기하는 불안정한 젊은
여성은 일본 전통 꽃꽂이를 배우고 자기 계발서 오디오 북을
듣는다. 조반니 리비시가 연기한 우둔한 사진작가는 촬영에
몰두하느라 정작 자기 앞에서 무슨 일이 벌어지는지 눈치채지
못한다.

〈사랑도 통역이 되나요?〉는 텅 비어 있는 공간의
세계다. 국제적 호텔의 화려한 진공상태(정확히는 모던한
파크 하얏트 도쿄 호텔), 택시를 탄 요한슨이 도시 풍경을
내다보는 장면의 우주선 캡슐 같은 창문, 요한슨과 머레이
둘 다 메뉴를 알아보지 못하던 레스토랑의 칸막이 등 다양한
공간이 등장한다. 그런데 이번에 이 영화를 다시 보면서 새삼
깨달은 부분이 있다. 이 영화는 장면 사이사이에 들어가는
공원이나 절의 풍경을 제외하고는 사실상 도쿄에 대해 제대로
보여주지 못하고 있다. 코폴라는 실제 일본인의 삶을 세밀히
다루기보다는 일상적인 맥락에서 벗어난 인물들 주위에
형성되는 거품에 더 관심이 많았다. 10대였던 나는 이 생략을
이해하지 못했고, 영화 속 분위기를 진짜 도쿄의 기록으로
받아들였다. 그러나 그건 미국의 환상이었다.

어찌 보면 미니멀리즘적이라고 볼 수도 있는 영화다.
감독은 유쾌하고 매혹적으로 부재를 묘사한다. 대화나
줄거리에 큰 의미를 두지 않는 대신 지금은 표준화된 스타일에
의존한다. 앰비언트 사운드트랙, 투명 유리, 부드러운
색채, 초연한 듯한 분위기, 물질의 축척보다 내면의 수행을

중시하는 태도 등이 이 영화의 특징이다. 그 모호한 느슨함, 모든 것을 내려놓고 자아를 찾아가는 사람들의 이미지가 어린 나에게 매력적으로 다가왔는지도 모르겠다. 그건 나 혼자만의 생각은 아니었다. 이 영화 속 이미지는 일종의 밈이 되었다. 요한슨과 머레이가 만난 파크 하얏트 도쿄 호텔의 바는 이 영화의 아우라 덕에 관광 명소로 부상했다. 호텔 방 창가에 요한슨처럼 앉아 셀피를 찍는 사람들은 도쿄의 거리로 나가기보다는 멀리서 도쿄를 바라보는 것을 택했다.

이 영화가 9·11 테러 이후 놀라운 히트를 기록한 건 우연이 아니다. 9·11 테러는 미국과 서방 사회 전체에 또 다른 위기의식을 안긴 사건이었다. 권력의 과잉 행사가 본인들을 테러의 표적으로 만들었다는 사실을 몰랐던 미국인에게 이 사건은 엄청난 충격이었다. 〈사랑도 통역이 되나요?〉에는 미국적 정체성에 그다지 관심 없는 인물들이 등장한다. 코폴라가 묘사하는 도쿄의 아스라한 배경은 군국주의와 민족주의에 심취한 2003년의 미국에 대안을 제시하고 있다.

서구에서 생각하는 미니멀리즘은 본질상 대립적이다. 어지러운 것과 정돈된 것, 존재와 부재, 소음과 침묵 등 현재 상태에서 벗어나 어떠한 것에 맞서는 자세를 취한다. 이윤을 위해 산업화된 생산성을 끈질기게 추구하는 자본주의에 맞서는 반작용이든, 올바른 구매가 곧 우리를 행복하게 만든다는 소비주의와 물질주의의 약속이든, 서구의 대중적 미니멀리즘이 공격하는 대상은 대개 서양적 혹은 미국적이라고 여기는 가치다. 그러다 보니 미니멀리즘은 이국적인 것과 쉽게 연관된다. 현대 일본은 〈사랑도 통역이

되나요?〉가 그러하듯 투사하기 좋은 타자, 즉 여유 있고
고요하며 민감한 미학을 유산으로 간주하는 문화를 보여줬다.
문제적 과잉 상태와 대조를 이루는 문화다.

곤도 마리에는 명백한 '수입품'이다. 미니멀리즘의
수많은 맥락이 일본의 영향 또는 이상적 일본 문화에 대한
해석(해석의 방식은 각기 다르다)에 기인한다. 일본 주택의
미닫이문과 창호지를 바른 격자무늬 창은 미스 반데어로에의
급진적인 기하학적 유리 구조의 선례가 되었다. 저드는 종종
일본과 한국에 머물렀으며, 그의 책장에는 불교 서적, 선불교
시집, 도교의 성 지침서 두 권이 꽂혀 있었다. 존 케이지와
아그네스 마틴은 선불교 사상을 직접 작품에 끌어들였고, 그
영향을 명확하게 언급했다. 영국 작가 베스 켐프턴은 일본식
와비사비(손으로 직접 투박하게 만드는 방식의 진가를
알아보는 것) 정신을 자기 계발의 은유로 바꾸었다. 도자기에
손수 그림을 그리는 삶을 지향하는 것이다.

일본과 미니멀리즘의 결합은 현재까지 지속되고 있다.
눈에 띄지 않는 스타일의 일본 패션과 가구는 유니클로와
무인양품('무인'은 문자 그대로 번역하면 '브랜드 없음'이라는
뜻)이라는 브랜드 덕에 미국 전역에 퍼졌다. 일본 제품의
디자인은 극도로 효율적이고 사려 깊으면서도 가격은 적당한
제품의 대명사가 되었다. 바우하우스의 오랜 꿈과 21세기
기술이 결합한 결과다. 일본은 금욕주의를 포용함으로써
국제적 명성을 얻었다. 심지어 사람 크기의 튜브에서 잠을
자는 캡슐 호텔 같은 가장 극단적인 미니멀리즘 주거 형태의
발상지이기도 하다.

그러나 이처럼 타자성과 금욕주의를 결부하는 것은 작위적이다. 이전의 신념이나 정체성을 단절하고 분리해 사고하는 편리한 방법이 될 수는 있다. 그러나 환원주의적 진술과 덜 소유하는 삶을 위한 손쉬운 교훈을 따르느라 지워지거나 간과된 역사가 있다. 실제로 일본의 미니멀리즘조차 공동의 현대적 창작물이다. 일본의 미니멀리즘은 제2차 세계대전을 겪으면서 불거진 정치적 갈등을 배경으로 등장했다. 일본은 서구에 맞서 정체성을 규정하려던 시기였고, 서구는 전쟁 이후 정체성의 위기에 직면한 시기였기 때문에 폭력과 배제의 논리가 주도한 측면이 있다.

결론적으로 미니멀리즘 자체가 동질적이지 않다. 처음에는 정반대로 보이던 것의 조합이다. 빛이 그림자와 떼려야 뗄 수 없는 관계인 것과 마찬가지다. 이 조합은 일본 불교의 특정한 철학과 그 철학이 2000년간 영감을 준 예술과 문학이 가장 잘 다루고 있다. 이것이 바로 내가 도쿄를 찾아간 이유다.

뉴욕을 출발한 뒤 이어진 열네 시간의 비행은 마치 아무것도 없는 꿈처럼 공백 그 자체였다. 한숨 자고 일어나 시계를 보니 출발할 때와 똑같은 시각이었다. 그러나 날짜는 하루가 지나 있었다. 비행기가 도착하고 멍한 얼굴로 나리타 국제공항을 빠져나와 도쿄 도심으로 가는 급행열차를 탔다. 열차를 타고 도착한 역에서 신주쿠에 예약한 에어비앤비 숙소까지는 걸어서 10분 거리였다. 여행의 이질감이 없는 상태, 일종의 렘 콜하스적 분위기 때문에 나는 지하철을 아주 오래 탔을 뿐 여전히 브루클린에 있는 것 같았다. 그러나 뭔가 다르긴 했다. 건물은 더 높고 거리는 더 조용했다. 어딘가로 옮겨 왔다는 자각 자체가 없는 듯한 이 느낌은 숙소 안으로 들어가기까지 누구와도 교류할 필요가 없다는 사실 때문에 더 심해졌다. 나는 휴대폰으로 우편함 코드를 확인했고, 열쇠를 가져다가 마치 이미 그곳에서 사는 사람처럼 현관문을 열었다. 문을 열고 들어가자 그야말로 하얀 상자 안이었다. 벽에서부터 바닥, 천장, 계단, 침대까지 온통 하얀색이었다. 반들거리는 밤색 이불보와 모조 화분 하나만 빼면 방 어느 구석도 개성이라고는 없었다. 내가 오기 전에 아무도 산 적이 없으며 내가 떠나고 나면 다시는 아무도 그곳에 오지 않을 것만 같았다.

　도쿄에서 며칠을 지냈다. 호화로운 부티크를 지나쳐 걷기도 하고 비잔틴 양식의 지하철역에서 길을 잃기도 했다. 시차 적응도 쉽지 않았다. 그러다 밤이 되면 다시 하얀색 상자로 돌아왔고, 어쩐지 요한슨이 맡은 캐릭터, 도쿄의 유령이 되어버린 기분이 들었다. 시차 때문에 평소에 늘 연결되어 있던 온라인 접속 관계도 끊어졌다. 소비할 만한 트위터나 인스타그램 게시물이 많지 않았고, 집에 전화를 걸려 해도 타이밍이 애매하기 일쑤였다. 이러한 단절이 나를 좀 더 수용적 상태가 되게 만들었다. 관찰 말고는 할 수 있는 일이 없었다.

　도쿄에서는 모든 것이 완벽하거나 최적화되어 있었다. 건물은 저마다 최상의 형태를 띠었다. 개성 있으면서도 전체적으로 패턴에 통일성이 있었다. 지하철에서는 문이

열릴 때마다 노래가 흘러나왔는데, 지하철 노선마다 테마가
다른 전자음악이 정해져 있었다. 도시 규모는 크지만 도시를
구성하는 요소요소가 저마다 지닌 특성이 두드러졌다.
핀란드에서 수입한 빈티지 의류만을 파는 옷 가게는 내가
한 번도 생각해 보지 못한 하위 장르였다. 미슐랭 스타를
받은 라멘 가게는 약간 변형된 형태의 요리를 내놨는데,
조개와 생선으로 낸 육수는 이제껏 한 번도 맛본 적 없는
감칠맛으로 입맛을 돋웠다. 다양한 맛이 단 하나의 정수로
응축된 것 같았다. 한 카페는 세계 곳곳에서 가져온 커피
원두를 판매하는 데 집중하고 있었다. 로스팅 강도에 따라
밝은색 원두부터 어두운색 원두까지 단계별로 정리한 도표를
걸어놓았다. 두 남자가 조리대에 서서 만두를 빚고 있는 만두
가게도 있었다. 그들은 손으로 잘 오므린 만두를 그릴에
올려 조심스레 구웠고, 먹음직한 갈색을 띠자 마치 고급
스시처럼 접시에 담아 손님(나)에게 건넸다. 저드가 말한
"특정한specific"이라는 개념이야말로 이 모든 걸 요약할 수
있는 훌륭한 단어다. 일본에서는 음식, 음료, 공간, 스타일
등 어떤 사물의 범주에 내재된 이상적인 속성을 세심하게
감별하고 있었다.

  일본 문화의 극단을 경험하게 하는 사건이 있었다. 어느
날 밤, 나는 휴가차 도쿄에 들른 미국인 친구와 오모테산도에
있는 바에 갔다. 바 안에 손님은 없어 보였지만, 보도 위로
떨어지는 노란 조명이 따뜻하게 우리를 반기는 듯했다. 일단
자리에 앉자 정장을 차려입은 바텐더가 우리에게 시선을
보냈다. 그러고는 뭘 주문하겠느냐고 물었다. 메뉴판은 보이지

않았고 뒤쪽 벽에 늘어선 술병들만 눈에 들어왔다. 바텐더와 잠시 의논한 끝에 일본산 위스키 브랜드 중에 하나씩 골랐다. 바텐더는 외과 의사가 환자를 대하는 듯 신중한 태도로 사각 얼음을 작게 쪼개 두 개의 유리잔에 담고 위스키를 따른 뒤 고도의 집중력을 발휘하며 수십 차례 저었다. 마치 술의 잠재력을 끌어올리려는 듯한, 묵묵히 선수를 다독이며 응원하는 코치 같은 모습이었다.

우리가 위스키를 음미하는 동안 바텐더는 바를 치우거나 잔을 정리하지 않고 서 있었다. 나중에 한 커플이 들어오기 전까지는 다른 손님도 오지 않았다. 그는 시계가 걸린 벽 근처를 응시하면서 부드럽게 손을 쥔 채 우리를 기다렸다. 천천히 시간이 흘러 10분, 20분, 30분이 지났다. 친구와 나는 위스키를 다 마실 때까지 이야기를 나눴다. 하지만 그 끈질긴 고요가 어색했다. 평범한 일상을 살다가 갑자기 인생이 산산이 부서지는 사건이 발생한다는 점에서 마치 무라카미 하루키 소설 속에 갇힌 듯했다. 아마 우리에게 그 사건은 곧 맞닥뜨린 계산서였을 것이다. 한 잔당 20달러짜리 계산서였다. 고도의 집중력에는 비용이 많이 든다.

미묘한 감각을 인식하는 과정에서 기쁨을 느끼는 일본 특유의 매력은 음식과 술뿐 아니라 특히 사람과 장소에서 제대로 드러났다. 나는 지난 한 해 동안 일본 역사라는 토끼굴에 빠져들었다. 1000년 전 일기부터 현대 철학서, 다니자키 준이치로 같은 20세기 인기 작가의 소설 등을 섭렵했다. 뭐라 설명할 수 없는 열정에 이끌려 일본 미술의 특정한 아우라를 좇았다. 이러한 아우라는 미니멀리즘 시각예술과 음악 못지않게 무와 유를 넘나드는 명상의 미학에서도 즐길 수 있다.

이 미학의 뿌리를 이루는 건 불교다. 삶은 덧없고, 모든 물질적인 것은 필연적으로 떠내려가며 남는 건 비움의 과정에서 우리가 얻을 수 있는 기쁨뿐이라는 사실을 받아들이는 것이다. 그러나 일본 불교 역시 수입품이다. 한국과 중국의 고대 왕조를 거치며 걸러지고 일본 전통 종교 신도와 결합했다. 신도는 지구상의 모든 것이 숭배할 가치가 있는 근본적 영혼에 의해 똑같이 살아 움직인다는 믿음으로, 현존하는 모든 것을 기리는 종교다.

일본에 대해 더 배우려면 교토로 가야 한다. 794년부터 1869년까지 일본의 수도였던 교토는 고대 문화의 원천인 도시다. 현지 사람들은 뉴욕, 파리, 로마만큼 교토를 우월하게 생각한다는 사실을 내게 알려줬다. 나는 도쿄역에서 10분에 한 대씩 출발하는 초고속 열차인 신칸센을 탔다. 기차가 달리자 풍경은 알아볼 수 없게 흐려졌고, 또렷한 기계음의 안내 방송이 다음 역을 알려주었다. 나는 흰밥 위에 생선회 조각을 올린 초밥으로 꽉 채운 도시락을 먹었다. 지구상 어디에도 이런 맛은 또 없을 것 같은 완벽한 맛이었다.

교토에 도착한 나는 여행 가방을 끌고 먼지투성이 골목길을 따라 걸어갔고, 마침내 유미야 고마치 여관의 어두운 문 앞에 도착했다. 기온에 있는 수천 년 된 목조건물이다. 기온은 교토에서도 가장 오래된 지역으로 유서 깊은 홍등가였다. 지금은 낮은 목조 연립주택, 식당, 바 등이 즐비하다. 유미야 고마치 여관은 한때 게이샤의 딸들이 교육을 받던 시설이었다. 또 이 동네는 많은 관광객을 끌어들이는 불교 사원과 가깝다. 수 세기에 걸쳐 작가들에게 영감을 준, 죄악과 경건함이 혼재된 지역인 셈이다.

내가 찾아간 시기는 비수기여서 더 조용했다. 벚꽃이나 단풍 대신 앙상한 나뭇가지들이 있었다. 여관방 안으로 들어가기 위해 창호지를 바른 미닫이문을 열고 신발을 벗었다. 도쿄 도심이 브루클린보다도 멀게 느껴졌다.

4 - II

일본 불교에서 무無는 텅 빈 진공상태가 아니라 실재다.
만물의 기저에 있는 총체적 부재의 실재로서 산스크리트어로
'순야타Śūnyatā'라고 칭한다. 꽤 까다로운 개념이다.

13세기 중국의 승려 무문혜개는 광둥에 있는 어느 절의
주지였을 때 화두를 모아놓은 유명한 책『무문관』을 지었다.
여기서 화두는 참선 수행자에게 실마리가 될 문답이나 글귀
등을 뜻한다. 주로 옛 스승들이 남긴 어록에서 유래한다.
초라한 행색에 머리는 덥수룩하고 턱수염을 길게 길렀던
무문혜개는 떠돌이 승려였다. 그가 수집한 첫 번째 화두는
'구자불성狗子佛性, 개에게도 불성佛性이 있는가'이다. 본인도
수행자로서 이 화두를 참선의 주제로 삼았고, 6년이 흐른
뒤에야 깨달음을 얻었다. 이 화두에는 중국 당나라 시대의
승려이며 고불古佛, 즉 옛 부처라는 칭송을 들었던 조주 선사의
일화가 담겨있다.

한 승려가 조주 선사에게 물었다. "개에게도 불성이
있습니까?"

조주 선사는 대답했다. "무無!"

여기서 '무'는 '불성이 없다'는 대답처럼 보일 수 있지만,
사실 부정否定한 것이다. 만물에는 불성이 있다. 그러므로 질문
자체가 잘못되었다. 지금부터 우리는 이 부정에 관해 생각해
볼 것이다. 무문은 이 화두를 해설하며 무에 관해 썼다. "무를
보통의 부정적 기호라고 여기면 안 된다. 단순히 존재의 반대,
비존재의 의미가 아니다. … 무는 네가 삼켰다가 토해내려
해도 토할 수 없는 시뻘겋게 달군 쇠구슬이다." 금속제 물통에
담긴 보데가 커피를 마시는 것과 같은 비유다. 김이 펄펄
나지만 어쨌든 한 모금 마신다. 그렇게 홀짝이다가 목구멍을
델 수도 있다. 존재하지 않음이란 이렇게 들끓는 것일 수도
있다. 전혀 고요하지 않다. 케이지가 〈4분 33초〉로 일으킨
불확정성의 동요와 같은 것이다.

선불교의 화두는 언어의 균열이다. 대답을 원치 않고
집중하기를 요구한다. 무엇이든 둘로 나누어 설명할 수 있다는
믿음인 이원론을 타파하기 위한 인식의 도구다. ('적을수록
좋다'는 이 책의 서양식 화두가 될 수도 있을 것이다.) 존
케이지의 스승 스즈키 다이세쓰가 영어로 번역한 옛 선시에
따르면 선불교는 "광활한 공간과 같은 완벽함 / 부족함도
없고 넘침도 없다". 이 단일성에 대해 지나치게 많이 생각하는
것조차도 피해야 한다. "둘은 하나 때문에 존재하나 / 이
하나를 붙들지 말라." 선불교는 복잡한 사회적 위계와 의식을

발전시키지만, 결국 핵심은 정통에 반하는 것이다.

역사 속 붓다는 기원전 3세기경 지금의 인도와 네팔 근처에서 살았다. 붓다는 왕자로 태어나 세상의 고통으로부터 보호받았다. 그러나 어느 날 인생이 형편없다는 사실을 깨닫고, 금욕과 명상의 삶을 좇아 왕자 자리를 버렸다. 붓다는 중도中道를 택했다. 중도는 세속적 물질주의와 의도적 고행 사이의 길이었다. 욕망은 어느 극단으로 가든 고통의 원인이 되었다. 기원후 1세기에 붓다가 정립한 불교가 본토인 아시아 전역에 퍼졌고, 불교 경전이 중국어로 번역되었다. 중국에서 불교는 붓다가 탄생할 무렵에 형성된 토착 종교인 도교와 결합했다. 현인 노자는 『도덕경』에서 무위無爲를 역설했다. 다음은 『도덕경』 48장의 내용이다. "덜어내고 또 덜어내면 / 무위에 이를 수 있다 / 하는 것이 없어야 하지만 못하는 것도 없다. / 천하를 다스리고자 하면 흐르는 대로 두어야 한다. / 억지로 끼어들면 천하를 다스릴 수 없다."

선불교는 6세기에 우락부락하고 덥수룩하게 수염을 길렀던 중앙아시아의 승려 보리달마에 의해 중국에 전해졌다. 처음에는 중국의 사찰에서 달마를 받아들이지 않았다. 달마는 동굴로 들어가 벽을 응시한 채 9년을 보냈다. 두 번째 해에 깜빡 잠이 들었던 달마는 다시는 이런 일이 일어나지 않도록 눈꺼풀을 잘라냈다. 눈꺼풀이 땅에 떨어졌고 그 자리에서 중국 최초의 차나무가 자라났다. 차는 승려들이 참선하는 동안 각성상태를 유지하는 데 도움을 주었다.

또 6세기는 불교가 한국을 통해 일본으로 전파된 시기이기도 하다. 공식 조정 사절단이 경전과 금박 두루마리를 들고 바다를 건너 일본에 도착했다. 그 뒤로 1000년경 헤이안 시대 후기가 되어서야 선불교가 일본에서 인기를 끌었지만, 짧은 형식의 시 하이쿠와 다도처럼 현재 일본의 본질적 특성으로 받아들여지는 많은 것이 발전하는 데 핵심적 역할을 했다. 이 중 다도는 소박한 재료와 정신적 양식을 참되게 느끼는 수련으로, 승려 에이사이가 처음 시작했다. 에이사이는 초창기 선불교 사찰을 건립했으며 중국에서 유학하다가 녹차 씨앗을 일본에 처음 들여왔다. 에이사이는 공교롭게도 내가 교토에서 묵고 있는 여관 인근의 사찰 겐닌지에 묻혀 있었다. 사찰 경내에는 에이사이를 기리는 비석이 세워져 있었다.

선불교에서는 우리가 삶의 수많은 문제를 통제하기에는 역부족이라는 사실을 인정한다. 살아가는 내내 언제 결혼하고, 어떻게 애도하고, 어디서 일하며, 어떤 형태의 부를 축적하고, 언제 포기해야 하는지 등 시간과 장소에 따라 보편적으로 나타나는 수많은 문제를 맞닥뜨리게 된다. 우리는 이 문제를 해결하기 위해 어떠한 체계에 의존하는 경향이 있다. 그것은 『성경』의 십계명, 타로점, 찻잔에 남은 찻잎의 패턴으로 길흉을 점치는 찻잎 점, 천체의 위치에 따라 미래를 예언하는 점성술, 죽은 사람과 나누는 대화 등이 될 수도 있고, 구름이나 동물 내장의 모양을 관찰하거나 인스타그램에서 '좋아요'를 많이 받을 만할 일을 실행하거나 옷장을 정리하거나 무작위로 변화하는 당대의 문화적 유행에 따르는 일이 될 수도 있다. 우리는 삶의 지침을 찾아 주변을 둘러보다가 우리가 사는 세상에 기본적으로 깔린 불가지성과 마주하게 된다. 그래서 미니멀리즘과 같은 새로운 통제 방식에 관심을 돌려보기도

하지만 그 역시 비현실적이며 영역 없는 지도라는 의심에
물들게 된다.

선불교에 따르면 우리는 모든 문제에 답이 있다는 대전제
자체에는 의문을 제기하지 않은 채 이리저리 방법만을
바꿔보며 자신을 함정에 빠뜨린다. 무문혜개는 "이것과 저것,
예와 아니요로 설명하는 사람은 예와 아니요로 설명되는
사람이 된다"라고 말했다. 무문혜개가 많은 분석 끝에 내린
결론은 이러하다. "무언가를 이해하려고 들면 결국 아무것도
이해하지 못하게 된다."

4 - III

일본 헤이안 시대에 후지와라노 데이시 황후의 한 시녀가
당시 10대이던 황후에게 희귀한 종이 한 뭉치를 하사해
달라고 청했다. 당시 궁에서는 종이를 많이 썼다. 여자들은 시
구절이나 유혹하는 글귀 등을 적어 비슷한 계급의 남자들에게
보냈다. 오늘날의 문자메시지 같은 역할을 한 셈이다. 문장의
구성, 글씨체, 종이의 질에 신경을 쓰며 답이 언제 올지
초조하게 기다렸다. 여유로운 삶을 살던 그들에게 이처럼
서신에 담긴 의미를 하나하나 따져가며 시간을 보내는 일만큼
즐거운 일도 없었다. 서신을 주고받는 남녀에게서 흔히 볼 수
있는 풍경이다.

　　정치와 전쟁에서 배제된 여성들의 일상에 주어진 것은
문학작품을 인용해 만든 암호 해독하기, 옷 고르기, 계절별
의식 치르기 등이었다. 비 오는 밤에 뜬 보름달과 눈 내리는
밤에 뜬 보름달 사이의 시적 차이를 이해하는 일, 잠든 자신을
뒤로하고 향기가 밴 옷만을 남겨놓고 떠나는 연인과 아침까지

남아 있다가 차마 떠나지 못하고 머뭇거리며 옷을 입는 연인 중 어느 쪽이 더 좋은지 고르는 일 등은 취향과 해석의 유희였다.

토론과 오락과 유혹을 즐기기 위해서는 교양을 필수적으로 갖추어야 했다. 불교의 카르마karma가 이를 정당화했다. 카르마에 따르면 전생에 덕을 쌓은 사람은 현생에 아름다움으로 보상받는다. 그러므로 아름다움은 좋은 것이었다. 그림과 서예, 옷 등으로 아름다움을 추구하는 것은 도덕률에 가까웠다. 멋과 양식은 헤이안 시대의 통치 원칙이었으며 그 정도가 지나칠 지경이었다.

종이는 꽤 중압감을 안기는 하사품이었다. 당시 서른 살 즈음이던 세이 쇼나곤은 특히 더 부담을 느꼈다. 영향력 있는 시인 가문의 후손이던 쇼나곤은 뛰어난 미모나 권력보다는 재치 있는 말솜씨로 데이시 황후의 살롱을 빛내는 사람이었다. 이 종이는 황실 풍경을 기록으로 남기기 위한 도구였다. 마치 오늘날 《보그》가 왕실 가족을 촬영하는 것과 비슷한 일인 셈이다. 떠들썩했던 하루의 여흥이 끝나면 쇼나곤은 혼자 자기 방으로 돌아와 종이를 한 장 꺼냈다. 어두운 방 안에서 옻칠한 낮은 나무 상 가까이에 등불을 켜두고 궁에서 벌어진 일을 상세히 기록했다. 재치 있는 경구, 일화, 시, 여행 등 독자들에게 기쁨이나 공감을 불러일으킬 이야기를 담았다.

이렇게 탄생한 책은 『베갯머리 서책(마쿠라노소시)』 이라고 불렀다. 가히 1000년여 전의 블로그라 할만한 이 작품에는 소소한 일상 속 시적인 순간이 가득 담겨 있다. 쇼나곤은 주변 세상을 낱낱이 관찰해 즐거움과 불쾌함,

아름다움과 추함, 시적인 것과 진부한 것으로 분류했다. 주위에 깊은 관심을 기울이고, 현존하는 그 무엇이든 가치를 알아본다. 이렇게 쓰인 쇼나곤의 글은 은근하게 심오하다. "여름의 곤충들은 꽤 매력적입니다. 이야기를 읽으려고 등불을 가까이 끌어당겼을 때, 그 위로 곤충들이 날아다니는 방식을 좋아합니다." 쇼나곤의 짤막한 관찰기는 사소하고 구체적이면서도 하나의 완전한 세계관을 이룬다.

나는 한밤에 교토 여관의 다다미방에서 『베갯머리 서책』을 읽었다. 이 책을 읽을 때 내 이불 위를 비추는 것이라고는 창호지를 바른 조명에서 새어 나오는 은은한 빛밖에 없었다. 잠들기 전 어둠 속에서 글을 쓰던 쇼나곤의 모습을 어렵지 않게 상상할 수 있었다. 쇼나곤이 살던 대저택의 방들은 내가 지금 있는 방의 원형일 것이다. 방에서 미닫이문을 열면 마루가 나오고, 마루에서는 구불구불한 나무들이 드리운 그늘에 둘러싸인 정원이 내려다보인다. 쇼나곤의 눈에 비친 풍경을 담은 글은 마치 어제 쓴 것처럼 생생하다. 책을 내려놓은 뒤에도 세상은 여전히 쇼나곤의 해설로 빛나고 있다. 쇼나곤이 옷감의 질감이나 바깥에서 바스락거리는 나뭇잎을 좀 더 자세히 관찰해 최고의 순간을 포착해 보라고 귓가에서 속삭이는 듯하다. "일곱 번째 달, 더위가 지독한 시기에는 곳곳의 문이 밤새도록 활짝 열려 있다. 달밤에 깨어나 바깥을 내다보며 누워 있으면 기분이 참 좋아진다." 쇼나곤의 글이다. "깜깜한 밤도 좋다. 새벽에 달이 뜨는 풍경은 그야말로 말로 표현할 수 없을 만큼 아름답다."

쇼나곤이 묘사한 수많은 순간은 주로 어둑한 시공간에서

일어난다. 커튼이나 칸막이, 미닫이문으로 가로막혀 있던, 헤이안 시대에 여성들을 격리한 폐쇄 공간에서 일어나거나, 사생활과 자유가 좀 더 허용되는 밤의 어둠 속에서 일어난다. 어둠은 위태로운 기운을 불러일으킨다. "서늘한 저녁이 되면 땅거미가 내리면서 사물의 형태가 흐려지기 시작한다"라고 쇼나곤은 썼다. 빛에서 멀어지자 비밀스러운 여행이 시작되었다. 어느 날에는 남자가 불쑥 찾아오고, 그들은 화로 곁에서 새벽녘까지 오래도록 대화를 나누기도 한다. 쇼나곤은 "밤이면 더 좋은 것들"이라는 목록을 만들기도 했다. 이 목록에는 보드라운 보라색 비단이 품은 광채, 머리칼이 아름답고 이마가 넓은 여자, 폭포 소리 등이 포함되어 있다. 『베갯머리 서책』에 실린 가벼운 필체의 글은 풍자와 비판을 비수처럼 숨기고 있다. 한 세기 가까운 세월을 지나는 동안 사람들의 사고방식이 그리 많이 변하지 않았음을 넌지시 상기시킨다. "밤에 우는 모든 것은 멋집니다. 물론 아기는 예외지만요."

어둠 속에 있는 누군가의 얼굴이나 호화로운 옷차림을 언뜻언뜻 포착하는 것은 밝은 곳에서 전체적인 시야로 바라볼 때보다 매혹적일 수 있다. 쇼나곤은 자신이 처음 황후의 시중을 들었을 때 그의 아름다움을 감히 똑바로 쳐다볼 수 없었다고 썼다. (쇼나곤은 이 글이 공개적인 기록이 될 것을 알았기 때문에 황후의 아름다움을 부풀려서 묘사해야 했을 수도 있다.) 궁정의 주된 게임 중 하나는 명확성과 모호성 사이의 미묘한 공간을 탐색하는 것이었다. 모호성은 명확성보다 더 아름다우면서 진실할 수 있다. 헤이안시대 사람들은 간결한 답보다 시적 흥취를 자아내는 방식을 더 중시했다.

쇼나곤의 라이벌이던 또 다른 궁정 여성 무라사키 시키부가 쓴 『겐지 이야기』도 유사한 비평을 받았다. 시키부는 쇼나곤이 "지독하게 자만에 빠져" 있으며 쇼나곤의 글이 평범하다 생각한다고 일기에도 적었다. 같은 시대에 쓰였고, 궁정 여성이 작가였다는 점에서 두 책은 흥미로운 한 쌍이다. 『베갯머리 서책』이 개인적 의식과 연결되어 있다면, 현대 소설에 가까운 『겐지 이야기』는 짤막한 일화가 뻗어나가는 방식이다. 실체 없는 화자가 전지적시점에 가까운 방식으로 헤이안 시대의 궁 전체를 조망한다.

쇼나곤의 목소리가 예리하고 사적인 성격을 띤다면 무라사키는 겐지라는 왕자를 무결점의 존재로 보는 일종의 팬픽을 썼다. 겐지는 매력적이며 시를 잘 짓고 충성스러운 사람이었다. 여성들의 규방을 무시하는 태도를 보이고, 입양한 딸에게 의심스러운 추파를 보내도 그의 평판은 망가지지 않았다. 아름다움은 곧 선함을 의미했다. 독자는 겐지가 스스로 천황이 되지는 않았지만, 헤이안 사회의 완벽한 본보기였다고 여기게 된다. 이 소설이 승리를 지향하는 선형적인 서사에서 벗어나 있음을 알 수 있는 대목이다.

『겐지 이야기』에서도 그림자 안을 슬쩍 들여다본다는 것에는 숨은 의미가 있다. 궁정에서 추방된 겐지는 원래 귀족이었다가 승려가 되기 위해 속세를 떠났던 사람의 해안가 집으로 향한다. 두 사람은 함께 악기를 연주하면서 "여기저기서 나뭇잎이 만드는 그림자가 봄의 벚꽃이나 가을 단풍을 능가하는" 풍경을 관찰한다. 두 사람은 닫힌 방 안을 훔쳐보려 하지만 실패한다. "더없이 우아한 여성들의 음악을 듣던 장수는 그림자 안 깊숙이까지 보고 싶어졌다." "장수는 방의 그림자 안쪽까지 또렷이 보지 못하자 크게 실망했다." 간혹 원하던 목표물이 시야에 들어오더라도 여전히 베일에 싸여 있는 듯했다. 그러다 겐지가 금방이라도 쓰러질 듯 아파 보이는 한 여자를 관찰한다. "그 여자의 마른 팔은 그림자만큼 연약했는데, 창백하고 늘씬한 우아함은 여전했다." 아프다는 것 자체가 이상적인 모습인 것처럼 나타난다. "그 여자는 더 사랑스럽고 더 소중하고 더 어여뻐 보였다."

모호하고 불완전한 것의 미학은 불교적 가치인 '모노노아와레物の哀れ'에서 비롯된다. 모노노아와레는 보통 사물에서 느껴지는 애상을 뜻한다. '아와레'는 연민이나 후회의 감정을 담은 표현이며 '모노'는 세상에 존재하는 사물을 뜻한다. 모노노아와레는 덧없음의 아름다움이다. 떨어지는 나뭇잎이나 하루의 끝에 바위 가장자리를 금빛으로 물들이는 햇살은 삶이 덧없다는 자각을 불현듯 불러일으킨다.

11세기 사람들의 수명은 짧았고, 특히 여성은 잘못된 임신이나 빙의로 사망할 수 있는 시기였다. 그리고 두 사례 모두 『겐지 이야기』에 등장한다. 헤이안 시대는 벼랑 끝에 서 있었다. 헤이안 궁은 자국보다 발전한 중국과 한국의 고대 왕국에 주기적으로 사절단을 보냈는데, 9세기부터는 이를 의도적으로 중단했다. 또 새로운 지배 사상이 된 불교에서는 인류가 역사의 순환 끝에 도달했다고 보았다. 일종의 종말이 다가왔다. 겐지는 "모든 게 쇠퇴하는 상태에 놓인 듯하다"라고 말했다. 어떤 면에서는 그들이 옳았다. 이 타락한 집단은 곧 교토 밖 산속에서 온 무사 승려들의 행렬에 굴복당했다. 무력한 헤이안 시대의 강박관념에 반기를 든 승려들은 1192년에 좀 더 엄격한 가마쿠라 막부를 세웠다.

현실이 이렇다 보니 『겐지 이야기』와 『베갯머리 서책』에서 모든 건 덧없이 사라지거나 도피 중이다. 어둠이 길을 뒤덮으면 연인들은 집에 돌아가기 위해 달이 뜨기를 기다려야만 한다. 과거의 저택들은 울타리에 틈을 만드는 덩굴로 덮여 있어 아주 쉽게 안쪽에 등이 켜져 있는지 확인할 수 있었다. 멀리서 새어 나오는 음악 소리는 연주자가 보이지 않아도 듣는 사람을 끌어당긴다. 후대에 『겐지 이야기』를 그린 두루마리와 병풍 그림을 보면 구름처럼 생긴 여백(그 자리를 금박 나뭇잎 무늬로 채운 경우도 있다)이 잘 꾸며놓은 집 안에서 서로 희롱하거나 다투는 귀족들의 모습을 감싸고 있다. 이 그림의 여백은 고요한 가을의 흥취를 담아내며 관능적인 미니멀리즘의 미학을 보여준다.

그러나 작가가 말하는 모노노아와레의 우울한 정서와 책 속에서 드러나는 소비주의적 물질 문화 사이에는 뚜렷한 차이가 있다. 쇼나곤은 궁정 안 사람들을 옷차림, 마차의 크기, 하인의 행동거지 등으로 판단하는 듯 보인다. 무라사키는 남자들이 자기가 좋아하는 여성 무용수를 인형처럼 꾸며 무대 위에 내보내는 호화로운 정기 행사, 누가 가장 훌륭한 그림을 수집했는지 가리는 경연(우승자는 당연히 겐지다) 등을 묘사해 독자들을 즐겁게 한다. 한편으로는 그토록 복잡한 유흥을 원한 황족과 귀족들이 얼마나 어리석었는지도 알 수 있다. 작가 이안 부루마는 헤이안 시대 귀족을 "제정신이 아닌 상태로 지루했다"라고 묘사했다. 어느 새가 한 해의 어느 시기에 우는지 알아내며 자연 속에서 단순한 즐거움을 찾는 수준이 아니다. 그들은 어느 새의 소리가 가장 멋진지 결정했고, 뻐꾸기 소리가 섬휘파람새 소리보다 예쁘다는 사실을 알지 못하는 사람을 무시했다. 취향은 신분을 상징하는 중요한 지표였다.

이런 분위기에 질릴 대로 질린 헤이안의 남녀는 얄팍한 물질적 세계를 떠나 머리를 깎고 교토에서 멀리 떨어진 절로 들어가겠다고 끊임없이 말했다. 덧없음 앞에 저항하지 않겠다는 궁극적인 항복이었다. 현시대의 디지털 디톡스나 인터넷 끊기에 버금가는 선언이다. 물론 잠시 금욕주의의 매력을 취한 뒤 다시 돌아갈 수도 있었다. 그들은 문명에 대해 양가적 감정을 가지고 있었다. 궁에서 추방된, 겐지가 찾아간 승려가 된 귀족도 그랬다. 자기 신분은 버렸을지 몰라도 자기 딸을 황실 가족과 결혼시키고 싶다는 집착은 여전히 가지고 있었다. 그 귀족의 바람은 이루어지지 않았지만, 어찌 됐든 겐지는 그의 딸을 궁으로 데려갔다. 겐지는 좋은 사람이기 때문이다.

미학만으로 구축된 사회는 괴로울 수 있다. 여기서 말하는 미학이란 오늘날 미니멀리즘이 불러온 열망과 유사하다. 불교가 덧없음을 수용한다고 해서 욕망이 없어지는 것은 아니다. 헤이안 사람들은 덧없음 그 자체에 취향을 결부함으로써 욕망을 더욱 강렬하게 드러냈다. 그들은 모든 방법을 동원해 가장 아름다운 덧없음을 추구했다. 문제는 이 취향이 사악하고 공허한 논리에 의해 작동한다는 점이다. 사물은 임의대로 드나들고, 판단은 근본적인 원인이 아니라 그저 변덕에 따를 뿐이다.

세이 쇼나곤 역시 희생자다. 쇼나곤이 모시던 황후는 차츰 황제의 총애를 잃었고, 임신한 몸으로 궁에서 먼 곳으로 쫓겨났다. 황후가 머물 시골집은 지위에 어울리지 않게 참으로 초라했고, 그나마 얼마 지나지 않아 황후는 죽음을 맞이했다. 쇼나곤의 운명은 지위 낮은 귀족과 결혼했거나, 승려가 되어 가난하게 죽음을 맞았거나 둘 중 하나다. 이에 관련한 역사적 기록은 모호하다. 그런데 『베갯머리 서책』에서는 어떤 고난도 언급하지 않는다. 쇼나곤은 풍자적 화자의 목소리를 유쾌하고 세련된 것으로 제한했다. 생략은 의도적이었으며, 11세기 독자들에게는 더욱 눈에 띄었을 것이다. "사람들은 내게 제발 아무것도 생략하지 말라고 간청했다"라고 쇼나곤은 썼다. 그러나 쉽게 눈치챌 수 있는 생략이라는 점이 핵심이었다.

4 - IV

일본의 메이지 시대는 또 다른 위기의 순간을 맞이했다.
1853년에 미 군함을 끌고 도쿄항에 도착한 페리 제독은
일본을 압박해 해외 무역을 개방하도록 했다. 1868년에
일본의 마지막 쇼군 도쿠가와 요시노부가 퇴위하고 메이지
시대가 열리면서 봉건적 막부 시대는 막을 내렸다. 이번에는
고립을 고수하기 어려웠다. 덜컹거리는 기차와 전광판이 한때
고요하고 어두웠던 밤을 침범했다. 목조건물은 종이 대신
유리로 된 창을 단 고층 건물로 점차 바뀌었다. 젊은이들은
서양의 대학으로 공부하러 떠났고, 칼라 달린 셔츠를 입고
높은 모자를 쓰고 다녔다. 일종의 문화 충격이었다. 일본은
압도적인 서양의 영향력과 협상을 벌이며 과연 일본적인 것이
무엇인지 상기하는 과정을 거쳐야 했다.

　　이처럼 급격한 변화에 맞서기 위해서는 근본적인 일본의
이상으로 되돌아가야 했다. 안정과 지속의 가치를 추구하며
과거의 역사를 참고하는 것이다. 예술가와 작가들은 서구의

침략에 저항하기 위해 정체성을 새롭게 그려가는 방식을 택했다. 일본다움의 양식을 새로 만들어가거나 선별해야 했고, 그것이 새로운 세계질서에 적응할 수 있는 유일한 길이었다. 막상 국경이 열리자 일본의 영향력 역시 세계로 뻗어갔다. 타자와 마주하는 과정에서 더 선명하게 대비되는 자신을 보게 된 셈이다.

그 당시 문화 사절이던 오카쿠라 가쿠조는 음울한 낯빛에 짙은 콧수염을 기른 시인이자 미술평론가이자 행정가였다. 그는 양복만큼이나 중국 전통의상도 곧잘 입었다. 1901년 오카쿠라는 예외주의를 주창하는 글「동양의 우수성The Ideals of the East」을 발표했다. "아시아 인종의 뛰어난 천재성은 과거의 이상이 담긴 모든 국면을 깊이 되새기게 한다." 오카쿠라는 일본 민족이 인도와 중국 문명의 가장 훌륭한 면을 신중하게 받아들였고, 일본은 아시아 문명의 박물관이라고 말했다. 신도, 불교, 선禪, 전통극 노能 같은 시금석으로도 일본은 "근대의 강국"이 될 수 있었다.

학자 존 클라크는 오카쿠라의 글에 드러난 이데올로기를 "미학적 민족주의"라고 설명했다. 예술과 문화를 정치로 활용하는 한편, 자아를 부풀리고 외부인을 배제하기 위한 운명론적 도구로 미학을 변모시켰다는 것이다. "내부에서 승리하라, 그러지 않으면 외부에 의해 거대한 죽음을 맞이하리라." 1901년 오카쿠라가 쓴 글의 마지막 문장이다.

오카쿠라는 불운한 사건을 겪으며 퇴임했고, 1904년에 보스턴으로 옮겨가 순수예술 미술관의 자문으로 지냈다. 그곳에서 미국의 시인 에즈라 파운드와 수집가 이사벨라

스튜어트 가드너와 친구로 지내면서 그들을 열성적인 일본 애호가로 만들었다. 그러다 1906년에 다도라는 렌즈를 통해 일본의 감각을 설득력 있게 소개한 영문판 도서 『차 이야기』를 출간했다. 1000여 년 전에 이미 오카쿠라는 미국 가정의 과도한 잡동사니 문제를 지적하고 있다. "실내를 단순하게 장식하고 그 장식을 자주 바꾸는 일본인으로서는, 엄청난 양의 그림, 조각상, 자잘한 장식품 등으로 실내를 채우는 서양인들이 부를 천박하게 과시하고 있다는 인상을 받을 수밖에 없다"라고 오카쿠라는 썼다. 다도는 물질을 쌓아두려는 태도와 다르며 "불완전함을 흠모한다. … 우리가 삶이라고 여기는 불가능의 세계에서 가능한 것을 성취하려는 온화한 시도다."

오카쿠라의 양면적 주장에는 딜레마가 있다. 자기 민족만의 독특한 예술과 아름다움에 관한 주장을 옹호하기 위해 안간힘을 쓰는 한편으로 이국적 아우라에 이끌린 세계의 관객에게 이 가치를 전달하기 위해 노력한다. 오늘날까지도 세계적 취향의 인플루언서였던 그의 명성은 빛난다. 일본 특유의 감수성은 공유되어야 했을까, 아니면 가장 순수해 보이는 형태 그대로 보존해야 했을까? 아무리 일본이 단순성과 고요, 겸양이라는 가치를 갖추었다고 해도, 이러한 보존 대 팽창의 이분법은 일본을 20세기의 폭력적 심장부로 몰아넣었다. 당시 전 세계에 일본식 축소의 미학이 퍼지고 있었음에도 말이다.

교토는 파사드의 도시. 특히 가모강 건너편 옛 헤이안 황궁 남동쪽에 있는 동네 기온에서 두드러지는 특성이다.

기온 거리를 걷다 보면 간판을 읽을 수 있어도 실제로 건물 안에 무엇이 있는지, 안에서 무슨 일이 벌어지고 있는지 알아채기 어렵다. 오래된 상가 건물 정면이 창살처럼 수직으로 세운 나무 칸막이로 가려져 있기 때문이다. 내부 출입문은 커튼으로 가려져 있고, 긴 복도를 걸어 들어가야 문이 나온다. 레스토랑이나 바에 사람이 얼마나 붐비는지 유리창 너머로 들여다보고 싶어도 볼 수 없다. 나무 칸막이 사이로 뭐라도 슬쩍 엿볼 수 있다면 운이 좋은 것이다. 그러지 못하면 안에서 들려오는 말소리나 그릇 달그락대는 소리를 들으며 새로운 기회가 올 때까지 주뼛거리며 서 있어야 한다.

숨어 있다는 것은 뒤로 물러나 있는 태도를 나타낸다. 이곳 주민들은 수천 년간 쌓아온 안목을 이어받은 후계자로서 본인과 후대를 위해 이 도시의 문화적 기후를 보존하는 일에 관심을 기울인다. 이곳 건축물에는 이분법이 뚜렷이 드러난다. 일단 파사드가 무척 단순하다. 마치 외지인의 접근을 막기 위해 디자인한 듯하지만, 일단 진입하면 도쿄에 비해 친밀하고 호의적이다. 프랑스 철학가 프랑수아 쥘리앵이 「단조로움 예찬In Praise of Blandness」이라는 글에서 다룬 "단조로움blandness"이라는 고대 중국의 미학적 개념이 떠오른다. 단조로움은 지배적으로 정의할 수 있는 특징이 없음을 의미한다. 그림이나 시, 행위 등에서 중립성을 유지하는 것이다. 개성을 드러내지 않는 사람은 허튼소리를 늘어놓는 사람보다 매력적이다. 노골적이거나 명백한 것을 피함으로써 지루해 보일 위험을 감수하는 것이다. 미니멀리즘의 또 다른 전례다.

내가 머문 여관의 주인은 활기찬 성격의 나이 든 여성이었다. 수십 년째 이 낡은 여관을 임대해 운영 중이었는데, 낡은 건물 특유의 부드러운 분위기를 방해하지 않으면서도 손님의 편의를 도울 현대식 샤워 시설과 욕실을 추가했다. 여주인은 교토가 아닌 규슈 출신이다. 규슈는 일본 남부의 지중해성 기후를 띤 지역으로 따뜻하고 활력이 넘치는 곳이다. 여주인은 아담한 로비에서 따뜻한 가스히터 위 주전자에 담긴 차를 따라주며, 교토 사람들과 친해지기가 참 어려웠다고 말했다. "교토 사람에게 초대받아 대문을 통과하는 데 5년, 집 안으로 들어가는 데 10년 걸린다"라는 말이 있을 정도라고 덧붙였다. 언제 한번 같이 차를 마시고 밥을 먹자는 교토 사람의 말은 사실상 이제 그만 헤어질 시간이 되었다는 암시라고도 했다.

여관 운영 초창기에 그는 골목의 낙엽을 제때 치우지 않는다는 불평을 들어야 했다. 그는 오후에 낙엽을 쓸었는데, 알고 보니 다들 아침에 낙엽을 쓸고 있었던 것이다. 짜증이 솟구쳤지만 참고 다른 사람들에게 맞추기로 했다. "실례합니다. 전 괜찮아요. 죄송합니다." 그는 정신없이 청소하는 시늉을 하며 말했다. 물론 교토는 멋진 곳이다. 절과 벚꽃, 가을이면 주황빛으로 물드는 주변의 나지막한 산 모두 아름답다. 하지만 다들 그렇게까지 젠체할 필요가 있을까 싶기도 하다.

나는 이 여관에서 가장 큰 방을 골랐다. 여관 뒤편에 우묵하게 형성된 일본식 정원이 좁다란 마루 너머로 보인다. 정오쯤이면 햇살이 주변 건물 사이로 쏟아져 내린다. 방과

정원은 서로 투과되는 하나의 공간을 이루되 미닫이문 한 쌍, 창호지 한 겹, 추위를 막기 위한 튼튼한 플렉시글라스 한 겹으로 구분되어 있다. 아침이면 바닥에 깔린 요 위에 누워 격자무늬 종이 위로 정원의 식물들이 그려내는 실루엣을 올려다보았다. (일본어 표현 중에는 나뭇잎 사이로 비치는 햇빛이 그려내는 얼룩무늬를 가리키는 '고모레비こもれび'라는 단어도 있다.)

사각형 방 내부는 어둑하게 유지되었다. 모래를 바른 벽의 모노톤 질감이 흐릿하고 신비로운 분위기를 만들었다. 방 한쪽에는 '도코노마床の間'라는 우묵하게 들어간 벽감이 있었다. 예술을 위한 공간이다. 이 건축적 특징은 16세기에 등장했다. 바닥을 높인 단 위에 꽃꽂이를 놓고, 벽에는 인쇄물이나 그림, 서예 작품 등을 한 점 건다. 사색을 위한 작은 갤러리인 셈이다. (다도에서 중요한 손님은 도코노마를 마주하고 앉지 않는 걸 보면 주인이 손님에게 자랑하기 위해 만든 공간은 아닌 것 같다.) 내 방의 도코노마에는 긴 도자기 화병에 분홍색 꽃 한 송이와 잎사귀가 달린 나뭇가지가 꽂혀 있고, 벽에는 승려가 그려진 수묵화 두루마리 한 점이 걸려 있었다. HGTV 채널이 요구하는 응접실 스타일의 미술품이나 분위기에 맞지 않는 기념품 같은 것은 거기에 없었다.

도코노마의 사물은 비어 있는 공간으로 둘러싸여 있으며, 백지처럼 그것들을 둘러싼 부재로 인해 존재감이 강화된다. 정반대의 요소 때문에 아름다움이 두드러지는 효과가 생긴다. 소설가 다니자키 준이치로는 1933년에 쓴 『음예 예찬』에서 "그늘이 없다면 아름다움은 없을 것"이라고 했다. 당시 교토에 살던 다니자키는 지금의 내 방과 비슷한 방에서 낮은 책상 앞에 앉아 미닫이문 너머 정원을 바라보며 글을 썼을 것이다. "우리는 사물 자체에서 아름다움을 발견하는 것이 아니다. 빛과 그림자, 사물이 다른 사물과 대비되며 만들어내는 그늘의 무늬에서 아름다움을 발견하는 것이다."

다니자키는 첫 소설을 완성하기 전부터 이미 짤막한 문화 논평을 쓰며 유행의 선구자 노릇을 하던 인물이었다. 수많은 소설을 발표했으며, 『겐지 이야기』의 문체를 살려 현대 일본어로 번역하는 장기 프로젝트를 위해 수십 년간 애썼다. 1886년 도쿄의 상인 집안에서 태어난 다니자키는 1909년에 발표한 누아르풍 단편소설들로 이름을 날렸으며, 20세기 초반 일본에서 떠오르는 지식인 계급의 상징이었다. 그는 박식하고 도회적이면서 외설적인 면도 가지고 있었다. 외지에서 온 서양인과 친하게 지내고 사교댄스를 배웠으며 양성애 사각 관계와 새로 접한 할리우드 영화 속 배우들을 모방하려는 젊은 여성들에 관한 소설을 썼다. 다니자키의 문학은 일본인의 정체성과 더불어 변화했다.

다니자키는 자신만의 방식으로 일본 특유의 부재의 미학에 대해 논했다. 『음예 예찬』(〈『베갯머리 서책』이 무작위로 수집한 듯 보이지만 심오한 방향으로 응집되는 관찰 기록집이듯)은 다니자키가 직접 집을 설계하려는 이야기에서 시작한다. 다니자키는 새롭고 편리한 서양의 기술과 부드러움과 그늘을 향한 일본인의 사랑을 아우르고 싶어 했다. "어떻게든 전기선, 가스관, 수도관이 일본식 주택의 금욕주의와 조화를 이루게 만들고자 애썼다"라고 다니자키는 기록했다. 그의 주장에 따르면 히터, 전구, 도자기 변기는 유용한 물건이지만, 한편으로 낡은 목재와 촛불이 만들어내는 아름다움에 대비되는 끔찍한 존재이기도 하다.

금욕주의와 모호성, 불완전함을 온전히 받아들이는 사고방식은 이 세상을 살아가는 방법 중 하나였다. 이러한 사고방식은 산업화와 초기 세계화, 자본주의의 탐욕을 비판하는 견해에 동조했다. 다니자키는 "진보적 서양인은 늘 자기 운명을 개선하기 위한 결정을 내린다"라고 썼다. "더 밝은 빛을 탐구하려는 정신은 멈추는 법이 없고, 아주 미미한 그늘이라도 남김없이 지우려는 수고를 아끼지 않는다." (비유적 표현이겠지만 사실 지금 이 말은 문자 그대로 현실이 되었다. 2016년에 실시한 한 연구 결과에 따르면 미국과 유럽 인구의 99퍼센트 이상이 과도한 빛에 노출된 채 살아간다. 빛 공해는 야행성 동물을 혼란스럽게 만들고, 바다 조류의 성장을 부추기며, 인간에게 불안과 멜라토닌 억제를 야기한다.)

슬그머니 다가오는 빛이 탐욕을 나타낸다면, 그늘은 원래의 어둑함에 만족하며 감각을 억제하고 지각을 늦추는 방식이다. 다니자키는 있는 그대로 인식하는 방식을 지지하며 두 눈이 다른 파장에 적응하게 한다. 다니자키가 원한 것은 아무것도 없이 깨끗한 방이나 유리창으로 이루어진 벽이 아니다. 오래된 집의 내부, 검고 매끄러운 옻칠 그릇에 담긴 뽀얀 된장국, 전통 교토 게이샤의 녹색 입술과 (다니자키가 "장난꾸러기 요정의 불"이라고 묘사한) 검게 물들인 이, 천장 높은 저택의 어느 방에서 촛불 하나가 빛나며 어디서도 찾아볼 수 없는 그늘 특유의 정취를 만드는 방식 등이 다니자키가 선호하는 쪽이다. "고귀하고 강렬하며 단일한" 그늘은 "고운 재처럼 작은 입자들이 풍부하고 입자 하나하나가 무지개처럼 빛난다".

어둠은 햇빛만큼이나 시적인 가치가 있다. 다니자키는 이 도주하는 세계가 네온의 풍경 한가운데서 과연 어디로 사라질지 궁금해하며 백일몽에 잠겼다. 그늘이 주는 이 모든 감각을 포착함으로써 무언가를 바라보는 특정한 방식을 지켜냈다.

내가 이 글을 쓸 수 있는 이유는 문학이나 예술 어딘가에 여전히 우리가 구출할 수 있는 무언가가 있을 거라고 생각하기 때문이다. 최소한 문학은 우리가 잃어가는 그늘의 세계를 다시 불러낼 것이다. 문학이라는 저택에서 처마를 넓게 내고 벽을 어둡게 만들 것이다. 극명하게 앞으로 나와 있는 것들을 그늘 속으로 도로 집어넣고 불필요한 장식을 걷어낼 것이다.

다니자키는 조용한 우상 파괴자였다. 그는 역사와 정치가 만든 취향의 특정한 체제에 둘러싸여 있는 우리가 다른 공간, 즉 "그늘의 세계"에 진입하고자 한다면 기존의 체제 밖으로 나아갈 수 있음을 상기시킨다. 지난 세기 동안 다니자키가 관찰해 온 문제는 악화 일로를 걸었다. 다니자키의 메시지가 시공간을 넘어 그토록 큰 반향을 일으킨 것은 어쩌면 당연하다. 『음예 예찬』은 1977년에 미국 메인주의 소규모 출판사인 리츠 아일랜드 북스에서 처음 출간했다. 표지에는 창호지를 바른 격자무늬 문을 찍은 스산한 느낌의 흑백사진을 썼다. 이 책은 수십 년간 12쇄까지 찍어 총 10만 부 이상 판매되었다. 그러는 동안에도 표지는 변함없이 유지되어 모더니티에 반하는 일종의 밈으로 널리 퍼지기도 했다.

마파에서 연구하며 지내던 어느 날, 도널드 저드 개인 서재의 나무 선반 위에서『음예 예찬』의 오래된 판본을 우연히 발견하고 놀랐다. 눈에 잘 띄는 자리에 눕힌 상태로 비치되어 있었다. 나는 이 책을 수집했다가 친구들에게 나누어 줬는데, 저드가 소장한 책도 내가 가지고 있던 것과 표지가 똑같았다. 그렇게 전시된 책은 일종의 예술 작품처럼 보였다. 내가 이해하기에 저드는 미학적 감각으로 비이성적일 만큼 세상을 체험하는 인물에게 열광했다. 저드의 작품 역시 모호함을 열렬히 수용했고, 언제나 관객의 기대에 반하는 것을 보여줬다. 이러한 반동주의적 태도는 시각적 금욕주의 못지않게 미니멀리즘을 이끄는 힘이었다.

나는 리츠 아일랜드 북스의 창립자 피터 닐에게 전화를 걸었다. 그가 왜 이토록 난해한 책을 골랐는지 궁금했고, 이 책이 어쩌다 그렇게까지 인기를 끌었는지 알고 싶었다. 닐은 도쿄에서 잠시 산 적이 있는데 그때 번역가에게 다니자키의 책을 소개받았고, 이 책을 읽은 뒤 삶의 관점이 완전히 바뀌었다고 했다. 이 책을 읽는 동안 다니자키는 우리에게 이렇게 말을 건다. "당신은 근본적으로 정신을 맑게 비우는 중이다. 빛과 어둠, 소음과 침묵 사이의 공간으로 들어와 있으며 이것은 계시적이다."

『음예 예찬』은 어둠 속에서 볼 수 있는 안경과 같다. 그 안경을 쓴 당신은 이 책의 몇십 쪽도 채 넘기지 않은 때부터 다니자키가 알아챈 것을 알아채고 구석진 곳과 문 닫힌 방을 주의 깊게 들여다볼 수 있다. 이 책이 가진 긍정적 의미의

단조로움과 약간의 간격은 복잡한 진실을 위한 여지를
남겨준다. 당신이 원하는 것이 당신에게 바람직하지 않다는
사실을 알아챌 수도 있다. 또는 우리가 진실이라고 믿는
명료함보다 모호함이 더 정확할수도 있다. 무엇보다도 그늘의
세계는 절대적인 것에 반대한다. 단 하나의 올바른 모습이나
존재 방식은 없다.

　　다니자키는 자신의 감상이 극단론으로 오해받지 않기를
바라며, 여느 소설가의 조언이 어떠하든 모더니티는 계속
전진하리라는 걸 인정했다. 또 자신의 시대착오적 취향을
스스로 조롱하기도 했다. 다니자키의 생활 방식은 글에서
묘사한 것과 달리 전혀 완벽하지 못했다. 여러 공간을
실험하느라 불안정했고, 평생 서른 곳이 넘는 집을 옮겨
다니며 살았다. 그의 세 번째 부인이었던 모리타 마쓰코는
다니자키가 또 다른 새 집을 짓기 위해 한 건축가와 상의하던
때의 일을 떠올렸다. 건축가가 『음예 예찬』을 읽었다면서
다니자키가 원하는 집을 정확히 알고 있다고 말했다. 그러자
다니자키는 이렇게 대답했다. "아뇨, 나는 그런 집에서는 절대
살 수 없어요."

4 - V

교토에 머무는 동안 보고 싶은 사람이 있었다. 본다는 표현은
적절하지 않을 수 있다. 그는 이미 세상을 떠난 사람이기
때문이다. 그를 찾아가 행적을 되짚어보며 생각에 잠기고
싶었다.

　　나는 그를 우연히 처음 만났다. 2017년 어느 날, 당시 나는
무의식적으로 회색으로만 차려입고 있다는 사실을 깨달았다.
바지, 티셔츠, 운동화까지 전부 회색이었다. 기본적으로
거의 같은 디자인인 회색 셔츠를 이미 여러 벌 갖고 있는데도
깜빡하고 또 샀다. 줄곧 똑같은 옷을 입으니 편했던 것 같다.
뭘 입을지 고를 필요도 없고 색조별로 서로 잘 어울렸다. 내가
이런 식으로 옷을 입은 건 당시 나를 둘러싸고 있던 상황에
대한 반작용이기도 했다. 도널드 트럼프 대통령이 취임한
2017년, 충격적인 승리를 거둔 트럼프 정부가 자신들의 신념을
정책으로 바꿔보려는 무모한 열정을 쏟기 시작한 해다. 이
정부가 생각하는 미국의 이미지에 들어맞지 않는 그룹은

차례로 표적이 되었기 때문에 어떤 식으로든 숨을 필요가 있다고 느꼈다. 회색 옷은 회색 도시 뉴욕에서 몸을 숨기기 위한 방책이었다. 회색 특유의 변이되는 성질은 하나의 표지 아래서도 다양성이 가능하다는 의미로 느껴졌다.

똑같은 옷을 입기로 했다는 나의 이야기를 들은 친구가 나로서는 처음 들어보는 일본인 철학자가 1930년에 쓴 『이키의 구조』라는 책을 보내주었다. 이 책에서 저자 구키 슈조는 일본어 특유의 개념 '이키いき'를 해체하고 있다. 이키는 덴마크어 '휘게hygge'나 독일어 '샤덴프로이데Schadenfreude'처럼 번역하기 힘든 문화를 아우르는 용어다. 도시적이고 세련되었다는 의미지만 프랑스어 '시크chic'와 다르다. 근사하다 혹은 쿨하다는 의미의 구체적이고 특정한 이상적 상태를 가리킨다. 구키의 글은 삶의 방식이 되는 미학의 또 다른 예시를 보여준다. 한편으로 이키는 모노노아와레, 덧없음의 아름다움을 반영한다는 면에서 양면적이고 모호한 특성을 우선시한다. 그건 내가 처한 상황과도 관련이 있었다. 구키가 패션의 맥락에서 이키의 특성을 설명하는 부분 중에 연한 파란색과 회색의 체크무늬 천이라는 특정 유형에 관한 언급이 있다. "이키에 해당하는 색이 되려면 은은한 방식으로 이원성을 드러내야 한다"라고 구키는 주장했다. 이 감정의 핵심 요소는 체념(일본어로 아키라메あきらめ)이다. 즉 "운명에 무관심한 태도, 모든 집착에서 벗어나 자유로운 태도, 운명에 대한 인식을 근원에 둔 태도"를 뜻한다. 구키는 여기에 "회색보다 더 잘 들어맞는 것은 없다"고 생각했다. 이키라는 개념에 비추어본다면

회색은 상반된 요소를 통합하는 미니멀리즘의 특성을 띠는 색이자 도피 의식을 반영하는 색이다.

구키는 다니자키 같은 이야기꾼이라기보다는 사상가에 가까웠다. 서양에서 잘 알려지지 않은 그는 현대 일본 철학과 문화적 정체성의 발전에 기여한 인물로 알려져 있다. 그는 1930년대에 교토대학교에 학문적 보금자리를 마련해 말년을 보냈다. 구키의 생을 살펴보면 이키에 관한 명저에서 설명한 느슨하고 어디에도 얽매이지 않는 방식을 따랐음을 알 수 있다. 그는 엄격한 학문적 결과물과 더불어 인간적 면모가 엿보이는 일기와 시를 남기기도 했다. 구키는 자신이 던져진 세계, 즉 실존적 비상사태에 접어들던 당시 세계에서 확실성이나 안정감 없이도 살아갈 수 있는 방법을 찾으려 애쓴 인물이다.

태어나는 것은 스스로 결정할 수 있는 일이 아니다. 그저 우연히 일어난다. 어둠 속에서 나와 운명이 결정한 대로 어떤 장소에서 어떤 몸을 갖고 태어난다. 이런 면에서 구키는 축복받았다. 선업을 쌓은 덕인지 1888년 2월 15일 도쿄의 부유한 집안에서 태어났다. 그의 아버지 구키 류이치는 엄격한 사무라이였다가 남작이자 외교관이 된 인물이고, 어머니 하쓰코는 전직 게이샤였던 미모의 여성이다. 그러나 언뜻 호의적으로 보이던 상황은 점차 곤란해졌다. 미국에서 외교관으로 일하던 류이치와 함께 일본으로 돌아오던 하쓰코가 불륜 관계를 맺기 시작한 것이다. 상대는 『차 이야기』의 저자 오카쿠라 가쿠조였다. 이 일로 구키의 가정은 깨졌다. 어린 슈조는 부모의 집 사이를 오가며 자랐다.

어머니의 집에서 예술 애호가이던 오카쿠라와 어울리며 지내기도 했다. 하쓰코와 오카쿠라도 곧 헤어졌고 하쓰코는 결국 정신병원으로 향하는 처지가 되었다. 구키는 오카쿠라를 정신적, 예술적 아버지로 여겼다. (실제로 구키의 유전적 아버지이기도 하다는 소문도 있다.) 두 사람은 함께 그림을 공부하거나 사냥을 떠났다. 한번은 두 사람이 산 중턱에 있는 어느 찻집에서 쉬고 있는데, 나이 든 여주인이 구키가 아버지를 똑 닮았다고 말한 적이 있었다. 오카쿠라는 그저 웃기만 했다.

구키는 다니자키와 나란히 제일고등학교에 다녔다. 본래 해외 취업을 목표로 하는 많은 일본인처럼 독일 법을 공부하기를 원했지만, 생각만큼 잘되지 않았다. 그 대신 철학과 문학에 빠져 칸트와 니체에 몰두했다. 스물한 살 때 명문 도쿄제국대학교에 입학했다. 철학은 법이 대답해 주지 못한 질문에 해답을 제시했다. 당시 구키를 괴롭히던 질문들, '왜 나는 인도나 유럽, 미국이 아니라 일본에서 태어났을까?', '인생의 진실들은 왜 그토록 자의적으로 보일까?' 같은 질문 말이다. 구키는 스키를 타고 산비탈을 내려가는 사람처럼 빠른 속도로 불확실성에 이끌렸다. 1911년, 스물셋이 된 구키는 가톨릭으로 개종했다. 당시 일본에 가톨릭 신자는 8만여 명에 지나지 않았고, 가톨릭이 종교의 자유를 보장받은 지 수십 년밖에 되지 않은 때였다. 구키는 자신의 방랑하는 삶을 미리 감지하고 각지를 떠돌아다니는 금욕적 성인이던 아시시의 성 프란체스코의 이름을 따 세례명을 정했다.

종교는 구키 스스로 선택한 정체성이었으며 이로써

구키는 고국의 그늘에서 벗어나 자신을 차별화했다. 구키는 서양식 정장을 차분하게 차려입었다. 높다란 흰 셔츠의 깃이 자신의 목과 길쭉한 얼굴, 호전적으로 생긴 코를 돋보이게 만드는 데 감탄했고, 셔츠를 입으면 자신이 유럽인처럼 보인다고 생각했다. 구키는 사창가 찻집과 어두운 출입구가 유혹하는 오래된 도쿄 홍등가의 조숙한 고객이었다. 그런데 전통 못지않게 서구화 역시 유혹적이었다. 일본 너머를 향한 구키의 열망은 미국 스타일의 새로운 레스토랑과 영화관을 보며 더욱 강렬해졌다. 그곳의 여자 안내원은 짙은 어둠 속에서 통로석을 따라 기모노 소매를 스치고 지나갔다. 1917년 구키는 죽은 형의 전부인 나카하시 누이코와 결혼했다. 사랑이라기보다는 가족의 의무였다. 그래도 결혼이 그의 발목을 붙잡지는 않았다. 삶이 그토록 자의적이라면 그 모순을 받아들이고 새로운 가능성을 기대하는 편이 나을 것이다.

　　1922년 서른셋 나이에 누이코와 함께 프랑스 마르세유에 도착한 구키는 유럽에서 빨리 인정받을 수 있기를 바랐을 것이다. 명목상으로는 교육부 담당관으로서 정부 업무를 수행하기 위한 유럽행이었다. 구키는 그곳에 머물면서 세속적 성공을 바라기보다는 서양철학을 더 깊숙이 공부할 기회를 얻으려 했다. 과연 왜 자신이 이곳에 있는지 집요하게 질문하며 해답을 찾기를 원했다. 독일어 공부에 전념하고 싶었던 구키는 마르세유에서 독일 하이델베르크로 이동했다. 그러다 1924년에 부부는 갑작스레 파리로 떠났고, 그곳에서 구키의 삶은 제자리를 찾았다. 마침내 자신의 또 다른 자아를 찾은 것 같았다.

아내 누이코가 방 안에 있는 동안 구키는 밖을 돌아다니며 종일 시간을 보냈다. 때로 구키는 충실한 아내를 떠올리며 죄책감을 느꼈다. 그러나 그에게 파리는 건조하게 분석하고 파악할 도시가 아니었다. 훨씬 깊이 있는 감각의 차원에 존재하는 도시 같았다. 그때는 F. 스콧 피츠제럴드와 어니스트 헤밍웨이, 거트루드 스타인이 파리에 머물던 10여 년의 시기였고, 많은 미국인이 파리에서 자아를 잃어버렸다. 구키 역시 마찬가지였다. 그는 개선문 너머 푸른 하늘, 구불구불한 길에 서 있는 노란 밤나무들, 불로뉴 숲의 튤립들, 몽소 공원의 비둘기 등을 관찰했다. 가을 내내 고요히 보냈다. 그저 주위를 돌아다니다가 비가 오면 고개를 숙인 채 걸었다. 1926년부터 파리에 머물며 쇼핑 아케이드에서 빈둥거리고 메모를 하던 동시대 인물인 발터 베냐민의 탈을 쓴 일본인 산책자였다.

구키는 짧게나마 파리를 들여다본 경험을 기념하기 위해 음울한 단편 시 몇 편을 썼다. 그리고 일본으로 돌아가 그 시를 잡지에 기고했다. 이때 다소 쑥스러운 진심이 담긴 시 쓰기와 관직의 일을 따로 구분하기 위해 S. K.라는 가명을 사용했는데 그다지 대수로운 일은 아니었다. 구키의 시를 읽어보면 그가 느낀 당혹스러움에 가까운 감정을 느낄 수 있다.

파리 사람들에게 구키는 이국적인 존재였다. 구키 역시 파리 사람들이 이국적으로 느껴지기는 마찬가지였다. 구키는 오페라, 벌레스크, 춤, 저녁 식사로 일정표를 꽉 채웠다. 절제할 필요는 없었다. 다락방의 화가들과 달리 구키에게는 항상 돈이 있었다. 한없이 넘쳐나는 구키 가문의 부는 와인, 담배, 식당 계산서, 극장표, 새 양복, 새 친구인 프랑스 여자들에게 줄 선물로 흘러 들어갔다. 구키는 시에서 이본, 드니즈, 루이즈, 앙리에트, 리나, 이베트의 아름다움을 찬양했고 그 여인들의 순위를 매겨 날짜 목록이 적힌 일기장 뒤편에 기록했다.

구키는 여행하는 동안 현대화가 진행 중인 동양 문화와 서양 문화 사이를 연결하는 회로를 발견한다. 한쪽에서 다른 한쪽으로 흐르다 갑자기 불꽃이 튀어 오르는 장소가 있다. 그곳에서 양쪽은 잠시나마 새로운 통합체가 된다. 어느 한쪽도 그 불꽃이 온전히 자기 소유라고 주장할 수 없다.

이 불꽃은 예상치 못한 장소에서 일어났다. 르 스팽크스Le Sphinx는 파리 센강 근처에 있는 최초의 고급 유곽이었다. 미국인 마담이 연 이곳은 국제 마피아를 투자자로 두고 있었다. 네덜란드 태생의 야수파 화가 케이스 판 동언이 이집트풍 벽화를 그린 이곳의 느낌은 보헤미안 클럽에 가까웠다. "섬세하면서 쾌활하고 적절한 어울림이 있는 고요한 분위기에, 분홍색 불빛이 퍼져 있는" 공간이었다고 훗날 한 주민은 묘사했다. (분명 이키를 연상하게 하는 분위기다.) 시몬 드 보부아르는 르 스팽크스가 천박하지만 진솔한 곳이라고 생각했다. 헨리 밀러와 앙드레 살몽은 이곳에 자주 드나들었으며 구키 역시 마찬가지였다. 구키는 자신의 일탈을 변명하지 않았다. 자신의 혈관에는 돈 후안의 피가 흐른다고 자랑스레 시에 쓴 적도 있다.

시가 창조한다면 철학은 해체하고, 시가 즉흥적이라면 철학은 고정적이다. 구키는 둘 사이 어딘가에서 공간을 찾아야 했다. 때로는 방탕한 삶이 지겨웠다. 먼지 쌓인 책들을 마구

파고들다가 견딜 수 없어지면 다시 칸트와 '회색 추상'의
세계, 그가 시에도 썼던 그곳으로 도피했다. 구키는 자기보다
훨씬 어린 학생들과 함께 소르본대학교의 강의를 들었다.
'보편적'이나 '객관적' 같은 단어들이 눈앞에서 흐릿해지기
시작하면 다시 거리로 뛰쳐나갔다. 구키는 유럽에서 체류하는
동안 외롭지만 불행하지 않은 우아한 상태였다. 때때로
향수병에 시달렸고 때로는 이곳이야말로 진정 자신이 있을
곳이라는 느낌에 휩싸였다. 몇 년이 흘렀다. "이것이 삶이다 /
길을 잃는 것"이라고 구키는 썼다. 그는 자신을 "보이지 않는
그늘을 좇는 사람"이라고 표현했다.

구키가 좇는 보이지 않는 그늘이란 무엇일까? 보헤미안이
되고 싶어 한 그는 필요한 건 모두 가진 사람이었다.
노트에는 레스토랑에서 연어알 샌드위치와 성게 요리를
가만히 바라보며 지은 시를 남겼다. 아마도 그늘은 그가
사는 방식이었을 것이다. 가벼이 걷고, 하나의 자의식에
지나치게 오래 안주하지 않고, 다른 사람들이 무시하는
구석을 들여다보는, 최소한의 존재가 되는 것이다. 구키는
마치 소설을 한 편도 써보지 못한 소설가, 혼자 부유하는 소설
속 주인공 같았다. 몇 장 남아 있지 않은 구키의 흑백사진을
본 적이 있는데, 사진 속 그는 뭔가 알고 있다는 듯한 눈빛과
모나리자처럼 장난기 어린 미소, 즐거운 듯한 기색, 나보다
더 많은 걸 이해하고 있다는 듯한 느낌 외에 더는 드러내는
것이 없었다. 구키는 회피적인 성향을 지녔다. 그의 철학은
궁극적으로 회피성 그 자체였다.

구키는 의식과 지각을 분석하는 현상학 연구에

집중하며 독일 철학가 에드문트 후설과 후설의 제자 마르틴 하이데거의 뒤를 따랐다. 현상학은 훗날 지각 자체에 집중한 미니멀리스트들이 즐겨 활용한 도구이기도 했다. 현상학은 구키의 철학적 질문의 핵심인 "우연성"과 동일한 선상에 놓여 있었다. 구키의 정의에 따르면 우연성은 "그렇지 않은 쪽이 될 가능성"을 뜻했다. 무無에서 유有가 되는 것이다. 우연성은 운명적으로 다가올 수도, 허무주의적으로 다가올 수도 있다. 삶의 자의성은 의미가 있거나 무의미하거나 둘 중 하나다. 구키는 파리에서 당시 활동가이자 학생이던 장 폴 사르트르에게 매주 프랑스어 수업을 받기도 했다. 사르트르는 훗날 실존주의자가 되었고, 1943년 자신의 사상을 정리하면서 구키에게 간접적인 영향을 받았다고 했다. "공허는 존재를 계속 따라다닌다." 어쩌면 이러한 공허가 바로 어둠에 이끌린 구키가 좇던 "보이지 않는 그늘"일지도 모른다. 그것이 바로 모든 존재의 시작이자 끝인 '무'이다.

　　1927년, 서른아홉 살이 된 구키는 독일로 갔고, 프라이부르크대학교에서 후설과 함께 현상학을 연구했다. 후설의 집에서 하이데거를 만난 구키는 동양사상의 몇몇 측면을 하이데거에게 소개하면서 깊은 인상을 남겼다. 하이데거의 『존재와 시간』이 막 출간된 시점이었다. "모든 사람은 타자다. 아무도 그 자신이 아니다." 당시 급부상하던 나치에 입당하기 전, 그의 연구 인생에 영구적 의문을 던지게 만든 그 결정을 아직 내리기 전이었다.

　　1928년 후반에 구키는 파리로 다시 돌아가 그곳에서 『이키의 구조』를 집필하기 시작했다. 자신이 속한 문화를 타자의 언어로 설명하는 작업이었다. 일본 미학은 엄격한 서양 이론을 통해 굴절되었으며, 사르트르가 있는 강렬한 파리의 거리와 다니자키의 어둑어둑한 도쿄 찻집이 한데 섞여 들었다. 그런데 그해 12월에 구키는 유럽을 떠나 미국을 거쳐 일본으로 돌아갔다.

구키는 8년간의 여정을 마쳤다. 이제 파리로 돌아가는 일은 없었다. 그러나 파리의 기억은 그대로 남았다. 구키는 새벽 2시 종이 울리던 밤, 센강을 따라 자갈이 깔린 둑을 흐느적거리며 서성이던 실루엣의 주인이었다. 새벽하늘처럼 무한한 색의 야회복이 있었다. 구키는 어느 댄스 클럽의 소용돌이에서 빠져나와 거리에 섰다가 불현듯 초연한 심상이 덮쳐오던 날을 떠올렸다. 그때 그는 여기 혹은 거기, 서양 혹은 동양 어느 쪽에 어떻게 소속될 수 있을지 알지 못했고, 양쪽 모두에 도취해 있었다. 구석에 선 그는 압둘라 담배를 입술에 가져갔다. 끝에 달린 장미 꽃잎을 응시하며 어둠의 온기 속에서 연기를 내뿜었다. 연기는 밤새 켜진 카페 등불 위로 빛줄기를 통과하며 고요한 공기 속을 떠다녔다. 그렇게 피어오르던 연기는 점차 소멸해 도시의 잿빛 장막 속으로 스며들었다.

유는 다시 무로 돌아간다. 우리는 자신의 운명을 깨달은 뒤 다시 망각해야 한다. 그래야 우리의 삶은 지속될 수 있다.

4 - VI

주어진 삶을 어떻게 살아갈 것이며, 이 격동하는 세계에서 나를 위한 공간을 어떻게 확보할 수 있을까? 세상을 바라보는 방법, 혹은 세상에 존재하는 방법을 새롭게 찾고자 하는 모든 인류의 시도에는 이 질문이 자리하고 있는 듯하다. 우연이나 운명의 임의성을 받아들이려 애쓴다. 그곳이 산업화한 도쿄든 뉴욕 북부든 텍사스 시골이든, 우리는 자신이 처한 환경에서 매일 자유의지를 실행하기 위한 결정을 단계별로 내리며 미래로 나아가고 있다. 마치 평균대 위를 아슬아슬하게 걸어가듯 말이다.

명확한 자아를 형성하는 간단한 방법은 주위에 존재하는 모든 것을 없애 새하얗게 지운 뒤 다시 시작하는 것이다. 그러면 본인이 선택한 것만 남게 된다. 이것이 미니멀리즘의 정석이다. 사물이나 사람, 아이디어는 당신의 세계관 안 혹은 밖에 존재한다. 그런데 통제를 선호하면 놀라움이 들어설 자리가 없다. 좀 더 까다롭지만 더 깊이 만족스러운 방식은 우연성과 임의성을 수용하는 것이다. 그러면서 삶이란 실재와 욕구 사이에서 타협하는 과정임을 받아들이는 것이다.

아름다움은 강요당할 때가 아니라 통제되지 않을 때 발견된다. 삶의 특정한 순간들은 지나고 나서야 비로소 그 의미를 깨닫게 된다.

　　이는 구키 슈조가 파리에서 좇던 것이다. 구키는 대학, 레스토랑, 댄스 클럽에서 느낀 감정을 되짚어보다가 본인의 자리로 돌아와 자기 철학을 규정하는 것이 바로 이키라는 일본적 이상임을 깨달았다. 옛 자취를 더듬던 구키는 18세기 도쿄까지 거슬러 올라갔다. 도시에 사는 사람 특유의 권태의 발로였다. 시시덕거리다가 다시 우울해졌고, 뜨겁게 달아올랐다가 어느새 미온적인 태도가 되었으며, 쉽게 오면 쉽게 떠난다고 여겼다. 다니자키와 그가 말하는 "그늘의 세계"처럼 일본의 현대화 과정에서 이키 또한 상실되는 중이라고 생각했으며, 그걸 되찾기 위해 나섰다.

　　1929년, 구키는 교토로 거처를 옮기고 스승 니시다 기타로의 추천을 받아 교토제국대학에서 강의를 맡았다. 니시다 교수는 진작부터 현상학적 접근을 통해 일본과 서양의 철학을 통합하는 작업을 했다. 훗날 20세기 일본에서 가장 저명한 철학가로 손꼽혔으며 교토학파를 이끌었다. 구키와 니시다는 종종 함께 교토 북동쪽의 운하를 따라 산책했다. 초목이 무성한 언덕 속으로 도시의 밀도가 흐려지는 길이었다. 이 길은 니시다가 매일 명상하며 산책하던 곳이라 해서 '철학의 길'로 불린다.

　　어느 맑은 날 오후, 나는 철학의 길을 산책하기 위해

나섰다. 낮은 집들과 편의점 몇 곳이 뒤섞여 있는 동네를 지나자 운하가 불쑥 모습을 드러냈다. 돌이 깔린 둑길은 운하 쪽으로 살짝 기울어 있었다. 얕은 물에서는 물고기 떼가 잔잔한 물살을 그리며 돌아다니고 있었다. 봄이 되면 분홍빛 꽃이 만발한 벚나무 수백 그루가 운하를 뒤덮는다. 한편 겨울이 되면 앙상한 벚나무의 가느다랗고 어두운 가지들이 맑은 하늘을 가르며 뻗어 있다. 나 같은 여행객은 보통 주변에 흩어져 있는 절을 찾아가다가 스쳐 지나가게 되는데, 사실 이 고요한 길은 삶의 덧없음을 통감하며 사색하기에 완벽한 곳이다.

구키는 마흔두 살이 되던 해인 1930년에 『이키의 구조』를 출간했다. 이 얇은 책에서 구키는 덧없음을 분석하려 시도했다. 이키를 말 그대로 도식화해 희귀한 나비처럼 핀으로 고정해 뒀다. 구키는 지극히 개인적인 것을 보편적 언어로 표현하기 위해 노력했다. 역설은 이 책의 매력 중 하나다. 그의 글은 우아함을 유지하지만, 오랫동안 머릿속에 맴도는 일련의 문장을 읽다 보면 뭔가를 규정하기보다는 단어를 뛰어넘어 소통하고 싶어 하는 강한 욕구가 느껴진다. 이키의 실재는 "가능성으로서의 가능성을 유지하는 데 달려 있다"라고 구키는 썼다. "이키는 과거를 품에 끌어안고 미래를 살아간다. … 이키는 관능적인 긍정 속에 감춰진 어두운 부정을 숨긴다." 이 모든 시적이고 추상적인 개념을 보며 당신은 구키가 단지 철학에 관해서만 쓰지는 않았을 거라고 생각할 것이다.

아마도 구키는 섹스에 관해 말하고자 했을 것이다. 구키에 따르면 진정한 이키는 관능적인 분위기, 아직 성관계를 맺기 전의 상태에 있다. "최대한 가까이 다가가면서도 실제로 닿지 않을 정도로만 가까워야 한다." 이키는 어떤 열망, 닿을 수 없는 무언가에 대한 욕망으로 가득 차 있다. 그것은 결핍과 비슷하며 노골적인 시야에서 늘 물러나 있다.

구키는 세상에 드러난 이키의 예시를 책 속으로 불러내 풀어놓았다. 비칠 만큼 얇은 천은 이키다. 목욕을 막 마친 여자도 이키다. 살짝 짓는 미소, 버드나무와 천천히 꾸준하게 내리는 비, 교양 있는 도시적 세련미, 편안한 머리 스타일, 손끝을 살짝 구부린 유혹적인 손짓, 수직 줄무늬(가로와 반대되는), 맨발, 그중에서도 특히 자기희생적 암시가 깔린 겨울철의 맨발, 종이 갓을 씌운 등불에서 나오는 은은한 불빛, 잡아끌다가 멀어지고 기쁘다가 고통스럽기도 한 연인들의 춤…. 이키는 위치적 요소와 관련 있다. 역동적 관계나 상반되는 것의 결합에 좌우되며, 의미의 통로를 열어두고 모호한 공간에 머문다. 이키는 "쾌활하고 매력적인 미소 뒤에 남겨진 유혹적이면서도 천진한 눈물의 흔적"이다.

구키는 세상 경험이 풍부한 인물임에도 이키만큼은 오직 일본인만 이해할 수 있는 개념이라고 여겼다. 이키야말로 "우리 민족이라는 실재"의 핵심이며, 일본 민족은 "이상적이면서 비현실적인 일본 문화의 격정적 에로스에 대해 확고하고 진실한 태도를 유지해" 한다고 강력히 주장했다. 이는 서구화와 대조되며, 한 세기 전 다소 부조리했던 헤이안 시대의 기품까지 거슬러 올라간다. 그런데 여기서 나는 구키의 주장에 반대하고 싶다. 이키는 시공간을 초월해 널리 공유되던, 단순함을 향한 열망의 또 다른 측면이다. 시인 존 키츠는 1817년에 '소극적 수용력negative capability'이라는 개념을 설명했고, 그로부터 한 세기 이상 지난 뒤에 구키의 『이키의 구조』가 출간되었다. 키츠가 말하는 소극적 수용력은 우유부단한 상태를 계속 유지하는 이키, 그리고 판단하는 과정 없이 곧바로 다가오는 감각을 체험하길 원하는 미니멀리즘과 맞닿아 있다. "인간은 사실과 이성에 성급히 도달하려고 하지 않고도, 불확실하거나 불가사의하거나 의심스러운 상태에 머무를 수 있다"라고 키츠는 주장했다. "아름다움이라는 감각은 그 밖의 모든 생각을 압도한다. 더 정확히는 모든 생각을 지운다."

구키는 하나의 형태를 서술하고 있지만 우리 모두는 세계가 흘러가는 감각이나 어떠한 상태 사이의 희미한 관능적 존재감이 일깨워지는 순간을 겪은 적이 있다. 당신에게 양가적인 아름다움을 느끼게 하고, 즐거움을 주는 동시에 위험의 징후나 메워지지 않는 거리감을 암시하는 것이 무엇인지 떠올려보라. 나의 개인적인 목록에는 첼로의 활이 현을 가로지르며 내는 낮은 소리가 포함되어 있다. 그 소리를 들으면 어쩐지 시계 문자판 위로 움직이는 시곗바늘이 떠오른다. 또 20세기 중반 미국 추상화 속 누르스름하고 빛바랜 듯한 색, 내가 자란 동네 뉴잉글랜드에 단풍이 지면서 붉은색이 진한 노란색으로 바뀌고 몇몇 이파리는 벌써 추위에 시들시들해지는 계절, 물속에 잠겨 따뜻한 공기와 출렁이는 어둠 사이에 둥둥 뜬 채로 수영하는 기분 등이 내 목록에 올라 있다. 회색 계열을 다양하게 조합해 입는 최근 나의 옷차림 역시 이에 해당할 것이다.

이것들이 과연 이키일까? 아닐 수도 있다. 하지만 나는
여전히 이것들을 나만의 목록에 두고 사적 미니멀리즘의
세계에 적용할 수 있다. 이키는 어우러짐의 공간을 제공한다.
이키가 품은 아름다움이라는 감각은 정돈되고 깨끗한 상태,
더욱 압축적으로 비워내 진공으로 만든 부재의 상태를 말하는
것이 아니다. 쉬어가는 지점이며 불확실성을 받아들인
상태다. 어떠한 가치가 하나의 민족에 속해 있다는 생각 혹은
그 가치가 단 하나의 정설로 제한된다는 생각은 위험하다.
그렇게 제한을 둔다는 건 이키를 정의하는 개방성, 덧없음,
긴장감이라는 특성을 부정하는 일이다.

구키는 교토제국대학에서 부교수로 재직하며 유럽 철학과
문학을 강의했다. 당시 그의 마음에는 파리나 도쿄 대신
교토의 기온이 있었다. 다시금 시를 쓰며 이곳을 칭송했다.
기온의 건축물들은 운치 있다. 목조건물 정면에는 창호지를
바른 등이 은은한 빛을 내며 사케 바 혹은 게이샤의 유곽
안쪽으로 들어오라 손짓한다. 오늘날 기온 골목에서는 저녁
무렵이면 곳곳에서 기모노를 입고 게다를 신은 사람들이 눈에
띈다. 그들 대부분은 대여점에서 옷을 빌려 전통적 분위기를
즐기며 셀피를 찍는 관광객이다. 아무래도 이건 구키가
기대하던 종류의 부흥은 아닐 것 같다.

구키가 꿈꾸던 세계주의적 유럽은 점점 폭력적으로
변해가고, 구키는 책 속에 숨은 채 계속 글을 썼다. 1936년,
후설과 하이데거의 제자인 유대인 카를 뢰비트가 구키에게
편지를 보내 일본에 자기 일자리를 구해달라고 부탁했다.
나치 치하에서 탈출할 목적이었다. 구키는 뢰비트를 위해

도호쿠대학교에 임시직을 구해주었다. 인종 우월주의를
바탕으로 한 민족주의에 물든 일본은 중국 만주를 침략해
괴뢰정부를 세웠다. 1937년, 일본군은 난징 대학살을 자행해
수십만 명의 중국인을 죽음으로 몰아넣었다. 그로부터 2년 뒤,
구키는 여전히 대중 지식인으로 활동하며 그 지역을 여행했다.

이러한 절대적 상황 앞에서 모호성은 한계에 다다를
수밖에 없다. 결국 폭력적 민족주의는 오카쿠라가 제안하고
구키가 『이키의 구조』에서 끌어낸 미학과 윤리의 연관성을
똑같이 이용했다. 민족이 순수성을 유지하려면 모든 타자를
배제하는 정통적 방식을 고수해야 한다는 것이다. 예술 혹은
취향이 정치가 된다면 그건 명백한 재앙이다. "파시즘의
논리적 귀결은 정치적 삶의 심미화다." 유대계 독일인 발터
베냐민은 1936년에 쓴 글에서 이렇게 주장했다. "정치를
심미화하려는 모든 노력은 한 지점에서 최고조에 달한다. 그건
바로 전쟁이다." 베냐민은 당시 파리에 머물고 있었는데, 곧
스페인으로 도피했다. 그러나 머지않아 체포되어 나치에게
넘겨질 거라는 두려움에 시달리다가 결국 자살했다.

1940년, 일본은 히틀러와 동맹을 맺었고, 나치는 구키가
그토록 사랑하던 파리를 점령했다. 구키는 "가능성으로서의
가능성"을 열망했음에도 뢰비트에게 호의를 베푼 일을
제외하고는 당시 상황에 대해 어떠한 공개적 입장도 취하지
않았다. 이러한 무대응의 태도, 짧으나마 하이데거와 친분을
쌓은 일 때문에 구키의 학문적 삶은 오점을 남기게 되었다.
구키가 그저 너무 당혹스러운 나머지 상황을 올바로 파악하지
못하고 미래를 위해 과거의 아름다운 것을 보존하는 데만

애썼으리라고 생각하고 싶은 마음도 있다. 사실 미니멀리즘적 태도는 부패하기 쉽다. 모든 것이 올바르고 통일된 전체로서 조화롭기를 바라는 열망은 편협함으로 이어지기 쉽다.

이러한 사정과 상관없이 구키의 작업은 더 오래 이어지지 못했다. 1941년 봄, 복통과 오심 증상으로 병원에 간 구키는 복부 장기를 감싸고 있는 조직이 감염되는 병인 복막염 진단을 받고 입원했다. 4월 29일, 구키는 철쭉 화분을 선물로 보낸 친구에게 고마움의 표시로 시를 한 편 지었다. 구키는 활짝 핀 철쭉꽃을 보면서 "아스라이 피어난 / 가느다란 빨강"이라며 생과 쇠퇴를 표현했다. 5월 6일, 끝내 병상에서 떨치고 일어나지 못한 구키는 쉰셋의 나이에 죽음을 맞이했다.

구키의 묘비는 교토 호넨인에서 나오는 길에 자리한 묘지에 있다. 철학의 길 중간에서 약간 떨어진 곳이다. 1680년에 건립된 호넨인은 교토에서 그리 유명하지 않은 절이다. 교토 외곽의 숲이 무성한 언덕 앞의 나무들로 둘러싸인 자리에 있다. 나는 혼자 조용히 걸어서 호넨인으로 들어가는 정문을 통과했다. 이끼로 뒤덮인 높다란 나무 정문은 마치 카메라 렌즈처럼 나무들을 기하학적으로 자른 단면을 보여주고 있다. 어쩐지 비디오게임 〈젤다의 전설〉에서 괴물을 찾아 나선 캐릭터가 된 듯한 기분이 들었다. 오솔길을 따라 걷다가 돌계단을 오르자 묘지의 안개 같은 정적을 깨뜨리는 존재는 오직 나밖에 없었다.

먼저 눈에 띈 건 다니자키 준이치로의 기념비였다. 언덕 꼭대기에서도 눈에 잘 띄는 자리에 있었다. 다니자키는 1965년 일흔아홉의 나이에 유명을 달리했다. 그는 자신의

명성을 충분히 인식했고,그가 이룬 자산은 본인의 묘비까지
계획하기에도 충분했다. 묘비는 두 개였다. 잔디밭 위로 자연
상태의 돌처럼 생긴 묘비 한 쌍이 솟아 있었다. 왼쪽 묘비에는
적막을 뜻하는 한자 숙寂, 오른쪽 묘비에는 가족을 뜻하는 한자
가家가 새겨져 있었다. 누군가 매실주 한 캔과 흰색 사케 잔을
묘비 앞에 두고 갔다. 사람들과 어울리기 좋아했던 다니자키가
고맙게 생각할 것 같았다. 자연물의 영향을 받았으면서도 다소
화려하게 장식한 묘비와 잘 어울렸다.

　　구키의 묘비가 어디에 있는지 온라인에서나
오프라인에서나 영어로 된 정보는 찾을 수 없었다. 구키에게
다니자키 같은 명성은 없었고, 본인도 그걸 원치 않았던 것
같다. 그는 다시 숨어들었다. 날이 저물어가면서 점점 더
추워졌다. 멀리 호넨인에서 징 소리가 들려왔다. 이제 곧 밤이
되니 절의 정문이 닫힐 거라는 신호다. 묘지는 비탈을 따라
평평한 대지가 군데군데 형성되어 있고, 수백 기의 묘비가
세워져 있었다. 구키의 이름이 눈에 띄길 바라며 오래된
구역 위주로 돌아다녔다. (구키는 자기 성의 한자가 '아홉
요괴九鬼'를 뜻하는 한자와 똑같다는 사실을 늘 재미있게
여겼다. 묘지 특유의 음습한 기운이 더해지면서 그 이미지가
더 불길하게 느껴졌다.) 그런데 어느 순간 다 부질없다는
생각이 들기 시작했다. 그를 그냥 내버려두는 편이 낫지
않을까? 열심히 그를 좇는 건 구키의 정신세계와 어긋나는 일
같았다.

　　그런데 뒤쪽에서 두 번째 줄, 위쪽 대지 중간쯤에서
생각지 못한 순간에 그의 묘와 마주쳤다. 이 묘지의 여느

묘와 다를 것 없이 점점이 무늬가 있는 회색과 분홍색이 도는 네모진 돌조각을 쌓아 간소하게 만든 묘였다. 다른 묘와 차별되는 한 가지 요소라면 세로로 새긴 글씨였다. 밋밋한 돌의 모양과 대비되는 강렬하고 힘 있는 붓글씨체였다. 또 옆면에는 휘갈겨 쓴 서체로 어떤 글귀가 새겨져 있었다. 니시다 기타로가 번역하고 직접 글씨를 쓴 괴테의 시였다. 「나그네의 밤 노래Wanderer's Nightsong」에서 따온 이 시구는 마치 하이쿠 같은 감흥을 불러일으킨다. 모든 것이 생겨났다가 되돌아가는 평온한 무의 이미지다.

> 산봉우리들이 저 멀리 보인다
> 나무를 흔드는 바람도 없고 노래하는 새들도 없다
> 잠시 기다려라, 머지않아 그대도 쉬게 되리니

햇빛이 묘비 위를 비추다 가려져 그늘이 생겼다 하는 동안 나는 한참을 묘비 앞에 그대로 서 있었다. 어쩐지 땅이 비스듬히 기우는 듯한 느낌에 현기증이 일었다. 넘어질 것 같기도 하고, 지구 반대편 우리 집까지 떨어질 것 같기도 했다. 그때 구키의 삶이 실제가 되어 다가왔다. 그의 시, 일기, 이해하기 쉽지 않은 에세이까지 모두 훑었지만 그런 느낌이 든 건 처음이었다. 그때까지는 책에 인쇄된 단어들을 보았다면, 이곳에는 실제 살아 있던 인물의 마지막 흔적이 있었으며, 그 역시 피할 수 없었던 최후를 상징하고 있었다.

어느새 나도 모르게 혼자 중얼대고 말았다. 나는 허공에 대고 이렇게 말했다. 나는 구키가 남긴 작품을 존경합니다.

아름다움을 위한 그의 헌신을 존경합니다. 그는 철학의 구조에서, 사랑하는 사람의 팔 위에 있는 보잘것없는 천 조각처럼 평범한 것에서, 시선의 언저리에 있기에 더 낭만적인 사물에서 아름다움을 발견했다. 시간은 인간이 만든 온갖 상징을 마모시킨다. 시간이 흐르며 뿌리가 드러나고, 그것이 상류 문화든 하류 문화든, 추상적이든 사실적이든 모두 똑같이 근원적 정신의 소산이라는 사실이 분명해진다. 구키는 사소하지만 소중한 그 감정을 수집해 마치 봄꽃처럼 책장 사이에 끼워 넣었다. 그 덕에 약 1세기가 흐른 뒤 내가 그 감정에 접근해 감동할 수 있었다. 우연히 그것이 내게 와닿은 것처럼 미래의 독자들에게도 가닿을 것이며, 수많은 언어로 번역되고, 분석되고, 특정한 누군가가 소유하는 것이 아니라 원하면 누구든 이용할 수 있는 공동의 문화유산으로 남을 것이다. 물론 완전하게 전달되는 건 불가능할 것이다. 그러나 아름다움은 오직 불완전함 속에서만, 남겨진 틈새에서만 발견할 수 있다.

언젠가 이 교토의 묘지를 다시 찾아올 수 있을까 싶었다. 그때쯤이면 세상이 얼마나 달라져 있을까. 하지만 휙휙 돌아가는 만물의 중심을 잡아주는 축처럼 저 돌 비석만은 그대로 있을 것이다. 묘지를 떠나는 나의 얼굴 위로 눈물이 흘렀다. 차가운 공기 속에서 눈물은 점차 아릿하게 느껴졌다.

4 - VII

역사는 갈등을 동력 삼아 계속 나아간다. "전 세계에 하나의 물결이 일었다. 트로이가 우리를 향해 허리를 둥글게 만 이후로 일어난 물결이다." 프랑스의 외교관이자 시인이던 알렉시스 레제가 쓴 표현이다. 그는 1910년대에 중국에서 5년을 보냈다. (내게 깊은 감명을 준 이 문장은 독일의 실존주의 예술가 안젤름 키퍼 덕분에 알게 되었다. 키퍼는 조각 작품의 이름에 이 문장을 인용했다.) 일본의 극단적 민족주의 정부는 제2차 세계대전에 뛰어들며 대규모 살상을 정당화하는 도구로서 구키 슈조나 니시다 기타로 같은 철학자들의 사상을 이용했다. 일본 정체성의 고유한 특성을 분류학적으로 연구한 교토학파의 사상을 구실로 삼아 일본이 아시아의 핵심 강국이어야 하며 구키가 "이상적이고 비현실적인 문화"라고 표현한 일본 문화를 무력으로 지켜내야 한다는 군국주의적 교리를 내세웠다.

　　실존적 미니멀리즘은 서구의 영향력 앞에 취약해진

일본이 불안에 대응하는 방식이었다. 구키 같은 철학자들이 시도한 철학적 통합은 제2차 세계대전과 그 여파 앞에 별 의미가 없었다. 1942년, 니시다의 몇몇 제자들이 「문화 재통합을 위한 회의: 근대성의 극복」이라는 주요 학술 토론회에 참석했다. 공격적인 느낌의 이 제목은 토론회가 지닌 목표를 아우르고 있었다. 이 철학자들은 서구 제국주의와 산업화 이데올로기의 대안을 찾으려 했다. 그러나 필연적으로 일본은 제국주의 그 자체가 되어 주변국을 침략하고 아시아의 지정학적 요충지를 차지하려는 시도를 강행했다. 니시다는 국가주의의 물결에 직접 관여하지는 않았다. 하지만 이를 명백히 지지하는 발언을 몇 차례 남겼다. "일본 황실은 세계의 시작이자 끝이다. 과거와 미래를 아우르는 절대적 현재다." 선불교의 보편적 무 개념은 종말론적 숭배로 왜곡되었다. 1945년 8월, 구키가 사망한 지 4년이 지난 해에 미국은 일본에 핵폭탄을 두 차례 투하했고, 그해 9월 일본은 항복했다. (교토는 핵폭탄의 재앙을 면할 수 있었다. 당시 미 전쟁장관 헨리 스팀슨이 교토를 방문한 뒤로 이 도시의 문화적 중요성을 강조했기 때문이다.) 미군은 일본 재건 계획의 일환으로서 예외주의 정신을 해체하는 작업에 착수했다. 1946년 1월 1일, 히로히토 일본 천황은 "인간 선언"을 발표했다. 본인의 신성을 부인하고 평범한 인간임을 공표한 것이다.

죽음은 예술을 의미 있게 만든다. 교토학파 철학자 니시타니 게이지의 말이다. 니시다의 제자인 니시타니는 극단적 민족주의에 빠져들었다. 구키처럼 니시타니도 해외에서 유학했으며 1930년대에 하이데거의 지도를 받으며 연구했다. 그러다 학술 토론회「문화 재통합을 위한 회의: 근대성의 극복」에 참석해 일본의 '도덕적 힘'(군사적 폭력의 완곡한 표현)을 칭송했다. 전쟁이 끝난 뒤 니시타니는 공직 임용을 금지당했으며 결국 현실 정치에서 물러났다. 그 뒤로 종교나 예술의 추상적 개념으로 자신의 연구 범위를 국한했고, 이 연구에서 더 큰 보편성을 발견할 수 있으리라고 보았다.

1953년에 니시타니는 일본의 꽃꽂이 예술인 이케바나生け花에 관한 글을 썼다. 꽃꽂이는 해당 계절에 피는 꽃이나 나뭇가지를 몇 가지만 골라 끝을 잘라서 핸드메이드 도자기 꽃병이나 그릇에 꽂는 행위다. 이때 서예의 힘찬 획처럼 위쪽과 바깥쪽으로 뻗도록 꽂는다. 완성된 작품은 내가 묵은 교토의 여관에서 보았듯 도코노마에 배치한다. 의도적으로 간소하게 절제한 방식을 지향하는 이케바나는 대비되는 색상을 풍성하게 조합하는 요란한 서양식 부케와 정반대의 미감을 보여준다.

니시타니는 전후 유럽에서 유행한 실존주의의 물결과 이케바나를 관련지어 설명했다. 당시 실존주의에 앞장선 장폴 사르트르는 구키의 프랑스어 교사이기도 했다. 실존주의는 본질보다 실존을 우선시하며, 미리 정해진 사회적 역할에 끼워 맞추기보다는 행동과 경험을 통해 스스로 창조하는 개인의 능력을 옹호한다. 사르트르는 "인간은 일단 실존하고, 자기 자신과 마주하며, 세계 안에 불쑥 나온다. 그런 다음에 자기 자신을 정의한다"라고 썼다. 실행이 곧 존재다. 니시타니는 이러한 실존주의를 이케바나의 덧없음과 나란히 놓았다. "본질적인 아름다움은 바로 덧없음과 적시의 순간에 드러난다."

　　실존 한가운데서 대부분의 생명체는 시간을 부정한다. 그들은 불가피한 것과 싸우기 위해 성장하고 번식한다. 삶은 영원할 수 없지만, 모든 존재는 영원하기 위해 노력한다. 땅에 핀 꽃이 천천히 자연적으로 시들어가는 과정조차 최대한 오래 생존하기 위한 분투의 결과다. 이케바나에서는 꽃의 줄기를 자르고 나면 작업을 멈춘다. 그리고 니시타니의 표현대로 "아무것도 소생하거나 소멸하지 않는" 순간에 그대로 고정된 채 꽃병에서 최소 사나흘을 보낸다. 꽃은 "죽음을 꿋꿋이 유지한다. … 꽃은 시간 속에 나타난 영원의 일시적 현현이 된다". 니시타니는 이 덧없는 무시간성이 일종의 초월에 해당한다고 주장했다. 식물은 오직 자르는 행위로만 예술로 승화될 수 있다. "이 꽃들은 그저 그 자리에 정확히 존재할 따름이다." 시시각각 홀로 자신을 정의하면서.

　　니시타니에 따르면 예술에는 두 가지 형식이 있다. 서양의 형식은 영속성을 얻기 위해 노력한다. 수천 년 동안 유지되도록 지은 석조 성당이나 부와 권력을 후대에 과시하기 위해 의뢰한 왕실 초상화가 그 예다. 그러나 유한함이라는 본질을 부정하다 보면 결국에는 인위적이고 진정성을 잃어버린 상태가 된다. 성당은 무너져 폐허가 되고, 초상화는 낡아 너덜너덜해진다. 이러한 기념물은 결국 영속성을 얻는 건 불가능하다는 사실을 증명할 뿐이라고 니시타니는 주장했다. 일본의 예술 형식은 시간을 수용함으로써 영원에 접근한다. "이케바나는 시간의 한복판에서 시간을 부정하려고 애쓰는 대신, 조금의 틈도 없이 시간을 따라 움직인다"라고

그늘

니시타니는 표현했다. 2017년, 뉴욕에서 이케바나에 대한 관심이 급증하면서 호텔이나 블루보틀 커피숍에 꽃꽂이 장식이 모습을 보이기 시작했다. 미니멀리즘적 장식의 구성 요소로 쓰인 것이다. 아마도 이러한 순간의 영원성을 추구했을 것이다.

니시타니는 구키와 달리 일본인에게만 덧없음의 가치를 부여하지 않았다. 이 사상이 여러 문화에 걸쳐 어떻게 공유되는지 관찰했으며 특히 산업화 이후의 현상에 집중했다. "그토록 오랫동안 잠들어 있던 이 사상이 점차 유럽인의 가슴과 머리를 사로잡고 있다"라고 니시타니는 썼다. 그는 몽테뉴와 니체의 에세이와 라이너 마리아 릴케의 시나 실존주의자들에게서도 이케바나가 상징하는 덧없음의 미학을 발견했다. 훗날까지 그가 살아 있었다면 미니멀리즘의 시각예술과 음악에서도 발견할 수 있을 것이다. 1950년대, 전쟁의 대재앙으로 영속성과 축적의 개념이 마침내 무너졌다. 곳곳에서 벌어지는 폭격은 인류가 건설한 모든 것이 얼마든지 파괴될 수 있음을 보여주었다. 폐허가 된 건물과 산산이 부서진 삶에는 부재가 만연했기에 일본의 부정적 미학, 즉 부재와 소멸을 바라보는 인식의 전환이 전 세계적으로 일어났다.

니시타니는 이케바나의 꽃들은 마치 무에서 나온 것처럼 보인다고 말했다. 무는 만물의 밑바닥을 떠받친다. 인간과 동물과 사물은 '존재의 깊은 곳'에 드리운 짙은 그늘에 의해 서로 이어져 있다. 무라는 그늘은 존재와 비존재를 하나로 묶어 이분법을 무너뜨린다. 그늘은 모든 가능성이 동시에

존재하는 공간이며, "모든 존재와 가장 밀접하게 마주하고
있음을 드러낸다"라고 1961년에 니시타니가 썼다. 모든
존재와 가장 밀접하게 마주하고 있다는 것은 자체적으로
완전한 사물이 되는 것을 목표로 삼는다는 뜻이다. 1964년
즈음의 미니멀리즘을 가장 잘 묘사한 표현이다. 도널드 저드가
만든 마파의 금속 상자는 이케바나의 꽃과 닮았다. 시간을
초월하면서도 시간의 테두리 안에서 체험할 수 있다.

사물의 본질을 찾고자 하는 욕망, 존재에 직면하고자 하는
욕망은 전후의 황폐함과도 맥락이 통하는 지점이 있다. 전쟁의
잔해는 도덕성 너머, 승패 너머에 있다. 서구의 작가들 역시
이분법적 경계가 없는 부재의 공간을 찾아내고자 했다. 그늘은
편리한 은유였다. 다니자키가 『음예 예찬』에서 주목했듯
그늘은 서구의 진보가 간과하거나 무시한 모든 걸 나타냈다.
"진실을 말하는 자는 그늘을 말하는 자다"라고 루마니아의
시인 파울 첼란은 썼다. 그의 시는 홀로코스트 이후에 마주한
표현의 불가능성을 담고 있다. 사뮈엘 베케트가 1953년에
발표한 실존주의 소설 『와트Watt』에서 말했듯, 존재의 허무
속에서 여전히 앞으로 나아갈 길을 찾아야 한다. 『와트』는
베케트가 전쟁 중 도피하면서 집필한 소설이다. "우리가 오면
가는 이 그늘, 우리가 가면 오는 이 그늘, 우리가 기다리면
오고 가는 이 그늘은 대체 무엇이며, 또 목적이 될 그늘이
아니라면 어찌할 것이요?"

실비아 플라스는 1963년에 발표한 소설 『벨 자』에서
"나는 세상에서 가장 아름다운 것은 분명 그늘에 있으리라고
생각했다"라고 썼다. 소설의 화자는 니시타니의 무처럼 모든

것의 밑바닥으로 조용히 다가오는 "100만 개의 움직이는 형상과 그늘진 막다른 골목"을 장황히 설명했다. "책상 서랍과 옷장과 여행 가방 안에 그늘이 있었고, 집과 나무와 돌 아래로 그늘이 있었으며, 사람들의 눈과 미소 뒤에 그늘이 있었다. 또 그늘은, 지구의 밤을 맞이한 쪽으로도 길고도 길게 드리워 있었다."

앞서 말한 작가와 작품, 구키 슈조나 줄리어스 이스트먼 같은 인물이 이야기하는 부재의 개념에는 어둠과 위험이 담겨 있다. 오늘날 유행하는 단조로운 표면의 미니멀리즘이 완전히 놓치고 있는 부분이다. 이건 올바른 것을 소비하자는 이야기도, 잘못된 것을 내다 버리자는 이야기도 아니다. 있는 그대로의 사물에 몰입하기 위한 시도로서 가장 깊숙한 믿음에 도전하자는 이야기다. 현실이나 정답이 모호한 상태가 두려워 피하지 않는 것이다. 세상을 바라보는 방식이나 존재 방식에서 특정한 한 가지만을 굳건히 믿거나 지나치게 몰두하면 또 다른 가능성을 놓치게 되며, 자신을 정의할 때도 한쪽으로 치우치게 된다. 나는 손리사 앤더슨을 다시금 떠올렸다. 앤더슨은 소비지상주의적 정체성의 위기를 타파하기 위해 미니멀리스트의 자기 계발법을 활용했다. 그러나 곧 필요 없다고 깨달아 그마저도 그만뒀다. 이야말로 최고의 미니멀리즘적 대응이 아닐까.

전후에 새롭게 등장한 해외 예술가들이 일본에 몰려들기 시작했다. 그중에는 비트운동의 구성원들도 있었다. 그들은 샌프란시스코에서 살며 이미 일본 문화를 접한 적이 있었다. 비트운동의 선구자 중 한 사람인 케네스 렉스로스는 중국어와 일본어 시를 번역하기 시작했다. 1970년대에 렉스로스는 교토에서 다실이 하나 딸린 오래된 농가를 빌렸다. 그는 시인 모건 깁슨에게 쓴 편지에서 "교토는 폭격을 당하지 않았다. 수많은 절을 비롯해 오래된 건물이 즐비하다"라고 설명했다. 비트운동의 헨리 데이비드 소로 같은 인물인 게리 스나이더는 선불교를 깊이 있게 연구했고, 1956년에는 절에 들어가기 위해 교토로 갔다. 1958년 판 《시카고 리뷰》(달랑 나뭇가지 하나가 그려진 수묵화를 표지로 삼았다)는 선불교를 특집으로 다루며 스나이더와 잭 케루악, 앨런 와츠의 에세이를 실었다. 앨런 긴즈버그는 1963년 도쿄와 교토를 잇는 고속열차 안에서 인생을 바꾸는 통찰의 순간을 맞이했다. 강렬했던 이 깨달음을 계기로 긴즈버그는 명상에 집중하기 위해 약물을 자제하게 되었을 정도다.

선불교는 전후 미국 사회의 대안이 되었다. 당시 미국이 나아가고자 한 교외화, 소비주의, 핵가족화라는 방향성은 자기 정체성과 성공에 기반을 두는 (언뜻 견고해 보이는) 기둥이었으나, 오늘날의 시선으로 보면 신뢰감이 생기지 않는 것들이다. 1979년 렉스로스는 미국을 "파산한 경찰국가"라고 표현했으며 일본에 한번 간 사람은 다시 미국으로 돌아온다는 걸 상상할 수도 없다고 썼다. (그러나 다른 편지에서는 일본의 보수주의에 대해 불평하기도 했다.) 이처럼 선불교를 대하는 미국의 태도를 문화적 전유라고 말할 수 있을까? 미국인의 것이 아닌 유산을 도둑질한 셈은 아닐까? 만약 그렇다면 미니멀리즘 역시 같은 비판에 처할 수 있다. 대답은 더 복잡해진다. 하지만 그 뿌리가 고대 역사에서 비롯되었다고 하더라도, 일본이 간직한 부재의 미학은 20세기를 거치며 더욱 발전했다. 일본은 외부와 단절된 진공상태가 아니었으며, 부재의 미학은 서구 제국주의와 팽창주의, 자본주의와 산업화라는 세계적 압박에 맞서는 반응이었다. 선불교는 보편적 소외와 급격한 변화에 대처할 수 있는 대안으로서 일상의 사소한 디테일을 관찰하고 영속성보다는 덧없음을 깊이 인식하는 삶을 제시했다.

다수가 서구의 모더니티는 실패했다고 보는 21세기에, 즉 우리의 문명이 자멸의 길에 들어서고 우리의 생활 방식이 저속하고 무의해 보이는 이 시점에, 부재의 미학이 다시금 관심을 끄는 건 어찌 보면 당연한 일이다. 부재의 미학을 수용한다는 것은 새로운 소비 방식뿐 아니라 불완전함과 결정되지 않은 상태를 미덕으로 삼는 새로운 사고방식의 필요성을 나타낸다.

미니멀리즘은 공동의 발명품이며, 특히 그 역사를 감안하면 환상을 제공하는 빈 서판이다. 지금 미니멀리즘은 세계적으로 유행하고 있다. 현재 어디서나 겪고 있는 상황에 따르는 반작용이기 때문이다. 우리 주변의 물질문화에 대한 궁극적 불만족이 뒤섞인 사회적 위기 상태가 우리를 여기까지 데려온 것 같다. 비록 우리의 잘못이지만 말이다. 나는 간소한 주방과 텅 빈 선반, 세련된 시멘트 벽, 흐릿한 색조의 뼈대만 살린 가구, 모노톤의 각종 기기, 흰 티셔츠, 텅 빈 벽, 활짝 열린 창문과 탁 트인 바깥 풍경 등을 볼 때면, 인스타그램의 밈, 자기 계발서의 계명, 당장 더 사들이기 위해서라도 최대한 비워두라는 격려가 되어버린 미니멀리즘을 볼 때면, 무에 대한 불안과 무에 굴복하고 싶은 욕망을 동시에 확인한다. 절벽에서 뛰어내리고 싶은 무의식적 욕망이 불현듯 떠오르는 순간을 의미하는 프랑스어 표현인 "공허의 부름l'appel du vide"과도 같다.

유행하는 미니멀리즘 미학은 해결책이 되기보다는 불안의 증상에 가깝다. 위태로운 시대에 조금 더 안정감을 느낄 수 있는 방식으로 그 불안을 달래는 것이다. 하지만 앞서 설명한 미술, 음악, 건축, 철학의 예는 완벽한 깨끗함이나 특정한 스타일과 아무 관련이 없다. 매개되지 않는 체험을 추구하며, 강요하기보다는 통제를 포기하고, 스스로 방어벽을 치는 대신 주위에 관심을 기울이고, 모호함을 수용하고, 반대편의 존재가 결국 서로 같은 전체의 일부분임을 받아들이고자 한다. 이처럼 더 깊은 형태의 미니멀리즘은 해시태그로 분류하거나 티셔츠로 판매할 수 없다. 단계별 지침은커녕 정답도 없으며 위험 요소를 동반한다. 하지만 이는 우리에게 유행의 범주를 넘어 미래로 나아갈 수 있는 또 다른 방식의 삶을 제안한다.

4 - VIII

귀국하기 전에 도쿄로 되돌아가기로 예정되어 있었지만,
나는 교토에서 좀 더 머물기로 했다. 출국 당일에 초고속
열차가 도쿄로 데려다줄 것이고, 이른 아침에 공항으로
가는 직통열차가 있는 길은 내가 평소 브루클린에서 JFK
국제공항으로 가는 길보다 믿음직스러웠다. 네온사인이
요란한 고층 건물도 문구류만 파는 10층짜리 백화점도 더는
원치 않았다. 대량 판매되는 유니클로식 미니멀리즘을 향한
욕구도 고갈되었다. 또 무인양품이 전체를 디자인한 새 호텔은
아직 예약을 받지 않았다.

인간 중심적인 교토가 더 매력적이었다. 조용하고
편안하게 어둑한 여관방에 머물며 여관 여주인과 함께 녹차와
쌀과자를 먹고 싶었다. 저마다 다른 특색을 지닌 교토의
절들을 탐구하고 싶어 포켓몬 퀘스트를 수행하듯 도시
이곳저곳을 돌아다녔다. 버스를 타거나 도로를 따라 걷고 산에
오르기도 했다. 그런데도 여전히 내가 놓친 것이 있었고, 더

보고 싶은 것이 남아 있었다.

　　서양 사람의 눈에 가장 익숙한 일본 미니멀리즘의
아이콘은 돌의 정원이다. 정확히는 건조한 풍경이라는
의미의 '가레산스이枯山水' 정원이라고 부르는 이곳에는
자갈이 드넓게 깔려 있고, 상대적으로 큰 돌과 아담한 이끼
밭이 군데군데 있다. 처음 접할 때는 마치 미니멀리즘의 모든
함의를 상징하는 듯 보인다. 예상할 만한 것은 아무것도
없다. 이 정원의 공간에는 풀도 나무도 꽃도 끼어들지 않으며
그 사이를 걸어 다닐 수 있는 길도 만들어놓지 않았다. 다만
명상의 수행으로서 매일 자갈을 고르는 승려들만이 출입할
수 있다. 정원이 만드는 시야는 평면적이고 모노톤이다. 결이
고운 자갈들이 만든 정원은 텅 빈 벽보다도 훨씬 더 공허해
보인다. 이 세상에 회백색 구멍이라도 나 있는 듯하다. 언뜻
보면 숨이 턱 막힐 듯 추상적인 이 정원은 자연의 형태와 전혀
관련이 없는 듯하다. 마치 모든 오류의 가능성을 제거하고 티
없이 깔끔한 상태를 이룸으로써 완벽하게 제어한 공간이라는
꿈을 성취했다는 듯이 말이다.

　　여관 여주인이 자기가 가장 좋아하는 돌의 정원은
여관에서 가장 가까운 절인 겐닌지의 정원이라고 말한 적이
있다. 비가 내리고 거리가 관광객으로 북적이지 않아 고요한
날 아침에 겐닌지로 향했다. 절에서 가장 규모가 큰 돌의
정원은 일반적으로 주지의 거처인 호조方丈에서 튀어나온
형태의 툇마루 앞에 조성되어 있다. 이 정원은 보는 즐거움을
주는 장식적 의미를 넘어 명상의 도구이자 신도에 뿌리를 둔
신성한 상징이다. 신도는 각각의 돌에 깃든 신을 숭앙한다.

겐닌지의 튀어나온 툇마루는 삼면이 모두 자갈로 둘러싸여 있어 마치 바닷가의 선착장 같았다. 비는 계속 내렸고, 둥글게 흰 처마를 따라 빗물이 떨어져 자갈밭으로 스며들었다. 바다 위로 떨어져 자기가 원래 있던 곳으로 돌아가는 빗방울 같기도 했다. 자갈 위로 기다란 선들이 물결치듯 그려져 있었다. 일정한 간격으로 단 하나의 갈퀴를 이용해 그은 선들이 저 멀리까지 희미하게 뻗어 있다. 이 장면은 내게 일종의 진정제처럼 느껴졌다. 이곳은 이미 목표에 다다랐다. 이 돌과 빗물은 이미 완벽해 더는 보탤 것이 없다.

1957년에 발행된 그로브 프레스의 반문화 잡지 《에버그린 리뷰》 4호에 예술가 윌 피터슨이 교토 료안지의 정원을 분석한 에세이 「돌의 정원Stone Garden」이 실렸다. 이곳은 현재 세계에서 가장 유명한 돌의 정원일 것이다. 피터슨은 미국 독자들에게 료안지의 정원이 어떤 모습인지 설명했다. (나중에 필립 존슨은 료안지를 순례했고, 존 케이지는 료안지의 배치도를 바탕으로 음악을 만들었다.) 피터슨은 미군에 징집되어 한국과 일본에 차례로 파견되면서 처음 아시아를 접했다. 그러다 일본에서 서예와 전통 가무극 노에 푹 빠져들었다. 일본의 미학을 발견한 사람이 자기가 처음은 아니라는 사실을 피터슨도 알고 있었다. 아르누보는 일본의 곡선 장식으로부터, 후기인상파는 일본 목판화의 색과 선에서 영감을 받았다. 피터슨은 "발굴될 준비가 되어 있으면 시대가 알아본다"라고 했다. 미학 이론을 요약하는 적절한 표현이며 이는 미니멀리즘에도 적용된다. 전후 20세기 중반에 피터슨이 추려낸 것은 돌의 정원의 삭막함이었다. "우리에게 일본

예술은 흑백의 단순함을 의미한다."

　　나는 어느 화창한 오후에 료안지를 찾아갔다. 료안지를
유명하게 만든 돌의 정원은 16세기에 만들어졌으며 매우
단순한 구조다. 본질적 형태의 핵심 요소만 남겨놓았다.
이곳의 오래된 별명은 '텅 빈 정원'이다. 무테이無庭,
철학자들이 사용한 무의 개념과 같다. 길이 25미터, 폭
10미터의 직사각형 자갈밭에 갈퀴로 그려낸 선형 무늬가
나 있고, 15개의 돌이 비대칭으로 배치되어 있다. 돌은
비범하지도 평범하지도 않다. 홀수로 몇 개씩 무리 지어 놓여
있다. 상대적으로 작은 돌은 마치 낮은 섬처럼 하나씩 자갈밭
위로 불쑥 올라와 있고, 더 큰 돌은 이끼 융단으로 둘러싸여
있다. 중심점은 따로 없어도 균형 잡힌 긴장감이 있다. 텅 빈
상태와 현재를 품어주는 일종의 시각적 허밍이 자갈밭 위로
퍼져 있다. 모든 돌은 툇마루에서 멀리 떨어진 곳에 있고,
앞쪽에는 시야를 방해하지 않는 자갈들만 깔려 있다. 돌들은
실제보다 훨씬 더 멀리 있는 듯 보인다. 방문객은 마치 해변에
서서 수평선을 바라보며 멀리 보이는 섬들을 발견하는 기분을
느낀다. 이처럼 은유적으로 광대한 풍경은 사실 소박한
흙담으로 둘러싸인 절 내부 공간에 들어와 있지만 말이다.

　　료안지의 정원에는 우리의 지각을 혼란스럽게 만드는
눈속임이 하나 더 있다. 방문객이 툇마루 어디에 서서
바라보든 돌 15개 중 14개만 한눈에 볼 수 있다는 점이다. 몸을
움직여 시야를 바꾸어봐도 돌끼리 가로막는 상황이 꼭 생기기
때문이다. 피터슨은 이를 "시각적 선문답"이라고 표현했다.
이 돌들을 모두 동시에 보려면 정원 위로 공중에 뜨거나,

수천 년간 이곳을 거친 어느 일본인 승려보다도 더 높이 서서 바라보아야 할 것이다. 피터슨은 "시각예술의 비어 있는 공간, 음악의 침묵, 문학의 시공간적 생략, 무용의 부동 상태를 창조하고 이해하려면 미적 형태가 필요하다"라고 썼다. "빈 상태를 형태로 파악하고 형태를 빈 상태로 파악하는 방식으로, 형태는 공간에 배치된다."(『반야심경』을 반영한 표현이다.) 즉 이 정원은 삶과 죽음이 인접해 있듯이 부재와 존재는 서로 어우러지는 불가분의 관계임을 보여준다.

그러나 돌의 정원에서 단순함과 여백을 느낀다는 것은, 앨런 와이스가 지적했듯 시대를 고려하지 않은 현대적 관점이기에 그다지 정확하지 않다. 돌의 정원은 8세기 일본에 등장했다. 오늘날 우리가 아는 미니멀리즘에 대해서는 전혀 알 수 없던 시대다. 사실 정원의 순수한 추상적 형태보다는 돌들이 지닌 신중한 상징성에 주목해야 한다. 역사를 거슬러 올라가면 돌들은 외부 세계를 가리킨다. 갈퀴로 다듬은 자갈밭은 고대 중국 정원의 물이 지닌 특징을 대체한다. 여기서부터 점차 발전한 것이다. 갈퀴로 선을 그어 생긴 이랑은 실제로 배수시설이 없어도 물의 흐름과 물결을 바꿀 수 있음을 알려준다.

어떤 돌은 산으로 여겨진다. 불교 신화의 산일 수도, 특정한 지리적 랜드마크일 수도 있다. 또 어떤 돌은 폭포를 상징한다. 높다랗고 표면에 세로 방향으로 광물 무늬가 나 있기 때문이다. 몇 개의 돌은 호랑이와 새끼들이 강 수면 위로 머리만 내밀고 탐색하러 다니는 모습 같다. 또 교토에서 유명한 돌 하나는 자갈의 흐름을 따라 떠가는 배다. 말 그대로 배처럼 생겨서 그렇게 정해졌다. 중요한 건 돌의 정원이 갖는 의미가 고정되지 않는다는 점이다. 단지 초월적 공허감이나 풍경화의 삼차원적 등가물에 국한되지 않는다. 부재와 존재 사이를 오가며, 동시에 둘 다가 될 수도 있다. 헤이안 시대의 정원 조경에 관한 책 『사쿠테이키作庭記』는 정원을 설계할 때 "돌의 의지나 욕망"만을 따라야 한다고 가르친다.

돌의 정원은 보기보다 덜 심오하기도 하고 더 심오하기도 하다. 청결과 통제라는 방식으로 세상의 혼돈을 해결하는 법을 알려주지도 않고, 이곳이 비서구 문화가 가는 길의 종착점도 아니다. 돌의 정원은 인식의 도구가 되어준다. 모든 건 보이는 것이 다가 아니며, 보인다고 해서 다 이해할 수는 없다는 불안한 도발이다. 끊임없는 도전으로서의 미니멀리즘이다.

내가 료안지에 머물던 날 오후, 일본어나 중국어로 소리 높여 돌의 수를 세는 학생들이 툇마루를 가득 메우고 있었다. 돌이 하나 더 있다는 사실을 뻔히 알면서도 그걸 찾지 못해 숫자 14에서 머뭇대고 있었다. 전체를 파악하려면 돌 자체만큼이나 돌과 돌 사이의 공간에 주목하며 움직이는 과정이 필요하다. 무언가를 바라본다는 건 보는 이의 관점에 달려 있다. 정원을 바라보는 사람은 동시에 세 인물이 된다. 인간 중심적인 공간에서 툇마루에 앉아 있는 자신, 자기 시선에 집중하고 바위와 주름을 탐험하는 작은 방랑자, 광대한 온 세계의 풍경을 바라보는 전지전능한 관찰자. 이러한 지각의 행위는 아름답다. 우리 앞에 주어진 것을 매우 다양한 층위에서 경험할 수 있다는 사실을 뜻한다. 도널드 저드는 마파에서 쓴 일기에 이런 구절을 남겼다. "이것은 그저 존재한다."

상대적으로 더 오래된 돌의 정원들은 신비에 둘러싸여 있다. 정원을 설계한 사람들은 익명이거나 알려지지 않은 경우가 많기 때문에 원작자의 개성을 느끼기에 부족하다. 16세기에는 사회계층의 최하위층에 해당하는 노동자들이 돌을 설치했고, 승려나 귀족만 그 공적을 인정받았다. 일부 정원은 시간이 흐르면서 침식되거나 자연재해 혹은 인재를 겪으면서 원래의 배치를 새로 바꾸기도 했다. 료안지는 18세기에 최소한 차례의 화재를 견디고 재건을 거쳤기에 '모나리자'를 볼 때처럼 순수한 원본으로서 참조하기는 어렵다. 식물은 피고 지고, 담은 색이 바래고, 돌은 풍화된다. 변하기도 하고 그대로 유지되기도 한다.

장소가 갖는 상징적 지위에도 불구하고, 료안지 주변에서 의례적인 분위기는 느껴본 적이 없다. 15개의 돌을 한 번에 볼 수 없다는 배치의 눈속임이 뜻밖의 신성한 기적을 불러일으키기 위한 것이라고 여기지 않도록 료안지 내 기념품점 근처에는 정원 축소 모형이 있다. 모든 돌의 위치를 제각기 확인할 수 있고 만져볼 수도 있다. 원하면 갈퀴로 모래를 긁어볼 수도 있다. 방문객은 이 정원을 하나의 랜드마크로 소비할 수 있다. 정원은 이처럼 현세에 속하고자 한다.

겨울인데도 툇마루는 붐비고 시끄러웠다. 사색의 공간이라기보다는 구경거리에 가까웠다. 단체 관광객은 이곳의 역사를 설명하는 해설사와 함께 다녔다. 방문객들은 최고의 사진을 찍기 위해 스마트폰을 들고 이리저리 움직였고 돌들을 배경으로 셀피를 찍었다. 좀 더 전문적인 장비를 갖춘 사진작가들은 구석에 웅크리고 앉아 삼각대를 세우고 자갈밭을 향해 정교한 렌즈를 들이대고 있었다. 그래도 정원은 여전히 한 장의 사진 안에 다 담기길 거부했지만 말이다. 부산스러운 와중에도 경비원은 내게 세심한 주의를 기울이더니 노트에 돌들을 스케치하는 일을 멈춰달라고 말했다. 알고 보니 스케치는 허용되지 않고 사진 촬영만 가능했다. 아무래도 계산대에서 공식 그림을 판매하고 있기 때문이 아닐까 싶었다. 그림은 현금으로만 살 수 있었다.

　이 모든 일이 짜증스럽고 진실하지 못하게 여겨질 수도 있다. 일종의 성스러운 텅 빈 상태, 즉 완벽한 미니멀리즘을 경험하고자 했으나 오염되었다고 느낄 수도 있다. 그러나 그 순간, 나는 제멋대로인 삶과 나란히 놓인 극적인 단순함을 목격했다. 정원은 평화로움으로 가득 차 있었다. 마치 이미 방문객들의 해석을 다 수용했으며 그저 이대로 지속하는 것에 만족한다는 듯 말이다. 나는 부재의 미학이 삶의 드라마와 분리되기보다는 그 중심부에서 발견된다는 점, 고요하기보다 떠들썩하고, 차갑기보다 따뜻하며, 하얀 벽이라고는 보이지 않는다는 점에서 어떤 기쁨을 느꼈다. 정원의 돌들은 이를 상기시키며 영원히 그 자리에서 있을 것만 같았다.

감사의 말

이 책을 쓰고 출간하는 데 도움을 준 많은 분에게 감사의 마음을 전한다.

에이전트 캐럴라인 아이젠먼이 없었다면 이 책은 세상에 존재하지 않았을 것이며, 나는 훌륭한 동료를 얻지 못했을 것이다.

이 프로젝트를 처음 구상할 때부터 최종 형태가 만들어지기까지 이끌어주고, 개방적인 태도를 잃지 않은 채 나아갈 수 있도록 도와준 블룸즈버리의 편집자 벤 하이먼.

애정 어린 지지를 보내주고, 집 인테리어를 공동으로 작업해 준 제스 비드굿.

책의 주제와 관련해 많은 대화를 나눈 노즐리 새매드자데, 재럿 모란. 예술 작품으로 위로를 준 타티아나 버그, 그레고리 젠터트, 오릿 갓.

내 기사를 담당한 편집자 줄리아 루빈, 윌리엄 스테일리, 로라 마시, 마이클 젤렌코. 이들의 편집 실력은 이 책에도 반영되었다. 블룸즈버리의 직원들, 특히 모건 존스, 제나 더턴, 바버라 다르코, 니콜 자비스, 사라 머쿠리오, 카테리나 보니.

이 책의 겉과 속을 멋지게 디자인해 준 트리 에이브러햄, 엘리자베스 밴 이탈리, 미아 권, 패티 래치퍼드.

저드 재단의 플래빈 저드와 레이너 저드, 앤드리아 월시와 케이틀린 머레이를 비롯한 직원들.

형식과 내용 두 가지 측면에서 논픽션의 가능성을 상상하게 만든 저자들, 율라 비스, 케이트 브릭스, 그레고어 헨스.

예술에 대한 관심을 길러준 뉴밀포드 고등학교의 크리스티 수시와 올드리치 현대 미술관의 직원들.

단어로 게임하는 법을 알려주신 할머니, 메리 드살비오.

글쓰기의 외로운 고요를 채워준 인터넷이라는 존재. 미디어와 사람이 있는 인터넷을 통해 다양한 문화를 배우고 대화에 동참할 수 있었다.

마지막으로, 이 책의 많은 부분을 집필한 장소인 브루클린의 믿음직한 카페들: 차터 커피하우스, 버라이어티, 엘 베이트.

사진 출처

22   Eames House interior, 1952. © Eames Office LLC (eames
     office.com).

94   Donald Judd, *15 untitled works in concrete*, 1980-84.
     Permanent collection, the Chinati Foundation, Marfa, Texas.
     Photo by Douglas Tuck, courtesy of the Chinati Foundation.
     Donald Judd Art © 2019 Judd Foundation / Artists Rights
     Society (ARS), New York.

172 〈4분 33초〉가 처음으로 연주된 우드스톡 매버릭 콘서트홀 근처의
     숲, 저자가 촬영한 사진.

242 교토의 유미야 고마치 여관방에서, 저자가 촬영한 사진.

318 교토 료안지에 있는 돌의 정원, 저자가 촬영한 사진.

주석

1장 줄임

특정한 책이나 기사의 출처를 표기하지 않은 인용문은 대부분
손리사 앤더슨, 더 미니멀리스트, 척 버턴 등을 직접 인터뷰한
내용이다. 아그네스 마틴을 다룬 내용은 낸시 프린센탈이
감동적으로 기록한 마틴의 전기가 핵심적인 역할을 했다.

44 "**삶의 원만한 흐름**" Stobaeus 11:77. Quoted in *The Cambridge
Companion to Life and Death*. Edited by Steven Luper.
Cambridge: Cambridge University Press, 2014.

44 "**욕망에 대한 갈증은…**" Cicero. *On the Orator: Book 3.
On Fate. Stoic Paradoxes. Divisions of Oratory*. Translated by
H. Rackham. Loeb Classical Library 349.Cambridge, MA:
Harvard University Press, 1942.

45 "**우리는 삶에서 현자의 길과…**" Seneca. "Letter 5: On the
Philosopher's Mean." In *Letters from a Stoic*. Translated by
Robin Campbell. New York: Penguin Books, 1969.

46 "**진정 아름다운 것은…**" Marcus Aurelius. *The Meditations*, 4:20.
Translated by George Long. Accessed October 2019, http://
classics.mit.edu/Antoninus/meditations.html

46　"프란체스코회 내에서…" Cameron, M. L., and Thomas of
　　Celano, active 1257. "The First Life of St. Francis of Assisi."
　　In *The Inquiring Pilgrim's Guide to Assisi*. Translated by A. G.
　　Ferrers Howell. London: Methuen, 1926. Accessed October
　　2019, http://www.indiana.edu/~dmdhist/francis.htm

48　"삶의 본질만을 향하고자" Thoreau, Henry David. *Walden; And,*
　　Resistance to Civil Government: Authoritative Texts, Thoreau's
　　Journal, Reviews, and Essays in Criticism. NewYork: Norton,
　　1992.

48　"자기도취에 빠져 있으며…" Schulz, Kathryn. "Pond Scum."
　　New Yorker, October 19, 2015.

52　"광고에 쏟아붓는 종이와…" Gregg, Richard. "The Value of
　　Voluntary Simplicity." *Visva-Bharati Quarterly* (August 1936).

53　"인생의 의미는 그게 다예요." Carlin, George, in *Comic Relief*.
　　HBO. March 29, 1986.

54　"단순한 삶으로 돌아가고자 하는" Elgin, Duane. *Voluntary*
　　Simplicity: Toward a Way of Life That Is Outwardly
　　Simple, Inwardly Rich. 1981. Reprint, New York: Quill,
　　1993.(Additional information from interviews with Elgin.)

57　"덜 사고 덜 벌기" Goldberg, Carey. "Choosing the Joys of a
　　Simplified Life." *New York Times*, September 21, 1995.

58　"자기 존재가 줄어들수록…" Marx, Karl. "Human Requirements
　　and Division of Labour Under the Rule of Private Property."
　　In *Economic & Philosophic Manuscripts of 1844*. Progress

Publishers: Moscow, 1959. Accessed October 2019, https://
www.marxists.org/archive/marx/works/1844/manuscripts/
needs.htm

60 "곤마리 정리법" Kondo, Marie. *The Life-Changing Magic of
Tidying Up*. New York: Ten Speed Press, 2014.

63 "이 물건들을 전부 다…" Becker, Joshua. *The More of Less*.
New York: Water Brook, 2016.

63 "그는 그냥 평범한 남자다." Sasaki, Fumio. *Goodbye, Things*.
New York: W. W. Norton, 2017.

65 "왜 자꾸 물건을 사들여…" Davies, Alison, ed. *The Little Book of
Tidiness*. London: Quadrille, 2018.

65 "완전한 불완전함" Kempton, Beth. *Wabi-Sabi*. New York:
Harper Design, 2018.

70 "억압적으로 여겨지는 권위에…" Trow, George W. S. "Eclectic,
Reminiscent, Amused, Fickle, Perverse." *New Yorker*, May 22,
1978.

72 존 포슨의 인스타그램 계정 John Pawson's Instagram account,
https://www.instagram.com/johnpawson, c. 2018.

73 "미니멀한 삶은 언제나 해방감을…" Pawson, John. *Minimum*.
London: Phaidon Press, 2006.

75 1982년에 촬영된 한 사진 Steve Jobs photograph included in
Walker, Diana. *The Bigger Picture*. New York: National
Geographic, 2007.

79 **"두 번째 몸"** Hildyard, Daisy. *The Second Body*. London: Fitzcarraldo, 2018.

80 **"마땅히 그래야만 하는 방식"** "The 'Way-it-should-be-ness' of the Eames Radio: Interview with Eames Demetrios." *Vitra Magazine*, May 12, 2018. https://www.vitra.com/en-us/magazine/details/the-way-it-should-be-ness-of-the-eames-radio

83 **"남을 의식하지 않는"** "Eames House." Eames Foundation website, accessed June 5, 2019. https://eamesfoundation.org/house/eames-house/

88 **아그네스 마틴에 관한 배경 정보** Princenthal, Nancy. *Agnes Martin: Her Life and Art*. New York: Thames & Hudson, 2015.

91 **"우리를 놀라게 하는 것..."** Schwarz, Dieter, ed. *Writings / Schriften*. Winterthur, Switzerland: Kunstsmuseum Winterthür / Edition Cantz, 1991.

2장 비움

이 장의 대부분은 본문에서 설명한 장소와 사물을 직접 관찰한 결과를 바탕으로 한다. 필립 존슨의 생애에 관한 자료는 이 책을 쓰는 도중에 출간된, 마크 램스터가 집필한 존슨의 전기에서 확인했으며 현대 미술관에 있는 문서로 보완했다. 도널드 저드가 만든 공간과 자료 보관소에는 뉴욕, 마파, 텍사스에 있는 저드 재단의 적극적인 협조로 접근할 수 있었다. 저드의 편지와 논문, 인터뷰에서 인용했으며, 그 외 도서와 평론은 저드 재단과 데이비드 즈워너 북스에서 출간한 저드 컬렉션에서 찾아 살펴보았다.

103　"편안함은 내 관심사가 아니에요." Richardson, John H. "What I've Learned: Philip Johnson." *Esquire*, February 1, 1999. https://classic.esquire.com/article/1999/2/1/philip-johnson-what-ive-learned

104　"자비 없는 우아함" Mason, Christopher. "Behind the Glass Wall." *New York Times*, June 7, 2007.

105　"안락과 명망이 주택의 중심으로…" Meyer, Hannes. "The New World"(1926). In *Buildings, Projects, and Writings*. Translated by D. Q. Stephenson. Teufen, Switzerland: Arthur Niggli Ltd., 1965.

105　"우리 역사에 깊숙이 새겨진…" Lynes, Russell. *The Tastemakers*. New York: Harper & Brothers, 1954.

107　필립 존슨에 관한 배경 정보 Lamster, Mark. *The Man in the Glass House*. New York: Little, Brown, 2018. 6.

110　"빛나는 모든 것은 바라본다." Bachelard, Gaston. *The Poetics of Space*. New York: Orion Press, 1964.

111　"유리로 된 집에서 산다는 건…" Benjamin, Walter. "Surrealism: The Last Snapshot of the European Intelligentsia"(1929). In *Walter Benjamin: Selected Writings*, vol. 2, 1927-1934. Cambridge, MA: Harvard University Press, 1999

111　"일반적으로 유리는 비밀의 적이다." Benjamin, Walter. "Experience and Poverty." In *Walter Benjamin*.

115 "난 불만이 많습니다." Judd, Donald. *Donald Judd Writings*.
Edited by Flavin Judd and Caitlin Murray. New York: Judd
Foundation / David Zwirner Books, 2016.

117 "벨러미는 이전과 다른…" Richard Bellamy, an iconoclastic,
improvisational dealer Richard Bellamy information and
quotes from Stein, Judith E. *Eye of the Sixties*. New York:
Farrar, Straus and Giroux, 2016.

118 "의례적 분석이나 은유에 무관심하다." Meyer, James.
Minimalism: Art and Polemics in the Sixties. New Haven, CT:
Yale University Press, 2004.

118 "쓸모없는 물체들"과 이 챕터의 여러 리뷰와 정보들
Battcock, Gregory, ed. *Minimal Art: A Critical Anthology*.
Berkeley: University of California Press,1995.

119 "갤러리의 문을 닫아야만 했어요." Bellamy, Miles, ed. *Serious
Bidness*: The Letters of Richard Bellamy. Brooklyn: Near Fine
Press / Spoonbill Books, 2016.

119 가십성 인터뷰 Lucy R. Lippard papers, 1930s-2010,
bulk1960s-1990, Archives of American Art, Smithsonian
Institution, Washington, D.C.(Copy held in Judd Foundation
archives.)

123 유럽연합 집행위원회의 결정 Kennedy, Maev. "Call That
Art? No, Dan Flavin's Work Is Just Simple Light Fittings,
Say EU Experts." Guardian, December 20, 2010. https://
www.theguardian.com/artanddesign/2010/dec/20/art-dan-
flavin-light-eu

125 "아우라...기술 복제 시대" Benjamin, Walter. "The Work of Art in the Age of Mechanical Reproduction." 1936. Reprinted as *The Work of Art in the Age of Mechanical Reproduction*. Penguin Great Ideas. London: Penguin Books, 2008.

127 **소호와 로프트에 관한 정보** Zukin, Sharon. *Loft Living: Culture and Capital in Urban Change*. New Brunswick, NJ: Rutgers University Press, 1989.

128 "나는 작품을 배치하고..." Judd, Donald. "101 Spring Street." 1989. Reprinted in *Places Journal*, May 2011. Accessed June 5, 2019, https://placesjournal.org/article/101-spring-street/

132 "**1960년대의 미니멀리즘은...**" Author interview with Miguel de Baca, 2016.

135 "언어는 예술을 죽입니다." Johnson, Philip. "Style and the International Style." Speech presented at Barnard College, April 30, 1955. Philip Johnson Papers, I.30c. The Museum of Modern Art Archives, New York.

139 "뉴욕 대지의 방" Author interview with Bill Dilworth, 2017.

141 "**오랫동안 종교적 언어로만...**" Dyer, Geoff. *White Sands: from the Outside World*. New York: Pantheon, 2016.

146 "갑자기 자기 집이 참을 수 없이..." Malcolm, Janet. "A Girl of the Zeitgeist." *New Yorker*, October 12, 1986.

146 "이 공간에서 가장 좋은 건..." Slesin, Suzanne. "Eating in the Kitchen." *New York Magazine*, May 16, 1977.

146 "소호만의 고유한 스타일이…" Panel audio recording in Hood, Mallory. "SoHo Galleries in 1977." Guggenheim.org Blog, March 24, 2011. https://www.guggenheim.org/blogs/findings/soho-galleries-in-1977

147 "새로운 신이 된 광활하고 균질한…" O'Doherty, Brian. *Inside the White Cube*: The Ideology of the Gallery Space.1976. Expanded edition, Berkeley: University of California Press, 2000.

152 흐릿해진 폴라로이드 사진 한 장 Polaroids found in Judd Foundation archives in Marfa, TX.

166 "우리가 작품을 설치하면 아버지의 작업을…" Author interview with Flavin Judd, 2018.

167 "문화 투자와 눈길을 사로잡는 건축물…" Moore, Rowan. "The Bilbao Effect: How Frank Gehry's Guggenheim Started a Global Craze." *Guardian*, October 1, 2017. https://www.theguardian.com/artanddesign/2017/oct/01/bilbao-effect-frank-gehry-guggenheim-global-craze

167 벤 러너가 2014년에 출간한 소설 Lerner, Ben. *10:04*. New York: Farrar, Straus and Giroux. 2014.

3장 침묵

감각 차단 체험과 관련한 묘사나 정보는 플로트 탱크 솔루션스의 그레이엄 탤리, 슈피리어 플로트 탱크스의 제임스 램지와 스티븐 램지를 직접 인터뷰한 자료를 바탕으로 한다. 카일 간의 글 덕분에 존 케이지의 삶과 예술 양 측면에 접근할 수 있었다. 메리 제인

리치와 나눈 대화와 이메일은 줄리어스 이스트먼과 그의 작업물을 되찾기 위한 리치의 여정을 담는 데 핵심적 역할을 했다. 음반으로 발매되지 않은 이스트먼의 공연 실황은 유튜브와 비메오에서 볼 수 있다.

175   **디지털 미니멀리즘** Newport, Cal. *Digital Minimalism.* New York: Portfolio, 2019.

178   **솔렉스** Author interview with Dariush and Pedramin Vaziri, 2018.

185   "**침묵, 회고, 고독의 시간이…**" Merton, Thomas. *The Silent Life.* York: Farrar, Straus and Giroux, 1956.

185   "**이 감옥에서 오히려…**" Park, Minwoo, and Yijin Kim. "South Koreans Lock Themselves Up to Escape Prison of Daily Life." Reuters, November 23, 2018. https://www.reuters.com/article/us-southkorea-prisonstay/south-koreans-lock-themselves-up-to-escape-prison-of-daily-life-idUSKCN1NS0JB

186   **침묵의 어원** Online Etymology Dictionary. Accessed 2018, https://www.etymonline.com/word/silence; and Lewis, Charlton Thomas. *A New Latin Dictionary*. New York: American Book Company, 1907.

187   "**침묵을 지킬 줄 아는 사람이라면…**" Kierkegaard, journal 1842-43, cited in Emmanuel, Steven M., William McDonald, and Jon Stewart, eds. *Kierkegaard's Concepts.* Farnham, UK: Ashgate Publishing, 2015.

188 "작고 고요한 목소리" 1 Kings 19:12, cited in Holliday, Marsha D. "Silent Worship and Quaker Values." Friends General Conference, 2000. Accessed June 5, 2019, https://www.fgcquaker.org/resources/silent-worship-and-quaker-values

188 "침묵으로 인한 공포가…"와 침묵에 관한 배경 정보 Corbin, Alain. *A History of Silence.* London: Polity, 2018.

188 "인구가 넘쳐나는 이 세계는…" Sontag, Susan. *Styles of Radical Will.* New York: Farrar, Straus and Giroux,1969.

190 "우리가 말할 수 없는 것은…" Wittgenstein, Ludwig. *Tractatus Logico-Philosophicus.* London: Kegan Paul, 1922.

191 "이 동기를 840회 반복해야 하며…"와 에릭 사티에 관한 배경 정보 Ross, Alex. "Satie Vexations." *New York Times*, May 20,1993.

193 "사티의 학교는 없다"와 에릭 사티의 다른 말들 Zukofsky, Paul. "Satie Notes," June 2011. *Musical Observations*, Inc. Accessed June 5, 2019, http://www.musicalobservations.com/publications/satie.html

195 "계속 떠드세요!…" cited in Milhaud, Darins. "'Musique d'ameublement' and Catalogue Music," in Schwartz, Elliott, and Barney Childs, eds. *Contemporary Composers on Contemporary Music*. New York: Hachette, 2009.

201 브라이언 이노에 관한 배경 정보 Eno, Brian. Liner notes to: *Discreet Music.* EG, 1975; and Eno, Brian. Liner notes to: Music for Airports. Polydor Records, 1978.

204 "핵심 아이디어는 당신이 가려는…" Sherburne, Philip.
"A Conversation with Brian Eno About Ambient Music."
Pitchfork. February 16, 2017. https://pitchfork.com/features/
interview/10023-a-conversation-with-brian-eno-about-
ambient-music/

204 **록 음악 평론가 로버트 크리스트가우의 평점** Christgau, Robert.
Music for Airports capsule review. In "Christgau's Consumer
Guide." Village Voice, July 2, 1979. Accessed June 5, 2019,
https://www.robertchristgau.com/get_album.php?id=447

205 "사람들은 이곳에서 늘 편안하지만…" Augé, Marc. *Non-Places*.
London: Verso, 1992.

206 "특징 없는 도시는 어디나…" Koolhaas, Rem. "The Generic
City." In D.M.A., Rem Koolhaas, and Bruce Mau. *S,M,L,XL*.
New York: Monacelli Press, 1997.

211 "소리의 조직화"와 존 케이지의 다른 말들 Cage, John. *Silence*.
Middletown, CT: Wesleyan University Press, 1961.

212 "생각 없음 / 의도 없음…" Genauer, Emily. "Art and Artists:
Musings on Miscellany." *New York Herald Tribune*, December
27, 1953.

218 "케이지는 침묵은 없다고 주장했다." Gann, Kyle. *No Such Thing
as Silence*. New Haven, CT: Yale University Press, 2011.

224 "대화는 침묵을 위해 분투한다." Felman, Shoshana.
"Benjamint's Silence." *Critical Inquiry* 25, no.2 (Winter 1999).

226 **초기 미니멀리즘 음악에 관한 배경 정보** Strickland, Edward. *Minimalism: Origins*. Bloomington: Indiana University Press, 2000.

226 **"시간은 나의 매개체다."** Licht, Alan. "A Conversation with La Monte Young, Marian Zazeela and Jung Hee Choi." *Red Bull Music Academy Daily*, July 9, 2018. https://daily.redbull musicacademy.com/2018/07/la-monte-young-zazeela-choi-conversation

227 **"적어도 그날의 콘서트홀에는…"** Schonberg, Harold. "Music: A Concert Fuss." *New York Times*, January 20, 1973.

228 **"팝-미들브로"** von Rhein, John. "Philip Glass, Winner of 2016 Tribune Literary Award, Reflects on a Life Well Composed." *Chicago Tribune*, October 26, 2016.

229 **줄리어스 이스트먼에 관한 배경 정보** Levine Packer, Renée, and Mary Jane Leach, eds. *Gay Guerrilla: Julius Eastman and His Music*. Rochester: University of Rochester Press, 2015.

235 **"나는 줄리어스가 그다지…"** Author interview with Mary Jane Leach, 2019.

238 **"나는 술집 바에 앉아…"와 줄리어스 이스트먼의 다른 말들, 배경 정보** Garland, David. *Spinning on Air* (podcast), episode 2. Accessed June 5, 2019, https://spinningonair.org/episode-2-julius-eastman/

4장　그늘

아이번 모리스의 글과 번역은 일본의 헤이안 시대를 묘사하는 데 핵심적인 역할을 했다. 본문에서 인용한 책들은 원문의 번역본이다. 마이클 F. 마라와 나라 히로시의 편집과 번역, 글 덕분에 일본어를 잘 모르는 사람으로서 구키 슈조를 처음 받아들이고 그의 세계관과 미감을 이해할 수 있었다. 수년 전에 브루클린의 서점 스푼빌 앤드 슈거타운에서 처음으로 다니자키 준이치로의『음예 예찬』을 만났다. 이 서점에서는 지금도 준이치로의 책을 채워둔다. 이 만남 덕분에 4장을 집필할 수 있었다.

254 **"화두를 모아놓은 유명한 책"** Aitken, Robert. *The Gateless Barrier*. New York: North Point Press, 1991.

255 **"광활한 공간과 같은 완벽함"** Suzuki, Daisetz Teitaro. *Essays in Zen Buddhism*. New York: Grove Press, 1961.

256 **"덜어내고 또 덜어내면"** *The Complete Tao Te Ching*. Translated by Gia-Fu Feng and Jane English. New York: Vintage Books, 1989.

260 **"이렇게 탄생한 책"** *The Pillow Book of Sei Shōnagon*. Translated by Ivan Morris. New York: Columbia University Press, 1991.

263 **"지독하게 자만에 빠져"** Keene, Donald. *Seeds in the Heart: Japanese Literature from Earliest Times to the Late Sixteenth Century*. New York: Columbia University Press, 1999.

263 **"여기저기서 나뭇잎이 만드는…"** Shikibu, Murasaki. *The Tale of Genji*. Translated by Royall Tyler. New York: Penguin Classics, 2002.

266 **"제정신이 아닌 상태로 지루했다."** Buruma, Ian. "The Sensualist." *New Yorker*, July 20, 2015.

269 **"동양의 우수성"** Okakura, Kakuzo. *The Ideals of the East*. New York: E. P. Dutton,1904.

270 **"차 이야기"** Kakuzo, Okakura. *The Book of Tea*. New York: Duffield, 1906.

271 **"단조로움"** Julien, François. *In Praise of Blandness*. Translated by Paula M. Varsano. Brooklyn: Zone Books, 2004.

273 **"그늘이 없다면 아름다움은…"** Tanizaki, Junichir. *In Praise of Shadows*. Translated by Thomas J. Harper and Edward G.Seideasticker. Sedgwick, ME: Leete's Island Books, 1977.

275 **"2016년에 실시한 한 연구 결과"** Falchi, Fabio, et al. "The New World Atlas of Artificial Night Sky Brightness." *Science Advances* 2, no. 6 (June 10,2016).

277 **"당신은 근본적으로 정신을…"** Author interview with Peter Neill, 2017.

280 **"이키의 구조"** ed. *Structure of Detachment*. Honolulu: University of Hawaii Press, 2005.

285 **"섬세하면서 쾌활하고 적절한..."** Crespelle, Jean-Paul. *La vie quotidienne à Montparnasse à lagrande époque, 1905-1930*. New York: Hachette, 1976.

287 **"공허는 존재를 계속 따라다닌다."** Sartre, Jean-Paul. *Being and Nothingness*. New York: Philosophical Library, 1956.

287 **"1927년, 서른아홉 살이 된 구키는..."** Further Shūzō Kuki: Pincus, Leslie. "In a Labyrinth of Western Desire: Kuki Shūzō and the Discovery of Japanese Being." *Boundary 2* 18, no. 3 (Autumn 1991).

287 **"모든 사람은 타자다."** Heidegger, Martin. *Being and Time*. New York: State University of New York Press, 1996.

290 **"이는 구키 슈조가 파리에서 좇던 것이다."** Shūzō Kuki in Paris information, poetry, diary entries, and essays: Marra, Michael F., ed. *Kuki Shūzō : A Philosopher's Poetry and Poetics*. Honolulu: University of Hawaii Press, 2004.

294 **구키 슈조와 카를 뢰비트에 관한 배경 정보** Takada, Yasunari. "Shuzo Kuki: or, A Sense of Being In-Between." In *Transcendental Descent: Essays in Literature and Philosophy*. Tokyo: University of Tokyo Center for Philosophy, 2007.

295 **"파시즘의 논리적 귀결은..."** Benjamin, Walter. "The Work of Art in the Age of Mechanical Reproduction," 1936.

300　**알렉시스 레제와 안젤름 키퍼에 관한 배경 정보** "Anselm Kiefer: Sculpture and Paintings from the Hall Collection." Accessed June 5, 2019, http://www.hallartfoundation.org/exhibition/anselm-kiefer_1/information

301　**"문화 재통합을 위한 회의"와 니시다 기타로에 관한 배경 정보** Dallmayr, Fred Reinhard. *Border Crossings: Toward a Comparative Political Theory*. Lanham, MD: Lexington Books, 1999.

302　**"1953년에 니시타니는 일본의 꽃꽂이 예술인…"** Nishitani, Keiji. "The Japanese Art of Arranged Flowers." *Chanoyu Quarterly* 60(1989). First published in June 1953 issue of Rakumi.

302　**"인간은 일단 실존하고…"** Sartre, Jean- Paul. "Existentialism Is a Humanism." Lecture, 1946. Published in Kaufman, Walter, ed. *Existentialism from Dostoyevsky to Sartre*. New York: Meridian Publishing, 1989.

305　**"진실을 말하는 자는 그늘을…"** Celan, Paul. "Speak, You Too." In *Paul Celan: Selections*. Berkeley: University of California Press, 2005.

305　**"우리가 오면 가는 이 그늘…"** Beckett, Samuel. *Watt*. Paris: Olympia Press, 1953.

305　**"나는 세상에서 가장 아름다운 것은…"** Plath, Sylvia. *The Bell Jar*. New York: Heinemann, 1953.

307 "교토는 폭격을 당하지 않았다." Gibson, Morgan. *Revolutionary Rexroth: Poet of East-West Wisdom*. Hamden, CT: Shoe String Press, 1986. Accessed June 5, 2019, http://www.thing.net/~grist/ld/rexroth/rex-08c.htm

312 "발굴될 준비가 되어 있으면…" Petersen, Will. "Stone Garden." *Evergreen Review* 1, no.4 (1957).

315 "돌의 의지나 욕망" Nonaka, Natsumi. "The Japanese Garden: The Art of Setting Stones." *Sitelines* 4, no. 1 (Fall 2008).

찾아보기

단순한 열망 : 미니멀리즘 탐구
THE LONGING FOR LESS

1판 1쇄 발행 2023년 4월 26일

지은이
카일 차이카

옮긴이
박성혜

편집
김지선

교정·교열
최현미

디자인
포뮬러

제작
공간

발행처
필로우
등록번호 제2023-000006호
문의 pillow.seoul@gmail.com

ISBN 979-11-975596-0-0 03600